npfschiff der GURRADS

Allgemeines:

Die Gurrads sind in den Magellanschen Wolken beheimatet und führen dort einen erbitterten Kampf gegen die Perlians oder sogenannten Drittkonditionierten. Ihr Aussehen ist menschenähnlich; besonderes Kennzeichen ist der mähnenartige, bis auf den Rücken reichende Haarwuchs. Das hier gezeigte birnenförmige Kriegsschiff mit starker Bewaffnung ist 1100 Meter hoch und durchmißt an der breitesten Stelle 600 Meter. Es ist in fünfzig Etagen unterteilt und kann 1500 Mann Besatzung an Bord nehmen. Sein Beschleunigungsvermögen beträgt 50 000 m/sec^2.

Perry Rhodan

Die Kristallagenten

Perry Rhodan

Die Kristallagenten

Verlagsunion Erich Pabel-
Arthur Moewig KG, Rastatt

Redaktion: Horst Hoffmann
Beratung: Franz Dolenc
Druck und Bindung: Mohndruck
Graphische Betriebe GmbH, Gütersloh
Printed in Germany
ISBN 3-8118-2049-4

Einleitung

Dieses vorliegende 34. Buch der PERRY RHODAN-Bibliothek ist keines, in dem gewaltige Zusammenhänge von kosmischer Tragweite aufgeklärt werden. Im Gegenteil. Ich betrachte es als einen Basisband, in dem gleich mehrere wichtige Fragen aufgeworfen werden, bis zu deren Klärung wir Euch noch eine Weile auf die Folter spannen wollen. Der Schluß ist diesmal leider ziemlich abrupt, was sich angesichts der Stoffülle und Handlungsverflechtung mit den Folgebänden nicht vermeiden ließ. Schließlich geht es bereits darum, die Geschichte einer völlig neuen (für die Terraner) kosmischen Region in ihren Grundzügen zu erzählen, mit allem, was dazugehört. Und da, so finde ich, gaben sich die Autoren „damals" in den sechziger Jahren doch ein bißchen mehr Mühe als heute. Oder anders herum: Wo heute ganze Universen schon als Selbstverständlichkeiten behandelt werden, da knisterte es vor 20 Jahren noch ganz gewaltig bei Autoren und Lesern, wenn sich der Blick auf eine unbekannte Nachbargalaxis richtete. Es ist da wohl wie überall im Leben. Man gewöhnt sich leider zu schnell und zu leicht an alles, auch an die Faszination. Die in diesem Buch enthaltenen Originalromane sind (in Klammern die Kapitelnummern, mit denen sie beginnen): *Die Macht der Gläsernen* von *K. H. Scheer (1.); Grüner Mond über Jelly City* von *William Voltz (7.); Die Sklavenwelt von Magellan* von *H. G. Ewers (9.); Tödliche Fracht nach Danger I* von *Kurt Mahr (14.); Das Geheimnis der Regenwelt* und *Im Lager der Löwenmenschen* von *William Voltz (19./24.)*. Bedanken möchte ich mich wie stets bei allen, die ihren Teil zum Gelingen dieses Buches beigetragen haben – allen voran natürlich Franz Dolenc. Viele Leserzuschriften waren uns auch diesmal wieder wertvolle Hilfe, Anregung und Motivation.

Gaggenau, im Herbst 1988 Horst Hoffmann

Zeittafel

1971 Perry Rhodan erreicht mit der STARDUST den Mond und trifft auf die Arkoniden Thora und Crest.

1972 Mit Hilfe arkonidischer Technik Aufbau der Dritten Macht und Einigung der Menschheit.

1976 Das Geistwesen ES gewährt Perry Rhodan die relative Unsterblichkeit.

1984 Galaktische Großmächte versuchen, die Menschheit zu unterwerfen.

2040 Das Solare Imperium ist entstanden. Der unsterbliche Arkonide Atlan taucht auf.

2102/3 Erster Einsatz des Lineartriebwerks und Zellaktivator für Perry Rhodan.

2114 Bündnis mit den Posbi-Robotern von der Hundertsonnenwelt.

2326 ES verstreut 25 Zellaktivatoren in der Galaxis; Jagd nach dem ewigen Leben.

2327/8 Kampf gegen die Blues aus der galaktischen Eastside. Friedensabkommen.

2400/2 Entdeckung der Transmitterstraße nach Andromeda. Odyssee Perry Rhodans und terranische Vorstöße zu den Satellitengalaxien Andro-Alpha und Andro-Beta.

2404 Mit dem solaren Flaggschiff CREST III direkter Anflug der Andromeda-Galaxis und Abwehrkampf gegen die Meister der Insel – die Beherrscher Andromedas. Zeitversetzung der CREST III um ca. 50 000 Jahre in die Vergangenheit; dabei Begegnung mit den Lemurern – den Vorvätern der Menschheit und aller galaktischen humanoiden Völker.

2405/6 Abwehr von Invasionsversuchen der MdI. Mit dem Tod von Mirona Thetin als Faktor I der Organisation endet der Konflikt zwischen Milchstraße und Andromeda. Die Wasserstoffatmer (Maahks) besiedeln ihre Urheimat Andromeda wieder.

2435 Der Riesenroboter OLD MAN erscheint in der Galaxis und wird zur größten Gefahr seit den MdI. Eine Fehlschaltung macht ihn zum erbitterten Gegner des Solaren Imperiums – dem er nach dem Willen seiner Erbauer gerade zu Hilfe kommen sollte. Fast gleichzeitig tauchen die Hypnokristalle aus Weltraumtiefen auf und verwandeln Menschen in willenlose Puppen.
Sie übernehmen auch die Kontrolle über OLD MAN . . .

Prolog

Mit dem Auftauchen des Riesenroboters OLD MAN Ende August 2435, wird eine fast dreißig Jahre währende Phase der friedlichen Konsolidierung des Solaren Imperiums jäh unterbrochen. In diesen drei Jahrzehnten seit dem Sieg über die Meister der Insel wurden neue Planeten erschlossen und kolonisiert, die solare Wirtschaft vorangetrieben und Kontakte mit anderen galaktischen Völkern vertieft.

Zu den wenigen Dingen, die die Verantwortlichen des Imperiums mit Sorge erfüllen, gehören die oft tolldreisten Aktivitäten einer Organisation, die sich „Kosmische Freihändler" nennt. Ihr offizielles Oberhaupt ist „Kaiser" Lovely Boscyk, doch tatsächlich liegt die Macht in den Händen eines jungen Mannes, der sich wie ein adliger Stutzer aus der Zeit vor der französischen Revolution gibt: „König" Roi Danton. Nur wenige Eingeweihte wissen, daß Danton in Wirklichkeit Rhodans Sohn Michael Reginald ist, der die Anonymität wählte, um seinen eigenen Weg zu gehen.

Bei einem Scheingefecht zwischen Roi Dantons Freifahrern und Perry Rhodans Männern auf dem Planeten Rubin geschieht es: Das Gefecht wird von OLD MAN beobachtet, und der Riesenrobot zieht daraus den Schluß, daß sich die Menschheit, infolge eines Sieges der MdI, zersplittert hat. Und für diesen Fall existiert eine uralte Programmierung: Angriff auf alle terranischen Einheiten, wo immer man auf sie trifft!

Bei einem Einsatz im Innern OLD MANS machen Don Redhorse und seine Begleiter die verblüffende Feststellung, daß der Robot mit seinen Tausenden von Ultraschlachtschiffen vor mehr als 50 000 Jahren erbaut worden ist – von der Besatzung des Flottentenders DINO-III, die im Krieg gegen die MdI in die Vergangenheit ging, um den dort Vermißten Rettung zu bringen. OLD MAN sollte ein Geschenk für die Menschheit der Realzeit sein. Nun sieht es so aus, als würde er ihren Untergang herbeiführen.

Dies erscheint um so wahrscheinlicher, als die Kristallagenten auftauchen und den Giganten übernehmen. Wer in ihren Bann gerät, gehorcht dem Willen einer unheimlichen Macht – ob Mensch oder bloßes Gehirn, das fünfzig Jahrtausende überlebt hat...

1.

Erdgeborene Menschen, gemeinhin Terraner genannt, sagten ihren nicht weniger menschlichen, jedoch *nicht* auf Terra geborenen Artvertretern nach, sie seien in ihrer Moralauffassung zu freizügig und als raumfahrendes Personal im Dienst „fragwürdig diszipliniert".

Der Begriff „fragwürdig diszipliniert" war bereits Anlaß zu vielen Diskussionen gewesen.

Man hätte „den Nagel auf den Kopf getroffen", stellten jene Terraner fest, die ihn einmal geprägt hatten. Fest stand, daß er nicht mehr aus der Welt zu schaffen war. Damit war aber noch immer nicht geklärt worden, ob die Disziplin der *nicht* auf Terra geborenen Raumschiffbesatzungen schlechter war als die der Terraner.

An diesem 20. Oktober des Jahres 2435 nach Christi sah es jedoch ganz danach aus, als hätten die Terrageborenen recht.

Ein Funksergeant der Solaren Flotte hätte es beispielsweise niemals gewagt, ohne besonderen Befehl einen Allroundfunkspruch abzusetzen; besonders dann nicht, wenn der private Charakter eines solchen Spruches unter keinen Umständen zu leugnen war.

Noris Menehl, Funksergeant auf dem USO-Flaggschiff IMPERATOR III, war kein Terraner. Er hatte auf Mukal IV das Licht der Sonne erblickt und von seinem Vater, einem Großwildjäger, achtzehn Jahre lang gehört, die persönliche Freiheit eines Mannes sei höher zu bewerten als alle anderen Dinge im weiten Universum. Diese eigene Weltanschauung, obwohl prinzipiell richtig, hatte Noris Menehl während seiner Ausbildung auf der USO-Akademie etwas korrigieren müssen.

Man hatte seine persönliche Freiheit selbstverständlich niemals angetastet, dafür aber von ihm Dinge verlangt, die im Dienstbetrieb der Flotte nicht ausbleiben konnten. Zu diesen Dingen, die Menehl bereits als rechteschmälernd einstufte, gehörte auch das Absitzen einer gewissen Zeitspanne im großen Funkraum der IMPERATOR.

Mehr als ein Absitzen war es nicht. Die IMPERATOR III stand als Führungsschiff eines starken Flottenverbandes im Aufmarsch- und Ausfallsektor Morgenrot an den südlichen Grenzen der Milchstraße. Befehlshaber war der Chef der USO, Lordadmiral Atlan.

Dem zehntausendjährigen Arkoniden fiel in diesen Tagen keine andere Aufgabe zu, als zu warten. Niemand wußte genau, was das plötzliche Auftauchen des Riesenroboters OLD MAN zu bedeuten hatte. Man hatte lediglich erfahren, daß er in seiner Eigenschaft als Trägereinheit etwa fünfzehntausend Großkampfschiffe der neuen Galaxisklasse beförderte und sie gegen das Solare Imperium einsetzte.

Im Ausfallgebiet Morgenrot, von dem aus sowohl die Eastside der Galaxis mit den dort kämpfenden Bluesverbänden, als auch die beiden Magellanschen Wolken schnell erreicht werden konnten, herrschte Ruhe.

OLD MAN war verschwunden. Die gigantische Halbkugel mit ihren an der flachen Unterseite angeflanschten Trägerplattformen umkreiste zur Zeit das weitentfernte System von Jellicos Stern. Dort befand sich auch Perry Rhodan, der Großadministrator des Solaren Imperiums. Seine Mission auf New Luna, dem einzigen besiedelten Planeten des erst vor wenigen Jahren entdeckten Systems, war in jeder Phase ein Mißerfolg gewesen.

Die 50 000 Siedler New Lunas standen, genauso wie OLD MAN selbst, unter der hypnosuggestiven Herrschaft der Kristallagenten.

Dies, und der Umstand, daß sich als Koordinator OLD MANS der längst tot geglaubte Captain Rog Fanther zu erkennen gegeben hatte, war ein untrügliches Indiz dafür, daß OLD MAN nicht nur von einer Hochleistungspositronik, sondern auch von organischen Intelligenzen gesteuert wurde. Anderenfalls hätten die Kristalle den Riesenroboter nicht übernehmen können.

Über die offensichtliche Existenz Rog Fanthers herrschte nach wie vor großes Rätselraten. Niemand vermochte sich zu erklären, wie es der Captain geschafft haben könnte, mehr als 50 000 Jahre zu überleben.

Dieser Umstand hatte zu vielen Spekulationen geführt, die aber allesamt nicht dazu angetan waren, Klarheit zu gewinnen. Eines Tages, so hoffte man, würde sich auch dieses Rätsel lösen lassen, bis dahin aber galt es, sich mit der realen Gefahr auseinanderzusetzen.

An und für sich bestand im derzeitigen Stadium der solaren Strategie kein zwingender Grund mehr, den Sektor Morgenrot zu halten und mehrere tausend moderne Raumschiffe dort zu belassen.

Atlan hatte dennoch darauf bestanden, das mit Stützpunkten aller Art ausgestattete Raumgebiet nicht „zu entschärfen". Er schien dafür besondere Gründe zu haben.

Sergeant Menehl interessierte sich für die undurchsichtigen Pläne seines höchsten Chefs nur am Rande. Seine mühevoll bewahrte Disziplin brach völlig zusammen, als er einen Rafferfunkspruch im persönlichen und daher streng geheimen Privatkode des Lordadmirals empfing.

Innerhalb der USO gab es nur wenige Männer, die diesen Kode kannten. Im Solaren Imperium war er lediglich Perry Rhodan, dem Abwehrchef Mercant und Reginald Bull bekannt.

Noris Menehl konnte sich daher beim Aufleuchten der Signallampe ausrechnen, daß ein sehr bedeutender Mann aus den Reihen der USO oder des terranischen Sternenreiches den Wunsch hegte, dem Lordadmiral etwas mitzuteilen.

Menehl schaute auf die Uhr und verglich sie mit der Zeitangabe des automatischen Aufzeichners. Es war 18.36 Uhr Standard.

Der Entraffer arbeitete bereits. Der Rafferspruch, obwohl noch lange nicht dechiffriert, wurde erst einmal auf normale Wortlänge gebracht.

Menehl beobachtete den aus der Maschine gleitenden Impulsstreifen, auf dem nur zwei Klarsymbole darauf hinwiesen, für wen die Nachricht bestimmt war.

„Ho . . .!" brummte Menehl vor sich hin und drehte den Sessel um. Außer ihm waren nur noch sieben Mann in der großen Zentrale. Die nebenan liegende Ortung war eben beschäftigungslos. Die vielen grünen Punkte auf den Schirmen der überlichtschnellen Echotaster veränderten kaum ihre Position. Es waren die Einheiten der Morgenrotflotte.

Menehl erhob sich, nahm den Streifen und schritt hinüber zum Gedächtnisspeicher des positronischen Dechiffrierers. Ein am Programmierungspult stationierter Mann pfiff bedeutungsvoll durch die Zähne, als Menehl seinen Spezialausweis aus der Brusttasche zog und ihn gegen die Impuls-Abnahmeplatte drückte.

„Sie werden als diensthabender Funkunteroffizier anerkannt", plärrte die Automatenmaschine nach einigen Augenblicken. „Ihre Anforderung, bitte."

„Kodeschlüssel USO-pr-I ATLAN, Chefsache", sagte Menehl in die Mikrophonaufnahme.

Der Automat bestätigte. Als der Dechiffrierungsstreifen mit dem Kodeschlüssel aus dem Schlitz glitt und die beiden in der Zentrale stationierten Kampfroboter durch einen Funkbefehl der Erkennungsautomatik in Bewegung gerieten, pfiff der Korporal am Programmierungspult noch lauter.

Plötzlich kam unter den Männern Spannung auf.

„Für den großen Alten der Galaxis persönlich?" rief der Korporal.

„Höchstpersönlich. Halte jetzt den Mund, Isko. Vati muß nachdenken."

Sergeant Menehl wurde von den beiden Robotern flankiert. Es war nicht ratsam, ihm den Weg zu verlegen oder gar nach dem Dechiffrierungsschlüssel zu greifen. Auf den Großkampfschiffen der USO waren besondere Sicherheitsmaßnahmen getroffen worden.

Mißmutig die stampfenden Stahlgiganten von der Seite betrachtend, ging Menehl zum Entschlüßler hinüber, drückte den Streifen in die Aufnahme und nickte dem Programmierer zu.

„Zeige uns deine Künste. Eins-pr Chef, Klartext ohne Direktüberspielung. Alarm abschalten. Ich will erst sehen, wer sich erdreistet, den zur Zeit Ruhenden zu stören."

Die Roboter zogen sich zurück. Der Klartext interessierte sie nicht mehr. Ihnen ging es um den Kode, und der war nun in der Maschine verschwunden.

Zwei Minuten später lag die Auswertung vor. Der Klartext erschien auf einem Ampexstreifen mit vorbereiteter Tonwiedergabe.

Menehl riß ihn ab, las und begann unvermittelt zu grinsen. Er las nochmals, und das genügte, um ein unterdrücktes Lachen zu entlokken.

„Anscheinend geht es doch nicht um die Existenz der Menschheit", meinte der Korporal. „Darf man als dreifach vereidigtes Mitglied der USO-Funkgarde erfahren, wer etwas zu berichten hat?"

Menehl wurde plötzlich lebhaft. Er rannte zum großen Schaltpult des Hypersenders hinüber, nahm auf dem Sessel des nicht anwesenden Chefoffiziers Platz und ließ seine Finger über Tasten und Knöpfe huschen.

Tief unten im Leib des zweieinhalbtausend Meter durchmessenden Schiffsgiganten wurde ein Leitungsmeiler des für die Versorgung des Senders vorgesehenen Kraftwerks hochgefahren.

Die Richtstrahler auf der oberen Polkuppel rührten sich nicht, doch dafür wurde die große Rundstrahlantenne entfaltet.

Niemand unterbrach Menehls Tätigkeit. Kichernd zog er nach erfolgter Justierung das Mikrophon vor die Lippen und begann zu sprechen. Er wußte, daß alle anderen Schiffsstationen ebenso wie die der IMPERATOR ständig auf Empfang standen. Die Senderleistung war gerade groß genug, um den Rundruf für alle anderen Einheiten der Morgenrotflotte hörbar zu machen.

„IMPERATOR III, Sergeant Menehl an alle Interessenten", gab der Mukaler durch. Schon der Anruf war ausgesprochen vorschriftswidrig. Das reichte aus, um etwa dreitausend Hyperfunker aufhorchen zu lassen.

„Ich halte es im Interesse aller Einsamen und Wartenden für erforderlich, mitzuteilen, daß sich soeben der König der galaktischen Freifahrer, Roi Danton, gnädigst herabgelassen hat, die IMPERATOR über Chefkode anzurufen. Woher ihn der Gauner kennt, sollte mich niemand fragen. Ich weiß es auch nicht. Wir dürfen diese Tatsache als weiteres Rätsel zu den vielen anderen Rätseln hinzufügen, die Seine Majestät bereits umgeben."

Menehl machte eine Pause. Das plötzlich aufbrandende Gelächter bestärkte ihn in seiner Auffassung, mit dem unerlaubten Rundspruch ein gutes Werk getan zu haben.

Er fuhr fort:

„Beruhigt euch. Freunde – er kommt wirklich. Die – äh! – dienstliche Dringlichkeit dieser Durchsage resultiert aus meiner Kampferfahrung und dem blitzschnellen Erfassen einer Situation, die unter Umständen zur Vernichtung eines nicht ordnungsgemäß angemeldeten Raumschiffes führen könnte."

Die Lautsprecher über Menehl dröhnten. Der Funkoffizier eines USO-Schlachtschiffes meldete sich.

„Ihr Kommandant wird Ihnen bestimmt einige sehr freundliche Worte sagen, Sergeant. Wer hat Sie mit dem Rundruf beauftragt?"

Menehl hüstelte. Die grinsenden Gesichter seiner Untergebenen übersah er.

„Mein Gewissen, Sir. Roi Danton kann jede Sekunde aus dem Linearraum kommen. Es wäre vielleicht zu spät gewesen, wenn ich erst den Kommandanten oder gar den Chef angerufen hätte. Ein guter Soldat soll Komplikationen möglichst . . ."

„Hören Sie nur auf mit Ihren durchsichtigen Argumenten", unterbrach ihn der Offizier. „Schalten Sie ab, Mann. Wir wissen Bescheid."

Menehl schaltete tatsächlich ab. Dann drückte er auf den Rufknopf zum Zentraleoffizier und gab ihm den Wortlaut durch. Der Diensthabende informierte den Kommandanten. Nur eine Minute später summte in Atlans Kabine der Verbindungsschirm.

Der Lordadmiral lag wach auf dem ungewöhnlich harten Polster seines Bettes. Er hatte die Arme hinter dem Nacken verschränkt und dachte über Dinge nach, die ihm aufgefallen waren.

Atlan drehte den Kopf, sah zu dem Wandschirm hinüber und überlegte sich, ob er den Ruf annehmen sollte. Schließlich betätigte er doch die Fernbedienung an der Kopfleiste seines Bettes. Das Gesicht des Flaggschiffskommandanten, Gys Reyht, erschien.

Oberst Reyht gehörte zu den ganz wenigen Epsalern, denen es in mühevoller Arbeit gelungen war, die Andeutung eines Vollbarts zu züchten. Ebenso breit wie hoch gebaut, stand er in der Zentrale vor der Aufnahme und wartete auf das Empfangssignal.

„Oh, Mr. Reyht, wie schön, Sie schon wieder zu sehen", vernahm er Atlans Stimme. „Welche drohende Gefahr veranlaßt Sie, mich zu stören?"

„Ein galaktischer Stutzer namens Roi Danton", antwortete der Epsaler kurz und bündig. „Er kündigt mit Ihrem privaten Kode seine baldige Ankunft an. Ich – Verzeihung, die Ortung meldet sich. Dantons FRANCIS DRAKE ist mitten im 14. Offensiv-Verband erschienen. Frechheit, Sir!"

Atlan wurde plötzlich sehr munter. Er richtete sich auf.

„Sie sagen es überdeutlich, Mr. Reyht. Da dieser seltsame Mensch aber nur aus Frechheiten zu bestehen scheint, sollte man ihm verzeihen. Lassen Sie einen Rundruf durchgehen. Die Freibeuter – ich meine das Freihändlerschiff darf passieren."

„Schon erledigt, Sir. Unerlaubt allerdings. Unser diensthabender

Funksergeant hat sofort nach Eingang des Spruches geschaltet. Wenn ich mir eine Bemerkung erlauben dürfte ...!"

Atlan wirkte interessiert.

„Verzeihen Sie ihm die Eigenmächtigkeit. Ein tüchtiger Mann, dieser Sergeant. Ja, bitte – was wollten Sie bemerken?"

„Die Männer aller Einheiten versprechen sich eine Zirkusvorstellung erster Güte. In der Zentrale der IMPERATOR bemerkte ich lauter feixende Gesichter."

„Ja und?"

„Man sollte die Kommandanten anweisen, gefälligst auf ihren Wartepositionen zu bleiben. Wenigstens tausend Schiffe nehmen Fahrt auf und folgen dem Freibeuter."

„Freihändler!"

Oberst Gys Reyht gab es auf. Er kannte Atlans unverständliche Sympathie für diesen Kerl, dem es beliebte, in der Tracht des endenden 18. Jahrhunderts aufzutreten und mit dem Gebaren eines weibischen Höflings sämtliche Intelligenzen der Galaxis zu verulken.

Die wenig zartbesaiteten Männer der Flotte hatten dafür andere Ausdrücke gefunden; aber das änderte nichts daran, daß sie in Roi Danton eine phantastische Figur sahen, deren Auftritt man unter keinen Umständen versäumen durfte.

„Die FRANCIS DRAKE beginnt mit dem Bremsmanöver", meldete die Ortung der IMPERATOR III. „Exakt, Sir. Sauberes Anflugmanöver, genau berechnet."

„Hatten Sie etwas anderes erwartet?" gab Atlan durch. „Man sollte meinen, Sie hätten Rois neunhundert Mann auf Rubin kennengelernt. Zu Ihrer Information, Mr. Reyht – ich habe den König der Freihändler erwartet. Den Kode erhielt er von mir. Wenn er anruft, legen Sie in meine Kabine um. Ende."

Atlan schaltete ab. In der Verbindungstür zum geräumigen Wohnraum war Melbar Kasom, der zweieinhalb Meter große und nicht weniger breite Ertruser erschienen.

Kasom war nach ertrusischen Begriffen noch immer ein junger Mann, dessen sandfarbener Haarkamm stachelig und sorgfältig gepflegt aus der sonst kahlen Schädelhaut hervorwuchs.

Schweigend, breitbeinig, die mächtigen Arme über der Brust verschränkt, stand er in dem Raum, dessen Decke er fast mit dem Sichelkamm berührte.

Atlan stand auf und reckte sich. Er hatte in voller Uniformkombi auf dem Bett gelegen.

Jetzt warf er dem Giganten einen prüfenden Blick zu.

„Nun, alter Kampfgefährte – warum zieht man ein Gesicht wie ein naßgewordener Sandwühler? Hatte man Ärger? Macht der Küchenchef Schwierigkeiten?“

Kasom runzelte die Stirn. Die Bemerkung berührte ihn ausnahmsweise nicht, denn er kam soeben aus dem Speiseraum zurück. Fünf terranische Puten und zehn Pfund Trockengemüse hatten seinetwegen aus den Vorratslagern geholt werden müssen.

„*Man* hat keine Schwierigkeiten“, grollte die Stimme des Riesen. „*Man* hat soeben einen bescheidenen Imbiß zu sich genommen.“

„Aha! Es freut mich zu hören, daß man Sie nicht zwingt, Menschen anzufallen.“

Kasom grinste plötzlich. Er trug die Rangabzeichen eines Generals der USO, darüber jedoch das wesentlich wichtigere Symbol eines Spezialisten. Für Kasom zählte es mehr als die goldenen Kometen.

Er gab seine Haltung auf und stampfte durch die Kabine. Atlan ordnete sein langes Haar und griff nach dem breiten Kombigürtel mit der Waffentasche.

„Was will der Gauner?“ erkundigte sich Kasom. „Er muß doch einen Grund haben, die Kampfzone in Jellicos-System zu verlassen und an einem Ort aufzutauchen, wo nichts los ist.“

„Stimmt. Hier ist aber etwas zu *holen*. Sie vergessen, daß sich der tatsächliche Befehlshaber über etwa siebentausend Freihändlerschiffe von zumeist beachtlicher Größe, Bewaffnung und Ausrüstung von uns geneppt fühlt.“

Melbar lachte dröhnend. Atlan hielt sich die Ohren zu.

„Geneppt? Ausgerechnet Roi Danton, dessen Lebensaufgabe darin besteht, andere Leute übers Ohr zu hauen?“

Atlan blickte sinnend in den Spiegel. Kasom war, als schaute der Admiral hindurch.

„Ich glaube, Sie irren sich. Dieser junge Mann, den ich, weiß der Teufel woher, kenne, spielt ein kompliziertes Spiel. Sein Auftreten ist eine Maske. Ich frage mich, was er zu verbergen hat und vor wem er sich verbergen will."

„Vor seinem eigenen Ich", schlug Kasom spöttisch als Lösung vor.

Atlan drehte sich um.

„Sie haben unter Umständen ein wahres Wort gesprochen. Wir gehen an Bord der FRANCIS DRAKE. Machen Sie sich fertig. Normale Borduniform. Paradekleidung ist überflüssig."

Kasom runzelte die Stirn. Er wunderte sich über die eigentümliche Einstellung seines Chefs. Etwas wie Unruhe erfüllte ihn, als er sagte:

„Sir, ich habe zwar über den Burschen Tränen gelacht und werde auch wahrscheinlich erneut Tränen lachen; aber das bedeutet nicht, daß ich seine Maßnahmen grundsätzlich billige. Er hat Transformkanonen an Bord!"

„Richtig. Und Perry Rhodan weiß es! Ich bin neugierig, mit welchen Nachrichten Danton diesmal ankommt. Auf dem uns bekannten Zentral- und Stützpunktplaneten der Kosmischen Freihändler scheint man gut rechnen zu können. Sind Sie soweit?"

Kasom überhörte die Frage und fuhr sich mit dem Handrücken über den Mund.

„Man nennt diese Welt Olymp und die Sonne, die sie umkreist, Boscyks Stern. Kaiser Lovely Boscyk soll der eigentliche Machthaber unter den Freihändlern sein, denen wir leider nicht das Handwerk legen können. Rhodan hätte sie als autarke Macht in das Imperium eingliedern und sie somit terranischen Gesetzen unterstellen sollen. Dann hätten wir es leichter, den Burschen auf die Finger zu sehen."

Atlan ging auf die Tür zu und verscheuchte seinen Bedienungsroboter, der ihm eine frische Uniform aufdrängen wollte.

„Sie sehen die Dinge falsch. Dieser sogenannte Kaiser Boscyk ist ein alter kranker Mann. Er hat lediglich zu repräsentieren, nicht aber zu befehlen. Außerdem bezweifle ich, daß sich die Freihandelskapitäne Befehle erteilen lassen."

„Irgendwie muß die Organisation gelenkt werden."

„Dieser Lenker ist Roi Danton, Boscyks rechte Hand. Wenn man bedenkt, daß Roi lange Zeit die Bodenschätze des Planeten Rubin ausbeuten konnte, ohne von uns daran gehindert zu werden, wird es klar, daß er zu den wirtschaftlich mächtigsten Privatleuten der Galaxis gehört. Rubin ist die reichste Fundstätte für *Howalgonium*; unersetzlich für Intelligenzen, die überlichtschnell arbeitende Geräte aller Art bauen wollen. Nun kommen Sie schon.“

Fünf Minuten später erschienen Atlan und der Ertruser in der Zentrale der IMPERATOR III. Auf den großen Bildschirmen der Panoramagalerie glänzte bereits der Terkonitstahlrumpf der FRANCIS DRAKE.

Der achthundertfünfzig Meter durchmessende Kugelkörper kam mit hoher Fahrt auf. Aus den Schirmfelddüsen des mächtigen Maschinenringwulstes peitschten glutende Energieströme, die auf den Tasterschirmen wie leuchtende Wasserfälle erkennbar wurden.

„Größer als ein Schlachtschiff der Stardustklasse“, nörgelte Oberst Reyht. „Ich möchte wissen, wo solche Giganten in derartiger Perfektion gebaut werden. Dabei denke ich vor allem an die Bewaffnung. Die FRANCIS DRAKE hat eine Feuerkraft wie ein Fünfzehnhundertmeter-Imperiumsraumer.“

„Mehr, viel mehr“, korrigierte Atlan mit einem amüsierten Seitenblick auf den erbosten Kommandanten seines Flaggschiffes. „Sie vergessen die neuartige Ladeautomatik seiner Transformgeschütze. Danton schießt drei- bis viermal so schnell wie wir.“

Atlan blickte auf die Bildschirme, von denen die FRANCIS DRAKE nun voll eingefangen wurde. Die Infraroterfassung war erstklassig.

Das mächtige Kugelschiff wurde mit lohenden Triebwerken innerhalb einer Sekunde zum Stillstand gebracht. Es war, als hätte ein unsichtbarer Riese ein heranrasendes Geschoß mit der Hand aufgefangen.

Als das Lohen und Glühen unter dem Ringwulst erlosch, schwebte das Freifahrerschiff mit kaum meßbarer Drift Steuerbord querab von der IMPERATOR im All. Die Entfernung betrug nur zwei Kilometer.

„Minimalster Sicherheitsabstand, natürlich!“ regte sich der Kommandant auf. „Weder Danton noch wir könnten jetzt einen HÜ-Schirm aufbauen. Der Teufel soll ihn stückweise holen.“

„Seien Sie doch nicht so gehässig, Mr. Reyht. Nanu – was ist *das* schon wieder! Ortung, messen Sie die Gaszungen an, die überall am Rumpf hervorzucken. Stellen Sie ihre energetische Natur fest.“

Die Robotauswertung lief bereits. Ehe die Erscheinungen verschwanden, lag die Auswertung vor.

„Ortung an Admiral: Es handelt sich um neuartige Steuerdüsen für Driftausgleich und Minimalkorrekturen. Rein chemische Kleintriebwerke, Ende."

Kasom schüttelte den mächtigen Schädel.

„Man lernt nie aus! Chemische Triebwerke auf einem Raumschiff der konstruktiven Superlative. Ich möchte wissen, was der charmante Gauner sonst noch alles aufbieten kann, wovon wir keine Ahnung haben. Wer baut ihm das? Wir brauchen ein Entwicklungsteam von wenigstens tausend Mann und fünf Spezialpositroniken, wenn wir nur eine Verbesserung erreichen wollen. Auch Danton kann nicht hexen. Wo also stecken die Männer und Frauen aller Fachgebiete, die ihm die Ausrüstung liefern?"

Atlan verzichtete auf eine Antwort. Diese Frage war schon zu oft erörtert worden. Sie wäre nur dann lösbar gewesen, wenn die Abwehr mit allen zur Verfügung stehenden Mitteln eingesetzt worden wäre.

Eine weitere Geheimhaltung des Heimathafens und der anderen Faktoren wäre dann nicht mehr lange möglich gewesen.

Die Männer und Frauen der Abwehr, vordringlich aber die Mutanten, wurden jedoch für wesentlich wichtigere Zwecke benötigt. Die Entdeckung der Freihändlerstützpunkte war seit dem Auftauchen OLD MANS und der Kristallagenten noch unwichtiger geworden als während der etwa dreißigjährigen Friedensperiode von 2406 bis 2435.

Daran mußte Atlan denken, als der Anruf der FRANCIS DRAKE empfangen wurde. Roi Danton hätte infolge der geringen Distanz zwischen beiden Schiffen ohne weiteres die normallichtschnelle Ultrakurzwelle verwenden können.

Er tat es jedoch nicht, sondern gebrauchte die hyperschnelle Bildsprechverbindung. Atlan ahnte, daß es dem Freihändler darauf ankam, auf allen anderen Schiffen der Morgenrotflotte gehört und gesehen zu werden.

Der Arkonide konnte kaum ein Lächeln unterdrücken. In seinen rötlichen Augen erschien ein seltsames Funkeln. Danton, jener Mann, der sich den Namen eines längst vergangenen Terraners aus der Zeit der Französischen Revolution zugelegt hatte, war ein scharfsinniger Gegner.

„Anruf FRANCIS DRAKE, Sir", gab die Funkzentrale des USO-Flaggschiffes durch. „Ich stelle durch zur Zentrale."

„Tun Sie das. Was ist bei Ihnen los? Was soll der Lärm?"

Der Funkoffizier räusperte sich.

„Die – äh – die Männer der Freiwache haben plötzlich alle etwas in der Zentrale zu tun, Sir. Wichtige Kleinreparaturen, unaufschiebbar."

„Ah, so, ich verstehe. Schicken Sie die Herren zurück. Die Sendung wird über Rundruf in alle Abteilungen übertragen. Ich bin kein Unmensch."

„Beuteterraner", murmelte Kasom vor sich hin und lachte unverschämt. Sein „Murmeln" war so laut, daß man es nicht überhören konnte.

Atlan warf dem Ertruser einen drohenden Blick zu. Seitdem er bei dem „Unternehmen Vergangenheit" vor etwa dreißig Jahren erkannt hatte, daß er von den Frühmenschen der terranisch-lemurischen Epoche abstammte und nichts anderes war als ein leicht mutierter Nachkomme lemurischer Kolonisten, war er den Spitznamen „Beuteterraner" nicht mehr losgeworden.

Ein Teil der Bildschirmgalerie leuchtete auf. Das breite, flachgedrückt wirkende Gesicht eines wuchtig gebauten Epsalers erschien. Es war Rasto Hims, Erster Offizier und stellvertretender Kommandant der FRANCIS DRAKE.

Den Kommandanten stand der Titel „Fürst" zu. Die Offiziere waren „Edelmänner", die gewöhnlichen Besatzungsmitglieder „Bauern".

Danton war der ungekrönte König nach einem sogenannten „Kaiser", der noch niemals in Erscheinung getreten war.

Atlan holte tief Luft, als er Rasto Hims erblickte. Dieser Epsaler war ein typischer Freihändler mit unverschämten Manieren – oder *beinahe* unverschämten Manieren. Er glich allen anderen Freihandelskapitänen, deren „sportliche Betätigung" darin zu liegen schien, den Kommandanten und Offizieren der regulären Flottenverbände Frechheiten an den Kopf zu werfen und ständig zu betonen, wie frei, fortschrittlich und ungebunden man sei.

Es hatte lange gedauert, bis man in der Solaren Flotte begriffen hatte, daß diese Bemerkungen zum normalen Sprachschatz der Freihändler gehörten. Sie schienen ohne ihre massiven Sticheleien nicht leben zu können. Peinlich war nur die Tatsache, daß sie sehr oft wunde Stellen berührten und Wahrheiten sagten, die niemand gern hörte.

Noch peinlicher war es, daß man dagegen nichts unternehmen konnte; denn kein Freihändler versäumte es, seine Anspielungen mit jenem gewissen Grinsen an den Mann zu bringen, gegen das ein humorvoller Mensch nahezu machtlos war.

Atlan wappnete sich mit Geduld. Sein Körper spannte sich, ohne daß es ihm bewußt wurde. Er stand vor den Bildschirmen wie ein sprungbereiter Tiger.

„Die Mächtigen und Kinderliebenden, deren Vertreter zu sein ich, Edelmann Rasto Hims, die Ehre habe, grüßen mit gebotener Herablassung jene Leute, die in dem kümmerlichen Schiffchen links von uns im typischen Dämmerschlaf gutbezahlter Nichtstuer liegen", dröhnte es als Begrüßung aus den Lautsprechern.

Die Folge davon war eine Lachsalve aus dreitausend USO- und Terranerschiffen. „Edelmann" Hims grinste so unverschämt, wie man es von Männern seiner Gattung gewohnt war. Hätte er sich anders ausgedrückt, wäre er von den Terranern und umweltangepaßten USO-Spezialisten nicht für voll genommen worden.

Nur Kommandant Gys Reyht und noch einige andere Männer verzogen keine Miene.

„Widerlich!" sagte der USO-Oberst. „Und dieser Bursche entstammt meinem Volk! Man sollte ihm vom epsalischen Ältestenrat das Patent entziehen lassen. Das wäre überhaupt die einzige Möglichkeit, ihn unschädlich zu machen."

„Gruß dir, Kollege", sprach Rasto Hims den Oberst an. Die Bilderfassung der IMPERATOR III lief infolge einer „zufälligen" Spezialschaltung der Techniker mit extremer Weitwinkelerfassung. Auf den Bildschirmen der anderen Schiffe war beinahe die ganze Zentrale zu sehen.

„Guten Tag, Mr. Hims", entgegnete Reyht reserviert. „Wie geht es Ihnen?"

Der Edelmann sah sich stirnrunzelnd nach anderen Freifahrern um, die man nicht erblicken konnte.

„Habt ihr das gehört, Brüder? Er siezt mich schon wieder. Das macht der neue Orden auf seinem epsalunwürdigen Speckbauch. Diese USO-Kommandanten mästen sich auf unsere Kosten. Kollege Reyht, ich bestrafe dich mit betonter Zurückhaltung."

Atlan hustete verdächtig laut. In seinem Gesicht zuckte jedoch kein Muskel. Reyhts Untergebene gaben seltsame Geräusche von sich, hüteten sich jedoch, ihren Kommandanten anzusehen.

Rasto Hims wandte sich endlich an Atlan. Jovial winkend, erklärte er:

„Verbindlichen Gruß, Herr Admiral. Wir bemerken wohlwollend, daß Sie eine frische Uniform angelegt haben. Niveau, Niveau, Sir! Schließlich ist ein König zu Besuch gekommen."

Atlan nickte unerschüttert.

„Sie sagen es, Edelmann Hims. Ihr Anpassungsmanöver war gut, aber es glich dem Beinahe-Halsbruch eines angeberischen Akademiekadetten, den man erstmals an die Kontrollen läßt, ohne zu bedenken, daß seine Braut zuschaut. Als Ihre hochanständigen Vorfahren noch auf Terra lebten und sich sogar in ihren schlimmsten Träumen dagegen wehrten, von Enkeln Ihrer Sorte belästigt zu werden, sagte man zu derartigen Risikomanövern unter anderem ‚Kavaliersstart'. Reicht Ihre Bildung aus, um mit diesem Begriff etwas anfangen zu können?"

Diesmal wurde auf der FRANCIS DRAKE gegrinst. Atlan war ein harter Gegner, Edelmann Hims holte tief Luft. Abscheu zeichnete sein Gesicht.

„Ich verzichte auf eine Entgegnung, Admiral."

„Ihnen hängen wohl die Trauben zu hoch, was?"

„Ich weiß nicht, was Sie damit andeuten wollen."

„Der Ausspruch entstammt einer uralten terranischen Erzählung. Das werden Sie nie verstehen. Wie geht es Seiner Majestät?"

„Roi Danton, der König der hochlöblichen Freihändler, geruht, sogleich mit Ihnen zu sprechen. Der König ist noch bei seiner Toilette. Man sagt auch Make-up; aber das werden Sie wiederum nicht verstehen. *Altterranisch*!"

Edelmann Hims versuchte, das blasierte Gesicht seines Chefs nachzuahmen. Atlan konnte sich kaum noch beherrschen. Er hustete erneut.

Ehe er eine treffende Entgegnung aussprechen konnte, wurde in den Lautsprechern von etwa dreitausend Raumschiffen ein gequältes

Gejammer und Gekreische vernehmbar. Jemand schaltete sich mit hoher, weinerlich klingender Stimme in das Gespräch ein.

„Edelmann Hims, muß man mich denn schon wieder stören! Meine Nerven, meine Nerven! Diese lauten Worte – und so grob ausgesprochen! Hilf Himmel, ich echauffiere mich! Entsetzlich! Oro, setze einen Blutegel an, so widerlich diese Kreaturen auch sind. Immerhin beugen sie dem Schlagfluß vor. Edelmann Hims, Sie sehen mich ungnädig. Oro, mein Riechfläschchen."

Das Gejammer verklang mit einem gequälten Aufschluchzen. Dreitausend Besatzungen begannen zu johlen. Rasto Hims zeigte sich erschrocken.

„Verzeihung, König. Diese USO-Flaschen da drüben sind zu trübe, um sie auszutrinken."

„Edelmann Hims!" Es klang wie ein Aufschrei.

Sekunden später erschien Roi Dantons Prunkkabine im Bild.

Roi Danton, ein großer, schlanker Mann mit sympathischen Zügen, ruhte in einem großen Fauteuil mit prächtig geschnitzter Lehne und echten Lederpolstern. Die Einrichtung des Wohnraumes glich einem Salon des ausgehenden 18. Jahrhunderts.

Der König war schon voll angekleidet. Sein rubinroter Frack, goldbestickt und vorteilhaft von der weißseidenen Weste abstechend, kontrastierte mit dem zartblauen Samt seiner engen Kniehose.

Lange Seidenstrümpfe und edelsteinbesetzte Schnallenschuhe vervollständigten zusammen mit den wallenden Spitzen an Halskrause und Manschetten das Bild eines vornehmen Franzosen des Jahres 1792 n. Chr.

Rois ringgeschmückte Hände ruhten auf grünseidenen Spezialpolstern, die wiederum an verschnörkelten und reichvergoldeten Schwenkhalterungen der Armlehnen angebracht waren.

Zwei Siganesen, nicht größer als fünfzehn Zentimeter, waren eifrig damit beschäftigt, die Fingernägel des Königs zu polieren.

Die umweltangepaßten Zwerge, gekleidet wie Schiffsoffiziere zu Nelsons Zeiten, trugen an ihren winzigen Füßen weiße Saffian-Lederpölsterchen, die sie mit artistischer Gewandtheit über Rois Nägel gleiten ließen. Sie sprangen von Finger zu Finger, holten weit aus und polierten dann, daß ihnen der Schweiß unter den weißen Perücken hervorrann.

Zwei grünhäutige Lakruser, kahlköpfige Zwerge mit krummen Beinen und runzeligen Babygesichtern, fächelten dem König frische Luft zu. Sie trugen orientalische Trachten mit kunstvoll gewickelten Turbanen.

Oro Masut, Leibwächter und Diener des Freifahrers, versprühte soeben aus seiner riesigen Duftspritze Parfümwolken, unter deren belebender Wirkung der offenbar ohnmächtig gewordene König wieder zu sich kam.

Er schlug ächzend die Augen auf, bemerkte die fingernägel-wetzenden Siganesen und hauchte:

„Schneller, meine Lieben, schneller. Der Sire, Seine großherrliche Majestät und Imperator von Arkon, erwarten meinen Anruf. Wir sind ungehalten, Oro, vollende dein Werk. Parbleu, der Seifenschaum trocknet bereits. Meine unendlich empfindsame Haut wird leiden. Ich dürfte unansehnlich werden. Entsetzlich! *Mir* das. Frisch einseifen."

Oro Masut, umweltangepaßter Ertruser, noch zehn Zentimeter größer als Melbar Kasom und entsprechend breiter in den Schultern, trug die Tracht eines königlichen Musketiers.

Man hörte seine dröhnende Stimme.

„Mein König – dieser Schaum trocknet nie! Seine erfrischende und belebende Wirkung auf die herrlichen Poren Ihrer Haut wird noch vertieft durch die einzig standesgemäße Methode der historischen Naßrasur."

„Richtig, richtig, mein Bester", stöhnte Danton erleichtert. „Ich vergaß die Künste der Vorfahren. In der Tat – es wäre für einen Edlen von meinem Stande ein Fauxpas, nach der Art moderner Tölpel zum elektrischen Rasiergerät, oder gar zur Bartentfernungscreme mit ihren zersetzenden chemischen Bestandteilen zu greifen. Oro – das Messer! Wo ist der Hohlschliff-Akrobat?"

„Blakhat . . .!" brüllte der riesige Ertruser und zog ein Rasiermesser mit goldenem Griff aus der Tasche.

Roi verdrehte die Augen bei dieser Geräuschentwicklung.

Aus dem Hintergrund des Salons sprang ein Wesen mit seidenmatt schimmernder Lederhaut in den Bildbereich. Das anscheinend halbintelligente Tier glich einer fußballgroßen Kugel mit sechs Spinnenbeinen.

Oro hielt die Klinge dicht über den Boden. Blakhat nahm einen

Anlauf und begann plötzlich zu rotieren. Er sauste einige Male mit hoher Drehzahl längs der Klinge entlang, wechselte die Seite und verschwand danach mit einem hellen Quietschen.

Atlan, der das Schauspiel scharf beobachtete, war nicht mehr in der Lage, ein Wort zu verstehen.

Die Zentrale der IMPERATOR III glich plötzlich einem Tollhaus, in dem etwa fünfzig erstklassig ausgebildete Kosmonauten, Positroniker, Mathematiker und Hochenergieingenieure wie Verrückte brüllten.

Auf den anderen Schiffen der Morgenrotflotte sah es nicht besser aus. Die einzelnen Kommandanten sprachen später von einem Lachorkan, der sämtliche Besatzungen absolut kampfunfähig gemacht hätte.

Atlan lachte Tränen. Nur Oberst Gys Reyht kochte vor Zorn. Er schrie mit seiner mächtigen Stimme durch den Lärm:

„Ruhe an Bord! Ist das ein Ultraschlachtschiff der USO – oder ein Irrenhaus? Ruhe!“

Als niemand auf ihn hörte, knirschte Reyht zusätzlich:

„Naßrasur! Auch das noch! Wenn der Ertruser diesem Kerl den Hals durchschneidet, zahle ich ihm ein Jahresgehalt.“

Oro Masut dachte nicht daran. Mit seiner enorm scharfen Edelstahlklinge fuhr er flink und doch zart über Dantons Wangen, Kinn und Halspartie. Der König stieß dabei Laute aus, die wie das verzückte Jauchzen eines Kindes klangen. Hier und da wurden einzelne Worte vernehmbar.

„Köstlich, dieses flaumzarte Umschmeicheln meiner Haut mit schärfster Klinge; elegant geführt und behutsam gehandhabt. Ich werde ein Gedicht verfassen. Wie arm sind die heutigen Bauernlümmel mit ihren ätzenden Cremes und Elektrorasierern dran. Weiter, Oro, weiter. Ich erahne noch ein Härlein links unter meinem stählernen Kinn.“

Atlan setzte sich. Um Luft ringend, versuchte er, in dem markanten Gesicht des Dreißigjährigen zu lesen. Woher kannte er Roi Danton?

Das photographische Gedächtnis des Arkoniden versagte auch diesmal. Niemand unter zirka dreihunderttausend schallend lachenden Männern der Morgenrotflotte kam auf die Idee, daß dieser Geck Perry Rhodans spurlos verschwundener Sohn sein könnte. Niemand identifizierte Roi Danton als Michael Reginald Rhodan, der nach seiner kosmonautischen und technischen Ausbildung auf den besten Hochschulen Terras im Alter von vierundzwanzig Jahren in den Weiten des Alls verschwunden war.

Rhodan wußte nur, daß sein Sohn sich dagegen gewehrt hatte, im nahezu erdrückenden Bannkreis seines Vaters aufzuwachsen.

Mike hatte es abgelehnt, stets und überall offene Türen vorzufinden, nur weil er zufällig Rhodan hieß. Er war der Auffassung gewesen, aus eigenen Kräften zu einer Persönlichkeit heranreifen zu müssen.

Dies war vor sechs Jahren geschehen. Seine Zwillingsschwester, Suzan Betty Rhodan, war Mikes Spuren gefolgt. Sie hatte einen unscheinbar wirkenden Hyperphysiker geheiratet, den man auf Terra als wissenschaftlichen Narren angesehen hatte. Niemand, selbst aufgeschlossene Männer wie Professor Kalup nicht, hatten die tollen Ideen des Dr. Geoffry Abel Waringer begreifen oder gar würdigen können.

Roi dagegen hatte sich gehütet, Rhodan oder Atlan mitzuteilen, daß er seine Überwaffen eben diesem verkannten Genie zu verdanken hatte, das auf einem einsamen Planeten mit Billigung von Rhodans Gattin, Mory Rhodan-Abro, Theorien in die Tat umsetzte, von denen bereits hochqualifizierte terranische Fachkräfte mit steigender Unruhe sprachen.

Rois Maskerade war begründet. Sie war so extrem und so auffällig, daß sie unauffällig wurde. Selbst Atlan gelang es nicht, aus den Gesichtszügen mehr als eine vage Erinnerung herauszulesen.

Die 300 000 Spezialisten auf den Schiffen der Morgenrotflotte ahnten nicht, daß Roi auf einem winzigen Bildschirm die Wirkung seines Auftritts verfolgte.

Die Naßrasur war beendet. Ein grüner Zwerg legte zwei Dampfpackungen auf und begann sodann mit dem Eincremen der völlig glatten Haut.

„Also wie dem auch sei . . .“, rief Atlan dem Kommandanten zu, „so einwandfrei glatt bin ich mit bester Elektroautomatik oder Entfernungscreme nie geworden. Dieser König hat Geschmack. Gestehen Sie ihm wenigstens *das* zu.“

Danton entschloß sich, sich endlich zu melden.

Auf den Bildschirmen war plötzlich ein sorgfältig gepudertes Gesicht in Großaufnahme zu sehen. Er schien jetzt erst Atlan erblickt zu haben.

Roi stieß den Duftwolken versprühenden Ertruser zur Seite, verscheuchte die schweißtriefenden Siganesen von den Fingern und richtete sich auf. Der grüne Zwerg zupfte noch an der weißgepuderten Perücke herum.

„Sire, sind Sie es wirklich?“ rief Roi und breitete theatralisch die gepflegten Hände aus. Mit gespitzten Lippen, die Augen geschlossen, fuhr er überschwenglich fort:

„Bonjour, Sire, mein mächtiger Gönner und Freund. Comment allez-vous? Je suis enchanté de vous voir.“

Atlan räusperte sich und stand wieder auf.

„Was hat der Kerl gesagt?“ erkundigte sich Gys Reyht argwöhnisch und fuhr mit der Rechten über seinen dünnen Bart.

„Guten Tag und wie es mir geht. Der König freut sich, mich zu sehen. Willkommen, Monsieur. Wie man sieht, scheinen Sie Messer zu lieben. Ist das eine indirekte Beziehung zur Guillotine, auf der dieser Advokat, dessen Namen Sie sich ausgeliehen haben, seinen schönen Kopf verlor?“

„Ha, ha!“ machte Reyht. „Ich wiederhole: Der Ertruser bekommt von mir ein Jahresgehalt, wenn ihm bei der Naßrasur einmal das Messer ausrutscht.“

Roi hatte sich erhoben. Tänzelnd, mit den Fußspitzen kaum den Boden berührend, kam er auf die Aufnahmeoptik zu.

Eben noch strahlend, drückte sein Gesicht plötzlich jähes Entsetzen aus. Er tastete nach einem Halt, den ihm der herbeispringende Ertruser sofort gewährte.

„Entsetzlich“, hauchte der König. „Sieh dort! Welcher Niederträchtige hat diesen Gorilla freigelassen? Bringt Frauen und Kinder in Sicherheit, alarmiert den Gendarmen. Oder sollte das gar ein indischer Orang-Utan sein?“

Roi starrte auf den Schirm, auf dem ein fassungsloser Oberst Reyht erkennbar war. Oro Masut verzog sein vernarbtes Gesicht zu einem breiten Grinsen.

„Beruhigen Sie sich, Herr. Die Männer der IMPERATOR werden ihn wieder einfangen.“

Was danach auf der IMPERATOR III und den anderen Schiffen geschah, ging in die Geschichte der USO ein.

Drei Männer wanden sich in Lachkrämpfen am Boden und mußten in die Bordklinik eingeliefert werden.

Gys Reyht verlor mindestens fünfzig Haare seines Bartes, da der völlig erschütterte Lordadmiral in der Eile keinen anderen Halt gefunden hatte.

Melbar Kasom fühlte plötzlich gewisse Sympathien für seinen narbengesichtigen Landsmann. Die USO-Besatzungen wurden infolge einer gewissen seelischen Erschütterung erneut kampfunfähig.

Gys Reyht verließ wutschnaubend die Zentrale. Vor dem Außenschott wurde er von Major Skor Kandrete erwartet. Der Erste Feuerleitoffizier der IMPERATOR hatte unter Rois Spitzfindigkeiten noch viel mehr zu leiden gehabt als sein Kommandant.

„Ich bin feuerklar", flüsterte er dem Epsaler erregt zu. „Sir – ein Wort von Ihnen, und ich drücke auf die Knöpfe. Ich kann mich nicht mehr beherrschen."

Die Folge davon war ein exakter Niederschlag, in früheren Zeiten K. o. genannt. Oberst Reyht schritt über den besinnungslosen Plophoser hinweg und überlegte sich mit allmählich klarwerdenden Sinnen, wie er diesen unglaublichen Vorfall in eine vorschriftsmäßige Meldung einzubauen hätte.

Roi ahnte nichts davon. Er hatte nur gesehen, daß der Kommandant die Zentrale verlassen hatte.

„Sie sind gerettet, Sire", gab er erleichtert durch. „Das Untier scheint sich freiwillig zu seinem Käfig zu begeben. Wer hat es abgerichtet?"

Atlan wischte sich die feuchten Augen. Es dauerte noch drei Minuten, bis er seine eigene Stimme wieder vernehmen konnte.

„Das war zufälligerweise mein Flaggschiffkommandant, Danton. Kommen wir zur Sache. Welchen hinterhältigen Absichten habe ich Ihren Besuch zu verdanken?"

Roi schien bei dieser beleidigenden Unterstellung ohnmächtig zu werden. Oros Riechfläschchen rettete ihn vor dem Schlimmsten.

„Aber, Sire!" schluchzte der König der Freihändler. „Sie verkennen mich. Halten Sie es meiner edlen Gesinnung zugute, daß ich Ihnen nicht augenblicklich meinen Sekundanten schicke."

Atlan verzog das Gesicht. Er erinnerte sich an das Degenduell auf Rubin, dem die Menschheit wahrscheinlich das Versagen der OLD MAN-Positronik zu verdanken hatte. Der Riesenroboter hatte lediglich zwei kämpfende Parteien geortet und angenommen, die von seinen Erbauern als Möglichkeit einkalkulierte Selbstvernichtung der Menschheit habe begonnen.

„Wie wäre es mit schweren spanischen Degen, Monsieur? Sie werden Ihre schönen Hosen verlieren und in unköniglicher Kahlheit erscheinen müssen."

Danton hüstelte. Es geschah selten, daß er nach Worten suchte. Schließlich winkte er blasiert ab und führte sein parfümiertes Spitzentüchlein an die Lippen.

„Ich war vor etwa acht Wochen indisponiert. Selbstverständlich lag es mir fern, Sie darauf aufmerksam zu machen. Ein bösartiger Schnupfen, wissen Sie. Ich wollte Ihnen in Anwesenheit des gemeinen Volkes die Blamage ersparen, einen Todkranken besiegt zu haben."

Atlan wurde ernst. Wieder suchte er nach Erinnerungen.

„Sie müssen ein Erdgeborener sein, Danton! Nur Terraner können so verblüffende Ausreden ersinnen. Ich hätte Lust, Ihre FRANCIS DRAKE nach altterranischer Seefahrtsitte mit der IMPERATOR zu rammen. Was halten Sie von der Idee?"

„Horrible, gräßlich! Ihr wildes Kriegerblut, Sire, scheint durch den ständigen Impulsstrom Ihres Zellaktivators nicht gelitten zu haben."

„Worauf Sie sich verlassen können. Wie gut sind Ihre Beiboote, Monsieur?"

Danton runzelte die Stirn und führte die Lorgnette vor die Augen. Durch das Stielglas starrend, hauchte er:

„Pardon . . .?"

„Wie gut Ihre Beiboote sind! Ich werde zusammen mit dem Spezialisten Melbar Kasom an Bord Ihres Schiffes kommen."

„Schon wieder eine Inspektion", vernahm man Hims' dröhnende Stimme. „Wir sind freie Männer und unabhängig von jeder staatlichen Bevormundung, egal, wer immer sie ausübt."

„Edelmann Hims, Beherrschung!" sagte Danton mit einem amüsierten Lächeln. Er machte eine wegwerfende Geste und erkundigte sich:

„Mir scheint, Sire, Ihr Entschluß ist bereits vor einiger Zeit gereift.

Ist es noch sinnvoll, Sie darüber zu informieren, daß *ich* die Absicht hatte, in mir selbst unverständlicher Großmut die nach Desinfektionsmitteln riechenden Räume der IMPERATOR zu betreten?"

Das Gelächter auf den Schiffen verstummte. Jedermann fühlte, daß es ernst wurde.

„Nein! Schicken Sie bitte ein Beiboot. Ich möchte sehen, wie Ihre Freibeuter mit kleinen Einheiten manövrieren."

„Freihändler!" brüllte Edelmann Hims dazwischen. „Ich werde...!"

„Du wirst gar nichts, epsalischer Zwerg", dröhnte des Ertrusers Stimme.

Kasom war dichter vor die Aufnahme getreten. „Wenn der Chef sagt, wir kommen an Bord, dann kommen wir an Bord. Das ist keine Inspektion!"

„Dann seien Sie mir willkommen", erklärte Roi seufzend. „Ich habe Ihnen, Sire, einmalige Angebote zu unterbreiten, mit der Bitte, sie gewissenhaft zu überprüfen."

Atlan erhob sich aus dem Kommandantensitz.

„Ich erwarte Ihr Boot. Über Ihre sogenannten Angebote werden wir sprechen. Ende. Funkzentrale IMPERATOR – schalten Sie ab."

Atlan schritt die Schaltempore hinunter. Dreihunderttausend enttäuschte Männer, die auf eine Fortsetzung des Wortgeplänkels gewartet hatten, fühlten, daß Atlan nicht länger bereit war, Dantons Vorstellung zu ertragen.

2.

Roi Danton hatte selbstverständlich einen Offizier geschickt. Der „Edelmann" Tusin Randta, Dritter Kosmonautischer Offizier der FRANCIS DRAKE, war nur wenige Minuten später mit einem Verbindungsoffizier in einer Space-Jet-Schleuse erschienen. Weder Atlan noch Kasom hatten Raumanzüge angelegt. Das linsenförmige Boot besaß sechs bequeme Sitze, eine winzige Luftschleuse dicht vor dem

Mikrotriebwerk und eine druckfeste Transparenthülle aus Panzerplastik.

Kasom hatte sich mutig in die Schleuse gezwängt. Als sein Kopf im Passagierraum aufgetaucht war, hatten die Schultern des Giganten endgültig Halt geboten.

Nach weiteren Verrenkungen, die dem eingeklemmten Ertruser immer mehr Verwünschungen entlockten, hatte sich Randta schließlich todernst erkundigt, weshalb der Herr Spezialist nicht von oben einsteige! Die Kanzel ließe sich auch hochklappen, und die Schleuse wäre „eigentlich“ nur für Manöver im luftleeren Raum bestimmt.

Fünf grinsende Schleusentechniker hatten den tobenden Ertruser wieder ins Freie gezogen. Da die Funkzentrale der IMPERATOR natürlich *nicht* abgeschaltet hatte, war Kasoms Abenteuer auf allen Schiffen der Morgenrotflotte beobachtet worden. Diesmal lachte man auf seine Kosten.

Atlan hatte geduldig gewartet, bis Melbar Kasom von oben in das Boot geklettert war und sich in halsbrecherischer Stellung auf und zwischen den beiden hinteren Sitzbänken ausgestreckt hatte.

So steckte er halb liegend, halb sitzend, mit eingezogenem Kopf unter der Stahlplastikhülle und verwünschte den Augenblick, in dem Atlan entschieden hatte, er wolle ein kleines Fahrzeug der Freihändler kennenlernen.

Tusin Randta verzog keine Miene. Er glich innerhalb des IMPERATOR-Schwerefeldes die Hecklastigkeit aus und glitt mit summender Impulsmaschine aus der Jet-Schleuse.

Das Ultraschlachtschiff ragte wie ein Berg aus Stahl hinter dem davonhuschenden Gleiter auf. Als Randta unter dem Ringwulst ankam, blickte er besorgt nach oben.

Die Düsenmäuler des Schiffsgiganten waren pro Einheit viele Male größer als der Schweber.

„Nur weiter“, ermunterte ihn Atlan. „Sie können sicher sein, daß niemand auf die Startknöpfe drücken wird.“

Die IMPERATOR blieb zurück. Die Schwärze des in diesen Randzonen sternarmen Raumes nahm das Boot auf.

Die FRANCIS DRAKE, obwohl nur zwei Kilometer entfernt, war mit bloßen Augen nicht zu sehen. Allein ein winziger Lichtpunkt, der ebensogut ein Stern hätte sein können, deutete darauf hin, daß drüben eine Luftschleuse offenstand.

Erst dicht vor dem Schiff wurden seine Umrisse erkennbar. Die glänzende Terkonit-Stahlhülle reflektierte das auftreffende Licht einer nahen Sonne.

Randta flog dicht über den Maschinenringwulst des Kugelschiffes hinweg und hielt mit einsetzenden Bremsdüsen auf das helle Rechteck zu. Das Anflugmanöver zeugte vom Können des Dritten Offiziers.

Der Schweber wankte nur kurz, als er von dem künstlichen Gravitationsfeld der achthundertfünfzig Meter durchmessenden FRANCIS DRAKE erfaßt wurde. Die Automatik glich die zerrenden Kräfte sofort aus.

Der Freihändler landete weich vor den inneren Schleusentoren. Hinter dem Boot glitten die Flügel der Außenhülle zusammen.

„Zum Teufel, wie lange dauert das noch?" stöhnte der Ertruser. „Ich komme mir vor wie eine zusammengeknüllte Tüte."

„Werde dick und satt", antwortete Randta mit dem ertrusischen Gruß. „Ihr Burschen eßt einfach zuviel."

„Wir sind körperlich stark und mächtig", entgegnete Melbar aggressiv. „Wenn dieser Hims den Druckausgleich verzögert, nur um mich noch länger in dieser Schachtel schmoren zu lassen, wird er für Ihre Quacksalber reif sein. Richten Sie ihm das aus."

Das anschwellende Pfeifen einströmender Luft bewies jedoch, daß der stellvertretende Kommandant nicht an solche Schikane dachte.

Als über den Innentoren das Grünlicht aufflammte, riß Kasom nach einem vorherigen Griff zum Schaltbord das Dach mit solcher Wucht nach oben, daß die Scharniere krachten. Ächzend richtete er sich auf, zertrümmerte die mittlere Sitzbank und reckte die Arme.

„He, das werden Sie bezahlen", schrie der Dritte Offizier. „Das ist Beschädigung fremden Eigentums."

„Ich werde dir bestenfalls das Genick massieren", versprach der Umweltangepaßte mit dröhnender Stimme. „Kein Wort mehr, oder ich vergesse mich."

Atlan stieg aus. Kasom folgte mit zwei riesigen Schritten, unter denen die dünne Außenhülle vor der Rahmenkonstruktion des Klappdaches zerbeult wurde. Tusin tobte und verlangte zweitausend Solar Entschädigung.

„Ich werde dich zweitausendmal durch die Schleuse feuern", grinste Kasom. „Was hältst du davon?"

Die Innentore schoben sich in die Panzerwandungen zurück. In dem großen, vorgelagerten Raum standen Rasto Hims und noch einige Männer.

Sie sprachen kein Wort, Kasoms Haltung war überdeutlich.

„Man hat mir befohlen, ich soll ‚willkommen' sagen", meldete sich der Epsaler, der trotz seiner zehn Zentner Lebendgewicht gegen Kasom tatsächlich wie ein Zwerg wirkte. „He – ich habe willkommen gesagt!" wiederholte Hims lauter.

Atlan nickte erneut und tippte mit dem Zeigefinger an den Blendschutz seines Funkhelmes. Beide USO-Offiziere trugen die normale Borduniform.

Hims schwieg. Er ging mürrisch aus dem Wege und machte dem Lordadmiral Platz. Kasom folgte ihm wie ein lebendig gewordener Panzer.

Roi Danton erschien – wie üblich – mit seinem sogenannten Gefolge. Oro Masut schritt vorneweg, versprühte Duftwolken und schrie, man solle dem König Platz machen.

Danton tänzelte hinterher und fächelte sich mit dem Spitzentüchlein frische Luft zu.

„Vorsicht, Herr, hier stinkt es nach USO-Desinfektionsmitteln", sagte Rasto Hims laut und schnüffelte in der Luft herum.

„Edelmann Hims!" jammerte Roi entsetzt. „Ich muß doch sehr bitten!"

Er steckte sein Tüchlein in die linke Spitzenmanschette und „schwebte" an seinem riesigen Leibwächter vorbei.

Als er vor Atlan angekommen war, riß der König seinen Dreispitz vom Kopf, schwenkte ihn elegant durch die Luft und beugte dabei das Knie so zierlich, daß Atlan anerkennend nickte.

„Sie können es, Monsieur", sprach er Danton an. „Viel besser habe ich es früher auch nicht gesehen. Ertruser, hören Sie auf, mir Ihre Duftwolken ins Gesicht zu sprühen. Oh – sieh an, man erlaubt sich einen Formfehler."

„Um Himmels willen", röchelte Danton, anscheinend einer Ohnmacht nahe. „In welcher Weise, Sire? Belehren Sie mich aus dem Schatz Ihrer Erinnerungen."

Kasom begann zu grinsen. Seinen ertrusischen Landsmann maß er mit verächtlichen Blicken.

„Ihr Leibwächter trägt die Tracht der königlichen Musketiere aus der Zeit des Kardinals Richelieu. Damals hatte man von einem Herrn Danton noch keine Ahnung. Aber Monsieur . . .!"

Atlan schüttelte vorwurfsvoll den Kopf.

„Faute de mieux – in Ermangelung eines Besseren", seufzte Danton. „Parbleu, mein kaiserlicher Freund, ich muß um Verzeihung bitten. Oro, kleide dich sofort als Mohr aus dem Morgenlande. Das paßt auf alle Fälle."

Kasom begann brüllend zu lachen. Masut warf ihm einen bitterbösen Blick zu.

„Spezialistenlümmel, Schande von Ertrus; Söldling der Überheblichen – ich werde dich einatmen."

Kasom schloß den Mund, beugte die Schultern nach vorn und stapfte auf den „Musketier" zu.

Dantons Degen zischte wie ein silberner Blitz durch die Luft. Die Klinge blieb waagrecht zwischen den beiden Riesen in der Luft stehen.

„Bis hierher und nicht weiter", lächelte der König. „Das gilt für beide Herren."

Kasom blieb stehen.

„Du wirst den Meister aller Klassen eines Tages näher kennenlernen", versprach Melbar seinem Landsmann.

„Dann suchen Sie sich aber bitte einen unbewohnten Planeten aus", schlug Danton vor. „Mon Dieux – wollen Sie mein schönes Schiff zertrümmern? Tausendmal pardon, Sire. Diese Übermenschen verlieren so leicht die Beherrschung; übrigens typisch für das gemeine Volk. Kein Adel, verstehen Sie, keine Charakterbildung."

„Natürlich, natürlich", nickte Atlan ernsthaft.

„Vous êtes bien aimable, Sire – Sie sind sehr liebenswürdig."

„Pas de quoi, Monsieur – keine Ursache."

Danton stieß ein albernes Gejauchze aus.

„Hört, hört, wie er die Sprache der wahrhaft Edlen beherrscht. Sie sehen mich gerührt. Ich gewähre Ihnen eine Gunst."

„Ein Ochsenviertelchen, schön knusprig", meldete sich Kasom.

Danton zuckte zusammen.

„Oro . . .!"

„Niedere Kreaturen haben zu schweigen, wenn feine Leute sprechen", grinste der narbige Ertruser. „Verdammt, dem König wird übel. Ochsenviertelchen, ha! Sind wir hier bei der verschwenderisch lebenden USO, oder auf einem Schiff eines sparsamen Freihändlers?"

Atlan barg das Kinn in der Handfläche. Kasom war fassungslos. Roi Danton schnupperte ächzend an seinem Riechfläschchen.

Damit schien der Empfang beendet zu sein. Hinten im Gang erschienen vier epsalische Muskelmänner mit einer Liegesänfte.

Atlan streckte sich wortlos auf den Polstern aus und wartete, bis Oro den König hinaufgehoben hatte.

Kasom stampfte wütend hinterher, begann jedoch unterdrückt zu lachen, als Roi schnaufend meinte:

„Verzeiht, Sire. Sportliche Leistungen dieser Art sind strapaziös."

„Oh – Sie meinen das Aufsteigen?"

„Aber ja, Sire – Sie enttäuschen mich."

Atlan starrte in die nachtblauen Augen des großen Mannes, unter dessen Frack sich eine durchtrainierte Muskulatur abzeichnete.

„Junge, woher kenne ich Sie?" flüsterte der Arkonide. „Geben Sie mir einen Fingerzeig."

Danton bewegte nur bedauernd die Hände. Atlans Gesicht wurde hart.

„Schön, dann sollten wir zum Geschäft kommen. Ich habe keine Zeit zu vergeuden. Was wollen Sie? Wie lautet Ihr Angebot?"

„Ich beanspruche das nach mir benannte und von mir entdeckte Sonnensystem, das etwa achthundert Lichtjahre von hier entfernt ist. Rois System mit dem Planeten Rubin, dessen Primitivbewohner ich zivilisierte, gehört mir. Sie kennen die Entdeckungsgesetze des Imperiums?"

Atlan maß den Freihändler mit einem langen Blick.

„Sie sollten nicht zu häufig diese Perücke tragen. Sie schmälert die Geisteskapazität. Die Entdeckungsgesetze des Imperiums gelten ausschließlich für Terraner oder solche Volksgruppen, die dem Imperium angeschlossen sind. Sie bilden sich doch wohl nicht ein, Rhodan ließ Sie den reichsten Howalgoniumfundort, der bisher erschlossen wurde, unangefochten ausbeuten? Rubin ist von einem terranischen Kreuzer für das Imperium kartographiert worden."

„Zwei Jahre, nachdem ich Rubin als erster Mensch betreten hatte."

„Wie schön, daß Sie auch einmal Ihre menschliche Abstammung erwähnen. Mein Kompliment, Monsieur. Haben Sie die Besitzergreifung ordnungsgemäß eintragen lassen? Wo liegt Ihre Meldung mit der vorgeschriebenen Entdeckungsgeschichte vor? Nirgends, nicht wahr? Glauben Sie ernsthaft, Sie brauchten nur auf Rubin zu landen, um die Howalgoniumschätze an Bord zu nehmen? Wir haben Ihnen lange genug viele Milliarden Solar gezahlt. Das ist vorbei, Monsieur Danton."

Der Freihändler war ungewohnt ernst. Für einige Augenblicke vergaß er seine Maske. Atlan schmunzelte unterdrückt. Rois Gesicht wurde plötzlich viel markanter. Wieder hatte der Arkonide das Gefühl, als würde er diesen Mann schon lange kennen. Er kam jedoch nicht auf die Idee, in ihm den Jungen zu suchen, dessen Streiche er verheimlicht hatte und der auf seinen Schultern geritten war.

„C'est malheureusement très sérieux, Sire – das ist leider sehr ernst. Sie sind hartherzig."

„Unsinn. Sie kennen die Bestimmungen. Hätten Sie Ihre Entdekkung angemeldet, könnte Ihnen niemand Rubin streitig machen. Sie wollten natürlich unbedingt verhindern, daß das Solare Imperium erfuhr, wo es die reichsten Howalgoniumlager der bekannten Galaxis gibt. Sie haben schätzungsweise fünfhundert Milliarden Solar verdient. Seien Sie zufrieden."

„Etwas mehr als eine Billion, wenn Sie gestatten", lächelte Roi. „Schön, kommen wir zu meinem Angebot. Forderungen scheinen nichts zu nützen. Sie geben mir Rois System, in dem ohnehin nur Rubin interessant ist. Ich wäre, wenn es unbedingt sein muß, bereit, einen Außenplaneten, etwa Nummer vier, dem Imperium als Flottenstützpunkt zur Verfügung zu stellen."

„Sie sind verrückt!"

„Meinen Sie? Was würde sich der Großadministrator ein Gerät kosten lassen, mit dem man Schiffe innerhalb der Linearzone einwandfrei orten und daher verfolgen kann? Das ist bis jetzt nicht möglich, nicht wahr? Versuche sind fehlgeschlagen. Laborerfolge haben sich nicht in die Praxis umsetzen lassen."

Atlan richtete sich so ruckartig auf, daß die Liegesänfte schwankte.

„Echauffieren Sie sich nicht, Sire", jammerte Roi plötzlich wieder. „Denken Sie an Ihren Blutdruck."

„*Was* haben Sie gesagt?" stieß Atlan hervor. *Was* können Sie anbieten? Einen Orter, der im zwischendimensionalen Halbraum arbeitet?"

„Sie haben den Begriff ‚einwandfrei' nicht erwähnt", korrigierte der Freihändlerkönig vorwurfsvoll. „Stellen Sie sich vor, Sire, die terranischen Kommandanten und natürlich auch ihre Besatzungen wären plötzlich in der Lage, jedem im Halbraum untertauchenden Gegner unbemerkt und mit absoluter Sicherheit zu folgen. Die Aussichten sind doch sagenhaft, oder?"

„Braucht man zur Herstellung dieses Gerätes Howalgonium?" erkundigte sich Atlan.

Roi Danton betupfte sich die Lippen.

„Leider!" gestand er mit verdächtig schwankender Stimme.

„Sire, überdenken Sie mein Angebot. Ich möchte Rubin und mein System."

Atlan kam nicht mehr zu einer Antwort. Die Alarmsirenen der FRANCIS DRAKE begannen zu heulen.

Atlan sprang auf. Breitbeinig auf dem schaukelnden Lager stehend, sah er sich um. Rasto Hims war verschwunden. Mit ihm waren die Offiziere der kosmonautischen Besatzung gegangen.

Das Jaulen verklang.

„Rasto Hims spricht", dröhnte es aus den Lautsprechern der Rundrufanlagen. „Ich bin soeben in der Zentrale angekommen. Funkspruch für Atlan, Absender Perry Rhodan, Standort des Großadministrators Jellicos System. Sender Flottenflaggschiff CREST IV, USO-Kode, Klartext wird mir soeben überbracht. Achtung, wichtig. Hören Sie mit?"

„Sprechen Sie", rief Atlan zum nächsten Mikrophon hinüber. Roi Danton hatte sich auf die Ellenbogen aufgerichtet.

„Rhodan an Chef Morgenrotflotte: Bitte, mitteilen, ob Schlachtschiff OMASO, Neubau Multiklasse, Stardust-Grundtyp, Kommandant Oberst Clark Dentcher, in Sektor Morgenrot eingetroffen. Erbitte Bericht Dentcher. Zur Beachtung: OMASO erhielt am 20. Oktober 2435 – Standard, Uhrzeit 7.36, Hyperfunkbefehl, den treibenden Riesenkristall in Leerraum-Süd mit Transformfeuer zu vernichten. Bestätigung für Empfang eingelaufen auf CREST 7.49. Vollzugsmeldung fehlt. OMASO antwortet nicht auf Kodeanruf. Achtung! Meldung steht seit zirka vierzehn Stunden aus. Ende, gez. PR-Gr.-Adm. SOL-IMP, CREST IV."

Atlans Haltung wirkte verkrampft. Das Dröhnen der Stimme verklang. Als sich der Arkonide umdrehte, nahm Roi Danton soeben die Perücke ab und warf sie achtlos zur Seite. Der Freihändlerkönig hatte sich plötzlich verwandelt. Atlan schaute in verkniffene Augen.

„Absetzen", befahl Roi mit ungewohnt fester Stimme. Die vier Epsaler ließen die Sänfte zu Boden gleiten. Atlan und Roi sprangen herunter. Dann standen sich die beiden gleichgroßen Männer gegenüber.

„OMASO – Oberst Dentcher!" sagte Danton. „Ist das nicht der Kommandant, der vor einiger Zeit meldete, er habe im südlichen Randgebiet der Galaxis ein fremdes birnenförmiges Raumschiff geortet? Die OMASO hat dieses Raumschiff vernichtet, nachdem sie von diesem angegriffen wurde. Das muß am 8. Oktober gewesen sein."

„Sie haben ein glänzendes Gedächtnis", bestätigte Atlan. „Die Nachricht lief vor zwölf Tagen ein. Wir befanden uns im System von Jellicos Stern und hatten gerade die mißglückte Aktion auf New Luna hinter uns gebracht."

Wieder kreuzten sich die Blicke der so unterschiedlichen Männer. Atlans Gesicht drückte seine innere Spanung aus.

„Weiter, Monsieur! Ich warte auf Ihre Auslegung. Dabei will ich jetzt nicht fragen, wieso Sie so schnell den soeben erst gewechselten USO-Kode entschlüsseln konnten, in dem der Funkspruch einlief."

„Unwichtig", sagte Roi. „Oh, die IMPERATOR meldet sich. Dort ist man jetzt auch soweit. Wir haben schneller dechiffriert." Atlan wandte sich an Kasom, der sein tragbares Funkgerät aus der Tasche gezogen hatte.

Geben Sie an die IMPERATOR durch, ich wäre bereits informiert. Mein feiner Freund besitzt den Kodeschlüssel. Oberst Reyht soll weitere Anweisungen abwarten."

Kasom begann in das Gerät zu sprechen. Auf der IMPERATOR wurde ein epsalischer Kommandant erneut fassungslos.

„Anweisungen, Herr?" dröhnte Hims' Stimme aus den Lautsprechern. „Ich habe bereits eine Anfrage vorbereiten lassen."

„Welche?“ fuhr Atlan auf. „Edelmann Hims, Sie reagieren für meinen Geschmack etwas zu schnell. Was wissen *Sie* über die OMASO?“

„Alles“, warf Danton überlegen ein. Seine Stimme klang beherrscht. „Lassen wir das Versteckspiel, Sire. Die Vorkommnisse erlauben es nicht mehr. Als Oberst Dentcher das fremde Birnenschiff vernichtete, löste sich aus der zerbrochenen Zelle ein vierhundert Meter durchmessendes Kristallgebilde von grünlicher Farbe heraus. Es bestand aus zahllosen Billionen jener Mikrokristalle, deren hypnosuggestiver Beeinflussungsbestrahlung bereits die Siedler von New Luna und die sogenannten ‚organischen Befehlseinheiten‘ des riesigen Trägerschiffs zum Opfer gefallen sind. Dentcher erhielt nach dieser Meldung den Befehl, den mit einem Zehntel der einfachen Lichtgeschwindigkeit auf den Südrand der Galaxis zutreibenden Kristall zu beobachten.

„Stimmt. Das hat er auch zwölf Tage lang getan. Seine Bestätigung beweist, daß auf der OMASO alles in Ordnung war.“

„*War*, Sie sagen es“, erklärte Danton gedehnt. „Sire – gehe ich fehl, wenn ich annehme, daß Ihre Anwesenheit im Sektor Morgenrot nur diesem unbekannten Birnenraumschiff und dem treibenden Kristall zuzuschreiben ist? Die Kommandanten der Flotte zerbrechen sich den Kopf, warum Sie hier dreitausend moderne Schiffe festhalten, obwohl sie über Jellicos Stern dringend benötigt werden.“

Atlan kreuzte die Arme über der Brust und lehnte sich mit einer Schulter gegen die schmucklose Stahlwand.

„Tüchtig, Danton! Wenn *Sie* einmal zu meinem Gegner werden sollten, treffe ich sicherlich besondere Vorbereitungen. Wollten Sie noch etwas sagen?“

Danton lächelte flüchtig.

„Sicher will ich das. Die Kristallkugel interessiert Sie nur sekundär. Sie war im Feuerbereich der OMASO-Geschütze in guter Obhut. Wahrscheinlich dachten Sie aber wieder einmal um einige Bogensekunden weiter als andere Leute.“

„Bogensekunden ist gut. Was dachte ich?“

„Sie stehen hier auf einem Ödposten, weil Ihnen dieses unbekannte Birnenschiff keine Ruhe ließ. Es kam anhand der Kursbeschreibungen mit hoher Wahrscheinlichkeit aus der Großen Magellanschen

Wolke, in der bereits neunzehn Explorerraumschiffe mit achtundzwanzigtausend Mann verschollen sind. Deshalb halten Sie im Sektor Morgenrot dreitausend moderne Einheiten fest. Mein Kompliment, Sire! Sie stehen genau an der richtigen Stelle."

Atlan stieß sich mit der Schulter von der Wand ab und blickte auf die Uhr.

„Einundzwanzig – dreiundvierzig, Standard", kam ihm Roi zuvor. „Oberst Dentcher hat vor vierzehn Stunden und sieben Minuten den Befehl erhalten, den Kristall zu vernichten. Die Frage ist, ob er noch dazu kam! Hat man ihm mitgeteilt, wie unendlich gefährlich dieses Ding ist? Hat man ihm gesagt, daß er unter allen Umständen einen großen Sicherheitsabstand einzuhalten hat und niemals auch nur *einen* Mann seiner Besatzung näher heranlassen darf? Sie kennen die Neugierde der Männer, Sire."

Atlan nickte geistesabwesend. Er blickte zu dem Bildschirm hinüber, auf dem Hims' breites Epsalergesicht zu sehen war.

„Mr. Hims, Sie sprachen von einer vorbereiteten Anfrage. Wie lautet sie?"

Roi nickte dem stellvertretenden Kommandanten des Freifahrerschiffes zu.

„Sprechen Sie. Beeilen Sie sich."

Hims hielt eine beschriebene Folie vor die Aufnahme.

„Der Text dürfte in Ihrem Sinne sein, Admiral. Erste Frage: Welche Charaktereigenschaften besitzt Dentcher? Erbitten ein Psychogramm. Zweite Frage: Letzter Standort der OMASO und eingehaltener Kurs. Drittens: OMASO im Sektor Morgenrot nicht eingetroffen. Das wäre es."

„Einverstanden. Geben Sie den Wortlaut als Rafferspruch und im derzeit gültigen USO-Kode an Perry Rhodan durch. Kennen Sie die Symbolgruppen?"

Hims grinste flüchtig.

„Klar. Was dachten Sie?"

„Dann funken Sie endlich", schrie Atlan unbeherrscht. „Wenn die Besatzung der OMASO in die Falle ging, ist der Riesenkristall unter Umständen bereits in der Galaxis. Schon einige Splitter davon sind fähig, die vierzehnhundert Mann des Schlachtschiffes hypnosuggestiv zu versklaven! Wenn diese Riesenmengen in den Siedlungsgebieten der Milchstraße oder gar auf der Erde auftauchen, sind wir erledigt. Funken Sie!"

Hims schaltete ab. So ernst hatte man ihn noch nie gesehen.

Roi Danton umfaßte Atlans Oberarm und zog ihn auf den Antigravlift zu.

„Kommen Sie, Sire. Ihr Platz ist in der Zentrale. Meine Funker sind tüchtige Leute. Der Großadministrator wird in wenigen Minuten eine tadellos abgefaßte Information erhalten. Kommen Sie."

Atlan riß sich los und griff zu Kasoms Funksprechgerät.

„Reden Sie keinen Unsinn. Was soll ich auf Ihrem Schiff? Mein Platz ist in der IMPERATOR. Was denken Sie wohl, was ich nun zu tun habe? Oder haben Sie vielleicht die OMASO irgendwo geortet? Ihnen traue ich allmählich alles zu."

„Ich bin kein Verbrecher an der Menschheit!" sagte Roi heftig. „Sie können alles annehmen, nur das nicht! Selbstverständlich habe ich keine Ahnung, wo das Schiff steht. Ich kann nur Vermutungen anstellen. Aber eines weiß ich: Mit Ihrer stolzen IMPERATOR haben Sie nicht die kleinste Chance. Selbst wenn Sie mit allen dreitausend Einheiten der Morgenrotflotte am letzten Standort der OMASO auftauchen, wird sie im Hyperraum verschwunden sein, ehe Sie einen Schuß abgegeben haben. Bleiben Sie hier."

Atlans Daumen lag auf dem Sprechschalter des Gerätes. Er schien den Freihändlerkönig mit seinen Blicken sezieren zu wollen.

„Sie sind sich Ihrer Sache sicher, wie? Haben Sie etwa jenes sagenhafte Gerät an Bord, das Sie Rhodan für Rois System anbieten wollen?"

Der Freifahrer zögerte einen Moment. Zu diesem Zeitpunkt wurde der Funkspruch bereits gerafft in den Aufnehmer des Automatensenders geschoben. Die mächtigen Richtstrahler der FRANCIS DRAKE schwenkten ein.

„Ja!" rang sich Roi zur Antwort durch. „Wir nennen es Halbraumspürer. Sehen Sie jetzt ein, daß nur *ich* die Möglichkeit habe, die OMASO verfolgen zu können?"

Atlan kämpfte mit sich. Melbar Kasom stand sprungbereit neben seinem Chef. Die wenigen Freihändler, die sich noch im Schleusenvorraum befunden hatten, starrten zu dem Lordadmiral und Oberbefehlshaber der USO hinüber.

„Gehen wir in die Zentrale", entschied er plötzlich. „Ich danke für das Vertrauen. Die Sache mit dem Halbraumspürer bleibt vorerst unter uns – in *Ihrem* Interesse."

„Ich bedanke mich, Sire."

„Da gibt es nichts zu danken. Wenn die OMASO noch an Ort und Stelle ist, haben wir mit diesem Gerät eine gute Chance. Ist sie jedoch bereits verschwunden, dürften auch Sie das Nachsehen haben. Ich nehme an, Sie können eine Halbraumverfolgung nur dann aufnehmen, wenn Sie sofort hinter einem fliehenden Schiff in den Zwischenraum gehen, oder?"

„Ja."

„Dann also los. Die Flotte bleibt hier zurück. Sie kann nur dann eingesetzt werden, wenn die OMASO bereits in der Milchstraße untergetaucht ist. Melbar, rufen Sie die IMPERATOR III an und geben Sie durch, Oberst Reyht hätte weitere Anweisungen abzuwarten. Er wird wohl die Rückfrage der FRANCIS DRAKE aufgefangen haben. Jeder nicht unerläßlich notwendige Funkverkehr auf Hyperwelle ist sofort einzustellen. Durchgeben als Sammelbefehl Flaggschiff an alle. Beeilen Sie sich."

3.

Die Zeiger der Borduhren krochen mit nervenzermürbender Langsamkeit über die Zifferblätter.

Der Funkspruch war vor zehn Minuten mit höchster Senderleistung über Relaisstationen abgestrahlt worden. Atlan hatte sich in der Zentrale flüchtig umgesehen. Sie hatte sich seit seinem letzten Aufenthalt auf diesem Schiff verändert. Offensichtlich waren in den vergangenen Tagen Geräte eingebaut worden, die es früher nicht gegeben hatte.

Hinter der Schaltempore mit den hufeisenförmigen Steuerpulten, mitten im großen Rund des Raumes, stand ein vier Meter langes, zwei Meter hohes und ebenso breites Gerät, dessen helle Kunststoffverkleidung keine Rückschlüsse auf seine Funktion erlaubte.

Allein ein großer Bildschirm an der vorderen Schmalseite wies darauf hin, daß es sich um ein Übertragungsgerät handelte.

Der Lordadmiral hatte keine Fragen gestellt, obwohl er die bei anderen Ortern üblichen Antennenzuleitungen vermißte.

Die Funker der FRANCIS DRAKE hatten eine normallichtschnelle Telekomverbindung zur IMPERATOR III hergestellt.

Auf den anderen Einheiten der Morgenrotflotte herrschte seit zehn Minuten bedingte Gefechts- und volle Manöverbereitschaft. Reyht hatte in einem kurzen, aber inhaltsreichen Hyperrundruf die Sachlage geschildert.

Atlans Gesicht war völlig ausdruckslos. Er zeigte keine Gefühlsregung. Auch seine Stimme klang so ruhig, als stünde das Schicksal der Menschheit nicht auf des Messers Schneide.

Atlan blieb neben Roi Danton stehen und sah ebenfalls zur Funkzentrale hinüber. Vor den modernen Großgeräten saßen abenteuerlich gekleidete Männer aus vielen Völkerschaften des Solaren Imperiums. Es waren nur wenige Erdgeborene darunter.

Die grünen Lampen der Hyperempfänger flammten plötzlich auf. Die einlaufende Sendung war diesmal nicht gerafft; ein Zeichen dafür, daß jemand größten Wert auf einen unverstümmelten Empfang legte.

Atlan ging zur Funkzentrale hinüber. Das Ticken und Summen der Hochenergieumformer wollte nicht verklingen. Die einfallenden 5-D-Impulse wurden augenblicklich in normalenergetische Schwingungen umgewandelt.

Die Kodeautomatik war dreifach besetzt. Ein rothäutiger Mann rannte mit einem Teil des langen Aufzeichnungsstreifens an Atlan vorbei. Einen Augenblick später war das Band verschwunden.

Es war 21.59 Uhr, am 20. Oktober. Eine Minute nach 22 Uhr erschienen die ersten Worte des Klartextes auf dem Betrachter.

Atlan trat näher. Seine Hände umklammerten die Einfassungsleiste unterhalb des Leseschirmes.

Es war eine lange Nachricht. Der Absender war um größte Genauigkeit bemüht gewesen.

„Rhodan an Kommandant Morgenrotflotte. Anfrage klar empfangen. Psychogramm über Dentcher liegt vor. Stammt aus kleinen Verhältnissen. Hat sich nach oben gekämpft und wurde Schiffskommandant. Neigt zu selbständigen, manchmal auch leichtsinnig erscheinenden Handlungen – hatte damit aber bisher immer Erfolg. Charakter gefestigt, aber zuweilen sprunghaft. Hält viel von der Meinung Untergebener und bezieht diese in seine Entscheidung ein. Wahrscheinlich, daß Dentcher von jungen Offizieren beeinflußt wurde. Neugierde als Triebfeder. Vorschlag an Atlan: Nach eigenem Ermessen handeln. OMASO suchen, notfalls vernichten. Wiederholung: Notfalls vernichten. Versuchen, Besatzung vorher zu bergen. Angriffe je nach Situation. Begründeter Verdacht, daß Dentcher in Falle geflogen. Übernahme der Mannschaft durch Kristalle denkbar. Auflösungsfähigkeit der Kristallmassen zu Staubschleiern ist bekannt. Daher besteht Möglichkeit, daß Kugel nach Aufteilung in Beiboothangar eingedrungen. Handelt um Himmels willen. Ende der Information. Letzte Position OMASO laut Meldung Dentcher: Außensektor SO-121745-qur-GAL-004689. Schnittgruppe r-1745-g-9902, Zielstern Allas, Kurskoordinate bei 1/10 eLG, ÜL-10011, Funkfeuerpeilung Einfall cc-0024 Grad ZENTA-238. Fahrt konstant, freier Fall. Wiederholung Daten: Außensektor . . .!"

Die Angaben erschienen nochmals auf dem Leseschirm. Durch eine Spezialschaltung wurden sie sofort in die Koordinatenpositronik überspielt und dort ausgewertet.

Der lange Funkspruch endete mit dem Hinweis:

„Jede Unterstützung wird zugesagt. Einsatz Danton erwünscht. Viel Glück."

Als der Streifen mit dem Klartext endgültig aus dem Automaten rutschte, lief bereits die Standortauswertung auf vollen Touren. Auf der IMPERATOR und den anderen Schiffen der Flotte war man noch lange nicht soweit. Danton verfügte über den wesentlich leistungsfähigeren Dechiffrierer.

Atlan legte das Textbild auf den Auswertertisch und ging zur positronischen Rechenabteilung hinüber. Danton, Oro Masut und Melbar Kasom folgten ihm auf dem Fuße.

Die beiden Ertruser verstanden sich plötzlich recht gut. Die kleine Eifersüchtelei schien vergessen zu sein.

Oro hielt seinen Landsmann am Ärmel der Uniform fest.

„Was wird dein Chef tun?" flüsterte er. „Überrede ihn nur dazu, daß er nicht mit dreitausend Riesenkähnen losfliegt."

„Halte ihn nicht für einen Narren. Paß auf, was jetzt kommt."

Atlan stand bereits vor der Bilderfassung. Im Funkraum lief der kleine Hypersender mit schwacher Leistung an. Als das Grünlicht aufflammte, erschien Atlan auf allen Bildschirmen.

„Atlan an alle Kommandanten der Morgenrotflotte: Funkstille wird vorübergehend durchbrochen. Klartext liegt auf der FRANCIS DRAKE bereits vor. Schlachtschiff OMASO ist mit hoher Wahrscheinlichkeit von den Hypnokristallen übernommen worden. Ich bleibe auf dem Freihändlerschiff. Rückfragen sind überflüssig. Hier gibt es ein Ortungsgerät, über das wir nicht verfügen. Admiral Con Bayth – Sie übernehmen ab sofort den Befehl für die Morgenrotflotte. Klar zum Alarmstart, bedingte Gefechtsbereitschaft für alle Einheiten. Nach meinem Abflug absolute Funkstille auf Hyperwelle, es sei denn, Sie haben wichtige Befehle durchzugeben. Flotte zum Sammelpulk aufschließen."

„Verstanden, Sir", klang die Stimme eines Epsalers auf. Es war der USO-Admiral Con Bayth. Kommandant der berühmten 14. Schweren Offensivflotte.

„Ich werde versuchen, nur mit der FRANCIS DRAKE die OMASO aufzuspüren. Halten Sie sich unter allen Umständen zurück, bis Sie von mir weitere Anweisungen empfangen. Ich möchte das Wild nicht verscheuchen, ehe es gestellt ist."

„Verstanden, Sir. Funkstille, Sammelpulk, klar zum Alarmstart."

„Danke, Admiral. Sollte auf der OMASO wider Erwarten alles in Ordnung sein, erhalten Sie Nachricht. Wenn die Besatzung bereits übernommen worden ist, werde ich versuchen, die Überlichtflug-Kalups zu zerstören. Vielleicht finden wir noch eine andere Möglichkeit, um Menschenleben zu schonen. Wenn Sie das Katastrophensignal erhalten, ist die OMASO bereits in der Galaxis untergetaucht. In diesem Falle warten Sie meine Rückkehr ab. Eine Suche kann nur mit Hilfe der gesamten Solaren Flotte eingeleitet werden."

Con Bayth bestätigte nochmals. Atlan schaltete ab und drehte sich um. Roi Danton stand hinter ihm. Der Puder konnte die Blässe seiner Wangen nicht mehr verbergen. Im Rechenzentrum wurde immer noch fieberhaft gearbeitet.

Der Arkonide drängte: „Es geht um jede Minute. Wie lange brauchen Ihre Mathematiker und Kosmonauten noch? Wir sollten längst unterwegs sein."

„Auch Freifahrer können nicht zaubern, Sire. Was ich sagen wollte... Sie haben auf der FRANCIS DRAKE während dieser Aktion natürlich die absolute Befehlsgewalt."

Atlan schenkte dem großen Mann einen langen Blick.

„Danke. Ich werde sie nicht mißbrauchen. Überlegen Sie sich mittlerweile, wie wir vierzehnhundert Mann bergen können, ehe wir das Feuer eröffnen."

„Ich bin ein Praktiker, Sire. Ich fange an, darüber nachzudenken, wenn wir das Schlachtschiff gefunden haben. Eine andere Frage ist wichtiger. Das wissen Sie natürlich auch."

„Erinnern Sie mich nicht an die Katastrophe, die über uns alle hereinbrechen wird, wenn die Hypnokristalle schon im Sternenmeer der Galaxis untergetaucht sind. Ich hoffe auf die Widerstandskraft einer terranischen Besatzung; auf ihren Einfallsreichtum und ihre Reaktionsschnelligkeit. Unter Umständen ist die Gefahr doch noch rechtzeitig erkannt worden. Lassen wir die Hypothesen. Da kommt Hims."

„Fertig, Programmierung steht", meldete er knapp. „Wenn sich keine Fehler eingeschlichen haben, was ich nicht glaube, müßten wir ziemlich genau auf dem Punkt herauskommen, wo die OMASO unter Berücksichtigung ihres letzten bekannten Standortes, der inzwischen vergangenen Zeit, ihrer ebenfalls bekannten Geschwindigkeit und der Flugzeit, die wir für die vierhundertvierzehn Lichtjahre benötigen, stehen müßte. Können wir?"

Atlan meldete sich bei Admiral Con Bayth ab.

„Achten Sie auf die Funkstille. Rhodan weiß jetzt schon, daß wir auf dem Weg sind. *Keine* Antwort ist in manchen Fällen informativer als zehn Sprüche."

Das Grollen mächtiger Triebwerke übertönte seine letzten Worte. Oro Masut erschien wieder in der Zentrale. Er brachte zwei schwere Kombinationen, die den modernsten Kampfanzügen der USO glichen.

„Für dich meine Ersatzkombi", knurrte er Melbar Kasom zu. „Hoffentlich versinkst du nicht darin."

„Angeber", grinste der Ertruser. „Mein Brustumfang gleicht alles aus. Wie funktioniert das Ding?"

Atlan ließ sich von Roi in die Kombination helfen. Der nach hinten klappbare Transparenthelm besaß eine Verschlußautomatik, die sowohl auf kritische Temperaturunterschiede als auch auf Druckschwankungen reagierte.

„Damit Sie nicht ungeschützt sind", erklärte der Freihändler. „Der Rückentornister besitzt alles, was hineingehört. Sie sind flugfähig durch den Antigrav, wenn erforderlich, unsichtbar durch einen neuartigen Schirmfeldprojektor. Die Anzugpanzerung reicht für normale Schock- und kleine Energiewaffen aus."

„Was ist bei Ihnen eigentlich nicht *neuartig*?" erkundigte sich Atlan grimmig. „Monsieur, ich werde Ihnen Rois System einschließlich Rubin besorgen, wenn Sie mich dorthin führen, wo das alles konstruiert und gebaut wird. Sie müssen einige tausend Spitzenwissenschaftler und Ingenieure aller Fachrichtungen beschäftigen, ganz abgesehen vom Hilfspersonal."

„Stimmt!" gab Roi zu. „Warum sollte ich es leugnen? Allerdings kann man nicht den Begriff ‚beschäftigen' gebrauchen. Ich bin froh, wenn ich von diesen Frauen und Männern als so vertrauenswürdig eingestuft werde, daß man mir die Neuentwicklungen zum Test überläßt. Ich betone nochmals, daß niemand gegen die Interessen der Menschheit handelt."

Die FRANCIS DRAKE beschleunigte und verschwand kurze Zeit später im Linearraum.

Die Glocken schrillten, und eine Robotstimme gab bekannt, das dritte Linearmanöver sei beendet.

Auf den Bildschirmen waren verschiedene Szenen auf einmal zu sehen. Die Einheiten des Frontsektors zeigten die tintenschwarze Leere des interkosmischen Raumes. Nur hier und da war ein verlorener Eckstern auszumachen, der aber noch zu einem Spiralarm der Galaxis gehörte.

Die Ostsektionen fingen zwei leuchtende Flecken ein, die von einem kaum erkennbaren Lichtband miteinander verbunden wurden. Es waren die beiden Magellanschen Wolken mit ihrer Brücke aus interstellaren Gasen und darin eingebetteten Sonnen.

Allein die Heckbildschirme gleißten und glänzten in kaum erträglicher Helligkeit. Die Milchstraße war formatfüllend. Sie wirkte in ihrer Größe erdrückend.

Niemand achtete auf den phantastischen Anblick. Die Ortungsantennen der FRANCIS DRAKE kreisten um ihre Achsen und schickten ihre überlichtschnellen Echoimpulse in den leeren Raum.

Wenn irgendwo ein Körper war, der diese Impulse reflektieren konnte, würde man ihn auch finden.

„Breitwinkelstreuung, sonst erwischen wir ihn nie“, ordnete Roi an. „Edelmann Hims, lassen Sie Kraftwerke drei und vier auf die Taster schalten. Ein lahmes Echo ist so gut wie gar keins.“

„Saft von drei und vier auf Taster“, sagte Hims in die Befehlsübermittlung zum Maschinenleitstand.

Die Kreiselantennen begannen zusätzlich zu wippen, um mit ihnen einen möglichst großen Raum erfassen zu können. Dadurch wurde die Ortung noch genauer als bei einer beschleunigten Rotation auf nur einer Achse.

Trotz des hohen Energieaufwandes kam kein Echo herein. Atlan krampfte die Hände um die Lehne seines Sessels. Hinter ihm liefen wieder die Rechenmaschinen.

„Eintauchposition exakt. Differenz Plus-Minus fünf-null-drei-eins Lichtminuten“, gab der verantwortliche „Edelmann“ durch.

Roi drehte den Kopf.

„Genauer ging es nicht mehr“, behauptete er mit einem unsicheren Auflachen. Atlan schaute verblüfft auf. Unsicherheit – dies war ein gänzlich neuer Charakterzug bei Roi Danton.

„Die drei Manöver waren erstklassig“, bestätigte der Arkonide. „Uhrzeit?“

„Dreiundzwanzig – vierundvierzig Standard“, gab Hims durch. „Kein Echoeinfall. Wir sollten . . .!“

Edelmann Hims wurde vom Anruf eines Mannes unterbrochen. Atlan sprang auf. Das war der Cheffunker gewesen.

„Morsezeichen auf USO-Hyperfrequenz, Klartext sehr schwach, etwas verstümmelt“, schrie der Funker. „Text: OMASO, funkserg . . . Hestinger, an al . . . übernommen, . . . drei Ma . . . immun, . . . lucht mit Space-Jet, SOS . . . SOS . . . SOS . . . Hestinger . . .; Ende Spruch, keine Zeichen mehr.“

„Einpeilen“, rief Danton.

„Versucht, leider kein Resultat. Der Sender ist sehr schwach, kaum noch hörbar. Mit Sprechfunk wäre der Absender überhaupt nicht durchgekommen. Dieser Sergeant Hestinger, so wird es wohl richtig heißen, wußte genau, weshalb er morste. Nach der Einfallenergieberechnung kann der Sender nicht weiter als eine Lichtstunde entfernt sein, eher um etwas weniger. Hier der aufgestockte Wortlaut. Er dürfte richtig sein."

Vor Atlan leuchtete eine Schrifttafel auf. Der verstümmelte Text war leicht aufzustocken gewesen.

„OMASO Funksergeant Hestinger an alle: Übernommen, drei Mann immun, Flucht mit Space-Jet, SOS ... SOS ... SOS."

„Rettet unsere Seelen", sagte Danton gepreßt. „Mon Dieu – der einzige richtige Begriff für den Vorgang einer geistigen Vergewaltigung durch die Kristalle. Hims, warum wird der Trägerkörper des Senders nicht entdeckt? Die OMASO muß noch hier sein, oder die Space-Jet hätte nicht aus ihr entfliehen können."

„Keine Echopeilung, keine Fremdpeilung", gab die Ortungszentrale durch. „Wenn das Schlachtschiff noch da ist, müssen seine Maschinen stillstehen. Wir bekommen nicht den kleinsten Energieimpuls herein."

„Die übernommenen Besatzungsmitglieder müssen sich gewehrt haben", überlegte Atlan laut. „Die Siedler von New Luna haben bereits bewiesen, daß es einige Zeit dauert, bis hypnosuggestiv überfallene Menschen völlig im Banne der Kristallagenten sind. Die Überwältigung geschieht relativ schnell; aber damit sind die individuellen Widerstände noch lange nicht restlos gebrochen. Kennt jemand diesen Funksergeanten? Zufällig vielleicht?"

Niemand kannte den Mann.

Die FRANCIS DRAKE ortete weiter. Dann, nur vier Minuten nach dem Empfang des Notrufes, geschah es:

Es war genau 23.48 Uhr am 20. Oktober 2435. Die unter höchster Empfangsleistung stehenden Energietaster schlugen durch.

Die Energiequelle stand nur vierundvierzig Lichtminuten entfernt. Schon weitaus minderwertigere Taster hätten mit ihrer synchron laufenden P-Auswertung augenblicklich festgestellt, daß es sich dabei um die fünfdimensionalen Entladungssäulen feuernder Transformkanonen handelte.

Die Einschläge, in diesem Falle die rematerialisierten und explodierenden Geschosse, erschienen als grelleuchtende Atomsonnen in einer Entfernung von 43,57 Lichtminuten. Die Distanz zwischen der Entladungsstelle und dem Zielgebiet betrug drei Lichtsekunden. Das entsprach einer Schußweite von etwa neunhunderttausend Kilometer.

„Kernschußbereich mittlerer Transformkanonen", brüllte Kasom. „Das Ziel ist die Space-Jet, Sir! Die OMASO feuert auf ihr Beiboot. Zum Teufel...!"

Der Ertruser unterbrach sich. Rasto Hims und Roi Danton schalteten gleichzeitig.

Die genauer arbeitende, dafür aber zeitraubendere Hauptschaltanlage des Maschinenleitstandes wurde umgangen. Roi und Rasto Hims schienen ähnliche Manöver schon oft ausgeführt zu haben. Besonders die sehnigen Finger des Freihändlerkönigs huschten so schnell über die Tasten der Manuellsteuerung, daß Atlan einen Warnruf ausstieß.

Nur vier Sekunden später drang die FRANCIS DRAKE in den Linearraum ein.

Das Eintauchmanöver erfolgte in unmittelbarer Nähe flammender Atomsonnen, die sich machtvoll und unheilverkündend vor und neben der FRANCIS DRAKE aufwölbten.

Ein Effekt, den Atlan erwartet und befürchtet hatte, blieb jedoch aus! Das Transformfeuer der OMASO lag so schlecht, daß es nicht zu einer einzigen katastrophalen Randzonenverschmelzung der einzelnen Gigaentladungen kam.

Die FRANCIS DRAKE stieß mit unverminderter Eintauchfahrt auf das Zentrum der Explosion vor. Dort mußte das Ziel zu finden sein – in diesem Falle die Space-Jet, mit der Funksergeant Hestinger und zwei weitere Männer geflogen waren.

„*Kein* Energieschirm!" befahl Roi Danton.

Hims blickte ihn entsetzt an und öffnete den Mund zu einer Entgegnung.

„*Kein* Energieschirm!" ordnete der Freihändlerkönig noch lauter an. „Haben Sie mich verstanden? Wenn wir in voller Farbenpracht anrauschen, werden wir auch von einer geistig nicht ganz intakten Besatzung sofort geortet. Es genügt, daß wir plötzlich als impulsstrahlende Masse auf der Bildfläche erscheinen. Funkzentrale – rufen Sie mit normallichtschneller Telekomschaltung die Jet an. Wenn noch jemand lebt, wird man uns hören. Keinen Hyperfunk verwenden."

„Ortung kleiner Körper, dicht vor uns. Schert aus nach Rotsektor, vertikal neun Grad, Wirbelbewegungen. Kurzer Energieausbruch, anscheinend Trefferwirkung. Peilung steht, Auswerter laufen. Beendet – schalten Sie Automatpiloten auf Ergebnisspeicher."

Atlan staunte nur noch. Der Chef der Ortungszentrale hatte nicht anders gesprochen als ein terranischer Spezialist in ähnlicher Lage. Die Besatzung der FRANCIS DRAKE schien *noch* wandlungsfähiger zu sein als angenommen.

„Schiff klar zum Gefecht!" gab er das rituelle Kommando der Flotte durch. Es stammte noch aus den Zeiten altterranischer Marinestreitkräfte.

Auf der FRANCIS DRAKE heulten die Sirenen. Plötzlich erschienen weitere Freihändler in Raum- und Kampfanzügen. Die Sprechfunkverbindung wurde auf die Helmgeräte umgelegt. Nur Roi Danton blieb ruhig auf seinem Platz sitzen.

Der achthundertfünfzig Meter durchmessende Kugelriese, noch um fünfzig Meter größer als das stolze Schlachtschiff OMASO, ging mit aufbrüllenden Maschinen auf Kurs.

Die Triebwerke rissen ihn nach Steuerbord und gleichzeitig in den Vertikalsektor, bis der von der Ortung eingefangene Körper im Zielkreuz des Anflugautomaten stand.

Die Entfernung betrug nur noch knapp dreihunderttausend Kilometer – noch zu weit für eine schnelle und einwandfreie Bildsprechverbindung auf Ultrakurzwelle.

Die Antennen schwenkten auf das Ziel ein. Augenblicke später schaltete der positronische Automatpilot nach einer unerhört schnellen Berechnung der Geschwindigkeiten die Triebwerke auf Bremsbeschleunigung um. Das Tosen steigerte sich zu einem Brüllen, das die Helmautomatiken zwang, die Schalldämpfer über die Ohren der Männer zu klappen.

Atlan schrie Roi zu, er solle gefälligst einen Raumanzug, besser noch eine Kampfkombination anlegen.

Der Freihändler lächelte. Als Atlan näher hinsah, bemerkte er das grünliche Flimmern, das den Körper des Königs wie ein fluoreszierendes Netz umwob.

„Ach so, eine *Neuentwicklung*!" sagte der Arkonide sarkastisch. „Ein Mann von Format geht mit Energieschirm à la Roi."

Danton runzelte die Stirn und fiel mit einem affektierten Hüsteln vorübergehend in seine Rolle zurück.

Zu diesem Zeitpunkt hatte die FRANCIS DRAKE ihre hohe Anflugfahrt fast aufgehoben. Steuerbord querab rotierte ein fünfunddreißig Meter durchmessender Diskuskörper durch den Leerraum. Die Zelle war schwer beschädigt, aber die transparente Pilotenkuppel auf der Oberfläche der Flugscheibe schien noch in Ordnung zu sein.

„Nur kurz anrufen, Informationen anfordern und sofort weiter", befahl Atlan. „Roi, schleusen Sie ein Beiboot aus. Es soll zurückbleiben und die Überlebenden aufnehmen. Wir haben uns um die OMASO zu kümmern. Ist sie noch in den Tastern?"

„Ortung steht mit zwei Werten", kam die Antwort. „Masse und Energie. Wir verzichten auf Hypertaster. Die auftreffenden Impulse könnten drüben gut ausgemacht und richtig gedeutet werden. Allem Anschein nach sind wir nicht erkannt worden. Die OMASO hat das Feuer eingestellt. Wir stehen im Ortungsschutz der Gigasonnen. Erstklassig, Admiral. Ich gebe Ihnen das Echobild in die Zentrale."

Auf einem Reflexschirm vor Atlans Sitz erschienen die Umrisse eines Kugelrumpfes. Es handelte sich um die überlichtschnellen Impulse der nachstrahlenden Impulskanonen. Das Infrarotlicht war noch nicht angekommen.

Das Reflexbild war klar genug, um verschiedene Einzelheiten erkennen zu lassen. Die Impulstriebwerke des Schiffes waren angelaufen.

„Vorsicht, sie nimmt Fahrt auf", kam die Warnung durch. „Nein, ich korrigiere. Keine Fahrtaufnahme, sondern nur Triebwerksschaltung. OMASO bleibt auf altem Kurs im freien Fall. Unsere Zielabweichung muß durch ein Kurzmanöver des Schlachtschiffes bei der Verfolgung der Space-Jet entstanden sein. Vierundvierzig Lichtminuten sind aber nicht viel."

„Bereiten Sie Linearmanöver vor", gab Atlan durch."

„Jet steht im Richtstrahl, sprechen Sie", teilte die Funkzentrale mit.

Ehe Atlan die Taste niederdrückte, rief er Roi an.

„Die OMASO ist noch an Ort und Stelle. Falls Sie noch anderweitige, sogenannte ‚Neuentwicklungen' besitzen sollten, machen Sie sich jetzt schon Gedanken darüber, wie wir vierzehnhundert willenlose Menschen aus dem Schiff herausholen können, ehe wir das Wirkungsfeuer eröffnen."

„Gemütsmensch!"

Atlan schaltete sich ein. Auf dem Bildschirm der Infra-Ortung war die immer noch rotierende Jet zu sehen. Die FRANCIS DRAKE stand etwa zehn Kilometer querab.

„Atlan, Oberbefehlshaber USO, ruft Funksergeant Hestinger über Ultrakurzwelle. Atlan ruft Sergeant Hestinger. Wir stehen mit einem Spezialschiff nur zehn Kilometer von Ihnen entfernt. Wir haben Ihren SOS-Ruf empfangen. Melden Sie sich, Hestinger, Lordadmiral Atlan ruft Sergeant Hestinger, Funker auf OMASO!"

4.

Oberstleutnant Pen Tunither, Erster Kosmonautischer Offizier des Solaren Schlachtschiffes OMASO, vernahm das Läuten des tragbaren Funksprechgerätes zuerst.

Tunither, ein untersetzter, strohblonder Mann von vierzig Jahren, als „Erster" beliebt und gleichzeitig gefürchtet wegen seiner ständigen Nörgeleien, zuckte zusammen.

„Ruhe!" schrie er so laut, wie es in der engen Kanzel der Space-Jet wirklich nicht erforderlich gewesen wäre.

Er verzichtete darauf, weiterhin seine blutunterlaufenen Beulen und Quetschungen zu massieren, die ihm von den Anschnallgurten zugefügt worden waren. Immerhin – hätten Tunither und die beiden anderen Männer diese Gurte nicht angelegt, wären sie beim Feuerüberfall der OMASO wie Spielbälle durch die Kanzel geschleudert und sicherlich schwer verwundet, wenn nicht gar getötet worden.

„Ruhe!" schrie Tunither nochmals. Er richtete sich aus seiner halb liegenden Stellung auf die Knie auf und umklammerte mit beiden Händen die Lehne des aus dem Befestigungssockel gerissenen Pilotensessels.

Ingenieur-Korporal Hain Mungu lag im heruntergeklappten Ortersitz und rieb seinen Hals, der von einem hochgerutschten Gurt stranguliert worden war.

„Sie haben vorbeigeschossen, die Tölpel – mit drei vollen Gigasalven haben sie vorbeigeschossen!" hatte er in den letzten Minuten ständig gekrächzt.

Nachdem die drei Männer erkannt hatten, daß sie, entgegen jeder Wahrscheinlichkeit, mit dem Leben davongekommen waren, hatten sie anfänglich gejubelt.

Funksergeant Gilbert Hestinger, der Mann mit dem schönsten und weißesten Gebiß der Flotte, wie von ihm behauptet wurde, hatte sofort nach dem Erwachen aus der Besinnungslosigkeit erklärt, er hätte noch vor der Flucht aus der OMASO vorsichtshalber einen Notruf auf Hyperwelle abgesetzt. Allerdings wäre der Sender infolge des gerade angelaufenen und daher noch leistungsschwachen Hauptstromreaktors kaum in der Lage gewesen, eine große Entfernung zu überbrücken.

Der anfängliche Optimismus wegen dieser schnellen und überlegten Handlung hatte sich gelegt, als man nach der Feuereinstellung der OMASO erkannt hatte, daß die Space-Jet ein Wrack war. Es funktionierte nichts mehr.

Beide Triebwerkseinheiten und die Hyperfunkstation waren zerstört. Im Reaktorraum war ein Schwelbrand ausgebrochen, den man nicht bekämpfen konnte, da die Löschanlage ausgefallen war. Hain Mungu hoffte darauf, den Brand, der rein molekular zu sein schien, durch die Abschnürung des Sauerstoffes ersticken zu können. Wenn allerdings eine atomare Reaktion nachfolgen sollte, war diese Maßnahme sinnlos.

Die Männer waren zerschunden. Niemand wußte, ob sich infolge der fürchterlichen Belastungen innere Verletzungen eingestellt hatten. Hestinger blutete seit einigen Minuten aus Nase und Ohren. Mungu glaubte, ersticken zu müssen, und Tunither kämpfte mit fast unerträglichen Schmerzen.

Die Jet flog im freien Fall auf ein unbekanntes Ziel zu. Dabei drehte sie sich gleichzeitig um zwei Achsen.

„Ruhe!" sagte der I. O. ein drittes Mal, diesmal aber gedämpft.

Hain Mungu, der Mann mit dem linksseitig biochirurgisch reparierten Gesicht, stellte sein Krächzen ein. Das gigantische Leuchtband der nahen Milchstraße schien in die Klarsichtkanzel auf dem Oberteil des durchlöcherten und aufgerissenen Diskusrumpfes hineinschweben zu wollen. Bei jeder Drehung des Schiffskörpers ging die Galaxis an einem fiktiven Horizont auf und gleich danach wieder unter.

Pen Tunither achtete nicht auf das grandiose Schauspiel. Er lauschte auf das seltsame Geräusch, das aus Hestingers Brusttasche zu kommen schien.

Es läutete erneut.

„Was ist das denn?" erregte sich Tunither. „Hestinger, zum Teufel, wachen Sie auf. Was haben Sie in Ihrer Außentasche?"

Hestinger richtete sich auf. Er lag lang ausgestreckt über dem im Boden eingelassenen Maschinenhauptschott und versuchte, einige Risse mit selbsthärtendem Dichtmaterial aus der Notrüstung zu verschließen.

„In der Tasche? Ich – oh, natürlich ein Telekom. Warum?"

„Warum? Weil es in Ihrer Tasche klingelt, Sie Sumpfaffe", brüllte der Erste cholerisch. „Geben Sie das Gerät her. Jemand ruft uns an. Da, schon wieder."

„Jemand ruft uns an?" Hestinger lächelte ungläubig. „Mit Verlaub, Sir – Sie spinnen! Ein Taschen-Telekom arbeitet bekanntlich mit ultrakurzen Wellen, und die sind nun einmal nicht schneller als das Licht. Ein Anruf könnte bestenfalls von der OMASO kommen. Den jedoch zu beantworten möchte ich lieber vermeiden."

Tunither stürzte sich mit einem Hechtsprung auf den schlanken Sergeanten, wirbelte ihn mit einem harten Griff auf den Rücken und riß den Magnetverschluß der Außentasche auf.

Hestinger stöhnte.

„Verdammt, ich habe schon genug blaue Flecken. Hören Sie doch mit dem Unsinn auf, Sir. Die Beeinflußten wollen uns einfangen; kontrollieren, ob wir noch leben. Vielleicht weiß jemand, daß ich als gewissenhafter Jünger der Ultra-Hochfrequenztechnik stets ein Taschengerät einstecken habe. Das hat seine Vorteile."

Tunither dachte nicht daran, die Beschwörungen des Sergeanten zu beachten. Er zerrte das Gerät aus der Tasche und drückte den Empfangsschalter nieder. Auf dem winzigen Bildschirm zeichneten sich einige verwaschene Linien ab. Der Ton kam sofort.

„. . . melden Sie sich. Ich wiederhole: Lordadmiral Atlan, Chef der Morgenrotflotte, ruft Funksergeant Hestinger. Wir haben Ihren SOS-Ruf empfangen und stehen mit einem Spezialschiff nur zehn Kilometer Backbord querab. Melden Sie sich. Ihre Jet ist schwer beschädigt. Hestinger melden . . .!“

Der Bildschirm flimmerte immer noch. Hestinger hatte sich verfärbt.

„Sir, hören Sie auf mich! Das ist ein Trick; ein schmutziger Trick, um festzustellen, ob wir noch leben. Der Ruf kommt von der OMASO. Die können sich ausrechnen, daß unser hochempfindlicher Hypersender ausgefallen ist. Es gibt genug Leute, die wissen, daß ich immer ein Taschengerät bei mir habe. Hören Sie auf, antworten Sie nicht!“

Das letzte Wort schrie er in erwachender Panik. Tunither stieß ihn zurück. Das Gesicht des untersetzten Mannes war plötzlich hart geworden.

„Meine Sache, Hestinger. Ich riskiere es. Wollen Sie in dem brennenden, antriebslosen Wrack schön langsam braten? Atlan kann tatsächlich in der Nähe sein. Ich kenne seine Stimme. Er könnte es sein. Bleiben Sie liegen, Hestinger! Das Bild wird soeben klar.“

Hain Mungu sagte kein Wort. Ihm war alles gleichgültig geworden. Hestinger sah sich wie gehetzt um. Er wagte es aber nicht, den bärenstarken Tunither anzugreifen.

Tunither begann plötzlich zu schluchzen. Da schob sich Hestinger mit Knien und Ellenbogen zu dem Ersten Offizier hinüber und blickte auf das deutlich gewordene Bild. Atlans markantes Gesicht war einwandfrei zu erkennen.

„. . . Chef USO ruft Funksergeant Hestinger. Melden Sie sich. Wir . . .!“

„Tunither spricht“, rief der I. O. in das Mikrophon, „Sir, Oberstleutnant Pen Tunither, Erster Offizier der OMASO, spricht. Hören Sie mich?“

Die Verbindung war einwandfrei. Atlan meldete sich sofort.

„Nur mit der Ruhe, Mr. Tunither. Sie sind gerettet. Wer ist noch bei Ihnen? Machen Sie es kurz. Jetzt nur die wichtigsten Details?“

Tunither gewann seine Beherrschung zurück. Seine Stimme wurde klarer.

„Funksergeant Gilbert Hestinger und Ingenieur-Korporal Hain Mungu. Wir sind dem Einfluß der Kristalle erstaunlicherweise nicht erlegen. Hestinger und ich haben uns nach Erkennen der Situation im Funkraum getroffen. Jeder wollte einen Notruf abstrahlen, aber daran sind wir gehindert worden. Mungu stieß später zu uns. Ich hätte ihn fast erschossen. Alle anderen Männer sind willenlos; Sklaven, Sir. Wenn Phil Hagenty, dieser verdammte Unruhestifter, nicht gewesen wäre, hätte Oberst Dentcher den Funkbefehl wahrscheinlich ausgeführt und das Feuer auf den Kristall eröffnet."

„Darüber etwas mehr. Wie kam es dazu?"

„Sir, wir waren mit den Nerven fertig. Zwölf Tage lang mit einem Neubau der Multi-Stardustklasse neben einem Kristall herzufliegen, macht den lahmsten Affen wild. Dentcher fühlte sich wie ein Verbannter; sozusagen indirekt bestraft und auf einen Posten abgeschoben, den jeder kosmonautische Säugling hätte besetzen können."

„Weiter, schneller. Auf der OMASO laufen die Maschinen an."

„Major Phil Hagenty ist zuerst mit einer Jet zu dem Kristall geflogen. Dort haben ihn die Kristalle übernommen. Das merkten wir aber erst viel später."

„Gut, das reicht. Einzelheiten sind jetzt überflüssig. Ist die gesamte Kristallmasse an Bord?"

„Ja, Sir. Das Riesending hat sich aufgeteilt und ist in die zwanzig Korvettenhangars eingedrungen. Die Beiboote wurden vorher von der beeinflußten Besatzung ausgeschleust und im freien Raum atomar gesprengt. Wir konnten es nicht verhindern. Wir haben uns durchgeschlagen und ...!"

„Das ist jetzt unwichtig. Wie ist der Widerstandswille der Besatzung?"

„Schwer zu sagen. Als Hestinger und ich mit dem Ausbruch begannen, handelten die Männer noch wie schlecht aufgezogene Puppen. Es ging alles sehr langsam, zögernd und sogar widerstrebend. Es scheint lange zu dauern, bis ein gesunder Mann von den Kristallen geistig völlig übernommen wird. Haben Sie den Feuerüberfall beobachtet?"

„Ja. Die Salven lagen schlecht."

„Ein Zeichen dafür, daß unsere Leute immer noch passiv eingestellt sind. Wir haben einen erstklassigen Gunneroffizier an Bord. Der hätte uns normalerweise mit *einem* Punktschuß erledigt."

„Genug jetzt", sagte Atlan. „Alles weitere können Sie mir später berichten. Sie werden nun von einem Beiboot der FRANCIS DRAKE abgeholt. Sind Sie schwer verletzt? Halten Sie noch so lange durch?"

Es gelang Atlan nicht mehr, Tunithers Antwort geistig zu verarbeiten. Die Freihändler in der Ortungszentrale schienen plötzlich verrückt geworden zu sein. Ein solches Stimmengewirr hatte Atlan selten aus den Lautsprechern dringen hören.

Er und Roi versuchten vergeblich, mit gebotener Schnelligkeit Ordnung zu schaffen.

Als es ihnen endlich gelang, glänzten bereits acht grüne Punkte auf den Reliefschirmen. Der Ortungschef hatte die Eigentaster der FRANCIS DRAKE eingeschaltet, als er mit den unklar einfallenden Energieechos nichts mehr anzufangen wußte.

Die Katastrophe kam schneller, als Atlan erwartet hatte.

„Acht Kugelraumschiffe, offenbar Einheiten der Solaren Flotte, im Anflug auf die OMASO. Hohe Fahrt, sechzig Prozent einfache Lichtgeschwindigkeit. Schwärmen aus zur Sichellinie. Angriffsformation, zwei Schiffe gehen auf Überhöhung. Energieimpulse der Triebwerke beweisen eindeutig, daß es sich um Solare Einheiten handelt."

Atlan begann zu toben. Roi Danton sagte kein Wort. Er stand lediglich auf, rief Hims einige Worte zu und rannte zu dem eigentümlichen Gerät in der Mitte der Zentrale hinüber.

„Funkverbindung, sofort", tobte Atlan. „Ich will den Kommandanten haben. Wer hat diesen Idioten beauftragt, uns das Wild zu verjagen? Sehen Sie, die OMASO nimmt Fahrt auf. Den Kommandeur . . .!"

Neun Sekunden später gelang die Hyperkomverbindung. Auf dem Bildschirm erschien ein terranischer Kommodore. Er strahlte auch noch!

Atlan beherrschte sich mühevoll, als sich der Mann meldete.

„Kommodore Ansuna, Chef Dreiundsechzigste Flottille, Neunzehnter Schlachtkreuzerverband. Wir haben den letzten Funkspruch des Großadministrators aufgenommen, dechiffriert und die Position der OMASO berechnet. Ich bin glücklich, Ihnen beistehen zu können. Ihre Befehle, Sir?"

„Jener, der Sie am besten holen sollte, nämlich der Teufel, nimmt von mir keine Befehle an", brüllte der Arkonide außer sich. „Was fällt Ihnen ein, mir das Unternehmen zu verpfuschen? Die OMASO geht in einer Minute in den Linearraum! Dank Ihrem Erscheinen! Was denken Sie wohl, warum ich die Morgenrotflotte zurückgelassen habe? In dieser Situation kann nur *ein* Schiff erfolgreich operieren. Von wem erhielten Sie die Anweisung, in die Geschehnisse einzugreifen? Reden Sie schon."

Der Kommodore stand vor seiner Aufnahmeoptik und suchte nach Worten.

„Ich ... ich hielt es für richtig, Sie zu unterstützen. Ich habe keinen Einsatzbefehl erhalten, Sir."

„Wenn die OMASO endgültig entkommt, Mr. Ansuna, wird Ihr taktisches Genie für die schwersten Verluste verantwortlich sein, die der Menschheit jemals zugefügt worden sind. Herrje, ein Akademiekadett sollte wissen, daß man ein so scheues Wild nicht mit Pauken und Trompeten anfliegen kann, ohne es sofort zu verjagen. Bleiben Sie hier auf Position, retten Sie die drei Unbeeinflußten der OMASO, die dicht neben uns mit einer Space-Jet durch den Raum treiben."

„Un... Unbeeinflußten?" stammelte der erblaßte Offizier.

„Allerdings. So etwas soll es geben. Orten Sie gefälligst. Sie haben ja auch die OMASO gefunden. Dann ziehen Sie sich auf die Morgenrotflotte zurück und melden Admiral Con Bayth, was Sie hier angerichtet haben. Befehl an Bayth: Funkverbot wird sofort aufgehoben. Absetzen. Nachricht an Perry Rhodan. Wir verfolgen die OMASO mit einem Spezialgerät durch den Linearraum. Haben Sie das verstanden?"

Kommodore Ansuna *hatte* verstanden! Auf den Ortungsschirmen seines Flaggschiffes, des modernen Schlachtkreuzers ASURBAN, wurde die FRANCIS DRAKE kleiner und kleiner.

Die OMASO war im rechten Winkel zum Kurs der plötzlich aufgetauchten Schiffe ausgewichen. Ansuna hatte nicht mehr die geringste Chance, die hohe Fahrt seiner Einheiten aufzuheben oder durch eine enge Kursangleichung durchzuführen – wenigstens nicht bei sechzig Prozent der einfachen Lichtgeschwindigkeit.

Die OMASO war längst außer Schußweite der 63. Flottille. Allein das Freifahrerschiff, das fast fahrtlos im Raum gestanden hatte, konnte schnell und genau genug die Verfolgung aufnehmen.

Atlan unterbrach die Funkverbindung mit einer selten gehörten Verwünschung.

„Leute, die es ganz besonders gut meinen, habe ich sehr gern“, rief er Rasto Hims zu, der mit verkniffenem Gesicht hinter seinen Kontrollen saß. „Die ewigen Gutmeiner und Helfen-Wollenden sind schlechter zu berechnen als die Quadratur eines Kreises. Schaffen Sie es? Die OMASO beschleunigt mit fast siebenhundert Kilometer pro Sekundenquadrat. Können Sie dranbleiben?“

„Kein Problem, wir sind mit Notleistung schneller.“

„Oh, Verzeihung, ich vergaß schon wieder Ihre Neuentwicklungen! Das Schlachtschiff wird jeden Augenblick in den Linearraum gehen. Sind Sie nahe genug, um es mit Ihrem Halbraumspürer antasten zu können?“

„Sehen Sie, Admiral – *das* ist unser eigentliches Problem!“ erklärte Hims ruhig. „Sie haben es schnell erfaßt.“

„Edelmann Hims!“ schrie Roi aus der Zentralemitte herüber. „Geben Sie bitte eindeutige Auskünfte.“

Atlan wischte sich über die tränenden Augen, ein Zeichen für seine Erregung. Vom Verband des unglückseligen Kommodore war schon nichts mehr zu sehen.

„Hoffentlich findet das Genie wenigstens die drei Überlebenden“, sagte der Lordadmiral vor sich hin. „Mr. Hims – welche Schwierigkeiten haben Sie?“

„Der Kasten ist etwas zu weit weg. Die Distanz zwischen der OMASO und uns betrug etwa vierundvierzig Lichtminuten. Nach ihrer schnellen Fahrtaufnahme vergrößerte sich die Entfernung –“, er las die Kontrollen ab, „. . . auf bis jetzt dreieinhalb Milliarden Kilometer, Distanz wächst noch. Wenn sie möglichst schnell in den Linearraum geht, haben wir gewonnen. Wird sie aber weiterhin mit Höchstwerten beschleunigt, brauchen wir noch etwa fünf Minuten, um uns anzugleichen und dann allmählich aufzuholen. Bis dahin steht sie etwa zehn Lichtstunden vor uns. Beim Manöver kann es zu erheblichen Schwierigkeiten kommen. Wir können sie verlieren. Der Halbraumspürer arbeitet nur mit scharfer Bündelung zufriedenstellend. Die Suche mit dem Taststrahl wird mit steigender Entfernung immer schwieriger.“

„Ich verstehe. Wir sollten also paradoxerweise hoffen, daß man da drüben mit einem Gewaltmanöver in die Librationszone geht.“

„Genau."

Zwei Sekunden später heulten auf der FRANCIS DRAKE die Alarmpfeifen. Die OMASO war plötzlich verschwunden.

Atlan hörte noch Dantons Befehle. Dann wurde das Freihändlerschiff von einem aufbrüllenden Kalup ebenfalls von den Energieeinflüssen des vier- und fünfdimensionalen Raumes abgeschirmt und in die neutrale Zwischenzone gerissen.

Das Funken und Gleißen der Milchstraße verschwand. Das geheimnisvolle Raunen einer mit dem Verstand nicht zu begreifenden Zone zwischen den Dimensionen nahm das Schiff auf.

Roi Danton hatte sich nach dem zweiten Linearraummanöver der OMASO dazu herabgelassen, Atlan einige Angaben über den Halbraumspürer zu machen.

Das Gerät hatte einwandfrei funktioniert. Nach den Augenblikken der Unsicherheit hatten etwa zwanzig Spezialisten des Freihändlerschiffes die OMASO sofort gefunden.

Terranische Wissenschaftler hatten bisher vergeblich versucht, ein im Linearraum taugliches Ortungsgerät zu entwickeln. Sämtliche Ansätze, die Hoffnungsschimmer erzeugten, hatten sich als Fehlschläge herausgestellt.

Nunmehr erschien plötzlich ein junger Mann von nicht gerade überragendem Ansehen und präsentierte dem zweitmächtigsten Mann der Galaxis einen Orter, der einwandfrei arbeitete.

Danton hütete sich, von seinem Schwager Dr. Geoffry Abel Waringer zu sprechen, dem es gelungen war, an Hand alter Unterlagen ein völlig neues Prinzip in die Tat umzusetzen.

Atlan ahnte nur, daß mit den Männern und Frauen, von denen Danton seine Ausrüstung bezog, eine neue Ära in der Forschung angebrochen war. Diese Menschen schienen entschlossen zu sein, nicht mehr auf erarbeiteten Erkenntnissen fremder Völker aufzubauen, sondern nach eigenem Ideengut neuartige Dinge zu schaffen.

Danton hatte erklärt, der Halbraumspürer arbeite mit zwischendimensionalen Libroflex-Impulsen, zu deren Erzeugung ein Wandler erforderlich sei, der vierdimensional stabile Impulse der neutralenergetischen Zustandsform der Ultra-Neutrantos anpassen würde.

Was nun Ultra-Neutrantos eigentlich waren, konnte oder wollte Roi nicht erläutern.

Jedenfalls arbeitete der Spürer auf der gewohnten Echobasis. Daraus war eindeutig zu folgern, daß ein Sender Impulse abstrahlte, die von einem Körper reflektiert und von einem Empfänger wieder aufgenommen werden konnten.

Daß dies jedoch im neutralen Zwischenraum möglich war, hatte Atlan mehr fasziniert als einiges andere.

Atlan hatte es schließlich aufgegeben, noch weiter in Danton einzudringen. Die OMASO hatte nach ihrem zweiten Orientierungsmanöver erneut Fahrt aufgenommen. Nur elf Minuten später war sie genau vor dem Zielstern herausgekommen.

Der Libroflexschirm des Halbraumspürers hatte sich sofort verdunkelt. Dafür war die Normalortung eingeschaltet worden.

Nur drei Stunden nach dem überstürzten Abflug des Schlachtschiffes kam es wieder zur Ruhe.

Als Atlan darum gebeten hatte – er wollte nicht mehr befehlen –, die Fahrt der FRANCIS DRAKE zu drosseln und einen Sicherheitsabstand einzuhalten, war niemand auf seinen Wunsch eingegangen.

Die DRAKE raste immer noch hinter dem knapp 50 000 km/sec schnellen Terraschiff her und verkürzte die Distanz.

„Sie müssen entweder erstaunlich leichtfertig, oder doch wahnsinnig sein, Monsieur!" sprach Atlan den Freihändler an.

Roi Danton trug seit einer Minute wieder die weißgepuderte Perücke. Atlan hielt es für eine Farce; Roi für eine wohlbegründete Tarnung vor den forschenden und fragenden Augen des Arkoniden.

„*Doch* wahnsinnig?" Roi griff sich ans Herz. „Aber Sire! Das klingt ja ganz danach, als hätten Sie diesen Gedanken schon einmal erwogen."

Rasto Hims zeigte seit Stunden wieder einmal sein berüchtigtes Grinsen. Es schien ihn nicht zu stören, daß die FRANCIS DRAKE mehr und mehr aufkam. Die OMASO wuchs in die Bilderfassung hinein und war klar auf den Schirmen zu sehen.

Atlan winkte unwirsch ab.

„Danton, was soll der Unfug? Wenn man drüben aufmerksam ist, hat man uns jetzt schon in der Ortung. Sind Sie übergeschnappt?"

„Schon wieder diese Kränkung", jammerte Roi. Oro reichte ihm wortlos das Riechfläschchen. „Sire, Sie sollten auf die flimmernden Linien achten, die das Tasterbild überziehen. Wissen Sie – äh – wir haben da einen gewissen neuartigen Ortungsschutz, sozusagen eine Neuentwicklung, die – hilf Himmel, was hat er denn? Oro, rufe den Medicus herbei. Sire . . .!"

Atlan war dunkelrot angelaufen. Bebend, die Hände um die Lehnen geklammert, saß er in seinem Sessel.

Danton wich unter den Blicken des Arkoniden zurück.

„Echauffieren Sie sich doch nicht so, Sire."

Atlan unterbrach ihn mit keuchender Stimme.

„Schluß damit, Danton. Jetzt reicht es. Sie haben einen guten Ortungsschutz. Gratuliere! Ich habe es zur Kenntnis genommen. Weshalb schließen Sie so dicht auf? Um Ihr Gerät zu erproben? Oder sollten Sie die Absicht haben, die OMASO durch einen Feuerüberfall aus Ihren Transformkanonen in atomare Gase zu verwandeln?"

„Es wäre die taktisch klügste, einfachste und sicherste Methode, um die Kristalle zu vernichten!" fiel Rasto Hims mit ungewohntem Ernst ein. „Sie werden ja wohl nichts dagegen haben, wenn hier jemand mal das Kind beim Namen nennt."

Atlan musterte ihn sinnend.

„Sie gefallen mir, Edelmann Hims! In der Tat kann ich es sehr gut verstehen, wenn man offen spricht. Würden Sie es fertigbringen, auf vierzehnhundert willenlose unschuldige Menschen zu schießen? Mit Transformkanonen?"

Der Epsaler sah auf seine mächtigen Hände nieder. Er schwieg.

„Also nicht. Oder hat Ihr Schweigen eine andere Bedeutung?"

„Nein. Wir haben uns bereits über einen Ausweg unterhalten. Fragen Sie den König."

Roi Danton hüstelte affektiert. Sein Spitzentüchlein war etwas zu klein, um seine verdächtig zuckenden Lippen zu bedecken. Roi wurde innerlich von einem Lachkrampf geschüttelt.

Er begann vor Atlan auf und ab zu tänzeln, kostete den Augenblick aus und erklärte sodann:

„Wir haben da eine gewisse Neuentwicklung, mit der man . . .!"

Kasoms Fuß schoß wie eine abgefeuerte Rakete nach vorn. Die flache Stiefelsohle, etwa Größe 85 nach terranischen Maßstäben, landete an Rois verlängertem Rückgrat und übertrug dort die Bewegungsenergie ruckartig auf einen ruhenden Körper.

Dies hatte zur Folge, daß der Freihändlerkönig mit gespreizten Armen, vorgestrecktem Kopf und wild rudernden Füßen quer durch die Zentrale jagte, als gelte es, einen startenden Strahltrainer einzuholen.

Rois abenteuerliche „Laufbahn" endete äußerst heftig an einem mit verschnörkelten Ornamenten geschmückten Musik- und Getränkeautomaten, der infolge der Erschütterung augenblicklich damit begann, die altterranische Weise *God save the King* zu spielen und aus drei verschiedenen Hähnen drei verschiedene Flüssigkeiten auszuspeien.

Kasom brüllte wie ein Untier. Atlan lachte Tränen und Oro Masut, soeben noch bereit, seinem Landsmann an die Kehle zu springen, rannte durch die Zentrale, um seinem zerschundenen Herrn auf die Füße zu helfen.

Neunhundert Freifahrer, alle durch Interkom mit der Zentrale bildlich verbunden, dachten nicht daran, ihren König zu bedauern. So schmerzlich das Erlebnis für Perry Rhodans Sohn, alias Roi Danton auch war – seine charmanten Gauner ließen eine Lachsalve los, die Tote erweckt hätte.

Roi trug es mit Würde. Auf Oros mächtige Arme gestützt, humpelte er zur Schaltempore zurück. Mannhaft unterdrückte er ein Stöhnen. Die Perücke war nach vorn gerutscht und bedeckte halbwegs seine Augen.

„Eh, klappen Sie Ihr Visier hoch", sagte Kasom grinsend. „Hier wird nicht gemogelt! Und wenn Sie noch einmal den Begriff ‚Neuentwicklung' gebrauchen, werden Sie erleben, was ein ehrlicher Ertruser mit einem Lausebengel in Ihrem Alter sonst noch alles machen kann. Wir lassen uns doch hier nicht ständig auf den Arm nehmen."

„Beruhigen Sie sich, beruhigen Sie sich", lenkte Roi ein und schob mit einer Kopfbewegung die Perücke zurück. „Tritte dieser Art sind mir wohlbekannt. Ich kannte einmal einen Mann, der . . .!"

Oro umklammerte Rois Arm so fest, daß der König nun doch zu stöhnen begann. Kasom wurde plötzlich argwöhnisch.

„Wie meinen Sie das? Kennen wir uns so gut?"

„Der Kerl tritt wohl ständig nach anderen Leuten, wie?" umging

Roi wimmernd diese Fangfrage. „Nein, nein, wir kennen uns nicht besonders gut. Parbleu, haben Sie Stahl in Ihren Sohlen?"

„Unter anderem Bleigewichte zum Abschnallen", bestätigte Kasom ungerührt. „Ich bin an 3,4 Gravos gewöhnt. Warum fragen Sie?"

Atlan lachte immer noch. Genau zu diesem Zeitpunkt drosselte die OMASO ihre Geschwindigkeit und schlug eine weite Kreisbahn um die rote Hauptsonne eines Doppelsterns ein.

Nur eine Minute später hatten die Kosmonauten der FRANCIS DRAKE ermittelt, daß es sich um den planetenlosen Doppelstern Darla-Copus handelte. Er stand auf der sogenannten Eastside der Galaxis und war vom Sektor Morgenrot zweitausendvierhundert Lichtjahre entfernt.

Darla-Copus gehörte zu den wenigen, mit Eigennamen bedachten Eastside-Sternen, die der Flotte als Orientierungsfeuer dienten. Niemand konnte sich erklären, warum die Kristalle, nunmehr die eigentlichen Herrscher auf OMASO, gerade diese Doppelsonne angeflogen hatten. Wahrscheinlich war ihre Existenz in Dentchers Erinnerungsbewußtsein so fest verankert, daß die Kristalle darauf zurückgegriffen hatten.

Roi entschloß sich, den unliebsamen Zwischenfall stillschweigend zu übergehen. Melbar Kasom war in seiner Jugend sein persönlicher Leibwächter gewesen. Ihm hatten es Roi und seine Zwillingsschwester zu verdanken gehabt, daß sie nicht von einer kosmischen Geheimorganisation entführt worden waren.

Danton ließ sich sehr vorsichtig auf einem Schwenksessel nieder und gab einige Befehle durch.

Die FRANCIS DRAKE begann sofort mit voller Schubleistung zu bremsen und aus dem Verfolgungskurs zu scheren.

Das Manöver dauerte eine Viertelstunde. Dann stand der Freihändler im Rotsektor der OMASO, deren Besatzung offenbar den Befehl erhalten hatte, eine Kreisbahn um den Hauptstern einzuschlagen. Dieser bewährte, vor einer Fernortung schützende Trick war von den Kristallen augenblicklich aus dem Erinnerungsreservoir der menschlichen Gehirne herausgelesen worden.

Der Begleiter des roten Riesen war ein kleiner, grüner Stern. Die FRANCIS DRAKE hielt einen Abstand von einer Milliarde Kilometer ein. Ihr neuer Anti-Ortungsschirm lief unter Vollast. Roi erklärte, auftreffende Hyperimpulse würden davon absorbiert oder in ungefährliche Richtungen reflektiert werden. Eine Rückkehr als Echo war nicht mehr möglich.

Atlan verzichtete darauf, Fragen zu stellen. An Bord dieses sogenannten Handelsraumschiffes schien es nur Einrichtungen zu geben, von denen man auf der Erde keine Ahnung hatte und deren Existenz sowohl Perry Rhodan als auch Atlan verborgen geblieben waren, als sie sich in jüngster Vergangenheit an Bord dieses Schiffes befunden hatten. Auch die damalige Untersuchung des Freihändlerschiffes hatte nicht zur Entdeckung der revolutionierenden Hilfsmittel geführt, da diese perfekt getarnt gewesen waren.

Die Maschinen des Freihändlers verstummten. Auf den Schirmen der Energietaster glänzte ein Fleck. Es war das Solare Schlachtschiff OMASO.

Atlan hatte zu einer Besprechung gebeten.

Roi Danton hatte sich links neben Atlan gesetzt. Kasom und Oro Masut standen an der Schmalseite des Rechenraumes. Rasto Hims und die Kosmonautischen Offiziere waren ebenfalls anwesend.

Atlan legte den Patentschreiber zur Seite und lehnte sich zurück.

„Es wäre einfach, ein Beiboot zu Con Bayth zu schicken und ihn mit der Morgenrotflotte anzufordern. Es wäre aber ebenso verkehrt. Die Vernichtung der OMASO mit allen beeinflußten Menschen bleibt als letzter Ausweg. Wir kommen nicht umhin, diesen Gedanken ins Auge zu fassen; so bitter es im Ernstfall auch sein wird. Noch aber gibt es andere Möglichkeiten. Wie gut ist die Schauspielkunst Ihrer Leute, Monsieur?“

Danton runzelte die Stirn.

„Oh, sehr gut, denke ich.“

„Hm!“ Atlan lachte sarkastisch. „Ich glaube Ihnen aufs Wort. Die Kristalle entwickeln Intelligenz, sobald eine größere Masse zum Zusammenschluß kommt. Wir können sicher sein, daß die Riesenmenge in den Hangars der OMASO durch den Zwischenfall mit Kommodore Ansuna zu der Auffassung gekommen ist, daß das Schlachtschiff als unauffälliges Transportmittel nicht mehr eingesetzt werden kann. Man wird es für den Notfall behalten wollen, darüber hinaus jedoch bestrebt sein, ein anderes Raumfahrzeug mit Besatzung zu übernehmen. Die Kristallagenten kennen ihre Macht. Sie werden sie rücksichtslos einsetzen, wenn möglich jedoch aus der Anonymität heraus. Dafür benötigt man ein unauffälliges Raumschiff, das nicht von sämtlichen Einheiten der Flotte gejagt wird. Bieten wir also die FRANCIS DRAKE an, die ja eindeutig als Handelsraumer klassifiziert ist."

„Ohne mich!" fiel Hims ein. „Hören Sie mal, ich mache so ziemlich alles mit, aber von diesen Dingern lasse ich mich nicht übernehmen."

„Das liegt auch nicht in meinem Plan", wurde er belehrt. Danton begann zu lächeln. Atlan wurde aufmerksam.

„Hat man ebenfalls Einwände vorzubringen, ehe ich fertig bin?"

„Nein. Ich finde es nur erstaunlich, daß Sie meine Gedankengänge fast aufs Wort genau aussprechen. Ich dachte ebenfalls daran, mein Schiff als Köder auszuwerfen. Aber bitte, ich höre, Sire!"

„Wir befinden uns im Gebiet der Blues. Es ist bekannt, daß die rivalisierenden Völker, Tausende an der Zahl, seit hundert Jahren einen erbitterten Bruderkrieg führen. Wir täuschen vor, bei einer gewissen Reise schwer angeschossen worden zu sein. Das ist nicht so ohne weiteres glaubhaft zu machen. Der Plan muß fugenlos sein. Unterschätzen Sie nicht die Aktivität dieser Mikro-Ungeheuer."

„Ich werde Ihnen mit einigen Neuentwi ...", Roi unterbrach sich und blickte sich nach Kasom um. „– Verzeihung! Ist es gestattet, den verpönten Begriff nochmals zu benutzen?"

Kasom grinste und winkte gönnerhaft mit der Hand.

„Sehr schön, merci bien, mon ami. Nun denn, Sire, ich kann Ihnen mit einer besonderen Einrichtung gewissermaßen unter die Arme greifen. Schwach bewaffneter, der Willkür Bösartiger ausgelieferter Frachter ...!"

Roi legte eine Pause ein und wartete geduldig Atlans Hustenanfall ab.

„Entschuldigen Sie, Monsieur. Ich hatte mich verschluckt", meinte der Arkonide.

„... der Willkür Bösartiger ausgelieferter Frachter muß gewisse Vorsorgen treffen. Sagen wir – es handelt sich um ein Schauspiel besonderer Art."

„Ich nehme an, Sie wollen an Bord der OMASO gehen, da Sie sich aufgrund ihrer Mentalstabilisierung Chancen ausrechnen, den Beeinflussungsversuchen der Kristallballung zu widerstehen."

Die Blicke der Männer kreuzten sich wieder.

„Sie haben es erfaßt, Danton“ erwiderte Atlan.

„Voilà, Sire, dann werde ich mit von der Partie sein. Sie wissen, daß auch ich mentalstabilisiert bin.“

Atlan nickte stumm. Er hatte damit gerechnet, daß sich Danton ihm anschließen würde. Auch Melbar Kasom würde ihn begleiten, denn auch er war entsprechend immunisiert.

„Na schön“ sagte Atlan schließlich. „Was haben Sie außer Ihrem mentalstabilisierten Gehirn und dem nicht näher bezeichneten Hilfsmittel sonst noch gegen die Willkür der Kristalle anzubieten? Ich benötige Spezialwaffen. Kein Mensch kann vierzehnhundert Gegner nacheinander mit Schockstrahlern lähmen. Man hat meistens etwas dagegen. Bitte . . .!“

Danton begann zu sprechen. Als er geendet hatte, war Atlan fassungsloser als jemals zuvor.

Er erhob sich und verließ grußlos den Rechenraum. Die anderen Männer folgten ihm. Nur Oro Masut und Roi Danton blieben zurück.

5.

Tusin Randta, der Zweite Offizier, taumelte in die Zentrale und brach stöhnend zusammen. Sein Körper war eine einzige Brandwunde.

Fünf andere Besatzungsmitglieder schienen von einem thermisch wirksamen Nadlerschauer überrascht worden zu sein. Die Thermodurchschüsse hatten sofort tödlich gewirkt. Die an wenigstens zehn Stellen durchschlagenen Kleidungsstücke verbargen kaum den grauenvollen Anblick.

Atlan stand über dem Zweiten Offizier der FRANCIS DRAKE und betrachtete das schwärzliche Gesicht.

„Sehr gut, Edelmann Randta. Sie werden bald wirklich bewußtlos. Die Schminke an Ihrer linken Wange hat die aufgeklebte Wunde überdeckt. Wischen Sie es ab.“

„Wo? Hier?“ Randta fuhr mit dem Finger über die Brandkruste.

„Ja. Gut so. Ihre Maskenbildner können etwas. Ihr da drüben! Tote liegen meistens nicht so bequem. Verlassen Sie gefälligst die Konturbetten und krümmen Sie sich auf dem Stahlboden zusammen. Der Mann ganz links – nehmen Sie nochmals den Brenner und lassen Sie die Kunstfaser an der dritten Durchschußöffnung blasig werden. Das glaubt Ihnen sonst niemand."

Der „Tote" griff wortlos zu einem feuerzeugähnlichen Gerät und ließ die fauchende Flamme über das Jackett streichen. Es begann zu dampfen.

„Gut, halt. Es reicht. Nun bleiben Sie liegen. Das von Ihnen eingeatmete Betäubungsgas wird in fünf Minuten zu wirken beginnen. Dann spüren Sie nicht mehr die unbequeme Haltung. Seien Sie ganz ruhig. In diesem Tiefschlaf sind Sie parapsychisch taub. Wenn die OMASO wie erhofft ankommt, wird sie dicht aufschließen. Offiziell sind nur Roi Danton, Melbar Kasom und ich am Leben. Hallo, Danton, wie sieht es in Ihren Abteilungen aus?"

Dantons Gesicht erschien auf einem Bildschirm.

„Ausgezeichnet. Achtzig sogenannte Tote und drei Überlebende dürften glaubhaft wirken. Die Männer sehen ja fürchterlich aus."

„Um so besser. Oro Masut trägt einen schönen Ring am Mittelfinger, nicht wahr? Lassen Sie sich damit über die Stirn streichen, ehe er bewußtlos wird. Sie brauchen eine echte blutende Kopfwunde."

„Auch das noch", stöhnte Danton, der seit drei Stunden mit steigender Unruhe versucht hatte, des Arkoniden Aktivität einzudämmen. Atlan war aber nicht zu halten gewesen.

Er hatte die Maskerade jedes einzelnen Mannes überwacht. Die vorgetäuschten Verletzungen mußten echt wirken. Das aber zu beurteilen war für den alten Arkonidenadmiral nicht schwer. Er wußte nur zu gut, wie die Gefallenen im verwüsteten Innern eines wrackgeschossenen Raumschiffes aussahen.

„Rasto Hims spricht", dröhnte die Stimme des Ersten Offiziers auf. „Alle acht Beiboote klar zum Ausschleusen. Kann ich endlich verschwinden? Uns wird unheimlich."

Atlan trat vor den Bildschirm.

„Fertig. Sie können starten. Haben Sie die achthundertzwanzig Freihändler gut aufgeteilt?"

„Pro Boot etwa hundert Mann. Ich rekapituliere: Wir gehen mit allen Einheiten sofort in den Linearraum und warten drei Lichtjahre entfernt auf Ihren Funkanruf. Die Morgenrotflotte erhält von mir per Richtstrahl das Alarmsignal. Wir tauchen nicht eher auf, bis die vierzehnhundert Mann der OMASO bewußtlos geworden sind."

„Hoffen wir, daß es gelingt. Passen Sie auf, daß Ihre Antennen nicht streuen. Das Spiel ist riskant. Randta ist soeben besinnungslos geworden. Er bewegt sich nicht mehr. Die Betäubung hält fünf Stunden an. Fliegen Sie los. Alles Gute."

„Das sollte man besser Ihnen wünschen!" entgegnete Hims, und in seinem Tonfall schwang Respekt mit.

Fünf Minuten später waren die acht sechzig Meter durchmessenden Beiboote der FRANCIS DRAKE ausgeschleust.

„Großer Epsal!" hörte man Hims' Stimme. „Wissen Sie, wie die FRANCIS DRAKE von außen wirkt?"

„Hoffentlich wie ein Sieb."

„Das ist kein Vergleich. Die Täuschung ist phantastisch. So habe ich das noch nie gesehen. Ich gebe das Bild auf Ihren Schirm. Na, wie wirkt das?"

Atlan hielt den Atem an. Auf dem großen Bildschirm, der von Hims' Kameraden belichtet wurde, erschien das Freihändlerschiff in voller Größe. Obwohl völlig intakt, glich es von außen betrachtet einem Wrack.

Dies war Rois „Defensivwaffe"; nichts anderes als eine phantastische Bildprojektion, die den gesamten Kugelrumpf erfaßte. Spezialgeräte, die in mühevoller Arbeit auf der Außenzelle eingebaut worden waren, benutzten den spiegelnden Rumpf als gekrümmte Projektionsfläche. Die so erzeugten Bilder waren wenigstens fünfzigfach variabel. Schäden aller Art, angefangen vom aufgerissenen Düsenmaul eines Triebwerks bis zur durchlöcherten und brennenden Zelle, konnten mit erstaunlicher Echtheit vorgetäuscht werden.

Roi hatte diesmal die Stufe 30 gewählt. Durch diese Bildprojektion mußte ein Beobachter den Eindruck gewinnen, als hätte die FRANCIS DRAKE im Wirkungsfeuer von mehreren großen Schiffen gelegen. Die Außenzelle war an etwa vierzig Stellen blasig aufgeworfen. Die an den Rändern zerschmolzenen Einschußkrater zeugten von der Gewalt eines Überfalls mit Thermokanonen.

Teile des Maschinenringwulstes hingen in Fetzen von der Bordwand herab. Zwei der großen Impulstriebwerke waren völlig offen. Sie glichen zerschmolzenen Schrotthaufen.

„Wenn *das* nicht wirkt!“ sagte Atlan. „Danke, Mr. Hims. Nun nehmen Sie aber Fahrt auf. Wie wirkt die Tarnung auf hyperschnelle Taster und Echobilder?“

„Überhaupt nicht. Im Ortungsbild sind nur undeutliche Formen zu sehen. Die Taster stellen allein den Körper fest. Die optische Normalortung zeigt allerdings eindeutig das Chaos.“

Hims verabschiedete sich. Die acht Korvetten nahmen Fahrt auf und verschwanden im Weltraum.

Danach wurde es still auf der FRANCIS DRAKE. Sie stand eineinhalb Lichtmonate von der Doppelsonne Darla-Copus entfernt. Das war die Distanz, die man mit einem Notsender noch gut überbrücken konnte.

Atlan vertraute weiterhin den geschulten Leuten an Bord der OMASO. Wenn sich jetzt plötzlich ein angeblich lahmgeschossener Freihändler in unmittelbarer Nähe der Doppelsonne über Funk meldete und um Hilfe rief, *mußten* sie zu dem Schluß kommen, daß die Besatzung dieses Schiffes von den Vorkommnissen auf der OMASO keine Ahnung hatte.

Es war 6.18 Uhr am 21. Oktober 2435. Gegen Mitternacht Standardzeit war die OMASO in den Linearraum gegangen und unbemerkt verfolgt worden. Kein Mensch auf ihr konnte mit der geringsten Berechtigung annehmen, der plötzlich SOS funkende Frachter sei etwa auf das Schlachtschiff angesetzt worden.

Auf diesen rein logisch fundierten Berechnungen fußte Atlans Plan. Er war durchaus positiv zu beurteilen, wenn die Kristalle nur einigermaßen logisch dachten. Sie würden unterdessen erfahren haben, daß eine Verfolgung durch den Linearraum nicht möglich war. Dantons Halbraumspürer war eine geheime Neuentwicklung. Niemand auf der OMASO wußte davon.

Roi betrat die Zentrale. Auf seiner Stirn klaffte eine fingerlange, heftig blutende Rißwunde.

Melbar Kasom kam durch den Zentrallift. Er stieg vorsichtig über die „Gefallenen“ hinweg, betrachtete fachmännisch die Maskerade und wendete sich an Atlan.

„In Ordnung. Alles ruhig an Bord, Sir. Dieses Kampfgas wirkt großartig. Ich habe die achtzig Männer in einer Schleuse eingesperrt und einen fingerhutgroßen Druckbehälter ausgeblasen. Dann habe ich sie auf die Stationen entlassen. Nach genau zwanzig Minuten fielen sie betäubt um. Das ist ein Kampfmittel mit Zeitzünder, Sir. Jetzt, fünfundzwanzig Minuten nach dem Ausströmen, hat das Gas seine Wirkung völlig verloren. Wenn wir das auf der OMASO anwenden können, fallen die vierzehnhundert Mann zwanzig Minuten später um. Oh, König, wie sehen Sie denn aus? Auch Maske?"

„Dachten Sie", beklagte sich Roi. „Ihr Landsmann hat mich gestreichelt, wie er sagte. Ich glaube, ich habe eine Gehirnerschütterung. Oro, mein Riechfläschchen – ach so, der Kerl schläft ja auch schon. Na, dann eben nicht. Man kann sich auf den Pöbel nicht verlassen. Sire, ich beginne zu resignieren."

„Solange Sie nicht durchdrehen, sind Sie zu ertragen", stellte Atlan nüchtern fest. Er blickte auf die Uhr.

„Es wird Zeit. Gehen Sie in die Funkzentrale und drücken Sie auf die Knöpfe. Ihre Spezialisten haben eine Allroundsendung vorbereitet. Wir werden im Halbmesser von knapp zwei Lichtmonaten gut gehört. Hoffen wir, daß der Zufall keine anderen Schiffe in die Nähe geführt hat. Ich möchte hier nur die OMASO anrauschen sehen. Kennen Sie noch Ihren Text?"

Roi warf dem Arkoniden einen anklagenden Blick zu. Dann hinkte er mit schmerzverzogenem Gesicht hinüber zum Funkraum.

„Der Tritt hat sich gelohnt", grinste Kasom. „Der vergißt das Humpeln bestimmt nicht."

Fünf Minuten später waren die letzten Vorbereitungen beendet. Ein Medo-Roboter injizierte den drei Männern mit einer Hochdruckspritze das Immunitätsmittel. Das Kampfgas würde dadurch wirkungslos bleiben. Atlan hütete sich zu fragen, wer dieses Teufelszeug erfunden hatte.

Derart präpariert, schaltete Roi den kleinen Notsender ein. Er wurde von einer Lagerbank direkt unterhalb der Kugelzentrale gespeist.

Der Hilferuf wurde auf der intergalaktisch anerkannten und stets freigehaltenen Notfrequenz gesendet. Es gab keinen Hyperfunker, der nicht ständig ein Gerät auf Empfang geschaltet hatte.

Der Text wurde von dem Bandspeicher einmal im vollen Wortlaut und in der Wiederholung als Morsespruch gesendet. Dies war die übliche Methode, einen Notruf abzustrahlen.

Atlan betrachtete sich nochmals in der spiegelnden Fläche eines Bildschirms. Auf dem Brustteil seines modernen Kampfanzuges leuchtete das Symbol der USO. Auch Melbar Kasom hatte seine Kombination mit dem Emblem verzieren lassen.

Da angenommen wurde, daß die überragende Qualität der neuen Kampfanzüge vom Typ SHK-II/ULTRA CNEIF auch auf der OMASO bekannt war, konnte man glaubhaft machen, daß die Träger dieser Schutzkleidung den Feuerüberfall unbeschadet überstanden hatten. Kasom und Atlan wirkten daher lediglich erschöpft.

Danton dagegen trug über dem strapazierten Spitzenhemd einen handelsüblichen Raumanzug, der den thermischen Belastungen anscheinend nur mit Mühe und Not standgehalten hatte. Die Perücke war kunstvoll verschmort worden.

Die Zeit des Wartens begann. Ehe der Automatsender der FRANCIS DRAKE die ersten Hilferufe abstrahlte, drückte Atlan auf den Kontakt eines tragbaren Steuergerätes.

In der Feuerleitzentrale des Freihändlers sprach ein Empfänger an und gab das Feuer frei.

Die Thermogeschütze begannen zuerst zu brüllen. Aus den Waffenkuppeln des großen Schiffes peitschten die Thermosäulen atomarer Entladungen in den freien Raum. Fünf Sekunden später fielen die Transformkanonen ein. Knapp eine Million Kilometer entfernt entstanden glutende Gigasonnen, deren enorme Energieentwicklung von den überlichtschnellen Tastern der OMASO auf keinen Fall übersehen werden konnten.

Die FRANCIS DRAKE wurde von den pausenlosen Abschüssen nach Feuerlee abgetrieben. Die Fahrt betrug ein Dreißigstel der einfachen Lichtgeschwindigkeit, etwa zehntausend Kilometer pro Sekunde. Auch das war glaubhaft und nach einem Eintauchmanöver für einen Frachter üblich.

Das Zirpen des anlaufenden Senders wurde von dem Grollen der feuernden Geschütze übertönt. Weit neben dem Freihändler, in Richtung der Doppelsonne, die noch klar erkennbar auf den Bildschirmen leuchtete, entstanden die Energiebälle der Fusionsladungen.

Die drei Männer preßten die Handflächen gegen die Ohren. Der Sender funkte ununterbrochen.

„Freihändlerschiff FRANCIS DRAKE, Position eins-fünf Lichtmonate West Darla-Copus, Schnitt 1846–D 1867, Eklip-25-667 Grad, Peilung ROT-eigen-1,0034 Grad, V-24-67, SOS . . . SOS . . . SOS . . . Angriff Bluesverband, sieben schwere Einheiten. Erhalten Wirkungstreffer, Schutzschirm fällt aus. SOS . . . FRANCIS DRAKE, Kommandant Roi Danton, bei Anflug Sonnenleuchtfeuer Darla-Copus zur Ortsbestimmung Angriff wartender Bluesverband. Schwere Treffer, Positon . . .!"

Nachdem die Kanonen einige Zeit gefeuert hatten, wurde der Wortlaut geändert.

„SOS . . . SOS . . . FRANCIS DRAKE, Freihändlerkönig Roi Danton. Blues stellen Feuer ein, nehmen Fahrt auf. Drei Überlebende. Flucht mit Beibooten versucht. Abgeschossen von Blues nach Ausschleusung. Erbitte Hilfe. SOS . . . an alle, erbitte Hilfe. Bin manövrierunfähig . . ."

Das Feuer verstummte. Der Kugelkörper kam wieder zur Ruhe. Atlan stocherte sich mit den kleinen Fingern in den Ohren herum.

„Ein beachtliches Feuerwerk, Monsieur. Wenn man das nicht geortet hat, will ich nicht mehr Atlan heißen."

„Wie wäre es mit Roi Danton?" stöhnte der Freihändlerkönig.

„Wenn Sie Ihre Sitzgelegenheit behalten und mir meine lassen – warum nicht. Das Spiel beginnt, Freunde. Melbar, hängen Sie die Gaspatronen in die Energietornister der Kampfanzüge ein."

6.

Es war 8.45 am 21. Oktober 2435. Ein stählernes Ungeheuer, kugelförmig, achthundert Meter durchmessend, brach aus dem Linearraum hervor.

Das Anflugmanöver war so exakt, wie man es von einer terranischen Besatzung erwarten konnte.

Als die OMASO auf den Ortungsschirmen der FRANCIS DRAKE erkennbar wurde, befand sie sich bereits in voller Bremsbeschleunigung. Ihre Geschütztürme waren ausgefahren. Schwere Transformkanonen drohten.

„Da ist sie!“ sagte Atlan mit anormaler Ruhe. „Behalten Sie jetzt die Nerven. Es hat geklappt. Man hat lange gebraucht, ehe man sich zum Anflug entschloß. Roi, spielen Sie Ihre Rolle so gut, wie Sie es gewöhnt sind.“

„Sire, Sie kränken mich.“

„Das war schon ganz gut. Die Besatzung der OMASO kennt Sie ebenso gut wie alle anderen Terraner. Wahren Sie Ihren Ruf! Ich gehe jede Wette ein, daß Dentcher nur mit Telekom die Verbindung aufnimmt. Er wird höchstens bis auf zehn Kilometer herankommen. Das bringt ihm erstklassige Infrarotbilder.“

Roi rief weiter um Hilfe. Er benutzte immer noch den Notsender. Nur elf Minuten später hatte die OMASO ihr Gewaltmanöver beendet. Wenn die Besatzung auch beeinflußt war – ihr raumfahrttechnisches Können hatte sie noch nicht vergessen.

Plötzlich, es war kurz vor neun Uhr, sprach der große Telekomempfänger an. Stimme und Bild waren unverkennbar. Oberst Dentcher war persönlich am Gerät.

Atlan dachte schaudernd an die mächtigen Energiegeschütze, die nun alle auf den Frachter gerichtet waren. Wenn jemand dort drüben auf die Knöpfe drückte, war die schutzlose FRANCIS DRAKE einmal gewesen.

„Oberst Dentcher, Kommandant Schlachtschiff OMASO, Solare Flotte, ruft FRANCIS DRAKE“, dröhnte es aus den Lautsprechern. „Stellen Sie Ihre Hypersendung ein. Melden Sie sich.“

Roi, soeben noch die Ruhe selbst, begann augenblicklich den Weichling zu mimen. Mit einem weibischen Aufschrei schaltete er Bild und Ton ein, breitete dicht vor der Aufnahme die Arme aus und schluchzte in schrillen Tönen:

„Willkommen, willkommen, mein edler Freund, mein Retter, mein Wohltäter, willkommen. Je suis enchanté de vous voir, Monsieur. Sie sehen einen Geschlagenen, zutiefst Gedemütigten, Unköniglichen. Wo sind Sie? Ich sehe Sie nicht. Man hat es gewagt, mich zu verletzen. Wo sind Sie . . .?“

Rois Gejammer verstummte. Er lag mit zuckenden Schultern auf dem Schalttisch vor dem Telekom.

Dentcher verzog keine Miene. Er wirkte kalt, unpersönlich und nach innen lauschend.

„OMASO an FRANCIS DRAKE, ich habe verstanden. Ihr Schiff scheint schwer beschädigt zu sein. Ist es mit den genormten Bordmitteln zu reparieren?"

Atlan hielt die Luft an. Kasoms Gesicht verzerrte sich vor Entsetzen. *Darüber* war nicht gesprochen worden! *Einen* Faktor hatte Atlan übersehen! Die Kristallagenten legten natürlich nur Wert auf ein intaktes Schiff. Ein Wrack war für sie nutzloser als die gesuchte OMASO.

Roi unterdrückte ein ironisches Lächeln. Er hatte sofort begriffen.

„Aber natürlich, Monsieur, selbstverständlich", weinte er in das Mikrophon. „Gerade diese Tatsache demütigt mich so. Meine Männer sind unter Zurücklassung der achtzig Gefallenen und meiner zu dieser Zeit bewußtlosen Persönlichkeit mit den Beibooten geflohen. Sie wurden alle von den Blues vernichtet. Es sind lediglich zwei Impulstriebwerke total ausgefallen. Ein Linearflug ist augenblicklich möglich, wenn die zerschossenen Stromleiter geflickt werden. Stellen Sie sich vor – man verläßt *mich* und ein relativ flugfähiges Schiff. Ich zerbreche innerlich. Oh, meine Stirnwunde. Ich fühle eine erneute Umnachtung nahen. Helfen Sie. Ich werde Sie reich belohnen."

Dentcher lauschte in sich hinein. Einen Augenblick lang zuckten seine Lippen, als begehre er innerlich gegen die Befehle aus dem Nichts auf. Dann wurden seine Augen wieder stumpf.

„Ich habe zwei verstanden. Wie viele Überlebende sind denn an Bord?"

„*Ich* und *zwei* Mann. Aber diese Personen sind an meinem Unglück schuld. Ich habe fünftausend Tonnen Howalgonium an Bord. Man hat mich gezwungen, den Fundort preiszugeben und zwei USO-Spezialisten an Bord zu nehmen. Nie hätte ich das Sonnenfeuer Darla-Copus angeflogen, wenn ich nicht erneut gedrängt worden wäre. Dieser USO-Offizier, den man guillotinieren sollte, zwang mich ein zweites Mal, gegen meinen Willen zu handeln. Ich werde mich beim Großadministrator beschweren. Die USO ist nicht befugt, freie Handelsfahrer zu bevormunden. Sehen Sie doch – dort drüben stehen die beiden

Unholde, die dank ihrer hervorragenden Kampfanzüge tausend Hitzegrade schadlos überstanden haben. Ich dagegen bin blessiert worden. Oh, meine Stirn. Einen Arzt, schnell einen Arzt."

Atlans Stichwort war gefallen. Die risikovollste Minute brach an. Er trat vor und riß dem Freihändler das Mikrophon aus der Hand.

Atlans Gesicht war hart und abweisend. Jetzt *mußte* er befehlen! Er konnte sich nicht die Blöße geben, einen weit untergeordneten Offizier um etwas zu bitten; es sei denn, er hätte zugegeben, über das Schicksal der OMASO-Besatzung orientiert zu sein.

„Atlan, Oberbefehlshaber USO an Oberst Dentcher: Hören Sie gefälligst mit Ihrer Fragestellung auf und schicken Sie sofort ein Beiboot. Worauf warten Sie eigentlich noch? Dies ist ein Schiff in Raumnot, und Sie leiten ein Verhör über Telekom ein? Meine Anwesenheit auf einem Freihändlerschiff geht Sie noch weniger an als diesen sogenannten König. Starren Sie mich nicht wie eine Eule an. Ich komme soeben aus dem Bluessektor zurück. Mein Einzelunternehmen muß von den Tellerköpfen durchschaut worden sein, oder sie hätten mir nicht beim Sonnenfeuer Darla-Copus aufgelauert. Zum Teufel, haben Sie die Sprache verloren? In diesem Frachter liegen achtzig Tote! Weitere achthundert Mann sind bei ihrer unerlaubten Flucht in das Salvenfeuer der Blues geflogen. Tot! Was starren Sie mich an? Ein Beiboot, aber sofort!"

Die letzten Worte brüllte Atlan in das Mikrophon. Dentcher nahm unwillkürlich Haltung an, obwohl ihm dies sicherlich nicht eingegeben worden war.

Roi sorgte dafür, daß die Bilderfassung anlief. Auf Dentchers Schirmen erschienen die Abteilungen, in denen die „Toten" lagen.

Da endlich begann der OMASO-Kommandant zu reagieren. Atlan hatte gewonnen. Die Kristalle hatten blitzartig erfaßt, daß dieser Mann infolge seiner Unwissenheit um die Geschehnisse befehlen *mußte*!

„Ich bitte um Verzeihung, Sir. Ich habe Sie nicht sofort erkannt", erklärte Dentcher monoton. „Ihre Befehle, Sir?"

„Die haben Sie doch schon gehört", tobte der Arkonide weiter. „Ein Beiboot! Sie bringen mich sofort zum Sektor Morgenrot. Die FRANCIS DRAKE wird von Ihrem technischen Personal wieder linearflugklar gemacht. Schicken Sie dreihundert Mann an Bord. Der kommandierende Offizier hat mit dem Schiff nachzukommen, sobald die schlimmsten Schäden behoben sind. Die ausgeglühten Räume lassen Sie vorerst unberührt. Das Schiff ist maschinell besser in Ordnung als es aussieht. Setzen Sie einen Funkspruch an die Morgenrotflotte ab. Text: Blues besitzen neues Gerät zur hypnotischen Beeinflussung. Spezialist Kasom und Atlan sind der Gefahr infolge parapsychischer Unempfindlichkeit entgangen. Ankunft mit OMASO. Was haben *Sie* eigentlich hier zu suchen? Sie gehören doch noch zu meiner Flotte. Wachposition?“

Wieder dauerte es Sekunden.

„Jawohl, Sir, Wachposition vor Darla-Copus. In der FRANCIS DRAKE sieht es schlimm aus.“

„Hatten Sie gedacht, die Blues würden mit Pralinen schießen?“ schrie Atlan in neu erwachendem Zorn. „Ende der Sendung. Schicken Sie eine Space-Jet.“

Er drückte auf die Tasten. Der Bildschirm erlosch.

Danton blickte gelassen zu dem Arkoniden hinauf. Kasom wischte sich den Schweiß von der Stirn.

„Das war gewagt, Sir. Offenbar aber richtig. Wir leben nämlich noch. Sehen Sie, die OMASO schließt auf. Warum werden wir eigentlich nicht mit einer hypnosuggestiven Wellenfront überschüttet? Oder spüren Sie etwas?“

Atlan und Danton verneinten.

„Die Kristallagenten halten es anscheinend noch nicht für erforderlich, uns anzugreifen“, meinte Atlan. „Unsere Scheintoten sind drüben zu deutlich gesehen worden.“ Der Arkonide wandte sich an Danton. „Schalten Sie wieder ein. Phase zwei beginnt.“

Roi drückte auf den Schalter. Diesmal war ein Offizier, ein Major, am anderen Gerät.

„Name?“ fauchte Atlan ihn an.

„Major Phil Hagenty, Zweiter Offizier der OMASO“, antwortete er.

„Ihrem schlafmützigen Verein werde ich Beine machen. Richten Sie Ihrem Kommandanten aus, das Reparaturkommando hätte vorerst nicht an Bord der DRAKE zu gehen. Ich werde einen Flottentender anfordern. Sie sind mir nämlich zu lahm.“

„Verstanden, Sir. Wir schließen auf. Die Space-Jet ist startklar. Brauchen Sie einen Arzt?„

„Nein. Mein ertrusischer Spezialist auch nicht. Der Freifahrerkapitän kann drüben versorgt werden. Er hat eine Kopfwunde. Halten Sie den Mund, Monsieur Danton. Ich befehle hier immer noch! Kasom, helfen Sie dem Burschen auf die Beine. Major Hagenty – die Jet soll an der oberen Polschleuse anlegen. Wir kommen in die Außenhalle, Ende."

Als Atlan diesmal abschaltete, war das Spiel schon halb gewonnen.

„Fertigmachen. Haben Sie Ihre Spezialausrüstung gut verstaut? Man wird uns die sichtbar getragenen Waffen sofort abnehmen."

„Oh, ich besitze meine Lorgnette, Sire", lächelte Roi. „Dazu noch andere Neuentwicklungen, die . . .!"

Er verstummte, sah sich nach Kasom um und sprang aus dem Sitz. Atlan brachte es fertig, in dieser heiklen Situation zu lachen. Dann ließen sich die drei Männer im zentralen Antigravlift nach oben tragen.

Um 9.32 Uhr Bordzeit legte eine Space-Jet des terranischen Schlachtschiffes OMASO an der oberen Polschleuse an. Der Pilot beschränkte sich auf die notwendigsten Worte. Er flog gut, nur glich er einem maskenhaft lächelnden Roboter.

In dieser Situation hatte niemand Zeit zu verschenken; weder die drei Männer der FRANCIS DRAKE, noch die Kristallagenten mit ihren versklavten Hilfskräften.

Atlan und Melbar Kasom trugen die modernen Kampfanzüge, die äußerlich den USO-Modellen glichen.

Roi steckte wie ein Häufchen Unglück in seinem Raumanzug, der aber viel widerstandsfähiger war, als man annehmen konnte. Jeder hatte die üblichen Energie- und Luftreinigungstornister auf dem Rükken befestigt. Darin waren die Hochdruckpatronen mit dem Kampfgas eingebaut.

Als der Druckausgleich beendet war und die Innentore aufglitten, befanden sie sich im Klima- und Luftreinigungskreislauf der OMASO. Atlan kannte die Konstruktion genau: Solange die überall angebrachten Warntaster keine Luftunreinheiten, Druckverluste oder kritische Temperaturunterschiede registrierten, wurde die Versorgung mit wohltemperierter Frischluft von der zuständigen Robotzentrale gesteuert. Roi hatte jedoch versichert, das Gas sei ein besonders biologisches Kampfmittel, auf das die Taster *nicht* ansprachen!

Demnach war es für Atlan selbstverständlich gewesen, augenblicklich nach dem Aufleuchten der grünen Lampen das Ventil zu betätigen und den Inhalt seiner Hochdruckflasche ausströmen zu lassen.

Das Zischen und Pfeifen verlor sich im üblichen Grollen der aufgleitenden Innenschotte. Noch ehe sie zum Stillstand kamen, verstummte das helle Pfeifen. Die Gasmenge reichte aus, um zwei Schiffe von der Größe der Stardustklasse zu verseuchen.

Es war höchste Zeit gewesen. Dentcher, Hagenty und ein Ingenieur-Offizier standen im Schleusenvorraum. Sie blickten den Ankommenden aus leeren Augen entgegen. Rechts und links an den Wandungen standen etwa zwanzig schwerbewaffnete Soldaten des bordeigenen Landungskommandos. Die flimmernden Mündungen ihrer Kombistrahler waren auf die „Überlebenden“ gerichtet.

„Machen Sie keine Geschichten!“ forderte Dentcher mit schwankender Stimme. „Hände hoch, Sir. Sie auch! Mr. Peruton . . .!“

Der Ingenieur, ein grauhaariger, beleibter Major von riesenhaftem Wuchs, trat zur Seite, mied die Feuerlinie und kam auf die wie erstarrt stehenden Männer zu.

„Jetzt sind Sie wohl vollkommen wahnsinnig geworden, was?“ sagte Atlan eisig. „Ich habe doch gleich gemerkt, daß mit Ihnen etwas nicht in Ordnung ist. Major Peruton, der Kommandant wird ab sofort seines Amtes enthoben. Verhaften Sie ihn.“

Niemand sprach etwas. Der Leitende Ingenieur kam näher. Melbar Kasom ließ langsam die Hand sinken. Ein Strahlschuß peitschte so dicht neben ihm in die Stahlwand, daß glutflüssiges Metall gegen seine Beine spritzte. Kasom blieb unbewegt stehen. Der Außenpanzer des Kampfanzuges war unbeschädigt.

„Wir meinen es ernst. Mich wird niemand verhaften“, erklärte Dentcher mit dem Anflug eines Lächelns. Es verging sofort wieder. „Salmon, beeilen Sie sich.“

Atlan hatte sich vor dem Abflug der FRANCIS DRAKE die Besatzungsliste geben lassen. Major Salmon Peruton gehörte zu den besten Leitenden Ingenieuren der Solaren Flotte.

Atlan blieb reglos stehen. Seine Hände hielt er in Brusthöhe.

„Was ist hier los, Dentcher! Meuterei?"

„Vielleicht, Sir. Seien Sie vernünftig. Wir wollen Sie lediglich entwaffnen."

„Vielen Dank. Sehr entgegenkommend. Ich werde Sie vor ein Militärgericht stellen lassen."

Der große, schlanke Mann mit dem faltigen Gesicht, aus dem die Hakennase kühn hervorragte; ein Mann, der als kühler Taktiker und überlegener Spötter bekannt war, reagierte nicht. Er lauschte wieder in sich hinein.

Major Salmon Peruton nahm den Ankömmlingen die Waffen ab. Er tastete über die Kampfanzüge und befahl schließlich nach kurzem Zögern:

„Ausziehen. Sofort. Sie haben Deflektorgeneratoren und Schutzschirmprojektoren eingebaut."

„Das soll bei Kampfkombinationen der USO üblich sein, Mr. Peruton", schrie Atlan. „Darf ich jetzt endlich erfahren, was hier gespielt wird? Wollen Sie etwa zu den Blues überlaufen?"

„Wenn es nur das wäre, Sir", würgte Major Phil Hagenty hervor, um sofort darauf mit einem schrillen Schmerzensschrei zusammenzubrechen.

Roi erkannte entsetzt, daß dieser Offizier bestraft wurde. Irgendwie schien er plötzlich unter grauenhaften Kopfschmerzen zu leiden.

Hagenty, der Mann, der den Kommandanten zu dem Abenteuer mit dem treibenden Kristall überredet hatte, schien noch intensiven Widerstand zu leisten. Soeben hatte er fraglos einen klaren Augenblick gehabt. Die Strafe war entsetzlich.

Roi rettete die Situation, indem er weinerlich rief:

„Und ich? Wer erdreistet sich, mein Geblüt zu mißachten? Wer kann es wagen, meine Blessur zu übersehen? Ich werde ohnmächtig."

Roi fiel tatsächlich um. Im gleichen Augenblick erfolgte der längst erwartete Überfall der Kristallagenten. Sie schlugen mit ungeheurer suggestiver Wucht zu.

Atlan und Kasom fühlten den Angriff in der Form eines ansteigenden Druckgefühls im Schädel. Roi empfand dagegen nur ein leichtes Ziehen, aus dem die Befehlsgebung leicht herauszuhören war. Niemand ahnte, daß der bei ihm erfolgte Gehirneingriff noch tiefgreifender gewesen war als bei Melbar Kasom und anderen USO-Spezialisten.

Roi entschloß sich, den Besinnungslosen zu spielen. Atlan und Kasom standen mit verzerrten Gesichtern vor den gespannt blickenden Hypnosklaven und wehrten sich gegen die Befehlsgebung. Sie sollten gezwungen werden, sich mit Ausrufen als Diener zu bekennen.

„So ist das also", keuchte Atlan nach einer Weile. „Ich verstehe alles! Hypnokristalle! Dummerweise bin ich dagegen immun. Es wird schon wesentlich besser."

„Das ist bekannt", erklärte Dentcher. „Es war ein Versuch... Was nützt es Ihnen aber, Sir? Sie sind allein, oder so gut wie alleine, nicht wahr?"

„Hätten wir nicht den Notruf abgestrahlt", dröhnte Kasoms Stimme. „Peruton, nehmen Sie Ihre Hände weg, oder ich vergesse mich. Weg damit."

Roi Danton schreckte vorübergehend aus seiner „Ohnmacht" auf und röchelte:

„Bitte, Oro – eine Naßrasur!"

Roi sank zurück. Atlan schaute unbemerkt auf die Uhr. Seit dem Ausströmen des Gases waren genau elf Minuten vergangen. Es waren noch neun Minuten zu überbrücken. Punkt 9.54 Uhr mußte die Wirkung mit einer Toleranzgrenze von Plus-Minus dreißig Sekunden einsetzen. Dies war durch die unterschiedlich schnelle Frischluftversorgung der einzelnen Abteilungen und auch individuell bedingt.

Atlan handelte erneut.

„Bringen Sie uns zur Zentrale. Dort ist mein Platz. Ich bin bereit, mit Ihren Beherrschern Kontakt aufzunehmen. Man wird mich hören. Ich habe verschiedene Angebote von Intelligenzwesen zu Intelligenzwesen zu unterbreiten."

Atlan konnte nicht verstehen, welche Befehle an Dentcher gegeben wurden. Die Agenten aus dem Nichts schienen neugierig zu werden; eine Eigenschaft, die man ihnen nicht zugetraut hatte.

Kasom verstand den Wink. Er riß schleunigst die Verschlüsse seines Kampfanzuges auf und ließ ihn zu Boden gleiten. Atlan war etwas früher fertig. Salmon Peruton war zufrieden. Er trat zurück. Rois handelsüblichem Raumanzug schenkte er keine Beachtung.

Atlan fluchte innerlich. Ausgerechnet der Freihändler hatte wieder einmal den dicksten Trumpf gezogen.

„Folgen Sie mir", forderte Dentcher monoton. „Es ist Ihnen gewährt worden, den Ihnen zustehenden Kommandostand aufzusuchen. Ihre Schutzkleidung bleibt hier."

Atlan schritt schnell aus. Kasom warf sich den angeblich besinnungslosen Freihändler über die Schulter und folgte seinem Chef.

Der Blick zur Uhr wurde von da an zu einer Seelenqual. Nach dem fünften Hinschauen überfiel Atlan das panikartige Gefühl, seine Spezialuhr sei entweder plötzlich defekt geworden, oder die abgestrahlte Gasmenge müsse zu geringfügig gewesen sein.

Kasom hatte den gleichen Eindruck. Nur Roi Danton beobachtete mit gebotener Nüchternheit. Er ließ sich weder verblüffen noch beeindrucken. Er wußte, wie Hypnobeeinflußte aussahen und wie sie sich bewegten.

„Schneller", raunte er Kasom zu. „Verdammt, wann kommen wir in der Zentrale an?"

Kasom konnte den Schritt nicht noch mehr beschleunigen. Atlan beherrschte sich mühevoll. Der Kontrollraum war der Schlüssel zum Erfolg. Von dort aus konnten sämtliche Schleusen und Hermetikräume durch die Betätigung des Katastrophenschalters druckdicht abgeschlossen werden; aber auch nur von dort aus!

Der Verschlußzustand sämtlicher Abteilungen *und* Hauptschleusen war jedoch erforderlich, um die in zwanzig Beiboothangars konzentrierten Kristallmassen an einem Entweichen durch offenstehende Schotte zu hindern.

Der Weg zum Zentralantigrav wurde zu einer Marathonstrecke für die strapazierten Nerven der drei so verschiedenartigen Männer, die nur den Wunsch hatten, eine der unerfreulichsten Episoden in der terranischen Raumfahrtgeschichte so schnell wie möglich zu beenden.

Atlan sah schon wieder auf die Uhr. Noch acht Minuten bis zum Wirkungseintritt. Die Zeiger schienen doch nicht stillzustehen.

Der Plan war sorgsam durchdacht, logisch und psychologisch fundiert sowie technisch bis zur letzten Einzelheit durchgeführt. Trotzdem hätte er sich als Versager erwiesen, wenn Melbar Kasom nicht gewesen wäre.

Eine Minute vor der kritischen Zeit, es war 9.53 Uhr Standard, war man vor dem Zentralehauptschott angekommen. Die Schnellöffnung funktionierte üblicherweise in dreißig Sekunden. Verbleibende Frist: Dreißig Sekunden oder weniger, falls die gesetzte Toleranzgrenze negativ ausfallen sollte. Vielleicht auch mehr, wenn der Plusfaktor eintrat. Niemand konnte es genau sagen.

Roi baumelte immer noch mit hängenden Gliedern über Kasoms Schultern. Seine eigentümliche Stielbrille, die in ihrem goldenen Griffstück allerlei Mikromechanismen barg, durch die andere Mikroteile im Bügel angeregt wurden, hatte er unauffällig fassen können.

Einen zweiten Überfall der hypnosuggestiv begabten Herrscher hatte er teilnahmslos an sich abprallen lassen. Der Angriff hatte nur ihm gegolten. Er hatte sich laut Befehl erheben und nach vorn springen sollen.

Das Schott schwang endlich auf. Atlan stieß – anscheinend stolpernd – so heftig gegen Oberst Dentcher, daß dieser durch den Sicherungsraum geschleudert wurde. An der unerläßlichen Rahmenschwelle der inneren Tore, die schon offenstanden, kam er zu Fall.

„So passen Sie doch auf“, schrie Atlan, anscheinend unbeherrscht. „Seit wann steht ein terranischer Kommandant nicht mehr sicher auf den Füßen? Wo bleibt die Verbindung mit Ihren Auftraggebern? Ich kann sie leider nicht direkt hören. Mr. Peruton, gibt es technische Hilfsmittel?“

Beim letzten Wort betrat Atlan die Zentrale. Kasom folgte augenblicklich, indem er Hagenty und Peruton zur Seite drängte.

Drei Wächter zückten die Waffen. Sie hätten sofort geschossen, wenn Atlan nicht die Hände erhoben hätte. Die Mündungen senkten sich wieder.

Zu diesem Zeitpunkt hatten die gewaltigen Umwälzanlagen der OMASO die Bordluft bereits dreimal vollständig regeneriert und sie dreimal erneut in den Kreislauf geschickt. Rois Aussage hatte sich bewahrheitet: die chemischen Automattaster hatten die Gasverunreinigung nicht feststellen können!

Ebenfalls zu diesem Zeitpunkt bekam ein Korporal, der zum Wachkommando gehörte, glasige Augen und fiel wie vom Blitz gefällt zu Boden.

Die Toleranzspanne von der ersten Reaktion bis zum allgemeinen

Wirkungseintritt betrug nach Rois Angaben im Extremfall zehn Sekunden.

Die Angabe stimmte; Kasom hatte sie bei der Narkotisierung der achtzig Freifahrer überprüft.

Als der erste Mann jählings besinnungslos wurde, waren nicht ganz zwanzig Minuten verstrichen. Die Panne wäre nicht eingetreten, wenn er nicht besonders empfindlich gewesen wäre und an einem leicht einzusehenden Ort gestanden hätte.

Peruton, der grauhaarige Riese, stieß einen Warnruf aus. Zwanzig Bewaffnete fuhren herum und rissen die Strahler hoch. Noch wußten sie nicht, welches Ziel sie anvisieren sollten. Das war Atlans Glück. Der Arkonide stand mit hocherhobenen Händen und daher harmlos wirkend, neben dem Zentralehauptschott.

Die wenigen Augenblicke des Zögerns genügten.

Die Bewaffneten stürzten so plötzlich zu Boden, als wären sie gleichzeitig von einem Blitz getroffen worden.

Nur Peruton, Hagenty und zwei andere Begleiter standen noch auf den Beinen. Sie erhielten sofort den Angriffsbefehl.

„Tötet sie!“ vernahm Roi die suggestive Anweisung.

Sein Warnruf kam schneller, als der grauhaarige Hüne schießen konnte. Melbar Kasom hatte sich längst vorbereitet.

Er riß die Arme auseinander. Seine Hände trafen gleichzeitig den Leitenden Ingenieur und Hagenty, der auch in diesem Falle eine erstaunliche Widerstandskraft bewiesen hatte; allerdings zuungunsten seiner Retter.

Die beiden Offiziere flogen in die Zentrale hinein, als wären sie von zwei Dampfhämmern getroffen worden. Die beiden anderen Wächter, die sich noch im Schleusenraum aufgehalten hatten, wären die Henker geworden, wenn Kasom und Roi nicht gleichzeitig gehandelt hätten.

Der haarfeine Paralysestrahl aus Rois Lorgnette traf voll das empfindliche Gehirn des einen Bewaffneten. Er erstarrte und begann zu wanken. Zu einem zweiten Schuß wäre Danton jedoch nicht mehr gekommen, wenn der Ertruser nicht zurückgesprungen und mit dem Gegner zusammengeprallt wäre.

Kasom schlug zu. Sein Gegner war der einzige Tote, den es an Bord der OMASO gab.

Atlan rannte bereits. Er kümmerte sich um nichts anderes als um den roten Hebelschalter, der in der Seitenstütze des Kommandantensessels eingebaut war.

Er sprintete durch den weiten Raum, sprang über niedersinkende und schon besinnungslose Männer hinweg und stoppte erst seinen Lauf, als er gegen die Lehne prallte.

Mit einem Griff riß er den Schalter nach vorn. Als das schrille Heulen der Katastrophensirenen aufklang und überall im Schiff die Schotte zuknallten, stand außer den drei Besuchern nur noch ein Mann sicher auf den Beinen.

Es war Major Salmon Peruton, der nicht nur Kasoms Hieb, sondern auch dem Gas getrotzt hatte. Er schlug seine Waffe an und drückte ab.

Vor Atlan explodierte der Kommandantensessel. Der Arkonide wurde von der Heißluftwelle zurückgeschleudert. Noch ehe er zu Boden fiel, raste Kasom durch den Raum. Perutons zweiter Schuß zischte an Melbars Kopf vorbei und erzeugte einen Metallvulkan neben Danton, der vor dem Schleusenraum kniete und mit seiner kleinen Waffe den noch umhertaumelnden Kommandanten betäubte.

Im nächsten Augenblick war Peruton ebenfalls bewußtlos. Kasom hatte lediglich mit der flachen Hand seinen Kopf berührt.

Plötzlich herrschte in der OMASO tödliche Stille. Atlan richtete sich auf, rieb sich den linken Arm und schaute sich um. Die Sirenen waren verstummt.

Kasom ging zur großen Funkzentrale der OMASO hinüber und ließ die Sendekraftwerke anlaufen.

Fünf Minuten später strahlten die Antennen das abgesprochene Kodesignal aus. Rasto Hims meldete sich augenblicklich.

„Kehren Sie zurück“, ordnete Atlan an. „Wir sind in der OMASO. Die Kristalleinheiten sind absolut luftdicht in den zwanzig Beiboothangars eingeschlossen. Hüten Sie sich aber, uns zu nahe zu kommen. Sicherheitsabstand mindestes zehntausend Kilometer. Ist Admiral Con Bayth informiert?“

„Er wartet auf meinen Anruf.“

„Dann teilen Sie ihm mit, er sollte mit seiner Vierzehnten Offensivflotte/USO unverzüglich starten und Darla-Copus anfliegen. Peilen Sie ihn ein. Die Besinnungslosen der OMASO werden auf die FRANCIS DRAKE gebracht. Wir werden ein Roboterkommando damit beauftragen. Das dauert einige Zeit. Ehe sie zu sich kommen, müssen sie auf dem Freihändlerschiff sein. Starten Sie und schicken Sie uns eins Ihrer Beiboote. Im Sicherheitsabstand die Besatzung ausschleusen und die Fernsteueranlage einschalten. Wir verankern die Korvette vor der großen Ladeschleuse. Pro Ladung gehen fünfhundert Mann hinein. Beeilen Sie sich."

Gegen 10.35 Uhr legte die ferngesteuerte Korvette an der unteren Ladeschleuse der OMASO ab. Fünfhundert narkotisierte Männer wurden von umprogrammierten Robotern nach unten gebracht und in dem kleinen Schiff niedergelegt. Die druckfeste Notverbindung, ein Kunstfaserschlauch, bewährte sich ausgezeichnet.

Niemand, selbst Atlan nicht, bemerkte bei diesem Wirrwarr den Alleingang des Freihändlerkönigs Roi Danton.

Er war plötzlich verschwunden. Als er zurückkehrte, überreichte er Atlan zwei dichtschließende und strahlungssichere Behälter. Sie wurden normalerweise für Laborversuche benutzt.

„Fragen Sie nicht, Sire. In jedem Behälter befindet sich eine billardkugelgroße Kristallmenge. Sie ist bei dieser geringen Masse und unter Verschluß ungefährlich. Die schwachen Hypnoimpulse können von jedermann ignoriert werden, zumal sie unmotiviert und ohne bestimmten Inhalt sind. Ich hielt es für interessant, der terranischen Wissenschaft einige Proben zu liefern."

Atlan wurde blaß.

„Wie – wie sind Sie in einen der Hangars hineingekommen? Roi, sind Sie sauber? Haben Sie nichts mitgeschleppt?"

„Nicht die Spur. Ich benutzte zum unverhofften Eindringen einen verschlossenen Luftschacht, den ich natürlich vorübergehend öffnete. Zur Flucht diente das kleine Mannschott an der Außentür. So schnell, wie Sie annehmen, können sich konzentrierte Kristallmengen nun doch nicht verflüchtigen und als Staub einen gezielten Kurs einschlagen. Ich stelle mich gerne unter den Detektor."

Dies geschah auch, nachdem der letzte beeinflußte Mann der OMASO in der Sicherheitsschleuse der FRANCIS DRAKE getestet worden war. Die Taster hätten das kleinste Kristallstäubchen infolge seiner Hypnostrahlung sofort ausgemacht. Dafür garantierten Rois tüchtige Techniker.

Die OMASO wurde zu einem toten Schiff, in dem nur noch riesenhafte Kristallmengen tobten. Ihre hypnosuggestiven Überfälle wurden noch in einer Entfernung von dreißigtausend Kilometer spürbar; aber sie konnten niemanden zwingen, auf die Befehle der Verzweiflung zu reagieren.

Als Con Bayth mit seinen achthundert Raumschiffen eintraf, hatte er nur noch das Werk zu vollenden. Atlan opferte ein wertvolles Schlachtschiff in dem Bewußtsein, daß es keine andere Möglichkeit gab, die Todesboten aus Magellan endgültig zu beseitigen.

Das Solare Schlachtschiff OMASO explodierte im Feuerhagel von zweihundert Transformkanonen, die es zum Mittelpunkt einer jählings aufgehenden Riesensonne machten.

Wenige Stunden später waren die USO-Flotte und die FRANCIS DRAKE wieder zum Sektor Morgenrot zurückgekehrt. Die gerettete OMASO-Besatzung, die inzwischen wieder das Bewußtsein zurückerlangt hatte, war von der TOSOMA übernommen worden. Die Männer hatten die Beeinflussung durch die Kristallballung ohne nennenswerte gesundheitliche Folgen überstanden, da sie nur eine relativ kurze Zeitspanne dem hypnosuggestiven Bann ausgesetzt gewesen waren. Hätten sie aber noch länger im Bann des Kristalls gestanden, so wäre ihre Psyche nachhaltig gestört gewesen. Es hätte sie zu Marionetten gemacht, die niemals derart zielstrebig die Befehle des Kristalls hätten befolgen können, wie sie es an Bord der OMASO taten.

Kurz nach der Ankunft hatte sich Roi Danton mit der Bemerkung verabschiedet, daß er bald wieder von sich hören lassen werde. Die FRANCIS DRAKE war mit unbekanntem Ziel im Linearraum verschwunden.

Atlan hatte Dantons Ankündigung kommentarlos zur Kenntnis genommen. Nachdem er Perry Rhodan per Hyperfunk über den Ausgang der „Aktion OMASO“ informiert hatte, machte er sich daran, mit einem Teil seiner im Morgenrotsektor stationierten USO-Flotte zu Jellicos Stern zu fliegen, um Rhodan die von Danton erbeuteten Kristallproben zu überbringen.

7.

Es war immer das gleiche Bild: OLD MAN tauchte hinter New Luna auf und blieb für eine bestimmte Zeit sichtbar. Die Kreisbahn des Mammutgebildes war so exakt, daß die Männer an Bord der terranischen Schiffe ihre Uhren danach hätten stellen können. Vor wenigen Stunden hatte OLD MAN vier seiner Schiffe ausgeschleust. Diese waren auf dem Planeten gelandet. Niemand ahnte, welchem Zweck dieses Manöver dienen sollte und was auf New Luna vorging. Jedermann war jedoch klar, daß der Riesenroboter sofort zuschlagen würde, wenn sich auch nur ein Terraschiff in die Atmosphäre von New Luna wagen sollte.

Perry Rhodan hatte im Raumsektor von Jellicos Stern zwanzigtausend moderne Raumschiffe der Solaren Flotte zusammengezogen. Davon waren jedoch nur ein Bruchteil Ultraschlachtschiffe der Galaxisklasse.

Auf New Luna selbst herrschte bedrückende Stille. Kein einziger Funkspruch war in den letzten Wochen aufgefangen worden. Alle Versuche der Terraner, die Funkstille zu durchbrechen, waren gescheitert.

Die Besatzungen der terranischen Schiffe mußten hilflos zusehen, wie auf New Luna fünfzigtausend Menschen zu Hypnosklaven gemacht wurden. Inzwischen lagen die ersten Ergebnisse von Untersuchungen vor, die Fachwissenschaftler in aller Eile ausgeführt hatten. Perry Rhodan hatte erfahren, daß beeinflußte Menschen, die länger als ein halbes Jahr der Ausstrahlung eines Hypnokristalls ausgesetzt waren, nicht mehr zu ihrem eigenen Ich zurückfinden konnten. Selbst wenn man die Opfer eines Kristalls nach diesem Zeitpunkt in Sicherheit brachte, konnten sie nicht mehr gerettet werden.

Inzwischen war die IMPERATOR mit einem Verband von hundert USO-Schiffen eingetroffen, und Atlan hatte Rhodan ergänzende Informationen über die Vorgänge rund um die OMASO geliefert. Für

Überraschung und Erstaunen sorgte er, als er von den technischen Fähigkeiten der FRANCIS DRAKE erzählte. Die Wissenschaftler, die Danton zur Seite standen, waren denen Terras offensichtlich weit voraus – und Rhodan hatte diese Tatsache zähneknirschend zur Kenntnis genommen.

Die Kristallproben waren an Bord der CREST kurz untersucht und danach mit einem Kurierschiff zur weiteren Analyse nach Terra geschickt worden. Bei dieser kurzen Untersuchung hatte sich herausgestellt, daß die Kristalle in ihrer Grundstruktur natürlichen Ursprungs waren. Aber es gab Elemente, die auf einen von außen vorgenommenen künstlichen Eingriff hindeuteten. Etwas nicht näher Definierbares war ihnen künstlich aufgepfropft worden.

Es war den Wissenschaftlern der CREST nicht möglich gewesen, nähere Angaben über diesen Eingriff zu machen, da sie die für exaktere Analysen notwendigen Geräte nicht besaßen.

Man mußte jedenfalls nun davon ausgehen, daß eine unbekannte Macht die Kristalle manipulierte und für ihre Zwecke und Ziele einsetzte.

Am 1. November 2435, 10.37 Uhr Standardzeit, wurde Perry Rhodan in die Funkzentrale der CREST IV gerufen. Der diensthabende Offizier erhob sich von seinem Platz und überreichte ihm eine entschlüsselte Funknachricht.

„Ich hielt es für besser, Ihnen diese Nachricht persönlich zu übergeben, Sir“, sagte er. „Ich weiß nicht genau, was das bedeuten soll.“

Rhodan starrte auf den Plastikstreifen. Er las den Klartext mit leiser Stimme vor.

„Ich treffe am 2. November im Sektor von Jellicos Stern ein und bitte untertänigst um Einflugerlaubnis. Ein gehorsamer Diener des Solaren Imperiums.“

Der Funker runzelte die Stirn.

„Klingt irgendwie verdreht, Sir. Ich befürchte, damit wollte uns jemand ärgern“, sagte er.

„Haben Sie den Funkspruch schon beantwortet?“ wollte Rhodan wissen.

„Natürlich nicht. Ich wollte Ihre Meinung hören. Wer immer den Funkspruch abgesetzt hat, hält es offenbar für überflüssig, seinen Namen zu nennen.“

„Das ist auch in diesem Fall überflüssig", sagte Rhodan. „Diese geschwollene Ausdrucksweise scheint in der Galaxis einmalig zu sein."

Der Funker begriff. „Danton!" stieß er hervor. „Ich hätte daran denken müssen, Sir."

„Ja", sagte Rhodan. „Roi Danton. Nachdem uns der Freihändler geholfen hat, die OMASO zurückzugewinnen, will er sich offenbar weiterhin um unsere Angelegenheiten kümmern."

„Ich werde also eine ablehnende Antwort durchgeben?" fragte der Funker.

„Nein", entschied Rhodan. „Erteilen Sie der FRANCIS DRAKE Einfluggenehmigung. Ich bin gespannt, was dieser Mensch diesmal von uns will."

Der Funker nahm wieder Platz. Rhodan legte ihm eine Hand auf die Schulter. „Noch etwas, Sparks", sagte Rhodan. „Lassen Sie sich nicht dazu verleiten, die Antwort in ähnlicher Form abzufassen. Wählen Sie nüchterne Worte."

„Gewiß, Sir", bekräftigte der Funker. „Ich dachte nicht daran, mich in der Wahl meiner Worte von der Anfrage Dantons beeinflussen zu lassen."

Perry Rhodan verließ die Funkzentrale. Er fragte sich zum wiederholten Mal, wie er diesen Danton einstufen sollte. Er hatte längst erkannt, daß das unmögliche Benehmen des jungen Mannes nur Tarnung war. Was aber wollte Roi Danton verbergen?

„Er ist ein gerissener Gauner", sagte Rhodan halblaut, als er an seinen Platz in der Zentrale zurückkehrte. Obwohl er es sich nicht eingestand, war er auf ein weiteres Zusammentreffen mit Danton gespannt.

Die Barkasse verschwand in der Hauptschleuse der CREST IV. In der Zentrale des Flaggschiffs der Solaren Flotte warteten Atlan und Perry Rhodan auf Dantons Erscheinen.

Der Arkonide hatte die IMPERATOR verlassen, um Roi Dantons Ankunft auf der CREST mitzuerleben. Während Rhodan und Atlan über den bevorstehenden Besuch des Freihändlers diskutierten, erschien Leutnant Mark Berliter in der Zentrale.

Berliter näherte sich Rhodan und dem Arkoniden. Sein Gesicht war gerötet.

„Entschuldigen Sie, Sir!“ stieß er in offensichtlicher Erregung hervor. „Ich soll eine Meldung machen.“

„Gut, Leutnant! Worauf warten Sie?“ fragte Rhodan.

„König Danton bittet um Erlaubnis, seine Aufwartung machen zu dürfen“, stammelte Berliter. Er strich nervös über seine fuchsroten Haare. „So sagte er jedenfalls.“

„Warum kommt er nicht einfach herein?“ wollte Rhodan wissen. „Was soll dieser Unsinn?“

Am Haupteingang der Zentrale hörte man einen Degen klirren. Gleich darauf betrat der Ertruser Oro Masut den Kommandoraum des Schiffes. Gesicht und Oberkörper des Ertrusers waren von Brandnarben entstellt. Vor einigen Jahren hatte Danton den riesenhaften Mann aus einem atomaren Feuerherd gerettet.

Masut stampfte heran.

„Ich bedauere, daß dieser Offizier nicht in der Lage ist, meinen Herrn anzumelden“, sagte der über zweieinhalb Meter große Riese von Ertrus.

„Ich habe es gerade erledigt“, sagte Berliter zornig. „Der Großadministrator weiß genau, daß Danton an Bord gekommen ist. Die Anmeldung war also völlig überflüssig.“

Masut warf dem Leutnant einen Blick zu, der Berliter zurückweichen ließ.

„Über die Formen der Höflichkeit bestehen allerorten verschiedene Ansichten“, verkündete Dantons Leibwächter. „Es ist nur recht und billig, wenn der Gast sich eines guten Benehmens befleißigt.“

Berliter zog sich wütend zurück.

„Ist es Ihnen genehm, meinen Herrn jetzt zu empfangen“, erkundigte sich Oro Masut mit einer Verbeugung.

„Ja“, sagte Rhodan. „Führen Sie König Danton herein.“

Masut nickte ernsthaft und verließ die Zentrale. Als er zurückkam, verbeugte er sich neben der Tür und wartete, bis Roi Danton an ihm vorüberstolziert war. Dantons Erscheinung war wie immer sehenswert. Seine kurzen Kniehosen waren mit verrückten Blumenmustern bestickt. Ebenso die Weste, die unter dem Frack sichtbar war.

Roi Danton blieb in einiger Entfernung von Rhodan und Atlan stehen, nahm den Dreispitz vom Kopf, führte ihn gegen die Brust und verbeugte sich. Seine Augen glitzerten, als er sich wieder aufrichtete.

Rhodan wurde das Gefühl nicht los, daß es dem Freihändler ein diebisches Vergnügen bereitete, eine derartige Schau abzuziehen.

„Ich bin gerührt vor Dankbarkeit", verkündete Danton mit tiefer Stimme. „Nicht jeden Tag geschieht es, daß die Mächtigen dieser Galaxis ein Auge haben für die Unbedeutenden."

Atlan grinste, Rhodan zog unwillig die Augenbrauen hoch.

„Hören Sie zu, Danton", sagte Rhodan scharf. „Kommen Sie zur Sache. Warum sind Sie im System von Jellicos Stern aufgetaucht?"

Danton war sichtlich schockiert über diese harten Worte. Er hüstelte und glättete den Rüschenbesatz an seinen Hemdsärmeln.

„Ich bitte Sie, Grandseigneur", sagte er. „Wir wollen uns doch wie vollkommene Gentlemen benehmen." Seine Blicke schweiften ab. Er deutete auf die Männer der Zentralebesatzung. „Halten Sie es für angebracht vor diesen . . . äh . . . Leuten zu reden?"

„Ich habe keine Geheimnisse vor meinen Offizieren", erklärte Rhodan. „Packen Sie aus, Danton. Wir sind in einer schwierigen Lage und haben keine Zeit für irgendwelche Scherze."

Danton zog einen silbernen Taschenspiegel hervor und betrachtete sein Gesicht. Nachdem die Prüfung offenbar zu seiner Zufriedenheit ausgefallen war, steckte er den Spiegel wieder weg.

„Seine Lordschaft wird Ihnen von meinem bescheidenen technischen Besitz berichtet haben", sagte er schließlich. Offensichtlich war Atlan damit gemeint. „So ist Ihnen sicher zu Ohren gekommen, daß ich ein Gerät mein eigen nenne, mit dessen Hilfe man Raumschiffe verfolgen kann, die sich in der Halbraumzone bewegen."

„Sind Sie gekommen, um mir das zu erzählen?" fragte Rhodan. „Was wollen Sie eigentlich?"

Danton gab seinem ertrusischen Leibwächter einen Wink. Masut zog eine Plastikrolle aus seiner Gürteltasche und entnahm ihr ein zusammengerolltes Papier. Er übergab es Danton, der es umständlich entfaltete. Bevor Rhodan etwas dagegen unternehmen konnte, durchmaß Danton mit langen Schritten jenen Teil der Zentrale, wo sich die Männer im Augenblick befanden.

„Ja", murmelte der Freihändler nachdenklich, als er wieder vor Rhodan und dem Arkoniden stand. „So könnte es gehen."

„Ist das eine neue Art von Geisterbeschwörung?" wollte Atlan wissen.

„Ich habe nur festgestellt, ob in diesem wunderbaren Schiff Platz für einen Halbraumspürer ist", erklärte Danton. „Hier", er deutete auf die Stelle, die er wenige Augenblicke zuvor mit seinen Schritten ausgemessen hatte, „läßt sich das Gerät ausgezeichnet aufstellen."

„Wollen Sie uns Ihr Gerät verschachern?" fragte Rhodan.

Roi Danton hob mit allen Anzeichen tiefster Entrüstung beide Arme. „Wie könnte ich es wagen, Ihnen ein gebrauchtes Gerät anzubieten? Ich möchte Ihnen ein Zweitgerät überreichen, eine völlige Neukonstruktion, die noch weitaus besser arbeitet, als der Halbraumspürer auf der FRANCIS DRAKE."

Der Gedanke, die CREST IV mit einem solchen Gerät auszurüsten, ließ Rhodans Gedanken einen Sprung machen. Ein Halbraumspürer würde das Flaggschiff der Solaren Flotte zu einem Gegner machen, den man nicht mehr abschütteln konnte. Rhodan war jedoch Realist genug, um zu wissen, daß ein Freihändler von Boscyks Stern nichts zu verschenken hatte.

„Was verlangen Sie für ein solches Gerät?" fragte er.

„Grandseigneur, die gesamte Galaxis steht tief in Ihrer Schuld. Ohne Ihre großartige Vorarbeit hätten sich die Freihändler niemals entfalten können. Wir kämen nie auf den Gedanken, mit dem Großadministrator irgendwelche Geschäfte zu machen. Wir *schenken* Ihnen den Halbraumspürer und benutzen die Gelegenheit, eine bescheidene Bitte vorzutragen."

„Aha!" machte Atlan. „Bevor wir das Gerät annehmen, sind wir daran interessiert, zu erfahren, wie diese bescheidene Bitte lautet."

Danton tätschelte liebevoll die beiden doppelläufigen Perkussionspistolen, die in seinem bestickten Gürtel steckten. Er unterhielt sich flüsternd mit Oro Masut. Das Gehabe des Mannes machte Rhodan ungeduldig. Er mußte das Verlangen unterdrücken, Danton samt Leibwächter aus dem Schiff zu jagen.

„Sie lieben die Freiheit, Grandseigneur", sagte Danton an Rhodan gewandt. „Nicht nur das, man kann Sie als den glühendsten Verfechter der Idee der ..."

„Kommen Sie zur Sache!" unterbrach Rhodan grob. „Sie können mich mit diesem Geschwafel nicht beeindrucken. Was wollen Sie für den Halbraumspürer?"

„Wir bitten Sie, die Freihändler von Boscyks Stern als politisch autarke Macht anzuerkennen", sagte Danton. Diesmal hatte seine Stimme nicht weich geklungen. Es war klar, daß er eine Forderung genannt hatte, von der er nicht abgehen würde.

Rhodan zögerte.

„Überlege es dir gut", sagte Atlan. „Ich hatte Gelegenheit, den Halbraumspürer in Aktion zu sehen."

„Na schön", meinte Rhodan schließlich und blickte Danton in die Augen. „Sie haben sich schlauerweise den günstigsten Zeitpunkt für Ihre Forderung ausgesucht. Es kann sein, daß wir bald auf den Halbraumspürer angewiesen sind. Sie wissen aber auch, daß ich diese Angelegenheit nicht allein entscheiden kann. Aber ich versichere Ihnen, daß ich vor dem Solaren Parlament meinen Einfluß geltend machen werde, damit Ihr Wunsch erfüllt wird."

Danton verbeugte sich tief, dann streckte er die Hand aus. Rhodan ergriff sie.

„Sicher ist es nicht schwierig, innerhalb des Vertrages einen kleinen Vermerk hinzuzufügen", sagte Danton beiläufig, während er Rhodans Hand schüttelte.

„Einen Vermerk?" fragte Rhodan mißtrauisch. „An welche Klausel denken Sie, Danton?"

„Sie könnten innerhalb des Vertrages erwähnen, daß sämtliche Rechte innerhalb von Rois System an König Danton übertragen werden", sagte Danton.

Rhodan zog seine Hand so schnell zurück, als habe er glühendes Metall angefaßt.

„Sie sind unverschämt!" fuhr er Danton an. „Der Planet Rubin gehört zu Rois System. Dort ist die größte Fundstätte der Galaxis für Howalgonium."

„Deshalb", erklärte Danton ungerührt, „bin ich an dieser Klausel so interessiert."

„Ich glaube nicht, daß Sie diese Klausel erhalten werden", sagte Rhodan scharf. „Auch wenn der Planet offensichtlich von Ihnen entdeckt wurde. Rois System liegt innerhalb des Machtbereiches des Solaren Imperiums, und durch die Howalgoniumvorräte unterliegt es einer besonderen Gesetzgebung. Und diese sieht vor, daß Planeten mit wichtigen Rohstoffvorkommen vom Solaren Imperium beansprucht werden und dem Entdecker lediglich ein angemessenes Entdeckungshonorar zusteht."

Danton zuckte mit den Schultern. „Ich hatte gehofft, noch heute mit der Montage des Halbraumspürers beginnen zu können."

„Heißt das, daß Sie das Gerät dabei haben?" warf Atlan ein.

„Es befindet sich an Bord der FRANCIS DRAKE, Sire. Die Monteure warten nur darauf, herüberzukommen und es aufzustellen."

„Sie halten sich wohl für besonders schlau?" brauste Rhodan auf. „Aber damit kommen Sie nicht durch, Danton! Ich kann Ihre Zusatzforderung nicht unterstützen. Sie werden daher keinen Vertrag in dieser Richtung bekommen!"

„Und wir bekommen keinen Halbraumspürer", sagte Atlan seufzend.

„Diese Formulierung ist in ihrer Prägnanz zwar entschieden zu hart, aber ich möchte sie trotzdem als zutreffend bezeichnen", erklärte Roi, zog ein weißes Spitzentuch aus der Tasche und betupfte sorgfältig seine Lippen. „Schon viele große Männer sind daran zugrunde gegangen, daß sie die Zeichen der Zeit nicht erkannt haben. Selbstverständlich würden wir dem Solaren Imperium eine angemessene Menge Howalgonium verkaufen, wenn wir die alleinigen Schürfrechte für Rubin bekämen."

„*Verkaufen*!" explodierte Rhodan.

„Ein Freihändler führt ein hartes, entbehrungsreiches Leben", sagte Danton rührselig. „Er ist darauf angewiesen, mit verständnislosen Mitgliedern der galaktischen Gesellschaft unrentable Geschäfte zu machen."

Rhodan bewunderte widerwillig den Mut und die Entschlossenheit, mit denen Danton sein Ziel verfolgte. Der Freihändler mußte sich der Tatsache bewußt sein, daß er Forderungen stellte, die gegen die gültigen Gesetze verstießen.

„Moralisch gesehen kann ich Danton verstehen", sagte Atlan. „Auch mir gegenüber hat er klargemacht, daß er diesen Planeten haben will."

„Ich kann keine Zusage treffen, die gegen Gesetze verstößt", erwiderte Rhodan. „Es geht auch nicht an, daß wir einen Präzedenzfall schaffen. Was wir heute den Freihändlern erlauben, werden später andere Interessengruppen auch fordern."

„Keine Interessengruppe kann Ihnen ein Gerät bieten, das mit dem Halbraumspürer zu vergleichen ist“, bemerkte Oro Masut.

„Mein Leibwächter hat mit schlichten Worten meine eigene Meinung ausgedrückt“, fügte Danton hinzu. „Wenn Sie von einem Präzedenzfall sprechen, kann man es auch umgekehrt verstehen. Demnach wäre jede Interessengruppe gezwungen, dem Solaren Imperium irgendein wichtiges Gerät zur Verfügung zu stellen, bevor sie ihre Forderung nennen darf. Wir sind Händler. Wir wisen, daß es in der Galaxis nichts zu verschenken gibt. Deshalb glauben wir, daß der Halbraumspürer einen gerechten Gegenwert für unsere Forderungen darstellt.“

„Unterstütze ihr Anliegen“, drängte Atlan. „Du weißt, daß dein Wort großes Gewicht hat. Wenn du im Sinne Dantons entscheidest, wird das Solare Parlament die Zustimmung erteilen und dem endgültigen Vertragsabschluß nichts in den Weg legen. Es wird für diesen konkreten Fall eine Ausnahmeregelung beschließen, so daß der Vertrag ratifiziert werden kann. Gib Danton dein Wort, damit der Halbraumspürer in der Zentrale dieses Schiffes aufgestellt wird.“

Rhodan wandte sich an Danton. „Bis wann könnte die Montage beendet sein?“

„Bis zum sechsten November“, erwiderte Danton sofort. Danton hatte offenbar überhaupt nicht damit gerechnet, daß man ihn abweisen könnte. Rhodan schüttelte unwillkürlich den Kopf. Roi Danton verfügte tatsächlich über ein erstaunliches Selbstbewußtsein.

„Sie können mit der Installation beginnen“, sagte Rhodan schweren Herzens. „Ich bin bereit, mit Ihnen einen Vorvertrag zu machen, den ich dem Solaren Parlament zur Genehmigung vorlegen werde. Genügt Ihnen mein Wort, daß ich Ihr Anliegen vor den Abgeordneten unterstützen werde?“

Danton lächelte nicht.

„Ihr Wort als Ehrenmann genügt mir, Grandseigneur“, sagte er ruhig. „Gestatten Sie, daß ich mich jetzt zurückziehe, um die nötigen Vorbereitungen zu veranlassen?“

Seine Hand fiel auf den reichverzierten Knauf des Degens herab. Die Degenspitze wippte nach oben. Roi Danton setzte seinen Dreispitz auf und verließ zusammen mit seinem ertrusischen Begleiter die Zentrale der CREST IV.

8.

Roi Danton knöpfte sorgfältig seine Merveilleux-Weste zu. Er gab Oro Masut einen Wink, und die beiden Männer kletterten aus dem Beiboot der FRANCIS DRAKE. Draußen im Hangar wartete ein junger Leutnant auf Danton und seinen Leibwächter.

„Ich bin Leutnant Luigi Bernardo“, stellte er sich lächelnd vor. „Ich werde Sie in die Zentrale bringen.“

„Sehr liebenswürdig, Monsieur“, sagte Danton. „Allmählich gewöhnt man sich offenbar auch an Bord des Flaggschiffs der Solaren Flotte an gute Manieren.“

Bernardo, der nur etwas über 1,60 Meter groß war, schien sich nicht an dem eigenartigen Verhalten des Freihändlers zu stören. Er grinste ungeniert und übernahm die Führung.

„Wie sieht es in der Zentrale aus?“ fragte Danton, als sie nebeneinander durch den Antigravschacht schwebten. „Ist die Montage des Halbraumspürers beendet?“

„Vor wenigen Augenblicken“, berichtete Bernardo. „Aber das wissen Sie sicher, Monsieur Danton.“

„Ja, meine Spezialisten verstehen ihr Metier“, erklärte Danton mit einem würdevollen Nicken. „Pünktlich am sechsten November haben sie ihre Arbeit beendet.“

Leutnant Luigi Bernardo zeigte sich vom Aussehen und den Redewendungen des seltsamen Gastes wenig beeindruckt.

Danton und sein Begleiter bewegten sich mit einer Selbstsicherheit, als gehörte ihnen die CREST IV. Für Bernardo, der keinerlei Vorurteile besaß, war das eher ein gutes als ein schlechtes Zeichen. Der kleine Leutnant fragte sich, warum einige Offiziere diesen Mann ablehnten, der doch weiter nichts tat, als eine Schau abzuziehen.

Als Bernardo hinter Danton und Masut die Zentrale betrat, stellte er fest, daß sich die Mutanten Tako Kakuta, Iwan Goratschin, Fellmer Lloyd und André Noir innerhalb des Kommandoraumes aufhielten.

Roi Danton ging mit strahlendem Lächeln auf Perry Rhodan und Atlan zu.

„Hallo, Messieurs!" rief er und riß seinen Dreispitz mit einer weitausholenden Bewegung vom Kopf. „Wie ich sehe, haben Sie sich hier versammelt, um die Bedeutung des Augenblicks zu würdigen. Ich bin entzückt über Ihr Erscheinen und versichere Ihnen mein Wohlwollen."

Bernardo unterdrückte ein Grinsen und zog sich in die Reihe der verblüfft starrenden terranischen Offiziere zurück.

Rhodan reagierte sachlich.

„Ihre Monteure behaupten, der Halbraumspürer sei fertig installiert", sagte er. „Sie erwähnten, daß Sie die Hauptschaltung, die das Gerät in Gang setzt, gern selbst vornehmen möchten."

Während Perry Rhodan sprach, blickte er unwillkürlich auf den vier Meter langen und zwei Meter breiten Halbraumspürer. An der Stirnseite des etwa mannshohen Geräts befand sich ein runder, einen Meter durchmessender Reflexschirm, der nach Aussage der Monteure im Linearraum zu arbeiten begann.

Dantons technische Sensation war inmitten der riesigen Zentrale der CREST aufgebaut worden, so daß sie immer ins Auge fiel, gleichgültig, durch welchen Eingang man den Kommandoraum betrat.

Mit würdevollen Schritten näherte sich Danton dem Gerät, das er Rhodan für einen hohen Preis „geschenkt" hatte.

„Ich bin sicher, daß der Vorvertrag über die Souveränität der Freihändler bereits vorliegt, Grandseigneur", sagte Danton plötzlich und blieb stehen.

Rhodan ließ ihn sich von einem der Offiziere überreichen.

„Ich habe ihn bereits unterschrieben. Aber ich mache Sie nochmals darauf aufmerksam, daß der Vorvertrag noch der Zustimmung des Parlaments auf Terra bedarf. Er ist jetzt nur bedingt gültig."

„Ich bin mir der noch ausstehenden bürokratischen Formalitäten wohl bewußt", entgegnete Roi Danton geziert. „Trotzdem bin ich gewillt, dieses überaus bedeutsame Papier zu unterzeichnen." Er schnippte mit den Fingern. Sekunden später erlebten die in der Zentrale der CREST IV versammelten Raumfahrer einen neuen Beweis für Dantons unerschöpfliche Phantasie.

Auf den Wink des Freihändlers eilte Oro Masut herbei. Er klappte die kleine Schatulle auf, die er bei sich trug, und überreichte Danton eine Vogelfeder von beachtlicher Länge. Innerhalb der reichverzierten Schatulle befand sich ein flaches Tintenfaß.

Danton zog seine rüschenbesetzten Ärmel zurück, um zu vermeiden, daß er sie mit Tinte verschmierte. Innerhalb der Zentrale wurde es vollkommen still, als der Freihändler die Federspitze in das Tintenfaß tauchte.

Gleich darauf hörte man die Feder über das Papier kratzen.

In der hinteren Reihe der Zuschauer sagte Waffensergeant Rokturne zu Korporal Norge: „Jetzt fehlt nur noch, daß die Marseillaise gespielt wird."

Korporal Norge, der nicht die Bildung seines Freundes besaß, runzelte die Stirn und hüstelte schwach.

Roi Danton hob das unterzeichnete Blatt hoch und spitzte die Lippen. Dann blies er den Namenszug trocken. Schließlich faltete er den Vorvertrag zusammen und übergab ihn zusammen mit den Schreibutensilien an Oro Masut. Die Kopie gab er an Rhodan zurück.

Rhodan atmete hörbar auf. „Vielleicht können wir uns jetzt dem Halbraumspürer zuwenden", sagte er. „Es gibt noch eine Frage, die mich beschäftigt."

„Ich will versuchen, Ihnen auf alle Fragen befriedigende Antworten zu geben, Grandseigneur", versicherte Danton freundlich.

„Ihre Monteure hatten keine Antennensysteme dabei. Sie behaupten, für den Halbraumspürer seien keine Antennen notwendig." Rhodan blickte dem Freihändler scharf in die Augen. Er wunderte sich, daß Danton seinem Blick standhielt.

„Richtig", sagte Danton. „Es werden keine Antennen benötigt. Jedenfalls keine großen Außenantennen, wie Sie sie wahrscheinlich erwartet haben."

„Wollen Sie damit sagen, daß sich die Antennen innerhalb des Halbraumspürers befinden?" fragte Rhodan.

Danton nickte. In der Zentrale herrschte für einige Sekunden Schweigen. Die Spannung, die aus diesem Schweigen entstand, wurde jedem der Anwesenden fühlbar. Einige Besatzungsmitglieder scharrten unruhig mit den Füßen. Oro Masut begann plötzlich ohne jeden Grund zu lächeln. Sein entstelltes Gesicht verwandelte sich in eine Teufelsmaske.

Mehr als jede Antwort gab Dantons Schweigen den Männern der CREST zu verstehen, daß der Freihändler nicht gewillt war, irgendwelche Auskünfte zu geben.

„Wenn Sie damit einverstanden sind, schalte ich den Halbraumspürer jetzt ein, Grandseigneur", sagte Danton schließlich.

„Warten Sie noch", forderte Rhodan. „Sie haben unser Interesse an diesem Ortungsgerät geweckt. Jetzt dürfen Sie sich nicht wundern, wenn wir Fragen stellen. Ist es nicht möglich, daß Sie mit dem Halbraumspürer ein Trojanisches Pferd in unser Schiff gebracht haben? Vielleicht erfüllt dieser Apparat noch andere Zwecke. Wer will das wissen? Verraten Sie uns, wer dieses Gerät konstruiert hat, Danton."

„Ihr Mißtrauen stimmt mich traurig", sagte der Händler. „Ich versichere Ihnen und der Besatzung Ihres Schiffes, daß jede Ware, die wir liefern, vollkommen einwandfrei ist. Der Halbraumspürer ist nur dazu da, Schiffe während des Linearfluges zu beobachten und zu verfolgen. Glauben Sie, die Freihändler von Boscyks Stern würden ihre gerade gewonnene Souveränität wegen einer technischen Spielerei gefährden?"

Rhodan erkannte, daß Danton geschickt allen Fragen nach dem Hersteller des Gerätes auswich. Der Großadministrator kam nicht auf die Idee, daß sein eigener Schwiegersohn der Erbauer des Halbraumspürers sein könnte. Noch weniger ahnte er, daß seine eigene Frau, Mory Rhodan-Abro, ihre Tochter und deren Gatten durch Geldmittel unterstützte. Fast alle technischen Neuerungen, die die Freihändler in ihren Schiffen benutzten, waren von Dr. Geoffry Abel Waringer konstruiert. Dabei wurde Waringer von den offiziellen Stellen immer noch wegen seiner ausgefallenen Ideen mitleidig belächelt.

Roi Danton jedoch war der große Nutznießer der Genialität Waringers.

„Ich frage mich, welche Wissenschaftler im System von Boscyks Stern arbeiten", sagte Rhodan zu dem Mann, der in Wirklichkeit Michael Reginald Rhodan hieß und sein eigener Sohn war.

„Wir sind mit unseren Forschern durchaus zufrieden", sagte Danton.

Rhodan warf einen Blick zu Fellmer Lloyd. Der Telepath schüttelte unmerklich den Kopf. Mit parapsychischen Mitteln war aus dem Freihändler nichts herauszubringen.

Danton, der die Unzufriedenheit seines Vaters bemerkte, hatte den kurzen Blick Rhodans bemerkt und richtig verstanden. Er wußte, daß die Mutantenversammlung nur ihm galt, obwohl Rhodan aus den vergangenen Begegnungen doch wissen mußte, daß er damit keinen Erfolg hatte. Er fühlte sich versucht, Perry Rhodan die Wahrheit zu sagen. Doch der Gedanke, daß er dann sein großartiges Spiel aufgeben müßte, hielt ihn davon ab. In den letzten Wochen war es ihm wiederholt gelungen, seinen berühmten Vater zu verwirren und in die Enge zu treiben. Das war genau das, was er beabsichtigt hatte. Er wollte sich beweisen, daß auch der Sohn des mächtigsten Mannes im Solaren Imperium auf eigenen Füßen stehen konnte.

„Arbeiten Sie vielleicht mit außerirdischen Intelligenzen zusammen, die der Menschheit später gefährlich werden können?" verlieh Rhodan einem plötzlichen Verdacht Ausdruck.

Danton unterdrückte ein Lächeln. Es war die uralte Sorge seines Vaters, daß jemand auf Kosten der Menschheit Geschäfte mit Extraterrestriern machen könnte.

„In dieser Hinsicht kann ich Sie beruhigen, Grandseigneur", sagte er. „Lassen Sie den Halbraumspürer untersuchen. Ihre Wissenschaftler werden feststellen, daß dieses Gerät von Menschen erbaut wurde. Natürlich haben wir verschiedene Einzelteile von anderen Planeten bezogen. Gewisse Mikroschaltungen stammen von Siga, aber auch das läßt sich leicht nachprüfen."

„Halten Sie es nicht für besser, wenn die Forscher, die jetzt noch ausschließlich für die Freihändler arbeiten, in einen Gedankenaustausch mit den Wissenschaftlern auf Terra treten?" fragte Atlan.

Danton lächelte verbindlich. „Das wäre ein ziemlich einseitiges Geschäft", meinte er. „Es ist doch offensichtlich, daß man im System von Boscyks Stern in mancher Beziehung schon weiter ist als im übrigen Gebiet des Imperiums. Von einem Gedankenaustausch würden also alle profitieren – nur die Freihändler nicht."

Rhodan überlegte, daß dieser junge Raumfahrer trotz seiner umständlichen Ausdrucksweise genau wußte, was er wollte – und es auch sagte. Danton war ein überaus zäher Verhandlungspartner.

„Vielleicht kommt der Zeitpunkt, da Sie froh sein werden, wenn Sie mit uns zusammenarbeiten können", sagte Rhodan.

„Das mag schon sein", stimmte Danton zu. „Ich werde Sie rechtzeitig benachrichtigen, wenn es soweit ist. Außerdem arbeiten wir in gewisser Weise bereits zusammen. Der Halbraumspürer beweist das. Gestatten Sie, daß ich das Gerät jetzt seiner Bestimmung übergebe?"

„Fangen Sie an", sagte Rhodan.

Wie der Großadministrator erwartet hatte, machte Danton auch aus der Inbetriebnahme des Halbraumspürers ein Zeremoniell. Er ließ sich von Oro Masut eine Plakette reichen, die er auf der Stirnseite des Apparats befestigte.

„Das ist das Emblem der Freihändler von Boscyks Stern", erklärte er. „Es soll eine kleine Erinnerung an unseren ersten Vertrag sein und gleichzeitig unsere Bereitschaft zu einer fruchtbaren Zusammenarbeit mit dem Solaren Imperium symbolisieren."

Rhodan ahnte, daß Danton mit der Befestigung der Plakette einen anderen Sinn verfolgte. Die Terraner an Bord der CREST IV sollten ständig daran erinnert werden, daß die Freihändler ihnen zu diesem Gerät verholfen hatten. Nicht ohne Sarkasmus dachte Rhodan daran, daß Danton sich diese Plakette hätte sparen können. Niemand an Bord würde jemals vergessen, durch welches Geschäft der Halbraumspürer ins Schiff gekommen war.

Roi Danton trat einige Schritte zurück und erwies dem Emblem der Freihändler durch würdevolle Haltung und minutenlanges Schweigen seine Reverenz.

Als einige Mitglieder der Zentralebesatzung unruhig wurden, blickte sich Danton verweisend um. Rhodan hoffte, daß der merkwürdige junge Mann diesem Spiel bald ein Ende bereiten würde.

Endlich, als einer der jüngeren Offiziere unverhohlen gähnte, näherte sich Danton dem Halbraumspürer. Er umklammerte den roten Hauptschalter und drückte ihn in die Arretierung.

„Damit sind alle Energieanschlüsse eingeschaltet", sagte er. „Ich übergebe dieses Gerät an den Großadministrator des Solaren Imperiums und an die Besatzung des Flaggschiffs der Solaren Flotte."

Oro Masut schrie als einziger: „Bravo!"

Danton schien etwas enttäuscht zu sein, daß sein Auftritt so wenig Anklang gefunden hatte, aber er schüttelte Rhodan und Atlan feierlich die Hand.

„Sie wissen, wie der Halbraumspürer funktioniert, Messieurs", sagte er abschließend. „Bei der Montage haben Sie alle Einzelheiten erfahren. Ich hoffe, daß dieses Gerät Ihnen wertvolle Dienste leistet."

Rhodan nickte und hoffte, Danton würde das Schiff jetzt verlassen.

In diesem Augenblick wurde er an die Kontrollen gerufen. Der Offizier, der die Ortungsgeräte beaufsichtigte, meldete, daß die vier Schiffe OLD MANS, die vor wenigen Tagen auf New Luna gelandet waren, den Planeten offenbar wieder verließen.

Auf den Bildschirmen zeichneten sich die Umrisse der Schiffsgiganten deutlich ab.

Rhodan stellte fest, daß Danton neben ihn getreten war und mit offensichtlichem Interesse die Vorgänge auf New Luna beobachtete.

„Sie können zuschauen, aber ersparen Sie uns Ihre Kommentare", sagte er zu dem Freihändler.

Danton nickte nur.

„Ob die Schiffe zu OLD MAN zurückfliegen?" fragte Atlan nachdenklich. „Ich frage mich, wozu sie auf New Luna waren."

Die Männer verfolgten den Flug der vier Gigantraumer, die die Atmosphäre von New Luna verließen und direkten Kurs auf OLD MAN nahmen.

„Es geschieht nichts", sagte Rhodan, der gehofft hatte, daß die Kristalle und OLD MAN das System von Jellicos Stern aufgeben würden. „Die vier Schiffe nähern sich ihrem Hangar."

„Vielleicht wäre das eine gute Gelegenheit, um anzugreifen, Sir", schlug Major Drav Hegmar vor.

„Wenn ich mir eine Bemerkung erlauben darf, möchte ich Sie davor warnen, auf den Vorschlag des Majors einzugehen, Grandseigneur", warf Danton ein. „Ein Angriff auf die vier Schiffe könnte OLD MAN veranlassen, seine gesamten Einheiten auszuschleusen und uns anzugreifen."

„Wir müssen OLD MAN irgendwie zum Handeln zwingen", verteidigte der Zweite Offizier der CREST seinen Standpunkt. „Dabei sollten wir ein gewisses Risiko eingehen."

Rhodan wußte, daß Roi Dantons Argument richtig war. Ein Angriff auf die vier Einheiten konnte OLD MAN zum vernichtenden Gegenschlag herausfordern. Rhodan konnte die Ungeduld Hegmars verstehen. Sicher warteten alle Offiziere an Bord der terranischen Schiffe innerhalb dieses Raumsektors voller Spannung auf irgendwelche Entscheidungen.

Perry Rhodan war jedoch entschlossen, OLD MAN und die Kristalle den ersten Schritt machen zu lassen. In dieser Auffassung war er sich mit Atlan einig. Der Arkonide hatte seinen terranischen Freund mehrfach vor unüberlegten Handlungen gewarnt. Zwar konnte man den Kolonisten auf New Luna in der augenblicklichen Situation nicht helfen, aber man konnte jedes Manöver des gewaltigen Robotkörpers beobachten und andere Sonnensysteme rechtzeitig warnen, wenn OLD MAN diesen Raumsektor verlassen sollte.

Seit Wochen belauerten die beiden Parteien einander, ohne daß eine Seite den entscheidenden Schritt zu machen wagte. Rhodan verspürte keine Neigung, im System von Jellicos Stern eine Raumschlacht zu schlagen. Er hoffte noch immer, daß es andere Möglichkeiten gab, die Kristalle und den Robot zu überwinden. Außerdem glaubte er daran, daß es gelingen könnte, OLD MAN in Besitz zu nehmen. Wenn es gelang, die gigantische Halbkugel mit ihren zwölf Plattformen zu erobern, würde sie einen nicht zu übersehenden Machtfaktor innerhalb der Solaren Flotte darstellen.

Während Rhodan überlegte, verging die Zeit. Damit verstrich die Gelegenheit, die vier Schiffe während ihres kurzen Fluges von New Luna zu OLD MAN anzugreifen.

„Jetzt landen sie!“ meldete der Leitende Ingenieur, Oberstleutnant Bert Hefrich. „Sie sind wieder zu ihrer Plattform zurückgekehrt.“

„Sie sind aber nicht in ihren Hangar eingeflogen“, stellte Atlan fest. „Beobachten Sie die Bildschirme. Die vier Schlachtschiffe sind auf der Plattform gelandet.“

„Das könnte bedeuten, daß sie bald wieder starten“, meinte Roi Danton, der offenbar nicht gewillt war, mit seiner Meinung zurückzuhalten.

„Vielleicht errichten die Kristalle einen Liniendienst zwischen OLD MAN und New Luna“, bemerkte Melbar Kasom spöttisch.

„Ich glaube, man will uns herausfordern“, vermutete Oberst Merlin Akran. Der Kommandant der CREST IV kauerte in seinem Spezialsitz, um blitzschnell die nötigen Befehle geben zu können. Akran hatte sich im scharfen Wettbewerb der Anwärter um den Platz des

Flaggschiffkommandanten am besten bewährt. Mit seiner Ruhe und Reaktionsschnelligkeit hatte Akran den Kommandanten der alten CREST III, Oberst Cart Rudo, vergessen lassen.

Rhodan beteiligte sich an dieser erregten Diskussion nicht. Alle Mutmaßungen konnten sich schließlich als falsch erweisen. Niemand wußte mit Sicherheit, welche Pläne die Kristalle verfolgten.

Sollte es sich tatsächlich um eine Herausforderung handeln, war Rhodan nicht gewillt, darauf einzugehen.

„Sehen Sie, Sir!" rief Hefrich erregt.

Rhodan blickte auf die Bildschirme. Aus den Hangars mehrerer Plattformen dieses Riesenrobots quollen wie zornige Insektenschwärme Ultraschlachtschiffe hervor.

„Alarm!" rief Rhodan. „Alle Schiffe volle Gefechtsbereitschaft. Beschleunigen Sie, Oberst!"

Der Raum rings um OLD MAN wimmelte jetzt von Raumschiffen. Rhodan schätzte, daß es mindestens tausend Schiffe der Galaxisklasse waren, die die gewaltige Halbkugel abschirmten.

„Sie greifen nicht an!" preßte Atlan hervor. „Ich möchte wissen, was dieses Manöver bedeuten soll."

Überall im System von Jellicos Stern formierten sich jetzt die terranischen Verbände, um einem eventuellen Angriff zu begegnen. Die grünen HÜ-Schirme der einzelnen Einheiten flammten auf.

„Keines unserer Schiffe darf angreifen!" befahl Rhodan. „Wir halten uns weiterhin zurück."

Das blitzschnelle Ausschleusmanöver OLD MANS war beendet. Etwa tausend Schiffe bewegten sich außerhalb des unüberwindlichen Defensivschirms der Riesenhalbkugel.

„Die vier Schiffe, die auf New Luna waren, starten wieder", meldete Hefrich von den Kontrollen.

Jetzt begriff Rhodan das Vorgehen OLD MANS. Die tausend ausgeschleusten Schiffe hatten lediglich die Aufgabe, die vier Einheiten zu schützen, die jetzt ihre Plattform wieder verließen. Das bedeutete, daß diese vier Raumer eine wichtige Aufgabe zu erfüllen hatten.

Rhodan beugte sich über ein Mikrophon des Interkoms. „Rhodan an Chef Ortungszentrale. Wir dürfen die vier Schiffe, die soeben die Plattform verlassen, nicht verlieren. Nötigenfalls ist der Halbraumspürer zu benutzen."

Augenblicklich kam die Antwort von Major Owe Konitzki. „Verstanden, Sir. Wir bleiben dran."

In diesem Moment rief Major Wai Tong, der Chef der Funkzentrale: „Sir! Rafferfunkspruch von einem der vier OLD MAN-Schiffe. Ich gebe Ihnen den Klartext durch."

Rhodan fuhr herum. Seine Blicke trafen sich mit denen Roi Dantons. Der Freihändler lächelte unergründlich.

„Jemand will Kontakt mit uns aufnehmen", sagte er.

Die Augen der Männer in der Zentrale des terranischen Flottenflaggschiffs waren auf die Bildschirme der Raumbeobachter gerichtet. Die von OLD MAN ausgeschleusten tausend Schiffe verließen ihre Positionen und näherten sich auf breiter Front den terranischen Verbänden.

Perry Rhodan erkannte, daß OLD MAN tatsächlich nicht beabsichtigte, eine Raumschlacht zu beginnen. Der Riesenrobot wollte lediglich einen ungestörten Abflug der vier von New Luna gekommenen Schiffe garantieren.

„Der Funkspruch, Sir!" rief Wai Tong.

„Warten Sie!" gab Rhodan zurück. „Ich brauche zunächst eine Normalfunkverbindung zu allen terranischen Schiffen."

Es dauerte nur Sekunden, bis Rhodan sprechen konnte.

„An alle Kommandanten!" sagte er gelassen. „Wir ziehen uns langsam zurück. Auf keinen Fall darf es zu Kampfhandlungen kommen. Die CREST fliegt inzwischen einen Scheinangriff auf die vier Schiffe, die OLD MAN zu schützen versucht."

Rhodan wartete die Bestätigungen ab. Er gab Oberst Merlin Akran einen Wink. Die CREST IV schoß mit höchstmöglicher Beschleunigung durch den Raum. Die übrigen terranischen Schiffe blieben zurück. In den Reihen der Robotschiffe entstand Verwirrung.

„Versuchen Sie, in der Nähe der vier flüchtigen Schiffe zu bleiben", ordnete Rhodan an.

Er wandte sich an die Funkzentrale:

„Major Tong! Geben Sie jetzt den Funkspruch im Klartext durch!"

Wai Tong nahm eine Schaltung vor, kurz darauf drang eine fremde Stimme aus dem Interkom:

„Hier spricht Squart Menchos. Ich befinde mich zusammen mit

Grange Keegan an Bord eines der vier OLD MAN-Schiffe, die vor kurzem von Jelly City gestartet sind. An Bord dieser Schiffe befinden sich einige hundert versklavte Menschen sowie genügend große Kristallballungen, um eine lückenlose Überwachung und Steuerung dieser Menschen zu gewährleisten.

Diese vorwiegend nach raumfahrttechnischen Gesichtspunkten auserwählten Menschen wurden von den Kristallen dazu gezwungen, die Robotschiffe zu steuern.

Die Kristallagenten halten es offensichtlich für zu gefährlich, sich auf die Robotautomatik zu verlassen, die sich ihrer hypnosuggestiven Kontrolle entzieht. Deshalb haben sie die Schiffssteuerung ihren organischen Sklaven übertragen.

Das Ziel der Schiffe ist die Große Magellansche Wolke. Keegan und ich sind freie Prospektoren und die einzigen an Bord, die von den Kristallen nicht beeinflußt werden. Wir haben in den letzten Wochen herausgefunden, daß dies damit zusammenhängt, daß wir viel mit hyperstrahlenden Materialien, vor allem Howalgonium, zu tun hatten. Wir gingen freiwillig an Bord, weil sich uns die Chance bot, den Planeten zu verlassen und herauszufinden, was die Kristalle vorhaben. Wir wissen nicht, wie lange es uns gelingt, unentdeckt zu bleiben. Wir können nur hoffen, daß unsere Nachricht an Bord eines terranischen Schiffes empfangen wird."

Für kurze Zeit herrschte Schweigen in der Zentrale der CREST. Dann drang Wai Tongs Stimme durch den Interkom.

„Das war alles", sagte er. „Ich habe den Empfang nicht bestätigt."

„In Ordnung, Major", erwiderte Rhodan. „Bleiben Sie auf Empfang, bis die vier Schiffe im Linearraum verschwinden. Vielleicht kommt noch eine Meldung durch. Informieren Sie die Flotte über den Funkspruch und teilen Sie den Kommandanten mit, daß die CREST die Verfolgung der OLD MAN-Schiffe aufnehmen wird. Die Schiffe sollen weiterhin in diesem System verbleiben und alle Aktionen OLD MANS genau beobachten. Im übrigen ist die Flotte ab sofort Reginald Bull unterstellt, der über die Ereignisse auf dem schnellsten Weg zu benachrichtigen ist."

Wai Tong bestätigte und schaltete die Verbindung ab.

„An Bord eines dieser Schiffe halten sich also zwei Männer auf, die gegen die hypnotischen Ausstrahlungen der Kristalle immun sind", stellte Atlan fest. „Sie nehmen an, daß sie der Umgang mit strahlungsintensiven Materialien, in erster Linie Howalgonium, unempfindlich gemacht hat."

„Dieser Verdacht ist nicht unbegründet", warf Roi Danton ein.

„Wie kommen Sie darauf?" fragte Rhodan. „Was wissen Sie darüber?"

„Wir Freihändler beschäftigen uns mit allen möglichen Dingen, Grandseigneur", erwiderte Danton ausweichend. „Squart Menchos und Grange Keegan sind übrigens keine Unbekannten für mich. Ich habe sie bereits kennengelernt."

„Haben Sie etwa Geschäfte mit ihnen gemacht?" erkundigte sich Atlan.

„Gewiß, Sire. Das ist schließlich mein Beruf. Ich halte die beiden Prospektoren für zuverlässige Männer. Wir kennen nun das Ziel der vier Schiffe." Danton machte eine alles umfassende Geste. „Das erinnert mich daran, daß man an Bord der FRANCIS DRAKE die Manöver der CREST sicher voller Unruhe verfolgt. Ich bitte deshalb, an Bord meines Schiffes zurückkehren zu dürfen."

„Glauben Sie, wir unterbrechen jetzt unser Manöver?" erkundigte sich Rhodan.

„Es gibt gewisse Gesetze der Höflichkeit", erklärte Danton unbeeindruckt.

„Bleiben Sie auf Kurs, Oberst!" befahl Rhodan dem Kommandanten der CREST IV.

Im Schutz ihres mächtigen HÜ-Schirmes folgte die CREST den vier Schiffen OLD MANS. Die von dem gigantischen Roboter ausgeschleusten Einheiten hatten sich im System von Jellicos Stern verteilt. Sie unternahmen keine ernsthaften Anstrengungen, mit den terranischen Verbänden in Kampfberührung zu kommen. Die Kommandanten der Solaren Flotte befolgten Rhodans Befehl und traten immer wieder den Rückzug an, wenn die Situation bedrohlich wurde.

Etwa dreißig Ultraschlachtschiffe OLD MANS folgten der CREST. Der Abstand zwischen den Raumern war jedoch viel zu groß, als daß es zu einem Gefecht kommen konnte.

„Gestatten Sie mir, daß ich eine Nachricht an die Besatzung der FRANCIS DRAKE durchgebe, Grandseigneur?" rief Danton.

„Tun Sie das", sagte Rhodan. „Benutzen Sie den Normalfunk."

Wenige Augenblicke später wurde auf dem Bildschirm des Telekoms das besorgte Gesicht von Rasto Hims sichtbar.

„Hier ist Danton, Edelmann Hims!“ rief der Freihändler.

„Ich habe Sie sofort erkannt, mein König“, gab Hims zurück. „Ich bin froh, daß Sie sich melden. Was sollen wir tun?“

„Folgen Sie auf jeden Fall dem Flaggschiff der Solaren Flotte“, befahl Danton dem Ersten Offizier seines Schiffes. „Gleichgültig, was in den nächsten Minuten geschieht.“

Danton schien sich bewußt zu werden, daß er für ein paar Sekunden die Rolle des Stutzers vergessen und einen Mann dargestellt hatte, der entschlossene Befehle erteilte. Rhodan, der Danton aufmerksam beobachtete, war diese Verwandlung nicht entgangen. Er fragte sich wieder, welches das wahre Gesicht Dantons war.

Inzwischen hatte der Freihändler zu seinem üblichen Verhalten zurückgefunden.

„Die Große Magellansche Wolke“, sagte er nachdenklich. „Meines Wissens ist sie einhundertsiebzigtausend Lichtjahre von uns entfernt.“

Rhodan begriff, daß Danton ihn ablenken wollte. Es war zum erstenmal, daß er eine gewisse Unsicherheit bei dem Besitzer der FRANCIS DRAKE feststellen konnte. Entgegen Dantons Befürchtungen führte diese Unsicherheit jedoch nur dazu, daß Rhodan ihn immer weniger verstand.

Perry Rhodan blickte auf die Bildschirme. Die von OLD MAN ausgeschleusten Einheiten zogen sich langsam wieder zurück. Sofort rückten die terranischen Verbände nach. Rhodan ahnte, daß OLD MAN seine Schiffe wieder aufnehmen und auf einer Kreisbahn um New Luna bleiben würde. Im System von Jellicos Stern hatte sich allmählich ein *Status quo* entwickelt. Das war für die beeinflußten Kolonisten in Jelly-City lebensgefährlich. Nach einem halben Jahr konnten die stumpfsinnig gewordenen Menschen nicht mehr zu ihrem eigenen Ich zurückfinden.

Rhodan war entschlossen, vor diesem Zeitpunkt irgendeine Möglichkeit zu finden, auf New Luna zu landen und die Hypnosklaven zu befreien.

„Die vier gegnerischen Schiffe werden jeden Augenblick in den Linearraum eindringen!“ meldete Oberst Akran.

Rhodan nickte. „Beschleunigen Sie weiter“, sagte er. „Wir wollen sehen, wie unsere neueste Errungenschaft funktioniert. Ein Test in Gegenwart des Lieferanten kann nichts schaden."

„Ich bin von der Idee begeistert, daß Sie den Halbraumspürer bereits jetzt ausprobieren wollen", sagte Danton erfreut. „Das gibt mir Gelegenheit, Ihre Zufriedenheit zu erleben."

Rhodan achtete nicht auf Dantons Worte. Plötzlich verschwanden die vier Raumschiffe OLD MANS von den Reliefbildschirmen.

„Sie sind in die Halbraumzone eingedrungen!" rief Oberstleutnant Hefrich. „Das heißt, daß sie uns entwischt sind, Sir."

„Sie vergessen den Halbraumspürer", sagte Atlan.

„Nun gut, Oberst", sagte Rhodan. „Folgen wir den gegnerischen Einheiten in den Linearraum. Ich bin gespannt darauf, was wir auf dem Bildschirm des Halbraumspürers zu sehen bekommen."

Sekunden später erreichte die CREST IV den kritischen Beschleunigungswert und drang in die Zone zwischen Hyperraum und Normaluniversum ein.

Rhodan verließ seinen Platz. Zusammen mit Atlan, Danton und Melbar Kasom begab er sich zum Halbraumspürer.

Danton stellte sich breitbeinig vor das Ortungsgerät und hob einen Arm.

„Da sind sie!" stieß er hervor.

Auf dem Tasterschirm des Halbraumspürers zeigten sich vier Echopunkte. Es handelte sich einwandfrei um die vier Raumschiffe, die unmittelbar vor der CREST IV im Linearraum verschwunden waren.

Zum erstenmal war ein terranisches Schiff in der Lage, fremde Objekte auch innerhalb der Librationszone zu verfolgen.

„Es funktioniert!" sagte Roi Danton stolz. Ein fünfter Punkt wurde auf dem Kontrollschirm des Halbraumspürers sichtbar.

Danton hüstelte. „Das ist die FRANCIS DRAKE", bemerkte er. „Sie kann uns mit Hilfe ihres Halbraumspürers folgen."

„Ich wußte, daß es ein großartiges Gerät ist", sagte Atlan. „Wir haben kein schlechtes Geschäft gemacht, Perry."

„Wir haben teuer dafür bezahlt", hielt ihm Rhodan entgegen.

„Alle wertvollen Dinge sind teuer, Grandseigneur", sagte Roi Danton.

Plötzlich hatte Rhodan wieder den Eindruck, daß er Danton von irgendwoher kannte. Er überlegte, daß dies ein Irrtum sein mußte. In seinem Leben war er schon oft mit so gerissenen Burschen wie Roi Danton zusammengetroffen. Und irgendwie, fand Rhodan, sahen alle diese Menschen einander ein bißchen ähnlich.

9.

„Objekte haben Linearraum verlassen", meldete Oberstleutnant Ishe Moghu knapp.

Merlin Akran stieß einen epsalischen Fluch aus, der für den Ersten Offizier unverständlich blieb.

Zugleich zuckten seine breiten Hände vor. Die eine hieb auf den Alarmgeber, die andere auf die Schaltplatte des Kalup-Generators.

Unter diesen Umständen fand niemand Zeit, sich auf den Linearraumaustritt der CREST IV vorzubereiten. Die seltsamen grünen Schleier und Lichtreflexe der Halbraumzone machten nahezu übergangslos der tintigen Schwärze des interkosmischen Raumes Platz.

Nur im Heckschirm der Panoramagalerie strahlte die Linse der Heimatgalaxis. Hell hob sich die abgeplattete Kugelgestalt des Zentrumssektors gegen die von Staub- und Gasnebeln durchsetzten Spiralarme ab.

Und im Frontschirm schimmerte silbrig ein eigentümlich zerfranster Lichtfleck: die Große Magellansche Wolke!

Die Aufmerksamkeit Ishe Moghus richtete sich jedoch nicht auf eine der beiden Sterneninseln, sondern auf den runden, ein dreidimensionales Abbild zeigenden Übertragungsschirm der Hyperortung.

Fünf Tasterreflexe waren sofort nach dem Sturz ins Normalkontinuum dort aufgetaucht: vier sehr undeutliche – und ein sehr kräftiger grüner Punkt.

„Möchte wissen, was das alles zu bedeuten hat", sagte der Kommandant grollend. „Jetzt verfolgen wir die Schiffe schon seit vier Tagen, ohne daß ein Sinn in ihren Aktionen erkennbar ist. Wir könnten längst am Ziel sein, wenn die nicht dauernd zwischen Einstein- und Linearraum hin und her sprängen wie blinde Akibus!“

Der Erste Offizier verzog die Lippen zu einem breiten Grinsen und entblößte dabei zwei Reihen prachtvoll schimmernder, weißer Zähne. Seit der Afroterraner vor mehr als dreißig Jahren als blutjunger Leutnant auf das Solare Flaggschiff gekommen war, hatte er noch keinen Zahnarzt benötigt. Während der ersten zehn Jahre hatten seine Freunde immer wieder Wetten abgeschlossen, die die Frage zum Inhalt hatten, wann Ishe Moghu sich bei einem Sondereinsatz an trockenem Dauerbrot einen Zahn ausbeißen würde. Danach war ihr Interesse an dem Thema abgeklungen; der schwarzhäutige Hüne aber besaß noch heute sämtliche Zähne.

„Ich weiß nicht, was Akibus sind“, sagte er ironisch, „aber ganz gewiß springen sie nicht zwischen Einstein- und Linearraum hin und her.“

Oberst Akran wandte sich um.

Es sah aus, als drehte sich ein Kleiderschrank auf einem Gelenkbolzen – ein relativ niedriger Kleiderschrank allerdings, denn der Epsaler war nur 1,60 Meter hoch, dafür allerdings ebenso breit.

„Haha!“ machte er, in dem krampfhaften Versuch, einen spöttischen Humor an den Tag zu legen. „Es war eben nur ein Vergleich, Moghu, und Vergleiche hinken immer.“

Der Erste legte sein Gesicht in ernste Falten, was ihm allerdings nicht überzeugend gelang. Die grauen Lockenhaare kontrastierten schroff zu dem jugendlich wirkenden Lachen im Hintergrund der dunklen Augen.

Ishe Moghu war der gutmütige Spötter geblieben, als der er schon auf der Raumakademie bekannt gewesen war. Seine Rangstellung an Bord der CREST allerdings bewies, daß sich hinter dem breiten, meist grinsenden Gesicht Qualitäten ganz besonderer Art verbargen.

„Soeben versuche ich, mir einen ‚hinkenden Vergleich‘ bildlich vorzustellen, Sir.“

Der erwartungsvoll geöffnete Mund Merlin Akrans klappte zu. Demonstrativ drehte der Kommandant seinem Ersten Offizier wieder den Rücken zu. Anschließend murmelte er etwas vor sich hin, das bestimmt nicht für fremde Ohren gedacht war, aber infolge seines epsalischen Organs von jedem Mann in der Kommandozentrale verstanden werden konnte.

„Aber, aber!“ sagte jemand schockiert hinter Moghus Rücken. Der Afroterraner wandte sich um und musterte die beiden Männer, die soeben durch den Achslift die Zentrale betreten hatten.

Oro Masut trug mittlerweile grellrote Pumphosen, rotgestreifte Strümpfe und grüne Stoffschuhe, die vorn schnabelförmig ausliefen. Seinen mächtigen Schädel krönte eine turbanähnliche Kopfbedekkung.

In den Händen hielt er seine überdimensionierte Flitspritze und versprühte daraus gewaltige Wolken süßlichen Parfüms.

Neben dem Giganten wirkte der König der Freihändler stets wie ein Zwerg.

„Aber, aber!“ wiederholte Roi Danton kopfschüttelnd. „Ein Fürst sollte nicht die vulgären Reden des Pöbels führen!“

Er fächelte sich mit einem Spitzentüchlein frische Luft zu und lüftete danach seinen goldbestickten Dreispitz.

„Bonjour, Messieurs! Comment allez-vous?“

Oberst Akran kratzte sich hinter dem Ohr.

„Was sagen Sie, Freibeuter?“

Roi Danton verzog indigniert das Gesicht.

„Wie bitte? Freibeuter? – Oro, mein Riechfläschchen!“

Der Ertruser sprang hinzu und hielt seinem Herrn ein kristallenes Fläschchen unter die Nase.

Roi atmete tief ein, dann schob er die hilfreiche Hand beiseite.

„Wenn Sie nicht einem niedrigeren Stand angehörten, Oberst Akran, so müßte ich auf einem Duell bestehen“, erklärte er mit der weinerlichen Stimme eines verweichlichten Dandys. „Aber Sie sind für mich nicht satisfaktionsfähig, Monsieur!“

„Ich könnte ihm eine Backpfeife verabreichen“, bot sich Oro Masut an.

Merlin Akran ließ die Atemluft mit dem Geräusch eines geplatzten Hochdruckdampfkessels entweichen.

Ein junger Leutnant der Zentralbesatzung prustete los. Das war für die meisten anderen Männer das Zeichen zu einer Lachsalve.

„Unter dem niederen Volk herrschen herzerfrischend rauhe Sitten“, belehrte der König der Freifahrer seinen Diener, nachdem das

Lachen verstummt war. „Man darf es nur nicht zu übermütig werden lassen, sonst vergißt es die Schranken, die ihm gesetzt sind. – Äh, Sie heißen Ishe Moghu, Monsieur, wenn ich mich recht entsinne...?" wandte er sich an den Ersten Offizier.

„Jawohl, Sir!"

Moghu grinste und machte eine übertrieben exakte Ehrenbezeugung.

Rois Blick wanderte von dem altvertrauten Gesicht, dessen Augen ihn nicht erkannten, zu dem runden Reflexschirm an der abgeschrägten Stirnseite des quaderförmigen Geräts, an dessen Außenhülle eine Plakette mit dem Symbol der Freifahrergilde glänzte.

Rois Gesicht zerfloß beinahe vor Wohlwollen, als er sich danach erkundigte, ob man mit dem Halbraumspürer zufrieden sei.

Ishe Moghu nickte.

„Ich habe nie ein besser funktionierendes Gerät gesehen", erwiderte er wahrheitsgemäß. „Die vier Schiffe von OLD MAN können uns nicht entkommen."

Sein Gesicht erhielt plötzlich einen grüblerischen Zug.

„Ich frage mich nur", sagte er nachdenklich, „warum Sie die FRANCIS DRAKE vorausfliegen lassen..."

Er zeigte mit dem Finger auf den kräftigen Reflex im Ortungsschirm oberhalb des Kommandantensitzes.

„Das frage ich mich auch!" erklang eine harte Stimme vom Liftausstieg her.

Roi Danton wirbelte leichtfüßig herum und schwenkte erneut den Hut. Seine Linke umfaßte den Griff des kostbaren Zierdegens.

„Grandseigneur!"

Er verbeugte sich tief.

Perry Rhodan trat näher. Er winkte unwirsch ab.

„Eines Tages werden Sie sich davor fürchten, mich zu sehen, Monsieur! An dem Tag nämlich, an dem Ihr Possenspiel mir zu bunt wird!"

Der König der Freihändler wich in gespieltem Erschrecken einen Schritt zurück und legte die Hand auf die Brust.

„Sie sehen mich bestürzt, Grandseigneur. Es ist nicht recht, wenn Sie Ihren treuesten, ergebensten Diener behandeln, als entstamme er dem gemeinen Volk."

Das „gemeine Volk" grinste verstohlen.

Der Großadministrator jedoch zog drohend die Brauen zusammen.

„Sie haben die Frage noch nicht beantwortet“, sagte er. „Warum lassen Sie Ihr Schiff vor uns fliegen?“

Danton hüstelte.

„Ganz einfach, Sire. Wie Ihnen Atlan sicherlich berichtet hat, besitzt die FRANCIS DRAKE einen neuartigen Ortungsschutz, der dem der terranischen Flotte überlegen ist. Indem ich mein Schiff vorausfliegen lasse, schirme ich automatisch die CREST vor den Hypertastern der Robotschiffe ab, wenn wir im Normalraum in den Wirkungsbereich der Ortung durch die OLD-MAN-Schiffe gelangen.“

Rhodan nickte langsam. Er wußte selbstverständlich von dem neuen Ortungsschutz der FRANCIS DRAKE.

Doch bevor er etwas sagen konnte, hob Ishe Moghu, der während der ganzen Zeit weder den Schirm der Normalraumortung noch den des Halbraumspürers aus den Augen gelassen hatte, die Hand.

„Objekte wechseln in den Halbraum!“ gellte seine Stimme alarmierend durch die geräumige Zentrale.

Wieder schlugen die Pranken des Kommandanten auf zwei Schalttasten – und wieder verschwand die vertraute Umgebung des vierdimensionalen Raum-Zeit-Kontinuums und machte den verwirrenden Erscheinungen des linearen Zwischenraums Platz, für den sich auch nach Jahrhunderten noch keine einheitliche Sprachregelung gefunden hatte. Halbraum, Zwischenraum, Linearraum – das waren verschiedene Begriffe für ein und dasselbe Phänomen.

Auf dem Reflexschirm des Spürgerätes aber tauchten die vier grünen Punkte der Ultraschlachtschiffe auf – und hinter ihnen der Ortungsreflex der FRANCIS DRAKE.

Zielkurs war weiterhin die Große Magellansche Wolke.

Eine halbe Stunde später – es war noch kein neuer Linearraumaustritt erfolgt – lag Roi Danton entspannt auf seinem Liegebett.

Man hatte ihm und seinem Diener eine luxuriös eingerichtete Gastkabine auf dem sogenannten Chefdeck zugewiesen. In Roi löste die Umgebung wehmütige Erinnerungen aus. Hier hatte er einmal gewohnt, als er noch nicht in der Anonymität lebte und zusammen mit seiner Mutter und seiner Schwester Suzan zu einem Staatsbesuch nach Plophos geflogen war.

Er war damals für zwei Wochen mitten aus einer wichtigen Phase seines Studiums gerissen worden – aber als Sohn des terranischen Großadministrators und einer Mutter, die Obmann von Plophos war, hatte man besondere Verpflichtungen.

Niemand konnte es den Plophosern verdenken, wenn sie neben dem Gatten von Mory Rhodan-Abro auch die Kinder des verehrten Obmanns sehen wollten.

Es war berauschend schön gewesen auf Plophos – aber bereits damals hatte Mike Rhodan Unbehagen dabei empfunden, wenn man ihn mit allen möglichen Ehrungen überhäufte, ihn, der damals noch nichts dazu getan hatte, solcher Ehren wert zu sein.

Dieses Unbehagen hatte sich im Verlauf der folgenden Jahre durch ähnliche Erlebnisse verstärkt, bis er den Entschluß faßte, sich durch die eigene Tat bestätigt zu sehen – nicht mehr als der Sohn Rhodans, sondern als er selbst geachtet zu werden.

Mit einer Verwünschung sprang er auf die Füße.

Er konnte einfach nicht schlafen. Zu viele Probleme drängten sich ihm auf.

Zuerst das Auftauchen von OLD MAN – und nun die Hypnokristalle, deren Struktur künstliche Elemente besaß, so daß man annehmen mußte, daß irgendwer sie auf technischer Basis manipulierte und einsetzte.

Aber noch kannte man die Macht nicht, die die Kristallagenten ausgeschickt hatte.

Roi Danton – alias Michael Rhodan – setzte sich auf die Seitenlehne des Sessels vor dem Aussichtsturm.

Gedankenverloren blickte er zu dem zerrissen wirkenden Spiralnebel hinüber, der das Ziel jener vier Ultraschlachtschiffe OLD MANS war.

Die Große Magellansche Wolke . . .!

Vielleicht hätte man viel früher untersuchen sollen, welche Lebensformen dort im Laufe der Jahrmilliarden entstanden waren, wie sie sich entwickelt hatten und ob sie zu einer Gefahr für die Menschheit werden konnten.

Aber selbst die Machtfülle des Solaren Imperiums hatte nicht ausgereicht, von zwei entgegengesetzten Seiten der Milchstraße aus vorzustoßen – und die Gefahr aus Andromeda war aktueller gewesen.

Erst seit einigen Jahren hatte man die Kraft aufgebracht, die beiden Magellanschen Wolken von Explorerschiffen erkunden und kartographieren zu lassen. Explorerschiffe waren aufgebrochen – und nicht zurückgekehrt.

Seitdem waren erhebliche Teile der Imperiumsflotte und der USO-Schlachtschiffe im Sektor Morgenrot massiert worden, dem sogenannten Ausfallsektor zu den Magellanschen Wolken. Von hier erstreckte sich eine Materiebrücke aus interstellarem Gas in den Leerraum hinaus – eine Folge der Kräfte, die zwischen der Milchstraße und den beiden vorgelagerten Zwerggalaxien wirkten.

Und nun ging es über diese für menschliche Augen unerkennbare Brücke hinüber – im Gefolge von vier gigantischen Schiffen, die ursprünglich zum Nutzen der Menschheit gebaut worden waren und nun einem unbekannten Gegner als Transportmittel dienten.

Roi fragte sich, was aus den beiden tapferen Männern geworden war, die aus einem der feindlichen Schiffe heraus einen kurzen Funkspruch abgegeben und das Ziel der Reise genannt hatten.

Der Freihändler seufzte.

Er glitt von der Sessellehne herunter, als das Warnlicht über der Tür zu blinken begann und der Eintauchalarm schrillte.

Das Bild auf dem Aussichtsschirm hatte sich bereits verwandelt. Schemenhaft huschten wirbelnde Schleier und Streifen darüber hin, blinkende Lichter erschienen und verschwanden wieder.

Irgendwo voraus rasten die vier Ultraschlachtschiffe des Riesenroboters mit ihrer stumpfsinnig handelnden menschlichen Besatzung und den Kristallballungen durch den linearen Zwischenraum, unsichtbar für das menschliche Auge und unauffindbar für alle Ortungsgeräte – außer dem Halbraumspürer.

Roi fühlte sich plötzlich müde. Er ahnte, daß er bald kaum noch Gelegenheit zu einem Schlaf haben würde, und schritt in die Schlafkabine. Das Pneumobett nahm ihn mit sanftem Rütteln und Wiegen auf, ein Antigravprojektor verringerte sein Körpergewicht um fünfzig Prozent – und innerhalb weniger Sekunden schlief er fest und traumlos.

Er erwachte von dem gellenden Pfeifen der Alarmanlage.

Mit halbem Ohr nur hörte er auf die Stimme des epsalischen Kommandanten der CREST, während er sich aus dem Bett schwang und in den Wohnraum eilte.

Wieder einmal hatte sich das Bild auf dem Aussichtsturm verändert.

Roi Danton erkannte, daß er mindestens zehn Stunden geschlafen haben mußte.

Die funkelnde Sternenfülle der Großen Magellanschen Wolke verdeckte bereits das gesamte Blickfeld.

Roi starrte einige Zeit auf das großartige und zugleich bedrückende Bild. Dann wandte er sich um und schaltete die Separatverbindung zu Oro Masuts Kabine ein.

„Wie lange soll ich noch auf das Frühstück warten, Zwerg!" schrie er, als des Ertrusers riesenhafter Oberkörper auf dem Bildschirm erschien.

Oro grinste. Sein von Brandnarben entstelltes Gesicht wirkte wie eine Teufelsfratze.

„Ich komme sofort, Majestät!" dröhnte es aus dem Empfänger.

Roi Danton erwiderte das Grinsen.

„Laß den Unfug, Ungeheuer. Wir sind unter uns. Aber vielleicht solltest du einmal auf den Aussichtsschirm sehen!"

„Schon getan. Angesichts des atemberaubenden Anblicks habe ich ein Spezialfrühstück zubereitet."

Roi schaltete das Gerät aus.

Er reckte sich. Dann lief er ins Bad, um sich für den nächsten Auftritt anzuziehen.

Die Linearmanöver wurden immer kürzer und folgten immer dichter aufeinander, seit der erste zerfaserte Außenarm der Großen Magellanwolke passiert worden war.

Praktisch befand sich die CREST IV bereits innerhalb der Sternwolke, aber die Hypertaster hatten vor Beginn des laufenden Linearmanövers im Umkreis von fünfhundert Lichtjahren keinen einzigen Stern getroffen.

Die Große Magellanwolke erwies sich als ein Zwischending zwischen einem irregulären und einem spiraligen Sternnebel mit einem Durchmesser von 25 000 Lichtjahren. Die Rotation wurde offenbar von der Gezeitenwirkung der Milchstraße beeinflußt und verlief kontinuierlich wie dort. Vereinzelte Spiralarme zeigten seltsame Krümmungen nach außen, und die äußeren Enden dieser Arme wiesen zum überwiegenden Teil auf die heimatliche Galaxis. Die Reflexbilder der

Hyperortung zeigten außerdem, daß die Materiebrücke, wie sie bereits zwischen Milchstraße und Großer Magellanwolke festgestellt worden war, zwischen den beiden Magellanschen Wolken eine weitaus größere Dichte aufwies. Anscheinend existierten in dem Raum zwischen beiden Zwerggalaxien sogar vereinzelte Sonnen. Immerhin betrug die Entfernung zur dahinterliegenden Kleinen Magellanschen Wolke durchschnittlich dreißigtausend Lichtjahre.

Jede der beiden Sterninseln schien außerdem von einem äußerst intensiven Strahlungsgürtel umgeben zu sein.

Perry Rhodan musterte mit verkniffenem Gesicht die zahlreichen Reflexkarten. Die Astronomische Abteilung der CREST hatte in kurzer Zeit ausgezeichnete Arbeit geleistet. Die Symbole neben den Sterngruppen und Einzelsternen deuteten auf einen sehr hohen Prozentsatz an veränderlichen Sternen hin – einen viel höheren, als er für die Milchstraße galt.

„Hier werden wir nicht sehr viele erdähnliche Welten finden“, sagte er nachdenklich zu Atlan.

Der Arkonide wiegte den Kopf.

„Nach den bisherigen Berechnungen dürfte die Große Magellansche Wolke etwa zehn Milliarden Sonnenmassen besitzen. Das heißt, wenn man die teilweise erhebliche Größe der einzelnen Sonnen berücksichtigt, ungefähr fünf Milliarden Sonnensysteme. Nach der Wahrscheinlichkeitsrechnung können wir fünf Prozent davon mit mindestens je einem erdähnlichen Planeten annehmen. Diese Zahl mag sich infolge der zahlreichen instabilen Sonnen verringern, aber es bleiben gewiß noch mehr erdähnliche Welten übrig, als wir im Verlauf von hundert Generationen zu erforschen vermögen.“

„Darüber habe ich mir noch keine Gedanken gemacht“, gab Rhodan mit feinem Lächeln zu. „In erster Linie sollten wir uns überlegen, welche Lebensformen sich in einer Galaxis mit derartig vielen Veränderlichkeiten entwickelt haben könnten ...“

„Hm, du denkst natürlich an die Macht hinter den Hypnokristallen?“

„Ganz recht. Ungewöhnlich feindliche Umwelten haben stets ungewöhnlich befähigte Lebensformen zur Folge. Ich frage mich, ob die Herren der Kristalle das Produkt einer solchen Höllenwelt sind.“

„Ich glaube es nicht, Perry.“

„Warum nicht?"

Atlan zuckte die Achseln.

„Es ist mehr ein Gefühl als ein Ergebnis logischer Denkprozesse. Wenn ich meine Gedanken geordnet habe, kann ich vielleicht mehr darüber sagen. Jetzt wäre es noch zu früh."

„Möglicherweise befindet sich der eigentliche Gegner überhaupt nicht in den Magellanschen Wolken", sinnierte Rhodan halblaut. „Die Zwerggalaxien könnten beispielsweise nur einen Brückenkopf nach der Milchstraße darstellen..."

Atlan fuhr herum und starrte den Freund aus feuchten Augen an. Sein Atem ging plötzlich schwer und keuchend.

„Weißt du, was du da angedeutet hast?"

Perry Rhodan nickte mit ernstem Gesicht.

„Du bist also auf einen ähnlichen Gedanken gekommen, wie?"

„Es scheint so. Sprich!"

„Erst du. Ich möchte wissen, ob unsere Gedankengänge sich tatsächlich auf gleichen Bahnen bewegen, Freund!"

Der Arkonide lehnte sich zurück.

„Na schön! Du willst also meine Meinung hören. Ich würde aus der – vorerst nur angenommenen – Tatsache, daß die Herren der Kristallagenten die Magellanschen Wolken nur als Brückenkopf benützen, schließen, daß sie in weit größeren Dimensionen denken als wir und daß sie eine noch weitaus größere Gefahr für uns darstellen, als wir es nach den bisherigen Ereignissen vermuteten."

„So ist es. Natürlich dürfen wir nicht vergessen, daß dies alles nur Hypothesen sind, die erst noch bewiesen werden müssen. Ebensogut könnte alles ganz anders sein."

„L-Austrittsmanöver!" rief die Stimme des Ersten Offiziers.

Wieder einmal wechselte die CREST IV vom Zwischenraum in den Normalraum zurück. Das Manöver wurde – wie immer – von Kommandant Akran selbst ausgeführt, da es ohne großen Zeitverlust ablaufen mußte. Eine Verzögerung, wie sie bei Befehlsübermittlung an den Maschinenleitstand entstehen würde, hätte den Ortungskontakt zu den Schiffen OLD MANS abreißen lassen. Man wäre einige Lichtwochen von ihnen entfernt aus dem Linearraum gekommen.

Rhodan verzog das Gesicht, als in der Liftschachtöffnung am Kartentisch der nackte Oberkörper Oro Masuts auftauchte. Gleich darauf schwang sich der Ertruser in die Zentrale. Er hielt den unvermeidlichen Parfümzerstäuber in der Hand und pumpte unentwegt gewaltige Duftwolken vor sich her.

Hinter ihm sprang Roi Danton aus dem Schacht.

Er entdeckte seinen Vater und Atlan und tänzelte graziös auf die beiden Männer zu, wobei er seinen Stockdegen schwang.

Vor dem Arkoniden verbeugte er sich und lüftete den Hut.

„Bei mir können Sie sich die Mätzchen sparen!“ fuhr Perry Rhodan den Freihändler an. „Setzen Sie sich irgendwohin, Monsieur, und lassen Sie uns in Frieden!“

Roi erstarrte.

„Oro, mein Riechfläschchen!“ hauchte er mit matter Stimme. „Dieser arrivierte Bauerntölpel trampelt auf meiner empfindsamen Seele herum.“

Oro Masut ließ seine Duftspritze fallen, fing seinen halb ohnmächtigen Herrn auf und trug ihn zu einem der breiten Sessel am Kartentisch. Danach zog er das kristallene Riechfläschchen hervor und hielt es dem Freihändler unter die Nase.

Nach einer Weile öffnete Roi Danton die Augen wieder. Er ächzte.

„Merci bien, Oro! Ich glaube, wir sollten doch *le docteur* von der DRAKE holen. Wenn mich dieser unmögliche Mensch noch mehr aufregt, bekomme ich einen Schlaganfall.“

Der Ertruser beugte sich besorgt über seinen Herrn.

„Falls ich Ihnen inzwischen einige Blutegel ansetzen darf, mein König . . .?“

Roi wehrte ab.

„Nein, nein! Mir wird übel, wenn ich mit ansehen muß, wie dieses ekelhafte Gewürm sich mit meinem adligen Blut vollsaugt.“

Er zog sein Spitzentuch aus der Ärmelmanschette und wedelte damit vor seinem Gesicht. Danach ließ er sich einen silbernen Spiegel vorhalten.

„Oh!“ entfuhr es ihm. „Ich habe transpiriert! Meine Puderdose, Oro!“

Anschließend puderte er sein Gesicht frisch und ließ die weiße Perücke zurechtrücken.

Sodann musterte er seine Umgebung durch ein brillantenbesetztes Lorgnon.

„Parbleu, wir scheinen uns bereits in der Großen Magellanschen Wolke zu befinden. Ich hoffe, man hat die Schiffe des Gegners nicht aus den Augen gelassen."

„Wenn wir gewartet hätten, bis Sie ausgeschlafen hatten, wären sie freilich über alle Berge!" bemerkte Perry Rhodan mit ätzendem Spott.

„Wie reizend von Ihnen, Grandseigneur", erwiderte Roi lächelnd. „Ich werde Ihre Pflichterfüllung entsprechend zu würdigen wissen."

Rhodan lief rot an, als die Zentralebesatzung in schallendes Gelächter ausbrach.

Aber er beherrschte sich.

10.

Wieder einmal wechselte die CREST IV vom Halbraum ins Normalkontinuum, und wieder einmal erbebte das Schiff unter den Titankräften der auf Vollast laufenden Triebwerke.

Doch diesmal hatte sich etwas Wesentliches geändert.

Anstatt zu beschleunigen, verzögerte das Flaggschiff der Solaren Flotte mit Maximalwerten.

Perry Rhodan hatte den Funkhelm übergestülpt und die Finger auf den Interkomtasten. Er hörte die Gespräche der Orter und der Navigationsoffiziere mit und schaltete sich ab und zu mit kurzen Hinweisen oder Befehlen ein.

Nach wenigen Minuten stand das Ziel der verfolgten Ultraschlachtschiffe fest: eine gelbrote Sonne, die gleich einer halbreifen Frucht aus einem Randarm der Großen Magellanwolke herausragte.

Die Entfernung betrug nur noch wenige Lichtwochen, weshalb mit einem letzten Linearflugmanöver der OLD-MAN-Schiffe gerechnet werden mußte.

„Gut so!" lobte Rhodan den Kommandanten, der ohne Rückfrage das Verzögerungsmanöver eingeleitet hatte. „Jetzt kommt es in erster Linie darauf an, weiterhin unbemerkt zu bleiben."

Angespannt wartete er auf die Meßergebnisse der Spektralanalysatoren und der hyperschnell arbeitenden Massetaster.

Zehn Minuten nach Beginn der Verzögerung lagen sie vor.

Die Sonne besaß vier Planeten, von denen der innere und die beiden äußeren zu extreme Temperaturen aufwiesen, um für humanoide Lebewesen ohne weiteres bewohnbar zu sein. Nummer zwei schien sich eher zu eignen, und es war anzunehmen, daß sich der erwartete Stützpunkt der Kristalle hier befand.

Genaueres würde man jedoch erst aus unmittelbarer Nähe feststellen können.

Nachdem die Verfolgten ihren Kurs weiterhin hielten und damit als sicher angenommen werden konnte, daß das System der gelbroten Sonne ihr Ziel war, taufte Perry Rhodan den Stern auf den Namen „Keegans Stern“ und den Stützpunktplaneten auf den Namen „Keeg“. Er wollte damit einen der Prospektoren ehren, die ihr Leben eingesetzt hatten, um eine wichtige Nachricht zu übermitteln.

Eine Minute später begannen die Ultraschlachtschiffe mit der voraussichtlich letzten Linearraumetappe.

Die FRANCIS DRAKE und die CREST IV folgten ihnen in erhöhtem Sicherheitsabstand. Sie hielten sich jedoch nahe genug, um die gegnerischen Einheiten weiterhin auf dem Reflexschirm des Halbraumspürers zu behalten. Es durfte nicht ausgeschlossen werden, daß die kommandierenden Kristalle ein Täuschungsmanöver fliegen ließen. Doch diese Befürchtung erwies sich glücklicherweise als grundlos.

Als der Wechsel in den Normalraum erfolgte, befanden sich Verfolger und Verfolgte dicht am Rand des Keegan-Systems.

„Bis auf Nullwert verzögern!“ befahl Perry Rhodan. „Bewegungen der Schiffe genau beobachten und auswerten!“

Während die CREST IV und die FRANCIS DRAKE ihre Fahrt bei Erreichen der Umlaufbahn des vierten Planeten relativ zu Keegans Stern aufgehoben hatten, gingen die vier Schiffe OLD MANS bereits zum Landeanflug über und tauchten in die dichte Atmosphäre des zweiten Planeten ein, ohne daß irgendein Funkverkehr mit Bodenstationen stattgefunden hätte.

„Anscheinend erfolgt die Verständigung zwischen den Kristallen an Bord und denen auf Keeg“, sagte Atlan. „Irgendwie müssen sie sich schließlich zu erkennen gegeben haben.“

„Oui, Sire!“ warf Roi Danton ein. „Ich bin ganz Ihrer Meinung. Außerdem schlage ich vor, etwas näher heranzugehen und die Sonne als Ortungsschutz zu benutzen.“

Perry Rhodan nickte.

„Das ist eine altbewährte Methode. Ich denke, wir werden es tun, auch wenn der Vorschlag von Ihnen kommt und mich daher bedenklich stimmt, Monsieur Freibeuter.“

Danton hob sein Lorgnon an die Augen und beobachtete den Frontschirm, der zu zwei Dritteln von der Scheibe des vierten Planeten verdeckt wurde.

„Kalter Gasriese, was?“ fragte er.

„Ein zu Eis erstarrter Methanriese“, antwortete Atlan, nachdem er auf den Auswertungsstreifen gesehen hatte. „Genau wie der dritte Planet.“

„Wie unangenehm!“ flüsterte Roi. „Es muß sehr kalt dort sein.“

Wider Willen mußte Perry Rhodan lachen.

„Es wird gleich wärmer werden, Monsieur. – Oberst Akran! Fliegen Sie ein Linearmanöver bis in die Korona von Keegans Stern!“

Er schenkte dem Freihändler ein spöttisches Lächeln.

„Es steht ihnen frei, dem Kommandanten Ihres Flaggschiffes den gleichen Befehl zu erteilen.“

„Ich weiß Ihre Zuvorkommenheit zu schätzen, Grandseigneur“, gab Roi zurück.

Er aktivierte den Interkom auf seinem Pultsektor.

„Geben Sie mir ein Hyperkomgespräch mit der FRANCIS DRAKE!“ befahl er dem Funker, der das Gespräch empfing.

Gleich darauf erschien das breite Gesicht von Rasto Hims.

„Ihre Befehle, Majestät?“

„Wir haben es für richtig befunden, unsere FRANCIS DRAKE in die Korona der Keegans Stern getauften Sonne zu beordern. Wir verfügen, daß die Strecke im linearen Zwischenraum zurückzulegen ist. Haben Sie noch Fragen, Hims?“

„Keine Fragen, Majestät“, erwiderte der Epsaler mit unbewegtem Gesicht. „Eure Majestät werden zufrieden sein.“

„Danke Euch!“ sagte Roi Danton ganz unköniglich und unterbrach die Verbindung.

„Wir sind bereit, Grandseigneur!“

Perry Rhodan nickte dem Kommandanten zu. Im nächsten Augenblick dröhnte die Kugelzelle der CREST IV erneut vom Tosen der Triebwerke. Planet Nummer vier versank unter dem unteren Rand des Frontschirmes.

Minuten später verschwand das normale Kontinuum.

Doch nur für kurze Zeit.

Dann wurden die Bildschirme durch das lautlose Toben von Glutwolken und Protuberanzen ausgefüllt. Im Sektor der Subbeobachtung aber erschien die wabernde Oberfläche von Keegans Stern.

Drei Stunden waren verstrichen, während der die Jäger auf die Gejagten gewartet hatten.

Aber weder die vier verfolgten Ultraschlachtschiffe noch ein anderes Raumschiff waren von Keeg aufgestiegen.

Die FRANCIS DRAKE und die CREST IV verließen von Zeit zu Zeit die innere Sonnenkorona, um ihre Fernortungsantennen auf Keeg zu richten.

Bisher war der Erfolg unbefriedigend geblieben.

Lediglich die unverkennbaren Energieechos starker Kernkraftwerke konnten empfangen werden.

„Das genügt nicht", murmelte Perry Rhodan. „Unter Umständen müssen wir tagelang warten, bevor sich etwas ereignet. Es wird uns kaum etwas anderes übrig bleiben, als eine Erkundung zu fliegen."

„Und dabei geortet zu werden!" ergänzte Atlan erbittert. „Falls sich auf Keeg ein wichtiger Stützpunkt der Kristallagenten befindet, existieren auch die entsprechenden Sicherheitsanlagen. Selbst eine Space-Jet würde schon auf viele Millionen Kilometer Entfernung geortet werden."

„Ich weiß. Wir würden damit jede Chance verlieren, von den Ultraschlachtschiffen OLD MANS zu einem anderen Stützpunktplaneten geführt zu werden."

Roi Danton beobachtete die beiden Männer mit ausdruckslosem Gesicht. Er nahm eine Prise Schnupftabak und nieste anschließend mit der Affektiertheit eines verweichlichten Stutzers.

„Zum Wohl, Majestät!" sagte Oro Masut.

Roi dankte seinem Leibwächter mit einem leichten Neigen des Kopfes. Dann zog er seinen Taschenspiegel hervor und betupfte das Schönheitspflästerchen am Kinn.

Anschließend hob er das Lorgnon vor die Augen und musterte den Großadministrator so lange, bis Perry Rhodan nervös wurde und ihn unter gewölbten Brauen hervor fragend ansah.

Roi hüstelte gekünstelt.

„Wäre es unbescheiden von mir, Ihnen einen Vorschlag zu machen, wie man diesen Planeten Keeg erkunden könnte, Grandseigneur?"

Rhodans Gesicht verfinsterte sich.

„Ich höre!" entgegnete er widerstrebend und fügte hinzu: „Aber reden Sie wie ein Mensch und nicht wie ein . . ."

„Wie ein . . . was?" fragte der Freihändler.

Perry Rhodan winkte unwirsch ab.

„Ach, lassen wir das! Sie sind ja doch unverbesserlich!"

„Ich finde es entzückend, daß Sie Ihre Fehler einsehen, Grandseigneur."

Wieder hüstelte er.

„Aber wir schweifen ab, finde ich. Äh . . . Grandseigneur . . . stimmt es, daß Sie befürchten, Ihr Erkundungsfahrzeug könnte von den vermuteten Ortungsanlagen dieses Planeten Keeg erfaßt werden . . .?"

Rhodan stöhnte. Aber er beschränkte sich darauf, Rois Frage knapp zu bestätigen.

Roi Danton spitzte die Lippen.

„Fatal, Grandseigneur, äußerst fatal! C'est malheureusement très serieux."

„Wie bitte?" fragte Rhodan.

„Ich sagte, das sei leider sehr ernst, Grandseigneur. Aber ich würde es als Ausdruck Ihres Wohlwollens empfinden, wenn Sie geruhten, meine bescheidene, fast nutzlose Unterstützung anzunehmen."

Auf Rhodans Stirn zeigte sich die Zornesader.

„Was verstehen Sie unter Unterstützung, Monsieur?"

„Oh, nur eine Kleinigkeit. Die Space-Jets an Bord der FRANCIS DRAKE verfügen über dieselben Anti-Ortungssysteme wie das Trägerschiff. Mit einem dieser Beiboote wäre es kein besonderes Risiko, den bewußten Planeten anzufliegen."

Perry Rhodan blickte zu Atlan. Natürlich, das war es! durchfuhr es ihn. Mit Hilfe der Anti-Ortungssysteme der Freihändler, die die auftreffenden Tasterstrahlen nicht reflektierten, sondern um das getroffene Objekt ableiteten, müßte es möglich sein, den Planeten anzufliegen, ohne sofort entdeckt zu werden.

Atlan nickte Rhodan zu. Danton, der beide Männer gespannt beobachtet hatte, fuhr fort:

„Selbstverständlich stelle ich die Space-Jet ohne jede Gegenleistung zur Verfügung, Grandseigneur. Und ebenso selbstverständlich werden Ihnen die technischen Errungenschaften der autarken Freihändler stets in dem Maße zur Verfügung stehen, in dem Sie dazu beitragen, die Beziehungen zu uns zu normalisieren."

„Na schön", seufzte Rhodan, „rufen Sie eine Ihrer Space-Jets herüber, Monsieur Danton."

„Mit dem größten Vergnügen, Sir!"

Roi verneigte sich, dann ließ er von der Funkzentrale eine neue Verbindung zur FRANCIS DRAKE herstellen.

Wieder erschien Hims' breites Epsalergesicht auf dem Bildschirm.

„Man geruht unsere minderwertige Hilfe in Anspruch zu nehmen", sagte Danton. „Schicken Sie sofort eine Space-Jet zur CREST IV – und . . . äh . . . geben Sie das bewußte Paket mit, Hims!"

Auch diesmal regte sich in Rasto Hims' Gesicht kein Muskel.

„Zu Befehl, Majestät!"

Fünf Minuten später meldete die Ortungszentrale, daß sich vor dem äußeren Schott des Hangars O-Q363 eine fremde Space-Jet befände.

„Schleusen Sie die Jet ein!" befahl Rhodan.

Drei Männer erschienen im geöffneten Schott der Kommandozentrale: zwei stämmig gebaute Leutnants der CREST IV und ein schlanker, mittelgroßer Mann im Raumanzug, auf dessen Brustteil das Emblem der Freihändler von Boscyks Stern prangte.

„Edelmann Urvis Blake von der Space-Jet SANGLIER, Sir!" meldete einer der Leutnants mit heller Stimme.

„Ich lasse bitten!" sagte Perry Rhodan und erhob sich, als der Freihändler sich in seine Richtung in Bewegung setzte.

Drei Schritte vor ihm blieb der Mann stehen und salutierte, indem er zwei Finger lässig an die Schläfe hob.

Doch inzwischen hatte er sich daran gewöhnt, daß Freifahrer nicht mit den Maßstäben der Imperiumsflotte gemessen werden durften. Diese Leute schienen dem extremen Individualismus zu huldigen und ließen sich in kein Schema pressen.

Darum erwiderte er den Gruß ebenso lässig, indem er an das Schild seiner blauen Bordmütze tippte.

„Willkommen an Bord, Edelmann Blake!"

„Danke!" erwiderte Urvis Blake knapp.

Die blauen Augen des Freifahrers standen in krassem Gegensatz zu seiner tiefbraunen Haut und dem langen schwarzen Lockenhaar, das im Nacken von einem Lederband zusammengehalten wurde und über das Halstuch herabfiel. Die vollen Lippen kräuselten sich zu einem verschmitzten Lächeln.

Nachdem der Mann noch einmal die Finger zur Schläfe gehoben hatte, wandte er sich König Danton zu.

„Die SANGLIER ist bereit, Majestät!"

Roi Danton hatte sich ebenfalls erhoben und bedachte seinen Untergebenen mit einem freundlichen Kopfnicken.

„Voilà, Grandseigneur!" sagte er zu Rhodan. „Verfügen Sie nach eigenem Ermessen über mein bescheidenes, kleines Raumboot."

„Was heißt SANGLIER?" wandte sich Perry Rhodan an Atlan.

Der Arkonide lachte trocken.

„Wildschwein, Perry. Ein sehr sinniger Name, nicht wahr?"

Doch Perry Rhodan verzog nur indigniert das Gesicht. Er gab allerdings keinen Kommentar, sondern wandte sich wieder dem Freihändlerkönig zu.

„Wenn Sie gestatten, lasse ich die Space-Jet mit eigenen Leuten bemannen, Monsieur."

„Sie haben zu entscheiden, Grandseigneur", erwiderte Roi. Dann fügte er mit sardonischem Lächeln hinzu: „Zuvor aber sollten Sie sich zeigen lassen, was Edelmann Blake mitgebracht hat."

Erst jetzt fiel Rhodan das flache Paket auf, das der Freifahreroffizier unter den Waffengürtel seines Raumanzuges geschoben hatte.

Urvis Blake zog das Paket hervor und öffnete es schweigend und ohne Hast.

Zum Vorschein kam etwas, das wie eine metallen glänzende Ansammlung zusammengepreßter Netze aus haarfeinem Material aussah.

Blake faßte mit spitzen Fingern zu – und hielt eines der Netze in der Hand.

Staunend sah Perry Rhodan, wie Roi Danton seine Perücke abnahm, sich das Netz von Blake geben ließ und über seinen natürlichen Haarschopf legte.

Die spinnwebdünnen, glitzernden Fäden waren unglaublich engmaschig, dennoch versanken sie förmlich in Rois Haaren und verschwanden, als hätte es nie ein Netz gegeben.

„Weitere neun Abschirmnetze befinden sich in dem Paket, Grandseigneur", erklärte Roi Danton schlicht. „Jedes von ihnen ist geeignet, seinen Träger immun gegen die fünfdimensionalen Schwingungen der Hypnokristalle zu machen."

Rhodan schluckte. Er traute seinen Ohren nicht. Fassungslos starrte er die Netze in Blakes Hand an.

Auch Atlan schien erschüttert zu sein.

Schließlich fragte Rhodan tonlos:

„Diese ... Netze, sie bestehen aus Howalgonium, nicht wahr?"

Roi Danton lächelte.

„Ich muß Ihren Scharfsinn bewundern, Grandseigneur. Sie haben recht. Mit großer Wahrscheinlichkeit ist Howalgonium verantwortlich dafür, daß Menschen, die seinen Ausstrahlungen längere Zeit ausgesetzt waren, immun gegen den psychischen Zwang der Kristalle sind."

„Aber das haben wir doch erst vor vier Tagen erfahren!" entgegnete der Großadministrator aufgebracht. „Wie können Sie innerhalb derartig kurzer Zeit schon ein Abwehrmittel entwickelt haben?"

„Ihre Frage ist berechtigt, Grandseigneur. Aber befreundete Wissenschaftler haben bereits ab Ende September, also direkt nach der Erkennung der Hypnokristalle, damit begonnen, ein Abwehrmittel gegen deren Ausstrahlungen zu suchen. Wie Sie sehen können, mit Erfolg."

„Aber ...!"

Perry Rhodan stockte. Die ganze Ungeheuerlichkeit des bisher Gehörten kam ihm plötzlich zu Bewußtsein.

„So ist das also", stieß er hervor. „Sie haben an Bord der OMASO Kristallproben erbeutet und Atlan zwei Behälter ausgehändigt, ihm aber verschwiegen, daß Sie sich selbst ebenfalls Proben angeeignet hatten, um sie von Ihren Wissenschaftlern untersuchen zu lassen."

Roi hüstelte affektiert. Gelangweilt tupfte er mit dem Spitzentüchlein über seine Lippen und über die Stellen der Kleidung, die Rhodans Hände berührt hatten.

„Warum sollte ich es abstreiten, Grandseigneur", erwiderte er wegwerfend. „Ich kann es ruhig zugeben, daß es sich so verhielt, denn alles geschah nur zum Nutzen der Menschheit, wie Sie sehen können."

Er lächelte hintergründig.

„Allerdings irren Sie sich, wenn Sie glauben, meine Freunde wären erst durch die Kristallproben inspiriert worden. Die Netze waren bereits vorher vorhanden; die Proben dienten nur dem Zweck, die Eigenstrahlung des Howalgoniumgespinstes auf die Sendefrequenz der Kristalle abzustimmen."

Perry Rhodan stöhnte, während sich Atlan eines stärker werdenden Lächelns nicht erwehren konnte.

„Ihr Terraner seid schon mit allen Wassern gewaschene Geschöpfe", sagte er. „Gegen euch ist wohl kein Kraut gewachsen, wie?"

„Ihre Lordschaft belieben sich herzerfrischend menschlich auszudrücken", kommentierte Roi Danton.

Der Arkonide lachte – und plötzlich stimmte Perry Rhodan in das Lachen ein.

„Gut!" sagte er, als sich alle wieder beruhigt hatten. „Ich muß anerkennen, daß Ihre Wissenschaftler hervorragende Arbeit geleistet haben, Monsieur Danton. Außerdem dürften Ihre Informationen ausreichen, um unsererseits mit der Massenproduktion der Netze zu beginnen."

„Sie wissen, wo Sie Howalgonium preiswert kaufen können, Grandseigneur!" sagte Danton bescheiden.

Rhodans Miene verzog sich zu einem säuerlichen Grinsen.

„Bei Ihnen, ja. Sie sind ein noch viel größerer Gauner, als wir bisher vermutet haben!"

„Die ‚Howalflektor-Netze' wiegen nur wenige Gramm, Grandseigneur. Rechnen Sie sich selbst aus, wieviel Sie aus einer einzigen Tonne Howalgonium herstellen lassen können."

Atlan blickte vielsagend auf den Chronographen an seinem Handgelenk.

„Ja, ich weiß", sagte Rhodan. „Es geht gleich los."

Er setzte sich und schaltete den Interkom ein. Sein Finger preßte die Taste zu einem Kabinenanschluß nieder.

Das harte, braune Gesicht von Major Pandar Runete erschien.

„Chef Zweite Flottille, Major Runete. Sir...?"

„Melden Sie sich bitte mit vier Mann umgehend in der Zentrale, Major. Es handelt sich um die Bemannung einer fremden Space-Jet. Sie wissen, was mitzubringen ist, und so weiter...?"

In Runetes Gesicht zuckte kein Muskel.

„Jawohl, Sir!"

Der Großadministrator wandte sich wieder dem Freihändler zu.

„Nun wird sich bald herausstellen, ob Ihre Howalflektor-Netze etwas taugen, Monsieur..."

11.

Leutnant Helge Shrimpf saß in Raum IIA der Mannschaftsmesse und starrte trübsinnig auf den fenstergroßen Bildschirm der Außenoptik, der die trostlose Umgebung des terranischen Flottenflaggschiffes wiedergab.

Soeben löste sich wieder eine Gaswolke von der Sonnenoberfläche, ein gigantisches Gebilde von einigen tausend Kilometern Länge und einigen hundert Kilometern Durchmesser. Zuerst war sie nur als apfelsinengroßes Wölkchen erschienen, aber innerhalb weniger Sekunden füllte sie den Bildschirm restlos aus.

Helge Shrimpf setzte die Kaffeetasse ab. Er konnte nicht verhindern, daß seine Finger zitterten. Selbst für einen Raumfahrer des 25. Jahrhunderts nach Christi Geburt gehörte es nicht zu den Alltäglichkeiten, daß sich sein Schiff in der unteren Korona einer Sonne aufhielt.

„Das Ding kommt genau auf uns zu!" stieß er entsetzt hervor.

Sein Gegenüber antwortete nicht.

Leutnant Mark Berliter hatte den Kopf vorgestreckt und starrte ebenfalls auf den Bildschirm, als würde er auf diese Art und Weise mehr sehen als andere Leute. Sein fuchsrotes Haar richtete sich auf, und die ohnehin immer etwas vorquellenden Augen erweckten den Anschein, als wollten sie in der nächsten Sekunde vollends herausfallen.

Aus dem Schiffsinnern drang dumpfes Tosen herauf.

Die Kaffeetassen begannen leise zu klirren, als Boden und Wände vibrierten.

Jemand fluchte unterdrückt.

Im nächsten Augenblick wanderte die riesige Protuberanz aus dem Bereich der Bilderfassung, wurde zu einem fußballgroßen, glühenden Etwas, das in den Weltraum hinausraste.

„Eine Engelsprotuberanz", murmelte Helge. „Wenn die uns erwischt hätte ...!"

Mark Berliters Gesicht war noch immer bleich, aber allmählich kehrte die gesunde Gesichtsfarbe zurück.

Vorsichtig hob er seine Tasse an, schlürfte aus der Untertasse den verschütteten Kaffee und stellte danach die Tasse zurück. Dann schüttelte er den Kopf.

„So leicht kann uns nichts was anhaben, Helge. Wenn ich daran denke, als ich noch auf dem Schulkreuzer ALTE LIEBE war ... Du meine Güte!"

Er legte die Arme auf den Tisch und beugte sich vertraulich zu Leutnant Shrimpf hinüber.

„Das war so, Greenhorn: Der Großadministrator persönlich hatte uns in Venus-Plonkforth aufgesucht und instruiert. Wir sollten einen Geheimauftrag ausführen und nach ... äh ... also, wohin, das kann ich nicht verraten; es war ja ein Geheimauftrag. Und ..."

„Ach, hören Sie auf, Mark!" wehrte Leutnant Shrimpf ab. „Ihr Raumfahrergarn kenne ich nun schon zur Genüge."

„Na, dann eben nicht!" maulte Mark Berliter und schob sich einen neuen Kaugummi in den Mund. „Aber wenn Sie meine Erfahrung ..."

„Achtung, eine Durchsage!" krachten die Lautsprecher der Rundrufanlage dazwischen. „Die Leutnants Berliter, Terminow, Bernardo und Shrimpf melden sich sofort mit voller Raumeinsatzausrüstung bei Major Runete! – Ich wiederhole: Die Leutnants ..."

„Himmel, Gesäß und Nähgarn!“ fluchte Berliter.

Er sprang auf und sauste hinter Leutnant Shrimpf her, der im Sprintertempo auf den Ausgang des Messeraumes zujagte.

Eine Minute später trafen sich die vier Aufgerufenen in ihrer Ausrüstungskammer.

Die Abrufmarken klapperten in die Schlitze der Robotautomatiken. Vier grüne Lampen leuchteten auf, und kurz darauf fauchten die kompletten Ausrüstungspakete aus den Auswurfklappen in die Fangkörbe.

„Möchte wissen, was der Monstrenjäger diesmal mit uns vorhat“, murmelte Leutnant Luigi Bernardo, ein kleiner, lebhafter Typ mit dunklem Kraushaar.

Leutnant George Terminow drehte sich zu ihm um und verzog sein breitflächiges Gesicht zu einem zynischen Grinsen.

„Was soll er schon vorhaben, Zwerg? Wahrscheinlich sollen wir draußen auf Protuberanzenjagd gehen.“

Luigi musterte den kahlköpfigen Riesen von der Seite. Der schmale Backenbart, der entgegen der klassischen Bartmode auch das Kinn bedeckte, gab Terminow ein verwegenes Aussehen. Und verwegen war der Leutnant auch – außerdem war er ungeschlagener Karatemeister der Imperiumsflotte.

„Ihre Antwort zeugt von bestechender Dummheit!“ knurrte Bernardo.

Im nächsten Augenblick hüpfte er zur Seite, was gar nicht so einfach war, da er noch nicht ganz in die Beine seines Raumanzuges gekommen war.

George Terminow schüttelte drohend die Faust.

„Ich breche dir das Genick mit dem kleinen Finger, Zwerg!“

„Aufgeblasener Riese!“

„Mini-Terraner!“

„Hirnloses Monstrum!“

Die beiden Streithähne verstummten jäh, als der Lautsprecher der Rundrufanlage ein lautes Knacken von sich gab.

Kurz darauf erscholl Major Runetes kehlige Stimme.

„Leutnant Terminow und Leutnant Bernardo! Sie melden sich nach beendetem Einsatz in meinem Dienstzimmer. Ende!“

Von da an kleideten sich die vier Leutnants schweigend an. Die letzten Magnetverschlüsse wurden zugezogen, während sie bereits im Liftschacht nach oben schwebten.

Atemlos kamen sie vor Runetes Dienstzimmer an. Der Major wartete bereits auf sie. Mit keinem Wort erwähnte er den Zwischenfall in der Ausrüstungskammer.

„Zur Zentrale!" befahl er knapp.

Die Leutnants rannten hinter ihm her, sprangen aus vollem Lauf auf das nächste Transportband, wobei sie das langsame Band übergingen, und standen schließlich vor dem großen Panzerschott zur Kommandozentrale.

Pandar Runete wandte sich noch einmal um und überflog seine Männer mit einem alles umfassenden Blick. Trotz des schnellen Laufes über ein Dutzend Gänge und Bänder war auf seiner hohen, braunen Stirn kein Tröpfchen Schweiß zu sehen.

Runete war Sikh und verzichtete deshalb selbst bei einem Einsatz nicht auf seinen Turban. Bart und Haare waren zu winzigen Zöpfchen verflochten, und wäre der Raumanzug nicht gewesen, hätte man sich in einen Sikh-Tempel im tiefsten Indien Terras versetzt fühlen können. Das harte, hagere Gesicht paßte gut zu der großen Gestalt, deren Schlankheit jetzt freilich durch den Raumanzug und die zahlreichen Ausrüstungsgegenstände verborgen wurde.

Seine Musterung schien zur Zufriedenheit auszufallen, denn er lächelte flüchtig.

Die Schotte glitten zur Seite, und mit wiegendem Gang betraten die fünf Raumfahrer den Kommandoraum der CREST IV.

Nachdem Perry Rhodan sie kurz instruiert hatte, überreichte ein Freifahrer mit rotem Halstuch ihnen je ein glitzerndes Netz.

Sie waren froh, daß nicht er die Gebrauchsanweisung gab, sondern dies dem Mann überließ, der, gestützt auf einen reichverzierten Stockdegen, in würdevoller Haltung neben dem Großadministrator stand. So hatten sie einen guten Grund, die sagenhafte Erscheinung Roi Dantons gebührend zu begutachten.

Danach marschierten sie wieder zum Schott hinaus. Der Freifahrer Blake begleitete sie, um ihnen die Spezialschaltungen der Space-Jet SANGLIER zu erklären.

„Fertig zum Ausstoß!“ sagte Pandar Runete in das Mikrophon des Telekoms.

Aus dem Innern der Space-Jet drang das verhaltene Grollen der leerlaufenden Triebwerksmeiler.

„X-Zeit läuft. X minus zehn Sekunden!“ schallte es zurück.

Danach das monotone Ticken des Robotzählers.

Die Druckhelme der Männer klackten in die Magnetdichtungen. Mit schwachem Summen begannen die Aggregate für Klimaregulierung, Luftdruckerhaltung und Lufterneuerung ihre Arbeit.

Locker und entspannt saß Pandar Runete in seinem Kontrollsitz. Die Haltegurte spannten sich über Brust, Schultern und Hüfte. Die Hände ruhten auf den Tasten der Manuellschaltungen.

Aber noch aktivierte der Sikh die Triebwerke nicht.

Ein kurzes Vibrieren.

„Null!“ quarrte eine Stimme – verzerrt und wie von weither.

Eben stand die SANGLIER noch auf dem gravitatorischen Abstoßfeld der offenen Schleuse – und schon im nächsten Moment huschten schemenhaft unwirklich die glühenden Gasfetzen der Sonne Keegan über die transparenten Wände der Panzerplastkuppel.

Runetes Finger ruckten nach unten.

Die Space-Jet schien sich aufzubäumen wie unter dem imaginären Hammerschlag eines Titanen. Die Gaswolken wurden zu scheinbar stillstehenden rotgelben Streifen – und verschwanden innerhalb weniger Sekunden ganz.

Der interplanetarische Raum des Keegan-Systems hatte das Raumfahrzeug aufgenommen.

Zehn Minuten lang lag die SANGLIER ruhig auf Kurs.

Dann zog Major Runete den roten Hebel des Lineartriebwerkes zurück.

Als Runete ihn wieder in die Nullstellung schob, schwamm der zweite Planet wie ein riesiger, rötlichbrauner Ball in der nachtdunklen Schwärze des Alls. Sterne blinkten von weither, so, wie sie wahrscheinlich schon geblinkt hatten, als der Affenmensch zum Menschen wurde und noch nichts davon ahnte, daß es so etwas wie die Große Magellansche Wolke überhaupt gab.

Auf welcher Stufe der Evolution mochten die Herren der Hypnokristalle zu jener Zeit gestanden haben? überlegte Leutnant Shrimpf.

Er fand jedoch keine Zeit, diesen Gedankengang weiterzuverfolgen, denn nun kamen Pandar Runetes Befehle in unaufhörlicher Folge.

Die Space-Jet vollführte ein Einschwenkmanöver. Während sie weiterhin auf den Planeten Keeg zuraste, bäumte sie sich auf und kippte dann nach Backbord. Gleichzeitig legte der Major den Kurs nach Steuerbord an, so daß das diskusförmige Aufklärungsschiff nunmehr dem Planeten die obere Polseite mit der Kommandokanzel zuwandte.

Mit röchelndem Geräusch erstarb das Donnern der Triebwerke.

Die SANGLIER schwang gleich einem Ball an einer Schnur um Keeg herum.

Ein kurzes Kopfnicken Runetes.

Ein schrilles Warnsignal.

Leutnant Shrimpf schaltete den Schwerkraftregler auf Plus und drückte den Reglerknopf.

Langsam wanderte der grüne Leuchtbalken aus dem gelben Feld heraus, überschritt die rote Ein-Gravo-Marke und hielt erst an, als er im Feld mit der römischen Sechs anlangte.

Sechsmal schwerer war die Space-Jet geworden.

Ungeheure Kräfte preßten die Besatzung in die elastischen Konturlager.

Helge Shrimpf spürte, wie seine Wangen nach hinten gedrückt wurden, wie sich sein ganzes Gesicht auseinanderzog.

Aber eisern hielt er die Hand über dem Schwerkraftregler.

In dieser Zeit holte der Planet die SANGLIER näher an sich heran.

„Ende!“ kam die merkwürdig gequetschte Stimme Runetes über den Helmtelekom.

Shrimpf schaltete den Schwerkraftregler auf Minus. Mehr brauchte er nicht zu tun. Ohne Betätigung des Reglerknopfes stellte die Automatik das künstliche Schwerefeld der Space-Jet stets auf normale Erdschwere ein, auf ein Gravo, wie es in der Fachsprache hieß.

Durch das Schwerkraftmanöver waren die verschiedenen Wirkungsfaktoren so abgestimmt worden, daß das Raumschiff jetzt auf einer relativ stabilen Kreisbahn in hundertsechzig Kilometern Höhe um Keeg herumschwang.

Nur schwach drang das Summen der Aggregate über das Helmaußenmikrophon an Shrimpfs Ohr. Dazwischen ertönte das ununterbrochene Klicken der Standbildkameras und das Surren der Filmapparaturen. Die Pieptöne der Automatpeiler kamen regelmäßig und klar.

Nichts, was größer war als ein Tischtennisball, würde den mechanischen Augen und Ohren der Space-Jet entgehen.

Helge Shrimpf preßte die Augen gegen die Okularmanschetten des Elektronenteleskops.

Er betätigte den Einstellknopf.

Die Oberfläche Keegs schien mit einem ungeheuren Satz auf ihn zuzuspringen.

Gigantische, wildbewegte Wasserflächen glitten vorüber. Dann erschien die Steilküste eines Kontinents im Blickfeld. Riesige, unfruchtbare Schlammhalden unterbrachen das eintönige Einerlei der zerbröckelnden Felswand. Dahinter erstreckten sich auf dem Kontinent Geröllwüsten, vegetationslose Sandflächen und hin und wieder spärliche Strauchinseln. Tiere waren nicht zu sehen.

Keeg mußte eine alte, zum größten Teil ausgestorbene Welt sein.

„Durchmesser 13 917 Kilometer", meldete Leutnant Terminow. „Rotation etwa 30,6 Stunden, Schwerkraft 1,13 Gravos."

„Mittlere Temperatur liegt zur Zeit bei 27 Grad Celsius plus", ergänzte Mark Berliter.

„Keine einfallenden Ortungsimpulse!", rief Luigi Bernardo. „Ich glaube, das Anti-Ortungsfeld dieser Kiste hält, was der König der Freihändler versprochen hat."

„Soviel ich weiß, lügt Roi Danton nie", bemerkte Helge, „außer, wenn es unbedingt nötig ist."

„Eine wahrhaft salomonische Feststellung!"

Mark Berliter grinste.

„Wenn der Hahn kräht auf dem Mist, ändert sich's Wetter, oder es bleibt, wie es ist!"

„So hatte ich es nun wieder nicht gemeint", protestierte Helge Shrimpf. „Ich wollte nur sagen . . ."

„Starke Energieechos!" schrie Leutnant Bernardo dazwischen. „Dort unten laufen große Energieaggregate!"

Sofort beugte sich Shrimpf wieder über sein Okular.

Die Anlagen eines riesigen Raumhafens gerieten in sein Blickfeld – und auf den Abstellfeldern . . .

Helge schaltete den Projektor dazu.

Das Bild, das vom Elektronenteleskop aufgenommen wurde, konnte nun von allen Männern deutlich auf dem großen Projektorschirm gesehen werden.

„Das sind doch . . .!“ stieß Pandar Runete erregt hervor.

„Birnenraumschiffe!“ brüllte Terminow. „Die gleichen birnenförmigen Konstruktionen, denen die OMASO damals begegnete!“

Leutnant Helge Shrimpf spürte, wie sein Herz bis zum Hals hinauf hämmerte.

„Wie viele Kristallballungen mögen dort unten wohl liegen?“

Luigi Bernardos Stimme klang belegt.

Kein Wunder, denn wenn dort unten große Mengen gigantischer Kristallballungen lagen, reichten die hypnosuggestiven Schwingungen auf jeden Fall weit genug, um die SANGLIER zu erfassen.

„Wir gehen tiefer!“ gab Major Runete bekannt.

Helge Shrimpf schluckte hörbar.

Alles in ihm verkrampfte sich bei dem Gedanken daran, daß sie noch näher an die Quelle der geistigen Beeinflussung herangehen sollten. Er sagte sich, daß die Howalflektor-Netze ihn und die Gefährten gegen die Kristallschwingungen immunisierten – aber das beruhigte ihn kaum. Selbst wenn die Wissenschaftler der Freihändler die Netze getestet hatten, so besagte das noch lange nichts über die Bewährung vor Keeg. Roi Danton hatte nur wenige Kilogramm erbeutete Kristalle zur Verfügung gehabt, wenn es überhaupt so viele gewesen waren; dort unten aber lagerten vielleicht Tausende von Tonnen . . .

„Reduzierung der Flughöhe mittels Schwerkraftmanöver auf dreißig Kilometer!“ befahl Pandar Runete.

Helge fühlte, wie ihm der kalte Schweiß ausbrach.

Zögernd wandte er sich vom Teleskop ab und legte die Finger über die Tasten des Reglers.

„Was ist los, Leutnant Shrimpf?“ fragte Runete scharf.

„Nichts, Sir“, erwiderte Helge leise.

Seine Finger schienen selbständige Wesen zu sein, die entgegen seinem eigenen Willen die notwendigen Schaltungen für das Schwerkraftmanöver ausführten.

Warnsignal!

Zusammenpressender Druck.

Stöhnen in den Helmempfängern.

Und ständig das Lauschen in den eigenen Geist.

War man noch Mensch – oder bereits willenloses Werkzeug unheimlicher Kräfte?

„Ende!"

Der Ruf Pandar Runetes drang wie aus weiter Ferne an Leutnant Shrimpfs Ohr.

Mit letzter Kraft drückte er den Minus-Knopf.

Grenzenlose Erleichterung überschwemmte ihn, versetzte ihn in einen Rauschzustand – bis die unerbittliche Stimme des Majors mit gewohnter Härte die nächsten Befehle erteilte.

Niemand fand genug Zeit, um sich in irgendwelchen düsteren oder erfreulichen Betrachtungen zu verlieren.

George Terminow lachte plötzlich.

„Sie können uns nichts anhaben!" brach es aus ihm heraus. „Wir sind noch wir selbst! Wißt ihr, was das bedeutet?"

„Es bedeutet, daß nichts uns daran hindern wird, unseren Auftrag auszuführen, Leutnant!" wies Runete ihn zurecht. „Wenn wir wieder an Bord der CREST sind, können Sie meinetwegen Ihren Gefühlen freien Lauf lassen, aber nicht, solange der Auftrag noch nicht erfüllt ist!"

Terminow schwieg.

Von nun an führten die Männer ihre Arbeit wieder mit der antrainierten Sachlichkeit und Schnelligkeit aus. Das Aufnahmematerial häufte sich, dazu kamen die gespeicherten Ortungs- und Peildaten.

Raumhafen über Raumhafen tauchte auf und versank hinter dem Horizont. Tausende und aber Tausende Raumschiffe standen auf ihnen. Gigantische Werftanlagen erstreckten sich über viele Quadratkilometer. Hangarhallen, Fernsteuertürme und Umschlagplätze für Frachtverkehr füllten die Lücken aus.

Aber nirgends waren Anzeichen für das Vorhandensein lebender Wesen zu entdecken.

Wieder glitt die Space-Jet über ein Meer.

Pandar Runete gab einen neuen Befehl.

Helge Shrimpf schaltete den Schwerkraftregler auf Null. Die Anziehungskraft des Planeten wurde aufgehoben. Aber das allein genügte noch nicht, die SANGLIER auf der Kreisbahn zu halten. In dreißig Kilometern Höhe war die Atmosphäre dicht genug, um einen wirksamen Bremseffekt zu erzeugen, der die Geschwindigkeit des Raumaufklärers soweit herabsetzte, daß die Kreisbahn zu einer abwärts führenden Spirale wurde.

Negativ-Schwerkraft!

Zwischen dem Diskusfahrzeug und der Oberfläche Keegs bildete sich eine gravitatorische Turbulenz, hervorgerufen durch die Abstoßkräfte, die zwischen beiden Objekten entstanden.

In fünfundzwanzig Kilometern Höhe wurde der Orbit der SANGLIER wieder stabilisiert.

Der zweite Kontinent!

Auch hier unterbrachen Raumhäfen jeder Größenordnung die Monotonie einer aussterbenden Vegetation. Auch hier reihten sich auf den Abstellsektoren die birnenförmigen Raumschiffe – und auch hier gab es kein Anzeichen für die Anwesenheit intelligenter Lebewesen. Die Schiffe schienen verlassen zu sein, die ausgedehnten Anlagen waren unbesetzt. Sandwehen kräuselten sich auf dem Belag der Raumlandefelder.

Und wieder das Meer!

Die Space-Jet raste nach Norden. Dort mußte sich der dritte große Kontinent Keegs befinden; so hatten es jedenfalls die Aufnahmen aus dem Raum gezeigt.

Helge Shrimpf fragte sich, ob hier auf Keeg die Heimatwelt der Herren der Kristalle sein konnte.

Er verneinte die Frage.

Die Kristallagenten hatten sich als sehr aktiv und angriffslustig erwiesen. Das deutete darauf hin, daß auch ihre Herren noch aktiv waren. Der Planet Keeg jedoch zeigte keine Anzeichen irgendwelcher Aktivität; die Raumhäfen, die Schiffe, die Werften – alles das schien nur Zeuge einer Vergangenheit zu sein oder Zeuge einer Stagnation. Nein, die Herren der Kristalle lebten nicht hier. Vielleicht handelte es sich bei Keeg um einen jahrzehntelang vernachlässigten Stützpunktplaneten, der nun, da der Angriff gegen die Milchstraße anlief, mit Hilfe der Technik OLD MANS und der beeinflußten

Besatzungen der vier Ultraschlachtschiffe wieder hergerichtet werden sollte.

Ein mattblauer Streifen tauchte am Horizont auf.

Allmählich schälten sich die Konturen der Küste aus dem Dunst, der bleiern schwer über dem Wasser des Ozeans hing.

„Bereitschaft für Feuerleit!" befahl Pandar Runete.

Die Stimme des Sikh hatte leise und warnend geklungen.

Unwillkürlich hob Leutnant Shrimpf den Kopf und blickte den terranischen Monstrumjäger an.

Runetes Gesicht wirkte älter, als der Major war. Er zählte nur einunddreißig Jahre, aber der Dienst bei der Imperiumsflotte und der Aufenthalt auf ungezählten urweltlichen Planeten, die Entbehrungen und Strapazen, die zu einer Jagd auf extraterrestrische Ungeheuer gehörten, hatten ihre Linien in dem braunen Gesicht hinterlassen.

Sie hatten gleichzeitig die Reflexe Runetes geschärft, ihn befähigt, dem Tod gelassen ins Auge zu sehen, und Körper und Geist gehärtet. Pandar Runete war kein bequemer Vorgesetzter. Er verlangte seinen Untergebenen alles ab, aber er setzte auch alles für seine Leute ein.

„Feuerleit klar!" meldete George Terminow.

„Danke!" erwiderte der Sikh.

Das braune Gesicht verzog sich zu einem harten Lächeln.

„Denken Sie nicht etwa, der Ortungsschutz unseres Schiffes wäre vollkommen, meine Herren. So etwas gibt es nicht und wird es niemals geben. Selbst ein Anti-Ortungsschirm benötigt Energien, und wenn er auch alle eintreffenden Impulse ablenkt, so kann er doch von passiven Meßgeräten als Emission registriert werden. Halten Sie die Augen offen, und denken Sie daran, daß auf dem Nordkontinent die vier Schiffe OLD MANS stehen müssen."

Der Kontinent ragte als nackter, grauer Felsschild aus dem Meer. Gischt wallte über seine Ufer, und Nebelbänke krochen über die feuchte Landmasse.

An Backbord tauchte eine Kuppel auf. Eine riesige Funkmeßantenne drehte sich von links nach rechts und von rechts nach links. Andere Ortungsstationen ragten aus dem Nebel. Auch ihre Antennenschüsseln waren in Bewegung, ganz im Gegensatz zu denen auf den beiden anderen Kontinenten.

Doch der erste Raumhafen, den die Space-Jet anflog, lag genauso verlassen da wie alle anderen, die man bisher gesehen hatte.

Unter der SANGLIER zogen plötzlich schwere Wolkenbänke gen Süden, senkten sich allmählich tiefer und luden große Mengen Schnee über dem kahlen Felsboden ab.

„Noch zweihundert Kilometer bis zum Pol", meldete Mark Berliter.

Aus den Schneewolken zur Linken ragten die Bugspitzen von Birnenraumschiffen. Die Space-Jet jagte in vierzig Kilometern Entfernung vorüber.

Dann brach die Wolkendecke auf. Die Sicht wurde frei. Aber nur kahler, von Rinnen durchzogener Fels lag unter dem Schiff. Es gab kaum Erhöhungen und überhaupt keine Berge. Wahrscheinlich hatten Wind und Regen in Jahrmillionen alle Erhebungen abgetragen und die Bodenkruste ins Meer geschwemmt. Möglicherweise würde ihr Druck eines Tages dazu führen, daß sich der Grund des Meeres erheblich senkte, daß Risse in der Planetenkruste aufbrachen und sich neue Kontinente und Gebirge emporhoben – wenn das Magma unter der Oberschicht nicht bereits gänzlich erstarrt war.

„Da!" schrie Leutnant Berliter und zeigte nach Steuerbord.

„Meldung!" mahnte Pandar Runete.

„Raumflughafen an Steuerbord", stieß Mark Berliter hervor. „Entfernung etwa dreißig Kilometer."

„Zu weit weg", murmelte der Major grimmig.

Im nächsten Moment schaltete er die Backbordkorrekturdüsen ein. Die Space-Jet wurde aus dem bisherigen Kurs gerissen und hart nach Steuerbord geworfen.

Helge Shrimpf spürte, wie sich seine Nackenhaare sträubten.

Der Energieverbrauch mußte doch von den feindlichen Ortungsstationen angemessen worden sein!

Aber kein Anruf kam, keine Abwehrraketen stiegen empor, und keine Energiebahnen von Impulsgeschützen bedrohten die SANGLIER.

Das Diskusschiff raste in fünfundzwanzig Kilometer Höhe ungefähr fünf Kilometer neben dem Raumhafen vorüber.

Die Männer darin hielten den Atem an, als sie die vier Kugelgebilde erkannten, die zweieinhalb Kilometer in den klaren Himmel über dem nördlichen Pol ragten.

Ultraschlachtschiffe!

Das mußten die vier Raumschiffe sein, die die Kristalle aus OLD MAN entführt hatten.

Auf der anderen Seite des riesigen Areals standen wieder birnenförmige Raumschiffe – und in den Werftanlagen ebenfalls.

Helge schaltete die Ausschnittvergrößerung ein.

Deutlich waren jetzt Gestalten zu sehen, die in den Werftanlagen umherliefen und offenbar damit beschäftigt waren, reparaturbedürftige Birnenschiffe wieder startklar zu machen.

Tausende humanoider Lebewesen wimmelten dort umher.

Terraner...?

Der Raumhafen blieb plötzlich zurück, sank hinter den Horizont. Nacht senkte sich über die andere Hemisphäre Keegs.

Pandar Runete aktivierte die Impulstriebwerke der Space-Jet und zog das Schiff behutsam nach oben.

„Ich denke, das genügt", erklärte er. „Wir fliegen zurück!"

Das Filmmaterial war gesichtet, die Grobauswertung der Ortungsdaten beendet.

Schweigen herrschte im Vorführraum. Die anwesenden Männer schwiegen auch noch, als die Beleuchtung wieder aufgeflammt war.

Dann räusperte sich Perry Rhodan.

„Durch den erfolgreichen Einsatz dürfte bewiesen sein, daß sowohl der Anti-Ortungsschirm Roi Dantons als auch die Howalflektor-Netze einwandfrei funktionieren."

Er wandte sich an Pandar Runete.

„Wie war das, Major? Sie haben beim Anflug und bei der Umkreisung Keegs nichts von hypnosuggestiven Impulsen bemerkt?"

„Nicht das geringste, Sir", antwortete Runete.

„Wie nicht anders zu erwarten", fiel Roi Danton ein.

Der König der Freihändler sah während des Sprechens nicht auf. Er war dabei, sein Gesicht zu pudern. Masut hielt den Spiegel.

Rhodans Lippen wurden schmal. Ein drohendes Funkeln trat in seine Augen, und sekundenlang sah es aus, als wollte er wütend aufspringen. Doch er beherrschte sich.

Dennoch vibrierte seine Stimme leicht, als er fortfuhr:

„Ich halte es für dringend erforderlich, den nordpolaren Raumhafen auf Keeg genauestens zu erkunden. Wir müssen wissen, was dort vorgeht, welche Funktion die gefangenen und beeinflußten Menschen erfüllen und was mit den vier Schiffen OLD MANS geschieht."

Er lächelte ironisch, als er sich Danton zuwandte.

„Wenn Sie Interesse haben, an einer Exkursion teilzunehmen, Monsieur...?"

Roi lächelte süffisant.

Gelangweilt sagte er:

„Es wird mir eine Ehre sein, Grandseigneur. Falls Sie sich gedulden könnten, bis meine Toilette beendet ist...?"

Rhodan schluckte vernehmlich und richtete seinen Blick auf die Decke des Vorführraums.

„In zirka einer halben Stunde starten wir. Major Runete, Sie führen die Space-Jet als Kommandant. Ihre Leute allerdings nehmen wir diesmal nicht mit. Dafür werden außer Monsieur Danton und mir Tako Kakuta und Fellmer Lloyd einsteigen. Die Mutanten beherrschen alle Anlagen des Aufklärers einwandfrei. Deshalb können wir darauf verzichten, mehr Leute als unbedingt notwendig zu gefährden.

Atlan, ich würde mich freuen, wenn du inzwischen das Kommando hier übernehmen würdest."

Der Arkonide nickte.

„Einverstanden, Perry. Ich hoffe, Monsieur Danton überträgt mir ebenfalls das Kommando über sein Schiff...?"

„Ihnen jederzeit, Sire!" versicherte Roi pathetisch. „Ich werde Rasto Hims entsprechende Order erteilen."

„Dann beeilen Sie sich, daß Sie mit Ihrer Tüncherei fertig werden!" sagte Rhodan grob.

Er erhob sich und verließ grußlos den Raum.

Die anwesenden Offiziere und Mutanten sahen sich betreten in die Augen. In der letzten Zeit war der Großadministrator manchmal wie verwandelt. Er verlor die Beherrschung, weil ein Mensch, der sich wie ein Geck kleidete und benahm, sich ihm gewachsen gezeigt hatte.

Roi Danton blieb äußerlich unberührt von allem. Er streckte die Hände aus und streckte die Finger, damit Masut ihm die Nägel polieren konnte.

Pandar Runete, der in diesem seltsamen, schwelenden Konflikt voll und ganz auf Rhodans Seite stand, ging dicht an Danton vorbei und flüsterte ihm zu:

„Passagiere sind auf meinem Schiff nicht erwünscht. Besatzungsmitglieder aber haben sich in spätestens zehn Minuten in der Zentrale einzufinden!"

Roi starrte dem riesigen Sikh mit offenem Mund nach. Dann sagte er zu seinem Diener:

„Hast du das gehört, Oro? Auf *meinem* Schiff hat er gesagt, der undankbare Barbar!"

„Soll ich ihn ...?"

Masut öffnete und ballte die Rechte.

„Mon Dieu! Nein!"

Er entzog ihm die erst zur Hälfte manikürten Finger.

„Los, ich brauche meine Raumausrüstung. Beeil dich. Ich fürchte, der Kerl macht ernst und läßt mich nicht mehr ins Schiff, wenn ich zu spät komme. – In mein eigenes Schiff ...", fügte er halblaut und verbittert hinzu.

Pandar Runete grinste in sich hinein, als sich Roi Danton pünktlich in der Zentrale der SANGLIER einfand.

Selbstverständlich hätte er den Freihändler auch dann nicht abweisen können, wenn er erst in letzter Minute vor dem Start erschienen wäre; schließlich hatte ihn der Großadministrator selbst eingeladen. Aber es befriedigte ihn auf eigentümliche Weise, daß er den Mann, der Perry Rhodan auf die Nerven fiel, schikanieren konnte.

„Hübsch haben Sie's hier", lobte Roi scheinheilig, „auf *Ihrem* Schiff. Wie funktioniert denn der neuartige Ortungsschutz?"

Runete kam es vor, als hätte ihm jemand einen Kübel Eiswasser über den Kopf gegossen.

Vielleicht sollte ich mich künftig doch nicht mehr mit diesem Fuchs anlegen, dachte er reumütig.

„Nun ...?" fragte Roi.

„Tut mir leid, Sir", murmelte der Major. „Darüber kann ich Ihnen keine Auskunft geben."

„Verständlich", erwiderte der Freihändler, „es handelt sich sozusagen um ein Staatsgeheimnis. Hoffentlich sind wenigstens Sie in der Lage, etwa auftretende Fehler zu beheben."

„Ich hoffe nicht, daß so etwas vorkommt“, sagte Runete diplomatisch und wandte sich den Kontrollen auf dem Pilotenpult zu.

Roi lächelte. Händereibend ging er auf das Feuerleitpult zu und setzte sich in den Kontursessel davor.

Er trug diesmal seinen Einsatzanzug, eine verbesserte Abart des normalen terranischen Kampfanzuges, nur daß bei ihm auf dem Brustteil das Symbol der Freihändler prangte und darüber eine goldene Krone. Im Rückenteil des Anzuges hing sein zusammengefalteter Dreispitz. Am Gürtel hing in edelsteinverziertem Halfter ein Kombistrahler; in einer gearbeiteten Scheide am rechten Oberschenkel steckte ein Stilett aus molekülverdichtetem Terkonit.

„Darf ich hier sitzen bleiben, Major?“ fragte er bescheiden.

Major Runete brummte etwas, das niemand verstehen konnte.

„Meinetwegen!“ sagte er dann herablassend. „Aber vorsichtig mit den Schaltungen“, fügte er sarkastisch hinzu.

„Ich will versuchen, kein Loch in die CREST zu brennen“, gab Roi ironisch zurück.

Seine Finger glitten spielerisch über die Feuerknöpfe. Es kam nicht oft vor, daß er selbst ein Raumschiff führte oder den Feuerleitstand besetzte. Aber er wußte, daß er nichts verlernt hatte. Nicht ohne Grund trainierte er auf den Beibooten der FRANCIS DRAKE, sofern es seine Zeit erlaubte.

Fünf Minuten vor dem Starttermin betraten Perry Rhodan und die beiden Mutanten die Space-Jet.

Roi begrüßte sie mit einem stummen Neigen des Kopfes.

Tako Kakuta verzog sein Gesicht zu einem freundlichen Grinsen. Selten hatte jemand den Japaner bei schlechter Laune gesehen. Stets war er liebenswürdig, höflich und hilfsbereit.

Wenn du wüßtest...! dachte Roi.

Ein Anflug von Wehmut überkam ihn. Das Untertauchen in die Person des Freihändlerkönigs hatte nicht nur gute Seiten. Es war unvermeidlich, daß die Freundschaften der Jugendzeit auf Eis gelegt werden mußten. Tako hatte ihm viel von den Unternehmungen erzählt, die er zusammen mit seinem Vater in der Gründerzeit des Imperiums bestanden hatte. Dem untersetzten Teleporter sah man es nicht an, wie mitreißend er schildern konnte und welche tiefschürfenden Gedankengänge dabei zutage traten.

Es muß durchgestanden werden!

Roi zog seine silberne Schnupftabakdose hervor und nahm eine kräftige Prise.

„Möchte noch jemand...?" fragte er.

„Eines Tages werde ich gemahlenen Pfeffer in die Dose schmuggeln", knurrte Pandar Runete.

„Wie geschmacklos!"

Roi Danton verzog indigniert das Gesicht.

„Pfeffer und Tabak sind ein himmelweiter Unterschied, Major Runete!"

„Eben!" gab der Sikh trocken zurück.

Fellmer Lloyd lachte verhalten.

Sogar Perry Rhodan lächelte schwach.

„Wie weit sind wir, Major?" fragte er.

„Der Start kann pünktlich erfolgen, Sir. Wenn Sie bitte alle Ihre Plätze einnehmen wollen! Mr. Lloyd, ich würde vorschlagen, Sie übernehmen die Ortung. Mr. Kakuta – Maschinenkontrolle?"

„In Ordnung", sagten die beiden Mutanten wie aus einem Mund.

Wortlos übernahm Perry Rhodan den Platz des Navigators und Kopiloten. Es war der einzige freigebliebene Platz in der Zentrale.

Pünktlich auf die Sekunde öffnete sich das Außenschott der Hangarschleuse, die Abstoßfelder griffen nach dem dreißig Meter durchmessenden Diskusraumschiff und schleuderten es in das ultrahelle Wabern der Sonnenkorona.

Pandar Runetes dunkles Gesicht wurde vom Flackerschein der Gasausbrüche intervallartig erhellt. Die blauroten Lippen waren fest zusammengepreßt. Ruhig lagen die Finger auf den Steuertasten; nur hin und wieder bewegten sich die Finger kaum merkbar. Dann schlugen kilometerlange Impulswellenbündel aus den Steuerdüsen, wurden zu violetten Lichtfingern, sobald sie mit den Strahlungsschauern der Sonne Keegan zusammenprallten, und verloren sich in der brodelnden Sonnenoberfläche.

Einmal begannen die Alarmpfeifen durchdringend zu wimmern. Das war, als die SANGLIER die Ausläufer einer Engelsprotuberanz streifte. Doch der HÜ-Schirm hielt die tödliche Strahlung und Hitze von der Space-Jet fern.

Dennoch waren sich alle Beteiligten darüber im klaren, daß sie bei einem Zusammenstoß mit einer großen Protuberanz keine Überlebenschancen gehabt hätten.

Selbst Roi Danton atmete auf, als sie in den freien Raum vorstießen und minutenlang nichts als undurchdringliche Dunkelheit sahen, bis sich ihre Augen auf das milde Funkeln der Sterne umgestellt hatten.

„Linearraummanöver!" befahl Perry Rhodan.

Er hatte während des Höllenfluges durch die Zone der Protuberanzen die nötigen Berechnungen angestellt und schob jetzt Runete den Programmierstreifen hinüber.

Der Major nickte anerkennend und schob den Symbolstreifen in die Kalup-Programmierung.

Sekunden danach flammte die grüne Kontrollampe über dem Steuersektor für Linearantrieb auf.

Pandar Runete schlug mit der Faust auf die Aktivierungsplatte.

Aus dem Schiffsinnern kam ein schrilles Heulen – dann war Stille.

Nahezu lautlos glitt die Space-Jet durch die irrealen Erscheinungen des linearen Zwischenraums.

Hinter ihr blieben zwei riesige Raumschiffe zurück – und die Freunde und Gefährten, die auf die Rückkehr warteten...

12.

Perry Rhodan streifte sich das Howalflektor-Netz über die Haare und drückte es leicht an. Es versank in den Haaren und machte sich eine Weile durch die Kühle des Materials auf der Kopfhaut bemerkbar, dann war es weder zu sehen noch zu fühlen.

Selbst das eng geflochtene Haar Pandar Runetes vermochte die spinnwebdünne Faserstruktur nicht aufzuhalten.

„Ein Lob auf die Wissenschaftler, die das geschaffen haben", sagte Roi Danton selbstgefällig.

Rhodans Augen bekamen einen Ausdruck gespannter Erwartung.

„Ich würde Ihren Wissenschaftlern gern persönlich meinen Dank aussprechen, Monsieur."

Der Freihändler musterte seinen Vater durch sein Lorgnon. Dann glitt ein müdes Lächeln über sein Gesicht.

„Bedauerlicherweise sind diese Herren zu bescheiden, um vom größten aller Terraner Dank oder sonst etwas entgegenzunehmen. Aber ich will ihnen gern ausrichten, daß Sie ihnen dankbar sind, Grandseigneur."

„Ihr Entgegenkommen rührt mich fast zu Tränen", sagte Perry Rhodan.

Roi zückte sein Spitzentüchlein.

„Darf ich Ihnen mein Tuch zur Verfügung stellen, Grandseigneur?"

„Ersparen Sie mir die Antwort!"

Rhodan wandte sich brüsk ab und blickte durch die Panzerplastwandung der Steuerkanzel, die am oberen Pol des Diskusschiffes saß.

Die Space-Jet war in einer Entfernung von hunderttausend Kilometern aus dem Linearraum gekommen und raste jetzt mit unverminderter Geschwindigkeit auf die Nachtseite Keegs zu.

„Keine einfallenden Ortungsimpulse", bemerkte Rhodan kopfschüttelnd. „Entweder sind die Ortungsanlagen des Planeten unbrauchbar oder nicht besetzt. Derartigen Leichtsinn hätte ich den Herren der Kristalle nicht zugetraut."

Pandar Runete lächelte kalt.

„Denken Sie bitte an die Kristalle auf Keeg, Sir. Denen entgeht normalerweise kein Gehirnimpuls eines denkenden Wesens. Das dürfte wirksamer als jegliche Ortung sein."

„Nur eben bei uns nicht."

Rhodan wirkte nicht gerade froh bei dieser Feststellung. Offensichtlich wurmte es ihn mehr, als er zugeben wollte, daß er diese Immunität gegen Ortung und Beeinflussung dem Freihändlerkönig verdankte.

„Landen Sie auf der Nachtseite, Major!" befahl er.

Runetes Finger spielten förmlich mit den Schalttasten. Die Space-Jet vollführte ein irrsinniges Bremsmanöver, legte sich schräg und prallte Minuten später auf die obersten Schichten der Planetenatmosphäre. Gleich einem Gummiball schnellte sie wieder empor. Die Kollision hatte nicht mehr Wirkung in der Atmosphäre erzeugt als ein schwaches Aufglühen der ionisierten Moleküle.

Ein Looping von fünfzehntausend Kilometern Radius brachte das Raumschiff an den Rand der Atmosphäre zurück. Zu diesem Zeitpunkt war die Fahrt aber schon zum größten Teil aufgezehrt, so daß die erneute Kollision eine noch schwächere Reaktion hervorrief als die erste.

Major Runete hatte wirklich eine Meisterleistung vollbracht.

Perry Rhodan lächtelte still in sich hinein. Er wußte genau, daß Runete die Geschwindigkeit auch anders hätte herabsetzen können. Aber der Sikh hatte wie üblich den schwierigeren Weg gewählt, einen Weg, der schlafwandlerische Sicherheit in der Beherrschung des Raumaufklärers voraussetzte.

Nunmehr tauchte die Jet in flachem Winkel tiefer in die Atmosphäre. Hinter ihr zog sie einen dünnen Schweif ionisierter Luftmoleküle her, zu geringfügig, als daß er mit bloßem Auge vom Boden aus sichtbar gewesen wäre.

Immer noch kamen keine Ortungsimpulse an.

Natürlich hätte der Anti-Ortungsschirm der SANGLIER ein Erkennen des Schiffes verhindert, aber die auftreffenden und abgeleiteten Impulse wären dennoch registriert worden.

Rhodan fragte sich, warum die Kristalle keine Sicherheitsmaßnahmen gegen Immune getroffen hatten. Sie mußten doch aus den bisherigen Erfahrungen mit den Menschen wissen, daß es einen nicht unbeträchtlichen Anteil an Immunen gab und daß sie diese Leute nicht beeinflussen konnten. Verließen sie sich darauf, daß sich die Menschen selbst nicht klar darüber waren, welche Gründe bei der Immunität eine Rolle spielten? Daß sie deshalb niemals voraussehen könnten, wer sich als immun erweisen würde?

„Vielleicht sollten wir direkt auf dem Raumhafen niedergehen, auf dem die Ultraschlachtschiffe stehen?“ fragte Fellmer Lloyd.

Rhodan verneinte.

„Vergessen Sie bitte nicht, daß auf dem Nordkontinent eine Radarüberwachung des Luftraums stattfindet. Runetes erster Flug bewies, daß es in der Gegend dort von Impulsen wimmelt. Ich möchte das Risiko so weit wie möglich herabmindern.“

„Wir könnten im Tiefflug herangehen.“

Perry Rhodan antwortete nicht. Aber es war ihm anzusehen, daß er über Lloyds letzten Vorschlag nachdachte.

Zehn Minuten später landete die Space-Jet unangefochten auf einer Sandwüste des äquatorialen Kontinents.

Es war dunkel draußen. Kein Mond erhellte die Nacht. Nur die Sterne der Großen Magellanschen Wolke glitzerten unruhig am Firmament. Sie waren jedoch so spärlich, daß sie keine wesentliche Aufhellung brachten.

Ein kühler Wind blies Rhodan ins Gesicht, als er aus der Bodenluke trat. Er kam aus dem Innern des Kontinents und brachte staubfeinen Sand mit, der sich im Nu in allen Poren festsetzte und den Kampfanzug mit einer grauen Schicht überzog.

Plötzlich schien das Diskusschiff in Flammen zu stehen.

Perry Rhodan wirbelte herum und hielt den Kombistrahler in der Faust, bevor sein Gehirn die Dinge richtig registriert hatte.

Bläuliche Flämmchen waberten über die Schiffshülle, tanzten im Wind einen geisterhaft lautlosen Tanz.

„Was ist los?" fragte Roi Danton aus der Schleuse. Mit einem gewaltigen Satz übersprang er die Rampe und landete neben Rhodan im Sand.

Im Lichtkegel seiner Brustlampe erblickte dieser die weit aufgerissenen Augen des Freihändlers.

„Dein ... Ihr Anzug!" stammelte Roi.

Mühsam wandte Rhodan den Kopf nach links und beobachtete das flackernde blaue Flämmchen auf seiner Schulter.

Im nächsten Moment brach sich die Erleichterung in einem lauten Auflachen Bahn.

„Elmsfeuer", erklärte er. „Die Reibung des Sandes auf Plastik oder Metall erzeugt eine elektrische Entladung, die sich in Form blauen Lichts bemerkbar macht."

Nun tanzten die Flämmchen auch auf Rois Anzug, hüpften den Ärmel herab und sprangen über, als Rhodan die Hand ausstreckte.

Der Freihändler stieß eine Verwünschung aus.

„Wo bleibt Ihre gute Erziehung, Monsieur?" fragte Rhodan sarkastisch. „Nicht genug, daß Sie mich vorhin duzen wollten ..."

Roi Danton errötete. Perry Rhodan konnte es deutlich erkennen. Er fragte sich wieder einmal, woher er dieses Gesicht kannte. Die Züge wirkten in manchen Augenblicken seltsam vertraut, zu anderen Zeiten aber wieder völlig fremd.

Dieser Mann besaß ein Geheimnis, dessen Auflösung irgendwo in der Vergangenheit liegen mußte.

„Il fait du vent“, murmelte Roi.

„Wie bitte?“

„Es ist windig, habe ich gesagt, Grandseigneur. Wir sollten uns nicht zu lange draußen aufhalten. Ich weiß nicht, ob der Staub kristallhaltig ist.“

Erschrocken klappte Rhodan seinen Helm nach vorn und schaltete den Minikom ein.

„Meinen Sie wirklich?“

Danton lachte. Er schloß ebenfalls den Helm.

„Nur ein Scherz. Aber der Staub kriecht mir vom Hals her zu allen Körperteilen. Ich brauche demnächst ein Bad.“

„Da werden Sie noch etwas warten müssen“, entgegnete Perry Rhodan ironisch.

Er stand eine Weile überlegend auf einem Fleck, dann gab er sich einen Ruck.

„Lloyds Vorschlag ist vielleicht doch nicht so schlecht. Wir sind gelandet, ohne daß sich jemand darum gekümmert hätte. Aber hier können wir weder etwas sehen noch etwas unternehmen.“

„Voilà! Also nach Norden!“

Rhodan nickte.

„Wir müssen es versuchen.“

Das Diskusraumschiff flog in zweihundert Metern Höhe über den Äquatorkontinent. Unter ihm wirbelte der Sand auf und wurde vom Sog in einer mächtigen Wolke nachgezogen. Immerhin flog die Space-Jet zwölffache Schallgeschwindigkeit.

Pandar Runete ging auf hundert Meter herab, als die Küste passiert war. Das Meer wogte monoton in seinem riesigen Becken. Wenn die Wellen sich überschlugen, quirlte Schaum auf. Die Glut der Triebwerke wurde grell reflektiert. Aber die Geschwindigkeit war zu hoch, als daß von Bord aus erkannt werden konnte, ob das Meer Leben beherbergte.

Es war auch uninteressant.

Man war nicht hierhergekommen, um nach Leben zu suchen, sondern um das Leben der Menschheit zu schützen, ihr die geistige Freiheit zu bewahren und einen unheimlichen Gegner in seinem geheimsten Schlupfwinkel aufzuspüren.

Je näher man dem Nordkontinent kam, desto erregter wurde Rhodan. Würden sie auf Keeg eine Spur finden, die zu den Herren der Kristalle führte? Oder waren alle Anstrengungen vergebens, weil es überhaupt keine Spur gab?

Roi nieste lautstark.

„Ich glaube, der Staub ist bis in meine Stirnhöhle gekrochen", sagte er. „Ekelhaft, dieses Jucken."

Pandar Runete zeigte mit dem Daumen nach unten.

„Dort ist genügend Wasser für ein Bad, Monsieur."

„Zuviel", gab Roi wortkarg zurück.

Tako Kakuta lächelte.

„Vielleicht gibt es im Polhafen eine Badegelegenheit."

„Parbleu!" entfuhr es dem Freihändler. „An so etwas haben die Kristalle bestimmt nicht gedacht. Die armen Kerle, die dort leben und arbeiten müssen . . .!"

Rhodans Gesicht verfinsterte sich.

Die erste Erkundung hatte bewiesen, daß auf dem nordpolaren Raumhafen humanoide Lebewesen arbeiteten, vermutlich Menschen, die entführt und beeinflußt worden waren. Diese Menschen mußten unter schrecklichen Bedingungen leben, denn die Kristalle kümmerten sich nur um die primitivsten Bedürfnisse ihrer Sklaven.

Eine Stunde später überflogen sie die Küste des Nordkontinents.

Major Runete ging noch tiefer. Knapp zehn Meter über dem Boden jagte die Space-Jet dahin. Das war die einzige Möglichkeit, einer Sichtortung der Triebwerksgluten vorzubeugen. Zusätzlich erzeugte der Antigravgenerator des kleinen Schiffes fast absolute Gewichtslosigkeit, so daß die Triebwerke nur noch die Bremswirkung der Luftreibung kompensieren mußten, sobald sich die Masse erst einmal in Bewegung befand.

Es war unwahrscheinlich, daß man sie ortete oder sah.

Sobald die äußersten Spitzen der Fernsteuertürme vom Polhafen am Horizont auftauchten, vergoldet vom Schein der Mitternachtssonne, ging Pandar Runete rigoros mit der Geschwindigkeit herab.

Die Space-Jet schlingerte erheblich, als die Schallgrenze unterschritten wurde. Aber die Antigravprojektoren balancierten sie rasch wieder aus. Nun wuchsen die Fernsteuertürme rasend schnell in den

Himmel. Die oberen Polkuppeln von vier Raumgiganten tauchten auf: Ultraschlachtschiffe!

Fünfhundert Meter vor der Platzbegrenzung brachte der Major das Schiff auf den Boden. Es federte noch einmal leicht in den Teleskopstützen nach, dann stand es fest auf dem regenfeuchten Sand.

Einige Minuten lang lauschten die Männer den fernen Arbeitsgeräuschen, die von den Werfthallen an der entgegengesetzten Seite des Raumhafens herüberklangen.

Es blieben die einzigen Geräusche.

Der bleiche Schein der Mitternachtssonne übergoß die meterhohe Plastikbetonmauer der Platzbegrenzung mit ungewissem Licht. Nichts deutete darauf hin, daß eine zusätzliche Energiebarriere vorhanden war. Kein Patrouillengleiter ließ sich sehen, und keine Kampfroboter schritten den Platzrand ab.

„Ich weiß nicht", flüsterte Roi Danton. „Mir ist es zu ruhig hier. Ich habe ein unbehagliches Gefühl. Wir sollten umkehren, bevor es zu spät dazu ist."

Perry Rhodan wölbte überrascht die Brauen.

„Sie haben Angst, Monsieur? Ausgerechnet Sie . . .?"

„Ihre Fragestellung schmeichelt mir, Grandseigneur", gab Roi zurück. Er lachte unsicher. „Aber schließlich bin auch ich nur ein Mensch. Wir haben viel riskiert, und es ging gut, aber wir sollten nicht zuviel riskieren."

„Trauen Sie Ihren Netzen nicht mehr – oder haben Sie Angst, der Ortungsschutz Ihrer SANGLIER könnte plötzlich versagen?"

„Es gibt keinen absoluten Schutz vor Entdeckung. Das wissen Sie ebensogut wie ich, Grandseigneur. Aber wenn Sie meinen, wir sollten es riskieren, will ich Ihnen nicht länger abraten."

Perry Rhodan sah den Freihändler ernst an. Die Worte Dantons hatten ihn beeindruckt, aber die Verlockung, sich den Raumhafen noch genauer anzusehen, war zu groß, als daß er ihr hätte widerstehen können.

„Wir tarnen die Space-Jet zusätzlich mit einem Deflektorfeld und fliegen mit den Kampfanzügen zur Werft", entschied er.

„Alle, Sir?" wandte Pandar Runete ein.

„Alle! Falls das Schiff wider Erwarten doch entdeckt werden sollte, können ein oder zwei Männer es auch nicht mehr retten. Sie wären ebenfalls verloren. Darum ist es besser, wenn niemand zurückbleibt."

Sie schnallten sich schweigend los und schlossen die Helme. Major Runete nahm alle notwendigen Schaltungen vor. Alle Energieerzeuger wurden desaktiviert, um ein Anmessen von Streustrahlungen zu verhindern. Das Anti-Ortungsfeld und das Deflektorfeld wurden aus Speicherbänken gespeist.

„Hoffentlich sind die Konstrukteure OLD MANS nicht auf den Gedanken gekommen, die Schiffe des Giganten mit Antiflexgeräten auszurüsten", sagte Tako Kakuta, bevor er sein Deflektorfeld einschaltete.

„Ich glaube nicht", entgegnete Rhodan. „Die Ultraschlachtschiffe wurden nur für Raumeinsätze gebaut, und sie besaßen keine menschlichen Besatzungen. Folglich bestand kein Bedarf an derartigen Ausrüstungen."

Er aktivierte die Antiflexblende vor dem Gesichtsteil seines transparenten Vollsichthelms. Die Gefährten folgten seinem Beispiel. Nur so vermochten sie einander zu sehen, wenn die Deflektorfelder ihrer Anzüge aktiviert waren. Das war auch der Grund, warum sie die Helme überhaupt schlossen, denn Keeg besaß eine atembare Atmosphäre.

„Gehen wir!" befahl Rhodan über den Helmtelekom.

Sie verließen die Kommandokanzel und fuhren mit dem Achslift zur Bodenschleuse. Nachdem das Außenschott sich hinter ihnen wieder geschlossen hatte, aktivierten sie die Antigrav-Flugaggregate ihrer Kampfanzüge. Es gab keine Energiebarriere um den Raumhafen.

Rhodan zuckte die Achseln.

Mit einemmal erschienen ihm Dantons Befürchtungen lächerlich. Wenn die Kristalle es nicht für nötig befanden, den Platz gegen unbefugtes Betreten zu sichern, würden sie auch im Innern des Hafens kaum Sicherheitsvorkehrungen getroffen haben.

Nach einigen Minuten tauchten die hell erleuchteten Werfthallen auf. Die Arbeitsgeräusche kamen von dort. Und dort lag auch Rhodans Ziel.

Unbehelligt überflogen die fünf Männer den Platz in wenigen Metern Höhe. Die Tore der Hallen standen weit offen, die gewölbten

Dächer waren zurückgefahren, so daß die birnenförmigen Raumschiffe ein Stück über die Seitenwände hinausragten.

Perry Rhodan steuerte auf das Tor der nächsten Halle zu, verlangsamte seine Fluggeschwindigkeit und schwebte langsam in die gigantische Halle hinein.

Dicht bei einem der birnenförmigen Schiffe setzte er auf. Neben ihm landeten Runete, Roi, Taku und Lloyd.

„Menschen!“ stieß der Major zwischen den Zähnen hervor.

Perry Rhodan stöhnte unterdrückt.

Es waren tatsächlich Menschen, die zwischen den Schiffen und den Materialaufzügen umherliefen.

Einer von ihnen schlurfte in wenigen Metern Entfernung vorüber, ohne zu ahnen, daß ihn der Großadministrator des Solaren Imperiums beobachtete.

Deutlich war das ausgemergelte Gesicht zu sehen, die stumpf blikkenden Augen, das verfilzte, schmutzige Kopf- und Barthaar, die ölverschmierte Arbeitskombination.

Rhodan zuckte zusammen, als eine Hand seinen Unterarm schmerzhaft zusammenpreßte.

Es war Kakuta.

„Molenski!“ flüsterte es aus dem Helmempfänger. „Das ist Professor Molenski, der Experte für extraterrestrische Umweltanalyse!“

Perry Rhodan kniff die Augen zusammen.

Er hatte Professor Molenski nur zweimal gesehen, und beide Begegnungen waren zu flüchtig gewesen, um einen dauernden Eindruck bei ihm zu hinterlassen.

„Molenski …? Befand er sich nicht zuletzt auf einem Explorerschiff?“

„Richtig! Das Schiff ist vor anderthalb Jahren verschollen. Es hatte den Auftrag, einen bestimmten Sektor der Großen Magellanschen Wolke zu erkunden.“

Als hätte der Mann das Minikomgeflüster vernommen, wandte er den Unsichtbaren plötzlich das Gesicht zu.

Die graugrünen Augen wirkten unnatürlich groß in dem abgezehrten Gesicht. Aber ihr Ausdruck zeugte von Stumpfsinn und beginnender Verblödung.

„Kein Zweifel! Das ist er!“ sagte Tako.

Perry Rhodan atmete schwer.

„Neunzehn Explorerschiffe sind im Verlauf der letzten beiden Jahre in den Magellanschen Wolken verschwunden", sagte er geistesabwesend. „Neunzehn Explorerschiffe! Das bedeutet 28 000 Männer und Frauen des Imperiums, allesamt hochqualifiziertes Spezialpersonal aller Fakultäten ..."

Die Stimme versagte ihm.

Mit brennenden Augen blickte er hinter Professor Molenski her, der gebeugt und erschöpft weiterschlurfte – ein ehemals hochintelligenter Mann, der zum verblödeteten Sklaven geworden war, weil eine unbekannte Macht es so wollte ...

Eine Antigravplattform von der Größe eines terranischen Fußballplatzes schob sich zwischen die fünf Männer und das nächste Birnenraumschiff. Sie schwebte in nur knapp einem Meter Höhe, weshalb Perry Rhodan und seine Leute sich mit einem kurzen Sprint in Sicherheit brachten.

Oben auf der Plattform standen mindestens fünfzig Terraner in verschmutzten, mit Schlammkrusten überzogenen Kombinationen. Sie bedienten verschiedene Schaltpulte, und sechs gigantische Großschweißanlagen schwenkten mit ihren Stahltürmen herum und begannen, riesige Platten aus der Hülle des Birnenschiffes zu schneiden.

Die Helligkeit wurde unerträglich, so daß die Kundschafter ihre Transparenthelme abblenden mußten. Die Arbeiter dagegen waren völlig ungeschützt den ultrahellen Plasmabögen der Impulsschneider ausgesetzt. Sie reagierten jedoch nicht einmal dann, wenn sie zufällig von ihren Schaltpulten hochsahen.

„Offenbar nehmen sie nur das wahr, was sie wahrnehmen sollen", flüsterte Roi.

Rhodan nickte.

„Wäre es anders, müßten sie längst vor Entkräftung zusammengebrochen sein. Anscheinend peitschen die Befehle der Kristalle sie künstlich auf und lenken ihr ganzes Denken, soweit davon überhaupt noch gesprochen werden kann, in eine bestimmte Richtung."

„Entsetzlich!" Fellmer Lloyd stöhnte. „Wir müssen etwas dagegen unternehmen, Sir!"

Perry Rhodan lachte bitter.

„Wir sind dabei, Lloyd. Aber es wäre sinnlos und grausam gegenüber den Opfern der Kristalle, jetzt schon loszuschlagen. Wir würden sie bestenfalls für einige Stunden befreien können – danach . . .?“

Er schüttelte sich.

„Ich fürchte, wir könnten sie selbst dann, wenn wir sie augenblicklich befreiten, bestenfalls wieder physisch zu Menschen machen. Die Untersuchungsergebnisse der Forschungskommission sind Ihnen ebenfalls bekannt, meine Herren.“

Knirschend löste sich die erste Stahlplatte. Sie war fast quadratisch und mochte eine Seitenlänge von dreißig Metern haben. Ihre Ränder glühten noch.

Ein Schwenkarm packte mit Magnetklauen zu und hob die Platte empor, so daß sie von einer unter dem Dach hängenden riesigen Laufkatze erfaßt und abtransportiert werden konnte.

„Haben Sie das gesehen, Sir?“ rief Pandar Runete. „Die Platte war an einigen Stellen durchlöchert. Es sah fast so aus, als wäre sie durch Mikro-Meteore beschädigt worden!“

Perry Rhodan zuckte die Schultern.

Es interessierte ihn nicht, ob die Außenhülle des Birnenraumers von Meteoren beschädigt worden war oder nicht. So etwas gehörte zur Raumfahrt wie der Verschleiß von Schuhsohlen zum Fußgänger.

Die nächste Platte wurde abgelöst.

Aber eine Ecke hing noch fest. Wahrscheinlich hatte der Mann am Steuerpult nicht richtig aufgepaßt, als er den Impulsschalter dirigierte.

Es gab einen heftigen Knall, als der Schwenkarm den Widerstand überwand. Ein Funkenregen sprühte hernieder, und ein abgerissener, glühender Metallfetzen schwirrte durch die Luft.

Von der Plattform her ertönte ein gellender Schrei.

Dann war Stille.

Niemand kümmerte sich um den Versklavten, der von dem glühenden Bruchstück erschlagen worden war. Lediglich trat ein bisher Unbeteiligter an seine Stelle.

„Mein Gott!“ stieß Rhodan hervor.

„Wenn ich an seiner Stelle gewesen wäre, hätte ich mir diesen Tod schon ein Jahr früher gewünscht“, murmelte Fellmer Lloyd.

„Sie haben recht“, erwiderte Roi. „Für ihn war es eine Erlösung von einem grauenhaften Schicksal. Kein Tod kann so schlimm sein wie die restlose geistige Versklavung dieser bedauernswerten Menschen."

In unmittelbarer Nähe der fünf Männer wankte ein Mann am Rand der Plattform entlang. Er sah aus, als wäre er volltrunken, aber die Blutfäden, die an seinen Mundwinkeln herabliefen, redeten eine andere Sprache.

Als eine leichte Erschütterung durch die Plattform ging, brach der Mann zusammen; er drehte sich im Fallen und stürzte über den Rand.

Perry Rhodan hielt ihn plötzlich in den Armen, ohne daß er sich bewußt geworden war, daß er gehandelt hatte.

Behutsam setzte er ihn ab.

Tako half ihm, den Bewußtlosen auf den Boden zu legen.

Niemand protestierte, obwohl wahrscheinlich jeder der Männer wußte, daß ihre Anwesenheit offenbar werden mußte, wenn jemand den Vorfall beobachtete.

Tako Kakuta holte sein Erste-Hilfe-Päckchen hervor und gab dem Mann eine Injektion.

„Ara-Stimulanz", flüsterte er.

Major Runete fuhr dem Bewußtlosen mit dem behandschuhten Zeigefinger in den Mund und entfernte die zurückfallende Zunge von der Luftröhrenöffnung. Roi Danton injizierte ein biologisches Stärkungsmittel.

Etwa zwei Minuten danach öffnete der Mann die Augen. Er starrte verständnislos um sich und lallte unverständliches Zeug, als Rhodan und Tako ihn aufrichteten.

„Er kann uns nicht sehen", sagte Fellmer Lloyd.

„Wir dürfen die Deflektorfelder dennoch nicht ausschalten", befahl Rhodan. „Das wäre das Ende."

„Muß gehen ... gehen!" lallte der Mann. „Befehl ... muß ... ausgeführt ..."

Roi schaltete den Außenlautsprecher ein.

„Können Sie mich hören?" fragte er halblaut.

„Hören ...", echote der Mann.

Unerwartet riß er sich los. Niemand hatte damit gerechnet, daß der ausgezehrte Körper noch so viel Kraft aufbringen würde.

„Hören ... Befehle!" vernahm Perry Rhodan. „Ich ... komme!"

Pandar Runete stieß einen Knurrlaut aus und wollte hinterhereilen.

„Zurück!“ ordnete Rhodan an. „Wir können ihm nicht helfen. Wir können ihn auch nicht herausholen.“

Der Mann ging jetzt sehr aufrecht und zielsicher. Er hob den Kopf, als suchte er eine Stelle, an der er wieder auf die Plattform zurücksteigen konnte.

Aber er fand keine.

Plötzlich glitt ein kleiner Transportschweber um die Rundung der Plattform. Am Steuer saß ein Mensch, und ein Mensch war es auch, der auf der Lastplattform stand und einen Antigravheber bediente.

Tako Kakuta stieß einen gellenden Schrei aus und riß den Strahler aus dem Gürtelhalfter.

Roi Danton sprang hinzu und drückte die Hand mit der Waffe nach unten.

„Nicht!“

Hilflos mußten die fünf Männer zusehen, wie der Zugstrahl nach dem suchenden Sklaven griff und ihn unsanft auf die Lastenplattform beförderte.

Als der Gleiter weiterfuhr, entdeckten sie, daß er mit Toten und Halbtoten beladen war.

„Er hatte seinen Platz nicht mehr ausgefüllt, darum wurde er als Toter registriert und behandelt, obwohl er noch lebt“, sagte Lloyd. „Blinde, kalte Logik, bei der ein Mensch nur dann zählt, solange er unmittelbaren Nutzen schafft.“

Er lachte schrill, bis seine Stimme überkippte.

„Was wollen Sie!“ schrie er die Gefährten an. „Unsere Vorfahren handelten nicht anders!“

„Kommen Sie zu sich, Lloyd!“ sagte Rhodan scharf.

Der Telepath und Orter senkte den Kopf.

„Entschuldigen Sie. Ich habe die Nerven verloren.“

„Schon gut“, besänftige Rhodan ihn. „Wir sind alle nahe daran gewesen überzuschnappen. Von nun an müssen wir versuchen, alle Gefühle zurückzudrängen. Sonst können wir unsere Aufgabe nicht erfüllen.“

Fellmer Lloyd nickte.

„Gehen wir!“ sagte Perry. „Ich möchte mir die Schiffe auf den Abstellfeldern ansehen.“

Sie schalteten ihre Flugaggregate ein und schwebten durch das Tor hinaus. Östlich davon hatten sie beim Anflug Tausende der birnenförmigen Raumschiffe auf den Abstellfeldern stehen sehen.

Draußen hatte Sturm eingesetzt. Er empfing die Männer mit schrillem Heulen und riß sie aus dem Kurs, bis sie die Flugaggregate entsprechend dirigierten.

Die Mitternachtssonne Keegs schien heller als die Terras. Die Helligkeit ließ sich etwa mit der vergleichen, wie sie in den gemäßigten Zonen Terras zwischen dem Ende der Morgendämmerung und dem Sonnenaufgang herrschte.

Als sie den ungeheuren Wald aus Milliarden Tonnen verarbeiteten Stahls erreichten, gingen sie zu Boden.

Vor ihnen ragten Raumschiffe über Raumschiffe in den grauen Himmel. Die riesigen Gebilde standen mit den birnenförmig plumpen Hecks auf kurzen, sehr starken Landebeinen. Die spitz zulaufenden Bugnasen reckten sich bis in die zerrissenen Wolkenfetzen, die über den Himmel jagten.

„Schätzungsweise tausend bis elfhundert Meter Höhe", sagte Pandar Runete.

„Und etwa sechshundert Meter Durchmesser am Heck", ergänzte Perry Rhodan. „Genau die gleichen Konstruktionen, von denen Oberst Dentcher eine abgeschossen hatte."

„Sie meinen, alle diese Raumschiffe dienen dem Transport von Hypnokristallen?" fragte Tako Kakuta.

Rhodan nickte.

Fellmer Lloyd seufzte.

„Gnade uns Gott, wenn die Schiffe eingesetzt werden und ihre unheimliche Fracht in die Milchstraße bringen!"

„Ich frage mich, warum das nicht längst geschehen ist", warf Roi Danton ein.

Er aktivierte seine Flugaggregate und stieg an der Wandung des ersten Schiffs empor.

„Bleiben Sie hier!" rief Perry Rhodan hinterher.

Roi lachte.

„Aus der Froschperspektive läßt sich nicht viel feststellen, Grandseigneur. Aber hier oben habe ich eine Luke entdeckt, durch die man vielleicht hineinkommen kann."

Der Großadministrator sah ein, daß sich Danton nicht würde zurückhalten lassen. Deshalb befahl er, ihm zu folgen.

In etwa fünfhundert Metern Höhe entdeckten sie die von dem Freihändler gemeldete „Luke".

Es handelte sich um ein Hangarschott, das einen Spalt offenstand – weit genug, um einen Mann mit voller Kampfausrüstung passieren zu lassen.

Roi streckte seinen Kopf heraus, als die anderen auf gleicher Höhe mit dem Schott waren.

„Entrez, Messieurs! Es ist niemand zu Hause!"

Perry Rhodan lag schon eine scharfe Erwiderung auf der Zunge. Noch rechtzeitig genug entsann er sich, daß der Freihändler bisher große Umsicht und Erfahrung bewiesen hatte. Er würde niemals offenen Auges in eine Falle hineinlaufen.

„Das Innenschott ist ebenfalls geöffnet", erklärte Roi Danton, nachdem die Gefährten eingetreten waren. „Eine schöne Schlamperei, was?"

„Wir können, denke ich, die Deflektorfelder ausschalten", sagte Rhodan. „Hier sieht uns niemand. Wäre die Sicherheitsautomatik in Betrieb, dürften niemals beide Schotte offenstehen."

Zustimmendes Gemurmel erscholl.

Die Männer schalteten die unsichtbar machenden Felder ab und klappten die Helme zurück. Sofort verwandelte sich die eben noch feste, panzerglasähnliche Konsistenz der Druckhelme; sie schrumpften zusammen, wurden schlaff und hingen kapuzengleich über die Rücken.

„Puh!" machte Roi. „Hier müßten mal einige Hundertschaften Raumpflegerinnen her. Dieser Staub!"

Als hätte er Angst um die Unversehrtheit seiner weißen Perücke, zog er den Dreispitz hervor, faltete ihn auseinander und setzte ihn auf.

„Allons, Messieurs! Sehen wir uns dieses verwahrloste Schiff ein wenig genauer an. Parbleu! Das dürfte kein Freihändlerschiff sein. Ich würde die Bauern und Edelleute mit bloßen Händen zum Großreinemachen befehlen!"

Er stieß mit der Stiefelspitze gegen die Wandung eines Aggregats. Morscher Plastikbelag, Rost und Schmutzbrocken rieselten auf den Boden.

Tako Kakuta wurde in eine Wolke aufgewirbelter Teilchen gehüllt und nieste unterdrückt.

Die Lichtkegel der Brustscheinwerfer wanderten über fleckige Wände. Der ehemals glatte Plastikbelag hing in großen Fetzen herab. Dahinter kam von Rost zerfressenes Metall zum Vorschein.

„Unglaublich!“ entfuhr es Major Runete. „Wie kann man ein Raumschiff nur derartig verwahrlosen lassen!“

Sie kletterten über einen achtlos hingeworfenen Plastikbehälter, der mit einer vertrockneten, schwärzlichen Substanz zur Hälfte gefüllt war.

„Auf dem Rückweg werden wir eine Probe davon mitnehmen“, sagte Perry Rhodan. „Vielleicht können unsere Chemiker es analysieren.“

„Ich schlage vor, wir statten der Zentrale einen Besuch ab!“ rief Roi Danton.

Der Freihändler zwängte sich durch den Spalt, den die beiden Hälften des Innenschotts gelassen hatten. Seine Schritte dröhnten hohl durch die verlassenen Räume. Mehr und mehr Staub wirbelte auf.

Die anderen vier Männer folgten ihm so schnell wie möglich.

Wie erwartet, funktionierte keiner der Lifts. Glücklicherweise gab es nicht nur die üblichen Steigrillen an den Schachtwänden, sondern zusätzlich eine schmale Nottreppe, die sich spiralförmig um den Liftschacht wand.

Die Stiefel der Terraner polterten die Treppe hinauf.

Nach einigem Suchen entdeckten sie den Raum, der die Kommandozentrale des birnenförmigen Schiffes sein mußte.

Auch hier herrschten Unordnung und Zerfall.

Roi Danton hämmerte mit der Faust gegen die Verkleidung der Lichtschaltanlage.

Ein halbes Dutzend Druckschalter fielen aus ihren Fassungen und zersprangen auf dem Boden.

Er schüttelte den Kopf.

„Skandalös! Gibt es denn hier keine Wartungsroboter? Das ist ja mehr ein Wrack als ein Raumfahrzeug.“

„Ich frage mich nur, ob es überall so aussieht“, murmelte Perry Rhodan.

Pandar Runete musterte die Schaltpulte mit finsterer Miene. Als Offizier einer Elitebesatzung wollte es ihm offenbar überhaupt nicht in den Kopf, daß irgend jemand seine Raumschiffe derartig vernachlässigen konnte. Ihn regte an Bord der CREST jeder herumliegende Plastikschnipsel auf, aber hier konnte man manche Einrichtungsgegenstände nicht mehr vom Unrat unterscheiden.

„Und ich habe immer gedacht, diese Birnenschiffe stellten die Transportmittel der Kristalle dar", sagte Rhodan nachdenklich.

Erregt fügte er hinzu: „Allmählich begreife ich, warum OLD MAN vier moderne Ultraschlachtschiffe in dieses System geschickt hat. Ganz offensichtlich sollen damit die Transportprobleme der Kristalle gelöst werden."

„Ich würde mir gern den Kraftwerkssektor anschauen, Sir", bat Major Runete.

Rhodan schüttelte den Kopf.

„Das hat Zeit bis später. Jetzt, da wir wissen, weshalb die vier Schiffe nach Keeg beordert wurden, müssen wir unbedingt Gegenmaßnahmen organisieren. Wir kehren zur Space-Jet zurück!"

Die letzten Worte stieß er hastig hervor.

Ohne auf eine Erwiderung zu warten, machte er kehrt und lief auf die Nottreppe zu. Die anderen folgten ihm schweigend. Aber seine Unruhe steckte sie an, und sie rannten schließlich alle, als sie die Hangarschleuse erreichten, durch die sie gekommen waren.

„Die Probe!" rief Fellmer Lloyd.

„Hat Zeit!" gab Rhodan kurzangebunden zurück. „Helme schließen, Deflektorschirme aktivieren. Schnell, schnell!"

Er war bereits fertig zum Ausstieg. Noch während seine Hand nach dem Flugregler tastete, sprang er aus der Öffnung im Außenschott. Er fiel einige Meter, bevor die Antigravaggregate mit hellem Singen anliefen und ihn in eine schräge Flugbahn rissen.

Unverwandt blickte er hinüber zum entgegengesetzten Platzrand, wo die SANGLIER versteckt liegen mußte.

Eine unerklärliche Unruhe trieb ihn an. Er holte alles aus den Flugaggregaten heraus.

Aber noch bevor der letzte Mann das Raumschiff richtig verlassen hatte, schoß am anderen Platzende greller Feuerschein in den Himmel. Ein Rauchpilz stieg empor.

Kurz darauf wurden die Männer von einer ungeheuren Druckwelle erfaßt und davongewirbelt. Sie fanden sich zwischen den Birnenraumern wieder, stabilisierten den Flug und sammelten sich.

„Das war die Space-Jet!“ schrie Pandar Rune zornig.

„Helmkoms auf geringste Reichweite justieren!“ befahl Perry Rhodan.

Als ihn fragende Blicke trafen, deutete er stumm nach oben.

Da sahen sie es auch.

Kleine elliptische Flugkörper kreisten in relativ geringer Höhe über dem gesamten Areal des Raumhafens. Sie schienen nichts von der Existenz der Terraner zu wissen, aber zweifellos hatten sie die Space-Jet geortet und kompromißlos vernichtet.

Die fünf Männer waren abgeschnitten.

Durch die Räume der CREST IV gellte der Alarm.

Die Funkzentrale meldete den Start der vier Ultraschlachtschiffe. Sie hatten sich aus der Atmosphäre Keegs gelöst und waren in den interplanetaren Raum vorgestoßen. Pausenlos und planlos schossen sie ihre Gigasalven ab. Der Raum um den zweiten Planeten wurde plötzlich erhellt vom Schein unzähliger künstlicher Sonnen.

Lordadmiral Atlan stürmte mit weiten Sätzen in die Funkzentrale.

„Eine Verbindung zur Space-Jet Rhodans!“ schrie er die Funker an. „Los, funken Sie die Jet an!“

Damit war die Funkstille aufgehoben. Die Funker handelten.

Gespannt beobachtete Atlan den Hyperkomempfänger. Seit einigen Sekunden rasten die Funkrufe mit einer Geschwindigkeit, die Entfernungen illusorisch machte, aus den großen Antennen des Flaggschiffes. Falls der Freund in Gefahr war, würde er sich melden.

„Wir müssen aus der Korona heraus, Sir!“ rief der Chef der Funkzentrale. „Die Hyperstörungen der Sonne sind hier zu stark.“

Der Arkonide griff nach dem Interkom.

„Gehen Sie bis unmittelbar an den Rand der inneren Korona, Kommandant Akran!“ befahl er.

Der Oberst fragte nicht erst, warum er aus der Zone des stärksten Ortungsschutzes herausgehen sollte. Er handelte sofort. Gleißende Energiebahnen schossen aus den Feldmündungen der Ringwulsttriebwerke. Die CREST bewegte sich mit hoher Beschleunigung.

Drüben auf der FRANCIS DRAKE wurde das gleiche Manöver ausgeführt, wie Atlan auf dem Beobachtungsschirm sehen konnte.

Er ließ sich eine Telekomverbindung zum Kommandanten des Freifahrerschiffes geben.

Rasto Hims blickte ihm von dem Bildschirm entgegen. Das Gesicht des Epsalers zeigte keine Regung, aber seine Stimme vibrierte, als er sagte:

„Ich bekomme keine Verbindung mit der SANGLIER, Eure Lordschaft. Wir müssen den Männern zu Hilfe eilen."

„Was getan wird, entscheide ich!" schrie der Arkonide ihn an. „Ihr König hat mir den Oberbefehl über die DRAKE übertragen, wie Sie wissen werden."

„Ich höre", entgegnete Hims ruhiger.

„Die FRANCIS DRAKE bleibt im Ortungsschutz der inneren Korona!" ordnete Atlan an. „Es genügt, wenn ein Schiff ein Risiko eingeht, indem es zum Rand vorstößt. Vorläufig greifen wir auch nicht in das Geschehen auf und um Keeg ein. Oder meinen Sie, die Ultraschlachtschiffe würden die SANGLIER verfolgen?"

„Nein, Sir! Dazu sind ihre Manöver zu planlos. Sie wissen überhaupt nicht, worauf sie schießen sollen."

„Danke, Ende!" sagte Atlan und unterbrach die Verbindung.

Unterdessen hatte die CREST IV den Rand der inneren Korona erreicht. Weiter durfte sie nicht hinausgehen, sonst wäre sie mit Sicherheit geortet worden. Aber die starke Hypersendung konnte durch die relativ geringen Randstörungen nicht mehr negativ beeinflußt werden.

Dennoch kam keine Antwort.

„Nichts, Sir", sagte Major Wai resignierend. „Sie antworten nicht. Noch nicht einmal ein Roger- oder Maydaysignal kommt an."

Der Arkonide senkte den Kopf.

Wenn der Freund in Bedrängnis geraten war, hätte er mindestens noch Zeit gehabt, den Kurzimpuls „Roger" zu senden – „Alles in Ordnung". Oder den Impuls, der das genaue Gegenteil besagte, nämlich „Mayday".

Das konnte eigentlich nur bedeuten, daß sich die fünf Männer nicht an Bord ihrer Space-Jet befanden – und in der Lage, wie sie sich den Ortungstastern der CREST IV darbot, mußte man daraus den Schluß ziehen, daß Rhodan die Jet verloren hatte. Andernfalls wäre er mit ihr geflohen. Bei den hohen Beschleunigungswerten der Diskusaufklärer hätte er im Linearraum verschwinden können, bevor die gestarteten Ultraschlachtschiffe OLD MANS ihn einholten und unter Beschuß nahmen.

„Funken Sie weitere fünf Minuten lang!“ befahl er dem Chef der Funkzentrale. „Danach stellen Sie die Sendung ein!“

Er wandte sich um und begab sich wieder in die Kommandozentrale.

Oberst Merlin Akran blickte ihn ebenso fragend an wie alle anderen Offiziere der Zentrale.

Atlan schüttelte den Kopf.

„Nichts. Perry Rhodan antwortet nicht.“

„Dann hat er seine Space-Jet verloren, Sir“, erklärte Akran. „Und die Helmkoms sind zu schwach, um uns zu erreichen.“

„Auf den Gedanken bin ich auch schon gekommen, Oberst.“

Der Lordadmiral seufzte.

„Geben Sie sich keinen Illusionen hin. Wir können gegen die vier Ultraschlachtschiffe des Riesenroboters nichts ausrichten; im Gegenteil, wir würden dem Gegner damit nur zeigen, daß sich einige unserer Leute auf Keeg befinden, was bestimmt nicht in Rhodans Interesse läge. Wir warten ab.“

Merlin Akran brummte unzufrieden vor sich hin.

„Es behagt mir überhaupt nicht, Sire, daß sich der Chef mit nur vier Mann ohne Transportmittel auf Keeg befindet.“

„Dieses Gefühl teilen Sie wahrscheinlich mit einigen tausend Männern, Oberst.“

„Und noch dazu dieser versponnene Träumer, dieser Freifahrer oder Freibeuter. Wenn der wenigstens nicht beim Chef wäre . . .“

Atlan lächelte kühl.

„Ich bin froh, daß er bei ihm ist. Anscheinend unterschätzen Sie seine Qualitäten ganz erheblich, Oberst. Ich wäre unruhiger, wenn Danton nicht bei Rhodan wäre.“

13.

Eine neue Druckwelle raste über den Raumhafen. Die fünf Männer lagen im Schutz der plumpen Landestütze eines Birnenraumschiffes, sonst wären sie rettungslos verloren gewesen.

Vier leuchtende Phantome von gigantischer Größe rasten in den Himmel Keegs.

Die Ultraschlachtschiffe OLD MANS mußten im Simultanstart abgehoben haben.

Perry Rhodan barg das Gesicht schützend zwischen den Armen und preßte sich noch dichter an den Boden. Ein ohrenbetäubendes Tosen und Donnern machte jede Verständigung unmöglich. Aufgewirbelter Sand peitschte gegen das Metall der Landestütze. Schmutz und Abfälle schlugen krachend gegen die Hülle des Schiffes.

Dann ebbte der Sturm ab.

Von oben kamen die Donnerschläge der hocherhitzten Luft, die in die Vakuumbahnen der gestarteten Raumschiffe zurückfiel. Von den Schiffen selbst war nichts mehr zu sehen. Sie mußten schon im freien Raum sein.

„Deckung!" schrie Roi Danton, als sich Rhodan erheben wollte.

Perry Rhodan warf sich erneut zu Boden. Gleichzeitig geriet ein Birnenraumer in seinen Blickwinkel. Das Schiff kippte wie in Zeitlupe zur Seite. Immer schneller wurde der Fall. Dann erbebte der Boden unter dem Aufprall von vielen tausend Tonnen Metall.

Trümmer lösten sich von dem Wrack, das nur knapp einen Kilometer von den Männern entfernt lag.

„Das war knapp", sagte Pandar Runete. „Wenn es in unsere Richtung gekippt wäre . . ."

Der Freihändler stand auf und klopfte sich den Sand von seinem Kampfanzug.

Mit undeutbarem Lächeln blickte er seinem Vater in die Augen.

Perry Rhodan zuckte verlegen die Achseln.

„Könnten die Mutanten wohl ihre Netze für kurze Zeit abnehmen?" fragte er. „Mich interessiert die Reaktion der Kristalle."

Roi nickte.

„Selbstverständlich. Mutierte oder mentalstabilisierte Gehirne können nicht ‚übernommen' werden. Eigentlich wären die Netze nur bei Major Runete notwendig gewesen; bei allen anderen stellen sie lediglich einen zusätzlichen Sicherheitsfaktor dar."

Rhodan starrte den Freifahrer an.

„Und Sie besitzen kein mutiertes Gehirn, nicht wahr?"

„Je ne comprends rien", erwiderte Roi. „Ich verstehe nichts."

Die Zornesader Perry Rhodans schwoll erneut an. Aber er riß sich gewaltsam zusammen und wandte sich den Mutanten zu.

„Nehmen Sie Ihre Netze ab, und lauschen Sie auf Hypnobefehle!"

Tako und Lloyd hatten ihre Helme bereits geöffnet. Sie zogen die Howalflektor-Netze aus ihren Haaren – und fuhren erschrocken zusammen.

„Was ist?" fragte Rhodan hastig. „Werden Sie etwa . . .?"

Tako Kakuta winkte ab.

Schweigend, mit geschlossenen Augen horchten die Mutanten auf die Hypnobefehle der Kristalle von Keeg. Man wußte, daß jeder Mensch die Hypnobefehle von Kristallen empfing, ob er nun davon beeinflußt werden konnte oder nicht.

Nach einigen Minuten hoben die Mutanten gleichzeitig die Köpfe.

„Die Hypnosendung ist schmerzhaft stark", berichtete Fellmer Lloyd. „Die Kristallagenten von Keeg haben Großalarm für den gesamten Planeten gegeben. Außerdem verfügen sie anscheinend über Spezialroboter, die durch die hypnosuggestiven Schwingungen aktiviert werden können."

„Meinen Sie damit, die Kristalle würden Robotern Befehle erteilen?" fragte Rhodan erschrocken.

„Ich glaube nicht", erwiderte Lloyd zögernd. „Ohne meine Orterfähigkeit wäre ich vermutlich nicht in der Lage gewesen, die kurzen Symbolgruppen zu empfangen. Meiner Ansicht nach werden in den Gehirnen der Roboter nur ganz bestimmte Programmierungen in Kraft gesetzt. Detaillierte Befehle konnte ich nicht aufnehmen."

„Tako . . .?" fragte Rhodan knapp.

Der Teleporter lächelte verbindlich.

„Lloyd hat recht. Ich konnte keine Symbolgruppierungen aufnehmen. Folglich senden die Kristalle nur so etwas wie Aktivierungsimpulse aus."

„Ein Glück!" sagte Major Runete. „Wo kämen wir hin, wenn die Glitzerdinger in der Lage wären, etwa unseren eigenen Kampfrobotern Befehle zu erteilen."

Perry Rhodan lächelte über die makabre Formulierung.

„Sie sind sich hoffentlich darüber klar, daß Atlan uns vorläufig nicht helfen kann. Wir müssen uns irgendwo verstecken, bis sich die Lage etwas beruhigt hat."

Gleichsam als Bestätigung seiner Worte wurde der Raumhafen jählings in grelles Licht getaucht.

Die Männer legten die Köpfe in den Nacken und starrten nach oben.

Über Keeg standen plötzlich Dutzende gleißender Kunstsonnen.

„Verrückt!" murmelte Pandar Runete. „Die Ultraschlachtschiffe scheinen blindlings Transformsalven abzufeuern. Was soll der Unfug?"

„Es beweist, daß man unsere Space-Jet durch einen reinen Zufall entdeckte", entgegnete Roi Danton. „Aus diesem Grund vermuten die Kristalle weitere getarnte Raumschiffe in unmittelbarer Nähe des Planeten. Dennoch wäre der Feuerzauber selbst in diesem Falle kaum erfolgreich."

„Legen Sie die Nezte wieder an!" befahl Rhodan den Mutanten. – „Major! Merken Sie etwas von hypnosuggestiven Angriffen?"

Runetes Hände glitten zum Helm.

Dann schüttelte er den Kopf.

„Nein, Sir! Die Netze halten alle hypnosuggestiven Einflüsse der Kristallagenten ab!"

Perry Rhodan lächelte. Doch unvermittelt wurde sein Gesicht wieder ernst.

Er deutete mit ausgestrecktem Arm zwischen den beiden nächsten Birnenraumschiffen hindurch auf die freie Fläche des Platzes.

„Oh!" sagte Runete.

Auch die anderen Männer hatten sich dem Raumfeld zugewandt. Sie wurden sehr blaß, als sie die seltsam geformten Maschinen sahen, die sich über die riesige Fläche bewegten.

Sie kamen aus allen Richtungen – aber ihre Marschrichtung deutete auf einen einzigen Punkt hin: auf den Fleck, auf dem die Terraner standen!

Der Flugkörper kippte über die elliptische Fläche ab und schoß im Sturzflug nach unten.

Schrill tönte das Heulen der Triebwerke zu den Flüchtenden hinab.

Etwa hundert Meter von ihnen entfernt schlugen sonnenhelle Energiebahnen in den Platzbelag, schmolzen tiefe Furchen heraus und eilten auf eines der birnenförmigen Raumschiffe zu. Kurz davor brachen sie ab.

Der Flugkörper zog jaulend nach oben weg.

Aus der Ferne ertönte das Rasseln von Gleisketten und das harte Stampfen metallener Füße.

Erneut setzte der Flugkörper zum Sturzflug an.

Perry Rhodan sah ihn kommen. Er erkannte, daß sie diesmal genau in die Schußbahn geraten würden.

Wild riß er am Steuerhebel des Antigravtriebwerks.

Er wurde hart aus dem Kurs gerissen und schoß zwischen zwei Raumschiffen hindurch. Die Gefährten folgten ihm; sie hatten sein Manöver nachvollzogen.

Weitab schlugen die Strahlbahnen des Verfolgers ein.

Aber schon erschienen andere Flugmaschinen am Himmel. Sie kurvten dicht über den Bugspitzen der Raumschiffe und suchten anscheinend noch.

„Irgendwo muß es Materialschächte geben, die nach unten führen!" rief Pandar Runete über Helmkom.

Perry Rhodan antwortete nicht.

Dem Major mußte es völlig klar sein, daß sie von Anfang an nichts anderes als einen Einstieg in die Unterwelt des Planeten gesucht hatten. Seine Mitteilung entsprang der ganz natürlichen Panikreaktion, von der sie alle mehr oder weniger ergriffen worden waren. Uralte Instinkte wurden wach und befahlen den Menschen, einen Schlupfwinkel zu suchen, irgend etwas, das sie den Blicken der Verfolger nicht ohne weiteres preisgab.

Er steuerte unter einem Raumschiff hindurch.

Hinter ihnen wurde ein Orkan gebündelter Energie entfesselt. Danach kam das Heulen von Flugscheiben.

Vier... fünf Objekte schossen im Zickzackkurs zwischen den Birnenschiffen dahin. Eines streifte einen vorspringenden Antigravkran-Arm und stürzte ab. Es verging in einer grellen Explosion, als es gegen eine Landestütze eines anderen Schiffes prallte.

Glühende Trümmer fauchten zwischen den Männern hindurch.

Und wieder kam ein Angriff.

Diesmal waren es mehr als zehn Flugscheiben, die sich auf den unsichtbaren Gegner stürzten.

Die Koordination funktionierte anscheinend nicht ganz. Die Energiebahnen rissen lediglich große Löcher in eines der Raumschiffe.

Perry Rhodan nahm das als Beweis dafür, daß die Hypnokristalle tatsächlich nicht in der Lage waren, die Aktionen der Roboter direkt zu steuern. Sie vermochten sie nur auszulösen.

Wenn sie aber noch lange nach einem Einschlupf suchen mußten, würden sie früher oder später ausgelöscht werden – und sei es nur durch einen Zufallstreffer.

„Roboter vor uns!" schrie Kakuta plötzlich mit seiner hellen Stimme.

Einen Augenblick später entdeckte Perry Rhodan sie ebenfalls. Es handelte sich um klobig geformte Maschinen auf jeweils vier gesondert beweglichen Gleisketten. An den Oberseiten der Gebilde drehten sich Waffenkuppeln mit den charakteristischen Läufen mittelschwerer Impulsgeschütze.

Die Roboter hatten die Flüchtenden offenbar noch nicht entdeckt. Aber das konnte sich schnell ändern, wenn sie weiterhin auf sie zuflogen.

Wieder änderte Rhodan den Kurs.

Der Schweiß brach ihm bei dem Gedanken an eine vollkommene Einkesselung aus.

Soweit durfte es nicht kommen!

Sie waren vielleicht einen halben Kilometer von den Robotern entfernt, als die schweren Kolosse herumruckten und ihnen mit kreischenden und mahlenden Gleisketten folgten.

Die ersten Schüsse aus den Impulskanonen durchschnitten die

Luft. Aber sie gingen hoch über die Männer und die Raumschiffe hinweg und verloren sich am Horizont.

Doch in diesem Augenblick stieß wieder ein Pulk Flugscheiben herab. Mehr und mehr tauchten aus dem grauen Himmel auf und rasten mit infernalischem Heulen auf die Flüchtenden zu.

Perry Rhodan sah, wie Pandar Runete den Strahler zog.

„Nicht schießen!" rief er.

Runete steckte die Waffe zurück.

„Verzeihung, Sir!" murmelte er.

Roi Danton lächelte spöttisch.

Näher und näher kamen die Flugroboter.

Die Zeit war abzusehen, an dem die Hölle losbrechen würde.

Aber noch einmal ging der Tod an den Terranern vorüber.

Unvermittelt zuckten die Strahlbahnen der Kettenroboter nach oben, erfaßten die Flugmaschinen und vewandelten sie in glühende Gaswolken. Die Scheiben erwiderten das Feuer nicht, aber sie wichen aus, soweit sie nicht im ersten Feuerschlag zerstört worden waren, und sammelten sich in größerer Entfernung.

Plötzlich riß der Wald der Birnenschiffe ab.

Perry Rhodan ging unwillkürlich noch tiefer. Erst dann begriff er, daß sie so gut wie gerettet waren – wenigstens vorerst.

Am anderen Ende des freien Platzes standen würfelförmige Gebäude. Niemand der fünf Männer brauchte zweimal hinzusehen, um zu erkennen, daß es sich um sogenannte Pfortenbunker handelte, Gebäude, die die Eingänge zu den Untergrundanlagen von Raumhäfen gegen die Druckwellen startender Schiffe und gegen Witterungseinflüsse schützten.

„Notfalls verschaffen wir uns mit den Strahlern Einlaß!" sagte Rhodan zähneknirschend. „Sehen Sie nach links, meine Herren! Dann wissen Sie, warum!"

Zwischen den Birnenschiffen wälzten sich Hunderte von Robotern ins Freie. Es handelte sich um verkleinerte Ausgaben der zuerst gesehenen Gleiskettenfahrzeuge. Aber es gab dennoch keinen Zweifel daran, daß ihre Waffen den Tod für die Verfolgten bedeuteten – wenn sie erst einmal ihr Ziel gefunden hatten.

Gleich hungrigen Falken stürzten die Männer auf den nächstliegenden Pfortenbunker herab.

„Offen!“ schrie Fellmer Lloyd fassungslos.

Perry Rhodan wollte in die Öffnung hineinsteuern, da glitt Roi Danton an ihm vorüber.

Der Freihändelr hielt die Waffe schußbereit, aber sein Eindringen glich einem blindwütigen Vorwärtsstürmen; es bot keine Chance, einen eventuell im Gebäude stehenden Gegner rechtzeitig zu erkennen und seinem Angriff zu entgehen.

Perry Rhodan kam zu dem Schluß, daß Rois Vorgehen einzig und allein von der Sorge um seine, Rhodans, Sicherheit bestimmt worden war.

Er verstand plötzlich überhaupt nichts mehr.

Aber lange konnte er seine Gedanken nicht an das neu aufgetauchte Problem verschwenden. Die Verfolger waren nahe, und es grenzte an ein Wunder, daß sie das Feuer noch nicht eröffnet hatten.

„Der Antigrav funktioniert!“ meldete Roi Danton triumphierend.

Als Rhodan ihn einholte, sah er es ebenfalls.

In dem Pfortenbunker herrschte – ganz im Gegensatz zu den Birnenraumschiffen, mustergültige Ordnung. Die Aggregate waren zwar von einer millimeterdicken Staubschicht überzogen, aber beschädigt oder verfallen waren sie nicht.

Das Eingangsschott zum Antigravschacht stand offen.

„Es öffnete sich, als ich wenige Schritte davorstand und meinen Deflektorschirm ausschaltete“, erklärte Roi.

Der Schacht selbst wurde von mildem, gelbem Licht erhellt, und Perry Rhodan brauchte nur die Hand auszustrecken, um den Zug des abwärts gepolten Feldes zu spüren.

„Den Pforteneingang schließen!“ befahl er.

Mit Runete, Kakuta und Lloyd zusammen suchte er nach dem Schalter für das Panzertor des Bunkers. Lloyd fand ihn. Als er den roten Knopf niederdrückte, glitten die Torhälften aufeinander zu und verschlossen den Eingang.

Perry Rhodan zog den Strahler, stellte ihn auf Maximalleistung und gebot seinen Gefährten mit einer Handbewegung, im Antigravschacht zu verschwinden.

Danach trat er bis an den Schachteinstieg zurück und drückte auf den Feuerknopf der Waffe.

Der gebündelte Impulsstrahl fraß sich in den Stahl des Tores, als bestände er aus Butter. Durch rasches Hin- und Herbewegen der Waffe erreichte es Rhodan, daß die beiden Hälften des Tores miteinander verschweißt wurden.

Das würde die Verfolger hoffentlich lange genug aufhalten, so daß sie in der Unterwelt des Planeten untertauchen konnten.

Er wandte sich um und wollte sich in den Schacht fallen lassen.

Vor ihm stand Roi Danton.

„Bitte, nach Ihnen, Grandseigneur!“

In einer Aufwallung von Verlegenheit und Ärger packte Rhodan den Freihändler bei den Schultern, drehte ihn um und stieß ihn in den Schacht.

„Ich kann Ihre Freundlichkeit leider nicht annehmen, Monsieur!“ rief er ihm hinterher.

Dann sprang er ebenfalls.

Fellmer Lloyd legte das Howalflektor-Netz wieder über seinen Kopf. Als er zum Sprechen ansetzte, mußten die anderen ihre Außenmikrophone abschalten, sonst hätte der Lärm der Maschinen Lloyds Worte übertönt.

„Die Kristalle haben die Arbeiter der Fabriken und Werften aufgefordert, jedes Auftauchen von Fremden oder Verdächtigen sofort den Robottruppen zu melden und sich ansonsten nicht um die Verfolgung zu kümmern.“

„Hm!“ machte Runete. „Die Beeinflußten können uns nicht entdecken, weil wir die Deflektorschirme wieder aktiviert haben. Folglich brauchen wir uns um diese Anordnung nicht zu kümmern.“

„Aber sie läßt einen interessanten Schluß zu“, meinte Roi Danton bedächtig. „Die Arbeiten hier unten müssen von eminenter Wichtigkeit für die Kristalle sein, sonst würden sie nicht auf die aktive Unterstützung der Beeinflußten verzichten.“

Er richtete seinen Blick auf Rhodan, und der lächelte begreifend.

„Also gut, Monsieur. Sehen wir uns an, was hier fabriziert wird.“

Er schaltete sein Außenmikrophon wieder ein und regulierte dessen Einstellung so, daß er die Geräusche der Umwelt zwar wahrnahm, aber von dem Lärm nicht taub werden konnte.

„Sie sollten es ebenfalls tun“, forderte er die Gefährten auf. „Wir können es uns nicht leisten, auf akustische Eindrücke zu verzichten.“

Er brauchte nicht erst zu erklären, was er damit meinte. Sie waren in den vergangenen zwei Stunden viermal von Kampfrobotern fremdartiger Konstruktion angegriffen worden, und nur der charakteristische Lärm, den die Maschinen bei ihrer Fortbewegung erzeugten, hatte sie rechtzeitig gewarnt, so daß sie entkommen konnten.

Auf einem Transportband von mindestens zehn Kilometern Länge waren sie nach dem letzten Überfall unbemerkt in diesen Sektor der Unterwelt Keegs geraten. Sie durften hoffen, einige Zeit unentdeckt zu bleiben. Augenblicklich vernahmen sie weder ein Stampfen noch das Rasseln von Gleisketten, das auf Verfolger hinwies.

Hintereinander liefen sie bis zum Ende des Flures, neben dem – jetzt hinter einer Wand verborgen – das Transportband lief. Sie hatten absteigen müssen, als aus einer Öffnung in der Decke plötzlich schwere Terkonitdrahtrollen herabgefallen waren. Glücklicherweise war das in der Nähe eines Notausgangs geschehen – oder vielleicht befand sich der Ausgang auch nur zu dem Zweck dort, daß mitfahrende Arbeiter das Band rechtzeitig verlassen konnten.

Perry Rhodan, der vorausgeeilt war, hob die Hand und blieb stehen.

Als die anderen ihn einholten, sahen sie den Durchgang zu einer gigantischen Halle. Sie war hell erleuchtet, und große Maschinen standen in Reih und Glied – Hunderte oder gar Tausende.

Zwischen den Maschinen einer Reihe liefen breite Transportbänder, auf denen sich Teil zu Teil fügte, ohne daß die Männer von ihrem Platz aus erkennen konnten, wie das Endprodukt einmal aussehen würde.

„Hinein!“ befahl Rhodan flüsternd. „Wir versuchen, auf der anderen Seite der Halle einen Ausgang zu finden. Schnell!“

Sie benutzten die Antigravaggregate nicht, da sie sich noch immer nicht darüber im klaren waren, wodurch sie die Verfolgung auf sich gezogen hatten. Irgendwie mußte es den Robotern möglich sein, sie zu erkennen, und vielleicht war die Streustrahlung der Antigravaggregate der Grund.

Mit weiten Sätzen überquerten sie den Zwischenraum, der sie von der ersten Maschinenreihe trennte. Sie sahen, daß unentwegt Kontrollampen an den Seitenwänden der Automaten aufblinkten. Polternde Geräusche und schwaches Summen drang aus dem Innern.

Dinge, die wie komplizierte elektronische Aggregate aussahen, glitten auf dem Transportband in die Eingangsöffnung der Maschinen hinein und kamen – scheinbar unverändert – am anderen Ende wieder heraus. Offenbar wurde von jedem Automaten nur ein winziges Teil hinzugefügt. Die Materialzuführung erfolgte wahrscheinlich durch eine Bodenöffnung, denn Zuführungsmöglichkeiten waren nicht zu sehen.

Perry Rhodan bückte sich und schaute unter dem Band hindurch. In etwa zehn Metern Entfernung rollte ein weiteres Transportband vorüber – und dahinter noch eines und noch eines. Es schien kein Ende zu nehmen.

„Wir kriechen unter einigen Bändern weg und laufen dann parallel zur Maschinenreihe“, befahl er. „Sonst sieht uns jeder gleich, der durch unseren Eingang kommt.“

Es war nicht schwer, unter den Bändern hindurchzukriechen. Ihre Unterkante lag etwa einen Meter über dem Hallenboden.

Nachdem sie fünf Reihen passiert hatten, richtete Rhodan sich auf und sagte:

„Das dürfte genügen. Vorwärts!“

Aber bevor er sich wieder in Bewegung setzen konnte, riß ihn Tako Kakuta zurück.

„Menschen!“ flüsterte der Teleporter erregt.

Den Gang zwischen den Reihen hindurch kamen ihnen vier Männer entgegen. Sie trugen schwere Taschen über den Schultern und schoben eine kleine Antigravplattform vor sich her, auf der etwas lag, das aus der großen Entfernung nicht zu erkennen war.

„Keine Gefahr für uns“, sagte Rhodan. „Wir wechseln in den nächsten Gang über.“

Noch einmal krochen sie unter einem Transportband durch. Dann setzten sie ihren Weg in der alten Richtung fort.

Es dauerte ungefähr fünf Minuten, bis sie die vier Männer wiedersahen. Ihre Augen blickten starr geradeaus. Aber im Gegnsatz zu den Menschen in der oberen Werfthalle waren diese hier weder ausgezehrt noch ungepflegt. Ihre Bartstoppeln konnten höchstens einen Tag alt sein, und die Kombinationen waren relativ sauber, so daß die Erkennungssymbole deutlich erkannt werden konnten.

„EX-17008“, las Perry Rhodan. „Sie kommen von einem Explorerschiff! Anscheinend rekrutieren sich alle Sklaven auf Keeg aus ehemaligen Explorerbesatzungen!“

„Leutnant Karge Elroy!“ las Roi Danton von dem Ärmelschild des einen Mannes ab.

„Der zweite ist ein gewisser Captain Billy Haffgus!“ rief Tako Kakuta.

„Billy Haffgus“, sann Lloyd. „Oh, verd...! Den kenne ich. Ich hatte einmal einen Einsatz im Plejadensektor, und ein Explorerschiff nahm mich mit und lieferte mich auf Dookan ab. Auf diesem Schiff befand sich ein Atomphysiker mit dem Namen Billy Haffgus. Damals war er allerdings noch Leutnant.“

Er knirschte mit den Zähnen.

„Und nun? Was haben die Kristalle aus ihm gemacht?“

Erbittert starrte er auf die Rücken der Männer, die soeben vor einer der Maschinen anhielten. Der, auf dessen Ärmelschild der Name Elroy gestanden hatte, öffnete eine Seitenklappe des Automaten. Ein anderer reichte ihm etwas aus dem Plastikbehälter, der fast die ganze Fläche der Antigravplatte einnahm. Elroy schob es in die Öffnung der Maschine und schloß die Klappe wieder.

„Fabrikationsschablonen“, sagte Tako. „Sie programmieren die Automaten für die nächste Fabrikationsserie.“

Roi nickte nachdenklich.

„Und dazu gehören Männer, die wenigstens noch halbwegs denken können. Eine Verwechslung würde die gesamte Produktion durcheinanderbringen. Deshalb also sehen die Männer physisch gesund aus. Die Kristalle vermögen bewußt zwischen den einzelnen Arbeitern zu differenziern.“

„Wir sollten lieber weitergehen!“ drängte Pandar Runete. „Ich habe das Gefühl, als würden wir bald wieder eine Überraschung erleben.“

„Nehmen Sie das Netz ab und horchen Sie, Lloyd!“ befahl Rhodan.

Der Telepath gehorchte.

Nach wenigen Sekunden verzerrte sich sein Gesicht.

„Sie wissen, wo wir sind!“ stieß er hervor. „Die Kristalle haben den Arbeitern von Sektor acht befohlen, beim Erscheinen der Roboter in Deckung zu gehen und unsere Nähe zu meiden.“

„Woher wollen Sie wissen, daß das hier Sektor acht...", begann Roi. Er kam nicht weiter.

„Da!" rief Runete dazwischen. „Die Arbeiter lassen ihre Plattform stehen und laufen davon."

„Parbleu!" schimpfte Roi.

Er setzte sich in Bewegung, als sein Vater zu laufen begann. Die anderen rannten hinterher.

Sie erreichten den Ausgang auf der anderen Seite der Halle in dem Augenblick, in dem die ersten Roboter darin auftauchten.

Rhodan und Danton zogen ihre Strahler zur gleichen Zeit. Zwei Roboter hielten ruckartig an, als wären sie gegen eine unsichtbare Mauer gefahren. Die anderen drei feuerten.

Doch da waren die Terraner bereits hinter zwei Maschinen in Dekkung gegangen.

Die Schüsse von Lloyd, Kakuta und Runete machten die restlichen Kampfmaschinen bewegungsunfähig. Ihr Feuerleitsystem schien blockiert zu sein, denn sie schossen nicht zurück.

„Sie müssen unsere Netze orten können!" schrie Tako, während er hinter den anderen her durch den Ausgang jagte und sich gleich den Gefährten kopfüber in einen engen Liftschacht stürzte.

Er wiederholte seine Vermutung, als sie auf einem Transportband saßen und einem noch unbekannten Ziel entgegengetragen wurden.

Roi Danton runzelte nachdenklich die Stirn.

„Das wäre möglich", sagte er unsicher und blickte dabei seinen Vater an. „Die Howalflektor-Netze kompensieren die Kristallschwingungen mittels einer schwachen Eigenstrahlung. Wenn die Roboter in der Lage sind, sie anzumessen..."

Er beendete den Satz nicht. Aber jeder wußte auch so, daß sie vor einem schier unlösbaren Problem standen. Entfernten sie die Netze und ließen sie irgendwo zurück, dann mußte der Major unweigerlich in den Bann der hypnosuggestiven Strahlung geraten. Behielt Runete sein Netz, so zog er die Verfolger immer wieder auf ihre Spur.

Darum wirkte es absolut deplaciert, als Danton plötzlich das Thema wechselte.

„Monsieur Lloyd", sagte er. „Sie haben die Befehle der Kristalle öfter empfangen als Tako."

Er errötete, weil er „Tako“ gesagt hatte anstatt „Monsieur Kakuta“, obwohl er den Teleporter offiziell nicht viel besser kennen durfte als den Telepathen. Doch niemand schien darauf zu achten.

„Ich möchte wissen“, fuhr er hastig fort, „ob Sie aus der Stärke der empfangenen Schwingungen auf die Menge der beteiligten Kristalle schließen können.“

Fellmer Lloyd wölbte verwundert die Brauen. Aber er dachte nach.

„Eigenartig, daß Sie danach fragen“, murmelte er. „Mir ist tatsächlich aufgefallen – aber wohl nur unbewußt –, daß die Schwingungen beträchltich schneller erfolgen, wenn die Kristalle uns erwähnten und entsprechende Befehle erteilten.“

„Sie meinen, die Schwingungen vestärkten sich“, verbesserte Rhodan.

„Nein, die Intensivierung erfolgte nicht durch quantitative Verstärkung, sondern durch Erhöhung der Schwingungsfrequenz.“

„Danke, das genügt mir“, sagte Roi.

Als er die Augen der Gefährten auf sich gerichtet sah, lächelte er.

„Mir ist jetzt klargeworden, daß sich auf Keeg nur gerade so viele Kristalle befinden, wie zur Beherrschung der gefangenen Menschen nötig sind.“

„Ist das nicht etwas weit hergeholt?“ fragte Rhodan ironisch.

„Vielleicht, Grandseigneur“, gab Danton achselzuckend zu. „Aber Monsieur Lloyds Wahrnehmung scheint meine Vermutung zu bestätigen. Nun frage ich mich, warum die Kristalle die vier Giganten OLD MANS auf Keeg landen ließen, anstatt sie sofort dorthin zu schicken, wo offenbar das Gros der Kristallagenten lagert. Wagen sie vielleicht nicht, die supermodernen Großraumschiffe des Riesenroboters zu ihrem geheimen Hauptstützpunkt fliegen zu lassen?“

In die folgende Stille hinein sagte Perry Rhodan mit bebender Stimme:

„Wir müssen die Schiffe finden, die für diesen angenommenen Geheimplaneten der Kristallagenten bestimmt sind!“

Roi Danton öffnete den Mund zu einer Antwort.

Aber Pandar Runete riß plötzlich den Strahler heraus und schoß. Eine gewaltige Expolosion fegte die fünf Terraner von dem Transportband herunter.

Wahrscheinlich entgingen sie nur deshalb den Strahlschüssen der überraschend aufgetauchten Kampfroboter.

Sie mußten ihre Flugaggregate benutzen, sonst wären sie nicht mehr entkommen. Überall ringsum öffneten sich Schotts, rollten oder stampften schwere Kampfmaschinen heran, blitzten Strahlschüsse auf.

Wie sie dann in einen aufwärts führenden Antigravlift und durch sechs große Fabrikhallen gekommen waren, hätten sie später selbst nicht mehr zu sagen gewußt.

In einem vollautomatischen Auslieferungslager für schwerste Maschinenteile ruhten sie sich aus.

Sie öffneten ihre Helme, damit sie sich ohne Zuhilfenahme der Helmsender unterhalten konnten.

„Was nun?" fragte Rhodan keuchend. „Wie können wir die Howalflektor-Netze ablegen und Major Runete gleichzeitig vor dem Einfluß der Kristallagenten schützen?"

Grinsend zog Danton eine schmale, flache Plastikdose aus einer der zahlreichen Außentaschen seiner Kampfkombination.

Er hielt sie hoch, so daß jeder die Sprühdose sehen konnte.

„Komprimiertes Bioflex-Gas", erklärte er.

„Oh, ich weiß", fiel ihm Rhodan ins Wort. „Damit wurde die OMASO zurückerobert. Aber es braucht lange, bis es wirkt."

„Dieses hier ist von anderer Zusammensetzung, Grandseigneur", fuhr Danton ungerührt fort. „Es wirkt nach dem ersten Atemzug und behält seine Wirkung wesentlich länger als jenes, das an Bord der OMASO verwendet wurde."

Rhodan verstand. Indem Runete das Bioflex-Gas einatmete, würde er in tiefe Bewußtlosigkeit versinken, so daß ihm die Befehle der Kristallagenten nichts anhaben konnten. Er blickte zum Major hinüber. Dieser nickte leicht.

„Ich bin bereit", sagte er schlicht.

Danton ging näher an Runete heran, der unmittelbar neben Rhodan stand, und hielt die Dose, die mit einem Sprühmechanismus ausgestattet war, vor dessen Gesicht.

Als der Freihändler den Mechanismus betätigte, der den gesamten Doseninhalt freisetzte, geschah es:

Eine heftige Detonation erschütterte den Boden. Rhodan stützte sich instinktiv bei Runete ab. Dabei stießen die beiden Männer mit ihren Köpfen zusammen. Der für Runete gedachte Doseninhalt traf nicht nur den Major, sondern auch Rhodan.

Beide Männer verloren blitzartig das Bewußtsein und sanken zu Boden.

Danton stieß einen Fluch aus, der gar nicht zu seinem Gehabe zu passen schien. Doch er reagierte rasch auf die veränderte Situation.

„Tut mir leid!“ rief er. „Das lag nicht in meiner Absicht.“

Die beiden Mutanten hatten sich von ihrem Schock schon erholt. Sie nickten nur.

„Wir müssen nun mit der gegebenen Situation zurechtkommen“, sagte Danton. Blitzartig griff er zu und zog die Howalflektor-Netze aus den Haaren von Runete und Rhodan. Sorgfältig verbarg er sie in einem Regal. Die Netze von Kakuta und Lloyd sowie sein eigenes legte er dazu. Dann wandte er sich erneut an die beiden Mutanten.

„Vorwärts. Wir müssen weiter. Schalten Sie die Antigravaggregate der Anzüge des Grandseigneurs und des Majors ein, und schließen Sie ihre Helme.“

Eine Explosion riß sie von den Beinen und schleuderte sie die Treppe hinunter, auf der sie gestanden und in die riesige Werfthalle geblickt hatten.

Die Explosion hatte unmittelbar hinter ihrem Rücken stattgefunden und eine beträchtliche Hitzeentwicklung hervorgerufen. Es war wie ein Wunder, daß sie keine ernsthaften Verletzungen davongetragen hatten, denn sie hatten ihre Schutzschirme nicht aktiviert, um sich gegenseitig nicht zu behindern. Nur dem widerstandsfähigen Material der Anzüge und dem Umstand, daß ihre Helme geschlossen waren, hatten sie es zu verdanken, daß sie von der Hitze nicht eingeäschert worden waren.

Dennoch wurden die Männer blaß, als sie sich wieder aufrappelten und erkennen mußten, daß ihre Kampfanzüge wertlos geworden waren. Die große Hitzeentwicklung der Explosion hatte die Rückentornister zur Unkenntlichkeit verschmoren lassen. Die Helme hatten sich automatisch geöffnet, als die interne Sauerstoffversorgung ausfiel. Spezielle Sicherheitsschaltungen hatten verhindert, daß die Energieaggregate explodiert waren und dafür gesorgt, daß die freiwerdenden Energien nach außen verpufften, ohne den Träger zu gefährden. Neben den Rückentornistern waren auch sämtliche in den Gürteln befindlichen Aggregate zerstört.

Danton erholte sich als erster vom Schrecken.

„Man geht offensichtlich radikaler gegen uns vor", meinte er mit einem bitteren Lächeln. „Es wird Zeit, daß wir verschwinden."

Er wies auf die birnenförmigen Raumschiffe, die in einer langen Reihe in der Werfthalle standen. Die stielförmigen Bugnasen ragten durch gewaltige Deckenöffnungen, und zwischen den Raumschiffen hingen Trennschotts zur Hälfte aus der Decke herab.

Nein! Sie hingen nicht bewegungslos herab – sie glitten langsam nach unten!

Roi begriff im selben Augenblick, in dem er es sah.

„Tako, ins nächste Schiff!"

Er deutete auf Rhodan und Runete. Diesmal merkte nicht einmal er selbst, daß er den Teleporter beim Vornamen genannt hatte, wie er es von früher her gewohnt war.

Takos Gesichtsfarbe wurde noch eine Schattierung bleicher.

Aber widerspruchslos nahm er die beiden Männer auf – und verschwand.

Sekunden später materialisierte er wieder.

„Glück gehabt!" stieß er schweratmend hervor. „Ich bin in einem Lagerraum am Heckende des Schiffes herausgekommen."

Er streckte die Hände aus, und Lloyd und Danton griffen ohne Zögern zu.

Im nächsten Moment standen sie in einem schwach erhellten Lagerraum. Riesige Regale ragten gleich Bergwänden neben ihnen empor. Sie waren leer.

„Also so ist das", murmelte Lloyd. „Man holt mit diesen Schiffen den benötigten Nachschub an Kristallmaterie und verlädt ihn hier auf Keeg in die Ultraschlachtschiffe von OLD MAN."

Er stutzte und riß die Augen weit auf.

„Wir müssen hier raus! Wenn das Schiff startet – wer weiß, wo wir dann landen!"

„Das ist es", erwiderte Roi ganz ruhig. „Noch wissen wir es nicht, aber wir wollen es wissen, nicht wahr?"

„Sie sind wahnsinnig!" schrie der Mutant.

Roi schüttelte den Kopf.

„Nennen Sie mir eine akzeptable Alternative, Monsieur Lloyd. Auf Keeg ist der Teufel los. Man würde uns auch ohne die Netze finden und töten. Hier im Schiff vermutet man uns vorläufig nicht – und ich hoffe, daß man auch vor dem Start nicht mehr auf diese Idee kommt."

„Er hat recht", sagte Kakuta schlicht.

„Danke!"

Der Freifahrer neigte den Kopf.

„Je vous remercie beaucoup, Monsieur Kakuta. – Ich danke Ihnen sehr!"

„Ich glaube, wir können die unbrauchbaren Anzüge ausziehen", meinte Fellmer Lloyd.

Danton nickte.

Sie entledigten sich ihrer Kampfanzüge und zogen auch den beiden Bewußtlosen ihre Kombinationen aus.

Einige Minuten später setzte das Rumoren der anlaufenden Schiffstriebwerke ein.

„Hinsetzen!" rief Danton.

Sie setzten sich neben die beiden Bewußtlosen und warteten.

Die Minuten dehnten sich endlos.

Plötzlich ging ein heftiges Rütteln durch den Rumpf. Das Brüllen der Kraftwerke schwoll an. Andere Aggregate fielen ein.

Roi Danton warf einen Blick auf seinen Armbandchronographen.

„Le treize novembre, à douze heures trente-cinq ...", sagte er nachdenklich.

„Wie bitte?" fragte Fellmer Lloyd verständnislos.

„Ich sagte, wir haben den dreizehnten November, genau 12.35 Uhr, Monsieur. Der historische Augenblick, in dem wir vermutlich zum Versteck der Hypnokristalle starten."

Der Freihändler zog ein rechteckiges Kästchen aus einer Tasche seiner phantasievollen Kleidung, die er unter dem Kampfanzug angelegt hatte.

„Ein Minikom!" entfuhr es Lloyd.

Roi nickte ernst.

„Stimmt. Und sobald ich am Maschinengeräusch merke, daß wir die Atmosphäre hinter uns gelassen haben, gebe ich einen Bericht an die CREST IV und an die FRANCIS DRAKE."

„Gott sei Dank!“ sagte Fellmer Lloyd erleichtert. „Und ich dachte schon, die würden niemals erfahren, was aus uns geworden ist. – Aber seien Sie vorsichtig, damit nicht die Falschen unseren Spruch hören!“

Roi Danton zuckte die Achseln.

Er konnte nichts zur Verringerung dieses Risikos tun.

Seine Finger glitten über die Tastatur des Gerätes, dann preßte er entschlossen den Aktivierungsknopf nieder.

Langsam begann er in das Rillenmikrophon zu sprechen, während das Birnenraumschiff beschleunigte und in den freien Raum hinausraste – mit unbekanntem Ziel.

„Roi Danton ruft CREST IV und FRANCIS DRAKE!“ wiederholte er. „Ich spreche von Bord eines birnenförmigen Schiffes aus, das soeben den Planeten Keeg mit unbekanntem Ziel verlassen hat. Wir alle sind wohlauf. Lordadmiral Atlan, ich möchten Sie bitten, dem Schiff heimlich zu folgen...“

Er schilderte knapp, was sie auf Keeg erlebt hatten.

Nach einer Viertelstunde schaltete er den Sender ab.

Der Empfänger blieb jedoch aktiviert.

Roi Danton preßte den winzigen Lautsprecherteil an sein Ohr und lauschte. Aber er vernahm nur das Rauschen, Knistern und Krachen kosmischer Störungen.

Seufzend aktivierte er den Senderteil erneut.

Vielleicht hörte man ihn doch noch...

14.

Roi Danton kauerte in der Finsternis und hörte das unheimliche, schlurfende Geräusch langsam näher kommen. Die Dunkelheit war so dicht, daß er nicht die geringste Einzelheit der Umgebung erkennen konnte. Wenn er den Arm ausstreckte, berührte er ein Gebilde aus Metall, das sich wie ein Geländer anfühlte. Hinter ihm lag irgendwo der Ausstieg des Antigravschachts, durch den er hierhergekommen war. In der Luft schwang das Summen schwerer Triebwerke, die das riesige fremde Raumschiff durch die sternenarmen Abgründe der Großen Magellanwolke schoben.

Das Schlurfen war Roi nicht entgangen, als es zum erstenmal in der Finsternis rechts von ihm auftauchte. Seitdem hatte er reglos gekauert und gewartet. Mit der linken Hand umklammerte er die kleine Handlampe. Die Rechte hielt er in der Nähe des Strahlers am Gürtel.

Wer immer es auch sein mochte, der da durch die Dunkelheit auf ihn zukam, mußte ihn deutlich gehört haben, als er sich durch den Ausstieg des Antigravschachtes schwang. Er hatte diesen Teil des Raumschiffes für verlassen gehalten und sich keine Mühe gegeben, leise zu sein.

Mit Unbehagen erwog er die Möglichkeit, daß das, was da durch die Finsternis schlurfte, ein Wesen sein könnte, das im Dunkeln sehen konnte. Daß er in Wirklichkeit wie auf einem Präsentierteller säße, während er glaubte, die Dunkelheit beschütze ihn ebenso wie den Fremden.

Er richtete sich langsam auf. Die Kleidung, die er trug, war für ein solches Unternehmen nicht gemacht. So vorsichtig er sich auch bewegte, er konnte es nicht verhindern, daß sie knackste und raschelte.

Das Schlurfen verstummte eine Sekunde lang – als wäre der Fremde stehengeblieben, um zu horchen. Dann setzte es wieder ein. Roi wandte sich zur Seite und riskierte es, den rechten Arm einen Augenblick lang auszustrecken, so daß er das Geländer betasten konnte, das er zuvor gespürrt hatte. Er fand seine Vermutung bestätigt. Am oberen Rand des Metallgebildes gab es einen horizontal verlaufenden Barren aus Plastikmaterial, für Hände bestimmt, die sich am Geländer festhalten wollten. Der Barren lag da, wo Rois Arme endeten, wenn er sie ausgestreckt hängen ließ. Das Geländer war von einem kleineren Volk erdacht und gebaut worden.

Das Geräusch war jetzt höchstens noch fünf Meter von ihm entfernt. Der Fremde bewegte sich nicht schnell, vielleicht einen halben Meter pro Sekunde, schätzte Roi. Der Augenblick zum Handeln war gekommen.

Er griff in die Tasche seiner Jacke und holte das Riechfläschchen hervor.

Mit einem entschlossenen Ruck schleuderte er es über die Brüstung hinweg in die Dunkelheit.

Das Vorhandensein des Geländers deutet darauf hin, daß es auf der anderen Seite in die Tiefe ging. Roi rechnete damit, daß es irgendwo ein Geräusch erzeugte. Als aber Sekunde um Sekunde verging, ohne daß er den Aufschlag hörte, wurde ihm beklommen zumute. Wie riesengroß mußte dieser Raum sein, wenn ein verhältnismäßig schweres Objekt wie sein Riechfläschchen vier, fünf, sechs Sekunden lang unbehindert fallen konnte?

Das Schlurfen war jetzt dicht vor ihm. Er schob den Daumen über den Kontakt der Handlampe. Die rechte Hand griff den Kolben des Strahlers.

Da kam aus der Tiefe das schwache, kaum mehr vernehmbare „Plop" des zersplitternden Fläschchens.

Der Fremde mußte es gehört haben. Er hörte auf, sich zu bewegen. Das war Rois Augenblick. Der Daumen drückte auf den Auslöser. Die Lampe strahlte auf und sandte einen weit gefächerten Kegel schmerzender Helligkeit durch die Finsternis.

Roi schrie auf und wich unwillkürlich einen Schritt zurück. Instinktiv riß die Rechte die Waffe aus dem Gürtel.

Vor ihm stand das unwahrscheinlichste Wesen, das Menschenaugen jemals gesehen hatten, und starrte aus zwei glotzenden, blauen Augen in die blendende Lichtflut.

Der Körper des Fremden bestand aus einem mit brauner, lederner Haut überzogenen Quadrat von rund anderthalb Metern Seitenlänge. Aus dem Quadrat ragte unten ein Beinpaar hervor, das fast nur aus Knochen zu bestehen schien. Aus dem merkwürdig geformten Rumpf wuchs oben ein beweglicher, gummiartiger Hals von beachtlicher Länge. Auf dem Hals saß ein kleiner kugelförmiger Kopf, dessen einziges Organ das froschähnliche Augenpaar zu sein schien.

Zwei dünne Arme, von jener gelenk- und knochenlosen Flexibilität wie die Tentakel eines Riesenpolypen, drangen aus dem quadratischen Körper hervor und endeten in dünnen, langfingrigen Händen.

Eine der Hände trug ein Ding, das in der Hauptsache aus einem langgezogenen Trichter bestand. Mit dem Instinkt des Mannes, der in Gefahren groß geworden war, erfaßte Roi, daß es sich um eine Waffe handelte. Der Fremde schien geblendet. Die Hand mit dem Trichter bewegte sich vorläufig nicht.

Auf den Schultern trug der Unbekannte eine Art von Epauletten. Sie bestanden aus kleinen, gläsernen Halbkugeln, in denen sich eine zähe, orangerote Flüssigkeit schwappend bewegte. Die Halbkugeln, ohne Zweifel künstlich gefertigt, ruhten unmittelbar auf der braunen, ledernen Haut. Die Ränder waren so tief eingedrückt, daß die orangefarbene Flüssigkeit nicht ausrinnen konnte.

Der Fremde begann sich zu bewegen. Auf den knochigen, mit vier sternförmig auslaufenden Zehen ausgestatteten Beinen schritt er rückwärts, um aus dem blendenden Lichtkegel der Lampe zu entkommen. Der Schein der Lampe begann zu wandern und folgte dem merkwürdigen Wesen.

Nachdem Roi den ersten Schock überwunden hatte, empfand er den Anblick als komisch. Der Fremde war größer als er, woran vor allen Dingen sein langer Hals schuld war; aber es war schwer, sich vorzustellen, daß von einem solch unbeholfen erscheinenden Geschöpf eine ernsthafte Gefahr ausgehen könnte.

Roi folgte dem Unbekannten, als er immer rascher und zielbewußter versuchte, dem Lichtkegel der Lampe zu entkommen. Er sah jetzt, daß er rechts von sich eine hohe glatte Wand hatte, in der dicht neben ihm der finstere Auslaß des Antigravs gähnte, und zur Linken das Geländer mit dem glatten Handbalken aus Plastik. Die Finsternis jenseits des Geländers vermochte die Lampe nicht zu erhellen, solange Roi sie auf den Fremden mit dem quadratischen Körper gerichtet hielt.

Die Lage begann ihn zu amüsieren. Die Glaskugeln auf den Schultern des fremden Wesens mit ihrem orangeroten, fast goldleuchtenden Inhalt wirkten tatsächlich wie die Rangabzeichen eines Operettenoffiziers.

Roi fing an zu sprechen.

„Hör zu, General“, sagte er. „Du bleibst jetzt stehen und läßt dich gehorsam abführen, klar? Wir hatten bis jetzt keine Ahnung, daß es fremde Streitkräfte an Bord dieses merkwürdigen Schiffes gibt. Jetzt, da wir es wissen, wollen wir sie uns aus der Nähe ansehen. Also bleib schon stehen und laß dich einfangen.“

Er ging leicht in die Knie und streckte die rechte Hand aus wie einer, der ein scheues Tier anlocken will. Der General, wie er ihn nannte, reagierte auf seine Worte in keiner Weise. Aber als er die ausgestreckte Hand sah, hielt er anscheinend seinen Augenblick für gekommen.

Das trichterförmige Gerät ruckte in die Höhe. Roi, immer noch amüsiert, reagierte zu spät. Mit röhrendem Brüllen entlud sich die fremdartige Waffe. Ein Schlag wie von den trampelnden Hufen eines wildgewordenen Pferdes traf ihn gegen die Schulter und warf ihn zur Seite. Er prallte gegen die Wand. Stechender Schmerz flutete von der getroffenen Schulter aus durch den ganzen Körper. Die Finger umklammerten die Lampe, aber die Armmuskeln gehorchten nicht mehr, und der Lichtkegel pendelte hilflos durch die Finsternis.

Ein zweites Mal röhrte die unheimliche Waffe auf. Der Schuß ging daneben. Roi, fast wahnsinnig vor Schmerzen, drehte sich halb zur Seite, um von der Wand freizukommen und an den Strahler zu gelangen. Mit dem unverwundeten Arm riß er die Waffe hervor und schaltete sie auf Paralysewirkung. Der Lichtkegel der Lampe, hin und her pendelnd, erfaßte den quadratischen Fremden für den Bruchteil einer Sekunde.

In diesem Augenblick schoß Roi.

Der Unbekannte schwankte und stürzte gelähmt zu Boden.

Roi taumelte zur Wand, lehnte sich dagegen und wischte sich den Schweiß von der Stirn. Der Schmerz in der linken Schulter war fast unerträglich.

In diesem Augenblick ging das Licht an.

Gelbliche Helligkeit flutete aus allen Richtungen und riß den gewaltigen Raum endgültig aus der Finsternis. Geblendet sah Roi, daß er auf einem Rundgang, einer Art Balkon stand, der sich an der sanft gewölbten Wand des Riesenraumes entlangzog. Der Raum war von zylindrischer Form, sein Querschnitt ein Kreis von wenigstens achtzig Metern Durchmesser. Der Boden lag in schwindelnder Tiefe weit unten. Im Zentrum ragte eine Röhre von gewaltigen Ausmaßen auf, an ihrem Fuß von mächtigen Maschinen und Aggregaten umgeben. Sie durchzog die Halle in ihrer ganzen Länge und verschwand hoch oben irgendwo jenseits des Scheins der gelben Lampen.

Es gab mehr Rundgänge als den, auf dem Roi sich befand. Er zählte insgesamt zwölf vom Boden der Halle bis zu seinem. Sie liefen an der Wand der Halle entlang und umgaben in weiten Kreisen die im Zentrum aufragende Röhre. In regelmäßigen Abständen bildeten sie Ausbuchtungen, die um ein paar Meter weiter über den schwindelnden

Abgrund hinausragten. Auf jeder dieser Ausbuchtungen gab es einen metallenen Arm, der schräg aus dem Boden des Rundgangs hervorragte und ein Gebilde trug, das wie ein übergroßes Speisetablett mit einem niedrigen Geländer aussah. Der Arm war nicht länger als einen Meter. Das Tablett war mit einem Sprung vom Boden des Ganges aus zu erreichen.

Die gelbe Helligkeit kam aus riesigen Lampen, die, mit sanft gewölbten Michglasscheiben abgeschirmt, überall in der Wand verteilt waren. Roi versäumte es, sich den Kopf darüber zu zerbrechen, wer sie eingeschaltet hatte. Das Licht befreite ihn von dem Unbehagen, das er in der Finsternis empfunden hatte. Selbst der Schmerz schien nachzulassen. Nachdem er einen kurzen Blick auf die Stelle geworfen hatte, an welcher der paralysierte Fremde lag, lehnte er sich vorsichtig über das niedrige Geländer und sah sich ausgiebig um.

Jeder der Rundgänge besaß vier Ein- oder Ausstiegsöffnungen des Antigrav-Systems. Die Schächte erschienen nach wie vor unbeleuchtet. Die Öffnungen gähnten wie dunkle Mündungen unheimlicher Höhlen in der hell erleuchteten, metallisch glitzernden Wand.

Die Röhre, die den hohen, zylindrischen Raum der Länge nach durchzog, und die Maschinen, die ihren Fuß umgaben, erregten Rois besondere Aufmerksamkeit. Er erkannte ihre Bedeutung auf den ersten Blick, obowhl es an Bord terranischer Raumschiffe nichts Ähnliches gab. Die Röhre war eine der eigentlichen Triebwerkeinheiten. Innerhalb der Röhren wurde der von den Maschinen dort unten erzeugte Strom ionisierter Partikel auf Geschwindigkeiten von mehreren Zehntausenden von Kilometern pro Sekunde beschleunigt. Nach ihren Ausmaßen zu urteilen, war die Röhre für den Ausstoß von einigen Tonnen Stützmasse pro Sekunde gebaut. Es konnte nicht mehr als zehn solcher Röhren geben. Diese war außer Betrieb. Es waren andere, die das eigenartige, birnenförmige Schiff beschleunigten.

Die terranische Technologie der Korpuskulartriebwerke war anders. Sie verließen sich lieber auf Tausende von kleinen Ausstoßröhren als auf eine Handvoll großer.

Die Maschinen und Behälter am Fuß der Röhre waren einfach zu identifizieren. Die große Tonne diente dazu, die Stützmasse in den gasförmigen Aggregatzustand zu überführen. Als Treibstoff wurde wahrscheinlich eines der leicht ionisierbaren Halogene benutzt. Aus dem Tank führte eine kurze Röhre von zehn Metern Durchmesser in den Ionisator. Der Ionisator mündete in den Vorbeschleuniger, der seinerseits unmittelbar an die große Triebwerksröhre angeschlossen war. Andere Aggregate umfaßten den Fusionsreaktor für die Energieerzeugung, den Feldprojektor für die Erstellung des elektrischen Feldes, das die Partikel innerhalb der Röhre beschleunigte, und das elektronische Steuergerät.

Die Funktion der Rundgänge war, Zutritt zu der Triebwerksröhre für Reparatur- und Instandhaltungszwecke zu ermöglichen. Die Metallarme mit den von Geländern umgebenen Plattformen waren Hebebühnen, die der Instandsetzungsmannschaft erlaubten, an der Röhre auf und ab zu gleiten.

Plötzlich hörte Roi ein Geräusch hinter sich. Er wirbelte herum und sah zwei der Wesen mit den quadratischen Körpern und den Epauletten auf den Schultern nebeneinander durch den Ausstieg des Antigravs kommen.

Sie schwangen trichterförmige Waffen.

Mit einem wilden Satz warf Roi sich aus der Schußlinie. Die beiden Trichter dröhnten auf, aber die Schüsse gingen fehl. Er drehte sich im Laufen und feuerte. Aber auch die Quadratischen waren auf der Hut. Als Roi abdrückte, lagen sie flach auf dem Boden, seine Salve fuhr über sie hinweg.

Er lief weiter. Seine einzige Chance lag darin, in Bewegung zu bleiben. Bis zum Einstieg des nächsten Antigravs waren es rund sechzig Meter.

Er rannte, so schnell er konnte, und stellte mit Befriedigung fest, daß die beiden „Generäle“ weitaus schlechter auf den Beinen waren als er. Sie blieben hinter ihm zurück, und nach ein paar Sekunden schützte ihn die Rundung des Gangs vor ihren Schüssen.

Merkwürdige Geräusche lagen plötzlich in der Luft. Sie klangen wie das Krächzen eines weit entfernten Krähenschwarms, vermischt mit schrillen Pfiffen. Roi nahm sich Zeit, einen Atemzug lang stehenzubleiben. Was er sah, erfüllte ihn mit Angst.

Auf den Rundgängen über und unter ihm wimmelte es von Quadratischen. Sie kamen aus allen Antigravschächten, drängten sich an den

Geländern und richteten ihre Waffen auf ihn. Das Krächzen und Pfeifen schien ihre Art der Verständigung zu sein.

Schüsse dröhnten auf, aber diejenigen Gegner, die Roi im Blickfeld hatten, standen zu weit entfernt, als daß ihre unförmigen Waffen etwas hätten ausrichten können. Roi lief weiter. Der Einstieg des nächsten Antigravs tauchte vor ihm auf. Er war dunkel und leer. Roi wunderte sich, warum die Generäle ihn übersehen hatten, aber er hielt sich nicht lange bei dem Gedanken auf. Der Ertrinkende denkt nicht darüber nach, ob der Rettungsring, den man ihm zuwirft, wirklich luftdicht ist.

Mit einem Ruck schwang er sich durch die dunkle Öffnung. Er hielt sich mit Bedacht nach rechts, um die abwärtsführende Strömung zu erreichen. Unmittelbar spürte er die sanfte Wirkung des künstlichen Schwerefeldes, die ihn davor bewahrte, wie ein Stein in die Tiefe zu sacken.

Er schaltete die Handlampe an und leuchtete nach unten und oben. Nirgendwo war einer der Fremden zu sehen. Er bekam eine der Sprossen zu fassen, die in regelmäßigen Abständen in die Wand des Schachts eingelassen waren, und stieß sich kräftig nach unten ab. Dadurch kam er schneller vorwärts. Die hell erleuchteten Ausstiege mehrer Rundgänge glitten an ihm vorbei in die Höhe. Jedesmal, wenn er an einer der Öffnungen vorbeikam, stürzte das vielstimmige Geschnatter, Gezische und Gekrächze, das aus der Halle drang, wie eine Woge über ihn herein.

Im Schacht selbst war es ruhig. Er konnte jetzt nicht mehr allzu weit vom Boden der Halle entfernt sein, vielleicht drei oder vier Etagen, und er war lange genug unbehelligt geblieben, um sich darüber zu wundern, warum die Generäle ihn nicht verfolgten.

Ein Ausstieg glitt an ihm vorbei. Er beugte sich weit nach vorne, um im Vorbeigleiten nach draußen sehen zu können.

Die Bewegung rettete ihm das Leben.

Er spürte plötzlich ein merkwürdiges Zerren in den Beinen. Es fühlte sich an, als hätte ihm jemand Gewichte an die Füße gehängt.

Roi brauchte eine Zehntelsekunde, um zu begreifen, was mit ihm geschah. Da er sich nach vorne gebeugt hatte, befand er sich unmittelbar vor der Schachtwand. Ohne zu denken, ließ er die

Lampe fallen und die Arme nach vorne schießen. Er bekam eine der metallenen Sprossen zu fassen und klammerte sich daran fest.

Tief unter ihm klirrte es laut. Seine Lampe war dahin. Er hing an der Sprosse, die nächst tiefere war viel zu weit entfernt, als daß er sie mit den Füßen hätte erreichen können, und spürte das volle Gewicht seines Körpers in den Armen.

Wenn er nicht so ein leichtsinniger Narr gewesen wäre, hätte er sich im voraus denken können, daß die Generäle etwas Ähnliches vorhatten. Sie hatten mit Absicht dafür gesorgt, daß sich keiner ihrer Leute in der Nähe dieses Schachts aufhielt. Sie wollten, daß er ihn benutzte.

Denn sie hatten im unteren Schachtabschnitt das künstliche Schwerefeld abgeschaltet. Wäre es ihm nicht gelungen, die Sprosse zu erfassen, dann läge er jetzt genauso zerschmettert dort unten wie seine Lampe.

Roi blickte nach oben. Der Ausstieg befand sich etwa dreißig Zentimeter über ihm. Ohne nennenswerte Schwierigkeiten gelang es ihm, sich an seiner unteren Kante festzuklammern und aus dem Schacht zu ziehen. Er ging zum Geländer und beugte sich darüber.

Das bunte, geräuschvolle Treiben der Quadratischen auf den Rundgängen der Halle war weiterhin im vollem Gang. Unten, auf dem Boden, drängten sich wenigstens drei Dutzend in der Nähe des Schachtausstiegs, hinter dem Roi abgestürzt wäre, wenn er die Gefahr nicht rechtzeitig bemerkt hätte.

Roi sah sich um. Der Rundgang, auf dem er sich befand, war in beiden Richtungen wenigstens dreißig Meter weit frei von Gegnern. Es schien eine gute Gelegenheit zu sein, sich durch einen der anderen Schächte unbemerkt davonzumachen. Roi stieß sich vom Geländer ab und duckte sich dahinter zu Boden. Noch war jedermanns Aufmerksamkeit zum Boden der Halle gerichtet. Das Geländer bot ihm eine gewisse Deckung. So schnell er konnte, kroch er nach rechts auf den nächsten Liftschacht zu.

Da gellte auf der anderen Seite der Halle ein wilder Schrei auf. Er wurde aufgenommen und pflanzte sich mit Windeseile fort, bis die ganze Halle ein Hexenkessel aus wütendem Geschrei war. Der Lärm schien sich Roi von beiden Seiten zu nähern. Er war nicht sicher, was das Gezeter zu bedeuten hatte, aber er nahm an, daß er von einem der

Generäle durch die Fugen des Geländers hindurch gesehen worden war.

Vor ihm tauchte ein brauner, lederhäutiger Körper hinter der Biegung des Ganges auf. Die große Mündung einer Trichterwaffe erschien in Rois Blickfeld. So eng er konnte, preßte er sich gegen das Geländer, riß den Strahler heraus und schoß. Mit einem pfeifenden Aufschrei wich der Quadratische zurück.

Roi drehte sich um. Über den Rand des Geländers hinweg sah er die schwankenden Hälse und die kugelförmigen Schädel von fünf Generälen, die den Gang hinter ihm herkamen. Die Falle hatte sich geschlossen. Er war von den Antigravschächten abgeschnitten. Er konnte nichts anderes mehr tun als warten, bis der Gegner herankam, und das Feuer zu eröffnen, sobald er ein sicheres Ziel bot. Über seine Aussichten, diesem Dilemma mit heiler Haut zu entkommen, gab er sich keinen falschen Hoffnungen hin. Sie hatten ihn in der Zange.

Er richtete sich in hockende Stellung auf. Dabei fiel sein Blick auf eine der Ausbuchtungen, die die Regelmäßigkeit der Rundgänge in gewissen Abständen unterbrachen. Eine davon befand sich nur wenige Meter zu seiner Linken. Durch das Geländer hindurch sah er den schrägen Metallarm und die Platte, die an seinem oberen Ende befestigt war.

Ein verrückter Gedanke schoß ihm durch den Kopf. Er sprang auf, hastete die wenigen Meter in fast aufrechter Haltung und schwang sich mit einem Sprung auf die Platte. Die Generäle mußten sein Manöver beobachtet haben, denn in unmittelbarer Nähe verstärkte sich das Geschrei plötzlich zu infernalischem Heulen. Roi warf sich flach auf die Platte, um ein möglichst schlechtes Ziel zu bieten. Wenn seine Vermutung richtig war und dieser Apparat wirklich als Hebebühne diente, dann mußte es hier irgendwo eine Schalttafel geben, von der aus die Bewegungen des Metallarms gesteuert wurden.

Er fand sie am rechten vorderen Ende der Bühne. Eine Serie von Knöpfen und Lichtern ohne jegliche Beschriftung. Hinter ihm entlud sich donnernd und krachend eine Serie von Trichterwaffen. Er empfand keine Wirkung. Das niedrige Geländer der Bühne bot ihm Schutz. Aber er wußte, daß es nicht so bleiben würde. Mit grimmiger Entschlossenheit hieb er die Faust auf einen der Knöpfe.

Mit einem Ruck, der ihm den Magen zusammenpreßte, sprang die

Hebebühne in die Höhe und blieb sofort wieder stehen. Roi preßte, diesmal vorsichtiger, den Daumen auf den Knopf, und die Bewegung setzte von neuem ein. Die Bühne schwebte langsam in die Höhe und entfernte sich dabei vom Rundgang. Roi blickte zurück und sah den glänzenden Metallarm immer weiter aus dem Betonfundament der Ausbuchtung fahren. Er warf einen Blick seitwärts durch das Geländer und sah tief unter sich den Boden der Halle.

Über der Mitte des Abgrunds hielt er die Bühne an, indem er den Knopf losließ. Er wollte nicht nach oben. Er wollte nach unten. Er versuchte einen Knopf, der sich dicht oberhalb des ersten befand. Der Metallarm schwenkte zur Seite, und die Bühne schickte sich an, in weitem Halbkreis wieder zur Hallenwand zurückzukehren.

Roi versuchte einen dritten Knopf. Diesmal hatte er Erfolg. Die Bühne senkte sich. Er verstärkte den Fingerdruck, und die Bewegung wurde schneller.

Inzwischen hatten die Generäle sich organisiert. Eine Reihe von Schüssen donnerte durch die Halle. Roi selbst fühlte nichts, aber dicht neben ihm begann das Geländer der Bühne zu zerbröckeln. Ein Teil löste sich und stürzte in die Tiefe. Die nächste Salve versetzte Roi einen stechenden Hieb in die Seite.

In wilder Verzweiflung schlug er mit dem Kolben des Strahlers auf einen weiteren Knopf. Die Bühne machte einen Satz und schoß quer über den Abgrund hinüber, der die Wand der Halle von der riesigen Triebwerksröhre trennte. Roi, benommen vor Schmerz, sah die dunkle Wandung der Röhre mit atemberaubender Schnelligkeit auf sich zuschießen. Er schloß die Augen und spannte alle Muskeln, um den Aufprall abzufangen. Der Kolben der Waffe rutschte von dem Knopf, und die Bühne kam mit einem Ruck zum Stehen. Roi blieb eine Sekunde lang reglos liegen, bevor er die Augen wieder öffnete, noch nicht ganz bereit zu glauben, daß er noch einmal davongekommen war.

Die Wandung der Röhre lag dicht vor ihm, ein riesiges Gebilde aus mattem Metallplastik. Wenn er die Hand durch den Rest des Geländers streckte, konnte er sie erreichen. Mit eigenartiger Deutlichkeit nahm er eine Serie winziger Hebel wahr, die sich in einer schnurgeraden Reihe über die leichtgewölbte Fläche zogen. Halterungen der Plastikmetallplatten, aus denen die Wandung der Röhre zusammengesetzt war. Eine Drehung des Hebels genügte, um eine der Platten herausklappen zu lassen. Auf diese Weise gelangte die Instandsetzungsmannschaft ins Innere der Röhre.

Noch etwas anderes nahm er wahr, als sein Bewußtsein, von den überstürzten Ereignissen der letzten Minuten aus dem Gleichgewicht gebracht, wieder ordentlich zu funktionieren begann.

Es war verhältnismäßig still geworden!

Die Generäle vollführten weiter ihr wütendes Geschrei, aber sie standen weit entfernt auf den Rundgängen, und das Geräusch drang nur gedämpft bis zu Roi hinüber.

Das Schießen hatte völlig aufgehört!

Eine Weile verging, bevor er begriff, welchem Umstand er sein Glück zu verdanken hatte.

Die Triebwerksröhre lag still, aber sie war ein wichtiger Bestandteil des Triebwerksystems. Die Generäle fürchteten, ihre Salven könnten die Röhre beschädigen, und hielten deswegen ihr Feuer zurück. Sie verloren dadurch nichts. Ihr Opfer war ihnen sicher. Sie brauchten nur Geduld zu haben.

Roi genoß die Gelegenheit, Atem zu schöpfen und den gepeinigten Körper zu entspannen. Den einzigen Ausweg, der sich ihm bot, hatte er erkannt. Um ihn gehen zu können, brauchte er seine Kräfte. Eine Minute lang blieb er reglos auf der Bühne liegen und starrte auf die dunkle Wand vor sich.

Dann setzte er sein seltsames Fahrzeug wieder in Bewegung. Er kannte jetzt die Funktion der Knöpfe und hatte keine Schwierigkeit, die Bühne an der Wand der Röhre entlang senkrecht nach unten zu dirigieren. Das gedämpfte Gezeter der Quadratischen schwoll an, als er immer tiefer abwärts glitt. Ihre trichterförmigen Waffen schwiegen nach wie vor, aber Roi bemerkte, daß sie zwei Etagen über dem Boden der Halle eine Hebebühne bemannten, um ihm entgegenzukommen.

Er beschleunigte seine eigene Bühne, warf einen Blick nach unten und sah den kuppelförmigen Aufbau des großen Treibstoffdoms rasch auf sich zukommen. Der riesige Behälter erhob sich vom Boden der Halle bis zu fündundzwanzig Metern Höhe. Die Wölbung der Kuppel war gering genug, um einem Mann, der auf den Füßen stand, ausreichenden Halt zu bieten. Roi maß im Geist die Stelle ab, an der er zu landen gedachte, als seine Bühne plötzlich mit einem Ruck stehenblieb.

Er sah auf. Der Rundgang, von dem er gekommen war, lag mehr als fünfzig Meter über ihm. Der Metallarm, zu seiner vollen Länge ausgefahren, reichte nicht weiter. Die Kugel des Treibstoffdoms lag vier Meter tiefer.

Roi brauchte nicht lange, um sich zu entschließen. Von der Seite her kam die Bühne mit den Generälen auf ihn zu. Er sah in die Mündungen ihrer Trichterwaffen. Sobald sich ihnen eine Möglichkeit bot, würden sie das Feuer eröffnen.

Er schwang sich über das Geländer, ließ die Beine zwei Sekunden lang pendeln und sprang. Er kam etwa in der Mitte der Kuppel auf und ging sofort auf allen vieren, um auf der gewölbten Oberfläche Halt zu finden. Er warf einen Blick zur Seite und bemerkte, daß die Bühne mit den Quadratischen sich jetzt schneller bewegte.

Er kroch vorsichtig ein Stück zur Seite, schaltete den Strahler auf Desintegration, richtete ihn auf den höchsten Punkt der Kuppel und drückte den Auslöser. In Sekundenschnelle löste das Material der Behälterwandung sich auf. Ein Loch entstand. Roi trat darauf zu und beugte sich weit vornüber, um einen Blick ins Innere des Tanks zu werfen.

Er verwünschte den Umstand, der ihn seine Lampe hatte verlieren lassen. Das gelbe Licht der Halle reichte nur ein paar Meter weit hinab. Er sah die Umrisse einer meterdicken, gewundenen Röhre, die er für den Teil eines Wärmeaustauschers hielt. Was darunter lag, blieb ihm verborgen. Die Röhre befand sich zwei Meter unterhalb des Loches. Er mußte springen und sich darauf verlassen, daß er dort unten irgendwo einen Halt fand.

Roi trat noch einen Schritt vorwärts und sprang. Er prallte zwei Meter tiefer mit Wucht auf die gewundene Röhre, die er von oben gesehen hatte. Er blieb an ihr hängen und ließ den Augen Zeit, sich an die Finsternis zu gewöhnen.

Der Hauptbestandteil des großen zylindrischen Raumes, in dem er sich befand, war ein dickes Rohr, das mit einem Durchmesser von etwa drei Metern aus dem Boden kam und zunächst senkrecht in die Höhe stieg. Zehn Meter unterhalb der Kuppel begann es, eine enge Krümmung zu beschreiben und sich dabei gleichzeitig zu verdicken.

Es lief schließlich wieder ganz nach unten zurück, so daß das Ganze wie ein kopfstehendes U aussah. Es verschwand jedoch nicht wieder im Boden, sondern bildete einen scharfen Knick und mündete schließlich, sich auf den letzten Metern trichterförmig erweiternd, in die Wand des Behälters. Von da, wo es aus dem Boden ragte, bis dorthin, wo es in der Wand verschwand, war das gewaltige Rohr von den engen Windungen einer zweiten Röhrenleitung umschlungen. Auf der höchsten Windung war Roi gelandet, und die Spiralen, die um den aufsteigenden Ast des Hauptrohrs herum nach unten führten, boten ihm eine bequeme Abstiegsmöglichkeit.

Das Ganze war ein primitiver Wärmeaustauscher, bei dessen Anblick jedem terranischen Triebwerksingenieur das Herz vor Schreck stehengeblieben wäre. Der eigentliche Treibstoff, wahrscheinlich ein flüssiges Alkalimetall, wurde durch die Hauptröhre nach oben gepumpt. Kalt im Vergleich zu der Materie, die durch die Röhrenspule floß, erhitzte es sich allmählich und trat in den gasförmigen Zustand über. Dabei vergrößerte sich sein Volumen. Diesem Umstand wurde dadurch Rechnung getragen, daß der Durchmesser des Hauptrohrs ständig zunahm. Durch den trichterförmigen Anschluß trat das nunmehr völlig vergaste Metall in den Ionisator über, wo es in elektrisch aktives Plasma verwandelt wurde.

Während die Anlage arbeitete, mußten im Innern des Behälters Temperaturen zwischen eintausend und fünfzehnhundert Grad herrschen. Roi fragte sich, wie lange die Generäle brauchen würden, um darauf zu kommen, auf welche Weise sie ihn beseitigen konnten.

Er glitt an der Sekundärröhre hinab auf den Boden. Das Loch, durch das er gekommen war, glitzerte wie ein winziger Funke hoch über ihm und trug nicht dazu bei, die unheimliche Finsternis zu erhellen. Es war still geworden. Roi konnte nicht entscheiden, ob die Quadratischen aufgehört hatten zu schreien oder ob die Wand des Behälters den Lärm abschirmte.

Er trat ein paar Schritte zurück und fing an, die unterste Windung der Sekundärröhre mit dem Strahler zu bearbeiten. Er schnitt ein zwei Meter langes Stück der Röhre heraus und legte dadurch ein Stück des Hauptrohrs bloß. Mit weit gefächertem Strahl desintegrierte er einen Teil der Rohrwandung, bis ein Loch entstand, das groß genug war, um ihn hindurchzulassen.

Er stieg hindurch. Im Innern des Rohrs roch es widerlich nach Chemikalien. Obwohl die Anlage stillag und mit atembarer Atmosphäre geflutet war, enthielt die Luft umfangreiche Beimengungen gasförmiger Alkaliverbindungen. Roi nahm sich vor, das ungastliche Gehäuse so rasch wie möglich wieder zu verlassen.

Er ließ den Rand des Loches los und glitt in das Rohr hinein. Es ging, wie er erwartet hatte, einige Meter senkrecht nach unten. Dann begann eine sanfte Biegung, die seine Geschwindigkeit allmählich abbremste. Das Rohr ging in die Horizontale über, und er kam schließlich zum Stillstand. Nach seiner groben Schätzung befand er sich etwa fünfzehn bis zwanzig Meter unterhalb des Bodens der Halle, in der die Quadratischen, wie er hoffte, nach wie vor darauf warteten, daß er wieder aus dem Behälter zum Vorschein käme.

Um sicherzugehen, blieb er einige Minuten lang still liegen und preßte ein Ohr gegen die Rohrwandung. Kein Geräusch war zu hören. In bewährter Weise schuf er mit dem Strahler einen Weg ins Freie. Der Desintegrationsprozeß verwandelte die Luft in ein giftiges Gasgemisch. Roi war einer Ohnmacht nahe, als er sich schließlich durch das Loch nach draußen schob. Er befand sich in einem mäßig großen, schwach erleuchteten Raum, und der Boden lag drei Meter unter ihm. Roi ließ sich fallen.

Zwei Minuten später, nachdem er die Lungen mit hastigen Atemzügen gereinigt hatte, setzte er seinen Weg fort. Der Raum, in dem er gelandet war, enthielt zehn Pumpen von beachtlichen Ausmaßen. Aus jeder Pumpe drang ein drei Meter dickes Rohr. Die Rohre, auf primitiven Stützen ruhend, verliefen zehn bis zwanzig Meter weit in der Waagerechten, bevor sie nach oben abknickten und an verschiedenen Stellen in der Decke verschwanden. Jedes Rohr führte zu einem Treibstoffbehälter wie dem, durch den Roi entkommen war, und zu jedem Behälter gehörte eine jener Triebwerksröhren, die in seiner Auseinandersetzung mit den Generälen eine so wichtige Rolle gespielt hatte.

An der Rückwand des Raumes entdeckte Roi eine Serie von Schotten. Durch eine davon gelangte er in einen hell erleuchteten Gang, der schräg aufwärts führte. Er überzeugte sich, daß von nirgendwo Gefahr drohte, und machte sich auf den Weg.

Eine halbe Stunde später, nach Dutzenden von Gängen, Rampen

und Schächten, stieß er auf einen Antigrav. Durch den finsteren Schacht glitt er in die Höhe und landete in einem kleinen quadratischen Raum, von dem aus ein einziger, niedriger Gang schräg nach rechts führte.

Er erkannte die Stelle wieder. Hier war er vor drei Viertelstunden vorbeigekommen, als er es noch für eine gute Idee hielt, sich in den Tiefen des fremden Schiffes ein wenig umzusehen. Von hier aus waren es knapp hundert Meter bis zu dem Lagerraum, in dem er und seine Gefährten Unterschlupf gefunden hatten.

Erleichtert schritt er durch den Gang. In Gedanken legte er sich zurecht, wie er den anderen sein Abenteuer beschreiben würde.

15.

Tako Kakuta und Fellmer Lloyd standen zu beiden Seiten des Schotts, als Roi Danton den großen Raum betrat. Die Läufe ihrer Waffen waren auf ihn gerichtet. Er blieb unmittelbar unter der Schottöffnung stehen und hob in gespieltem Entsetzen die Arme.

„Aber, Messieurs . . .!“

Die Läufe sanken nach unten.

Kakuta strahlte Roi mit freundlichem Lächeln an. Er verneigte sich und versicherte:

„Ich bin glücklich, den ehrwürdigen Herrn unverletzt wiederzusehen.“

Lloyd grinste schwach. Das war seine ganze Begrüßung.

Roi warf einen Blick in den Hintergrund des Raumes. Perry Rhodan und Pandar Runete waren nach wie vor bewußtlos. Tako Kakuta, der Asiate, schien Rois Gedanken zu erraten.

„Sie haben sich nicht gerührt“, versicherte er. „Es wird lange dauern, bis sie wieder zu sich kommen.“

Danton nickte.

Es war ein unglücklicher Zufall gewesen, daß auch Rhodan vom Bioflex-Gas außer Gefecht gesetzt worden war. Da dieses Gas keine giftigen Elemente enthielt, würde Rhodan – trotz Zellaktivator, der normalerweie Giftstoffe rasch unwirksam machte – genauso lange „schlafen" wie Runete.

„Je länger Runete in diesem Zustand bleibt, desto besser ist es für ihn", sagte Danton schließlich. „Ich bin überzeugt davon, daß sich an Bord dieses Schiffes ein Großkristall befindet, der ihn versklaven würde, wenn er jetzt aus seiner Bewußtlosigkeit erwachte."

Die beiden Mutanten schwiegen. Zwar hatten sie bisher noch keine Befehlsimpulse des Kristalls empfangen, aber dies konnte sich jederzeit ändern.

Roi hockte sich auf den Boden. Tako Kakuta setzte sich neben ihn. Lloyd blieb hingegen etwas abseits stehen.

Roi berichtete, was er erlebt hatte. Während er sprach, waren seine Hände damit beschäftigt, den mitgenommenen Habitus wieder in Ordnung zu bringen. Mit liebevollen Strichen glätteten sie die mit Tressen besetzten Aufschläge, rückten die schimmernden Knöpfe an den Ärmeln zurecht und zupften die Spitzenmanschetten wieder in die richtige Form. Sie fuhren über das silbrig gefärbte Haar, ordneten die gepuderten Locken und richteten die dunkle Schleife des Zopfes gerade. Sie fuhren fort, die wadenhohen Gamaschen an Ort und Stelle zu rücken und die breiten, aus feinem, dünnem Leder gearbeiteten Schnallen der Schuhe wieder in den gewohnten Zustand barocker Eleganz zu versetzen.

„Was uns jetzt bevorsteht", beschloß er seinen Bericht, „liegt auf der Hand. Die Generäle bilden offenbar die eigene Mannschaft des Schiffes. Ich habe rund siebzig von ihnen gesehen. Es ist möglich, daß es ein paar hundert von ihnen gibt. Sie wissen, daß sich ein Fremder an Bord befindet. Es wird ihnen leichtfallen zu vermuten, daß er sich in der Gegend des Hecks aufhält. Sie werden also kommen, um das Heckende zu durchsuchen."

Fellmer Lloyd wandte sich um.

„Sollen nur kommen", sagte er. „Wir zeigen's ihnen!"

„Damit ist uns nicht gedient", widersprach Roi. „Uns liegt daran, uns in Sicherheit zu bringen. Eine Möglichkeit ist, daß wir das Schiff an uns reißen. Wenn wir uns mit den Generälen anlegen, verlieren wir Zeit. Ganz abgesehen davon, daß wir nicht die allergrößten Aussichten auf Erfolg haben.

Nein. Bis die Generäle hier auftauchen, müssen wir verschwunden sein. Wir müssen nach vorne. Der Kommandostand liegt im Bug des Schiffes. Wahrscheinlich auch der Großkristall. Der Kristall muß so rasch wie möglich unschädlich gemacht werden.

Wir sind seit einer guten Stunde unterwegs. Ich bin nicht sicher, welche Art von Hyperantrieb dieses Schiff besitzt. Ich habe keine Ahnung, wo wir uns befinden oder ob unser Hilferuf gehört worden ist. Wir tun also am besten, wenn wir uns damit abfinden, daß wir ganz allein auf uns gestellt sind. Ich nehme an, daß die Generäle sofort mit der Durchsuchung des Heckendes beginnen werden. Wenn wir auch nur ein bißchen Glück haben, brauchen sie mehrere Stunden, bis sie unser Versteck finden. Wir haben also keine besondere Eile. Dafür bin ich dankbar." Er fuhr sich mit der Hand über die Stirn und lächelte. „Ich brauche nur eine Stunde, um mich zu erholen. Aber die brauche ich."

Tako Kakuta sprang federnd in die Höhe.

„Wir werden Wache halten", versprach er. „Ich kann mich ein wenig in der Umgebung umsehen."

Roi warnte ihn.

„Entfernen Sie sich nicht zu weit. Wir kennen das Innere des Schiffes noch nicht und haben keine Ahnung, was für Fallen es gibt."

Tako verneigte sich.

„Ich verspreche – nicht weiter als einhundert Meter."

Roi ging in die Ecke, in der sie ihre Kampfanzüge abgelegt hatten. Das kleine Funkgerät, mit dem er den Hilferuf abgestrahlt hatte, stand daneben. Er legte sich auf den Boden.

Bevor er einschlief, zogen ihm die Ereignisse der vergangenen Stunde noch einmal durch den Kopf.

Kaum eine Viertelstunde nach dem Start, nachdem sich Tako Kakuta mit einer Reihe von Teleportersprüngen davon überzeugt hatte, daß der Heckabschnitt des fremden Raumschiffs völlig verlassen war, war Roi zu seinem ersten Erkundungsgang aufgebrochen.

Was aufgrund von Kakutas Beobachtungen nichts weiter als ein harmloser Spaziergang hätte werden sollen, hätte beinahe tödlich geendet. Doch er hatte es noch einmal geschafft, heil zurückzukommen.

Danton grübelte darüber nach, in welcher Beziehung die Generäle zu den Kristallen standen. Er bezweifelte, daß es sich bei ihnen um die Herren der Kristalle handeln könnte. Hingegen war er ziemlich sicher, daß auch die Generäle in irgendeiner Form im Bann der Kristalle waren und deren Befehle ausführten.

Ehe Danton diese Gedanken weiterspinnen konnte, übermannte ihn die Müdigkeit, und er schlief ein.

Hunderte von Astronomischen Einheiten weit weg war Atlan in diesem Augenblick ebenfalls mit seinen Gedanken beschäftigt.

Er hatte Roi Dantons Hilferuf empfangen. Fünf Terraner befanden sich an Bord eines von acht birnenförmigen Raumschiffen, die vor kurzer Zeit von Keeg gestartet waren.

Unmittelbar nach dem Empfang des Notrufs hatte er veranlaßt, was unbedingt notwendig war. Unter dem Befehl von Captain Arthur Arnusen war eine Korvette in Richtung Milchstraße gestartet. Arnusen hatte den Auftrag, mit der KC-5 die in der Nähe von Jellicos Stern stehende, von Reginald Bull befehligte Flotte anzufliegen und Bull über die Vorgänge auf Keeg Bericht zu erstatten. Atlan ließ Reginald Bull durch Arnusen anraten, einen Verband von einhundert Schiffen unverzüglich in Richtung der Großen Magellanwolke in Marsch zu setzen. Wenn Bull sofort auf seine Empfehlung reagierte, konnten die Schiffe bald hier sein. In Ermangelung geeigneter astronautischer Unterlagen waren die Kommandanten der Schiffe anzuweisen, einen roten Stern von auffallender Größe am Nordrand der Großen Wolke anzufliegen und dort auf Position zu gehen. Der Zielstern hieß Navo-Nord und war zweiundzwanzig Lichtjahre von Keegans Stern entfernt. Er bildete nicht nur für von außen kommende Fahrzeuge, sondern auch für Flüge aus dem Innern der Sternwolke eine gut erkennbare Markierung. Der Schiffsverband hatte dort zu warten, bis er von Perry Rhodan, Atlan oder einem bevollmächtigten Offizier entweder der CREST IV oder der FRANCIS DRAKE weitere Anweisungen erhielt.

Auf diese Weise glaubte Atlan, sich ausreichender Rückendeckung für den bevorstehenden Vorstoß in die Tiefen der Großen Magellanwolke versichert zu haben.

Inzwischen waren die Ergebnisse der sofort nach dem Start der acht Birnenschiffe angestellten Messungen ausgewertet worden. Die fremden Fahrzeuge besaßen altmodische Korpuskulartriebwerke, die eine Beschleunigung von fünfzigtausend Metern pro Sekundenquadrat entwickelten. Sie waren also dem Beschleunigungsvermögen sowohl der CREST IV als auch der FRANCIS DRAKE, deren höchster Wert bei 700 000 m/sec^2 lag, weit unterlegen.

Man konnte es sich erlauben, ihnen einen gewissen Vorsprung zu lassen.

Zweieinhalb Stunden nach dem Aufbruch der Birnenschiffe gab Atlan schließlich den Befehl, die Verfolgung aufzunehmen.

Die beiden Schiffe starteten dicht hintereinander von der Keeg abgewandten Seite des Zentralgestirns. Noch im energetischen Schatten der Sonne gingen sie auf Maximalbeschleunigung und richteten sich auf den Kurs ein, den die acht Birnenschiffe genommen hatten.

Die Jagd begann!

Jemand rüttelte ihn an der Schulter. Roi wachte auf. Er brauchte nicht lange, um sich zurechtzufinden. Es war seine Art, sofort hellwach zu sein.

Tako Kakuta beugte sich über ihn. Er lächelte, erschien jedoch nicht so unbefangen wie sonst.

„Es ist Zeit“, sagte er leise. „Die Generäle sind nicht mehr weit von hier.“

Roi sprang auf. Fellmer Lloyd stand in der Nähe des Schotts und horchte. Er lauschte mit jenem übernatürlichen Sinn, der es ihm erlaubte, die Ausstrahlungen anderer Gehirne aufzuspüren. Als Roi auf ihn zukam, sagte er, ohne sich umzudrehen:

„Sie kommen immer näher. Scheint so, als hätten sie die richtige Richtung gefunden.“

Der Freifahrer deutete auf die Kampfanzüge und sagte: „Sie sind für uns wertlos und würden uns nur behindern, wenn wir sie mitnähmen. Aber den Generälen sollen sie auch nicht in die Hände fallen.“

Er zog seinen Kombistrahler. Nachdem er das kleine Hyperfunkgerät aufgehoben und Tako Kakuta übergeben hatte, der es in seiner Tasche verstaute, bestrich er die Anzüge mit Desintegratorstrahlen und löste sie vollständig auf.

Danach wandte er sich an Fellmer-Lloyd.

„Monsieur Lloyd, nehmen Sie bitte Major Runete. Ich lade mir Perry Rhodan auf."

Lloyd ging zu Runete, um ihn sich über die Schulter zu legen.

Danton bemerkte Kakutas fragenden Blick. Er verstand sofort, was der Teleporter wollte.

„Nein", sagte er. „Ich weiß, daß Sie uns mit ihrer Fähigkeit jederzeit in einen anderen Raum bringen könnten, ohne daß wir uns mit den beiden Bewußtlosen abschleppen müßten. Aber es ist zu gefährlich. Sie kennen die Räumlichkeiten innerhalb dieses Schiffes nicht, so daß jede Teleportation mit einem Bewußtlosen im Schlepptau ein zu großes Risiko darstellt. Vorerst müssen wir uns auf unsere Muskelkraft verlassen."

Kakuta nickte kommentarlos. Die beiden Mutanten hatten sich längst mit der Wandlungsfähigkeit Dantons abgefunden. Sein sonst zur Schau gestelltes Gehabe hatte er abgelegt, und die Mutanten akzeptierten, daß er die Führung ihrer Gruppe übernommen hatte.

Danton ging zu Rhodan und hockte sich neben ihm nieder.

Mit einem Ruck nahm er den schweren Körper auf und legte ihn sich vorsichtig über die Schulter.

Tako hatte inzwischen das Schott geöffnet. Fellmer Lloyd hielt sich dicht hinter ihm. Sein Gesicht wirkte gelangweilt und apathisch wie immer, aber Roi wußte, daß er mit aller Schärfe, die seinen außergewöhnlichen Sinnen zur Verfügung stand, nach den Gehirnimpulsen der Generäle horchte.

In aller Eile brachten sie den Gang hinter sich, der zu dem Antigravschacht führte. Lloyd berichtete, daß die Gehirnimpulse der Generäle nur langsam zurückblieben – ganz so, als rückten sie mit nahezu der gleichen Geschwindigkeit vor, mit der sich die Terraner vor ihnen zurückzogen.

Lloyd war der erste, der in den Schacht stieg. Langsam stieg er nach oben, wo man die Zentrale des Birnenschiffes vermutete. Roi folgte ihm, den Abschluß machte Tako.

„Vor uns sind welche", sagte Fellmer Lloyd mit dumpfer Stimme.

Sie waren seit geraumer Zeit ununterbrochen nach oben geschwebt. Der Schacht schien kein Ende zu nehmen. In der Finsternis verlor Roi allen Sinn für Zeit und Entfernung. Er wußte nicht, wie lange es her war, seitdem zum letztenmal das hellerleuchtete Viereck eines Ausstiegs an ihm vorbeigeglitten war.

Lloyds Zuruf machte ihn hellwach.

„Halten Sie mich auf dem laufenden!“ rief er zurück.

„Sie sind weit verteilt“, antwortete Lloyd. „Noch ein Stück weit über uns. Die Ausstrahlungen kommen mit ungefähr gleicher Stärke aus allen Richtungen.“

Roi versuchte, sich die Topographie des Schiffes zu vergegenwärtigen. Der Schacht, durch den sie sich bewegten, führte parallel zu seiner Längsachse. Wenn Lloyds Beobachtung richtig war, dann gab es über ihnen ein Deck, das von den Generälen besetzt war. Ihre Anwesenheit bedeutete ein gewisses Risiko, aber nicht unmittelbar eine drohende Gefahr. Das Deck war vermutlich in zahllose Räume und Gänge unterteilt. Irgendwo mußte es einen Durchschlupf geben, den der Gegner nicht ununterbrochen beobachtete.

Immerhin bestand Anlaß zur Vorsicht. Roi Danton überzeugte sich davon, daß sein Kombistrahler schußbereit war. Wenn es zu einer direkten Konfrontation mit den Generälen kommen sollte, würden die drei Männer den Paralysemodus ihrer Waffen verwenden, um ein Blutbad zu verhindern. Nur wenn es die Situation erfordern sollte, würden auch die Impulse und Desintegratorfunktionen ihrer Waffen zum Einsatz kommen. Danton empfand die Vorstellung, daß er mit Perry Rhodan auf der Schulter und nur einer freien Hand einen Strauß mit den Generälen ausfechten sollte, als äußerst unangenehm.

„Wir kommen näher“, meldete sich Lloyd. „Soweit ich sehen kann, ist der Schacht über uns bald zu Ende.“

Zur Bestätigung ließ er seine Lampe aufblitzen. Der Lichtkegel erfaßte die Decke des Schachts etwa vierzig Meter über Lloyds gegenwärtigem Standort. Als Lloyd den Ausstieg erreichte, schwang er sich hindurch und blieb ein paar Sekunden lang verschwunden.

„Die Luft ist rein!“ rief er.

Roi setzte den Fuß auf die Schachtkante und trat hinaus. Sofort spürte er das volle Gewicht des Bewußtlosen auf der Schulter. Er hatte keine Zeit, sich darum zu kümmern. Der Anblick des merkwürdigen Raums, in dem sie gelandet waren, fesselte seine Aufmerksamkeit vom ersten Augenblick an.

Sie standen zwischen zwei hohen Wänden, die zwischen sich nicht mehr als zwei Meter Raum boten. Es gab keine Decke. Der Blick drang ungehindert über die Kante der Wände hinweg in einen von milchiger, gelblicher Helle erfüllten Raum, der nach oben hin kein Ende zu haben schien.

Die beiden Wände erschienen nach vorn abgeschrägt. In flachem Winkel liefen die Abschlußkanten auf den Boden zu und erreichten ihn etwa einhundert Meter vom Ausstieg des Antigravlifts entfernt. Sie erschienen wie die Seitenflächen zweier mächtiger Keile, die jemand rechts und links neben dem Schacht gegen die Wand des Raumes gerammt hatte.

„Sie müssen hier irgendwo sein“, murmelte Lloyd. „Ich spüre sie ganz deutlich.“

Roi wies nach vorn.

„Hier stecken wir wie in einer Falle. Dort vorn können wir uns besser umsehen“, entschied er.

Je weiter sie sich vorwärts bewegten, desto deutlicher wurde der Ausblick aus der schmalen Kluft, die die abgeschrägten Wände zwischen sich einschlossen. Roi erkannte, daß der Raum wirklich, wie er vermutet hatte, von gigantischen Ausmaßen war. Die gegenüberliegende Wand lag so weit entfernt, daß sich trotz der kräftigen Beleuchtung erst jetzt die Einzelheiten ihrer Gliederung erkennen ließen. Roi sah eine etwa zwanzig Meter breite Rampe, die fast einhundert Meter vor der Wand begann und sich in sanfter, regelmäßiger Steigung zu ihr emporhob. Am oberen Ende der Rampe lag eine quadratische Öffnung, deren Ausmaße Roi auf etwa achtzehn mal achtzehn Meter schätzte. Die Öffnung war finster. Roi vermutete, daß sich dahinter Beginn oder Ende eines Antigravschachts von besonderer Größe befand. Soweit er erkennen konnte, lag dicht neben der Rampe eine weitere. Der Raum zwischen den Seitenwänden der beiden Rampen erschien schmal und finster.

Die Analogie lag auf der Hand. Sie selbst befanden sich im Augenblick zwischen zwei solchen Rampen. Die Aussicht, daß sie nur eine der schrägen Flächen hinaufzusteigen brauchten, um am oberen Ende einen großen Liftschacht zu finden, der ihnen weiterhalf, beflügelte Rois Schritte.

Schließlich waren die abgeschrägten Wände zu Ende. Ungehindert drang der Blick in die Weite der gigantischen Halle, auf deren Boden sie standen.

Die Anlage, stellte Roi sofort fest, war kreisförmig mit einem Durchmesser von mindestens dreihundert Metern. Es gab insgesamt zwölf Rampen. Sie waren nicht gleichmäßig verteilt, sondern bildeten Gruppen zu dritt. Sie folgten der Rundung der Hallenwand, so daß jede Rampe um wenige Grade gegen ihren Nachbarn geneigt war. Jeweils zwei Dreiergruppen waren durch weitere Flächen freier Wand voneinander getrennt. In den Wänden lagen die Einstiege kleinerer Antigravschächte und eine Reihe von Schotten, von denen das größte nach Rois Schätzung Abmessungen von wenigstens einhundert mal einhundert Metern hatte.

Am oberen Ende jeder Rampe gab es eine jener Schachtöffnungen, die Roi schon zuvor bemerkt hatte. Die Decke der Halle schien eine gewaltige Kuppel zu formen, aber Roi war seiner Sache nicht ganz sicher. Die riesigen Lampen, die von der Höhe herabschienen, blendeten ihn.

Er trat ein paar Schritte weiter nach vorn, drehte sich um und sah die beiden Rampen hinauf, zwischen deren Seitenwänden sie hervorgekommen waren. Oben gähnten verheißungsvoll die riesigen Öffnungen der Schachteinstiege. Es gab keine Möglichkeit, von hier unten zu entscheiden, welcher der Schächte nach oben führte. Roi war sicher, daß die Halle eine Art Verladeplatz war und daß von den zwölf großen Lifts ebenso viele nach unten gingen wie nach oben.

Er maß die Entfernung ab, die sie vom oberen Ende der nächsten Rampe trennten, und ließ den Blick einmal rund um die Halle wandern.

Der gewaltige Raum war völlig leer. Nirgends gab es ein Anzeichen dafür, daß er jemals benutzt wurde.

„Monsieur Lloyd?“

„Ja . . .?“

„Sie spüren die Impulse immer noch?“

„Ganz deutlich. Sie scheinen von hinter der Wand herzukommen.“

Roi nickte.

„Möglich, daß es dort Räume gibt. Die vielen kleinen Schotte müssen irgendwo hinführen.“

Er deutete die Rampe hinauf.

„Wir versuchen unser Glück dort oben“, entschied er. „Je schneller wir uns bewegen, desto größer sind unsere Aussichten.“

Er schickte sich an, die Rampe hinaufzusteigen, aber er hatte den ersten Schritt noch nicht getan, als dicht hinter ihm Fellmer Lloyd warnend aufschrie. Roi wirbelte herum und hätte unter dem Gewicht des schlaffen Körpers, den er trug, um ein Haar das Gleichgewicht verloren.

Er kämpfte nur eine Sekunde lang um seine Balance, aber die kurze Zeitspanne genügte dem Gegner, sein strategisches Geschick zur Schau zu stellen.

Die Halle, vor Sekunden noch still und leer, wimmelte plötzlich von den quadratischen Gestalten der Generäle.

16.

Sie kamen aus den Schachtöffnungen über den Rampen. Sie kamen aus den großen und kleinen Schotten, von denen es Hunderte ringsum gab. Sie kamen aus jeder Öffnung, aus jedem Loch, das die Wand der Halle aufzuweisen hatte. Mit ihrem charakteristischen, zischenden Geschrei, das Roi schon bei seinem Abenteuer im Triebwerksraum das Blut in den Adern hatte gefrieren lassen, stürmten sie an, und über ihre Absicht konnte nicht der geringste Zweifel bestehen. Sie schwangen ihre trichterförmigen Waffen, während sie ihre Opfer von allen Seiten einschlossen, und hier und dort dröhnten die ersten Schüsse auf.

Nur ein einziger Weg stand Roi und seinen Begleitern noch offen – zurück dorthin, woher sie gekommen waren.

Roi packte den Bewußtlosen fester und schrie Lloyd und dem Japaner zu:

„In den Gang! Augen offenhalten – sie werden von oben hereinzuschießen versuchen!“

Die Dunkelheit des schmalen Spalts nahm sie auf. Draußen erhoben die Generäle ein wütendes Geheul. Das krachende Donnern der

Entladungen schwoll an. Roi warf im Laufen hastige Blicke nach oben, aber noch waren die Quadratischen die Rampen nicht weit genug herabgekommen, um das Feuer eröffnen zu können.

Sie würden es tun, dachte Roi grimmig, sobald sie auch nur die geringste Hoffnung hatten, einen Treffer zu erzielen. Der einzige Schutz, der sich den Flüchtenden bot, war das Halbdunkel zwischen den hohen Rampenwänden. Die Generäle würden Mühe haben, auf dem Boden des Ganges etwas zu erkennen. Vielleicht hatten sie Glück und brachten es fertig, sich ungeschoren bis zu dem Liftschacht durchzuschlagen, den sie heraufgekommen waren.

Tako Kakuta schrie plötzlich gellend auf und stürzte vornüber. Der Donner der Trichterwaffen war jetzt überall. Tako kam schwerfällig und mit schmerzverzerrtem Gesicht wieder auf die Beine. Er hielt sich den rechten Oberschenkel. Eine der Salven hatte ihn getroffen.

Roi ließ den bewußtlosen Körper Perry Rhodans zu Boden gleiten. Als er aufsah, entdeckte er hoch oben über dem Rand der Seitenwände die samtglänzenden Trichter von mindestens zwanzig Feindwaffen. Die Generäle gingen schlau zu Werk. Sie hatten mit seinem Strahler Bekanntschaft gemacht und wußten, wie gefährlich er war. Sie hatten weder Lust noch Anlaß, ein unnötiges Risiko einzugehen. Solange sie die Kante der Wände nur dicht genug besetzt hielten, brauchten sie nur die Mündungen ihrer Waffen nach unten zu halten und in sicherer Deckung abzudrücken. Die Flüchtenden konnten ihnen nicht entgehen.

Vorläufig lag ihr Feuer ein paar Meter vor dem Ziel.

Danton preßte sich dicht an die Wand und richtete seinen Strahler in die Höhe.

„Sichern Sie nach hinten!“ schrie er Lloyd zu.

Dann begann er zu schießen. Mit dünnem Fauchen, kaum hörbar im donnernden Tumult der Trichterwaffen, entlud sich die Waffe. Ein scharfgebündelter Energiestrahl schoß an der Wand nach der linken Rampe empor und griff nach den Trichtermündungen, die über die Kante ragten. Wabernde Glut wallte auf. Die Trichter leuchteten auf und zerplatzten mit dumpfen Explosionen. Die Kante der Wand begann zu qualmen und zu kochen. Rauchende Bahnen geschmolzenen Baumaterials rannen in den Spalt herab. Unter dem Sog der heißen Luft trieb der Qualm nach oben und nahm dem Gegner die Sicht.

Einen Augenblick lang sah es so aus, als hätte Rois umsichtige und blitzschnelle Reaktion den Überfallenen den entscheidenden Vorteil verschafft, den sie brauchten, um dem wütenden Ansturm des Gegners zu entkommen.

Roi zögerte nicht, die Lage auszunutzen. Mit einem Ruck warf er sich den Körper des bewußtlosen Perry Rhodan wieder über die Schulter und stürmte den Gang entlang nach hinten, auf den Liftschacht zu.

Tako Kakuta folgte ihm hinkend und ächzend. Den Abschluß bildete Fellmer Lloyd, der von Zeit zu Zeit eine Salve den Spalt entlangschoß, um die Generäle auf Abstand zu halten.

Roi hatte den Schachteinstieg fast erreicht, als das eintrat, was seine Hoffnungen mit einem Schlag endgültig zunichte machte.

Aus den schmalen, finsteren Öffnungen quollen die unbeholfenen Gestalten zweier Generäle, und hinter ihnen kamen andere, ein wiegender Hals nach dem andern, Kugelkopf auf Kugelkopf. Danton wechselte blitzschnell den Modus seiner Waffe und schoß. Die ersten beiden Generäle sanken paralysiert zu Boden, aber über die Stürzenden hinweg brandete der Donner einer Trichterwaffe, und ein brennender Schmerz durchflutete Danton. Für den Bruchteil einer Sekunde war er unfähig, sich zu rühren. Im Unterbewußtsein nahm er wahr, daß hinter ihm eine weitere Waffe losdonnerte. Die nachdringenden Generäle stürzten zu Boden.

Roi riß sich zusammen.

Der letzte Ausweg war ihnen versperrt. Sie hatten nur noch zwei Möglichkeiten – abzuwarten, bis die Generäle dicht genug heran waren, um ihre Opfer mühelos über den Haufen zu schießen, oder einen Ausbruch zu versuchen.

Roi entschied sich für das letztere.

Sie machten kehrt und stürmten den Spalt entlang nach vorn. Inzwischen waren die Trichtermündungen wieder an den Kanten der Seitenwände erschienen. Krach auf Krach donnerten sie von oben herab. Fellmer Lloyd, der jetzt an der Spitze lief, bestrich die Wände mit einer weit gefächerten Salve und brachte die Schützen für eine oder zwei Sekunden zum Schweigen. Roi nahm im Laufen den rückwärtigen Teil des Ganges unter Feuer und hielt den nachdrängenden Gegner auf Distanz.

Das Ende des Spalts kam rasch näher. Dort war eine Schar von Generälen inzwischen in Stellung gegangen, um den Augenblick abzuwarten, in dem sie ungehindert in den Gang eindringen konnten. Obwohl sie gewußt haben mußten, daß ihre eigenen Leute im Liftschacht warteten, um die Terraner am Entkommen zu hindern, kam ihnen der plötzliche Vorstoß des Gegners offenbar völlig unerwartet. Lloyd, Roi und Tako Kakuta eröffneten sofort das Feuer. Die Generäle toben mit zischendem Geschrei voller Entsetzen davon, und bevor sie sich in Sicherheit bringen konnten, hatten die terranischen Strahler vier von ihnen paralysiert.

Aber die Verwirrung hielt nur ein paar Augenblicke an. Die Lage war zu übersichtlich. Der Gegner befand sich jetzt im Freien und hatte keine Deckung mehr. Innerhalb von Sekunden mußte die erdrückende Übermacht der Trichterwaffen den Ausschlag geben und den Kampf mit der Vernichtung beenden.

Roi hatte den Körper seines Vaters zu Boden gleiten lassen und sich daneben geworfen. Er lag dicht vor dem Fuß einer Rampe. Mit seinem eigenen Leib schützte er den Bewußtlosen gegen die Salven der Fremden, die von hinten und von der Seite her anrückten. Nur von der Rampe herab konnte Rhodan getroffen werden.

Roi richtete sein Feuer schräg nach oben. Den Finger mit grimmigem Druck auf den Auslöser der Waffe gepreßt, bestrich er die Rampe mit einem weit gefächerten Strahl. Die vorderste Reihe der Generäle, die oben in der Nähe der großen Schachtöffnung Aufstellung genommen hatte, sank zu Boden. Bewußtlos, fanden die quadratischen Gestalten keinen Halt und kamen die schiefe Ebene herabgerutscht. Roi gewann neue Hoffnung. Wenn sie weit genug rutschten, konnte er hinter ihnen in Deckung gehen.

Er warf einen raschen Blick ringsum. Fellmer Lloyd lag seitlich von ihm, halb über dem bewußtlosen Major, und hatte die Füße zum Fuß der Rampe hin gereckt. Auf diese Weise konnte er die Generäle unter Feuer nehmen, die die Stellung der Terraner von der Halle her angriffen.

Roi suchte nach dem Japaner. Vor Lloyd begann sich ein Wall paralysierter Gegner aufzutürmen, und Tako Kakuta, durch seine Verwundung behindert, mochte in dem Durcheinander verlorengegangen sein.

Roi schrie Lloyd eine Frage zu. Der Telepath zuckte mit den Schultern. Roi reckte sich ein Stück weit in die Höhe, um die Umgebung besser übersehen zu können und Kakuta womöglich irgendwo zu finden.

Da traf ihn ein mörderischer Schlag gegen den Hals. Mit einem gurgelnden Schrei sank er zur Seite. Rasender Schmerz fuhr ihm durch den Körper und machte ihn fast wahnsinnig. Der Treffer der Trichterwaffe schien alle Muskeln in Hals und Schulter lahmgelegt zu haben. Seine Kehle war zugeschnürt. Er bekam keine Luft mehr.

Langsam schwand ihm das Bewußtsein. Die Halle verdunkelte sich. Von da, wo er lag, sah er Perry Rhodans starres Gesicht. Er empfand plötzlich unendliches Bedauern . . .

Er war nicht sicher, ob er wirklich bewußtlos geworden war.

Plötzlich war Licht. Plötzlich konnte er das zischende Geschrei wieder hören. Es war lauter geworden und hatte einen panikerfüllten Unterton. Etwas trommelte ihm mit Wucht und Ausdauer auf die Schulter.

„Wir haben sie!" schrie eine heisere Stimme. „Tako hat . . ."

Er stützte sich auf die Arme und kam mühsam in die Höhe. Der Trommler war Fellmer Lloyd. Etwas begeisterte ihn so, daß er nicht wußte, was er tat. Seine breite Hand mit dem behaarten Rücken schlug in gleichbleibendem Rhythmus auf Rois Schulter ein.

Roi warf einen Blick die Rampe hinauf. Ein Tumult war in der Nähe der Schachtöffnung im Gange. Die quadratischen Gestalten der Generäle wirbelten kunterbunt durcheinander. Trichterwaffen krachten und dröhnten, aber erst, als ein grellweißer, scharfgebündelter Energiestrahl mitten aus dem Getümmel in die Höhe stieg, wußte Roi, was dort oben gespielt wurde.

Die Generäle wandten sich zur Flucht. Auf hastig trippelnden Beinen kamen sie die Rampe heruntergestürzt. Roi hob die Waffe auf, die ihm entfallen war, und richtete sie auf den Gegner. Als er zu feuern begann, stürzten die Generäle sich über die Ränder der Rampe zu beiden Seiten in die Tiefe. Etwas hatte sie völlig aus dem Gleichgewicht gebracht. Sie wußten nicht mehr, was sie taten. Angst saß ihnen im Nacken.

Als das Getümmel am oberen Rampenende sich lichtete, sah Roi für den Bruchteil einer Sekunde eine kleine, behende Gestalt in der grüngrauen Montur der terranischen Flotte. Gleich darauf war sie verschwunden. Die Generäle, die es bis jetzt noch in der Nähe des Schachts ausgehalten hatten, stürzten zischend und schreiend davon.

Roi wirbelte herum. Seine Vermutung war richtig. Die kleine, graugrüne Gestalt war auf einer der anderen Rampen aufgetaucht. Ihr Erscheinen allein erzeugte Chaos. Wie überall am Ende der Rampen, hatten die Generäle auch dort eine starke Wache vor dem Schachteingang postiert. Ihr Schreckensgeschrei erfüllte die Luft mit gellendem Zischen. Sie stoben auseinander. Mindestens ein Dutzend von denen, die sich in der Nähe des Rampenrands befanden, wurden von ihren Hals über Kopf flüchtenden Genossen über die Kante gestoßen und stürzten in die engen, finsteren Spalten zu beiden Seiten der Rampe.

Die übrigen nahm der kleine, behende Mann in der graugrünen Montur unter Paralysefeuer. Sie hatten das Fiasko miterlebt, das ihre Brüder dort erlitten hatten, wo die graugrüne Gestalt zum erstenmal auftauchte. Sie hatten zwar nicht verstanden, was da vor sich ging, aber sie hatten das Ergebnis gesehen, und der Gedanke, daß ihnen das gleiche Schicksal bestimmt war, trieb sie Hals über Kopf in die Flucht.

Inzwischen hatte sich eine Kolonne Generäle von der gegenüberliegenden Seite der Halle in Marsch gesetzt, um den bedrängten Genossen zu Hilfe zu kommen. Ihr Versuch, dort zu helfen, wo der wütende Graugrüne zum erstenmal erschienen war, hatte nichts gefruchtet, denn das Gefecht war vorüber, bevor sie auch nur in die Nähe der Rampe kamen. Als der fremde Spuk an anderer Stelle erschien, änderten sie ihre Marschrichtung, aber obwohl sie sich nach Kräften beeilten – so sehr, daß ihre trippelnden Beine nur noch als huschende, weiße Schatten zu sehen waren –, kamen sie auch diesmal zu spät.

Der Kampf war beendet, bevor sie eingreifen konnten, aber sie waren dem Fuß der Rampe schon bedenklich nahe gekommen.

Der Graugrüne schien die Gefahr erkannt zu haben. Als er die zweite Gruppe der Generäle in die Flucht getrieben hatte, verschwand er genauso spurlos wie beim erstenmal.

Fast im gleichen Augenblick tauchte er wieder auf, inmitten des

Hilfstrupps, der soeben dabei war, sich nach dem unheimlichen Gegner umzusehen. Er verlor keine Zeit. Er war kaum auf der Bildfläche erschienen, da fauchte sein Strahler auf und verwandelte die geordneten Reihen der Generäle in einen wirren, wirbelnden Haufen von zu Tode geängstigten Geschöpfen, die nicht wußten, was mit ihnen geschah.

Das Dröhnen der Trichterwaffen war kaum mehr zu hören. Die einzigen Geräusche, die die Halle erfüllten, war das ängstliche, zischende Geschrei der Quadratischen und das unaufhörliche, brausende Fauchen der Waffe des Graugrünen.

Innerhalb von Sekunden löste sich der Hilfstrupp auf. Die, die ausgezogen waren, um ihren bedrängten Brüdern zu helfen, fanden sich plötzlich selber bedrängt. Der unheimliche Feind war ein Wesen, das nach Belieben mal hier, mal dort erscheinen konnte, so daß niemand genau zu sagen wußte, wo es im nächsten Augenblick auftauchen würde.

Das war zuviel für die Generäle. Sie verstanden es, gegen normale Wesen zu kämpfen. Gegen Teufel waren sie machtlos.

Die allgemeine Flucht war im Gange. Die Quadratischen benutzten jeden Ausweg, der sich ihnen bot. In hellen Haufen verschwanden sie durch die riesigen Schachtöffnungen am oberen Ende der Rampen und durch die Hunderte von größeren und kleineren Schotten in der Wand.

Nur ein paar Minuten vergingen, dann lag die Halle still und ruhig wie zuvor – bis auf die zahllosen Bewußtlosen, die die Generäle bei ihrer überstürzten Flucht zurückgelassen hatten.

Fellmer Lloyd hatte inzwischen aufgehört, auf Roi Dantons Schulter zu trommeln. Und Roi hatte genug Kräfte gesammelt, um wieder aufstehen zu können.

Sekunden später materialisierte der Japaner unmittelbar vor ihm. Er lächelte verlegen.

„Ich bedaure, gegen Ihre Anweisung gehandelt zu haben“, sagte er leise und freundlich, mit völlig ruhiger Stimme, als hätte er sich soeben ausgeruht von einem Mittagsschlaf erhoben, „aber die Lage schien danach, als ob . . .“

Roi winkte ab.

„Ich habe Ihnen keine Anweisungen zu geben, Monsieur Kakuta“, antwortete er und hatte Mühe, die Augen trockenzuhalten. „Ich, ich ..." Eigentlich hatte er vorgehabt, einige passende Worte zu sagen, aber im Augenblick fielen sie ihm, verwirrt wie er war, nicht ein. Er streckte den Arm aus und reichte Tako die Hand.

„Danke!" stieß er hervor.

Der Gegner war geschlagen. Die eigenartigen, fast gespenstischen Fähigkeiten eines einzigen Mutanten hatten den Vorteil der zahlenmäßigen Übermacht innerhalb weniger Minuten zunichte gemacht und den Ausschlag gegeben.

Roi Danton war Taktiker genug, um zu wissen, daß er den Vorteil, der sich ihm bot, so rasch wie möglich ausnützen mußte, oder er würde ihm zwischen den Fingern hindurchrinnen. Der Gegner würde in Kürze einsehen, daß er die Niederlage hauptsächlich dem Effekt der Überraschung zu verdanken hatte und daß er, stark wie er war, selbst dem unheimlichen graugrünen Wesen gewachsen sein konnte, wenn er sich nur darauf einrichtete.

Es galt, den Generälen keine Verschnaufpause zu gönnen. Roi erkannte klar, daß er und seine Begleiter die Offensive ergreifen mußten, wenn sie am Leben bleiben wollten. Drei Mann, beladen mit den schweren Körpern zweier Bewußtloser, gegen eine ganze Schiffsbesatzung, das erschien auf den ersten Augenblick wie eine Idee aus einem Alptraum.

Die Lage, in der sie sich befanden, *war* ein Alptraum, stellte Roi fest, und die Idee daher den herrschenden Bedingungen angepaßt.

Er schätzte, daß sich zu Beginn des Überfalls etwa zweihundert Generäle in der Halle befunden hatten. Höchstens die Hälfte davon war entkommen.

Roi zeigte die Rampe hinauf.

„Wir verschwinden so rasch wie möglich. Je schneller wir aufwärts kommen, desto besser für uns. Die Generäle werden uns in der Nähe der Halle suchen, wenn sie sich von ihrem Schrecken erholen."

Sie stiegen die Rampe hinauf, nachdem sie sich überzeugt hatten, daß sowohl Perry Rhodan als auch Pandar Runete aus dem Durcheinander der vergangenen halben Stunde unversehrt hervorgegangen waren. Roi spürte schmerzhaft jeden einzelnen Muskel in seinem Körper, als er sich den bewußtlosen Körper Rhodans auf die Schulter lud, und er wußte, daß er unter der Tortur, die die Last für ihn bedeutete, nachdem er mehrere Treffer aus den Trichterwaffen der Generäle empfangen hatte, zusammenbrechen mußte, wenn er nicht bald Ruhe bekam.

Trotzdem war er schon lange nicht mehr so erleichtert gewesen wie in dem Augenblick, als sie nach mühevollem Aufstieg das Ende der Rampe erreichten und feststellten, daß das künstliche Gravitationsfeld hinter der riesigen, finsteren Schachtöffnung nach oben führte.

Riesige, gelb erleuchtete Vierecke zogen träge an ihnen vorbei. Sie waren auf dem Weg nach oben, und niemand versuchte, sie zu behindern.

Unter dem Einfluß des künstlichen Schwerefeldes, das die Last auf seinem Rücken verringerte, war Roi Danton in eine Art Dämmerzustand versunken. Wirre Träume peinigten ihn. Er tauchte von glühender Hitze in klirrende Kälte. Schemenhafte, unwirkliche Bilder huschten durch sein Blickfeld, eines nach dem andern, in unaufhörlicher, marternder Folge.

Er riß sich zusammen. Die Halluzinationen waren eine Folge der Schwäche. Vielleicht hatten auch die Treffer, die er abbekommen hatte, damit zu tun. Er brauchte Ruhe. Das war alles.

Nach seiner Schätzung waren sie, seitdem sie die Halle verlassen hatten, etwa sechshundert Meter weit nach oben vorgedrungen. Roi kannte die Ausmaße der birnenförmigen Schiffe des Gegners und wußte, daß sie von Heck bis Bug nicht länger als elfhundert Meter waren. Mit der Strecke, die sie zurückgelegt hatten, bevor sie die Halle erreichten, waren sie von ihrem ursprünglichen Versteck im Heckende des Schiffes mindestens neunhundert Meter weit entfernt. Das Ziel lag nicht mehr weit.

Der riesige Schacht, quadratisch im Querschnitt, zwanzig mal zwanzig Meter groß, war offensichtlich für den Transport schwerster Lasten gedacht und schien den vorderen Teil des Schiffsrumpfes in seiner ganzen Länge zu durchziehen. Es waren zwei Gründe, die Roi dazu bewegten, nicht bis zum oberen Ende des Lifts emporzuschweben.

Erstens brauchten sie alle ihre Ruhepause *sofort* – und einmal in unmittelbarer Nähe der Steuerzentrale des Schiffes, würde es keine Ruhe mehr geben. Zweitens lag auf der Hand, daß die Generäle, falls sie ihren Widerstand in der Zwischenzeit organisiert hatten, am obe-

ren Ausgang aller Schächte, die direkt aus der Halle nach oben führten, auf sie warten würden.
Fellmer Lloyd lauschte ununterbrochen. Er hatte zunächst nicht viel Erfolg damit gehabt, weil die Ausstrahlung der fremden Gehirne von allen Seiten mit gleicher Stärke auf ihn eindrangen. Aber als sie das Niveau der Halle und damit die kopflos flüchtenden Generäle tief unter sich ließen, konnte er sich allmählich wieder orientieren. Seit wenigen Minuten kam bei weitem der größte Teil der Strahlung, die er empfing, senkrecht von oben – ein deutlicher Hinweis, daß der Bug des Birnenschiffes stark bemannt war.

Die Schachtausstiege lagen jeweils fünfzig Meter voneinander getrennt. Es war anzunehmen, daß jeder Ausstieg in ein Lager mündete, das seinerseits wiederum mehrere Decks mit den durch den Schacht herauftransportierten Gütern versorgte. Roi wies Lloyd an, auf den nächsten Ausstieg zuzuhalten. Lloyd gab sich mit pendelnden Beinen einen Schwung, der ihn langsam quer durch den Schacht auf die Seite hinübertrieb, auf der der Ausstieg lag. Roi konnte ihn, wenn er nach oben schaute, wie ein Schemen durch die Finsternis gleiten sehen. Der Ausstieg war noch zu weit entfernt, als daß das gelbe Licht, das von draußen hereinfiel, der Dunkelheit im Innern des Schachts etwas hätte anhaben können.

Ein halberstickter Aufschrei war plötzlich zu hören. Roi sah auf. Fellmer Lloyds Schatten war plötzlich zum Stillstand gekommen. Er schien größer geworden zu sein. „Was ist da los?“ rief er hinauf.

Es dauerte eine Weile, bevor Lloyd antwortete:

„Ein General. Treibt hier im Schacht herum. Wahrscheinlich tot.“

Roi hatte eine Idee.

„Ziehen Sie ihn hinter sich her zum Ausstieg!“ trug er Lloyd auf.

Wenige Minuten später standen sie unter dem großen, hell erleuchteten Viereck. Rois Vermutung erwies sich als richtig. Der Schacht mündete unmittelbar auf einen großen, viereckigen Raum, in dem beachtliche Mengen von Gütern, zum größten Teil in faßähnlichen Behältern, gestapelt waren. In der gegenüberliegenden Wand gab es drei Schotte, die zwei auf der Seite klein und hauptsächlich für Mannschaftsverkehr bestimmt, das in der Mitte mehr als zehn Meter breit und fast ebenso hoch.

Fellmer Lloyd zog seine eigenartige Beute hinter sich her. Roi, auf der Suche nach einem geeigneten Rastplatz, entdeckte schließlich einen übermannshohen Fässerstapel, der einen kleinen freien Platz wie eine spanische Wand umschloß. Hinter den Fässern waren sie dem Blick des Gegners, der zufällig den Raum betrat, entzogen. Sie brauchten nur ein paar Behälter umzustellen, um auch gegen den Ausstieg des Antigravschachts gedeckt zu sein.

Erst jetzt nahm Roi sich Zeit, sich um Lloyds Fund zu kümmern. Der Mutant hatte recht. Der General war tot. Die großen Froschaugen starrten leer und ausdruckslos. Die braune, lederne Haut hatte begonnen, sich ins Weißgraue zu verfärben. Nur ein Wesenszug schien unverändert: In den gläsernen Halbkugeln auf den Schultern des Toten wogte die orangefarbene, dickliche Flüssigkeit hin und her.

Das Schicksal des Toten war nicht genau zu rekonstruieren. Nirgends gab es äußere Anzeichen von Gewalteinwirkung. Da man über die biologischen Eigenheiten dieser Wesen nichts wußte, war nicht auszuschließen, daß der General anläßlich des letzten Kampfes durch einen unglücklichen Sturz zu Tode kam und von nachdrängenden Artgenossen in den Schacht geschoben wurde, wo er, dem Zug des künstlichen Schwerfeldes folgend, langsam nach oben schwebte.

Eine Waffe hatte der Fremde nicht bei sich.

Tako Kakuta hockte auf dem Boden, den Rücken gegen ein Faß gelehnt.

„Merkwürdig“, murmelte er, „wie fremd sie aussehen und wie ähnlich sie uns doch in Wirklichkeit sind.“

Fellmer Lloyds Interesse war weniger philosophischer als vielmehr praktischer Natur. Er drehte den Toten von einer Seite auf die andere, aber schließlich blieb seine Aufmerksamkeit an den beiden gläsernen Halbkugeln hängen.

„Möchte gerne wissen, was das ist“, murmelte er. „Sieht tatsächlich so aus wie Schulterstücke. Aber jeder hat die gleiche Sorte, wozu sollten sie dann gut sein?“

Er sah Roi fragend an. Roi zuckte mit den Schultern.

„Keine Ahnung. Erklären Sie's mir!“

Lloyd griff in die Tasche und zog das kleine Kombi-Werkzeug heraus, das zu ihrer Standardausrüstung gehörte, und löste eine taschenmesserähnliche Klinge. Mit der Spitze der Klinge versuchte er, vorsichtig zwischen den unteren Rand der Glashalbkugel und die lederne Haut des toten Generals zu fahren. Der Versuch mißlang, aber dafür erzielte er einen anderen, gänzlich unerwarteten Erfolg. Die orangerote Masse im Innern der Glaskugel, die ganze Zeit über schon in heftiger, unerklärlicher Bewegung, geriet nun völlig außer Rand und Band. Sie spritzte hin und her, zerstaubte schäumend, rann über die Wände des Behälters auf und ab und bot den Anblick einer Flüssigkeit unter dem Einfluß eines automatischen Rührgeräts.

Fellmer Lloyd, der sich vor dem reglosen Körper auf den Boden gekniet und sich bei seinem Experiment über den Toten gebeugt hatte, lehnte sich weit zurück, als hätte er Angst, vollgespritzt zu werden. Als er sich nach einer Weile umsah, war er so weiß im Gesicht, daß Roi erschrak.

„Das ... das Zeug lebt", stieß er krächzend hervor. Mit einer hilflosen Geste fuhr er sich zur Stirn. „Ich kann es hier oben spüren!"

Roi war nicht überrascht. Der Gedanke war ihm gekommen, als er die Flüssigkeit wie wild hin und her schwappen sah, obwohl der Körper des Toten völlig ruhig lag.

Er kniete sich neben Lloyd auf den Boden.

„Geben Sie mir das Messer", verlangte er.

Der Mutant reichte es ihm. Roi setzte es ein Stück unterhalb des Kugelrandes an und drückte es mit einem Ruck durch die graue, harte Haut. Die Bewegung der Flüssigkeit, die sekundenlang weniger hektisch gewesen war, nahm wieder zu und wurde schließlich so stark, daß Roi das Geräusch hören konnte, mit dem sie gegen die Innenwand der Glaskugel schlug.

Dem Inhalt der Kugel auf der anderen Schulter schien nichts zu entgehen. Er bewegte sich mit der gleichen Heftigkeit wie sein unmittelbar betroffenes Gegenstück.

Roi schob das Messer weiter und vollführte einen schmalen, horizontalen Schnitt. Indem er das Heft des Werkzeugs nach oben bog, brachte er die Ränder der Wunde zum Klaffen.

Was er sah, drehte ihm fast den Magen um. Durch die Schulterhaut des Generals, in der offenen Wunde deutlich sichtbar, ragten zahllose orangerote Fäden, manche fast so dick wie ein menschlicher kleiner Finger, andere so hauchdünn, daß sie kaum mehr zu erkennen waren. Verworren und verflochten wirkten sie wie das Wurzelwerk eines exotischen Baums.

Die merkwürdige Kreatur, die in ihrem Glasbehälter scheinbar harmlos auf der Schulter des Generals ruhte, hatte sich in den Körper ihres Trägers hineingefressen wie Krebsgeschwüre in gesundes Fleisch, ernährte sich womöglich aus dem Körper des Wesens, das sie anscheinend willig und wie eine Dekoration mit sich herumtrug.

Roi zog das Messer mit einem Ruck aus der Wunde hervor und sprang auf. Er wollte etwas sagen, aber im selben Augenblick richtete sich auch Fellmer Lloyd auf, vollführte eine hastige Drehung und prallte seitwärts gegen Roi.

„Vorsicht!" schrie er mit panikerfüllter Stimme.

Roi brachte sich mit einem weiten Satz aus dem Gefahrenbereich, ohne zu wissen, welche Gefahr ihm drohte. Erst als er gegen eine der Tonnen prallte, wandte er sich um.

Fellmer Lloyd stand, wie vor Schreck erstarrt, einen Meter neben dem Toten. Er hatte sich halb auf die Zehenspitzen erhoben und die Arme zur Seite gereckt, als sei ihm mitten im Sprung die Kraft ausgegangen.

Über den Boden auf ihn zu bewegten sich zwei unheimliche Geschöpfe.

Sie bestanden aus einer halbflüssigen Masse, die gerade noch genug Oberflächenspannung zu haben schien, um nicht haltlos auseinanderzufließen. Sie waren formlos, gelatineartige Klumpen, die von Sekunde zu Sekunde ihre Gestalt wechselten. Nur das wurzelähnliche Gefaser, das sie hinter sich herzogen, schien aus festerer Materie zu bestehen.

Die Halbkugeln aus Glas lagen vor dem General auf dem Boden. In jeder Schulter hatte er eine Reihe von kleinen, häßlichen Löchern, durch die die Wurzeln der orangefarbenen Schmarotzer in seinen Körper vorgedrungen waren.

Fellmer Lloyd war ganz eindeutig das Ziel der beiden Gelatinegeschöpfe.

„Ich an Ihrer Stelle bliebe nicht da stehen", sagte Roi, ohne den Blick von den unheimlichen Kreaturen zu wenden.

Fellmer Lloyd kam wieder zu sich. Langsam und vorsichtig, immer noch auf Zehenspitzen, machte er einen Schritt zurück und zur Seite. Die Gelatinekugeln bemerkten dies sofort und änderten ihre Richtung.

„Können Sie die Impulse verstehen?“ fragte Roi.

Lloyd schüttelte hastig den Kopf.

„Nein“, stieß er hervor. „Sehr schwach. Wahrscheinlich keine Intelligenz.“

Er trat einen weiteren Schritt zurück, diesmal geradlinig, so daß die Geschöpfe ihre Richtung nicht zu ändern brauchten. Roi glaubte zu bemerken, daß sie langsamer geworden waren. Er wollte eine entsprechende Bemerkung machen, aber bevor er dazu kam, ging mit den fremdartigen Kreaturen eine plötzliche und unerwartete Wandlung vor sich.

Sie hörten auf, sich zu bewegen. Unter der halbflüssigen, schimmernden Haut verfärbte sich die Körpermasse und wurde von einem Augenblick zum anderen häßlich braunschwarz. Die Haut platzte auf und machte dabei ein Geräusch wie ein Korken, der aus einer unterkühlten Sektflasche gezogen wird. Die braunschwarze Körperflüssigkeit lief auf den Boden und bildete eine unappetitliche, übelriechende Lache. Von der ursprünglichen Gestalt der Gelatinekugeln war nur noch das verflochtene Wurzelwerk übriggeblieben.

Sie konnten nicht leben, ohne ihre Wurzeln in die Substanz eines Gastkörpers eingebettet zu haben. Sie hatten gespürt, daß ihr ursprünglicher Wirt nicht mehr lebte. Sie hatten die Anwesenheit anderer Wesen wahrgenommen und dann versucht, bei ihnen Schutz zu finden.

Sie mochten häßlich und ekelerregend sein, aber ihr Bemühen zu überleben hatte etwas Rührendes an sich.

Roi verspürte wenig Lust, die wohlverdiente Ruhepause in der Nähe der stinkenden Lachen zu verbringen. Er fand eine andere Stelle, die von aufgestapelten Behältern ebenso geschützt wurde wie die erste, und ließ die Bewußtlosen dorthin transportieren. Den toten General ließen sie liegen, wo er war. Es würden sich andere finden, die sich um ihn kümmerten. Er trug nichts mit sich, was des Mitnehmens wert gewesen wäre. Roi fand eine Vermutung bestätigt, die ihm gekommen war, als er sich mit den Generälen im Triebwerkssektor herumgeschlagen hatte. Die eigenartigen Wesen hielten die Ausstattung, mit der die Natur sie versehen hatte, offenbar als völlig ausreichend und erachteten Kleidung als überflüssig. Sie gingen nackt, was den Galaktoethnologen der Erde einen Schock versetzen würde, sobald sie davon erfuhren; denn sie lehrten seit Jahrhunderten, daß das erste Anzeichen beginnender Zivilisation die Verwendung von Kleidungsstücken sei.

Als sie es sich zwischen den Tonnen und Fässern bequem gemacht hatten, sah Roi auf die Uhr, die er am linken Handgelenk trug, und stellte fest: „Wir haben nicht viel Zeit, vielleicht zwanzig Minuten. Die Bewußtlosen werden in spätestens einer Stunde zu sich kommen. Bis dahin müssen wir in Runetes Interesse die Hauptgefahr, den Kristall, beseitigt haben."

Fellmer Lloyd hob die Hand, um anzudeuten, daß er etwas zu sagen hatte.

„Das Schiff steckt voller Generäle", gab er zu bedenken. „Sind Sie wirklich so fest überzeugt, daß es hier einen Kristall gibt? Wie wäre es, wenn in Wirklichkeit die Generäle die Herren des Schiffs wären?"

Roi dachte eine Zeitlang darüber nach. Dann schüttelte er den Kopf.

„Nein, das ist unwahrscheinlich. Wir kennen die Kristallagenten. Jedes intelligente Wesen, das in ihren Einflußbereich gerät, ist ihnen verfallen. Die Generäle *müssen* ganz einfach unter dem Einfluß der Kristalle stehen. Und damit dieser Einfluß aufrechterhalten werden kann, muß es an Bord einen Großkristall geben."

„Aber ich spüre nichts", widersprach Lloyd. „Erinnern Sie sich? Auf Keeg wußte ich immer, wo die Kristalle sich befanden und, wenigstens sinngemäß, was für Befehle sie gaben."

„Auf Keeg befehligten sie in der Hauptsache Terraner. Die Methode der Beeinflussung oder Einwirkung ist wahrscheinlich je nach der Struktur des beeinflußten Gehirns verschieden. Deswegen können Sie die Strahlung mühelos wahrnehmen, wenn sie an Terraner gerichtet ist. Hier haben wir es mit einer völlig fremden Art zu tun. Das müssen wir in Betracht ziehen. Außerdem besteht die Möglichkeit, daß die Generäle ein wesentlich geringeres Maß an Beeinflussung brauchen, um sich dem Kristall unterzuordnen, als Leute unserer Art."

Fellmer Lloyds Vorrat an Einwänden war verbraucht.

„Wir tun am besten", fuhr Roi schließlich fort, „uns so zu verhalten, als gäbe es einen Großkristall. Auf diese Weise kann nichts schiefgehen. Gibt es in Wirklichkeit keinen, haben wir es nur mit Generälen zu tun – um so besser für uns. Auf jeden Fall aber müssen wir in spätestens einer Stunde im Besitz des Kommandostands sein. Denn wenn es einen Kristall gibt, dann bin ich völlig sicher, daß er sich dort aufhält.

Es gibt noch ein paar andere Gründe, warum wir den Kommandostand in unsere Hand bringen müssen. Unser Hauptanliegen ist, dieses Schiff zu kapern und zu erfahren, welches Ziel es anfliegt – und danach mit ihm so rasch wie möglich wieder freundliche Gefilde zu erreichen. Das kann nur vom Kommandostand aus geschehen. Noch viel einfacher und grundlegender als das: Wir wollen endlich wissen, wo wir sind, mit welcher Geschwindigkeit wir uns bewegen und ein Dutzend mehr Dinge. Es gibt nur einen Ort, an dem wir eine Antwort auf unsere Fragen finden: den Kommandostand.

Ich bin sicher, daß entweder die FRANCIS DRAKE oder die CREST, vielleicht beide, ihr Möglichstes tun, uns zu folgen und uns zu helfen. Ob sie Erfolg haben, weiß ich nicht. Ich kann nicht einmal feststellen, ob dieses Schiff sich im Normal- oder im Überlichtflug befindet. Es gibt keine Möglichkeit, das herauszufinden, solange wir nicht die entsprechenden Geräte haben – zumindest einen Bildschirm."

Er machte eine kurze Pause und nahm dann den Faden wieder auf:

„Bei unserem Vorstoß auf den Kommandostand können wir uns unmöglich mit den Bewußtlosen belasten. Wir müssen sie einstweilen zurücklassen. Natürlich nicht ohne Schutz. Ich schlage vor, daß Sie bei ihnen bleiben, Monsieur Kakuta – und zwar hier, in diesem Lagerraum."

Tako Kakuta sah ihn überrascht an, sagte jedoch nichts.

„Monsieur Lloyd und ich besorgen den Vorstoß", fuhr Roi fort. „Wir werden genug Lärm verursachen, um die Generäle auf uns zu ziehen. Sie sind hier unten ziemlich ungefährdet."

Es war dem Japaner anzusehen, daß ihm der Vorschlag nicht gefiel. Aber er widersprach nicht. Roi räkelte sich zwischen zwei Behältern zurecht und sagte:

„Für die nächsten fünfzehn Minuten werde ich meinen Mund halten, so daß Sie sich entspannen können. Nutzen Sie die Gelegenheit."

Es stellte sich heraus, daß er die Rechnung ohne den Wirt gemacht hatte. Er hatte die Augen kaum geschlossen und die Arme lässig über der Brust verschränkt, als ihn aus dem Nichts heraus plötzlich ein unerwartetes, heftiges Schwindelgefühl ergriff. Er riß die Augen auf und wollte in die Höhe springen; aber das gelbe Licht der großen Lampen war plötzlich düster und rot geworden. Die Umrisse der Halle waren verschwommen und schienen in wirbelnder Bewegung. Er spürte den Boden unter den Füßen nicht mehr. Tako, Lloyd und die beiden Bewußtlosen waren nirgendwo zu sehen. Er fühlte sich hin und her gewirbelt, und die heftige Bewegung löste einen dumpfen, pochenden Schmerz aus, der ihn fast um den Verstand brachte. Er wollte schreien, aber im selben Augenblick explodierte mit einem Blitz und einem Krach die Welt ringsum, und er verlor augenblicklich das Bewußtsein.

Ein letzter Gedanke schoß ihm durch den Kopf:

Er brauchte nicht mehr darüber nachzudenken, welche Flugtechnik das Birnenschiff benutzte.

Er hatte den ersten Transitionsschock soeben miterlebt.

17.

Bis zu diesem Augenblick hatten die Verfolger an Bord der CREST IV und der FRANCIS DRAKE nur ein einziges Problem gehabt: Sie wußten nicht, in welchem der acht Schiffe, denen sie hinterherjagten, die Vermißten sich befanden. Ein Angriff auf alle acht Einheiten verbot sich aus leicht verständlichen Gründen. Die Birnenschiffe würden sich wehren, und bei dem entstehenden Feuergefecht konnte der Raumer beschädigt oder gar vernichtet werden, in dem Perry Rhodan und die anderen Terraner sich aufhielten.

Die Verfolgung selbst machte keinerlei Mühe. Anstandslos hatten die beiden Schiffe die gegnerische Gruppe eingeholt und folgten ihr seit einer halben Stunde in einem Abstand von nur wenigen Millionen Kilometern. Die Ortungsschutzgeräte der FRANCIS DRAKE funktionierten einwandfrei. Die Birnenschiffe hatten offenbar keine Ahnung, daß ihnen jemand dicht auf den Fersen war.

Sie bewegten sich nach wie vor im Normalraum mit mittlerweile relativistischer Geschwindigkeit. Der Sternteppich der Großen Magellanwolke glänzte in den unglaublichen roten und blauen Farbtönen, die ein Charakteristikum relativistischen Raumflugs sind. Die drei Stunden, die die Fachleute als Sicherheitsspanne zwischen Start und Übergang zum ÜL-Flug angesetzt hatten, waren seit einigen Minuten herum. Atlans Spannung wuchs von Sekunde zu Sekunde. Bis jetzt existierten hundert Theorien, auf welcher Basis der Überlichtantrieb der Birnenschiffe funktionierte.

Der Augenblick lag nicht mehr fern, in dem er erfahren würde, welche der Theorien die richtige war.

Als es jedoch schließlich soweit war, verflog alles wissenschaftliche Interesse im Handumdrehen. Der Übertritt der acht Birnenschiffe in den Hyperraum vollzog sich mit dramatischer Einfachheit.

Sie verschwanden einfach. Von einer Sekunde zur anderen waren die grünleuchtenden Bildschirme der Ortergeräte leer.

Dafür schlugen die Strukturtaster an. Die Erschütterung, die sie registrierten, war so stark, daß die Lichtzeiger der Meßinstrumente über die Skalenränder hinausschossen.

Der Arkonide fühlte sich hintergangen. Mit allem hatte er gerechnet – nur damit nicht, daß der Gegner sich der primitivsten Hyperflugmethode bediente, die es gab, nämlich des Transitionssprunges.

Und bei dieser Art von Überlichtflug war selbst der Halbraumspürer machtlos, da er nur dann funktionierte, wenn sich das zu verfolgende Objekt im Linearraum aufhielt.

Die Transition, von allen acht Schiffen gleichzeitig ausgeführt, entfernte den Gegner mit einem Schlag und so gut wie unwiederbringlich aus dem Ortungsbereich der beiden Verfolger. Es gab nur noch eine einzige Hoffnung. Jede Transition war von zwei Erschütterungen des vierdimensionalen Raum-Zeit-Gefüges begleitet. Die erste entstand beim Übergang in den Hyperraum, die zweite beim Austritt. Beide Erschütterungen erfolgten nahezu zum selben Zeitpunkt.

Wenn das Schicksal es wollte, dann hatten die Geräte der CREST außer der ersten Erschütterung auch Spuren der zweiten wahrgenommen und die Meßergebnisse auf Band gespeichert. Und wenn die Verfolger Glück hatten, konnten sie die beiden Erschütterungen voneinander isolieren und rechnerisch ermitteln, aus welcher Entfernung und welcher Richtung die zweite gekommen war.

Die Aussichten waren nicht besonders groß. Die erste Erschütterung war in unmittelbarer Nähe der CREST ausgelöst worden und daher so deutlich, daß sie die zweite, die aus beachtlicher Entfernung kam, zum größten Teil überdecken mußte.

Atlan schickte seine Fachleute an die Arbeit. Auf der FRANCIS DRAKE hatte man das gleiche Problem. Auch dort arbeiteten die Spezialisten an der Auswertung der Daten.

Die acht Birnenschiffe mit ihrer kostbaren Fracht waren vorläufig verloren.

Roi kam wieder zu sich. Mit einem Blick erfaßte er die Sachlage. Neben ihm lagen die beiden Mutanten ächzend am Boden. Der Transitionsschock hatte ihnen härter zugesetzt als ihm.

Ein Gedanke schoß ihm durch den Kopf: Die Folgen des Transitionsschocks beschränkten sich nicht auf die unfreiwilligen Fahrgäste des Schiffs. Die Generäle mußten sie ebenso zu spüren bekommen haben. Man wußte nicht, wie sie darauf reagierten. Aber die Möglichkeit bestand, daß es ihnen schwererfiel, darüber hinwegzukommen, als zum Beispiel Terranern.

Er sprang auf, packte Fellmer Lloyd am Kragen und zog ihn in die Höhe. Der Mutant schwankte.

„Wa – wa – was . . .?“ stotterte er entsetzt.

„Reißen Sie sich zusammen“, sagte Roi. „Unser Augenblick ist gekommen. Wir stürmen den Kommandostand!“

Lloyd schien nicht zu verstehen. Roi griff ihn am Arm und schob ihn aus dem Versteck hervor auf die Schachtöffnung zu. Tako Kakuta war gerade im Begriff, wieder auf die Beine zu kommen.

„Achten Sie auf die Bewußtlosen“, trug Roi ihm auf. Er hatte keine Zeit, sich zu vergewissern, ob der Japaner ihn hörte. Tako würde von selber wissen, was zu tun war, sobald er vollends zu sich kam.

Fellmer Lloyd war inzwischen wieder bei Sinnen. Er löste sich aus Rois Griff und schwang sich in den Schacht. Roi folgte ihm auf dem Fuß. In der aufwärtsführenden Strömung des künstlichen Schwerefeldes schwebten sie mühelos in die Höhe.

Roi war zu Bewußtsein gekommen, daß er beim Schmieden seiner Pläne einen wichtigen Punkt völlig übersehen hatte. Er hatte nicht damit gerechnet, daß dieses Schiff nach der veralteten Transitionsmethode fliegen könnte. Dadurch entzog es sich dem Wirkungsbereich des Halbraumspürers. Die CREST und die FRANCIS DRAKE hatten die Spur des Birnenschiffes wahrscheinlich verloren. Es war fraglich, ob die Transitionsschocks angemessen und erfolgversprechend ausgewertet werden konnten, so daß die Verfolgung des Birnenschiffes rechtzeitig fortgesetzt werden konnte.

Roi und seine Begleiter mußten auf alle Fälle versuchen, das Beste aus der Situation herauszuholen. Das Schiff hatte nur eine Transition ausgeführt. Es war schwer zu sagen, welche Entfernung dabei zurückgelegt worden war, und es war letzten Endes auch unerheblich, denn niemand wußte, wo das Ziel des Fluges lag. Fest stand nur, daß das Schiff in jeder Sekunde zur Landung ansetzen konnte. Einmal am Ziel angelangt, hatten Roi und seine Begleiter nicht mehr viel Aussicht, die Lage zu ihren Gunsten zu beeinflussen. Generäle oder andere Wesen würden das Schiff überschwemmen und sie aus ihrem Versteck treiben.

Sie hatten nur so lange eine Erfolgschance, als das Schiff sich noch im Flug befand und die Zahl der Gegner, deren Widerstand sie zu brechen hatten, begrenzt war.

Mit anderen Worten: Sie mußten den Kommandostand in ihre Hand bekommen, bevor das Birnenschiff landete.

Sie schwebten nebeneinander, der Mutant in jener merkwürdig entspannten Haltung, in der er aussah, als wolle er jeden Augenblick einschlafen, obwohl er in Wirklichkeit angespannt lauschte.

Er grinste, als er schließlich aufsah.

„Ich verstehe jetzt“, bekannte er. „Sie wollen die Generäle angreifen, solange sie noch vom Transitionsschock durcheinander sind. Stimmt's?“

Roi nickte wortlos.

„Sie haben den Nagel auf den Kopf getroffen“, ereiferte sich Lloyd. „Meine Güte, sind die durcheinander! Der Empfang ist so verworren, als wäre ich in einem Irrenhaus.“

In diesem Augenblick überfiel sie unerwartet der zweite Transitionsschock. Roi verlor sofort das Bewußtsein, kam jedoch nach ein paar Sekunden wieder zu sich. Er fühlte sich müde und zerschlagen und wußte nicht, ob er einen dritten Schock überstehen könnte. Fellmer Lloyd trieb ohnmächtig quer durch den Schacht und lief Gefahr, in die abwärtsführende Feldströmung zu geraten. Roi ruderte hinter ihm her und brachte ihn in Sicherheit. Sobald der Mutant zu sich kam, fragte er ihn:

„Wie ist der Empfang jetzt?"

Lloyd wischte sich über die Stirn und horchte.

„Schwach", murmelte er. „Fast kaum wahrnehmbar. Sie müssen alle bewußtlos sein."

Er wollte noch etwas hinzufügen, unterbrach sich jedoch und fuhr fort zu horchen, einen verwirrten Ausdruck im Gesicht.

„Was jetzt?" wollte Roi wissen.

„Da ist etwas anderes", antwortete der Mutant halblaut. „Kommt von weit her, ziemlich schwach und doch . . .!"

„Der Kristall?" mutmaßte Roi.

Lloyd schüttelte den Kopf.

„Ganz anders. Eine merkwürdige Art von Schwingung. Klingt vertraut und trotzdem fremdartig. Ich weiß nicht . . ."

Er vollendete den Satz nicht. Nachdenklich starrte er vor sich hin in die Finsternis.

„Wer auch immer das ist", murmelte er schließlich, „er hat den Schock viel besser überstanden als die Generäle."

Roi wurde unbehaglich zumute. Er hatte berechtigtes Zutrauen in seine und Lloyds Fähigkeiten, mit einer Überzahl von Generälen fertigzuwerden, besonders dann, wenn sie noch halb im Transitionsschock befangen waren. Aber wenn es dort oben noch eine andere Art von Gegner gab, der genauso schnell zu sich kam wie sie selbst, dann war ihre Mission so gut wie aussichtslos.

Zwei Minuten später traf sie der dritte Schock. Diesmal hatte dic Bewußtlosigkeit länger gedauert, spürte Roi. Er sah sich um und stellte fest, daß er dicht neben Fellmer Lloyd etwa zwanzig Meter unterhalb einer großen Ausstiegsöffnung schwebte, durch die gelbes Licht in den Schacht fiel. An den Rändern der Öffnung kauerten schlaffe, reglose Gestalten von merkwürdiger Form. Roi mußte genau hinsehen, um zu erkennen, daß es Generäle waren, die den Ausstieg bewachten. Sie waren bewußtlos.

Als sie die untere Kante der Öffnung erreichten, erwachte Fellmer Lloyd aus der Ohnmacht. Roi packte ihn an der Schulter und beschleunigte den Prozeß des Wieder-zu-sich-Kommens, indem er den Mutanten schüttelte.

„Was hören Sie?“ fragte er heftig.

Er schwang sich aus dem Schacht und zog Lloyd hinter sich her. Die Generäle hockten schlaff gegen die Wand gelehnt, die trichterförmigen Waffen vor sich auf dem Boden. Roi sammelte die Waffen ein und warf sie in den Schacht. Er schleuderte sie so, daß sie von der abwärtsführenden Strömung erfaßt wurden und nach unten in die Finsternis sanken. Die Generäle selbst ließ er unbehelligt.

„Nichts“, brummte Fellmer Lloyd. „Nur diese merkwürdige Schwingung aus der Ferne.“

„Sie können immer noch nichts daraus machen?“

Lloyd schüttelte den Kopf.

„Nein. Aber ich wollte, ich könnte. Die Sache geht mir auf die Nerven.“

Sie waren in einem Lagerraum gelandet, der ein Duplikat dessen darstellte, in dem Tako Kakuta mit den beiden Bewußtlosen zurückgeblieben war. Nur war dieser hier leer. In der Wand, die dem Schachtausgang gegenüberlag, gab es drei Schotte, zwei kleine zu beiden Seiten und ein großes in der Mitte.

Roi öffnete das kleine auf der rechten Seite und sah hinaus. Vor ihm lag ein schmaler Gang, hell erleuchtet und leer. In der rechten Gangwand gab es eine Reihe weiterer Schotte, die linke war kahl und glatt. Roi nahm an, daß das große Schott in der Mitte der Wand seinerseits auf einen größeren Gang mündete, der von dem kleineren durch die glatte Seitenwand getrennt war.

Er winkte Lloyd hinter sich her.

„Halten Sie Ihre überirdischen Ohren offen“, zischte er ihm zu. „Ich will wissen, wann wir der merkwürdigen Ausstrahlung näher kommen.“

Lloyd antwortete nicht. Es war ihm anzusehen, daß ihn die Sache sehr beschäftigte.

Der Gang wand sich nach rechts und führte in sanfter Neigung nach oben. Roi öffnete einige der Schotte zur rechten Hand und stellte fest, daß sich dahinter mit merkwürdigen Einrichtungsgegenständen ausgestattete, kleine Räume befanden, die er für Mannschaftsunterkünfte hielt. Sie waren leer. Die Generäle befanden sich auf ihren Posten, und mit jeder Sekunde, die nutzlos verstrich, erholten sie sich mehr von den Folgen des Transitionsschocks.

Roi und der Mutant stürmten weiter. Der Gang führte in immer steilerer Steigung in die Höhe. Die Anlage des Schiffs war hier völlig anders als in weiter heckwärts gelegenen Abschnitten. Roi betrachtete das als Anzeichen dafür, daß sie sich dem Kommandostand näherten.

Neben ihm keuchte Lloyd:

„Wir kommen näher. Die Quelle der Schwingungen ist nicht mehr als hundert Meter von uns entfernt."

„Immer noch keine Ahnung, um was für eine Art von Impulsen es sich handelt?" stieß Roi hervor. Als Lloyd den Kopf schüttelte, fragte er: „Was ist mit den Generälen?"

„Kommen langsam zu sich. Ein paar sind vor uns, vielleicht fünfzig Meter. Noch ziemlich durcheinander."

Dreißig Meter weiter wurde der Gang gerade. Sie überquerten einen breiten, leeren Korridor, rannten weiter, ohne sich aufzuhalten, und liefen auf einen weiteren Quergang zu. Sie hatten ihn noch nicht erreicht, als die Gestalten zweier Generäle in der Gangkreuzung auftauchten. Roi reagierte blitzschnell. Sein Strahler fauchte auf. Einer der Gegner wurde getroffen, der andere stürmte mit einem zischenden Schreckensschrei davon.

Roi bremste ab, bevor er den Quergang erreichte. Lloyd verstand seinen fragenden Blick.

„Sie sind da draußen auf dem Gang", bestätigte er. „Zu beiden Seiten. Mindestens zwei Dutzend."

Roi horchte. Die klappernden Schritte des fliehenden Gegners waren verstummt. Der Gang lag völlig ruhig. Die Generäle warteten.

„Wie steht's mit den anderen?" fragte Roi.

Lloyd deutete über die Kreuzung hinweg.

„Irgendwo dort vorne."

Roi packte die Wut. Er hatte sich, mit Bewußtlosen beladen und gegen eine Übermacht von Feinden kämpfend, aus der Heckgegend des Schiffes bis in unmittelbare Nähe des Kommandostands vorgearbeitet. Er hatte fast elfhundert Meter zurückgelegt, und jeder einzelne Meter war mit Gefahren gespickt gewesen. Er hatte eine halbe Armee von Generälen besiegt, und wenn das Zahlenverhältnis nicht so ungünstig wäre, hätte er das ganze Schiff schon längst in der Hand.

Es sollte ihnen nicht gelingen, ihn so kurz vor dem Ziel aufzuhalten!

„Wir gewinnen nichts, wenn wir sie hinter uns zurücklassen", flüsterte er dem Mutanten zu. „Wir müssen sie ausschalten – oder wenigstens so einschüchtern, daß sie uns in Ruhe lassen."

Lloyd nickte. Er schien zu ahnen, was Roi im Sinn hatte.

„Wir postieren uns mitten auf der Kreuzung", bestimmte Roi, „Rücken an Rücken. Sie übernehmen die rechte Ganghälfte, ich die linke. Die Generäle warten auf uns und werden das Feuer sofort eröffnen. Wir wissen aus Erfahrung, daß wir zwei oder drei Treffer aus ihren Waffen ertragen können. Das gibt uns ein paar Sekunden Zeit. Wir feuern, sobald wir freies Schußfeld haben. Klar?"

Der Mutant antwortete nicht. Sie traten an den Rand der Kreuzung und postierten sich, eben noch durch die Seitenwände gedeckt, mit den Rücken gegeneinander.

„Fertig?" zischte Roi.

Lloyd murmelte etwas Unverständliches.

„Jetzt!"

Mit einem weiteren Schritt standen sie in der Mitte der Kreuzung. Der Quergang war hell erleuchtet. Rois Blick erfaßte eine dunkle Gruppe von Generälen etwa fünfzehn Meter gangabwärts. Der Gang erschien leicht nach rechts gekrümmt.

Eine Trichterwaffe bellte auf. Roi fühlte einen harten lähmenden Schlag gegen die linke Schulter. Der Strahler in seiner Hand entlud sich fast ohne sein Dazutun. Fauchend überschütteten die Lähmstrahler den Gang. Das Ziel war nicht zu verfehlen.

Innerhalb von zwei Sekunden verwandelte sich die Szene in ein Inferno. Das Dröhnen der Trichterwaffen mischte sich mit dem Fauchen der Strahler und dem wütenden, zischenden Geschrei der Generäle.

Roi fühlte nichts mehr. Der ganze Körper war wie eine einzige Beule. Er hatte inzwischen fünf oder sechs Treffer erhalten, und irgendwo weit im Hintergrund seines Bewußtseins war die Gewißheit, daß er zusammenbrechen würde, sobald er sich des lodernden Schmerzes bewußt wurde.

Er schwenkte den Arm und schoß. Er keuchte, hustete. In den Ohren rauschte und pfiff es. Die Trommelfelle hatten ihm den Dienst aufgesagt. Schweiß rann ihm über das Gesicht und troff ihm in die Augen. Er konnte kaum mehr sehen. Die Zunge lag ihm wie ein fremder, aufgedunsener Klumpen Fleisch trocken im Mund. Er war nicht mehr er selbst. Er kam sich vor, als sei er aus sich selbst herausgetreten und beobachtete den chaotischen Kampf aus der Ferne.

Vibrierende Bewegung drang plötzlich in sein Bewußtsein. Er kehrte aus der Ferne zurück. Er selbst war es, der sich bewegte. Er schwankte hin und her. Er tat es nicht aus eigenem Antrieb. Etwas bewegte ihn.

Dann plötzlich – ein wilder, gellender Schrei.

„Danton . . .!"

Er drehte sich um. Hinter ihm stand Fellmer Lloyd, halb geduckt, und starrte ihn aus weit geöffneten Augen an.

Roi war der Finger vom Auslöser geglitten. Der Strahler schwieg. Alles schwieg plötzlich. Der Gang war still. Nur das Pfeifen in den Ohren blieb.

Fellmer Lloyd richtete sich auf und grinste.

„Gott sei Dank", ächzte er. „Ich dachte schon, Sie hörten überhaupt nicht mehr auf!"

Roi registrierte, daß der Kampf vorüber war. In seinem Bewußtsein brach ein Damm, hinter dem die Empfindungen der vergangenen Minuten sich gestaut hatten. Wie eine schäumende Flut stürzten sie auf einmal über Roi herein.

Ihm wurde dunkel vor den Augen. Er spürte nicht mehr, daß er zu Boden stürzte.

An Bord der CREST IV herrschte neue Zuversicht.

Die acht Birnenraumschiffe hatten offenbar mehrere Transitionen in rascher Folge durchgeführt. Der Austrittspunkt der letzten konnte einigermaßen genau angemessen werden. Atlan atmete auf.

Die beiden Schiffe gingen auf Kurs und verschwanden wenige Minuten später im Linearraum. Die letzte Transition endete rund neuntausend Lichtjahre von der Position entfernt, an der die Verfolger die Birnenschiffe aus den Augen verloren hatten.

Der Flug dauerte drei Stunden. Beide Schiffe befanden sich im höchsten Alarmzustand, und die Geschütze waren feuerbereit, als sich auf den Bildschirmen der bekannte Wechsel vom konturlosen Grau des Linearraums zur tiefen Schwärze des Einstein-Universums vollzog. Jedermann rechnete damit, daß der unbekannte Raumsektor von feindlichen Einheiten wimmelte, und war darauf vorbereitet, daß es unverzüglich zum Kampf kam.

Die Vorsorge, so berechtigt sie war, erwies sich jedoch als überflüssig. Die Ortungsgeräte, die sofort auf Hochtouren zu arbeiten begannen, ermittelten kein einziges fremdes Schiff im Umkreis von fünf Astronomischen Einheiten. Schwache energetische Echos kamen aus einer Entfernung von etwa acht Milliarden Kilometern. Es handelte sich um die acht Schiffe, denen die CREST IV und die FRANCIS DRAKE auf den Fersen waren. Die drei rasch aufeinanderfolgenden Transitionen hatten den Verband auseinandergerissen. Der Gegner war dabei, sich zu sammeln und den Flug in der gewohnten Formation fortzusetzen.

Über das Ziel bestand kein Zweifel. Man befand sich nahe dem Zentrum der Großen Magellanwolke; aber die Sternendichte war selbst hier kaum höher als in den randnahen Gebieten der Milchstraße. Im Umkreis von rund zehn Lichtjahren gab es nicht mehr als zwölf Sonnen. Eine davon, ein G-Typ, lag knapp einhundert Astronomische Einheiten voraus. Es mußte der Zielstern der acht Birnenschiffe sein.

Die CREST begab sich wieder in den Ortungsschutz der FRANCIS DRAKE. In der bewährten Anordnung hielten die beiden Schiffe auf den unbekannten Stern zu. Die Materietastung entdeckte Unregelmäßigkeiten im Schwerefeld der gelben Sonne, die auf das Vorhandensein von zwei größeren Planeten schließen ließen.

Weitere Beobachtungen wurden vorläufig nicht gemacht. Der Gegner schien sich in diesem Raumsektor völlig sicher zu fühlen. Von den anderen Flotteneinheiten, die jedermann zu sehen erwartet hatte, zeigte sich keine Spur.

Es war der Schmerz, der Roi Danton wieder zur Besinnung brachte. Er lag auf dem Boden, mit dem Gesicht nach unten, und kräftige Hände kneteten ihm den Rücken. Jedesmal, wenn sie zugriffen, rann es ihm wie Feuer durch den Leib. Er stöhnte auf und rollte sich auf die Seite.

Fellmer Lloyd kniete neben ihm.

„Wieder da?“ grinste er.

Roi richtete sich auf und sah sich um. Er lag in einem engen Gang. Ein paar Meter hinter ihm gab es eine Kreuzung. Ein merkwürdiger Geruch hing in der Luft.

„Was ist los?“ fragte er verstört. „Wie lange habe ich . . .“

„Drei Minuten“, beruhigte ihn Lloyd. „Sie haben mindestens sechs Treffer bekommen. Sehen Sie sich Ihre Jacke an!“

Roi tat es. Der rechte Rockschoß war verschwunden, oberhalb der Hüfte einfach abgerissen. Die Jacke endete in einem zerknüllten Gewirr aus trockenen, brüchigen Fasern, die sich in Staub verwandelten, wenn man sie anfaßte.

„Darunter haben Sie einen schönen Bluterguß“, erklärte Lloyd. „Aber ich glaube, tiefer ist es nicht gegangen. Können Sie aufstehen?“

Roi versuchte es. Er hätte am liebsten geschrien, so mörderisch war der Schmerz, den die Bewegung ihm bereitete. Aber er biß die Zähne aufeinander und kam auf die Beine.

„Ich glaube, ich weiß, nach welchem Prinzip die Trichterwaffen funktionieren“, sagte Lloyd. „Muß was mit Ultraschall zu tun haben. Die Wirkung ist so ähnlich.“

Roi hatte im Augenblick andere Sorgen. Die Tatsache, daß der Mutant ihn in aller Ruhe unweit der Kampfstätte auf den Boden betten und massieren konnte, deutete darauf hin, daß es gelungen war, die Generäle zu vertreiben. Aber er wollte Einzelheiten wissen.

„Du meine Güte“, beschwerte sich Lloyd, „so genau weiß ich es auch nicht. Ich weiß nur, daß die Generäle auf meiner Seite ziemlich zahm waren. Wahrscheinlich noch nicht ganz bei sich, verstehen Sie?“ Er tippte sich gegen die Stirn. „Sie brachten zwei Schüsse aus dem Lauf, und einer davon ging daneben. Dann hatte ich sie in die Flucht gejagt. Auf Ihrer Seite dagegen lagen die wirklich zähen Burschen. Sie bekamen eine Menge Treffer ab, aber schließlich wurde es den Generälen zuviel.“

Roi sah ihn fragend an.

„Und seitdem?“

Lloyd schüttelte den Kopf.

„Seitdem nichts mehr. Ich glaube nicht, daß wir von den Generälen noch etwas zu befürchten haben. Die haben die Nase voll – nach drei Niederlagen.“

„Und die anderen? Die Impulse?“

Lloyds Miene wurde nachdenklich.

„Ich wollte, ich wüßte es. Sie sind immer noch dort vor uns, nicht mehr weit, vielleicht fünfzig, sechzig Meter. Sie rühren sich nicht.“

„Sie warten auf uns?“

Lloyd zuckte mit den Schultern.

„Kann sein. Sie sind völlig unbeweglich."

Roi versuchte eine Kniebeuge. Falls es noch einmal zum Kampf kam, mußte er beweglich sein. Die Bewegung schmerzte ihn so sehr, daß ihm Tränen in die Augen traten. Aber er zwang sich dazu, die Übung auszuführen und zu wiederholen. Beim zweitenmal ging es besser.

Lloyd sah ihm zu.

„Tapfer", staunte er. „Ich dachte nach dem ersten Treffer schon, ich könnte mich mein Leben lang nicht mehr rühren."

Roi grinste.

„Es ist der Wille des Menschen, Monsieur", erklärte er, „der den Körper befehligt."

Lloyd schmunzelte.

Roi streckte sich und schüttelte die Beine.

„Alles in Ordnung", stellte er fest. „Ich werde vierzig Stunden Schlaf brauchen, sobald wir in Sicherheit sind. Aber ein paar Stunden lang läuft die Maschine schon noch."

Er fühlte sich merkwürdig erfrischt, als sie ihren Weg fortsetzten. Er fühlte sich im vollen Besitz seiner üblichen geistigen Beweglichkeit und betrachtete die Gefahren, die ihnen auf dem letzten Abschnitt ihres Vorstoßes noch drohten, als eine Herausforderung an seine Begabung als Taktiker.

Der Gang, durch den sie schritten, kreuzte nach rund zwanzig Metern einen weiteren Quergang. Dieser glich demjenigen, in dem der Kampf stattgefunden hatte, bis ins letzte Detail, nur erschien er etwas stärker gekrümmt. Er war leer. Lloyd schien recht zu behalten. Die Generäle hatten die Jagd aufgegeben.

Roi blieb stehen.

„Mir dämmert etwas", sagte er mehr zu sich selbst als zu dem Mutanten. „Ich habe ähnliche Anlagen auf fremden Raumschiffen gesehen. Die Quergänge verlaufen in konzentrischen Kreisen. Im Mittelpunkt des Kreises liegt der Kommandostand." Er schlug Lloyd auf die Schulter.

„Wir sind so gut wie am Ziel!"

Sie drangen weiter vor. Nach abermals rund zwanzig Metern stießen sie auf etwas, das zunächst so aussah wie ein weiterer Quergang, sich bei näherem Zusehen jedoch als eine Räumlichkeit von völlig neuem Format entpuppte. Das Ganze war ohne Zweifel ein kreisförmiger Raum von etwa achtzig Metern Durchmesser. Der Blick auf die gegenüberliegende Wand wurde jedoch verdeckt von einer weiteren Wand, die sich nahe der Mitte des Raums erhob und, in regelmäßigen Abständen von Schottöffnungen durchbrochen, das Zentrum des Kreises umschloß. Auf diese Weise wurde aus der ursprünglichen Halle ein Rundgang von etwa zwanzig Metern Breite.

Die Decke wölbte sich leicht nach oben und schien über den Räumlichkeiten, die die kreisförmige Wand umschloß, eine Kuppel zu bilden. Die Wand reichte jedoch bis zum Rand der Kuppel hinauf und verbarg, was dahinter lag.

In die Decke eingelassen waren Dutzende der großen, mit gewölbten Glassichtscheiben verkleideten Lampen, die charakteristisch für die Beleuchtungstechnik dieses Schiffes zu sein schienen. Der Rundgang war hell erleuchtet. Roi erkannte auf den ersten Augenblick, daß er völlig leer war.

Er sah Lloyd an. Lloyd hob die Hand und machte eine Geste, die nahezu den gesamten Raumwinkel erfaßte.

„Bedaure, keine ausführlichere Auskunft geben zu können", sagte er trocken. „Aber im Augenblick kommt die Ausstrahlung so ziemlich von allen Seiten. Sehr nahe. Als ob ein Teil der – der na, was sie auch immer sein mögen – hinter diesen Wänden steckte."

Er legte die Hand auf die Seitenwand des Ganges, durch den sie gekommen waren. Roi nickte. Er hatte nichts anderes erwartet. Wenn der Gegner sich vorgenommen hatte, ihnen hier den letzten Widerstand zu bieten, dann hatte er den Kreisgang umringt. Hinter der Wand, die sich in der Mitte des Raums erhob, lag die Kommandozentrale. Die Frage war, ob sie durch eines der Schotte gelangen konnten, bevor der Gegner den Kreis um sie schloß und sie auf der deckungslosen Fläche des Kreisgangs in der Falle saßen.

Es gab nur eine einzige Möglichkeit, das herauszufinden, entschied Roi.

Er schickte sich an, auf den Kreisgang hinauszutreten, als Lloyd plötzlich sagte: „Sir . . .?"

Roi drehte sich um und betrachtete ihn mit einem verwunderten

Blick. Es war das erstemal, daß Fellmer Lloyd ihm gegenüber die formelle Anrede gebrauchte.

„Ja . . .?“

„Sie hatten recht“, sagte der Mutant halblaut und deutete auf die Wand des Kommandoraums. „Dort drinnen befindet sich ein Kristall. Seine Ausstrahlungen sind ungewöhnlich schwach, aber ich kann sie jetzt wahrnehmen.“

Er wirkte schuldbewußt. Roi erinnerte sich, daß er vor einer Stunde seine Hypothese, es müsse auf diesem Schiff unweigerlich einen Großkristall geben, angezweifelt hatte. Trotzdem verwunderte ihn das Benehmen des Mutanten. Er hatte nicht gewußt, daß Fellmer Lloyd so feinfühlig war.

„Ich hatte es mir gedacht“, antwortete er und bemühte sich, seiner Stimme einen beiläufigen Klang zu geben, als messe er der Sache wenig Bedeutung bei.

Dann verließ er den schmalen Gang und trat auf die freie Fläche des Rundgangs hinaus. Lloyd folgte ihm ohne Aufforderung. Roi hielt auf das nächstliegende Schott zu. Im Gehen sah er sich um. Es gab eine Reihe von Gängen, die von allen Seiten her auf den Rundgang mündeten. Wenn sie von irgendwoher Schwierigkeiten zu erwarten hatten, dann von den Gangmündungen her.

Sie legten die zwanzig Meter Rundgang unangefochten zurück. Roi spürte ein undeutliches Rumoren in seinem Gehirn. Der Kristall hatte seine Annäherung gespürt und versuchte, ihn unter seinen Einfluß zu zwingen.

Das Schott war verriegelt, und auf Anhieb sah Roi keine Möglichkeit, die Verriegelung zu entfernen. Sie durften keine Sekunde verlieren. Er streckte den Arm aus und schob Lloyd, der dicht neben ihm stand, wortlos zurück. Er selbst trat einen Schritt beiseite, stellte seine Waffe auf Impulsfeuer und richtete sie auf die rechte Kante des Schotts, wo er den Riegelmechanismus vermutete.

Er wollte abdrücken, als Lloyd warnend aufschrie. Er selbst spürte, wie das Rumoren sprungartig anschwoll, und fuhr herum.

Das Bild hatte sich geändert. Der Rundgang war nicht mehr leer. Der Gegner setzte zur letzten Offensive an.

Fassungslos starrte Roi die Gestalten an, die in den Mündungen der Zubringergänge erschienen waren und ihre Trichterwaffen vor sich hertrugen, als wären sie geweihte Gegenstände für eine religiöse Zeremonie.

Es waren Terraner!

Er brauchte nur eine Sekunde, um seine Fassung wiederzugewinnen.

„Kümmern Sie sich darum!" schrie er Lloyd zu. „Ich öffne das Schott!" Während Lloyd die näherrückenden Menschen mit Paralysestrahlen bestrich, feuerte Danton gegen die Stelle des Schotts, wo sich der Sperriegel befinden mußte. Der dünne Impulsstrahl seiner Waffe fuhr in das Metall und brachte es zum Schmelzen.

Nach einer Weile hatten Dantons Bemühungen Erfolg. Die Verriegelung existierte nicht mehr. Danton stemmte sich gegen die Schottwandung und schob sie beiseite. Mit einem kurzen Satz sprang er in den Kommandoraum. Lloyd folgte ihm.

Drei Terraner stürzten sich ihnen entgegen. Der Mutant paralysierte sie, ehe sie ihre Waffen abfeuern konnten.

Danton sah sich um.

Alle Geräte und Schaltpulte waren an der Peripherie des kreisförmigen Raumes untergebracht. Die Pulte waren nicht besetzt. Wahrscheinlich waren die Terraner die eigentliche Bedienungsmannschaft des Schiffes gewesen. Über den Pulten lief rings um die Wand ein zwei Meter hoher Panorama-Bildschirm. Flüchtig gewahrte Roi ein mäßig dichtes Gewimmel von Sternen und mittendrin einen besonders hellen Lichtpunkt, den er für den Zielstern hielt.

Die Mitte des Raums war leer bis auf eine einfache, runde Schale von knapp drei Metern Durchmesser, die sich wie der Behälter eines abgeschalteten Springbrunnens unmittelbar aus dem Boden erhob. Die Schale war aus künstlichem Material gearbeitet, das von innen heraus grünlich zu leuchten schien.

Roi trat mit ein paar raschen Schritten näher, um auf den Grund des Behälters sehen zu können.

Er hatte sich nicht getäuscht. Im Zentrum der Schale, grünlich leuchtend, als sei sie es, die den Schalenwänden die Leuchtkraft mitteilte, lag eine Kristallkugel. Ihre zahllosen, fehlerfrei glatten Facetten sogen das gelbe Licht, das von den Deckenlampen fiel, hungrig in sich auf und strahlten es als grüne Radianz wieder ab.

Der Anblick war wundervoll genug, um Roi einen Augenblick lang zu faszinieren. Das donnernde Dröhnen einer Trichterwaffe, der hastige, stechende Schmerz in der Schulter, den der Streifschuß hervorrief, brachten ihn wieder in die Wirklichkeit zurück.

Er wirbelte herum. Der Mann, der unter der Schottöffnung stand und eben zum zweitenmal abdrücken wollte, brach unter seiner Salve zusammen. Langsam drehte Roi sich wieder um und richtete die Mündung des Strahlers auf die grünschimmernde Kristallkugel. Wie automatisch, schaltete er auf Desintegrationsfeuer.

Er fragte sich, was der Kristall in diesem Augenblick dachte – wenn er überhaupt die Fähigkeit des Denkens besaß. Er zögerte eine oder zwei Sekunden – dann drückte er ab.

Er ließ den Finger nicht eher vom Auslöser, als bis außer dem Kristall auch die Hälfte der Schale verschwunden war.

18.

Aus rund dreißig Astronomischen Einheiten Entfernung wurde klar, daß der zweite Planet des unbekannten Sonnensystems das Ziel der acht Schiffe sein müsse. Der erste war eine sonnennahe Gluthölle, auf deren Oberfläche die Temperaturen sich zwischen dreihundert und achthundert Grad Celsius bewegten.

Die zweite Welt besaß eine atembare Atmosphäre, wenn auch eine vorläufige Spektralanalyse darauf schließen ließ, daß bei weitem der größte Teil der Oberfläche trocken und frei von Pflanzenwuchs war. Der Planet hatte einen Äquatorialdurchmesser von mehr als vierzehntausend Kilometern und war damit etwas größer als die Erde.

Ein Rätsel blieb vorerst die Albedo der merkwürdigen Welt. Eine in aller Eile durchgeführte Messung hatte das Resultat geliefert, der Planet reflektiere etwa neunzig Prozent des einfallenden Sonnenlichts. Ein so hohes Reflexionsvermögen war unerklärlich. Eine zweite Messung brachte einundvierzig Prozent. Die Diskrepanz zwischen den beiden Meßergebnissen veranlaßte eine dritte Messung, die die Albedo der fremden Welt zu achtundsechzig Prozent ermittelte.

Seitdem war die optische Abteilung der technisch-wissenschaftlichen Sektion der CREST IV ununterbrochen mit weiteren Messungen beschäftigt. Die Geräte waren inzwischen überprüft und als fehlerfrei befunden worden. Die Ergebnisse wurden dadurch nicht glaubhafter. Es gab vorläufig, nach insgesamt achtzig Versuchen, noch keine zwei Messungen, die dasselbe Resultat lieferten. Die Ergebnisse schwankten zwischen achtunddreißig und einundneunzig Prozent und besaßen untereinander ebensoviel Zusammenhang, als wären sie über achtzig wahllos herausgegriffenen Himmelskörpern angestellt worden.

Niemand konnte mehr daran zweifeln: Der unbekannte Planet schillerte. Atlans Begierde, die Ursache des Schillerns zu erkunden, wuchs von Augenblick zu Augenblick.

Die acht birnenförmigen Schiffe hatten sich der fremden Welt inzwischen bis auf knapp drei Astronomische Einheiten genähert. Die Landung, wenn eine solche vorgesehen war, würde im Verlauf der nächsten zwei Stunden erfolgen. Atlan war beruhigt. Noch besaß er nicht den leisesten Hinweis, auf welchem der Schiffe sich die Vermißten befanden. Ein Angriff auf alle acht Schiffe gleichzeitig, den er schon in dem weitaus sichereren Keeg-Sektor aus verständlichen Gründen für nicht durchführbar gehalten hatte, verbot sich hier, in unmittelbarer Nähe eines Stützpunktes, von selbst.

Er stand vor dem Problem, daß er nicht helfen konnte, wenn er nicht zuvor den Beistand derjenigen erhielt, denen geholfen werden sollte. Sie mußten irgendein Zeichen von sich geben, aus dem er erkennen konnte, in welchem der acht Schiffe sie sich befanden. Es war keine Zeit mehr zu verlieren. Wenn sie nicht von selbst handelten, mußte er sie dazu drängen.

Ein geraffter Funkspruch von zwei Mikrosekunden Dauer wurde abgestrahlt.

Der Text des Spruches, an Roi Danton gerichtet, lautete:

„Ich folge, Sire."

Mehr konnte nicht riskiert werden.

Danton und Lloyd schleppten die drei paralysierten Terraner aus dem Kommandoraum, damit sie ihnen nicht im Weg waren. Dann wandte sich der Freihändler an den Telepathen.

„Empfangen Sie jetzt noch irgendwelche Impulse?" fragte er.

Der Mutant verneinte.

„Und was ist mit den Generälen?“ erkundigte sich Danton.

Lloyd zuckte mit den Schultern.

„Nichts mehr. Ich verstehe es nicht – aber es ist, als wären sie plötzlich nicht mehr da.“

Roi überlegte. Es konnte sein, daß die Zerstörung des Kristalls auf das Bewußtsein eines Generals in derselben Weise einwirkte wie auf das eines Terraners, nämlich mit einer Art Kurzschluß, der Ohnmacht hervorrief. So viel Glück, fand Roi, war kaum zu ertragen.

Dazu kam die Erleichterung darüber, daß die von Lloyd gespürten, rätselhaften Impulse ganz offenbar nicht von einem dritten unbekannten Gegner – etwa einem weiteren Hilfsvolk der Kristallmächte – gekommen waren.

Roi begann die Schaltplatte zu untersuchen. Die Technologie, die den Geräten zugrunde lag, war völlig fremdartig. Aber die wichtigsten Kontrollen erwiesen sich bei näherem Hinsehen als beschriftet – unordentlich und provisorisch zwar, aber in leichtverständlichem Interkosmo. Rois Vermutung, die Terraner stellten die eigentliche Bedienungsmannschaft des Schiffes, erwies sich als richtig. Mit Hilfe der kleinen Täfelchen, die unter rund einem Dutzend Schaltern, Hebeln und Skalen befestigt waren, gelang es ihm ohne sonderliche Mühe, die Grundprinzipien der fremden Astrogation zu verstehen.

Das Bild auf dem großen Panoramaschirm hatte sich inzwischen nicht wesentlich geändert. Das Schiff bewegte sich offenbar nur mit geringer Geschwindigkeit. Roi studierte den fremden Sternenhimmel und versuchte, die Entfernung von dem gelben Stern zu schätzen, der im Zentrum des Bug-Schirmsektors glänzte. Das Ergebnis, zu dem er schließlich kam, war vage und hing davon ab, wie groß und von welcher Leuchtstärke der unbekannte Himmelskörper war. Roi glaubte jedoch, mit Sicherheit sagen zu können, daß die Distanz nicht mehr als dreißig und nicht weniger als fünfzehn Astronomische Einheiten betrug.

Während er noch den Bildschirm studierte, machte Roi eine interessante Entdeckung. Im Steuerbordsektor entdeckte er ein winziges, lichtschwaches Gebilde, das von ungewöhnlicher Form zu sein schien. Es wirkte länglich, fast wie ein Strich mit einer etwas lichtstärkeren Stelle an einem Ende. Bei Objekten von so geringer Leuchtstärke bestand die Möglichkeit, daß die Aufnahmegeräte oder das Bildübertragungssystem Effekte erzeugten und hinzufügten, die es in Wirklichkeit nicht gab. Roi überflog die Sektoren des großen Panoramaschirms, um zu ermitteln, ob es ein ähnliches Objekt auch an anderer Stelle gab.

Innerhalb von wenigen Sekunden fand er drei. Sie hatten alle das gleiche Aussehen – ein Strich mit einer leuchtkräftigen Stelle am Ende. Die Möglichkeit, daß es sich um einen vom Bildsystem erzeugten Scheineffekt handelte, war damit ausgeschlossen.

Roi suchte weiter. Er fand insgesamt sieben der merkwürdigen Objekte, drei davon an Steuerbord, drei an Backbord und eines im Bug-Sektor.

Es fiel ihm nicht schwer zu begreifen, was sie waren. Als sie sich in den unterirdischen Anlagen von Keeg in höchster Not an Bord dieses Schiffes gerettet hatten, standen dort sieben weitere Schiffe derselben Größe und Bauart, ebenso startbereit. Alle acht Schiffe mußten nahezu gleichzeitig gestartet und im Verband losgeflogen sein. Aus einer Entfernung von mehreren tausend Kilometern würde ein birnenförmiges Schiff aussehen wie ein lichtschwacher Strich mit einem vergleichsweise hellen Ende.

Roi sah sich gezwungen, seine Pläne zu ändern. Er hatte vorgehabt, das Schiff aus dem Kurs zu reißen, sobald er die Steuerung verstanden hatte, und sich auf den Rückflug zu begeben. In Hinsicht auf die FRANCIS DRAKE und die CREST IV machte er sich kaum mehr Hoffnungen. Die beiden Schiffe mußten seine Spur nach den drei rasch aufeinanderfolgenden Transitionen unweigerlich verloren haben. Sein ursprünglicher Plan fußte auf der Annahme, daß das Ziel des Fluges vorläufig noch so weit entfernt war, daß man die Annäherung des Schiffes dort noch nicht bemerkt hatte. Er hielt diese Annahme zumindest so lange für berechtigt, als die Funkempfänger schwiegen und es offenbar niemanden gab, der sich um das herannahende Fahrzeug kümmerte. Er konnte, hatte er geglaubt, umdrehen und sich davonmachen, ohne daß jemand etwas davon merkte.

Die Hypothese war falsch. In geringem Abstand von seinem Fahrzeug bewegten sich sieben weitere Schiffe, die jede Kursänderung sofort bemerken mußten. Eines oder mehrere würden unverzüglich die Verfolgung aufnehmen, damit mußte er rechnen. Es mochte ihm bis dahin gelungen sein, die Steuerung seines Schiffes so zu erlernen, daß er einigermaßen mit ihr umgehen konnte; aber auf einen Wettstreit mit einem wesentlich erfahreneren Piloten konnte er sich nicht einlassen.

Es gab nur einen Ausweg: Er mußte warten. Er mußte im Verband weiterfliegen, bis die Schiffe zur Landung ansetzten. Dann, wenn sie mit den Landemanövern beschäftigt waren, war es Zeit auszubrechen.

Er schickte sich an, die Steuerpulte ein zweites Mal, diesmal sorgfältiger, zu untersuchen und sich ein Bild von der Gesamtanlage und den Funktionen ihrer Bestandteile zu machen. Er war völlig in seine Beschäftigung vertieft, als Fellmer Lloyd plötzlich rief:

„Vorsicht! Ich empfange fremde Schwingungen!"

Roi fuhr auf. Automatisch glitt ihm der Strahler in die Hand. Lloyd stand in der Nähe des Schotts und starrte in den Kreisgang hinaus. Roi bemerkte verwundert, daß sein Gesicht sich plötzlich aufhellte. Grinsend drehte er sich herum und wollte etwas sagen, als im Rahmen des Schotts plötzlich drei Gestalten erschienen.

Danton empfand große Erleichterung. Ohne daß er sich dessen bewußt wurde, verfiel er beim Anblick einer der drei Gestalten unwillkürlich in seine alte Rolle zurück. Er verneigte sich tief und erklärte:

„Stets Ihr untertänigster Diener, Grandseigneur. Es gereicht mir zur Ehre, Ihnen das Schiff des Gegners unversehrt und unter unbestrittener Kontrolle Ihrer Getreuen zu Füßen legen zu können."

Er wischte mit der Hand über den Boden, ganz so, als hielte er noch seinen Dreispitz, und richtete sich nur langsam wieder auf.

Perry Rhodan blickte ihn spöttisch an und antwortete:

„Ich weiß Ihre Tapferkeit zu schätzen, auch wenn Sie mich für etliche Stunden ins Reich der Träume geschickt haben."

Danton lächelte verlegen.

„Verzeihung, Grandseigneur. Aber es lag nicht in meiner Absicht. Ein unglücklicher Zufall ließ Sie gerade in dem Augenblick in den Wirkungsbereich der Sprühdose taumeln, als ich den Sprühmechanismus betätigte."

Rhodan nickte.

„Ich weiß, und ich mache Ihnen diesmal auch keinen Vorwurf. Vergessen wir diese Geschichte. Dies hier ist wichtiger."

Er musterte den Raum mit einem kurzen Rundblick und fuhr fort:

„Sie müssen da oben einen besonderen Schutzengel haben. Ein normaler Mensch hat nicht so viel Glück."

Roi verstand die Anspielung und erwiderte mit freundlichem Lächeln:

„Grandseigneur wollen mir zugute halten, daß Verstand und Geschick auch eine gewisse Rolle in diesem Unternehmen gespielt haben könnten."

Perry Rhodan überflog den Panoramaschirm und nickte.

Roi setzte ihn innerhalb weniger Minuten über alles Wesentliche in Kenntnis, was sich seit der Anwendung des Nervengases auf Keeg ereignet hatte.

Er erfuhr seinerseits, daß Tako Kakuta unten im Lagerraum die fieberhafte Gedankentätigkeit des Großkristalls und ihr plötzliches Nachlassen gespürt hatte. Als Perry Rhodan und Pandar Runete zu sich kamen, verließen sie den Lagerraum und stießen in Richtung Kommandoraum vor.

Die nächste Stunde verging damit, daß Perry Rhodan, Roi Danton und Runete sich mit dem Steuersystem des Schiffes vertraut machten, wobei Roi, der gegenüber den beiden anderen einen nennenswerten Vorsprung hatte, hauptsächlich als Erklärer fungierte. Die beiden Mutanten untersuchten inzwischen die dem Kommandostand benachbarten Teile des Schiffes und überzeugten sich, daß weder von den Generälen noch von übernommenen Terranern irgendwelche Gefahr drohte. Die Terraner und die Generäle waren weiterhin bewußtlos.

Perry Rhodan hatte Rois Plan wortlos akzeptiert. Sie würden geduldig im Verband weiterfliegen, bis die übrigen sieben Schiffe zur Landung ansetzten. Dann würden sie ausscheren und so rasch wie möglich auf Gegenkurs gehen.

Es war Pandar Runete, der schließlich entdeckte, daß es über der Kuppeldecke des Kommandostands, die Roi für die eigentliche Bugspitze des Schiffes gehalten hatte, noch andere Räumlichkeiten gab. Runete hatte aus Neugierde einen Hebel bewegt, den er für harmlos hielt. Daraufhin hatte sich, senkrecht über den Resten der Schale, in der der Kristall geruht hatte, ein Teil der Decke beiseite geschoben. Perry Rhodan stellte fest, daß seitwärts der Schale ein künstliches Schwerefeld entstanden war, das vom Boden des Kommandostands nach oben führte.

Tako Kakuta wurde beauftragt zu untersuchen, was sich hinter dem merkwürdigen Zugang befand. Er schwebte durch das Antigravfeld hinauf, stieg durch das Loch und kam erst zwanzig Minuten später wieder zum Vorschein. Nach seiner Schilderung war der Raum oberhalb des Kommandostands von beträchtlicher Höhe, besaß jedoch einen kreisförmigen Querschnitt von nur zehn Metern Durchmesser. An der Peripherie angeordnet befanden sich verschiedenartige Geräte, die mit provisorischen Aufschriften in Interkosmo versehen waren und offenbar Einzelteile der Ortungsanlage darstellten. Eine Metallleiter führte vom Boden des Raumes nach oben – eine merkwürdige Einrichtung in einem Raumschiff, in dem sonst alle vertikale Bewegung von Antigravfeldern besorgt wurde. Weitere Geräte, schilderte der Japaner, waren auf schmalen, rings um die Wand laufenden Vorsprüngen etagenweise übereinander angebracht. Der Querschnitt des Raums verringerte sich, je weiter man nach oben stieg. Er mußte, von außen betrachtet, die Form eines Kegels haben und in der Art eines Rammsporns aus dem Bug des Schiffes hervorragen.

Perry Rhodan entschied sich, die merkwürdige Anlage vorerst unbeachtet zu lassen.

Tako Kakutas Bericht zufolge gab es dort oben nichts, was ihnen im Verlauf der bevorstehenden Stunden von Nutzen sein konnte. Wenn sie den Kurswechsel vollzogen und sich aus der Reichweite feindlicher Verfolger entfernt hatten, war immer noch genug Zeit, sich um solche Dinge zu kümmern.

Eine weitere Stunde verging, und die Entfernung von dem gelben Stern, der nun unmißverständlich ins Zentrum des Bug-Schirmsektors gewandert war, verringerte sich zusehends. Die Spannung wuchs. Es wurde kaum ein Wort mehr gesprochen, und die beiden Mutanten hatten ihre Rundgänge vorläufig aufgegeben.

Pandar Runete behauptete plötzlich, er könne unmittelbar neben der fremden Sonne den winzigen Lichtpunkt eines Planeten erkennen. Wenige Minuten später wurde seine Aussage von Tako Kakuta bestätigt.

Die anderen, mit weniger Gesichtssinn bedacht, mußten eine Viertelstunde länger warten, bevor sie den kaum wahrnehmbaren Lichtfleck zum erstenmal erkannten.

Perry Rhodan zog aus Runetes Beobachtung den Schluß, das Schiff sei nicht mehr als fünf Astronomische Einheiten vom Ziel entfernt, und Roi war drauf und dran, ihm zu widersprechen und seine Schlußfolgerungen in Zweifel zu ziehen, als sich das ereignete, womit niemand mehr gerechnet hatte.

Das kleine Funkgerät, das Tako Kakuta getreu mit sich herumgeschleppt hatte, sprach plötzlich an. Und dann meldete sich eine mechanische Stimme und verkündete:

„Ich folge, Sire!“

Über den Urheber der Sendung konnte kein Zweifel bestehen. Der Wortlaut war charakteristisch. „Sire“ war der Titel, mit dem Roi Danton den Arkoniden zu belegen pflegte.

Der Spruch konnte nur eines bedeuten: Es war der CREST IV trotz der drei Transitionen gelungen, auf der Spur der acht Schiffe zu bleiben. Jedermann verstand Atlans Lage. Er war bereit zu helfen, konnte jedoch nichts unternehmen, da er acht gleichartige Schiffe vor sich hatte und nicht wußte, auf welchem sich die fünf Vermißten befanden.

Roi Danton blickte fragend zu Rhodan. Er war sich darüber im klaren, daß von nun an wieder Rhodan zu entscheiden hatte und er sich diesen Entscheidungen fügen würde.

Rhodan verstand Dantons Blick und sagte:

„Solange wir auch nur die geringste Aussicht haben, uns in Sicherheit zu bringen, ohne daß die CREST und die FRANCIS DRAKE uns zu Hilfe kommen müssen, solange werden wir versuchen, diese Aussicht wahrzunehmen. Der Gegner muß in Sicherheit gewiegt werden. Er mag annehmen, daß die Steuerung des Schiffes versagt hat – oder sonst etwas. Aber er soll nach Möglichkeit nicht erfahren, daß sich zwei unserer Einheiten in diesem Raumsektor befinden und daß sein Stützpunkt entdeckt ist. Ganz abgesehen davon, daß wir nicht wissen, welche Reserven der Gegner auf dem Planeten vor uns bereithält. Seine Schiffe sind den unseren unterlegen; aber fünfhundert oder tausend von ihnen sind selbst für die CREST zuviel. Wir haben nichts, worauf wir zurückgreifen können. Der nächste terranische Flottenverband steht mehr als einhundertsiebzigtausend Lichtjahre von hier entfernt. Wenn wir die CREST und die FRANCIS DRAKE verlieren, sind wir auch verloren.“

Er bedachte Roi mit einem ungewöhnlich freundlichen Blick und schloß:

„Deswegen bleiben wir bei unserem ursprünglichen Plan."

„Das gefällt mir nicht", sagte Perry Rhodan und deutete auf den Bildschirm.

Der fremde Planet war nur noch eine halbe Million Kilometer entfernt. Da sie noch keine Zeit gefunden hatten, sich mit der Orteranlage oben in der Bugspitze vertraut zu machen, schätzten sie die Entfernung, indem sie beobachteten, wie rasch die Scheibe der unbekannten Welt größer wurde.

Die Farbe der Planetenoberfläche war schwer zu definieren. Der Grundton schien ein gelbliches Braun zu sein, was darauf hindeutete, daß es sich um eine größtenteils trockene Welt handelte. Von Zeit zu Zeit jedoch flog ein grünlicher Schimmer über das Bild – viel zu schnell, als daß es sich um eine echte Farbänderung der Planetenoberfläche hätte handeln können.

Jetzt, aus fünfhunderttausend Kilometern Entfernung, wurde zum erstenmal ein seltsames Funkeln wahrnehmbar, das aus der atmosphärischen Hülle des Planeten zu kommen schien. Mitunter war es so intensiv, daß die ganze Welt wie ein Brillant erschien, den jemand auf den samtschwarzen Hintergrund des Weltraums gesetzt hatte.

Roi beobachtete Fellmer Lloyd. Der Mutant horchte.

Die sieben Schiffe waren näher gerückt. Ihr eigenes hatte bislang keine einzige Kursänderung ausgeführt. Die anderen Einheiten erschienen jetzt wesentlich deutlicher als zuvor auf dem Bildschirm, ihre birnenähnliche Form klar umrissen.

Pandar Runete stand an den Kontrollen des Triebwerks. Roi hielt sich bereit, die Folgen jedes Manövers auf dem Bildschirm zu beobachten und Runete neue Richtlinien zu geben. Tako Kakuta war angewiesen, ihn dabei zu unterstützen. Fellmer Lloyd hatte keine eigentliche Aufgabe, und Perry Rhodan behielt sich vor, das Unternehmen zu koordinieren.

An sieben Stellen des Bildschirms erschienen plötzlich grelle, blauweiße Funken. Roi hielt eine Sekunde lang den Atem an. Einer der vielen entscheidenden Augenblicke, die ihnen bevorstanden, war gekommen.

„Der Gegner zündet Bremstriebwerke“, sagte er laut.

Perry Rhodan drehte sich halb zur Seite und schenkte dem Bildschirm einen kurzen, scheinbar beiläufigen Blick.

Roi betrachtete eine der grellen Flammen, in deren Helligkeit die Umrisse des anderen Birnenschiffs, jetzt mit dem verdickten Heck in die Fahrtrichtung zeigend, fast völlig verschwanden.

„Gegner bleibt rasch zurück!“ verkündete er.

Perry Rhodan nickte grimmig. „In fünf Minuten haben sie raus, daß mit uns etwas nicht stimmt“, sagte er.

Fünf Minuten vergingen, aber nichts geschah. Die schillernde Kugel des Planeten wuchs mit unverminderter Geschwindigkeit auf den Bildschirm zu. Einzelheiten der Planetenoberfläche wurden erkennbar. Aber jedesmal, wenn der Blick sich darauf einstellte, kam ihm glitzerndes Gefunkel in den Weg.

„Kurs ist dicht über den Pol gerichtet“, sagte Tako Kakuta.

„Major – bereiten Sie sich vor, ein oder zwei Grad nach positiv Theta zu steuern“, befahl Perry Rhodan. „Warten Sie auf mein Kommando.“

„Verstanden, Sir“, antwortete Runete.

Die Scheibe wuchs. Ihre Leuchtkraft nahm ab, aber das Funkeln blieb. Pandar Runete meldete sich.

„Sir, das Blitzen kommt von Gegenständen, die sich entweder in oder dicht oberhalb der planetarischen Atmosphäre befinden.“

„Positiv“, warf Tako Kakuta ein.

„Runete, Sie sollen Ihre Augen an den Geräten behalten“, sagte Perry Rhodan. „Tako, beobachten Sie weiter, und versuchen Sie herauszufinden, was für Objekte es sind.“

„Verstanden.“

Aus purem Zufall warf Roi gerade einen Blick zur Seite, als Fellmer Lloyd aus seinem tranceähnlichen Zustand erwachte. Er machte den Eindruck eines Mannes, der aus einem Alptraum aufschreckt. Seine Augen waren unnatürlich groß.

„Kristalle“, stieß er hervor. „Der ganze Planet ist voller Kristalle!“

Der Planet war jetzt so groß, daß er über den unteren Rand des Bildschirms hinausragte. Das Glitzern und Funkeln war schwächer geworden, aber selbst Rois ungeübtes Auge konnte jetzt die grünleuchtenden Gebilde erkennen, die dicht über der Atmosphäre der fremden Welt schwebten.

„Beginnen Sie Ihr Manöver in zehn Sekunden, Runete", befahl Perry Rhodan.

Der Inder nickte stumm. Roi zählte langsam mit...acht...neun-...zehn!

Pandar Runete schob einen Hebel nach vorne. Roi starrte auf den Bildschirm, um das Ergebnis des Manövers zu sehen. Die Scheibe des Planeten mußte nach unten sinken, als das Schiff sich anschickte, hoch über den Pol der fremden Welt hinwegzufliegen.

Aber das Bild auf dem Schirm bewegte sich nicht. Die Planetenscheibe blieb, wo sie war. Sie wurde von Sekunde zu Sekunde größer und reichte fast bis zum oberen Schirmrand.

„Ergebnis negativ!" meldete sich Tako Kakuta. „Kurs ist unverändert!"

Roi lag die Zunge wie ein Stück trockenes Holz im Mund. Einen Augenblick lang raubte ihm die fürchterliche Enttäuschung alle Kraft. Das Schiff gehorchte ihnen nicht!

„Bestätigt", bekräftigte er Tako Kakutas Beobachtung.

Dann begannen die Dinge sich zu überstürzen. Roi beobachtete, wie die Geschwindigkeit, mit der die sieben anderen Schiffe zurückfielen, sich plötzlich verringerte. Das konnte eines von zwei Dingen bedeuten: Entweder die anderen hatten von neuem zu beschleunigen begonnen, oder ihr eigenes Fahrzeug bremste ab. Da der fremde Planet unmittelbar vor ihnen lag, konnte Roi unschwer entscheiden, welche der beiden Möglichkeiten die wahrscheinlichere war.

Er wollte Meldung erstatten, aber Tako Kakuta kam ihm zuvor. Mit ungewöhnlich erregter Stimme stieß er hervor:

„Das Schiff führt ein Manöver nach negativ Theta aus!"

Roi wirbelte herum und starrte auf den Bugschirm. Die Scheibe des Planeten hatte sich zu heben begonnen. Sie berührte fast den oberen Bildrand. Der Kurs des Schiffes schien jetzt auf einen Punkt dicht unterhalb des Pols gerichtet.

„Geschwindigkeit sinkt!" krächzte Roi.

Es gab keinen Zweifel – ein unbekannter Mechanismus hatte die Steuerung des Schiffs übernommen. Automatisch oder aus der Ferne beeinflußt, ging es auf Landekurs, verringerte seine Geschwindigkeit und neigte sich dem Punkt entgegen, an dem es aufsetzen sollte.

Roi hatte eine verzweifelte Idee. Er hatte keine Zeit mehr, um Erlaubnis zu bitten oder auch nur zu erklären, was er vorhatte. Er mußte handeln.

Perry Rhodan stand ihm im Weg. Er stieß ihn mit der Schulter beiseite.

„Major – weg vom Pult!" schrie er Runete an.

Der Inder gehorchte automatisch. Er hatte kaum Zeit, einen Schritt zur Seite zu treten, da flammte Rois Strahler auf. Das grelle Energiebündel fraß sich durch die Plastikverkleidung des Pults ins Innere des Geräts. Brauner, beißender Rauch wallte auf. Es gab eine Explosion, und eine Stichflamme schoß durch das gezackte Loch. Die Kontrolllampen auf der Schaltplatte des Pults erloschen.

Roi trat zurück. Er sah sich um. Er verließ sich darauf, daß jeder verstand, was er getan hatte. Es war auch jetzt noch keine Zeit für Erklärungen.

Es schien ihm, als hätte der obere Rand der Planetenscheibe aufgehört zu wandern. Der Punkt, auf den die Nase des Schiffes gerichtet war, schien ein paar Zentimeter weiter zum Pol hin gerutscht zu sein.

„Birnenschiffe fallen mit konstanter Geschwindigkeit zurück!" meldete Tako Kakuta.

Roi atmete auf. Er hatte es geschafft! Er hatte den Fernlenkmechanismus lahmgelegt. Das Schiff würde auf diesem Kurs und mit dieser Geschwindigkeit weiterrasen, bis es auf ein Hindernis stieß oder in ein Kraftfeld geriet.

Roi kam sich vor, als hätte er selber nicht mehr genug Kraft, sich auf den Beinen zu halten. Eine Sekunde lang war er versucht, dem Gefühl abgrundtiefer Müdigkeit und haltloser Schwäche einfach nachzugeben. Dann riß er sich zusammen. Sie hatten noch nicht gewonnen. Man hätte sagen können, das Schlimmste stände ihnen noch bevor.

Das Schiff würde, wenn nichts mehr dazwischenkam, in fünf- bis sechshundert Kilometern Höhe über den Pol des fremden Planeten hinwegrasen und mit der Atmosphäre so gut wie nicht in Berührung kommen.

Und nachdem die Hürde genommen war, würde es weiterfliegen. Steuerlos, weil Roi das Schaltpult zerschossen hatte.

Hinter dem Planeten stand die Sonne.

Und die Nase des Schiffes war genau auf den flammenden Glutball gerichtet.

Atlans Laune wandelte sich von einem Augenblick zum andern. Als er auf seinen Funkspruch keine Antwort bekam, hatte er zu befürchten begonnen, den Vermißten sei etwas zugestoßen.

Die CREST IV und die FRANCIS DRAKE waren nach einem kurzen Bremsmanöver etwa eine halbe Astronomische Einheit vor dem fremden Planeten zum Stehen gekommen. Kein Anzeichen deutete darauf hin, daß der Gegner die beiden Schiffe bemerkt hatte und etwas gegen die Eindringlinge zu unternehmen gedachte. Wenigstens insofern war die Lage beruhigend.

Der Verband von acht Birnenschiffen war inzwischen weiter auf die fremde Welt zugestoßen. Als er nur noch eine halbe Million Kilometer von seinem Ziel entfernt war, ohne daß er eine Antwort erhalten hatte, war Atlan bereit, alle Hoffnung aufzugeben.

Dann geschah das Unglaubliche. Als die Schiffe zum Bremsmanöver ansetzten, machte eines von ihnen nicht mit. Es schoß den anderen weit voraus und schien die Absicht zu haben, dicht über die Polkuppe des Planeten hinwegzuschießen.

Die astronautische Sektion verfolgte den Kurs des Schiffes mit Hilfe von eilends ausgesandten Sonden. Die Lage schien kritisch zu werden, als eine Station auf der Oberfläche des Planeten das Schiff in Fernsteuerung nahm, es abbremste und auf einen neuen Kurs brachte.

Die Gefahr war innerhalb von Sekunden vorüber. Niemand konnte sich erklären, was geschehen war, aber das Schiff befand sich plötzlich wieder auf stetigem Kurs und hatte gleichbleibende Geschwindigkeit.

Da begann Atlan zu handeln.

Von der Annahme ausgehend, daß der Gegner die beiden Einheiten bislang noch nicht geortet hatte, ließ er die CREST IV und die FRANCIS DRAKE mit Höchstgeschwindigkeit einen weiten Bogen um die Sonne und ihre beiden Planeten fliegen. Er riskierte es, für ein paar Sekunden in den Linearraum überzuwechseln, um rascher ans Ziel zu kommen.

Als die CREST, auf die dem gegnerischen Stützpunkt abgewandte Seite der gelben Sonne zustoßend, sich dem Zentrum des Systems bis auf zehn Millionen Kilometer genähert hatte, wurde eine Space-Jet ausgeschleust. Das kleine Fahrzeug, unter dem Kommando eines erfahrenen Piloten, ging sofort auf Fahrt, umrundete die Sonne dicht oberhalb der Chromosphäre und nahm Kurs auf den Raumsektor, in dem das über sein Ziel hinausgeschossene Birnenschiff sich jetzt befinden mußte.

Sie schafften es.

An der Stelle geringster Distanz waren sie nicht weiter als fünfhundert und ein paar Kilometer von der Oberfläche des Planeten entfernt – aber sie schafften es. Dünne atmosphärische Gasreste bremsten die Geschwindigkeit des Schiffes um ein paar Meter pro Sekunde ab, und die Temperatur der Außenhülle mußte zeitweise bei zweitausend Grad gelegen haben, aber die fremde Welt blieb schließlich unter und hinter ihnen zurück, und sie schossen in den freien Raum hinaus – auf die gelbe Sonne zu, die sich vor ihnen blähte.

Bei der Geschwindigkeit, mit der sich das Schiff bewegte, schätzte Roi, hatten sie noch drei oder vier Stunden Zeit, bevor sie in ernsthafte Gefahr gerieten. Er rechnete fest damit, daß die CREST IV oder die FRANCIS DRAKE sich inzwischen rühren würden. Nach dem Manöver, das ihr Schiff geflogen hatte, mußten sie klar erkannt haben, auf welchem der acht Birnenschiffe sich die Gesuchten befanden.

Er hatte sich nicht verrechnet. Zwei Stunden waren noch nicht vergangen, als auf dem Bildschirm ein winziger, beweglicher Lichtfleck erschien. Der Lichtfleck nahm die schlanke Form einer Space-Jet an.

Er ging längsseits und verschwand zeitweise aus dem Blickfeld der Aufnahmegeräte.

Der Kommandant der Space-Jet hatte genaue Anweisungen. Da er mit dem Öffnungsmechanismus der Schleusen des Birnenschiffes nicht vertraut war, bugsierte er die Jet so dicht wie möglich an eine von ihnen heran. Danach fuhr er einen Kunststofftunnel aus, der sich an der Hülle des Birnenschiffes festsaugte. Kurz darauf detonierte eine an der Schleusenwand angebrachte Sprengladung und schuf eine genügend große Öffnung, um ausgewachsene Terraner hindurchzulassen. Auf diese Art wurde gewährleistet, daß die Atmosphäre bei der

Öffnung des inneren Schleusenschotts aus dem Birnenschiff nicht entweichen konnte, so daß die fünf Terraner gefahrlos in die Space-Jet gelangen würden.

Rhodan, Danton, Kakuta, Lloyd und Runete glitten durch den scheinbar endlosen Lichtschacht nach unten, in die Verteilerhalle. Mit Hilfe des kleinen Hyperkoms, den Kakuta bei sich trug, hatte man sich mit der Besatzung der Space-Jet verständigt und wußte, wo diese angelegt hatte. Kurz darauf erreichten sie die betreffende Schleuse. Sie öffneten das Schott, vor der die Space-Jet angelegt hatte, und begaben sich an Bord des kleinen Raumschiffs. Das innere Schleusenschott schloß sich hinten ihnen von selbst.

Eine weitere Stunde später befanden sie sich an Bord der CREST.

Roi, dem zu Bewußtsein kam, daß die Dinge schon seit geraumer Zeit ohne sein Dazutun abliefen und daß er um nichts mehr Sorge zu haben brauchte, sank in der Hangarschleuse des riesigen Flaggschiffs bewußtlos zu Boden.

Als Danton wieder zu sich kam, waren nahezu vierzig Stunden vergangen. Er befand sich in der Krankenstation der FRANCIS DRAKE, die sich mit der CREST auf dem Rückflug zu Keegans Stern befand.

Danton erfuhr, was sich in den vergangenen Stunden ereignet hatte. Das Birnenschiff, aus dem sie gerettet wurden, befand sich nach wie vor auf dem Kurs in Richtung Sonne. Der CREST und der FRANCIS DRAKE war es nicht möglich gewesen, sich intensiv mit seiner Bergung zu befassen, ohne von den Gegnern sofort entdeckt und angegriffen zu werden.

Oberst Akran hatte dem System einen Namen gegeben, der angesichts der Umstände passend erschien. Die Sonne wurde „Brutstern“ getauft, und der Planet, der das Ziel der Birnenschiffe gewesen war, erhielt den Namen „Danger I“.

Vor dem Aufbruch zum Rückflug hatten sich die beiden Schiffe lange genug im gegnerischen Stützpunktsystem aufgehalten, um, meistens mit Hilfe von Sonden, die folgenden Beobachtungen zu machen.

Der fremde Planet wurde von Hunderten von Großkristallen umkreist. In stabilen Umlaufbahnen bewegten sie sich in Höhen zwischen fünfhundert und eintausend Kilometern, jeder von ihnen halb würfel-, halb kugelförmig, auf jeden Fall von überraschend regelmäßiger Gestalt, mit Längstabmessungen von rund vierhundert Metern.

Verblüffend war, daß die im Orbit des Planeten schwebenden Riesenkristallballungen keinerlei Anzeichen einer eigenständigen Intelligenz zeigten. Die hypnosuggestive Strahlung, die sie emittierten, erwies sich als harmlos, da sie ungezielt verpuffte. Den Kristallen fehlte offensichtlich die Fähigkeit, ihre hypnosuggestive Waffe gezielt anzuwenden.

Von Zeit zu Zeit schossen weitere Großkristalle derselben Abmessung von der Oberfläche des Planeten herauf und reihten sich in den Reigen ein. Es war klar, daß es dort unten irgendwo eine Kristall-Brutstätte gewaltigen Ausmaßes geben mußte.

Die sieben birnenförmigen Schiffe waren nicht gelandet, sondern hatten über dem Planeten eine Parkbahn eingeschlagen. Die Sonden beobachteten, wie sich Kristalle, die sich in der Nähe der Schiffe befanden, zu nebelförmigen Gebilden auflösten, die von den weit geöffneten Schleusenmündungen der Birnenschiffe aufgesogen wurden. Jedes der Fahrzeuge nahm die Masse eines vierhundert Meter großen Kristalls auf.

Als der eigenartige Verladevorgang abgeschlossen war, nahmen die Schiffe wieder Fahrt auf. Niemand war überrascht zu sehen, daß sie sich auf demselben Kurs wieder entfernten, auf dem sie gekommen waren. Ihr Ziel war Keeg, daran bestand nicht der geringste Zweifel.

Perry Rhodan entschied, daß es besser war, dem Gegner zuvorzukommen. Die letzten Messungen wurden angestellt, Ausmaße und Rotationsdauer, mittlere Oberflächentemperatur, atmosphärische Zusammensetzung und Bodengestaltung des fremden Planeten registriert – dann gingen die beiden Schiffe auf Kurs. Der Situation entsprechend, hatte Perry Rhodan es der FRANCIS DRAKE freigestellt, sich der CREST anzuschließen oder ansonsten zu tun, was ihr beliebte. Die FRANCIS DRAKE hatte entschieden, sie wolle mit der CREST zurückfliegen.

19.

Die Kreisbahn der CREST IV um Keegans Stern war gefährlich eng.

Ebenso die der FRANCIS DRAKE, die dem Flaggschiff in einem Sicherheitsabstand von dreitausend Metern folgte.

Die HÜ-Schirme der beiden Schiffsgiganten liefen auf Höchstlast. Die Sonne gewährte einen hervorragenden Ortungsschutz.

Die vier Ultrariesen OLD MANS umkreisten noch immer den zweiten Planeten von Keegans Stern. Die völlig beeinflußten menschlichen Kommandanten dieser Schiffe hatten offenbar den Befehl erhalten, auf die Ankunft der sieben Birnenraumschiffe zu warten.

Das war die Situation bei Anbruch des 17. Novembers 2435.

Perry Rhodan und Lordadmiral Atlan befanden sich in der Zentrale der CREST.

Nach den Berechnungen der Bordpositroniken hätten die sieben Schiffe mit ihrer gefährlichen Last vor sechzehn Stunden im System von Keegans Stern eintreffen müssen.

„Achtung, Sir! Die vier OLD MAN-Schiffe verlassen ihre Kreisbahn um den Planeten Keeg!“ rief plötzlich Major Owe Konitzki, der Chef der Ortungszentrale, über den Interkom.

Die Bildschirme der Raumortung innerhalb der Zentrale leuchteten auf. Major Konitzki brauchte keine Anordnungen, um zu wissen, was er zu tun hatte. Die Umrisse der vier Schiffsriesen zeichneten sich auf den Bildschirmen ab.

„Sie beschleunigen mit Höchstwerten, Sir!“ rief der Leitende Ingenieur der CREST IV, Oberstleutnant Bert Hefrich.

Hefrich hatte schon zur Besatzung der CREST III gehört. Trotz seiner 68 Jahre war er immer noch leicht erregbar.

„Wir müssen die Schiffe verfolgen“, entschied Rhodan. „Oberst Akran, wir verlassen den Ortungsschutz der Sonne. Major Konitzki, bereiten Sie alles vor, um die vier Schiffe über den Halbraumspürer zu verfolgen.“

Währenddessen betrat an Bord der FRANCIS DRAKE Roi Danton, der sich längst wieder erholt hatte, in Begleitung Oro Masuts die Zentrale und bekam gerade mit, daß die OLD MAN-Schiffe beschleunigten. Sofort erfaßte er die Situation.

„Alle Startvorbereitungen wurden bereits getroffen, mein König", berichtete Hims. „Die FRANCIS DRAKE ist bereit, den vier Schiffen zu folgen."

Roi Danton lächelte zufrieden. Rasto Hims hatte geahnt, daß die CREST IV die OLD MAN-Schiffe verfolgen würde.

„Die vier Schiffe sind soeben im Linearraum verschwunden", gab Hims kurz darauf bekannt. „Sie entkommen uns nicht."

Ein fünfter Punkt wurde auf dem Bildschirm des Halbraumspürers sichtbar. Roi nickte. Das war die CREST IV. Danton fragte sich, warum die CREST erst jetzt in den Linearraum eingedrungen war. Er konnte nicht wissen, daß Rhodan noch eine Korvette unter dem Kommando von Captain Minch Maunther ausgeschleust hatte. Maunther hatte den Befehl, Navo-Nord anzufliegen und dort auf die von Atlan angeforderten Schiffe zu warten.

Das Tosen der Triebwerke der FRANCIS DRAKE schwoll an.

„Das Händlerleben wird immer aufregender", bemerkte einer der Männer in der Zentrale der FRANCIS DRAKE.

Roi Danton mußte lachen.

Bestimmt war es den Männern lieber, in der Großen Magellanschen Wolke auf Suchfahrt zu gehen, als mit primitiven Eingeborenen Handel zu treiben.

An Bord der CREST IV und der FRANCIS DRAKE wurden die ersten Berechnungen vorgenommen, um den Kurs der vier gegnerischen Schiffe zu ermitteln. Im Laufe der nächsten Stunden kehrten die OLD MAN-Schiffe dreimal in den Normalraum zurück, um ihren Kurs zu überprüfen und zu korrigieren.

Diese Manöver waren Perry Rhodans Glück.

Denn als die CREST nach dem dritten Eintauchen der vier Ultrariesen in den Zwischenraum wieder Fahrt aufnahm, blieb der Bildschirm des Halbraumspürers dunkel.

An Bord der FRANCIS DRAKE bemerkte man diese Panne nicht. Die Freihändler rasten hinter den 2500 Meter durchmessenden Schiffen her.

In der CREST IV machten sich die Kosmonauten daran, das Ziel der OLD MAN-Schiffe zu berechnen. Nach den vorliegenden Daten kam eine gelbe Normalsonne vom G-Typ in Betracht. Die CREST IV beschleunigte wieder.

Inzwischen waren die vier Schiffe und die verfolgende FRANCIS DRAKE in einem unbekannten Sonnensystem herausgekommen.

„Die CREST ist verschwunden“, stellte Rasto Hims fest. „Das Schiff ist nicht mit uns zusammen aus dem Linearraum gekommen.“

Roi Danton verwünschte seine Unaufmerksamkeit. Er hätte daran denken müssen, daß der in aller Hast montierte Halbraumspürer an Bord der CREST IV versagen konnte. Michael Rhodan konnte sich vorstellen, daß sein Vater ihn jetzt voller Zorn als Betrüger bezichtigte.

„Wollen wir auf das Flaggschiff warten, oder beginnen wir bereits mit Untersuchungen?“ fragte Hims gespannt.

„Wir sehen uns ein bißchen innerhalb dieses Systems um“, sagte Danton. „Wenn wir Rhodan einige wichtige Daten präsentieren können, wird ihn das für den Zwischenfall entschädigen.“

An Bord des Freihändlers begannen die Messungen. Die vier OLD MAN-Schiffe standen in einem Sonnensystem, dessen gelber Normalstern drei Planeten besaß.

Roi Danton befahl, einige schnelle Erkundungsschiffe auszuschleusen, um das System genau zu erkunden. Gleichzeitig ordnete er an, daß einige Kurzfunksprüche an die verschwundene CREST IV abgestrahlt wurden. Roi wußte, daß er eine Ortung riskierte, aber er wollte Rhodan seinen guten Willen zeigen.

Die Funksprüche der FRANCIS DRAKE wurden nicht beantwortet. Danton ließ die Sendetätigkeit einstellen.

Die erste der ausgeschleusten Korvetten kehrte nach einer Stunde zurück, und Danton bekam die Ergebnisse mitgeteilt, die die Raumfahrer von ihrem „Ausflug“ mitgebracht hatten.

Der sonnennächste Planet des unbekannten Systems war eine unbewohnte Glutwelt. Der zweite Planet, der eine wesentlich weitere Umlaufbahn um seine Sonne eingeschlagen hatte, war eine Dschungelwelt, deren dichte Wasserdampfatmosphäre einen optischen Einblick auf die Oberfläche verhinderte. Dagegen waren die Ortungsergebnisse einwandfrei. Die Atmosphäre verfügte über genügend Sauerstoff, um einen Menschen ohne Schutzanzug atmen zu lassen. Die Oberfläche des Planeten bestand fast ausschließlich aus schlammigen Urmeeren, die von zahllosen Inselgruppen unterbrochen wurden.

Drei dieser Inseln waren so groß, daß man sie als Kontinente bezeichnen konnte.

Der Planet durchmaß etwa 10 000 Kilometer. Die festgestellte Schwerkraft betrug 0,91 Gravos. Die mittleren Temperaturen lagen bei 40 Grad Celsius. Die unbekannte Welt benötigte 20 Stunden, um sich einmal um ihre eigene Achse zu drehen.

Roi Danton erkannte, daß nur diese Welt das Ziel der Ultraschlachtschiffe sein konnte, denn der dritte Planet war eine atmosphärelose Eiswelt, die nur 2618 Kilometer durchmaß. Nichts deutete darauf hin, daß es dort irgendwelche Stationen oder Niederlassungen gab.

Das Sonnensystem, das von den schnellen Korvetten der Freihändler durchflogen wurde, war 4632 Lichtjahre von Keegans System entfernt.

Dank ihrer neuartigen Ortungsschutzschirme waren die Korvetten der FRANCIS DRAKE weitgehend vor einer Entdeckung gesichert. Trotzdem befahl Roi die Rückkehr der Beiboote, nachdem alle wichtigen Messungen durchgeführt waren.

„Ich hoffe, daß wir damit die Verzögerung, die Perry Rhodan hinnehmen mußte, ausgleichen können“, bemerkte Roi Danton.

Rasto Hims bezweifelte, daß der Großadministrator sich so schnell beruhigen lassen würde. Außerdem war noch nicht sicher, ob die CREST IV dieses Sonnensystem fand, das ungefähr in der Mitte zwischen Keegans System und Danger I lag.

Danton deutete das nachdenkliche Gesicht des Epsalers richtig. Wenn ihre Vermutung zutraf, daß Rhodan durch den Ausfall des Halbraumspürers aufgehalten wurde, mußten sie damit rechnen, daß er bei seiner Ankunft unangenehme Fragen stellen würde.

Roi Danton blickte auf seine Uhr. Die letzte Korvette war zurückgekehrt. Insgesamt waren seit Ankunft der FRANCIS DRAKE innerhalb des unbekannten Sonnensystems fast drei Stunden verstrichen. Die von den Korvetten eingebrachten Ergebnisse wurden von Spezialisten und Positroniken ausgewertet.

Roi Danton wurde von Minute zu Minute unruhiger. Er begann sich zu fragen, ob der CREST IV etwas zugestoßen war. Nur Oro Masut, der darüber informiert war, daß Danton Rhodans Sohn war, verstand das sorgenvolle Gesicht des jungen Mannes.

Als kurz darauf die CREST IV aus dem Linearraum auftauchte und in das Sonnensystem einflog, veränderte sich Dantons Gesichtsausdruck schlagartig. Er wirkte wachsam und angespannt. Er wußte, daß ihm ein hartes Rededuell mit Perry Rhodan bevorstand.

Roi brauchte nicht lange zu warten, bis Rhodans ernstes Gesicht auf dem Bildschirm des Normalfunks auftauchte. Roi entschied sich, die Initiative zu ergreifen.

„Wir haben die Gelegenheit benutzt, dieses System zu durchsuchen, Grandseigneur", teilte er Rhodan mit. Er gab alle Daten bekannt. Rhodan hörte schweigend zu, aber seine Miene änderte sich nicht.

„Ich hoffe", schloß Roi mit einem Lächeln, „daß wir in Ihrem Interesse gehandelt haben."

„Ich rate Ihnen, sich innerhalb dieses Systems nicht weiter zu betätigen", kam Rhodans schroffe Anwort. „Halten Sie sich mit Ihrem Schiff zurück und schleusen Sie keine Korvetten mehr aus."

Danton schluckte ein paarmal. Er wußte, daß die Besatzungen beider Schiffe die Unterredung mithören konnten.

„Ich kann Ihren scharfen Worten entnehmen, daß es an Bord Ihres Schiffes zu einem Zwischenfall gekommen ist, für den Sie mich verantwortlich machen", seufzte Roi. Mit unruhigen Händen zog er ein Spitzentüchlein hervor und betupfte seine Lippen.

„Sie haben es also *erwartet*!" Rhodans Augen verengten sich. „Damit kommen Sie nicht durch, Danton. Sie haben sich die Souveränität ergaunert und nebenbei Rois System eingestrichen, mich aber haben Sie betrogen."

„Ich kann Ihren Groll verstehen", sagte Roi. „Vergessen Sie nicht, daß der Halbraumspürer an Bord der CREST IV in kurzer Zeit eingebaut wurde. Selbstverständlich werden meine Spezialisten den Fehler beheben.

Sollte sich der Halbraumspürer Ihres Schiffes nicht reparieren lassen, bin ich bereit, Ihnen das Gerät der FRANCIS DRAKE zur Verfügung zu stellen."

Dieses Angebot schien Rhodan zu besänftigen.

„Halten Sie sich auf jeden Fall zurück", befahl er. „Ab sofort übernehmen wir die weiteren Untersuchungen."

Roi Danton lächelte. „Ich bin entzückt, daß Sie dazu übergegangen sind, sich nach der Art der französischen Könige ebenfalls mit *Wir* zu bezeichnen."

Rhodan starrte ihn fassungslos an.

„Wenn ich *wir* sage, dann meine ich selbstverständlich die gesamte Besatzung der CREST IV."

„Auch ländliche Sitten und Gebräuche haben ihre Vorzüge", meinte Roi gelassen.

Rhodan brach die Verbindung ab, nachdem er dem Freihändler nochmals eingeschärft hatte, sich auf keinen Fall an weiteren Aktionen zu beteiligen.

„Ich glaube nicht, daß Danton uns absichtlich ein schlecht funktionierendes Gerät geliefert hat", verteidigte Atlan den jungen Freihändler, nachdem Rhodan die Funkverbindung zur FRANCIS DRAKE unterbrochen hatte.

Rhodan warf seinem arkonischen Freund einen spöttischen Seitenblick zu.

„Hoffentlich veranlaßt dich deine Schwäche für Danton nicht noch dazu, an Bord eines Freihändlerschiffs zu gehen", bemerkte er.

„Das wäre kein unkluger Gedanke", gab Atlan zurück. „Immerhin wäre mein Leben dank der hervorragenden Ausrüstung der FRANCIS DRAKE nicht weniger gut geschützt als an Bord der CREST IV."

Rhodan ließ vier Moskito-Jets ausschleusen, deren Besatzungen den zweiten Planeten des Sonnensystems gründlich untersuchen sollten. An Bord eines der schnellen Kleinstraumschiffe befand sich Tako Kakuta.

Kakuta starrte auf den breiten Rücken des Piloten, der den Moskito-Jet steuerte. Die CREST IV stand zwei Millionen Meilen querab im Weltraum. Kakutas Blicke wanderten weiter und blieben auf dem Bildschirm der Raumortung hängen.

Die Echoimpulse der CREST IV und der vier OLD MAN-Schiffe waren deutlich zu erkennen. Dagegen war die FRANCIS DRAKE mit ihrem hervorragenden Ortungsschutzschirm nur schwer auszumachen.

Sergeant Kimp Sagonta, der als Pilot fungierte, näherte sich mit der Maschine dem zweiten Planeten.

Der Mutant hatte den Befehl erhalten, nach den sieben Birnenschiffen Ausschau zu halten, die sich irgendwo in der Nähe aufhalten mußten. Rhodan nahm an, daß sie auf dem zweiten Planeten gelandet waren.

Plötzlich tauchten weitere Echoimpulse auf dem Bildschirm auf. Kakuta zählte insgesamt fünf. Die fünf Schiffe, die die Impulse auslösten, befanden sich in einer engen Kreisbahn um den zweiten Planeten.

„Da sind sie!“ stieß Kakuta hervor. „Zwei der Birnenschiffe sind offenbar schon gelandet.“

Einer der fünf Punkte erlosch. Das bewies dem Mutanten, daß soeben das dritte Birnenschiff zur Landung ansetzte. Wenn der Moskito-Jet näher an die Dschungelwelt herankam, würden die empfindlichen Geräte auch die bereits gelandeten Schiffe registrieren.

„Soll ich abdrehen?“ fragte Sagonta.

„Gehen Sie weiter an den Planeten heran“, befahl Kakuta. „Ich will versuchen, an Bord eines der Birnenschiffe zu springen.“

Sagontas Gesichtsausdruck ließ nicht erkennen, ob er mit dem Plan des Mutanten einverstanden war. Er konzentrierte sich auf die Steuerung des Jets, bereit, jedem Angreifer durch blitzschnelle Manöver auszuweichen.

Kakuta fragte sich, warum die Birnenschiffe auf dem zweiten Planeten landeten. Die von den Terranern erwartete Verladung der Riesenkristalle in die OLD MAN-Schiffe hätte auch im Weltraum vorgenommen werden können. Die vier Riesenschiffe behielten jedoch ihre Position bei. Es war für Kakuta ein Rätsel, warum diese vier Schiffe nicht auf das Auftauchen der Moskito-Jets reagierten. Unter normalen Umständen hätten die Terraner nicht vermeiden können, daß die Beiboote der CREST IV geortet und angegriffen wurden. Hielten sich die OLD MAN-Schiffe absichtlich zurück, oder war ihnen der Anflug der terranischen Schiffe entgangen?

„Bleiben Sie auf Kurs!“ befahl Kakuta. „Ich springe jetzt in eines der Birnenschiffe.“

Sagonta brummte eine Zustimmung. Der schmächtige Teleporter mit dem Kindergesicht entmaterialisierte.

Sein Sprung endete in einem langgestreckten Raum innerhalb eines Birnenschiffs. Der Boden war mit Unrat bedeckt. Die flackernde Deckenbeleuchtung spendete genügend Licht, um Kakuta sieben Männer erkennen zu lassen, die am Boden lagen. Dieses Schiff unterschied sich deutlich von jenem, in dem er sich noch vor wenigen Tagen befunden hatte. Auch hier gab es Terraner – wie wahrscheinlich auf den anderen Birnenschiffen auch –, doch machten diese hier einen wesentlich apathischeren Eindruck, als es an Bord des achten Birnenschiffes der Fall gewesen war. Auch die Verwahrlosung der Räume war hier besonders stark fortgeschritten.

Kakuta blickte auf die am Boden Liegenden. Die ständige Beeinflussung durch die Hypnokristalle hatte diese Männer zu menschlichen Wracks werden lassen.

Mitleid und aufsteigender Zorn ließen den Mutanten seine Vorsicht vergessen. Er näherte sich einem der Liegenden und beugte sich zu ihm hinab.

Das Gesicht des Mannes war aufgedunsen, die Lippen waren aufgesprungen und die Haare von Schmutz und Schweiß verklebt. Kakuta preßte eine lautlose Verwünschung hervor, als er den weltentrückten Blick sah. Er strich ihm mit einer Hand über das Gesicht.

„Hören Sie mich?“ flüsterte er.

Der Mann gab ein undeutliches Geräusch von sich. Früher mußte er eine stattliche Erscheinung gewesen sein, doch jetzt war er fast bis zum Skelett abgemagert. Kakuta fühlte, wie sich eine schmutzige Hand an ihm hochtastete und sich an seiner Jacke festklammerte. Das Unterbewußtsein des Mannes spürte, daß irgend etwas geschah.

Kakutas Verbitterung wuchs.

„Können Sie mich verstehen?“ fragte er verzweifelt. „Wir werden versuchen, Ihnen bald zu helfen.“

Er wußte, daß dies ein unerfüllbares Versprechen war.

Während er sprach, durchsuchte er die Taschen des Mannes. Er fand einen runden Plastikausweis.

Gragh Klennson, las er. *Geb. 4. 11. 2398.*

Erschüttert begriff Kakuta, daß dieser Mann, der wie ein Greis aussah, erst 37 Jahre alt war.

„Klennson!“ rief er unterdrückt. „Klennson, hören Sie mich?“

Klennson hob den Kopf. Kakuta begann zu hoffen, als der Mann zu zittern anfing. Doch ebenso schnell, wie das Interesse des Hypnotisierten aufgeflackert war, erlosch es wieder.

Hier würde jede Hilfe vergebens kommen. Diese Menschen waren dem Tode nahe. Kein Arzt der Galaxis konnte die Beeinflußten heilen.

Kakuta richtete sich auf. Auf der anderen Seite des Raumes entdeckte er einen Durchgang. Er rannte darauf zu. Sekunden später stand er in einem halbdunklen Gang. Auch hier lagen ehemalige Besatzungsmitglieder von Explorer-Schiffen, die in den Magellanschen Wolken verschollen waren. Einige bewegten sich, andere schienen bereits tot zu sein.

Kakuta, der sich seiner Hilflosigkeit bewußt war, schüttelte die Fäuste. Er stieg über einige Männer hinweg. Undeutlich nahm er die hypnosuggestiven Befehle des Kommandokristalls wahr, der die Besatzung kontrollierte. Der vierhundert Meter durchmessende Riesenkristall hingegen war harmlos, da seine hypnosuggestiven Ausstrahlungen wirkungslos verpufften.

An der Gangwand lehnte ein breitschultriger Mann, der mit glasigen Augen vor sich hinstierte. Früher mußte sein muskulöser Körper die Uniform voll ausgefüllt haben, jetzt hing die Jacke schlaff an ihm herunter. Trotzdem schien er einer der wenigen zu sein, die noch Kraft genug besaßen, um sich auf den Beinen zu halten.

Kakuta blieb vor dem Unglücklichen stehen.

Der Mann gab durch nichts zu erkennen, daß er von Kakuta Notiz nahm.

„Sehen Sie mich an“, sagte der Teleporter eindringlich.

Der Kopf des Hypnotisierten wackelte hin und her. Schließlich blieben seine Blicke an Kakuta hängen. Der Ausdruck seines von einem verfilzten Bart bedeckten Gesichts veränderte sich. Kakuta wurde unwillkürlich an ein staunendes Kind erinnert.

„Wie heißen Sie?“ fragte Kakuta.

Der Mann knurrte und wollte nach dem Japaner greifen. Er verlor bei der unverhofften Bewegung das Gleichgewicht. Er wäre gestürzt, wenn Kakuta ihn nicht aufgehalten und wieder an die Wand gedrückt hätte. Der Mutant wunderte sich, wie leicht dieser Mann war.

„Muß gehen . . . gehen . . .“, stammelte der Hypnosklave.

Kakuta trat einen Schritt zurück. Der Mann schlich an die Wand gestützt davon. Er mußte immer wieder vor Erschöpfung stehenbleiben. Kakuta sah ihm mit halbgeschlossenen Augen nach. Es war sinnlos, daß er noch irgend etwas unternahm. Eine Verständigung mit diesen Menschen war unmöglich. Wenn sie überhaupt noch etwas wahrnahmen, dann waren es die Impulse der Kristalle.

Kakuta rannte durch den Gang. Er atmete auf, als er einen Maschinenraum betrat. Hier gab es keine halbtoten Menschen. Der Mutant hätte den Anblick nicht länger ertragen können.

Er lehnte sich neben der Tür an die Wand. Zum erstenmal, seit er in das Birnenschiff eingedrungen war, konnte er einige Generäle sehen. Die seltsamen Wesen arbeiteten an einer Maschine. Sie zeigten nicht solche Erschöpfungszustände wie die Terraner. Tako Kakuta konnte sich vorstellen, daß die Zentrale des Birnenschiffs jetzt ausschließlich von Generälen besetzt war.

Der Teleporter schaltete seinen Mikrodeflektor ein, um nicht gesehen zu werden. Das Birnenschiff wurde von einer kaum wahrnehmbaren Vibration durchlaufen. Die Triebwerke arbeiteten unregelmäßig.

Kakuta ging zwischen zwei Maschinenreihen hindurch.

Der Angriff kam so unerwartet, daß Kakuta zunächst nicht begriff, daß der Strahlenschuß, der über ihn hinwegzischte, ihm galt. Er hatte sich innerhalb des Deflektorfelds vollkommen sicher gefühlt.

Die Generäle unterbrachen ihre Arbeit und blickten auf. Kakuta fuhr herum und sah einen wuchtig gebauten Roboter, der nur dreißig Schritte von ihm entfernt stand. Der Roboter besaß keine Waffenarme, aber in seiner Brust hatte sich eine Klappe geöffnet, aus der die Mündung einer Energiewaffe ragte.

Kakuta begriff, daß der Roboter ihn trotz des Mikrodeflektors geortet hatte.

Bevor der Teleporter entmaterialisieren konnte, feuerte der Angreifer ein zweites Mal. Kakuta schrie vor Schmerz und Überraschung auf, als der dünne Thermostrahl seine rechte Hüfte traf. Er brach zusammen. Der Schmerz drohte ihm fast die Besinnung zu rauben. Er war nicht in der Lage, seinen Schutzschirm zu aktivieren. Allein der Tatsache, daß er gefallen war, verdankte er sein Leben. Der Roboter stellte den Beschuß ein und kam auf ihn zu.

Die Maschine erschien Tako Kakuta übermächtig groß. Er versuchte, sich trotz der heftigen Schmerzen zu konzentrieren. Sein Deflektorfeld war ausgefallen, und er war nun auch für die erregt schreienden Generäle sichtbar geworden.

Er wagte nicht, eine Bewegung zu machen, weil er befürchtete, daß dies einen neuen Angriff des Roboters auslösen könnte.

Er konzentrierte sich auf den Moskito-Jet, von dem aus er gesprungen war. In aller Deutlichkeit sah er Kimp Sagontas breites Gesicht vor sich. Diesmal gelang ihm die Teleportation.

Er materialisierte im Sessel hinter Sagonta. Er stöhnte vor Schmerzen, so daß der Sergeant sich bestürzt umwandte.

„Um Himmels willen, Sir!“ stieß Sagonta hervor. „Was ist geschehen?“

Tako Kakuta wollte antworten, doch der Schmerz übermannte ihn, und er krümmte sich auf dem Sitz zusammen.

Sagonta wartete keine Befehle ab. Er steuerte die Maschine auf Gegenkurs und jagte zur CREST IV zurück. Er wußte, daß hinter ihm ein Mann saß, der sofort ärztliche Hilfe brauchte.

„Beeilen Sie sich!“ wollte Kakuta hervorstoßen, aber er war nicht sicher, ob er ein einziges Wort hervorbrachte.

Dann wurde er wieder ohnmächtig.

Als er zu sich kam, befand sich der Moskito-Jet bereits im Hangar. Jemand beugte sich über Tako. Der Mutant sah eine Injektionspistole im Licht aufblitzen. Gleich darauf fühlte er sich besser.

„Er muß sofort in die Krankenstation“, sagte jemand.

Kakutas Hände tasteten umher und klammerten sich an irgend etwas Kaltem und Hartem fest.

„Rhodan!“ preßte er hervor. „Ich muß Rhodan sprechen.“

„Das geht jetzt nicht“, sagte die Stimme, die Kakutas Überweisung in die Bordklinik angeordnet hatte.

Eine andere Stimme antwortete: „Es ist besser, wenn wir Rhodan holen. Der Mutant beruhigt sich sonst nicht.“

„Ich dachte, er stirbt hinter mir auf dem Sitz“, sagte Kimp Sagonta, und seine Stimme drückte all die Sorgen aus, die er sich um Kakuta gemacht hatte.

„Er ist sicher verletzt, aber in einigen Tagen wird er wieder auf den Beinen sein“, sagte jemand voller Zuversicht.

Eine Weile verging, ohne daß etwas geschah. Kakuta hatte ein Gefühl, als würde er sanft hin und her geschaukelt.

Dann sah er ein schattenhaftes Gesicht über sich. Er biß sich auf die Unterlippe, um die Benommenheit zu vertreiben, die von ihm Besitz ergriffen hatte. Die Konturen gewannen an Schärfe.

„Rhodan“, brachte er hervor.

„In Ordnung, Tako“, sagte Rhodan ruhig. „Was haben Sie herausgefunden?“

„Es war schrecklich“, sagte Kakuta, und die Erinnerung drohte ihn zu überwältigen. „Sie haben . . . haben sie zugrunde gerichtet.“

„Er war in einem der Birnenschiffe“, erklärte Kimp Sagonta.

„Die menschlichen Besatzungen sind verloren“, berichtete der Mutant. „Die Birnenschiffe landen auf . . .“ Die Stimme des Teleporters versagte.

„Wir lassen ihn jetzt allein“, sagte Rhodan.

„Es geht schon wieder“, sagte Kakuta hastig. „Sie sollen alles erfahren. Die Birnenschiffe landen auf dem zweiten Planeten. Ich weiß nicht, was dort geschehen wird.“

„Wir werden herausfinden, warum die sieben Schiffe auf der Dschungelwelt gelandet sind“, versicherte Rhodan.

„Noch etwas“, sagte Kakuta, der fühlte, wie ihn seine Kräfte verließen. „Die Ortungsgeräte der vier . . .“

„Ich weiß“, unterbrach ihn Rhodan. „Die Besatzungen aller vier Moskito-Jets berichteten übereinstimmend, daß die an und für sich ausgezeichneten Ortungsgeräte der OLD MAN-Schiffe offenbar schlecht arbeiten. Wahrscheinlich haben die menschlichen Besatzungen die Robotautomatik ausgeschaltet und selbst die Kontrolle übernommen. Das ist im Augenblick die einzige Erklärung.“

Die letzten Worte hörte Kakuta bereits nicht mehr.

Wenige Minuten später liefen an Bord der CREST IV die Positroniken an. Die Wissenschaftler und Spezialisten begannen mit der Auswertung der vorliegenden Daten.

Es war Perry Rhodan klar, daß die Birnenschiffe nicht grundlos auf dem unbekannten Planeten gelandet waren. Warum war der geplante Transport der Riesenkristalle in die Galaxis noch einmal unterbrochen worden?

20.

Jefe Claudrin, Brent Firgolt, Marcus Everson, Wayne Tate, Arl Tratlo, Don Redhorse und Nome Tschato – um nur einige zu nennen – waren Männer, deren Namen untrennbar mit dem der Solaren Flotte verbunden waren.

In unzähligen Einsätzen hatten diese Männer ihr Leben aufs Spiel gesetzt, um der Menschheit den Weg ins Universum zu ebnen.

Über die Grenzen normaler Popularität hinaus waren diese Männer teilweise schon zu Lebzeiten Legende geworden. Nicht alle Geschichten, die man von ihnen erzählte, entsprachen der Wahrheit, denn die Raumfahrer des Jahres 2435 waren nicht weniger phantasiebegabt als die Seefahrer vergangener Jahrhunderte.

Es gab unzählige Kommandanten, die tapfer, aufrecht und intelligent waren und deren Namen einen angemessenen Platz in der Geschichte der Solaren Flotte erhielten. Wahrscheinlich kann kein Geschichtsschreiber ergründen, warum nicht auch sie zu den sagenumwobenen Persönlichkeiten der Raumfahrt gehörten.

Im Jahre 2435 gab es jedoch einen Mann, der alle Aussichten hatte, sich in die Liste der Unvergessenen einzutragen.

Dieser Mann war Ems Kastori.

Er war General, 52 Jahre alt und nur 1,58 Meter groß.

General Ems Kastori kommandierte einen der berühmtesten Eliteverbände der Solaren Flotte, den 82. Gemischten Stabilisierungsverband, in Kurzform 82. GSV genannt.

Ems Kastori trug den Spitznamen „der Heitere".

Der Verband, der am 17. November 2435 im Gebiet von Navo-Nord auftauchte, bestand aus 50 Leichten Kreuzern der Städteklasse, dreißig Schlachtkreuzern, fünfzehn Superschlachtschiffen der Imperiumsklasse und fünf Ultraschlachtschiffen der Galaxisklasse.

Captain Minch Maunther, der an Bord der KC-6 auf die Ankunft dieser Schiffe gewartet hatte, stellte sofort Funkkontakt her. Vor vier Stunden waren die CREST IV und die FRANCIS DRAKE in den Linearraum aufgebrochen, um die Verfolgung der vier OLD MAN-Schiffe aufzunehmen.

In Maunthers Gesicht zeichnete sich Erleichterung ab, als der Bildschirm des Normalfunks hell wurde. Es war ein gutes Gefühl, einen schlagkräftigen Verband terranischer Schiffe in den Magellanschen Wolken zu wissen. Bisher war Maunther die terranische Streitmacht recht unscheinbar vorgekommen.

„KC-Sechs ruft Flaggschiff des soeben aus dem Linearraum getauchten Verbandes!“ sprach Maunther ins Mikrophon.

Noch bevor der Bildschirm das Gesicht eines Mannes zeigte, kam die Antwort.

„VESPASIAN an KC-Sechs. Die Verständigung klappt ausgezeichnet.“

Minch Maunther spürte, wie es in seinem Nacken prickelte.

Die VESPASIAN!

Welche Geschichten waren mit dem Namen dieses Schiffes verbunden!

Maunthers Stimme schwankte leicht, als er seinen Namen nannte.

„Captain Minch Maunther bittet, den Kommandanten des Verbandes sprechen zu dürfen.“

Endlich wurde ein Gesicht auf dem Bildschirm sichtbar.

Maunther schluckte trocken, als er den riesigen Kahlkopf sah, der auf einem viel zu kleinen Körper saß.

Das war also Ems Kastori, von dem er schon unzählige Bilder gesehen hatte. Der General lächelte, und seine Stimme klang sanft und freundlich. So ungefähr hätte ein Lehrer zu einem Schüler gesprochen, überlegte Maunther.

„Vermutlich sind Sie hier zurückgeblieben, um uns einen Bericht zu geben, Captain“, sagte der Kommandant des 82. GSV.

„Ja, Sir“, sagte Maunther.

„Dann berichten Sie“, forderte Kastori mit einem aufmunternden Lächeln.

Maunther gab dem Heiteren einen zusammenfassenden Bericht über die bisherigen Geschehnisse.

„Der Großadministrator möchte, daß Sie mit Ihren Schiffen hier warten", sagte der Captain abschließend. „Er will ein Kurierschiff schicken, sobald er Ihre Schiffe benötigt."

Ems Kastori schien enttäuscht zu sein.

„Die KC-Fünf befindet sich an Bord der VESPASIAN", teilte der General mit.

Das Bild blendete um. Einen Augenblick wurde das Gesicht von Captain Arthur Arnusen sichtbar, der den hundert Schiffe zählenden Verband im Auftrag Atlans angefordert hatte. Reginald Bull schien den Ereignissen in der Großen Magellanschen Wolke große Bedeutung beizumessen, wenn er ausgerechnet diesen Eliteverband schickte.

Kastori wurde wieder auf dem Bildschirm sichtbar.

„Wir werden uns hier ein bißchen umsehen", kündigte er an. Seine großen blauen Augen blickten unschuldig.

„Ja, Sir", sagte Minch Maunther vorsichtig.

„Vor allem im System von Keegans Stern", meinte Ems Kastori.

Captain Maunther ahnte, daß der General beabsichtigte, seine Wartezeit durch Erkundungsflüge kurzweiliger zu gestalten. Das war genau das, was Maunther von einem Mann wie Kastori erwartete.

An Bord der VESPASIAN gab es einen Mann, dessen Erfolge im Grunde genommen noch erstaunlicher waren als die des Generals. Dieser Mann hieß Stran Jarban und wurde in der Personalliste als Leitender Ingenieur geführt.

Niemand wußte, wo Jarban sein Patent erworben hatte, und er zeigte sich auf alle Fragen, die dieses Thema berührten, ausgesprochen unfreundlich. Jarban galt als Vertrauter des Generals. Er war ein Riese von einem Mann, mit fetten, aber geschickten Händen; ein Mann, der mit dem Gehör das reparaturbedürftige unter tausend gleichzeitig laufenden Lagern herausfinden konnte.

Stran Jarban war ein technisches Genie.

Während sich die Besatzung über die fachlichen Qualitäten dieses Mannes vollkommen im klaren war, herrschte über seine menschlichen Qualitäten ein nie zur Ruhe kommender Streit. Praktisch war die Besatzung der VESPASIAN in zwei Lager gespalten.

Eine Partei hielt Stran Jarban für ein engelsgleiches Wesen, das einen Umweg von mehreren Meilen machen würde, um ein Insekt vor dem tödlichen Fußtritt zu bewahren.

Die andere Partei hielt Jarban für einen Rohling, der es geschickt verstand, seine niederen Instinkte zu verbergen.

Da Stran Jarban nichts tat, was einer der Parteien zum Sieg verholfen und damit zum Ende des Streites geführt hätte, schwelte die Uneinigkeit weiterhin im Untergrund.

Stran Jarban schien von alledem nichts zu merken; er aß zu jeder Mahlzeit doppelte Portionen und bastelte in seiner Freizeit an irrsinnig aussehenden Apparaten herum, die sich dann als Eiscremeschläger, Cocktailmixer und sonstige an Bord eines Raumschiffs ziemlich nutzlose Geräte herauszustellen pflegten.

Niemand ahnte, daß Stran Jarban ein mit Sorgen überladener Mann war, der jeden Befehl seines Kommandeurs voller Unsicherheit und innerer Erregung erwartete. Stran Jarban hatte mit seinem Leben abgeschlossen, als er dem 82. GSV beigetreten war. Er kannte Ems Kastori von früher und wußte, was sich hinter der freundlichen Maske des kleinen Mannes verbarg.

Als sich General Ems Kastori dazu entschloß, den Raumsektor Navo-Nord zu verlassen und in das Gebiet von Keegans Stern einzufliegen, war Jarban gerade damit beschäftigt, letzte Hand an einen Siebenfarbensprüher zu legen. Der Bedarf an Siebenfarbensprühern war innerhalb der VESPASIAN nicht groß, das hieß, *niemand* benötigte ein solches Gerät, aber Jarban hatte es mit Fleiß und Ausdauer zusammengebaut, und er wußte, daß es funktionieren würde.

Als der Interkom knackte, ahnte Jarban, daß es um seine Ruhe schlecht bestellt war.

„Hier spricht der Kommandant“, meldete sich Kastori. „Alle Offiziere in die Zentrale.“

Jarban grinste zufrieden, denn er hielt sich nicht für einen Offizier.

Da sagte Kastori freundlich: „Auch Sie, Stran.“

Stran Jarban seufzte unglücklich und stellte den Siebenfarbensprüher auf ein Regal, auf dem er auch seine letzten Kunstwerke, darunter einen Taschenschirm, der mit wenigen Griffen in ein Roulett verwandelt werden konnte, untergebracht hatte.

Als der Leitende Ingenieur in der Zentrale ankam, fühlte er, daß sich alle Blicke auf ihn richteten.

„Da sind Sie ja“, stellte Kastori lächelnd fest. „Wir haben nur auf Sie gewartet.“

Ems Kastori berichtete den Offizieren, was er von Maunther erfahren hatte und teilte ihnen seinen Entschluß mit, sofort Keegans Stern anzufliegen.

Erneut richteten sich alle Blicke auf Stran, denn er war es im allgemeinen, der die Entschlüsse des Kommandanten kommentierte.

Stran Jarban senkte aber nur den Kopf, denn er wußte, daß er den General nicht aufhalten konnte. Keegans Stern war nur 22 Lichtjahre von Navo-Nord entfernt; der Flug dorthin stellte an die modernen Schiffe des 82. GSV keine besonderen Anforderungen.

Als die hundert Schiffe des Eliteverbands in der Nähe ihres Zieles aus dem Linearraum kamen, erlebten sie gerade noch, wie etwa achtzig Birnenschiffe den zweiten Planeten in Keegans System mit Fusionsbomben angriffen. Der fremde Verband ging schnell und methodisch vor. Kaum waren die Bomben explodiert, als die Birnenschiffe schon wieder beschleunigten und zum Transitionssprung ansetzten.

Ems Kastori starrte auf den großen Ortungsbildschirm, als die achtzig Schiffe mit einer gewagten Sammeltransition verschwanden. Die Strukturtaster an Bord der VESPASIAN schlugen bei dem heftigen Schock durch.

Kastori ließ sich mit der Ortungszentrale seines Schiffes verbinden.

„Haben Sie Aufnahmen machen können?“ erkundigte er sich bei dem zuständigen Offizier.

„Gewiß, Sir“, erwiderte der Mann. „Die Auswertung hat bereits begonnen.“

Eine Stunde später hielt Kastori einige Bilder in den Händen. Stran Jarban, der seinem Kommandanten über die Schulter blickte, konnte sehen, daß es sich bei den Birnenschiffen um die seltsamsten Konstruktionen handelte. Die Schiffe hatten größtenteils ihre ursprüngliche Form verloren und schienen aus allen möglichen Ersatzteilen zusammengebaut zu sein. Jarban sah die Aufnahme eines Schiffes, das ein dreieckiges Heck besaß, aus dem einige warzenförmige Kuppeln ragten. Ein anderes Schiff verbreiterte sich stufenförmig in Richtung des Hecks.

Kastori blickte stirnrunzelnd auf die Bilder.

„Wissen Sie was, Stran?“ fragte er.

„Nein, Sir“, gab Jarban zurück. „Ich weiß nicht, was ich dazu sagen soll.“

„Ich befürchte, die Unbekannten besitzen ebenfalls einen Mann wie Sie", sagte Kastori lächelnd. „Wenn Sie nicht an meiner Seite stünden, würde ich sagen, daß Sie diese Kästen zusammengebaut haben."

Jarban errötete.

„Sie überschätzen meine Fähigkeiten, Sir", meinte er bescheiden.

„Keineswegs", sagte Kastori. „Wir sollten uns darüber Gedanken machen, warum diese achtzig Schiffe den zweiten Planeten von Keegans Stern bombardiert haben. Man könnte fast daraus schließen, daß es innerhalb der Magellanschen Wolke *zwei* Parteien gibt, die diese Birnenschiffe fliegen."

„Ja, Sir", sagte Jarban, der befürchtete, daß jede von ihm geäußerte Vermutung das Interesse des Generals nur noch steigern würde.

„Hoffentlich können wir bald Verbindung zu Perry Rhodan aufnehmen", sagte Kastori. „Er ist bestimmt an der Geschichte interessiert, die wir ihm zu erzählen haben."

Ems Kastori konnte nicht wissen, daß 4632 Lichtjahre entfernt noch erstaunlichere Dinge geschahen.

Als der Chef der Ersten Flottille der CREST IV, Major Hole Hohle, den Besprechungsraum unmittelbar neben der Zentrale des Flaggschiffs betrat, wunderte sich Lordadmiral Atlan über den fast metallischen Glanz von Hohles Haaren.

Der Major salutierte und nahm an dem langgestreckten Tisch Platz, an dem neben Rhodan und Atlan mehrere Offiziere und der Mutant Fellmer Lloyd saßen.

„Inzwischen dürfte Ihnen allen bekannt sein, daß die Auswertungen der Wissenschaftler abgeschlossen sind", begann Atlan. „Verschiedene Männer, die hier am Tisch sitzen, haben bereits Einzelheiten erfahren. Trotzdem will ich noch einmal kurz zusammenfassen, was wir bisher herausgefunden haben."

Atlan erhob sich und deutete auf eine beleuchtete Kunststofffläche, auf die das Bild des Sonnensystems, innerhalb dessen sich die CREST IV und die FRANCIS DRAKE aufhielten, projiziert wurde.

„Uns interessiert nur der zweite Planet des Modula-Systems", sagte der Arkonide. „Warum wir das System so genannt haben, werden Sie sofort erfahren."

Das Bild wechselte, und Modula II wurde stark vergrößert gezeigt.

„Auf diesem Planeten sind bisher sechs der sieben Birnenschiffe gelandet“, sagte Atlan. „Durch die Erkundungsflüge der Moskito-Jets haben wir herausgefunden, daß sich auf den drei größten Inseln der Dschungelwelt gewaltige Industrieanlagen befinden. Dorthin wurden die Riesenkristalle von den Birnenschiffen gebracht.

Aufgrund der bisherigen Erfahrungen, vor allem aber aufgrund der im System von Brutstern durchgeführten Beobachtungen, bei denen festgestellt wurde, daß die Kristallblöcke ihre hypnosuggestive Strahlung ziellos emittierten, kamen unsere Wissenschaftler zu dem Schluß, daß die Kristalle in ihrer Ursprungsform ungefährlich und wahrscheinlich auch ohne Intelligenz sind. Sie werden auf Danger I abgeholt und zu Planeten wie Modula II gebracht. Dort erhalten sie eine ganz bestimmte Programmierung.

Wir wissen nicht, wie dieser Prozeß vor sich geht. Es steht aber fest, daß diese Behandlung der natürlichen Grundstruktur der Kristalle etwas Künstliches aufsetzt.

Durch diese Behandlung wird die vorhandene hypnosuggestive Kraft kanalisiert. Dies wird vermutlich dadurch erreicht, daß die Kristalle mit einer künstlichen Intelligenz ausgestattet werden, die wirksam wird, wenn sie eine bestimmte Ballungsdichte erreichen. Dadurch werden sie in die Lage versetzt, ihre Fähigkeit bewußt und im Sinne ihrer Herren einzusetzen.“

Atlan unterbrach sich und zeigte mit einem Leuchtstab auf das Bild des zweiten Planeten.

„Wir haben diese Welt Modula genannt, weil wir annehmen, daß hier die Kristalle präpariert werden, um dann später ihren Auftrag durchführen zu können.“

„Es gibt wahrscheinlich mehrere Welten wie Modula II“, fügte Perry Rhodan hinzu. „Wir vermuten, daß die Riesenkristalle an Bord der vier OLD MAN-Schiffe gebracht werden, sobald sie für ihre Aufgabe programmiert sind. Wir haben also eine einmalige Chance, herauszufinden, wer für die Entsendung der Hypnokristalle in die Galaxis verantwortlich ist.

Dabei kommt uns eine Besonderheit dieses Planeten entgegen. Wir haben festgestellt, daß die drei industrialisierten Inseln von einem uns unbekannten Energiefeld umspannt werden, das die Fähigkeiten der Kristalle neutralisiert. Betroffen sind davon nicht nur die derzeit noch harmlosen Riesenkristalle, sondern auch jene bereits präparierten Kristallballungen, die an Bord der Birnenschiffe die Besatzungen kontrollieren. Anscheinend wollen sich die unbekannten Herren der Kristalle auf diese Weise vor ihren eigenen Produkten schützen.

Dieser Umstand bedeutet, daß wir auf die Howalflektor-Netze, die eine zusätzliche Ortungsgefahr bedeuten, verzichten können, wenn wir ein Einsatzteam nach Modula II bringen."

Seine Blicke wanderten an der Reihe der Männer entlang und blieben schließlich an Major Hole Hohle hängen.

„Eine Space-Jet muß versuchen, die mangelhafte Ortungsbereitschaft der vier OLD MAN-Schiffe auszunutzen und auf Modula II zu landen", sagte Rhodan. „Es sollen nur einige Beobachtungen durchgeführt werden. Danach kehrt das Diskusschiff sofort wieder zur Crest IV zurück."

Der Eskimo ahnte, daß er angesprochen war. Rhodans nächste Worte bestätigten die Vermutung des Majors.

„Major Hole Hohle erhält den Auftrag, zusammen mit vier anderen Männern diesen Flug durchzuführen", sagte der Großadministrator. „Fellmer Lloyd wird einer Ihrer Begleiter sein, Major. Leider ist Tako Kakuta zu schwer verletzt, als daß wir ihn mitschicken könnten."

„Was ist mit den drei anderen Männern Sir?" fragte Hohle.

„Sie können sich nach eigenem Ermessen drei Freiwillige aus Ihrer Mannschaft auswählen", sagte Rhodan.

Hohle, dessen rundes Gesicht immer zu grinsen schien, entblößte seine Zähne zu einem breiten Lächeln.

„Danke, Sir", sagte er.

„Sie haben offenbar schon Ihre Wahl getroffen", vermutete Atlan.

„Ich kenne einen Mann, den ich auf jeden Fall mitnehmen werde", sagte der Major. „Wallen Overmile."

Der Zweite Offizier der CREST IV Major Drave Hegmar, wölbte die Augenbrauen.

„Ist das nicht der Korporal, der ab und zu als Koch arbeitet?" fragte er.

Hole Hohle fühlte, wie sich die Blicke aller Anwesenden auf ihn richteten.

„Das ist der Mann", sagte er.

Atlan schüttelte verwundert den Kopf. „Wozu brauchen Sie einen Koch bei diesem Flug?“ wollte er wissen.

Hole Hohle sprang auf und salutierte. Er hielt die Zeit für gekommen, den Besprechungsraum zu verlassen.

„Ich halte Overmile für einen ungewöhnlich fähigen Mann“, sagte er und fuhr dabei mit einer Hand durch sein dunkles Haar.

Er brauchte nur in die Gesichter der anderen Männer zu blicken, um zu erkennen, daß niemand seine Ansicht teilte. In einigen Minuten würde er zu einem lebensgefährlichen Unternehmen aufbrechen. Jeder andere an seiner Stelle hätte ausschließlich erfahrene Männer als Begleiter ausgewählt.

Doch Major Hole Hohle hatte sich für einen Koch entschieden.

Es brauchte ja niemand zu wissen, daß Overmile ihn vor wenigen Stunden dabei ertappt hatte, wie er sich heimlich eine Dose Salat-Öl aus der Kombüse besorgen wollte, um damit seine Haare zu behandeln. Hohle hatte sich Overmiles Schweigen damit erkaufen müssen, daß er ihm versprach, ihn beim nächsten Einsatz mitzunehmen, damit er einmal der Eintönigkeit des Bordlebens entrinnen könne . . .

Sergeant Wish „Big Mountain“ Haagard gab sich seiner Lieblingsbeschäftigung hin.

Das hieß – er tat nichts.

Wish „Big Mountain“ Haagard war ein zwei Meter großer grauhaariger Mann von 70 Jahren. Mit einem Schlag seiner Hand konnte er ein zentimeterdickes Brett brechen. In seinem Uniformgürtel schleppte er stets eine doppelläufige Spezialwaffe von zwanzig Pfund Gewicht mit sich herum. Fragte man den Sergeanten, wie er in den Besitz der Waffe gekommen war, so behauptete er, sie geerbt zu haben. Doch dazu war sie noch zu neu. Es handelte sich um einen Kombilader, der als Handfeuerwaffe gearbeitet war. Haagard konnte diese kleine Kanone gleichzeitig als Strahler und als Waffe für Explosivgeschosse benutzen.

Haagards Gesicht war von Falten, Narben und übergroßen Hautporen zerklüftet. Irgendwann in seiner Jugend hatte Big Mountain sich das Nasenbein gebrochen und es nicht richten lassen. So war auf dem Nasenrücken ein Höcker entstanden.

Der Sergeant wog über zwei Zentner, ohne irgendwo an seinem

Körper ein Gramm Fett zu besitzen. Das war bei seiner Lebenseinstellung verwunderlich. Wish Haagard tat nie einen Schritt zuviel und erledigte nur das, was man ihm auftrug. Befehle führte er allerdings mit größter Gewissenhaftigkeit aus.

Major Hole Hohle traf den Sergeanten in einem der Aufenthaltsräume.

Big Mountain saß mit weit von sich gestreckten Beinen in einem bequemen Konturensessel und döste.

Hohle blieb vor dem Sessel stehen.

„Drückt Ihre Kanone Sie nicht auf die Leber?" fragte er.

Haagard blinzelte und machte eine Handbewegung, als wollte er eine Fliege verscheuchen. Dann erhob er sich bedächtig und salutierte.

„Ihre Ausrüstung wurde bereits in die Space-Jet gebracht", informierte ihn Hohle.

„Meine Ausrüstung, Sir?" Big Mountain kniff die Augen zusammen.

„Hangar Sieben, Space-Jet-Achtundzwanzig", fuhr Hole Hohle ungerührt fort. „Ich erwarte Sie dort in fünfzehn Minuten."

„Ja, Sir", sagte Haagard. „Aber vielleicht . . ."

„Beeilen Sie sich!" unterbrach ihn Hohle. „Wir haben keine Zeit zu verlieren."

Er ließ Haagard verwirrt zurück. Big Mountain widerstand der Versuchung, sich wieder in den Sessel sinken zu lassen. Er wandte sich an einen kleinen Korporal, der wenige Meter von ihm entfernt saß und die Szene mitverfolgt hatte.

„Was halten Sie davon?" erkundigte sich Haagard mit grollender Stimme. „Ist das eine Art, einen Mann aus dem Schlaf zu wecken?"

„Was hätte er tun sollen?" fragte der Korporal hämisch. „Eine Bombe werfen?"

Wish „Big Mountain" Haagard stieß eine Verwünschung aus und verließ den Aufenthaltsraum.

Ausgerechnet Hole Hohle, dachte er bekümmert, als er die Richtung zum Antigravschacht einschlug.

Hole Hohle, Fellmer Lloyd, Wallen Overmile, Wish „Big Mountain" Haagard.

Das waren die ersten vier.

Mash Olney war der fünfte Mann.

Mash Olney war Leutnant an Bord der CREST IV.

Obwohl erst 22 Jahre alt, wirkte er wie ein Vierzigjähriger. Sein blasses Gesicht ließ ihn krank aussehen. Er trug seine blonden Haare lang nach hinten gekämmt. Seine Uniform war stets untadelig sauber und faltenlos.

Mash Olney war ein stiller Mann; er sprach so selten, daß man seinen Einwänden stets Beachtung schenkte, denn sie schienen stets das Produkt längerer Überlegungen zu sein.

Hole Hohle erfuhr, daß Olney sich im Bordobservatorium aufhielt und stellte eine Interkomverbindung her.

„Wir fliegen Modula II an", teilte der Flottillenchef dem jungen Raumfahrer mit. „Ich möchte, daß Sie mit an Bord der Space-Jet sind, die von mir kommandiert wird."

„Ich komme, Sir", sagte Olney.

Hole Hohle grinste. Er blickte auf die Uhr. Wahrscheinlich würde Olney zuerst im Hangar sein.

21.

Techno-Offizier Swendar Rietzel, Chef der Korvettenschleusen, wurde auf dem Bildschirm sichtbar.

Hole Hohle hatte den Eindruck, als würde der hagere Mann jeden Augenblick einschlafen. Doch das täuschte. Rietzel konzentrierte sich auf die bevorstehende Ausschleusung der SJ-28.

Hole Hohle, der im Pilotensitz des Diskusschiffs Platz genommen hatte, blickte zurück. Die Männer trugen bereits ihre leichten Kampfanzüge.

„SJ-Achtundzwanzig an Chef des Schleusenkommandos", klang Hohles Stimme auf. „Fertig zum Ausschleusen."

„Hangarschleuse wird geöffnet", erwiderte Rietzel.

Hohles Hände glitten über die einzelnen Schaltungen. Er hätte das Schiff mit geschlossenen Augen aus dem Hangar fliegen können.

„Hangarschleuse offen!" sagte Rietzel, „Start frei!"

Die Space-Jet schwang sich in den Weltraum hinaus. Auf dem Bildschirm verblaßte Swendar Rietzels Gesicht.

„Leutnant, behalten Sie die Ortungsgeräte im Auge", ordnete Hohle an. „Haagard, Sie kümmern sich um unsere Kanone, falls wir sie brauchen sollten."

Wallen Overmile, der auch eine Ausbildung als Funker erhalten hatte, saß an der Funkanlage. Major Hole Hohle hatte von Rhodan den Befehl erhalten, daß die beiden Schiffe möglichst wenig in Funkverbindung treten sollten. Nur bei besonders wichtigen Entdeckungen oder Notfällen sollte Hohle eine Nachricht an das Mutterschiff der SJ-28 absetzen lassen.

Als sich die Space-Jet dem zweiten Planeten näherte, begann das Birnenschiff, das sich noch in einer Kreisbahn befand, mit dem Landemanöver.

Olney unterrichtete Hohle von seinen Beobachtungen.

„Das ist unsere Chance", erklärte Hohle.

„Was haben Sie vor?" wollte Fellmer Lloyd wissen. Der untersetzte Mutant hatte an Bord des Beiboots keine Aufgaben. Er sollte sich vollkommen auf eventuelle telepathische Impulse konzentrieren.

„Wir versuchen eine Landung im Huckepack-Verfahren", erklärte Hole Hohle. „Dadurch vermindern wir die Gefahr einer Ortung."

Das Huckepack-Verfahren war ein von tollkühnen Piloten kleinerer Raumschiffe bevorzugtes Manöver, den Ortungsschutz großer Schiffe für die eigenen Zwecke auszunutzen.

Big Mountain wußte, daß in fünf von zehn Fällen das kleinere Schiff dabei entdeckt und vernichtet wurde.

„Auf der Oberfläche des Planeten gibt es ausgedehnte Industrieanlagen", erinnerte der Erste Flottillenchef der CREST IV. „Wir müssen also damit rechnen, daß es auch hervorragend arbeitende Ortungsstationen gibt. Ich will nicht mit einem Feuerhagel begrüßt werden. Wenn wir von den OLD MAN-Schiffen nicht entdeckt werden, versuchen wir, mit dem Birnenschiff in die Atmosphäre einzudringen."

Da Fellmer offenbar mit den Plänen des Majors einverstanden war, erhob auch keiner der anderen Männer einen Einwand.

Wallen Overmile, der sich seit Monaten nach einem abwechslungsreichen Einsatz gesehnt hatte, bedauerte bereits, daß er Hole Hohle dazu veranlaßt hatte, ihn mitzunehmen.

Mash Olney hatte mit Hilfe der kleinen Bordpositronik schnell einen ungefähren Annäherungskurs errechnet. Nun übermittelte er Hohle ständig die Korrekturwerte.

Das Birnenschiff manövrierte umständlich, so daß die Space-Jet schnell näher kam. Zu Hohles Erleichterung stieß der Kristalltransporter nicht direkt auf die Oberfläche Modulas II vor, sondern tauchte in immer enger werdenden Bahnen in die Atmosphäre ein.

Ein Blick auf den Bildschirm zeigte Major Hohle, daß die vier OLD MAN-Schiffe ihre Positionen beibehielten. Von dieser Seite drohte der Space-Jet im Augenblick offenbar keine Gefahr.

Eine Aussicht auf die Oberfläche des Planeten wurde den Männern durch die dichte Wolkendecke versperrt. Hohle fragte sich, was sich unter diesem natürlichen Schutz gegen neugierige Blicke abspielen mochte. Lediglich die Masseanzeiger der Jet arbeiteten einwandfrei. Alle anderen Geräte spielten verrückt, seit das Diskusschiff in die äußersten Schichten der Atmosphäre eingedrungen war.

Die Steuerdüsen des Birnenschiffs traten in Tätigkeit. Flammenbündel schlugen aus einem Strahlkranz rund um das Heck.

„Jetzt beginnt das eigentliche Bremsmanöver“, stellte Wish Haagard fest. „Wir sind noch nicht dicht genug dran, Sir.“

Hohle nickte. Der Abstand zu dem größeren Schiff betrug noch drei Kilometer. Hohle mußte die Geschwindigkeit der Jet bereits herabsetzen. Er konzentrierte sich auf das Annäherungsmanöver.

„Da unten gibt es eine eigenartige Energiequelle, die alle anderen Impulse überlagert, Major“, sagte Mash Olney. „Wir befinden uns jetzt direkt über dem größten der drei Inselkontinente.“

„Die Kristalle sind nicht mehr zu spüren“, teilte Fellmer Lloyd mit. „Es ist, als hätten sie zu existieren aufgehört.“

Obwohl Hohle die Geschwindigkeit die ganze Zeit über verringert hatte, schoß die Jet ein Stück über ihr eigentliches Ziel hinaus. Für den Bruchteil einer Sekunde geriet sie dabei in den Bereich der Störfelder des Birnenschiffs.

Hohle ließ den Diskus absacken und kehrte in einer Schleife zurück.

„Der Prallschirm!“ rief Olney warnend.

„Ich weiß“, gab Hohle zurück. „Wir benutzen den Schirm des anderen Schiffes als Ortungsschutz.“

Haagard schluckte hörbar. Die Jet hing jetzt wie ein schattenhafter

Reiter unmittelbar über dem Birnenschiff. Hohle wagte nicht daran zu denken, was geschehen konnte, wenn der Kristalltransporter plötzlich das Feuer eröffnete.

Die blitzschnellen Manöver, die er ausführen mußte, ließen ihm jedoch kaum Zeit, um über die Möglichkeit eines Angriffs nachzudenken. Das Birnenschiff sank jetzt schnell der Oberfläche entgegen, als wollte es die verlorene Zeit wieder aufholen. Im Wirkungsbereich des Prallschirms war eine Ortung nahezu unmöglich. Auf den Bildschirmen der SL-28 zeigten sich bizarre Muster. Auch die durchdringenden Echoimpulse ließen nicht erkennen, wo sie ihren Ursprung hatten. Inmitten dieses energetischen Chaos war nur die seltsame Energiefront stark genug, um ein konstantes Muster auf den Ortungsgeräten zu erzeugen.

Mash Olney, der die Kontrollen beobachtete, runzelte die Stirn. Während seiner Ausbildung als Ortungsingenieur hatte er alle Impulse kennengelernt, die durch verschiedene Energiearten ausgelöst werden konnten. Die Zackenkurven, die er jetzt erblickte, ließen sich jedoch nirgends einordnen.

Er hätte gern mit Hole Hohle darüber gesprochen, doch der Major war zu sehr mit der Steuerung beschäftigt.

Als die beiden Schiffe noch hundert Meter von der Oberfläche des Planeten entfernt waren, löste Hohle die SJ-28 aus dem Prallschirm des anderen Schiffes. Dunkelheit und nebelartige Wolkenfelder verhinderten nach wie vor einen optischen Ausblick. Die Ortungsbildschirme ließen jedoch deutlich erkennen, daß der Diskus über einem ausgedehnten Landefeld schwebte, das von gewaltigen Industrieanlagen umschlossen wurde.

Überall waren langgestreckte Hallen zu sehen, zwischen denen sich runde Türme bis zu fünfhundert Meter Höhe erhoben.

„Sehen Sie die Türme?“ fragte Olney. Als Hohle nickte, fuhr er fort: „Das sind zweifellos Energiestationen. Von dort kommen die Ausstrahlungen, die wir mit unseren Geräten am deutlichsten wahrnehmen.“

„Ich glaube, daß genau diese Energiefelder für das Aussetzen der Hypnosendungen verantwortlich sind“, meinte Fellmer Lloyd. „Die Ausstrahlungen der Kristalle werden also tatsächlich mit Hilfe von Schirmfeldprojektoren neutralisiert.“

Auf den Bildschirmen konnte Hohle erkennen, daß es vor allem im Norden des Raumhafens zahlreiche Gebäude gab.

Das letzte der sieben Birnenschiffe landete auf seinen stummelartigen Landebeinen. Die Generäle hatten keine Notiz von der Space-Jet genommen. Die dem Tode nahen Terraner, die sich zweifellos noch an Bord befanden, waren sowieso nicht in der Lage, irgendwie in die Geschehnisse einzugreifen.

„Was haben Sie jetzt vor, Major?“ erkundigte sich Lloyd. „Wir sind gekommen, um exakte Messungen durchzuführen. Das wird sich jedoch mit unseren stark beeinflußten Geräten kaum verwirklichen lassen. Auch die optische Sicht ist durch Wolken und Dunkelheit behindert.“

„Die Nacht wird in ein paar Stunden vorüber sein“, warf Sergeant Haagard ein.

„Und was tun wir in der Zwischenzeit?“ fragte der Mutant. „Wir können nicht stundenlang über diesem Landefeld kreisen.“

„Wenn wir das Schiff verlassen, können wir bestimmt mehr feststellen“, meinte Hohle.

„Dazu müßten wir aber landen, Sir“, rief Overmile bestürzt.

„Allerdings“, stimmte der Major lokonisch zu.

„Ich werde das Gefühl nicht los, daß wir beobachtet werden“, sagte Olney. „Vielleicht warten einige Unbekannte nur darauf, daß wir das Schiff verlassen.“

Hole Hohle gab nur wenig auf solche Ahnungen. Er sagte sich, daß längst ein Angriff erfolgt wäre, wenn die Bewohner Modulas die Space-Jet entdeckt hätten.

Hohle bezweifelte jedoch, daß es solche Bewohner überhaupt gab. Die Industrieanlagen des Planeten waren entweder verlassen oder von Robotern besetzt.

„Major!“ Olneys Stimme riß Hohle aus den Gedanken und alarmierte ihn.

„Was ist los, Leutnant?“

„Wir müssen aufpassen, daß wir nicht den Turm unmittelbar am Rand des Landeplatzes rammen. Wir fliegen direkt darauf zu.“

„Ich sehe ihn“, versetzte Hohle. „Wir werden jedoch landen, bevor etwas passieren kann.“

Er hatte nicht damit gerechnet, daß die vier anderen Männer seinen

Entschluß freudig begrüßen würden, aber ihr Schweigen zeigte ihm, daß sie lieber an Bord geblieben oder sofort umgekehrt wären. Hohle wußte, daß er nicht allein entscheiden konnte. Lloyd war mit für das Gelingen des Unternehmens verantwortlich. Da der Mutant jedoch nicht protestierte, setzte Hohle voraus, daß er mit einer Landung einverstanden war.

Fellmer Lloyd schwieg noch immer, als die Space-Jet auf der harten Oberfläche des Raumhafens aufsetzte. Olney schaltete die Ortungsanlage aus. Augenblicklich verstummte das Summen und Piepen, das seit Minuten die Nerven der Männer belastet hatte.

Der junge Leutnant lächelte schwach. „Ich glaube, wir können jetzt auf die Geräte verzichten", sagte er. „Sie haben uns sowieso nur ungenaue Werte angezeigt."

Hole Hohle verließ seinen Platz. Als er neben Lloyd stand, wurde deutlich sichtbar, daß er und der Mutant fast die gleiche Figur besaßen.

„Korporal Overmile wird bei der Space-Jet zurückbleiben", entschied Hohle. „Es ist besser, wenn wir nicht alle den Diskus verlassen. Overmile bleibt mit uns in Funkverbindung, solange es möglich ist. Er kann uns warnen und zurückrufen, wenn etwas Unvorhergesehenes passiert."

Hohle gab dem hageren Raumfahrer weitere Anweisungen. Overmile hörte schweigend zu; sein einziger Kommentar bestand in einem Nicken. Als Hohle geendet hatte, murmelte der Korporal ein halblautes „Ja, Sir".

Hohle musterte den Koch aufmerksam.

„Was ist los, Korporal?" erkundigte er sich. „Soll ich Haagard zurücklassen, damit Sie mit uns gehen können?"

Overmile wirkte unschlüssig. Einerseits war es ihm willkommen, daß er in der relativen Sicherheit des Schiffes bleiben konnte, andererseits fürchtete er eine Trennung von den anderen.

„Ich möchte auf jeden Fall mitkommen, Sir", mischte sich Big Mountain ein und streifte Overmile mit einem verächtlichen Blick. „Wenn Overmile nicht allein bleiben will, können wir den Leutnant zurücklassen."

„Es ist mir gleich, welche Aufgabe ich übernehme", sagte Olney.

Die künstliche Beleuchtung ließ sein bleiches Gesicht übermäßig weich aussehen. Olney erweckte nicht den Eindruck, als könnte er stärkeren Belastungen standhalten. Hohle ließ sich dadurch jedoch nicht täuschen. Er wußte, daß er sich auf den stillen Offizier verlassen konnte.

Overmile machte der Diskussion ein Ende.

„Ich bleibe", sagte er. „Ich werde alles tun, was Sie angeordnet haben, Major."

Hole Hohle schnallte den flachen, nach vorne hin offenen Helm fest, den er und seine Begleiter als Zusatzausrüstung mitgenommen hatten. Diese Helme besaßen ein auf Normalfunkwellen arbeitendes Sende- und Empfangsgerät.

Bei den Kampfanzügen, die sie trugen, handelte es sich um leichte Ausführungen, die vorwiegend für Bodeneinsätze auf Planeten mit Sauerstoffatmosphäre gedacht waren. Raumtauglich waren sie nicht, deshalb verfügten sie auch nicht über anzugseigene Druckhelme oder interne Sauerstoffversorgung.

Man hatte sich bewußt für diese leichten Kombinationen entschieden, um beweglicher zu sein. Die Wahl der leichten Kampfanzüge bedeutete aber nicht, daß die Männer deshalb schutzlos waren. In den Gürteln ihrer Anzüge befanden sich Vorrichtungen, die sie befähigten, Schutzschirme und Deflektorfelder zu errichten. Die Energieversorgung dieser Geräte wurden von einem flachen Tornister besorgt, den sie auf dem Rücken trugen. In diese Tornistern waren auch leistungsfähige Antigrav-Flugaggregate integriert, die durch die in den Gürteln befindlichen Schaltungen gesteuert werden konnten.

„Gürtelaggregate, Rückentornister und Helmfunk überprüfen", ordnete Hohle an.

Die Männer taten, was ihnen aufgetragen worden war. Alle Geräte funktionierten einwandfrei.

„So", sagte Hohle zufrieden. „Ich glaube, jetzt können wir uns hinauswagen."

Wallen Overmile sah zu, wie die Männer nacheinander durch die Schleuse verschwanden. Unwillkürlich tastete seine rechte Hand nach dem Waffengürtel. Er folgte den anderen bis zur Schleuse. Draußen war es fast vollkommen dunkel. Feuchtwarme Luft schlug Overmile entgegen. Die vier Männer, die die fremde Umgebung erkunden wollten, aktivierten ihre Deflektorfelder und entfernten sich vom

Schiff. Der Korporal seufzte. Er hoffte, daß die mysteriösen Energieprojektoren, die offenbar in den Türmen rund um den Hafen aufgestellt waren, den Funksprechverkehr nicht übermäßig beeinflußten. Overmile wollte mit den vier anderen Männern wenigstens über Funk in Verbindung bleiben.

Der nächste Turm war nur hundert Meter entfernt. Daneben konnte Overmile die schattenhaften Umrisse einiger großer Hallen ausmachen. Ein paar hundert Meter von der Space-Jet entfernt stand das zuletzt gelandete Birnenschiff.

Die fast vollkommene Ruhe erschien Overmile verdächtig. Er erschauerte trotz der warmen Luft und zog sich ins Innere der Space-Jet zurück. Er schaltete einen Bildschirm der Außenübertragung ein. Die Übertragung war noch immer gestört, aber Overmile konnte sehen, daß an einigen Hallen große Scheinwerfer brannten. Er runzelte die Stirn. Roboter brauchten im allgemeinen kein Licht.

Overmile begann, sich Selbstvorwürfe zu machen. Er hatte den Major praktisch dazu erpreßt, ihn mitzunehmen.

Der Korporal ließ sich auf einem Sessel vor dem Bildschirm nieder. Er zog seinen Strahler aus dem Gürtel und legte ihn schußbereit auf den Schoß. Seine Gedanken eilten zur CREST IV und zur kleinen Kombüse neben der Messe zurück.

Im Gegensatz zu Modula II erschien ihm seine winzige Kabine an Bord des Flaggschiffs der sicherste Ort der Galaxis zu sein.

Sergeant Wish „Big Mountain“ Haagard versuchte mit seinen Augen die Dunkelheit zu durchdringen. Das Atmen fiel ihm in dieser feuchtwarmen Luft schwer.

Im Jahre 2435 betrug die durchschnittliche Lebenserwartung eines gesunden Mannes bereits 140 Jahre.

Der siebzigjährige Haagard hätte also unter normalen Umständen erst die Hälfte seines Lebensweges hinter sich gebracht.

Big Mountain bezweifelte jedoch, daß es ihm beschieden war, weitere 70 Jahre zu leben. Schon gar nicht, wenn er weiterhin zur Ersten Flottille gehörte, die von Major Hole Hohle kommandiert wurde.

Haagard tastete verstohlen nach seiner schweren Spezialwaffe. Er hätte lieber irgend etwas anderes zurückgelassen als diese Kombiwaffe.

Die vier Männer flogen in sechzig Meter Höhe über dem Landefeld. Zu Haagards Überraschung hatte sich Hohle nicht den Industrieanlagen zugewandt, sondern die umgekehrte Richtung eingeschlagen.

Das zuletzt gelandete Raumschiff war hundert Meter von ihnen entfernt. Haagard hätte gern etwas über Hohles Pläne erfahren, aber er stellte keine Fragen. In der Nähe Fellmer Lloyds und der beiden Offiziere kam er sich wie ein unbedeutender Soldat vor, der nur Befehle auszuführen hatte. Nicht etwa, daß sein Selbstbewußtsein darunter gelitten hätte, aber er wußte, daß jeder dieser Männer eine bessere Ausbildung als er erhalten hatte. An Erfahrung konnte er sich mit Hohle und Olney messen, aber Lloyd, der einen Zellaktivator trug, war ihnen allen in dieser Hinsicht überlegen.

Haagard war froh, daß der Telepath und Orter bei ihnen war. Lloyd würde sofort merken, wenn von irgendeiner Seite Gefahr drohte.

Haagard blickte sich um. Auf der anderen Seite des Landefelds sah er vier grüne Wolken vorbeischweben, deren Leuchtkraft ausreichte, um die Dunkelheit zu durchdringen. Die Wolken waren von unregelmäßiger Größe, aber auch auf weitere Entfernung hätte Haagard festgestellt, worum es sich handelte.

Kristalle!

Bevor Haagard die anderen auf seine Entdeckung aufmerksam machen konnte, klang Olneys Stimme auf.

„Dort drüben fliegen Kristalle, Sir!“ rief der Leutnant.

Die vier Männer unterbrachen ihren Flug und hingen fast bewegungslos über dem Landefeld.

Wie von unsichtbaren Fäden gezogen, schwebten die vier Kristallwolken in Richtung der Industrieanlagen. Die Gebilde hatten alle die gleiche Höhe. Auch ihre Geschwindigkeit war gleichmäßig. Nur in der Größe unterschieden sie sich.

„Ich glaube, daß diese Wolken irgendwie gesteuert werden“, sagte Mash Olney. „Sie fliegen direkt auf die großen Hallen am Rande des Landefeldes zu.“

„Die Vermutung, daß die Kristalle auf Modula II ihre endgültige Programmierung erhalten, scheint also richtig zu sein“, stellte Hohle fest. „Die Kristalle verlassen die Laderäume der Birnenschiffe und werden dazu gebracht, in die Hallen zu fliegen.“

Haagard stieß einen Schrei aus, als sich die Schleuse des Birnenschiffs, das nicht weit von ihnen entfernt stand, öffnete. Die Kristalle leuchteten wie Scheinwerfer.

Haagard beobachtete, wie sich die Kristalle aus der Schleuse lösten und über das Landefeld schwebten. Von allen Birnenschiffen aus schienen die Kristalle zu den Industrieanlagen unterwegs zu sein.

„Wir gehen etwas höher!“ befahl Hohle. „Ich möchte nicht, daß wir mit den Kristallen in Berührung kommen.“

Diese Vorsichtsmaßnahme erwies sich als unnötig, denn die Fracht der Birnenschiffe strahlte keine hypnotischen Impulse aus. Lautlos glitten die grünen Wolken ihrer Bestimmung entgegen. Es war ein unheimlicher Anblick, der Haagard mehr erschreckte, als es Waffenlärm vermocht hätte.

Unter den vier Männern schwebten drei Kristallwolken vorüber. Sie erhellten das Landefeld in einem Umkreis von mehreren Metern. Weiter entfernte Kristallzusammenballungen wirkten wie Irrlichter.

„Ich glaube nicht, daß es auf dieser Welt lebende Wesen gibt“, bemerkte Olney.

„Die gesamten Anlagen scheinen voll automatisiert zu sein.“

„Aber wer hat sie gebaut?“ fragte Fellmer Lloyd. „Wer ist daran interessiert, Hypnokristalle in die Galaxis einzuschleusen?“

Haagard konnte sich verständlicherweise kein rechtes Bild von den Beherrschern der Kristalle machen, aber in seinen Gedanken sah er sie als rücksichtslose Eroberer. Die Unbekannten versuchten, die Menschheit mit Hilfe der Kristalle zu unterjochen.

Haagard preßte die Lippen aufeinander.

Die Kristalle, die den Rand des Landefelds erreicht hatten, verschwanden in den geöffneten Toren der Hallen. Hinter ihnen schlossen sich die Tore wieder.

Schweigend beobachteten die vier Männer, wie nacheinander alle Kristallwolken ihr Ziel erreichten. Bereits vor Ankunft der SJ-28 schien der größte Teil der gefährlichen Fracht in die Hallen geflogen zu sein.

Dort geschah irgend etwas mit den Kristallen.

Dort wurden sie so präpariert, daß sie die Freiheit eines jeden menschlichen Wesens bedrohten, in dessen Nähe sie kamen.

Haagard fühlte, wie kalte Schauer über seinen Rücken liefen und ein unangenehmes Prickeln sich vom Nacken aus über seine gesamte

Kopfhaut ausbreitete. Er kannte dieses Gefühl von früher; es entstand immer dann, wenn sein Leben unmittelbar bedroht war.

Der Wunsch, möglichst schnell zur Space-Jet zurückzukehren, wurde so stark in ihm, daß er sich in die Richtung umschaute, wo die Jet gelandet war.

Allmählich kämpfte er die aufsteigende Panik nieder, und er konnte die Situation wieder nüchterner beurteilen. Er war froh, daß er dieses Gefühl von Kälte und Hilflosigkeit jetzt erlebt hatte – und nicht später, wenn er vielleicht kämpfen mußte. Ein Lächeln flog über sein Gesicht.

„Die Kristalle werden auf Strahlbahnen in die einzelnen Hallen gelenkt“, sagte Olney. „Wahrscheinlich handelt es sich um Traktorstrahlen.“

Hole Hohle zeigte in Richtung der Hallen.

„Wir schauen uns dort um“, sagte er. „Spüren Sie etwas, Fellmer?“

Lloyd verneinte.

„Es ist alles ruhig“, sagte er. „Ich denke, wir haben es tatsächlich mit vollautomatisierten Anlagen zu tun.“

Haagard hoffte, daß sich das nicht als verhängnisvoller Irrtum erwies. Er hätte gern gewußt, welche Überlegungen den Major beschäftigten. Nach Ansicht des Sergeanten war Hohle ein überaus komplizierter Mensch, obwohl er nach außen hin einen völlig anderen Anschein erweckte.

Hohle rief Overmile.

In der Stimme des Kochs schwang Erleichterung mit, als sie in den Helmlautsprechern der Männer hörbar wurde.

„Ich höre Sie, Major!“ sagte der Korporal. „Hier ist noch alles in Ordnung. Ich... ich habe beobachtet, wie Kristallwolken über das Landefeld schwebten. Ein unheimlicher Anblick.“

„Machen Sie sich darüber keine Sorgen“, empfahl ihm Hohle. „Wir haben es auch gesehen. Von den Kristallen droht keine Gefahr.“

Sie konnten hören, wie Overmile schluckte. Haagards faltiges Gesicht verzog sich zu einem freudlosen Lächeln. Er konnte sich vorstellen, daß Overmile in der Space-Jet ein paar unruhige Stunden verbringen würde.

„Wir sehen uns jetzt in einer der Hallen um, in der die Kristalle verschwunden sind“, verkündete Hohle.

„Ist das nicht zu gefährlich?" fragte Overmile.

„Ich glaube nicht", erwiderte der Eskimo. „Wir müssen auf jeden Fall herausfinden, was mit den Kristallen geschieht. Wenn wir uns nicht beeilen, ist es vielleicht für wichtige Entdeckungen schon zu spät."

„Viel Glück, Sir", wünschte Overmile mit rauher Stimme.

„Noch etwas", sagte Hohle. „Es ist besser, wenn wir jetzt mit dem Funkkontakt zur Space-Jet abbrechen. Wenn es hier Kampfroboter oder irgendwelche Wesen gibt, können sie das Schiff leicht anpeilen."

„Gut, Sir", stimmte Overmile zu.

Diesmal hatte er sich Mühe gegeben, seine Stimme sicher klingen zu lassen. Aber gerade das machte die Angst deutlich, unter der er litt. Haagard beschloß, nicht zu verächtlich von Overmile zu denken. Schließlich würde sich die Tapferkeit dieses Mannes erst zeigen, wenn er einer echten Gefahr ausgesetzt war.

Haagard drehte sich in der Luft um.

Die Hallen am Rande des Landefelds schienen viel zu schnell näher zu kommen.

Haagard schien es, als kündigte sich der beginnende Tag mit einem milchigen Grau an, das allmählich die nur von vereinzelten Scheinwerfern erhellte Dunkelheit ersetzte. Er tastete mit seinen Händen über die Ärmel seines Kampfanzugs. Dabei konnte er die Feuchtigkeit spüren, die sich auf dem Stoff abgesetzt hatte.

Er fragte sich, warum die Unbekannten, die die Kristalle für ihre Zwecke benutzten, ausgerechnet einen Sumpfplaneten wie Modula II ausgesucht hatten.

„Wir untersuchen die Halle halblinks vor uns", ordnete Hohle an.

„Die mit den drei Scheinwerfern?" fragte Haagard.

Hohle brummte zustimmend, und sie flogen weiter.

Haagard überlegte, ob es nicht besser wäre, wenn sie sich teilten und von zwei Seiten an die Halle heranflogen. Aber das lag nicht in seiner Entscheidungsgewalt.

„Halt!" rief Fellmer Lloyd plötzlich.

Allein der Klang seiner Stimme veranlaßte Wish „Big Mountain" Haagard, seinen Flug sofort abzustoppen. Seine Hand fiel auf die Spezialkombiwaffe in seinem Gürtel.

Plötzlich ruderte Lloyd wild mit den Armen, als habe ihn eine Luftströmung erfaßt, gegen die er ankämpfen mußte.

„Was spüren Sie?“ fragte Hohle.

Lloyd antwortete mit einem Stöhnen.

Wish Haagard zuckte zusammen. Er drehte sich blitzschnell um seine eigene Achse, aber er konnte keinen Gegner erblicken.

Fellmar Lloyd war offenbar nicht mehr Herr seiner Sinne. Er führte einen seltsamen Tanz in der Luft auf. Das Flugaggregat in seinem Rückentornister begann zu summen.

Hohle und Olney näherten sich Lloyd von zwei Seiten, wobei Olney mit den Beinen strampelte, als könnte er auf diese Weise seine Geschwindigkeit erhöhen.

Haagard hing noch immer in der Luft. Die überraschende Entwicklung lähmte ihn fast. Er hatte sich so auf einen Angriff konzentriert, daß er alles andere nur unbewußt wahrnahm. Selbst Lloyds erschrekkende Kapriolen schienen nur von zweitrangiger Bedeutung zu sein. Dann begann Haagard zu schwitzen, und er fühlte sein Herz bis zum Hals schlagen.

„Halten Sie ihn!“ rief Hohle dem Leutnant zu, der Lloyd erreicht hatte.

Olney streckte die Arme aus, aber er war zu behutsam, und der wild um sich schlagende Mutant entglitt immer wieder seinem Zugriff.

„Fester, verdammt!“ schrie Hohle.

Haagard näherte sich den drei anderen.

Hohle, der in solchen Augenblicken offenbar über ein gesteigertes Wahrnehmungsvermögen verfügte, gab ihm ein Zeichen.

Wegbleiben! bedeutete das.

Haagard verhielt. Er wußte, was der Major von ihm erwartete. Er sollte auf die Umgebung achten.

Bevor Hohle und Olney den Telepathen festhalten konnten, verkrampfte sich der untersetzte Körper Fellmer Lloyds. Er wurde starr und hing wie ein Stück Holz in der Luft.

„Nach unten mit ihm!“ befahl Hohle.

Er und Olney nahmen den Mutanten in die Mitte und sanken dem Boden entgegen. Das alles sah scheinbar mühelos aus. Bevor die drei Männer das Landefeld erreichten, begann es zu regnen.

Der Regen kam so plötzlich und unerwartet, daß er Haagard wie ein körperlicher Schlag traf. Der Sergeant hob sein Gesicht, und das kühle Wasser lief darüber hinweg, tropfte vom Kinn und bildete ein Rinnsal bis zum Kragen des Kampfanzugs. Dort verteilte es sich, und der Anzug begann vor Nässe zu glänzen. Mit einer Hand – die andere ruhte noch immer auf der Waffe – wischte Big Mountain über das Gesicht.

Der Regen ergoß sich über das Land und erzeugte ein gleichmäßiges Rauschen.

Unter Haagard standen Olney und Hohle. Der Eskimo breitbeing und trotzig. Olney dagegn einsam und verloren, den Kopf gesenkt und anscheinend von trüben Gedanken gepeinigt. Zwischen ihnen lag Lloyd, vollkommen reglos und apathisch. Hohle hatte ihm den Helm abgenommen. Das Gesicht des Mutanten war ein weißer Fleck im Grau des Bodens. Haagard flog unschlüssig über den drei Männern hin und her.

„Er hat eine Art Starrkrampf", sagte Hohle. „Vielleicht sollten wir ihn zur Space-Jet zurückbringen."

Seine Worte klangen zögernd, so daß erkennbar wurde, wie ungern er trotz des Zwischenfalls das Unternehmen abbrechen würde.

„Ob er irgend etwas gespürt hat?" fragte Olney beklommen.

„Was sollte er gespürt haben?" hörte sich Haagard mit plötzlicher Wut fragen. Es war eine sinnlose Wut, die sich weder gegen Olney noch gegen Lloyd richtete. Er war ganz einfach zornig, weil er die ständige Nervenbelastung auf irgendeine Weise kompensieren wollte.

„Was ist los, Sarge?" fragte Olney sanft. „Ist Ihnen nicht wohl?"

Die Höflichkeit des Leutnants konnte Haagard nicht täuschen. Dieser Junge sah vielleicht krank und schwächlich aus, aber er schien über Rückgrat zu verfügen.

„Tut mir leid, Sir", murmelte Haagard.

„Kommen Sie herunter, Wish", befahl Hole Hohle.

Der Regen war wie eine Mauer, und Haagard bewegte sich unwillkürlich langsamer. Wasser lief vom Helm in Haagards Nacken, und er schüttelte fluchend den Kopf. Als er festen Boden unter den Füßen spürte, wurde er ruhiger. Hohle hatte sich über den Mutanten gebeugt und untersuchte ihn.

„Er ist nicht tot", teilte er den anderen mit. „Er scheint auch nicht bewußtlos zu sein. Vielleicht geht es bald vorüber."

Haagard hörte irgendwo in der Dunkelheit ein metallisches Geräusch, und er fuhr herum. Seine Spezialwaffe lag schwer in seiner Hand. Sein Finger krümmte sich um den Abzug.

„Haben Sie gehört?“ fragte er schrill.

„Ja“, sagte Hohle. „Es war eine der Hallentüren, die zugeschlagen ist.“

„Sind Sie sicher, Sir?“

„Nein“, gab Hohle zu. „Aber es ist die einzige Erklärung.“

Haagard war nicht überzeugt. Seiner Ansicht nach gab es noch eine Menge anderer Erklärungen, aber Hohle schien nicht bereit zu sein, irgendwelche vagen Vermutungen anzustellen. Der Sergeant behielt die Waffe in der Hand.

„Lloyd bewegt sich“, sagte Olney.

Haagard wandte sich um. Er sah, daß der junge Offizier recht hatte. Der Telepath bewegte beide Arme. Eine Welle der Erleichterung durchflutete den Sergeanten. Hohle beugte sich über Lloyd und richtete ihn auf. Der Mutant schüttelte den Kopf, als müßte er sich von einem dumpfen Druck befreien. Haagard hätte eine Reihe von Fragen stellen können, doch er hielt sich zurück. Hohle bestimmte den Zeitpunkt, wann Lloyd befragt wurde – und er würde auch die Fragen stellen.

Lloyd sagte mühsam: „Wir müsen vorsichtig sein.“

Mit Hohles Hilfe kam er auf die Beine. Einen Augenblick stand er schwankend da und preßte beide Hände ins Gesicht. Haagard senkte unwillkürlich die Waffe.

„Was haben Sie gespürt?“ erkundigte sich Major Hohle.

Lloyd blickte sich um, bevor er sich wieder auf den Eskimo konzentrierte.

„Es gibt intelligente Wesen in der Nähe“, sagte Lloyd. „Normalerweise macht mir ein Gedankenkontakt nichts aus, aber die Impulse waren im ersten Augenblick zu ungewohnt.“

„Hat man uns entdeckt?“ fragte Hohle.

Lloyd schüttelte unsicher den Kopf.

„Ich glaube nicht. Die Fremden nennen sich Perlians. Sie bezeichnen sich auch als Drittkonditionierte.“ Er hob die Schultern, und aus den Falten und Vertiefungen des Anzugs troff Regenwasser. Ich weiß nicht, was diese Namen zu bedeuten haben. Auf jeden Fall halten sich diese Wesen offenbar für eine Art Polizei, die einen bestimmten Auftrag zu erfüllen hat."

Haagard öffnete den Mund.

„Polizei?" wiederholte Olney verständnislos. „Wie sollen wir das verstehen?"

„Es ist schwer zu erklären", gab Lloyd zurück. „Auf jeden Fall glauben die Unbekannten, daß sie völlig im Recht sind, wenn sie die Kristalle programmieren und in die Galaxis einschleusen. Es hängt mit einer Polizeiaktion zusammen."

„Was haben Sie noch herausfinden können?"

„Nichts", sagte Lloyd bedauernd. „Der Kontakt war nur kurz, aber ich glaube, daß ich beim nächsten Mal so gut gewappnet bin, daß ich mehr erfahren kann."

Hohle schaute sich um. „Also müssen sich für kurze Zeit eines oder mehrere dieser Wesen in unserer Nähe aufgehalten haben", vermutete er.

Haagards Gedanken wirbelten durcheinander. Welchen Grund hatte eine in der Großen Magellanschen Wolke stationierte Polizeimacht, Hypnokristalle in die Galaxis einzuschleusen? Außerdem erhielten Polizisten fast immer Befehle von Höhergestellten. Wer hatte die Perlians, die sich als Drittkonditionierte bezeichneten, mit dieser Aktion beauftragt?

Was bedeutete überhaupt die Bezeichnung Drittkonditionierte?

Setzte dieser Name nicht voraus, daß es auch Zweit- oder Erstkonditionierte gab?

Haagard preßte die Zähne aufeinander. Warum sollte er sein altes Sergeantengehirn mit solch schwierigen Fragen beschäftigen? Sie waren nur auf Modula II, um Daten zu sammeln. Alles andere würden die Spezialisten und Offiziere an Bord der CREST IV erledigen.

Haagard bezweifelte allerdings, daß diese Männer mit den bisher gemachten Ermittlungen etwas anfangen konnten.

„Sollen wir umkehren?" fragte Hohle den Telepathen.

„Nein", sagte Lloyd bestimmt. „Sie brauchen sich keine Sorgen um mich zu machen. Ich bin wieder vollkommen in Ordnung."

Hohle deutete zu den Hallen hinüber.

„Glauben Sie, daß die Perlians dort sind?"

„Nein“, sagte Lloyd. „Wenn mich nicht alles täuscht, kamen die Impulse vom Ufer des Inselkontinents.“

„Aber dort gibt es keine Gebäude“, mischte sich Haagard ein. „Das Ufergebiet ist sumpfig. Warum sollten sich die Fremden ausgerechnet dort aufhalten?“

Hohle hob beide Arme.

„Langsam, langsam“, sagte er beschwichtigend. „Jetzt werden wir uns zunächst einmal in einer dieser Hallen umsehen. Dann haben wir noch immer Gelegenheit, uns um die Unbekannten zu kümmern.“

Haagard wünschte, der Major wäre nur halb so ehrgeizig gewesen. Oder war es gar kein Ehrgeiz? Eine lautlose Verwünschung kam über Big Mountains Lippen. Er wurde aus diesem schwarzhaarigen Kerl nicht schlau.

Sie hoben sich im Schutz der Deflektorfelder vom Boden ab. Wind war aufgekommen, der den Regen schräg über das Landefeld trieb. Inzwischen war es noch heller geworden. Über dem gesamten Gelände lag ein unwirkliches Licht. An tieferen Stellen des Landefelds hatten sich kleine Seen gebildet.

Haagard zog den flachen Helm tief ins Gesicht. Der nässeabweisende Kampfanzug schützte seinen Körper, aber sein Gesicht war dem kühlen Regen ausgesetzt.

Unmittelbar am Rand des Raumhafens standen zwölf Hallen. Sie waren mehrere hundert Meter lang und zum Teil durch Überdachungen miteinander verbunden. Dazwischen ragten die seltsamen Türme in die Höhe. Die vier Männer brauchten einige Minuten, bis sie die erste Halle erreichten. Sie landeten nacheinander auf dem Dach. Das Metall war glatt vor Nässe, und Haagard hatte Mühe, seinen schweren Körper auszubalancieren.

„Ich glaube nicht, daß wir die großen Tore öffnen können“, sagte Hohle. „Kleinere Eingänge scheint es nicht zu geben, aber wir werden schon irgendwie in die Halle eindringen.“

Haagard ließ seine Blicke über das Dach schweifen. An verschiedenen Stellen konnte er kuppelförmige Erhöhungen sehen. Vielleicht handelte es sich um die Austrittsschächte von Klimaanlagen.

Hohle schien seine Gedanken erraten zu haben.

„Versuchen wir es dort drüben“, sagte er.

Von seinem Platz aus konnte Haagard die Dächer einiger tiefer gelegenen Hallen sehen. Es schien, als hätten die Erbauer der Hallen nicht darauf geachtet, daß die Gebäude in einer ordentlichen Reihe standen, sondern sie schienen sie gerade dort errichtet zu haben, wo Platz dazu da war.

Haagard hörte den Regen auf das Dach trommeln. Normalerweise beruhigten ihn solche Geräusche, aber jetzt zerrte der Lärm an seinen Nerven und machte ihn gereizt. Er folgte den anderen zu der Stelle, wo die glatte Fläche des Daches unterbrochen wurde.

„Es ist nichts", sagte Hohle enttäuscht und bückte sich, um die Ausbuchtung zu untersuchen. „Hier kommen wir auch nicht ins Innere."

„Wir könnten ein Loch ins Dach brennen", schlug Haagard vor und hob seine Waffe.

„Nein, Sarge", lehnte Hohle ab. „Jetzt, da wir wissen, daß wir nicht die einzigen Lebewesen auf dieser Welt sind, wollen wir lieber etwas vorsichtig sein."

Als wären sie es die ganze Zeit über nicht gewesen, dachte Haagard ironisch.

Sie gingen über das Dach und erreichten dessen Rand. Sie entdeckten einige Rillen, die quer über das Dach verliefen und etwa einen Meter lang waren. Die Schlitze waren verstopft und mit Regenwasser gefüllt. Aus anderen kam warme Luft heraus.

Hohle bückte sich, um die Öffnungen zu untersuchen.

„Es sind Metallroste", sagte er. „Vielleicht können wir sie herausnehmen."

Sie hörten ihn ächzen, als er zwei Stäbe umklammerte und daran zog.

„Sie sitzen fest", sagte er enttäuscht. „Helfen Sie mir, Wish."

Der Sergeant beugte sich hinab und griff zu. Das nasse Metall schien an seinen Händen zu kleben. Er fühlte, wie sein Helm verrutschte, aber er kümmerte sich nicht darum.

„Jetzt, Sarge!" rief Hohle.

Sie hoben gemeinsam an. Ein knirschendes Geräusch zeigte ihnen, daß der Rost nachgab. Haagard strengte sich so an, daß die Adern an seinem Hals hervorstanden. Plötzlich war kein Widerstand mehr da, und Haagard taumelte zurück. Er prallte gegen Olney, der ihn festhielt. Hohle hatte den Rost losgelassen, aber Wish Haagard klammerte sich noch immer daran fest.

Unter dem Rost lag ein dunkler Schacht. Die Männer konnten ein Summen hören, das von irgendeinem Gebläse kam. Haagard ließ die Stäbe los, und der Rost polterte auf das Dach.

„Nicht so laut!“ ermahnte ihn Olney.

Haagard setzte seinen Helm zurecht.

Sie standen um die freigelegte Schachtöffnung herum.

„Ich weiß nicht, ob wir uns da hineinwagen sollten“, meinte Hohle unsicher.

„Ich mache einen Versuch“, erbot sich Big Mountain.

„Sie sind zu groß und zu breit“, stellte Hohle sachlich fest. „Olney muß es versuchen. Er ist am schlanksten.“

Olney legte sich neben das Loch und schob die Beine hinein. Langsam ließ er den übrigen Körper folgen.

„Meine Füße finden keinen Halt“, sagte er.

„Lassen Sie sich weiter hinab“, befahl Hohle. „Nötigenfalls ziehen wir Sie wieder herauf.

Mash Olney ließ sich hinabsacken.

„Jetzt spüre ich etwas“, sagte er. „Geben Sie mir die Hand, Sarge.“

Haagard kam hilfsbereit heran.

„Zieht ihn heraus!“ rief Lloyd in diesem Augenblick mit unterdrückter Stimme. „Um Himmels willen, zieht ihn schnell zurück.“

Olney wartete nicht, bis ihm jemand half. Er schwang sich heraus.

„Was ist?“ fragte Hohle angespannt.

Fellmer Lloyd stand leicht nach vorn gebeugt auf dem Dach. Außer dem Regen war nichts zu hören. Haagard unterdrückte seinen Atem. Plötzlich vernahmen sie ein Surren, das irgendwo aus der Luft zu kommen schien.

Dann schwebte ein runder Körper über die Dächer hinweg.

„Da sind sie wieder“, flüsterte Lloyd bedrückt. „Zwei ... nein, diesmal sind es drei.“

„Perlians?“ Hohles Stimme klang ruhig.

„Ja“, sagte der Mutant. „Hoffentlich haben sie uns nicht entdeckt.“

Der nur verschwommen sichtbare Flugkörper verschwand in Dunst und Wolken. Haagard atmete auf. Er hoffte, daß das Gebilde nicht zurückkam.

„Haben Sie irgend etwas feststellen können?“ erkundigte sich Hohle.

„Einer der Perlians dachte voller Verachtung an einen sogenannten Zweitkondidionierten“, berichtete Lloyd atemlos. „Außerdem gab es in seinen Gedanken unklare Vorstellungen von einer Ersten Schwingungsmacht. Ich weiß nicht, was das bedeuten soll. Vor dieser Macht schien der Fremde große Ehrfurcht zu haben.“

Seine Stimme hob sich.

„Sie kommen zurück“, sagte er. „Bei allen Planeten! Sie kommen direkt auf diese Halle zu.“

Wish Haagard glaubte, der Schreck habe ihn gelähmt.

„In den Schacht!“ rief Hohle geistesgegenwärtig. „Schnell in den Schacht. Sie haben uns noch nicht entdeckt.“

In diesem Augenblick flammte schräg über ihnen ein starker Scheinwerfer auf. Haagard hatte ein Gefühl, als würden Millionen Augen auf ihn herabstarren. Er duckte sich unwillkürlich.

Olney und Lloyd verschwanden in der Schachtöffnung. Haagard vernahm einen dumpfen Aufprall. Da packte ihn Hohle am Arm und zog ihn mit sich. Der Lichtstrahl des Scheinwerfers wanderte über die Hallendächer. Haagards Magen krampfte sich zusammen. Irgend etwas flog durch die Dämmerung und suchte nach Opfern.

Im Licht des Scheinwerfers sah der Regen wie eine silbrige Wand aus. Der kaum sichtbare Flugkörper schwankte ruhelos hin und her. Bevor Haagard in der Schachtöffnung untertauchen konnte, erlosch das Licht. Aus der Ferne kam ein langgezogener Heulton.

Haagard begann zu frieren. Er spürte, daß er vor Aufregung zitterte. Noch immer schwebte der seltsame Körper über ihnen. Auch Hohle war jetzt in den Schacht geflüchtet. Haagard ließ sich zu Boden sinken. Er hoffte, daß der Einstieg nicht zu eng für ihn war.

Er zwängte sich durch die Öffnung.

Haagard wollte weiter in den Schacht eindringen, doch eine harte Wand machte seinen Bemühungen ein Ende. Bestürzt fragte er sich, ob sie in eine Falle geraten wären.

Wieder ertönte das unheimliche Heulen.

„Major?“ fragte Haagard.

„Hier“, antwortete Hohle. Und plötzlich fühlte sich Haagard gepackt und seitwärts gezogen. Jetzt kam er voran. Er begriff, daß der

Schacht nur etwa drei Meter in die Halle führte. Dann mündete er in einen Gang, der offenbar unterhalb des Daches verlief.

„Was spüren Sie, Lloyd?“ fragte Hohle. „Sucht man nach uns?“

„Nein.“ Die Stimme des Telepathen klang dumpf. „Ich weiß nicht, was ich davon halten soll. Es sieht so aus, als . . .“

„Sprechen Sie!“ forderte Hohle ihn auf. Wir sind auf alles gefaßt.“

„Die Perlanis besitzen offenbar eine ungewöhnliche Fähigkeit“, sagte Lloyd gepreßt. „Sie haben drei Augen.“

„Das ist nichts Neues“, meinte Hohle.

„Doch“, sagte Lloyd. „Zwei Augen nutzen sie zum Sehen. Das dritte jedoch erfüllt parapsychische Aufgaben. Es ist eine Art Zeitauge. Die Perlians sind in der Lage, damit Vorgänge zu erkennen, die sich eine Zehntelsekunde in der Zukunft abspielen.“

„Eine Zehntelsekunde ist nicht viel“, meinte Olney.

„Ich glaube doch“, sagte Lloyd. „Ich möchte kein Wesen zum Gegner haben, das meine Handlungen eine Zehntelsekunde vor dem Zeitpunkt erkennt, bevor ich sie ausführe.“

„Das alles klingt ziemlich phantastisch“, sagte Olney. „Sind Sie sicher, daß Sie sich nicht täuschen?“

„Nein“, sagte Lloyd. „Warten Sie ab, bis wir den Perlians gegenüberstehen, dann werden Sie feststellen, daß ich recht hatte.“

„Vielleicht treffen wir nie mit ihnen zusammen“, hoffte Haagard.

„Dann müßten wir großes Glück haben“, sagte Lloyd leise. „Sie haben soeben den Entschluß gefaßt, auf dem Dach dieses Gebäudes zu landen.“

Wie um seine Worte zu unterstreichen, begann der Gang zu vibrieren. Die Erschütterung wurde durch den Flugkörper der Perlians ausgelöst, der soeben aufgesetzt war.

„Haben Sie uns entdeckt?“ fragte Hohle.

Lloyd verneinte.

„Warum sind sie dann ausgerechnet auf diesem Dach gelandet?“ wollte Olney wissen.

„Ich glaube, es ist nur eine Routineuntersuchung“, sagte der Mutant. „Diese Halle liegt dem Landefeld am nächsten. Das erklärt alles.“

„Von hier aus können sie die Space-Jet sehen“, erinnerte Olney.

„Wenn sie zufällig in jene Richtung blicken“, fügte Hohle hinzu. „Außerdem steht ein Birnenschiff in der Nähe.“

Haagard wußte nicht, was er vom Optimismus des Majors halten sollte. Glaubte Hohle etwa, daß er seine Begleiter auf diese Art beruhigen könnte? Haagard fühlte, wie sein Körper zu beben begann. Er glaubte förmlich zu spüren, wie die Perlians über das Dach liefen.

Vielleicht krochen sie auch oder hüpften. Es kam ganz darauf an, welche Art von Lebewesen sie waren.

Unbewußt stieß er eine Verwünschung aus.

„Machen Sie nur weiter, wenn es Ihnen hilft“, sagte Hohle spöttisch.

Der Sergeant seufzte unterdrückt. Er hatte nicht gerade ein ruhiges Leben hinter sich. Als junger Mann hatte er im Andromedanebel gekämpft. Doch davon wußten, wenn man von Fellmer Lloyd einmal absah, die anderen nur aus den Geschichtsbüchern. Der Gedanke an seine stürmische Vergangenheit erwärmte den Sergeanten und ließ ihn einen Augenblick die Fremden auf dem Dach vergessen.

„Wir gehen noch ein bißchen weiter“, drang Hohles Stimme in seine Gedanken. „Ich glaube, dort vorn macht der Gang einen Bogen. Wahrscheinlich gehört er zu einer Belüftungsanlage, die rund um die Halle führt.“

Haagard tastete um sich und bekam Rohre und Kabel zu fassen. Noch bevor er seine Untersuchung beendet hatte, gingen sie weiter. Sie bewegten sich vorsichtig, weil jeder heftige Ruck den Gang zum Schwanken brachte. Haagard konnte sich vorstellen, daß das große Vierkantrohr, durch das sie sich bewegten, nur als Verkleidung diente und an der Hallendecke befestigt war. Es konnte jeden Augenblick nachgeben und mit seiner Last in die Tiefe stürzen. Haagard verschwendete keine Zeit mit derart unerfreulichen Gedanken. Er sorgte dafür, daß der Abstand zwischen ihm und den anderen größer wurde, damit die Belastung für eine Stelle nicht zu hoch wurde.

„Dort vorn schimmert Licht herein“ sagte Hohle, der sich an der Spitze bewegte.

Sie hielten an. Durch einen fingerbreiten Spalt fiel Licht aus dem Halleninnern in die Rohr- und Kabelverkleidung.

„Ich kann nicht viel von der Halle erkennen“, bemerkte Hohle enttäuscht. „Aber ich glaube, wir können die Öffnung vergrößern, und dann werden wir mehr sehen."

Haagard dachte an den Lärm, den sie dabei machen würden. Oben auf dem Dach waren Fremde, die ihre Gegner waren. Aber während der Sergeant noch überlegte, machte sich Hohle bereits an der Verkleidung zu schaffen. Das Metall knirschte, und Hohle mußte sich mit den Stiefelabsätzen gegen den Boden stemmen, um nicht abzurutschen.

„Laßt mich vorbei", sagte Haagard zu Olney und Fellmer Lloyd. „Ich bin kräftig genug."

Gleich darauf stand er neben Hohle, und sie zerrten gemeinsam an den Leichtmetallplatten. Das Material bog sich durch, aber es gab nicht nach. Verschraubungen oder Schweißnähte waren nicht zu sehen. Haagard konnte sich nicht vorstellen, daß die Außenwände des Ganges ein paar Meter lang waren.

Durch den Schlitz sah Haagard den Teil einer hochaufragenden, dunkel gestrichenen Maschine. Sonst war nichts zu erkennen. Haagard konnte auch nicht feststellen, ob das Licht im Halleninnern von den Kristallen oder von Scheinwerfern kam. Auch die Geräusche, die zu ihnen heraufklangen, sagten ihm nichts. Aber irgend etwas war in der Halle im Gang. Die Kristalle wurden bearbeitet. Haagard wußte, daß sie herausfinden mußten, was mit ihnen geschah. Deshalb waren sie auf Modula II gelandet.

Die beiden Männer stellten ihre Bemühungen ein.

„Offenbar sind Sie doch nicht so stark, wie Sie dachten", bemerkte Lloyd spöttisch.

Haagard fluchte nur.

„Wir versuchen es noch einmal", entschied Hohle. „Diesmal drükken wir die Wand nach außen."

„Wenn sie nachgibt, stürzen wir mit der Verkleidung in die Halle", gab Haagard zu bedenken.

„Schalten Sie Ihren Flugantrieb ein", ordnete Hohle an. "Sie werden Zeit genug haben, um Ihren Sturz abzufangen."

Sie lehnten sich mit dem Rücken zu beiden Seiten des Schlitzes gegen die Wand. Dann begannen sie zu drücken. Haagard fühlte, wie das dünne Metall sich unter seinem Gewicht durchbog, und er zögerte unwillkürlich, den Druck zu verstärken.

„Klappt es diesmal?“ erkundigte sich Lloyd.

Haagard und Hohle antworteten nicht.

Plötzlich gab es ein explosionsartiges Geräusch. Bevor sich Haagard darüber klarwerden konnte, was geschehen war, gab die Wand hinter ihm nach, und er stürzte kopfüber in die Halle.

Über sich sah er eine große, dunkle Fläche. Das war die Wand. Sein erster Gedanke war, daß es nahezu unmöglich war, daß sie über ihm flog. Gleichzeitig stoppte das einsetzende Flugaggregat seinen Fall. Die lange Metallplatte prallte gegen ihn, und der heftige Schlag wirbelte ihn einige Meter davon. Er wurde gegen eine Maschine geschleudert und wollte sich instinktiv festhalten. Seine Hände bekamen jedoch nur glattes Metall zu fassen. Ächzend fuhr er herum. Die Umgebung schien vor seinen Augen einen verrückten Tanz aufzuführen, und er verlor jede Orientierung. Dann hörte er die ausgebrochene Wand gegen eine Maschine klirren und gleich darauf zu Boden schlagen. Jedes einzelne dieser durchdringenden Geräusche ließ ihn erbeben, weil er befürchtete, daß der Lärm bis aufs Dach hinauf zu hören war.

Unsanft landete er auf dem Rücken. Dabei verlor er seine Antiflexbrille. Ein stechender Schmerz raste durch seinen Körper. Mit verschwommenen Blicken schaute er sich um. Überall schienen Maschinen zu stehen; sie ragten wie Bergwände rings um ihn auf.

Plötzlich bemerkte er eine Bewegung.

Zunächst dachte er, Hole Hohle oder einer der anderen käme auf ihn zu, um zu sehen, was ihm geschehen war. Dann mußte er jedoch erkennen, daß es keiner seiner Begleiter war.

Drei Meter von ihm entfernt stand ein General und richtete eine stabförmige Waffe auf ihn.

Als Haagard sich umblickte, um nach einem Fluchtweg zu suchen, sah er vier weitere der seltsamen Wesen hinter ihm stehen.

Auch sie trugen Waffen.

22.

Es war jetzt hell genug, daß Wallen Overmile durch die Klarsichtkuppel der Space-Jet einen Teil der Umgebung erkennen konnte. Wenn es nicht geregnet hätte, wäre die Aussicht noch besser gewesen, aber die Wassermassen erzeugten unzählige Rinnsale auf der Außenfläche der Kuppel und ließen alles verschwommen aussehen.

Overmile hatte einen Teil der Ortungsgeräte wieder in Betrieb genommen und dabei den seltsamen Flugkörper entdeckt, der über dem Raumhafen gekreist und schließlich auf einer der großen Hallen gelandet war. Da die Geräte noch immer gestört waren, konnte Overmile weder Form noch Größe des Flugkörpers bestimmen. Viel wichtiger erschien es ihm, daß seine vier Begleiter, die sich irgendwo dort draußen aufhielten, in Gefahr waren. Overmile wagte es nicht, entgegen Hohles Befehl das Funkgerät zu benutzen.

Der Korporal hatte die Beine angezogen und drehte sich langsam in seinem Sessel um die eigene Achse. So konnte er die Umgebung rings um das Raumschiff beobachten. Die Sicht betrug höchstens hundert Meter. Wenn Overmile mehr sehen wollte, mußte er sich den Ortungsbildschirmen zuwenden.

Das Gelände um die Space-Jet war verlassen. Trotzdem fühlte Overmile dumpfe Furcht, und er wünschte, die anderen wären bereits zurück. Ein Blick auf die Uhr zeigte ihm jedoch, daß er noch warten mußte. Die vier Männer würden für eingehende Untersuchungen einige Stunden benötigen.

Overmile beschleunigte die Umdrehungen des Sessels. Er wußte, daß es auf Planeten wie Modula II tagelang regnen konnte. Er brauchte also nicht damit zu rechnen, daß sich die Sichtverhältnisse bessern würden.

Overmile hielt den Sessel abrupt an, als er draußen in der Dämmerung eine Bewegung zu erkennen glaubte. Er sprang auf und trat dicht an die Kuppel heran. Die herablaufenden Regentropfen schufen seltsame Muster auf der Außenfläche. Der Korporal strengte seine Augen an. War es nur ein Schatten gewesen, was er gesehen hatte? Eine davonwirbelnde Nebelwolke vielleicht?

Er wandte den Kopf und blickte zu den Ortungsgeräten hinüber.

Der fremde Flugkörper war vom Dach der nicht weit entfernten Halle gestartet und nur wenige hundert Meter vor dem Diskusschiff niedergegangen. Overmile fühlte, daß seine Handflächen feucht wurden. Sein Magen verkrampfte sich. Alles deutete darauf hin, daß man die SJ-28 entdeckt hatte. Für Overmile war das gleichbedeutend mit einem bevorstehenden Angriff. Trotzdem wagte er nicht, den HÜ-Schirm einzuschalten. Vielleicht zögerten die Fremden noch.

Overmile öffnete die Schleuse und begab sich in die Schleusenkammer. Der Wind trieb den Regen zu ihm herein, und er erschauerte. Er hielt den Strahler schußbereit und spähte in das Zwielicht des Regens, der von den Außenkanten des Diskusschiffs auf den Boden tropfte. Die einzelnen Scheinwerfer, die an verschiedenen Hallen angebracht waren, schienen zu dampfen. Auf dem Boden hatten sich große Lachen gebildet.

Overmile schluckte ein paarmal. Er lehnte sich weit aus der Schleuse, aber er konnte nichts sehen, was auf die Anwesenheit fremder Wesen hingewiesen hätte. Aber irgendwo vor ihm stand der unheimliche Flugkörper. Der Gedanke, daß man ihn beobachten könnte, ließ Overmile frösteln. Es war durchaus möglich, daß irgendein Fremder durch die Optik einer Waffe jede seiner Bewegungen verfolgte. Wallen Overmile überlegte, ob er die Kanone der SJ-28 benutzen sollte. Er verwarf den Gedanken.

Vielleicht war es unter den gegebenen Umständen besser, dachte der Korporal weiter, wenn er Hohles Befehl mißachtete und mit den vier anderen Männern in Verbindung trat, um sie zu warnen.

Bevor Overmile ins Innere der Space-Jet zurückkehren konnte, erschien der Fremde.

Er kam aus dem Regen und den Nebelwolken auf die SJ-28 zugeschritten.

Overmile starrte ihn an. Die Waffe in seiner Hand begann zu zittern.

Der Fremde war groß und unglaublich hager. Sein Körper war fast transparent und wurde von einigen durchsichtigen Gewändern nur notdürftig verhüllt. Er besaß zwei Arme und zwei Beine. Die Hände schienen sechsgliedrig zu sein. Als der Unbekannte eine Hand hob, konnte Overmile sehen, daß sich zwischen den Fingern Schwimmhäute befanden.

Die Haut des Wesens bestand aus winzigen Schuppen, die metallisch glänzten.

Overmile fragte sich, wie dieser schlanke, zwei Meter große Körper den dreißig Zentimeter durchmessenden Kugelkopf tragen konnte. Der Kopf war völlig transparent, so daß Overmile an einen Glasbehälter erinnert wurde. Der Korporal konnte das seltsam geformte Gehirn des Wesens ebenso sehen wie Arterien, Venen und große Blutgefäße. Am dünnen Hals entdeckte Overmile zwei kiemenartige Gebilde. Er schloß daraus, daß der Unbekannte gleichzeitig Kiemen- und Lungenatmer war.

Ungefähr dort, wo bei einem Menschen die Augen saßen, befanden sich zwei starre Facettenaugen. Darüber saß ein etwa zehn Zentimeter durchmessender Gewebeklumpen von rotleuchtender Farbe. Das seltsame Gebilde pulsierte unentwegt und bewegte sich ab und zu ruckartig.

Overmile war so in die Betrachtung des fremden Geschöpfes versunken, daß er sich nur langsam darüber klarwurde, daß die Handbewegung ihm galt.

Der Fremde, der stehengeblieben war, kam jetzt weiter auf das Diskusschiff zu. Overmile hob warnend die Waffe. Er zitterte und hätte sich am liebsten umgedreht und die Schleuse verschlossen.

Overmile gab einen Schuß ab. Er zielte absichtlich über den Kopf des Unbekannten hinweg. Der Strahlenschuß zischte und erzeugte eine feurige Bahn in der Dämmerung.

Wieder hielt der Fremde an. Die starr blickenden Facettenaugen erschienen Overmile weniger unheimlich als der pulsierende Gewebeklumpen in der Stirn des Wesens.

„Stehenbleiben!“ rief Overmile. „Noch einen Schritt, und ich ziele genau.“

Er dachte kaum daran, daß man ihn nicht verstehen würde. Sein ganzes Denken und Handeln war darauf ausgerichtet, niemand zu nahe an die Space-Jet heranzulassen. Der Ankömmling schien jedoch den Klang von Overmiles Worten richtig gedeutet zu haben. Mit hängenden Armen stand er im Regen, eine dürre Gestalt, die wie die Karikatur eines Menschen aussah.

„Verschwinde!“ stieß Overmile hervor und wedelte mit der Waffe.

Der Fremde gab ein Geräusch von sich; einen seltsam hohen Ton, der weithin hörbar war. Overmile zuckte zusammen. Er war erleichtert darüber, daß der andere keine Waffe trug, aber gleichzeitig war er sich bewußt, daß sich hinter dem Fremden ein Flugkörper befand, der wahrscheinlich gut bewaffnet war.

Wenn ich jetzt nachgebe, kommt er herein und überwältigt mich, dachte Overmile.

Der Konflikt auf Modula II beschränkte sich auf den Fremden und ihn; es war nach Overmiles Ansicht die entscheidende Begegnung mit den Beherrschern der Hypnokristalle. Daran, daß dieses Wesen zu den unbekannten Machthabern gehörte, zweifelte der Korporal nicht.

Owohl es in Strömen regnete, schien die dünne Kleidung des Extraterrestriers nicht naß zu sein, denn sie bewegte sich wie ein Schleier im Wind. Doch davon nahm Overmile kaum Notiz. Seine Aufmerksamkeit beschränkte sich auf den vollkommen durchsichtigen Kopf.

Der Fremde hob jetzt beide Arme; eine beschwörende Geste, die ihre Wirkung nicht verfehlte.

Korporal Wallen Overmile entschloß sich, darauf einzugehen. Er hob die freie Hand und winkte. Sofort setzte sich das Wesen wieder in Bewegung.

„Halt!“ schrie Overmile warnend.

Da schien der andere der einseitigen Unterhaltung überdrüssig zu sein. Er drehte sich um und ging davon, während seine Gewänder wie eine Fahne hinter ihm nachflatterten.

Overmiles Mund war vor Erregung ausgetrocknet. Die Reaktion der Nerven setzte ein, und er mußte sich gegen den Rand der Schleuse lehnen. Er brauchte eine Minute, bis er sich so weit gefangen hatte, daß er ins Innere der Space-Jet gehen und die Schleuse schließen konnte.

Er warf sich in einen Sessel und atmete schwer. Er wußte nicht, was jetzt geschehen würde. Erfolgte jetzt der Angriff, nachdem eine kampflose Eroberung der SJ-28 gescheitert war?

Overmile wurde sich der Verantwortung bewußt, die auf ihm lastete. Es war möglich, daß Hohle und seine Begleiter bereits in die

Gefangenschaft der Fremden geraten waren. Dann hing alles von ihm ab.

Der Korporal erhob sich und näherte sich langsam dem Funkgerät. Unter den gegebenen Umständen war es vielleicht besser, wenn er versuchte, eine Verbindung zu Major Hohle herzustellen.

Bevor er jedoch das Funkgerät einschaltete, fielen seine Blicke auf die Kuppel.

Rings um die Space-Jet hatten etwa fünfzig Generäle Aufstellung genommen. Sie verhielten sich abwartend, aber ihre Waffen redeten eine deutliche Sprache.

Umzingelt! schoß es Overmile durch den Kopf.

Er wandte sich vom Funkgerät ab. Jetzt durfte er sich nicht zu einer Handlung verleiten lassen, die von seiner Panik bestimmt war. Er mußte ruhig überlegen, bevor er irgend etwas unternahm. Es fiel ihm jedoch schwer, seine Gedanken zu konzentrieren. Schließlich schaltete er den HÜ-Schirm des Diskusschiffs ein. Dieser gewährte ihm einen gewissen Schutz, aber die vier Besatzungsmitglieder der Jet, die sich im Freien befanden, konnten nicht an Bord zurückkehren, solange der Schirm eingeschaltet war.

Overmile kannte die Generäle nur von Beschreibungen und Bildern. Sie trugen Glasbehälter auf ihren Schultern. Auch davon hatte Overmile gehört. Es wurde angenommen, daß innerhalb dieser Behälter Symbionten lebten.

Wehmütig dachte der Korporal an seine gefahrlose Arbeit an Bord der CREST IV. Gleichzeitig spürte er, daß er hungrig war. Seltsam, daß der menschliche Körper auch in solchen Augenblicken sein Recht verlangte.

Die Sekunden, während denen Wish „Big Mountain“ Haagard wie gelähmt am Boden lag, schienen Stunden zu dauern. Allmählich nahm die Überlegung in seinem Gehirn Gestalt an, daß er während seines Sturzes den Schalter des Deflektorschirms berührt hatte und gut sichtbar gelandet war. Er zögerte, das Gerät wieder einzuschalten, weil ein verkehrter Griff an die Schaltungen des breiten Gürtels sein Ende bedeuten konnte.

Die Generäle beobachteten ihn. Sie würden sofort zu schießen beginnen, wenn er eine falsche Bewegung machte. Sein Individualschutzschirm würde dem konzentrierten Feuer aus fünf Waffen nicht widerstehen.

Nun hast du deinen Zwischenfall, dachte er voller Selbstironie. Allerdings war alles ganz anders gekommen, als er geglaubt hatte. Er war förmlich überrumpelt worden. Die anderen . . .

Die anderen!

Haagard blickte nach oben.

Er konnte einen Teil des Ganges sehen, aus dem Hohle und er die Verkleidung herausgerissen hatten. Nichts deutete darauf hin, daß sich dort noch jemand aufhielt. Haagard wußte jedoch, daß Lloyd und Olney den Sturz nicht mitgemacht hatten. Was mit Hohle geschehen war, wußte der Sergeant dagegen nicht.

Lloyd! dachte er dringend. *Ich bin hier unten zwischen den Maschinen. Fünf Generäle haben mich eingekreist.*

Einen Augenblick wurde Lloyd am Rand des Ganges sichtbar, und er winkte Haagard zu. Er hatte seinen Deflektor ausgeschaltet, damit der Sergeant ihn sehen konnte.

Haagard atmete auf. Lloyd und Olney waren noch dort oben. Die Generäle wußten nichts von der Anwesenheit der beiden Männer.

Aber wo war der Major?

Haagard ließ seine Blicke vorsichtig über die Umgebung gleiten. Er kam jedoch nicht dazu, sich alles genau anzusehen, denn der General, der unmittelbar vor ihm stand, machte eine unmißverständliche Bewegung mit der Waffe. Haagard wurde zum Aufstehen aufgefordert.

„Ich bin unmittelbar über Ihnen, Wish“, sagte in diesem Augenblick Hohles leise Stimme in Haagards Helmempfänger. „Tun Sie alles, was die Burschen von Ihnen verlangen. Wir warten auf eine günstige Gelegenheit, um Sie herauszuholen.“

Haagard verzog das Gesicht. Würde es noch eine günstigere Gelegenheit geben als in diesem Augenblick?

Er konnte es nicht riskieren, dem Major zu antworten, denn die Generäle würden sofort Verdacht schöpfen. Die leise Stimme Hohles hatten sie nicht hören können.

Big Mountain erhob sich zögernd. Bei seinem Sturz hatte er sich offenbar eine Prellung zugezogen. Sein Rücken tat ihm weh.

„Man wird Sie wahrscheinlich entwaffnen“, sagte Hohle. „Sie dürfen sich auf keinen Fall zur Wehr setzen.“

Warum nicht? wollte Haagard wütend fragen, aber er preßte die Lippen zusammen. Der Major traf die Entscheidungen.

„Hier spricht Lloyd“, meldete sich der Mutant. Er sprach noch leiser als Hohle. Haagard mußte sich anstrengen, um ihn zu verstehen. Dafür war das, was Lloyd ihm mitteilte, um so erregender.

„Wir müssen vorsichtig sein“, flüsterte der Telepath. „Die auf Modula II befindlichen Generäle sind gefährlicher als jene, die ich an Bord des achten Birnenschiffes kennengelernt habe. Sie besitzen wesentlich wirkungsvollere, tödliche Waffen. Außerdem kann ich ihre Gedanken hier deutlicher wahrnehmen als damals auf dem Birnenschiff. Ich weiß nun, daß die Glasbehälter auf den Schultern der Generäle künstlich eingepflanzte Zeitaugen sind, die sie von den Perlians erhalten haben. Das macht sie gefährlich. Wir dürfen die Generäle nicht unterschätzen. Im Gegensatz zu jenen, die sich an Bord der Birnenschiffe befinden und unter dem hypnosuggestiven Zwang der Kristalle ihre Fähigkeiten nicht voll entwickeln können, wissen die hier befindlichen Wesen ihren Vorteil, den sie durch die Zeitaugen besitzen, auch anzuwenden.“

Haagard runzelte ungläubig die Stirn.

Sind Sie sicher? dachte er.

„Hören Sie zu!“ antwortete Lloyd verärgert. „Die Kerle, die Sie überwältigt haben, können eine Zehntelsekunde in die Zukunft sehen. Das erscheint wenig, aber bei einem Kampf kann diese Zeit entscheiden.“

Was soll ich tun? fragte Haagard, in dem Verzweiflung aufzusteigen begann.

„Abwarten!“ sagte Lloyd.

Wish Haagard wurde abgelenkt, als zwei Generäle von hinten an ihn herantraten und seinen Waffengürtel abschnallten. Damit verlor er gleichzeitig sein Deflektorgerät und den Individualschutzschirm. Auch seine geliebte Spezialwaffe ging in den Besitz der Generäle über.

Haagard unterdrückte seinen Zorn, als er mitansehen mußte, wie eines der Wesen die Kombiwaffe zur Seite warf. Offenbar war die Handfeuerwaffe dem General zu schwer.

„Nur diese fünf Generäle sind in der Halle“, teilte Hohle ihm im Flüsterton mit. „Das ist Ihre Chance, Sarge.“

Haagard befürchtete, daß man ihn aus der Halle bringen würde. Die Generäle würden ihn wahrscheinlich den Perlians vorführen wollen. Haagard zweifelte nach den bisherigen Geschehnissen nicht mehr daran, daß die Drittkonditionierten die Generäle beherrschten. Die Perlians hatten das Volk der Generäle mit Hilfe der Hypnokristalle versklavt. Gleichzeitig mußten die Perlians aber auch andere Mittel besitzen, die Generäle unter Kontrolle zu halten, denn hier auf Modula II gab es keine aktiven Kristalle, und dennoch beugten sich die Generäle widerspruchslos den Befehlen der Perlians.

Haagard erhielt einen Stoß in den Rücken und setzte sich widerwillig in Bewegung. Zum erstenmal richtete er seine Aufmerksamkeit auf die umstehenden Maschinen. Er konnte nicht erkennen, welchem Zweck sie dienten, aber am anderen Ende der Halle sah er einige Kristalle in der Öffnung einer großen Maschine verschwinden.

Zwei Generäle gingen vor Haagard, die drei anderen folgten ihm. Haagard vermutete, daß ihn diese Gruppe bis zum Halleneingang eskortieren würde. Dort würde man ihn entweder erschießen oder den Perlians übergeben. Der Sergeant fragte sich, ob die Drittkonditionierten schon von seiner Gefangennahme wußten.

„Konzentrieren Sie sich jetzt auf andere Dinge", empfahl ihm Hole Hohle, dessen Stimme im Lautsprecher hörbar wurde. „Wir fliegen jetzt alle drei über Ihnen. Sehen Sie die große Maschine etwa fünfzig Meter links von Ihnen?"

„Hm!" machte Haagard und hoffte, daß die Generäle diesem Brummen keine Bedeutung beimaßen.

„Lassen Sie sich dort fallen und rollen Sie sich zur Seite", ordnete der Major an. Haagard verstand ihn kaum, als er fortfuhr: „Denken Sie daran, daß die Generäle eine Zehntelsekunde vorher wissen werden, daß wir angreifen. Sie müssen sich schnell bewegen, wenn Sie am Leben bleiben wollen."

Bei allen Planeten! dachte Haagard nervös. Das stehe ich nicht durch!

Er fühlte, daß ihm der Schweiß ausbrach. Mit jedem Schritt näherte er sich der Stelle, wo das Verhängnis über ihn hereinbrechen konnte. Plötzlich erschien ihm eine Zehntelsekunde eine unerträglich lange Zeit zu sein. Hätte Hole Hohle nicht so gelassen gesprochen, hätte Haagard seine Erfolgsaussichten noch schlechter beurteilt.

„Wenn Sie wollen, brechen wir das Unternehmen ab“, sagte Hohle in diesem Augenblick. „Schütteln Sie den Kopf, wenn Sie glauben, daß Sie es nicht schaffen.“

„Natürlich schaffe ich es!“

Unwillkürlich hatte er laut gesprochen. Das Bewußtsein, vielleicht einen Fehler gemacht zu haben, ließ ihm das Blut ins Gesicht schießen.

Die Generäle waren stehengeblieben und starrten ihn an. Einer trat auf ihn zu und riß ihm den Helm vom Kopf. Haagard ließ es ohne Gegenwehr geschehen. Jetzt gab es keine Verbindung mehr zu den anderen.

Lloyd! dachte er intensiv. Geben Sie *dem Major ein Zeichen, daß ich mitmache. Sprechen Sie auf keinen Fall. Die Generäle haben meinen Helm.*

Der Telepath hatte keine Möglichkeit, ihm zu antworten, aber Haagard hoffte, daß Lloyd ihn verstanden hatte.

Denken Sie daran, daß ein zwei Meter großer Mann mit breiten Schultern ein gutes Ziel bietet, dachte Haagard.

Inzwischen hatte sich die Entfernung zum kritischen Punkt auf zehn Meter verringert.

Zehn Schritte!

Haagard befeuchtete seine trockenen Lippen mit der Zunge.

Dann war es soweit.

Die Generäle waren noch schneller als er befürchtet hatte. Sie schossen, als er sich mit einem gewaltigen Sprung nach vorn warf. Er fühlte, wie die Strahlschüsse über seinen Rücken fuhren und seine Uniform versengten. Es war, als hätte jemand ein glühendes Eisen auf seine Haut gepreßt. Er schrie vor Schmerz und Verzweiflung, als er auf dem Boden aufschlug, aber er war geistesgegenwärtig genug, sich zur Seite zu werfen. Die Waffen der Gegner dröhnten laut und rissen schwarze Furchen in den Boden. In Qualm und Flammen versuchte Haagard irgend etwas zu erkennen, aber er sah nur herumwirbelnde Schatten.

Hohle, Lloyd und Olney hatten in den Kampf eingegriffen und die Aufmerksamkeit der Generäle abgelenkt.

Blitzschnell kroch Haagard auf eine Maschine zu. Ein Schuß zischte an ihm vorbei und verbrannte die Lackierung der Maschinenverkleidung. Die Luft schien zu brodeln.

Der Sergeant hüpfte hin und her, dann bog er um einen gewaltigen Metallsockel herum und war vorläufig in Sicherheit. Er preßte sich mit dem Rücken gegen die Maschine, um seine Uniform zu löschen, die an mehreren Stellen schmorte. Im ersten Augenblick tat es weh, doch dann empfand Haagard die Kühle des Metalls als angenehm.

Ein verletzter General torkelte an seiner linken Seite vorbei. Das seltsame Wesen hielt seine Waffe umklammert und gab Schuß auf Schuß ab.

Haagard sprang den Gegner an und riß ihn mit sich zu Boden. Der General benutzte die Waffe als Keule und führte einen vernichtenden Schlag gegen Haagards Kopf. Der Sergeant drehte den Kopf weg und wurde an der Schulter getroffen. Sie umklammerten die Waffe und kämpften darum. Haagard erwies sich als stärker. Er entwand seinem Widersacher den Strahler und sprang auf. Der General bewegte sich nicht mehr, als Haagard über ihm stand und auf ihn zielte.

„Sarge!" rief Hohle. „Wo sind Sie, Sarge?"

„Hier!" sagte Wish Haagard. „Ich habe einen der Kerle überwältigt."

„Die anderen sind paralysiert", sagte Lloyd.

Haagard drehte sich um. Hole Hohle und Lloyd hatten ihre Deflektoren ausgeschaltet und kamen heran. Hinter ihnen stiegen Rauch und Flammen in die Höhe.

„Wo ist Olney?" fragte Haagard.

„Dort drüben", sagte Hohle und deutete auf die andere Seite der Halle. „Es ist ihm nichts geschehen."

Erst jetzt kam Haagard zum Bewußtsein, daß er gerettet war. Die Erleichterung durchströmte ihn und ließ ihn seine Knie zittern. Er warf die fremde Waffe weg. Fellmer Lloyd reichte ihm seinen Waffengürtel, die verlorene Antiflexbrille und den Helm. Haagards Spezialwaffe war nicht dabei. Lloyd deutete den Blick des Sergeanten richtig.

„Sie liegt dort vorn", sagte er. „Sie können Sie holen."

Wish Haagard stülpte den Helm auf den Kopf. Wenn er die Arme hob, spannte die verbrannte Haut auf seinem Rücken. Er verzog schmerzlich das Gesicht. Hohle untersuchte ihn kurz.

„Es ist nicht so schlimm", sagte er. „Wir werden Sie an Bord der Jet verarzten, dann werden Sie in ein paar Tagen gesund sein."

Big Mountain deutete auf den verletzten General.

„Was machen wir mit ihm?"

„Er bedeutet im Augenblick keine Gefahr für uns", sagte Hohle. „Wir werden ihn paralysieren und hier zurücklassen."

Er hob seine Kombiwaffe und drückte ab. Der Paralysestrahl traf den General und setzte ihn für einige Zeit außer Gefecht.

Mash Olney landete neben ihnen. Er sah alt und krank aus. Er hatte Haagards Spezialwaffe bei sich und überreichte sie dem Sergeanten schweigend.

„Danke", sagte Haagard und schob die zwanzig Pfund schwere Kombiwaffe in den Gürtel.

Olney nickte nur.

Haagard sagte: „Sie alle haben mir das Leben gerettet!"

Hole Hohle seufzte. „Sicher werden Sie noch Gelegenheit haben, sich dafür zu revanchieren."

Das Feuer, das während des Kampfes in der Halle ausgebrochen war, breitete sich nicht weiter aus. Einige Flammen zuckten noch aus dem Rauch hervor, doch sie erstarben bald. Sie fanden zu wenig Nahrung, um sich weiter auszudehnen.

„Ich weiß nicht, wieviel Zeit uns noch zur Untersuchung der Halleneinrichtung bleibt", sagte Hohle. „Auf jeden Fall sollten wir uns beeilen. Ich befürchte, daß wir bald unangenehmen Besuch bekommen."

Sie schalteten ihre Deflektoren ein. Gleich darauf hoben sie sich vom Boden ab und flogen in Richtung des Eingangs, durch den die Kristalle hereingekommen waren.

Die vier Männer landeten neben dem Eingang. Vor ihnen stand eine große Maschine, die fast bis unter die Hallendecke reichte. Sie stand auf vier runden Sockeln, die nicht stabil aussahen. Der untere Teil der Maschine reichte auf einer Seite über die Sockel hinaus.

Die Vorderfront war bis auf einen wulstartigen Ring vollkommen glatt. Der Ring umschloß ein Loch von etwa fünf Metern Durchmesser. Es war unmöglich, durch die Öffnung ins Innere der Maschine zu blicken. Ein dichtes Geflecht aus einem unbekannten Material verhinderte das. Die beiden Seitenfronten der Maschine waren von rippenförmig angeordneten Spulen bedeckt. Oben sah Haagard unzählige Kabelanschlüsse.

An die Rückseite der Maschine schloß sich ein halbrunder Tunnel an, durch den die Kristalle weitertransportiert wurden.

Haagard wußte, daß sich ein Teil der mit den Birnenschiffen herangebrachten Kristalle im Innern der Maschinen befand. Er fragte sich, wie lange es dauern mochte, bis die fertig programmierten Kristalle die Anlage verlassen würden.

„Hier sehen wir den Beweis vor uns, daß die Kristalle von Natur aus völlig ungefährlich sind", sagte Hole Hohle. „Sie besitzen zwar eine hypnosuggestive Ausstrahlung, aber sie haben weder ein Eigenbewußtsein noch den Hang, andere Wesen zu unterjochen."

Haagard griff nach seinem Kombilader.

„Wir sollten die gesamte Anlage vernichten, Sir!" rief er aus.

Hohle griff seinen Arm und drückte ihn nach unten.

„Seien Sie kein Narr, Sarge. Bevor wir diese Halle zerstört hätten, wären die Perlians oder Generäle hier. Und es gibt auf diesem Planeten viele solcher Anlagen."

Haagards Augen blitzen.

„Dann sollten wir veranlassen, daß die CREST IV das Industriezentrum dieser Welt angreift. Ein paar Arkonbomben würden diesem Spuk ein schnelles Ende bereiten."

Hole Hohle schüttelte langsam den Kopf.

„Wir sind hier, um herauszufinden, was mit den Kristallen geschieht", erinnerte er. „Das ist im Augenblick wichtiger als alles andere. Wir können unseren Gegner nur besiegen, wenn wir möglichst viel über ihn wissen. Vergessen wir nicht, daß es wahrscheinlich mehrere Planeten innerhalb der Großen Magellanschen Wolke gibt, auf denen die Kristalle behandelt werden."

Haagard nickte. Er sah ein, daß ein Angriff sinnlos war.

„Ich werde einige Aufnahmen für die Spezialisten der CREST IV machen", sagte Fellmer Lloyd. Er zog eine kleine Kamera aus dem Gürtel und begann die Anlage zu filmen.

Hole Hohle wandte sich an Leutnant Olney.

„Was halten Sie von dieser Anlage, Mash?" fragte er.

„Ich nehme an, daß in der Anlage eine Frequenzumschaltung der in den Kristallen vorhandenen Atomgruppen erreicht werden kann. So entsteht eine Art Schwingungsmodulator, der dafür verantwortlich ist, daß die Kristalle ihre Fähigkeiten bewußt anwenden können."

Haagard hörte kaum zu. Ihm war es gleichgültig, auf welche Weise die an und für sich harmlosen Minerale in gefährliche Waffen verwandelt wurden. Mit diesen Problemen sollten sich die Wissenschaftler an Bord der terranischen Schiffe und in den großen Laboratorien der Erde beschäftigen.

„Noch ein paar Aufnahmen, dann bin ich fertig", sagte Fellmer Lloyd.

Hohle schaute sich um. „Wir ziehen uns in wenigen Minuten zur Space-Jet zurück und verlassen diesen Planeten."

Haagard atmete auf. Er war froh, daß Hohle nicht noch weitere Gebäude untersuchen wollte. Es wurde Zeit, daß sie zur Space-Jet zurückkehrten. Bisher hatten sie Glück gehabt, doch Haagard glaubte nicht, daß es ihnen treu blieb.

Fellmer Lloyd hob sich vom Boden ab, um die Maschinen auch von oben filmen zu können.

Haagard wurde ungeduldig. Er war sicher, daß ihre Lage von Sekunde zu Sekunde unsicherer wurde. Doch Hohle führte den Befehl. Er hatte zu entscheiden, wann sie den Rückzug antraten.

Der Sergeant hoffte, daß die Space-Jet unentdeckt geblieben war.

Er konnte sehen, wie der Mutant plötzlich die kleine Kamera senkte.

„Achtung!" sagte Lloyd. „Wir bekommen Besuch."

„Es wird Zeit, daß wir verschwinden", sagte Hohle. „Das große Tor läßt sich bestimmt von innen öffnen."

„Wir haben nur die Chance, über das Dach zu fliehen", sagte Fellmer Lloyd. „Die Halle ist von Generälen umstellt. Ich glaube, es sind auch einige Perlians dabei."

„Haben sie uns entdeckt?" erkundigte sich Olney.

„Sie sind nicht sicher, ob wir hier sind", sagte Lloyd. „Aber sie haben die Space-Jet gefunden und suchen uns."

Nun war das eingetreten, was Wish Haagard befürchtet hatte. Er hoffte, daß Overmile die Space-Jet halten konnte, bis sie dort eintrafen.

Sie flogen zu dem großen Vierkantrohr hinauf und verschwanden in der von Haagard und Hole gewaltsam geschaffenen Öffnung. Die Verkleidung schwankte, als die vier Männer in aller Eile zu der Öffnung rannten, durch dic sie in die Halle eingestiegen waren.

„Ist das Dach frei?“ erkundigte sich Hohle.

„Ja“, erwiderte Lloyd knapp. „Aber wir müssen uns beeilen.“

Sie kletterten nacheinander aufs Dach hinaus. Wind, Regen und ein düsteres Licht empfing sie. Obwohl es Tag war, besaß die Sonne nicht die Kraft, um die dichte Wolkendecke zu durchdringen. In einigen Kilometern Entfernung entlud sich ein Gewitter. Die Blitze zuckten quer über den Himmel, und das Grollen des Donners klang wie ferner Kanonendonner.

„Unsere Deflektoren werden uns nicht viel nützen“, befürchtete Hohle. „Die Generäle haben bestimmte Ortungsgeräte.“

„Fliegen wir direkt zur Jet?“ fragte Olney.

„Nein“, entgegnete Hohle. „Wir fliegen ein paar hundert Meter in die Höhe. Dann schlagen wir die Richtung zur Space-Jet ein. Vielleicht gelingt es uns auf diese Weise, unentdeckt zu bleiben.“

Haagard schaltete sein Flugaggregat ein. Alles in ihm drängte danach, möglichst schnell zum Schiff zurückzukehren. Seine Vernunft sagte ihm, daß Hohles Anordnungen richtig waren, aber das Wissen, daß er erst im Innern der Jet einigermaßen sicher sein würde, ließ ihn immer ungeduldiger werden.

In der Ferne verklang der Donner. Der Regen plätscherte gleichmäßig auf den dampfenden Boden.

Als die vier Männer zwanzig Meter über dem Dach waren, begannen die Generäle, die die Halle umstellt hatten, zu schießen.

Als Wallen Overmile, getrieben von seinem Hungergefühl, ein Paket mit Nahrungskonzentraten öffnete, hatte er plötzlich keinen Appetit mehr. Dagegen wurde er von einem intensiven Durstgefühl befallen.

Verwundert blickte er auf die kleinen grauen Würfel hinab, die den Raumfahrern bei Einsätzen als Nahrung dienten.

War seine Nervosität so groß, daß er nicht mehr wußte, was er wollte? Konnten ihn die Generäle, die sich um die Space-Jet versammelt hatten, daran hindern, etwas zu essen?

Er versuchte, das Durstgefühl niederzukämpfen und streckte seine Hand nach den Nahrungskonzentraten aus. Es wurde ihm so übel, daß er sich fast übergab.

Das war nicht normal.

Overmiles Hände zitterten. Sein Gesicht wurde blaß. Irgend etwas stimmte nicht. Sein Durst wurde immer größer, und er strebte dem Wasserbehälter entgegen. Als er nach einem Plastikbecher griff, um ihn zu füllen, fühlte er unverhofft den Wunsch, den Becher auf den Boden zu werfen und darauf herumzutrampeln.

Und dann tat er es!

Er stampfte noch mit den Füßen auf den Überresten des Bechers herum, als er sich allmählich darüber klarwurde, daß er nicht mehr Herr über seinen Körper war.

Irgend jemand oder irgend etwas begann ihn systematisch zu beeinflussen.

Hypnokristalle! dachte er schreckerfüllt.

Die Generäle, die sich außerhalb der Space-Jet aufhielten, hatten Kristalle bei sich, die nicht von dem Energiefeld neutralisiert wurden.

Wallen Overmile biß sich auf die Unterlippe, daß sie zu bluten begann. Der stechende Schmerz brachte ihn vorübergehend zur Besinnung und ließ ihn die Konsequenzen erkennen, die sich aus seiner Beeinflussung ergaben. Seine Gegner brauchten nicht auf ihn zu schießen. In ein paar Minuten würden sie ihn dazu gebracht haben, den HÜ-Schirm abzuschalten und die Schleuse zu öffnen. Dann brauchten sie nur noch hereinzukommen und ihn zu töten.

Overmile fuhr herum und wankte auf das Funkgerät zu.

Er erreichte es nicht. Die hypnotische Stimme in seinen Gedanken erwies sich als stärker. Sie befahl ihm, vor den Kontrollen Platz zu nehmen. Der Korporal kämpfte verzweifelt gegen die Suggestivstrahlung an. Er krümmte sich zusammen. Es gelang ihm, sich zu Boden zu werfen, aber dann kroch er.

Die Kristalle brauchten zehn Minuten, um ihn zu zwingen, die kurze Strecke bis zum Sessel zurückzulegen. Overmile fühlte, daß sein Widerstand allmählich zerbrach. Die Kristalle gewannen ständig an Einfluß. Zunächst dachte Overmile, die Suggestivbefehle würden sich verstärken, aber in Wirklichkeit blieben sie gleichmäßig. Nur sein Wille wurde schwächer. Dann fand er sich im Sessel vor den Kontrollen wieder. Er hing schlaff darin. Sein Körper war in Schweiß gebadet. Er konnte sein Spiegelbild in einem Bildschirm sehen. Sein Gesicht war wächsern, seine Augen glänzten wie im Fieber.

Ich habe den HÜ-Schirm ausgeschaltet, dachte er bestürzt.

Seine Blicke wanderten über die Kontrollen. Nein, stellte er triumphierend fest. Der HÜ-Schirm stand noch.

Aber du wirst ihn jetzt ausschalten!

Overmile bäumte sich auf. Er hieb mit den Händen auf die Lehnen des Sessels.

„Nein!“ schrie er. „Nein! Ich werde es nicht tun.“

Seine Hände krochen über seine Beine auf die Kontrollen zu. Mit aufgerissenen Augen sah er, wie er sie in Richtung der Schaltungen ausstreckte.

Schalte den Schutzschirm aus!

Overmiles Hände kamen zur Ruhe. Er atmete keuchend. In einem verborgenen Winkel seines Bewußtseins gab es noch genügend Energie, um den Suggestivbefehlen einen weiteren Augenblick zu trotzen. Der Korporal wußte, daß mit jeder Minute, die er gewann, die Chancen der vier anderen Männer stiegen. Hohles Gruppe konnte nur in die Space-Jet zurückkehren, wenn der Diskus nicht vom Gegner besetzt war.

Overmile hörte sich krächzen; er stammelte zusammenhanglose Worte. Das half ihm ein paar Sekunden. Dann versuchte er, sich auf irgend etwas zu konzentrieren. Ein alter Kinderreim fiel ihm ein. In Gedanken sagte er ihn immer wieder auf, bis sich der suggestive Druck als stärker erwies.

Seine rechte Hand berührte den Schalter, mit dem er den HÜ-Schirm um die Space-Jet entfernen konnte.

Eine kleine Drehung nach links!

Waren das seine eigenen Gedanken oder ein hypnotischer Befehl?

„Ihr kriegt das Schiff nicht!“ brach es aus ihm hervor. „Ich werde dafür sorgen, daß ihr es nicht bekommt.“

Du mußt den Schalter nach links drehen!

Overmiles Oberkörper kippte nach vorn. Fast wäre er mit dem Kopf gegen die Kontrollen geschlagen. Seine Finger umschlossen den Schalter so fest, daß sie fast weiß wurden.

Dann schaltete Wallen Overmile den HÜ-Schirm aus.

Er schluchzte, weil er wußte, daß er nicht stark genug war, den Schutzschirm wieder um das Diskusschiff zu legen. Eine dumpfe Ahnung sagte ihm, wie der nächste Befehl lauten würde.

Öffne die Schleuse!

Wish „Big Mountain“ Haagard wurde von einem Strahlschuß getroffen. Zwei weitere Schüsse streiften ihn. Sein Individualschutzschirm glühte auf, und er wurde ein paar Meter davongerissen.

„Höher fliegen!“ schrie Hole Hohle.

„Verteilt euch!“

Haagard fing sich ab. Er wußte, daß er nur noch am Leben war, weil ihn zwei Schüsse verfehlt hatten. Drei Volltreffer hätte der Schutzschirm nicht absorbieren können.

Auch Olneys Schutzschirm glühte schwach.

„Was nun, Sir?“ fragte Haagard mit hoher Stimme. „Sie haben uns entdeckt. Wir können nicht mehr zur Space-Jet zurück.“

„Wir müssen es versuchen“, entgegnete Hohle ruhig.

Die Generäle schossen noch immer, doch die vier Männer hatten inzwischen eine Höhe erreicht, die ihren Gegnern ein genaues Zielen erschwerte. Rauchwolken verschleierten die Sicht.

Haagard hatte das Gefühl, über dem Krater eines rauchenden Vulkans zu fliegen. Er war sich ihrer hoffnungslosen Unterlegenheit bewußt, und er fragte sich, woher Hohle die Selbstsicherheit nahm, um an seinem ursprünglichen Plan festzuhalten. Nach Haagards Ansicht half jetzt nur noch schnelle Flucht aufs offene Meer hinaus. Vielleicht gab es irgendwo kleinere Inseln, auf denen sie sich verstekken konnten.

Hole Hohle schien die Gedanken des Sergeanten zu erraten, denn er sagte:

„Wenn wir zu lange in der Luft bleiben, besteht die Gefahr, daß wir mit Flugkörpern angegriffen werden. Deshalb hat es keinen Sinn, daß wir versuchen, die Ufer der großen Insel zu erreichen.“

Haagard wurde abermals von einem Schuß gestreift. Er wehrte sich gegen die Vorstellung, zurückschießen zu müssen, weil er wußte, daß kaum eine Aussicht bestand, einen der Generäle zu treffen.

Hole Hohle und Fellmer Lloyd hatten einige Mikrobomben geworfen, doch es war nicht festzustellen, ob sie sich dadurch einen Vorteil verschafft hatten. Die Generäle trugen natürlich ebenfalls Schutzschirme.

„Wir sind jetzt hoch genug“, erklärte der Major. „Wir fliegen von nun an in Richtung der Space-Jet. Dort gehen wir auf Sichtweite herunter. Wenn das Schiff umstellt ist, werfen wir ein paar Mikrobomben. Vielleicht gelingt es uns, in die Jet einzudringen. Alles hängt davon ab, ob Wallen Overmile das Schiff gehalten hat."

Wenn man Hohle reden hörte, hätte man glauben können, die Rückkehr zur Space-Jet sei einfach. Haagard bezweifelte jedoch, daß es überhaupt eine Möglichkeit für sie gab, an Bord des Schiffes zu gehen. Mit ein paar Mikrobomben würde die Armee, die nach Haagards Ansicht bereits auf sie wartete, nicht zu vertreiben sein.

„Können Sie Gedanken spüren, die wichtig für uns sind?" fragte Hohle den Mutanten.

Fellmer Lloyd zögerte mit einer Antwort. „Es kommen zu viele Impulse durch", sagte er schließlich. „Einige Perlians sind dort unten. Ihre Gedanken sind dort zu unklar. Diese Wesen beschäftigen sich zwar mit uns, aber in einer völlig abstrakten Form. Sie denken an Dinge, die mit ihrer Polizeiaktion gegen die Galaxis zusammenhängen und die mir weitgehend unverständlich sind."

„Und die Generäle?" fragte Hohle.

„Sie sind überzeugt davon, daß wir ihnen nicht entkommen", erwiderte der Telepath. „Aber ich kann ihren Gedanken nicht entnehmen, ob sie schon einen festen Plan haben. Darüber scheint auch bei unseren Gegnern Unklarheit zu herrschen. Die Generäle nehmen von den Perlians Befehle entgegen. Diese wiederum geben keine Kollektiv-Anordnungen, sondern richten sich nach den gegebenen Umständen."

Während sie sich unterhielten, erreichten sie den Rand des Landefelds.

Ein paar hundert Meter vor ihnen stand die Space-Jet.

Natürlich konnten sie das Beiboot nicht sehen, aber allein der Gedanke, daß sie sich ihm näherten, ließ die Spannung in Haagard ansteigen. Er kam sich wie ein Ertrinkender vor, der, obwohl er die rettende Insel nie erreichen konnte, verzweifelt weiterschwamm.

„Kommen aus der Nähe der Space-Jet Bewußtseinsimpulse?" wollte Hohle wissen.

„Ja", bestätigte Lloyd. „Fragen Sie mich aber nicht, wie viele Generäle sich dort aufhalten."

„Was ist mit Overmile?" erkundigte sich Olney. „Können Sie ihn spüren?"

Fellmer Lloyd konzentrierte seine parapsychischen Sinne auf den Korporal.

„Nichts", sagte er.

Haagard fühlte sich elend. Der Regen schlug ihm ins Gesicht. Er drückte den Helm tiefer und zog den Kopf zwischen die Schultern.

„Vielleicht ist Overmile tot", sagte er.

Die anderen schwiegen. Wahrscheinlich dachten sie das gleiche wie er.

Sie flogen weiter und machten schließlich dort halt, wo sie die Space-Jet am Boden vermuteten. Sie sanken langsam tiefer, bis sich die Umrisse des Diskusschiffs aus dem Halbdunkel schälten.

„Da ist sie!" sagte Lloyd trocken. „Jetzt kann ich auch Wallen Overmile spüren. Aber irgend etwas stimmt nicht mit ihm."

„Sind Generäle da unten?" Das war Hohles Stimme.

„Ja. Mindestens dreißig."

„Das genügt für uns", sagte Haagard zynisch.

„Still!" verwies ihn Hohle. „Wenn Overmile noch am Leben ist, konnte er die Jet vielleicht halten."

Als sie sich noch dreißig Meter über der Space-Jet befanden, schaltete Hole Hohle seinen Deflektorschirm aus und wurde sichtbar. Es war eine stumme Herausforderung an die Gegner, die irgendwo dort unten lauerten.

„Ich kann niemand sehen", sagte Olney.

„Sie haben sich unter dem Außenrand des Diskusschiffs verborgen", erklärte Lloyd. „Sie *müssen* da sein, denn ich kann sie spüren."

Haagard warf ein: „Vielleicht sind sie *im* Schiff."

„Ich glaube nicht", antwortete Lloyd. „Ich kann Overmiles Gedanken empfangen. Sie sind unklar, aber ich glaube, er ist allein im Kontrollraum. Die Schleuse ist jedoch offen."

Haagard zog seine Spezialwaffe aus dem Gürtel und machte sie schußbereit. Sein von tiefen Falten duchfurchtes Gesicht zeigte die Anspannung, unter der er stand. Er war gereizt über seine eigene Nervosität.

„Wenn es zum Kampf kommt, müssen wir aufpassen, daß wir das Schiff nicht beschädigen", ermahnte Hohle die Gefährten.

Da erschien Wallen Overmile in der Schleuse. Er schwankte, als sei er betrunken. Er hob den Kopf und schien Hole Hohle zu erkennen, der langsam auf die Schleuse zuflog. Er begann zu winken.

„Es ist alles in Ordnung!" rief der Korporal. „Beeilen Sie sich, Sir!"

Es ist eine Falle!“ schrie Haagard.

Der Landeplatz war wie leergefegt, aber Haagard brauchte keine parapsychische Begabung, um die Nähe des Gegners zu spüren.

Wallen Overmile torkelte in der Schleusenkammer umher. Da begriff Haagard, daß Overmile im Bann der Hypnokristalle stand. Er wußte, daß er seine Entdeckung nicht zu verkünden brauchte. Die anderen hatten längst bemerkt, was mit dem Korporal los war.

Hole Hohle landete fünf Meter vor der Schleuse.

Fast gleichzeitig tauchten unter dem Diskus einige Generäle auf. Haagard sah, wie Hohle eine Mikrobombe warf. Die Bombe explodierte in unmittelbarer Nähe des Schiffes. Vier der Angreifer fielen zu Boden. Haagard begann zu schießen. Er beobachtete, wie Overmile zusammenbrach.

Hohle lief auf die offene Schleuse zu. Er erreichte sie jedoch nicht. Einige Treffer brachten seinen Schutzschirm zum Zusammenbruch. Der nächste gezielte Schuß aus einer Schockwaffe schickte den Major bewußtlos zu Boden.

Sie wollen uns lebend! fuhr es Haagard durch den Kopf.

Im nächsten Moment stand er selbst im Punktfeuer mehrerer Schüsse. Entsetzt bemerkte er, wie sein Individualschirm zusammenbrach. Dann traf auch ihn ein Schockstrahl und löschte sein Bewußtsein aus. Er nahm nicht mehr wahr, daß es Lloyd und Olney genauso erging wie ihm.

Er nahm auch nicht wahr, wie von allen Seiten Generäle herbeikamen. Sie umringten ihn und stellten fest, daß er sich nicht mehr verteidigen konnte. Dann nahmen sie ihm die Waffe ab.

Je zwei Generäle packten eines seiner Beine und schleiften ihn dorthin, wo Hohle, Olney und Lloyd bereits lagen.

Wallen Overmile kauerte in der Schleusenkammer und blickte mit starren Augen ins Freie. Er verstand nicht, was da vor sich ging. Als er sich aufrichten wollte, traf ihn ein lähmender Schuß aus einer Schockwaffe der Generäle.

Die SJ-28 befand sich im Besitz der Drittkonditionierten.

23.

„Funkspruch von der FRANCIS DRAKE, Sir! Soll ich das Gespräch in den Kommandostand geben?“

Rhodan gab zunächst keine Antwort. Er wußte, daß sie nicht so vorankamen, wie er gehofft hatte. Die FRANCIS DRAKE und die CREST IV standen im Ortungsschutz der gelben Sonne Modula. Die vier OLD MAN-Schiffe hielten sich nach wie vor in der Nähe von Modula II auf.

Von der Space-Jet, die unter dem Kommando Hole Hohles nach Modula II aufgebrochen war, kamen keine Nachrichten.

„Ich lasse mich nicht von Danton beeinflussen“, erklärte Rhodan seinem arkonischen Freund. „Ich werde das Gefühl einfach immer noch nicht los, daß der Freihändler bei allen Vorschlägen zunächst an seinen eigenen Vorteil denkt.“

Wieder meldete sich der Cheffunker.

„Soll ich die Verbindung abbrechen, Sir?“

„Nein“, sagte Rhodan zögernd. „Geben Sie das Gespräch in den Kommandostand.“

„Sei nicht zu hart zu dem König“, sagte Atlan schnell.

Rhodan lachte. „Soll ich ihn in Watte packen?“ erkundigte er sich.

Der Bildschirm des Normalfunks wurde hell. Das häßliche Gesicht Oro Masuts wurde sichtbar. Dantons Leibwächter senkte den Kopf.

„Mein Gebieter ersucht Sie um eine Unterredung. Grandseigneur“, sagte Masut. „Er entbietet Ihnen Grüße und bittet Sie, die Störung zu entschuldigen.“

„Lassen Sie den Unfug“, entgegnete Rhodan. „Ich weiß, daß Roi Danton mich sprechen will.“

Der Ertruser sagte beleidigt: „Es gibt gewisse Gepflogenheiten, über die sich ein gebildeter Mensch nicht hinwegsetzen kann.“

„Sie lassen jetzt Danton ans Gerät, oder ich breche die Verbindung ab“, drohte Rhodan.

Masuts Gesicht blieb undurchdringlich, aber er trat zur Seite. Gleich darauf tauchte Danton auf.

„Sie sind so blaß“, stellte Rhodan spöttisch fest. „Haben Sie zuviel Puder aufgetragen?“

Danton hüstelte.

„Sollte ich Sie etwa um Ihr braungebranntes Gesicht beneiden. Grandseigneur?“ fragte er höflich. „Ist es nicht eine Frage des Lebensstils, welche Farbe man bevorzugt?“

„Was wollen Sie?“ fragte Rhodan.

„Sie haben mir verboten, irgend etwas zu unternehmen“, sagte Danton. „Gestatten Sie mir trotzdem, daß ich mich mit Ihren Problemen auseinandersetze?“

Rhodan wurde ungeduldig.

„Kommen Sie zur Sache“, forderte er den Freihändler auf.

„Es ist mir bekannt, daß Sie eine Space-Jet ausgeschleust haben“, sagte Roi Danton. „Ich weiß außerdem, daß sie lange Zeit vergeblich auf eine Nachricht von der Besatzung des Diskusschiffs warten. Schließen Sie nicht daraus, daß dieser Einsatz anders verlaufen ist, als Sie es sich vorgestellt haben?“

„Was wollen Sie damit sagen?“

„Nun, die Männer könnten tot oder in Gefangenschaft geraten sein“, sagte Danton. „Wie lange wollen Sie noch warten, bis Sie etwas unternehmen?“

Rhodan und Atlan wechselten einen schnellen Blick. Danton hatte klar erkannt, daß Rhodan in einer Klemme steckte. Er konnte mit der CREST IV keinen direkten Angriff auf Modula II wagen, weil die vier OLD-MAN-Schiffe, die sieben Birnenschiffe und eventuelle Abwehrforts auf der Oberfläche des Planeten eine nicht zu unterschätzende Gefahr bildeten. Auch wenn Danton mit der FRANCIS DRAKE sich an einem Gefecht beteiligte, war das Kräfteverhältnis noch nicht ausgeglichen.

Als Rhodan nicht antwortete, fuhr Danton fort: „Sie sollten nicht damit rechnen, daß die Space-Jet zurückkehrt. Sie müssen sich etwas anderes einfallen lassen. Ich möchte, daß Sie die FRANCIS DRAKE in Ihre Pläne mit einbeziehen. Meine Männer und ich sind daran interessiert, dieses System bald zu verlassen.“

Rhodan sah, daß Atlan ein Lächeln unterdrückte. Dantons Angebot war durchaus nicht so selbstlos, wie es im ersten Augenblick vielleicht erscheinen mochte. Der Freihändler wollte seine Handlungsfreiheit zurückerhalten. Indem er Rhodan aufforderte, die FRANCIS DRAKE in seine strategischen Überlegungen mit einzubeziehen, wollte er indirekt Rhodans Verbot umgehen.

„Wir werden vorläufig nichts unternehmen“, entschied Perry Rhodan. „Bleiben Sie mit Ihrem Schiff im Ortungsschutz der Sonne, bis Sie andere Anweisungen erhalten.“

Dantons Enttäuschung war offensichtlich. Er deutete eine knappe Verbeugung an und brach die Verbindung ab. „Du hast ihn vor den Kopf gestoßen“, warf Atlan seinem Freund vor.

„Ich lasse mich nicht gern drängen“, versetzte Rhodan. „Trotzdem hat der Freihändlerkönig recht. Wir müssen jetzt irgend etwas unternehmen. Vor allem brauchen wir in diesem Sonnensystem eine stärkere Streitmacht. Ich hoffe, daß der von Arnusen angeforderte Flottenverband inzwischen im Gebiet von Navo-Nord angekommen ist.“

„Willst du diese Schiffe hierher beordern?“ erkundigte sich Atlan.

Es wäre unsinnig gewesen, eine zweite Space-Jet auszuschleusen und sie nach Modula II zu schicken.

Rhodan wußte nicht, welchen Flottenverband Reginald Bull in die Große Magellanschen Wolke entsandt hatte, aber er konnte sich vorstellen, daß Bully eine Eliteeinheit ausgewählt hatte.

„Ich werde Captain Cal Hirman den Befehl geben, mit einer Korvette nach Navo-Nord zu fliegen“, sagte Rhodan. „Er soll alles aus dem Schiff herausholen. Vielleicht hängt viel davon ab, wie schnell die hundert angeforderten Schiffe hier eintreffen.“

Eine halbe Stunde später verließ die KC-7 ihren Hangar in der CREST IV. Das Schiff nahm nach den bereits festliegenden Daten den Flug auf, um den Treffpunkt Navo-Nord im direkten Linearflug zu erreichen.

Captain Cal Hirman hatte den Befehl, sein Schiff nicht zu schonen. Es kam darauf an, daß er sein Ziel möglichst schnell erreichte. Hirman war ein ruhiger und erfahrener Kosmonaut.

Sein Flug quer durch die Große Magellansche Wolke war einer der schnellsten Linearflüge über diese Distanz, die jemals stattgefunden hatten.

Nach dem Vorstoß ins System von Keegans Stern hatte General Ems Kastori den 82. GSV wieder in die Nähe des roten Riesensterns Navo-Nord zurückgezogen. In Gedanken beschäftigte sich der General noch immer mit der Flotte von Birnenschiffen, die plötzlich aufgetaucht war und den zweiten Planeten von Keegans System mit Fusionsbomben belegt hatte.

Kastori fragte sich, ob diese Schiffe zurückkehren würden oder ob sie bereits ein anderes Ziel anflogen.

Der Heitere, wie man Kastori nannte, wartete ungeduldig auf eine Botschaft Perry Rhodans. Reginals Bull hatte vor dem Abflug des 82. angedeutet, daß er später weitere Verbände in die Große Magellansche Wolke entsenden wollte. Solange wollte Kastori mit einem Eingreifen jedoch nicht warten. Wenn innerhalb der nächsten zwei Tage keine Nachricht eintraf, war der General entschlossen, einige Kundschaftsschiffe auszuschicken, die die CREST IV und die FRANCIS DRAKE suchen sollten.

Als der Kommandant eines Eliteverbands besaß Kastori ungewöhnliche Vollmachten. Wenn keine Befehle vorlagen, konnte der General nach eigenem Ermessen handeln. Von dieser Möglichkeit hatte Kastori bereits mehr als einmal Gebrauch gemacht. Untätigkeit und langes Warten gehörten nicht zu den Dingen, an denen er Gefallen fand.

Doch noch war Kastoris Geduld nicht erschöpft. Der Kommandant hielt sich in der Zentrale seines Schiffes auf, als plötzlich die Ortungszentrale einen Flugkörper meldete, der soeben aus dem Linearraum gekommen war.

Gleich darauf wurde auf den Bildschirmen in der Zentrale ein Echopunkt sichtbar.

„Das kann kein Birnenschiff sein", stellte einer der Offiziere in der Zentrale fest.

Kastori antwortete nicht. Er wartete, bis sich auf den Ortungsschirmen die Umrisse einer Korvette abzeichneten. Dann befahl er den Männern in der Funkzentrale der VESPASIAN, jeden Funkspruch sofort in den Kommandostand zu geben.

Er hoffte, daß endlich ein Beiboot der CREST IV im Gebiet von Navo-Nord eingetroffen war.

Kurz darauf meldete sich Captain Cal Hirman über Normalfunk.

Das Gesicht des Captains wirkte abgespannt, aber man konnte die Erleichterung des Offiziers darüber erkennen, daß er sein Ziel erreicht hatte.

„Ich bitte darum, mich mit der KC-Sieben an Bord eines Ihrer Schiffe einschleusen zu dürfen, General“, sagte Hirman, nachdem Kastori ihm mitgeteilt hatte, daß der 82. GSV mit den von Arnusen angeforderten Schiffen identisch war.

„Die Kalups der KC-Sieben müssen überprüft werden, Sir“, fuhr Hirman fort. „Wir haben einen Wahnsinnsflug hinter uns.“

„Sie können sich an Bord der VESPASIAN einschleusen“, entschied Kastori. „Inzwischen bitte ich Sie, mir die genauen Koordinaten für unseren Flug durchzugeben. Ich möchte den Start des Zweiundachtzigsten GSV nicht verzögern.“

Hirman teilte dem General weitere Einzelheiten mit. Er sagte ihm, daß das Flaggschiff der Solaren Flotte im Ortungsschutz der Sonne Modula auf das Eintreffen der hundert Schiffe wartete.

General Ems Kastori stellte eine Funkverbindung zur KC-5 unter dem Kommando von Captain Arthur Arnusen her.

„Sie bleiben mit Ihrem Schiff im Gebiet von Navo-Nord zurück, Captain“, befahl der kleingewachsene Kommandant. „Ich möchte, daß nachfolgende Schiffe sofort über alle Einzelheiten informiert werden.“

Arthur Arnusen wäre gern mit dem 82. GSV losgeflogen, aber er wußte, daß ein Schiff zurückbleiben mußte, um die Verbindung zur Galaxis aufrechtzuerhalten.

Während die KC-7 eingeschleust wurde, gab Kastori ununterbrochen Befehle. Es dauerte nur Minuten, bis der 100 Schiffe zählende Verband startbereit war.

Für Stran Jarban war die plötzliche Aktivität des Generals nicht ungewohnt. Kastori würde alles daran setzen, um möglichst schnell das System der Sonne Modula zu erreichen.

Jarban sah, wie der Heitere auf seine Uhr blickte.

„Haben Sie Bedenken, Sir?“ fragte der Leitende Ingenieur der VESPASIAN.

„Ich bin kein Pessimist“, sagte Kastori. „Trotzdem habe ich ein ungutes Gefühl. Ich befürchte, daß wir mit unseren Schiffen zu spät kommen.“

„Was sollte der CREST IV geschehen, wenn sie im Ortungsschutz Modulas steht?“ wandte Jarban ein.

Kastori warf dem großen Mann einen nachdenklichen Blick zu. „Haben Sie die achtzig Birnenschiffe vergessen, die Keegans System einen Besuch abstatteten?“

Stran Jarban verstand nicht, was der General meinte. Er vermied es jedoch, eine Frage zu stellen, weil er wußte, daß Kastori ihm auf jeden Fall die Zusammenhänge erklären würde.

„Die Birnenschiffe haben blitzschnell zugeschlagen“, sagte Kastori. „Unsere Wahrscheinlichkeitsberechnungen haben ergeben, daß es noch mehr solcher Verbände geben muß. Wir müssen also damit rechnen, daß eine ähnliche Flotte dem Modula-System einen Besuch abstattet.“

Jarban glaubte, daß die Befürchtungen des Kommandanten übertrieben waren. Auch wenn Birnenschiffe in der Nähe der CREST IV und der FRANCIS DRAKE auftauchen sollten, war es noch ungewiß, ob sie die beiden terranischen Schiffe entdecken würden. Jarban hielt Rhodan außerdem für klug genug, um den unbekannten Kommandanten der Birnenschiffe klarmachen zu können, daß die Terraner ebenfalls gekommen waren, um die Kristalle und ihre Herren zu bekämpfen.

Die Lage in der Großen Magellanschen Wolke war undurchsichtig. Es schien zwei oder noch mehr Machtgruppen zu geben, die sich alle der Birnenschiffe bedienten. Das komplizierte die Sache noch, weil die Terraner nicht wußten, wen sie als Gegner und wen als eventuelle Verbündete ansehen sollten.

Kastori gab über Normalfunk die letzten Befehle. Die Schiffe des 82. GSV beschleunigten und verschwanden kurz darauf im Linearraum.

Nur die KC-5 unter dem Kommando von Captain Arthur Arnusen blieb zurück.

Die tiefhängenden Wolken waren wie zähflüssiger Brei und schienen alle Geräusche zu ersticken. Es hatte aufgehört zu regnen, und vom Boden stiegen Dampfwolken auf. Das herrschende Halbdunkel verstärkte noch den Eindruck einer Treibhausatmosphäre. Kein Wind vertrieb die schwüle Luft.

Ein zentimetergroßes, flügelloses Insekt krabbelte über den rechten Stiefel des still am Boden liegenden Mannes. Es besaß sechs Beine und einen am Hinterteil nach oben gebogenen Körper. Ab und zu unterbrach das Tierchen seine Wanderung und richtete sich auf, als wollte es sich davon überzeugen, daß von dem Bewußtlosen keine Gefahr ausging.

Nach einer Weile erreichte das Insekt die Brust des Mannes und verharrte dort. Es spürte die Wärme des Körpers unter sich und zitterte vor Erregung. Angetrieben von einem uralten Instinkt, begann es sich im Kreis zu drehen. Es war ein grotesker Tanz, den es aufführte, der aber doch eine Bedeutung besaß.

Am Hinterteil des Insekts erschien ein stachelförmiger Auswuchs. Die Spitze des Stachels senkte sich herab und berührte den Anzug des Ohnmächtigen. Dreimal schlug der Stachel zu, ohne daß er das Material durchbohren konnte. Drei winzige Eier rollten von der Brust des Mannes zur Seite und landeten auf dem nassen Boden des Landefelds.

Als hätte das Insekt gespürt, daß sein Nachwuchs verloren war, rannte es in rasender Eile weiter am Körper des Mannes empor. Kurz darauf erreichte es den Hals. Die Weichheit der Haut machte das kleine Tier wild.

Wieder zuckte der Stachel hervor, doch diesmal erschien er nicht in seiner ganzen Länge, so daß er die Haut nicht erreichen und durchbohren konnte.

Da hob der Mann einen Arm und wischte unbewußt über sein Gesicht. Sein Unterarm streifte das Insekt und schleuderte es zur Seite. Es landete neben dem Bewußtlosen in einer kleinen Wasserlache. Dort lag es auf dem Rücken und zappelte verzweifelt mit den Beinen.

Der Mann stöhnte leise. Ein Zucken lief durch seinen Körper.

Das Insekt krümmte sich und warf sich herum. Die Lache breitete sich wie ein riesiger See vor ihm auf. Doch es war gewohnt, in einer Umwelt voller Feuchtigkeit zu leben.

Es erreichte den Rand der Pfütze und hastete davon.

In diesem Augenblick erwachte Wish „Big Mountain“ Haagard aus seiner Bewußtlosigkeit.

Er rang nach Atem. Die Übelkeit übermannte ihn und ließ ihn die

Augen wieder schließen. Sein ganzer Körper schien zu schmerzen. Er erinnerte sich an die Brandwunden auf seinem Rücken.

Wenn er den Kopf zur Seite drehte, konnte er Mash Olney liegen sehen. Der Leutnant hatte die Beine angezogen. Sein Gesicht wirkte wie das eines Toten.

Der Sergeant drehte den Kopf auf die andere Seite.

Dort war Hole Hohle. Der Major lag mit dem Gesicht nach unten, Arme und Beine weit von sich gestreckt.

Haagard versuchte sich aufzurichten, aber ein stechender Schmerz, der vom Nacken aus in seinen Kopf schoß, ließ ihn diese Bemühungen rasch wieder aufgeben. Er fragte sich, wie lange er bewußtlos war.

Seine rechte Hand tastete nach dem Waffengürtel. Er war leer. Die Generäle hatten ihre Gefangenen entwaffnet.

Beim zweiten Versuch, sich vom Boden zu erheben, ging Haagard behutsam vor. Schließlich hatte er sich so weit aufgerichtet, daß er die Umgebung beobachten konnte. Ein paar Meter von ihnen entfernt standen drei bewaffnete Generäle, die Wache hielten. Haagard wandte den Kopf. Jetzt konnte er auch Wallen Overmile sehen. Der Korporal war bereits bei Bewußtsein und starrte aus angstvoll geöffneten Augen zu ihren Bezwingern hinüber.

Haagard warf einen sehnsüchtigen Blick auf die offene Schleuse der Space-Jet. Er spielte einen Augenblick mit dem Gedanken, aufzuspringen und zu dem Diskus hinüberzustürmen, doch dann sagte er sich, daß es aussichtslos war, das Schiff zu erreichen. Sie mußten abwarten, bis sich eine günstige Gelegenheit ergab.

„Sind Sie wach, Sarge?“ fragte Overmile.

„Ja“, knurrte Haagard.

„Ich konnte es nicht verhindern“, sagte Overmile. Seine Stimme überschlug sich fast. „Die Generäle hatten mich mit einem Hypnokristall beeinflußt.“

„Daran ist nichts zu ändern“, klang Hohles Stimme auf. „Machen Sie sich keine Gedanken, Korporal. Wir wären so oder so in die Gefangenschaft der Perlians geraten.“

Hohle drehte sich um und wischte den Schmutz aus dem Gesicht. Er blutete aus einer kleinen Stirnwunde.

Die Generäle hatten bemerkt, daß ihre Gefangenen zu sich kamen, und näherten sich mit drohend erhobenen Waffen.

„Lloyd und Olney sind noch bewußtlos", stellte Hohle fest. „Der Mutant wird am stärksten unter der Schockeinwirkung zu leiden haben. Es wird einige Zeit dauern, bis er sich erholt hat."

„Da uns unsere Gegner nicht getötet haben, können wir annehmen, daß sie noch etwas mit uns vorhaben", sagte Haagard.

Während er sprach, kam Olney zu sich. Es war erstaunlich, wie schnell der junge Raumfahrer sich mit den Gegebenheiten zurechtfand. Er hob den Kopf und nickte den anderen Männern zu.

„Man hat uns nur die Waffen abgenommen", stellte er fest. „Die Generäle wissen offenbar nicht, was wir mit unserer übrigen Ausrüstung alles anfangen können.

Zwar sind die Aggregate für die Errichtung der Schutzschirme durch den Angriff der Generäle, bei dem unsere Schirme durch Überlastung zusammenbrachen, zerstört worden. Aber wir besitzen noch unsere Deflektoren."

„Im Augenblick werden wir nichts unternehmen, Leutnant", sagte Hole Hohle warnend. „Solange unser Leben nicht gefährdet ist, brauchen wir keine Verzweiflungstaten zu begehen."

„Was macht Ihre Verletzung, Wish?" erkundigte sich Hohle.

„Machen Sie sich keine Gedanken um mich", sagte der große Sergeant.

„Er würde niemals zugeben, daß er Schmerzen hat", bemerkte Olney.

Haagard warf ihm einen bösen Blick zu. „Seit wann sind Sie der Psychologe unserer Gruppe?"

„Ruhe!" befahl Hohle. „Wir wollen nicht anfangen, uns zu streiten."

Fellmer Lloyd begann zu stöhnen. Hohle wollte sich um ihn kümmern, doch einer der Generäle trat dazwischen. Er gab dem Eskimo durch Zeichen zu verstehen, daß er sich von dem Mutanten fernhalten sollte.

Lloyd hatte tatsächlich mit weitaus größeren Schwierigkeiten zu kämpfen als die anderen Männer. Sein parapsychisch begabtes Gehirn war empfindlich gegenüber Schockwirkungen aller Art.

„Ich befürchte, der Telepath wird in den nächsten Stunden eher eine Belastung als eine Hilfe für uns sein", sagte Hohle. „Aber auch damit müssen wir fertig werden."

„Da!“ rief Overmile plötzlich. „Sehen Sie, Sir!“

In etwa hundert Meter Entfernung sank ein runder Flugkörper auf das Landefeld herab. Er war im Dunst nur undeutlich zu erkennen.

„Wahrscheinlich wird er von den Wesen geflogen, von denen ich eines gesehen habe“, sagte der Korporal.

Hohle wurde aufmerksam. „Sie haben einen Perlian gesehen?“

„Wie kommen Sie auf diesen Namen?“ fragte Overmile verwundert. „Der Fremde, mit dem ich zusammengetroffen bin, war zwei Meter groß und sehr hager.“

Overmile beschrieb in allen Einzelheiten das Wesen, das er gesehen hatte.

„Das muß ein Drittkonditionierter gewesen sein“, vermutete Hohle. „Der rote Gewebeklumpen, den Overmile beschrieben hat, ist wahrscheinlich das Zeitauge, von dem Lloyd sprach.“

„Der Unbekannte hat versucht, mir einige Zeichen zu geben“, berichtete Wallen Overmile. „Ich war jedoch viel zu aufgeregt, um mich mit ihm zu verständigen.“ Seine Stimme klang entschuldigend.

„Niemand macht Ihnen einen Vorwurf, Korporal“, sagte Hohle. „Wahrscheinlich wäre es jedem von uns genauso ergangen.“

Aus der Richtung des gelandeten Flugkörpers näherten sich zwei Gestalten, die Overmiles Beschreibung eines Perlians entsprachen. Ihre Bewegungen wirkten graziös, und die durchsichtigen Gewänder, die sie trugen, umwehten sie wie Nebelschleier.

Haagard vergaß seine Schmerzen und starrte den Ankömmlingen entgegen.

„Die Generäle werden jetzt Befehle erhalten, was mit uns geschehen soll“, vermutete Hole Hohle. „Wir müssen aufpassen. Sobald wir merken, daß uns Gefahr droht, schalten wir unsere Deflektorschirme ein und versuchen zu fliehen.“

Sergeant Haagard wußte, daß sie auch mit eingeschalteten Deflektoren kaum eine Chance hatten, ihren Gegnern zu entkommen.

Die Perlians blieben dreißig Meter vor ihren Gefangenen stehen. Sie wirkten schemenhaft.

Einer der Wächter näherte sich den beiden. Die Terraner konnten nicht hören, wie die Fremden sich unterhielten, aber der General unterstrich seine Worte mit vielen Gesten. Die Unterredung dauerte nur ein paar Minuten, dann wandte sich der General ab und kam zu den Gefangenen zurück.

„Sie haben eine Entscheidung getroffen", stellte Hohle fest.

Seine Stimme ließ die Anspannung erkennen, unter der er stand. Haagards Blicke wanderten von den Perlians zu Lloyd. Wenn der Mutant nur endlich voll aus seiner Bewußtlosigkeit erwacht wäre. Sie konnten nichts unternehmen, ohne Lloyd zu verständigen. Es war undenkbar, daß sie flohen und den Telepathen zurückließen.

Die beiden Drittkonditionierten zogen sich zu ihrem Flugkörper zurück. Sie bewegten sich ohne besondere Eile. Gleich darauf hob sich das kugelförmige Gebilde vom Boden ab und entzog sich den Blicken der Terraner, indem es in den Wolken verschwand.

Lloyd begann wieder zu stöhnen. Keiner der anderen Männer wagte es, ihm zu helfen.

„Major", murmelte der Mutant.

„Ich kann Sie hören", erwiderte Hohle. „Wir sind alle am Leben, aber in Gefangenschaft der Perlians. Drei bewaffnete Generäle bewachen uns."

„Ich ... ich spüre nur verschwommene Gedankenimpulse", sagte der Mutant mühsam. „Sie müssen ... eine Weile ohne meine Hilfe auskommen."

„Damit habe ich gerechnet", erwiderte Hohle ruhig. „Machen Sie sich keine Sorgen. Es ist besser, wenn Sie sich nicht anstrengen. Schonen Sie Ihre Kräfte für eine eventuelle Flucht."

Ein gleichmäßiges Summen lenkte die Aufmerksamkeit der fünf Männer ab.

„Motorenlärm", sagte Olney.

„Vielleicht werden wir jetzt abgeholt", fügte Hohle hinzu.

„Wollen Sie zulassen, daß man uns von hier wegbringt?" erkundigte sich Haagard ungläubig. „Hier sind wir in unmittelbarer Nähe der Space-Jet."

Hohle nickte grimmig. „Das wissen die Generäle ebenso wie wir", sagte er. „Sie werden dementsprechend wachsam sein."

Haagards alte Entschlossenheit war mit dem Nachlassen der Übelkeit zurückgekehrt. Er fühlte sich in der Lage, gegen die Generäle zu kämpfen.

Hohle beobachtete, wie es im Gesicht des Sergeanten arbeitete.

„Sie sind ein alter Hitzkopf, Wish“, sagte er freundlich. „Es wird Ihnen jedoch keine andere Wahl bleiben, als das zu tun, was ich befehle.“

„Natürlich, Major“, sagte Big Mountain lakonisch.

Als erfahrener Sergeant wußte er, daß es manchmal keinen Sinn hatte, mit Offizieren zu debattieren.

Der Motorenlärm wurde lauter, und aus den Dunstschleiern rollte ein seltsam geformtes Fahrzeug heran. Es ähnelte einer überdimensionalen Muschel. Die Verkleidungen zu beiden Seiten berührten fast den Boden, so daß Haagard nicht erkennen konnte, ob das Fahrzeug Gleitrollen oder Räder besaß. Die Vorderfront des Wagens war durchsichtig. Im Innern konnte man zwei Generäle erkennen. Einer bediente die Kontrollen.

Es gab drei Einstiegsmöglichkeiten, zwei an den Seiten und eine an der Rückfront des Fahrzeugs.

Die drei Wächter bedeuteten den Gefangenen, daß sie aufstehen sollten. Das bewies Haagard, daß man sie mit dem Wagen abtransportieren wollte.

Als er sich aufrichtete, fühlte er, daß er noch schwach in den Knien war. Er hatte seine Kräfte überschätzt.

Auch Lloyd erhob sich. Er schwankte, konnte sich aber ohne Hilfe bewegen.

Die fünf Männer wurden nacheinander auf das Fahrzeug zugeführt. Eine der Seitentüren öffnete sich. Haagard sah, daß genügend Platz für etwa zwanzig Personen vorhanden war. Im Innern des Fahrzeugs gab es weder Sitze noch Haltevorrichtungen. Das Fahrabteil war durch eine Metallwand vom hinteren Raum getrennt.

Mash Olney kam als letzter Terraner herein. Dann folgten die bewaffneten Wächter. Die Tür schloß sich lautlos.

Durch halbrunde Sichtluken, die ringsum an den Wänden verteilt waren, konnten die Männer die Umgebung beobachten. Mit einem kaum spürbaren Ruck fuhr der Wagen an. Haagard sah eines der Birnenschiffe, dessen Spitze in den wolkenverhangenen Himmel ragte. Mit zunehmender Geschwindigkeit rollte das Fahrzeug über den Landeplatz.

Hohle, Haagard und Olney standen. Overmile und Lloyd hatten

sich am Boden niedergelassen. Der Mutant war noch zu schwach, um das Bewußtsein ihrer Wächter nach Informationen zu durchforschen.

Das Motorengeräusch verstummte, und der Wagen hob sich vom Boden des Raumhafens ab.

„Das Ding besitzt einen Antigravantrieb!“ rief Hohle. „Es sieht so aus, als sollten wir eine Reise unternehmen.“

Haagard konnte es sich nicht verkneifen, den Major daran zu erinnern, daß sie sich immer weiter von der Space-Jet entfernten.

„Vielleicht verlassen wir sogar diesen Kontinent“, sagte er verdrossen. „Selbst wenn Rhodan ein Einsatzkommando schickt, das uns herausholen will, wird es schwierig sein, uns zu finden.“

Hohle antwortete nicht. Draußen glitten dichte Wolken vorbei. Von den Industrieanlagen der Insel war nichts mehr zu sehen. Keiner der Männer vermochte zu sagen, wohin sie flogen. Auch die Geschwindigkeit des Wagens, der sich in einen Flugkörper verwandelt hatte, war schwer abzuschätzen.

„Ich frage mich, was die Perlians mit uns vorhaben“, sagte Olney versonnen. Er ließ sich neben Overmile am Boden nieder. „Bringen sie uns weg, weil sie befürchten, daß ein Befreiungsversuch bevorsteht, oder haben sie andere Gründe?“

„Auf jeden Fall gelangen wir in den Besitz von weitaus mehr Informationen, als wir ursprünglich gehofft hatten“, sagte Hole Hohle.

„Was nützt uns das, Sir?“ rief Haagard aus. „Wem sollen wir unsere Erkenntnisse übermitteln?“

„Wir werden schon irgendwie herauskommen“, sagte Hohle zuversichtlich.

Wish „Big Mountain“ Haagard preßte sein Gesicht gegen eine der Sichtluken. Es schien ihm, als könnte er unter sich die Oberfläche des Planeten ausmachen.

„Wir gehen tiefer!“ rief er seinen Begleitern zu.

Gleich darauf erkannte er, worauf das muschelförmige Flugzeug zusteuerte.

„Das Meer!“ stieß er hervor. „Wir befinden uns direkt über dem Meer.“

24.

Haagard hatte unwillkürlich die Augen geschlossen, als das muschelförmige Fahrzeug mit hoher Geschwindigkeit ins Meer eintauchte.

Der erwartete Aufprall blieb jedoch aus. Der Flugkörper verwandelte sich in ein U-Boot und glitt unbeschadet durch das Wasser des Urmeers.

Haagard öffnete seine Augen und blickte aus der halbrunden Sichtluke. Er hatte nicht erwartet, irgend etwas zu sehen, denn wenn das Halbdunkel an Land keine genaue Beobachtung der Umgebung zuließ, dann mußte es unter Wasser vollkommen dunkel sein. Um so überraschter war der Sergeant, als er einen Schwarm riesiger Leuchtkörper erblickte, die das Wasser erhellten. Sie spendeten rötliches Licht und beleuchteten eine Szenerie, die Haagard wie ein lebendig gewordener Traum vorkam.

Vor ihm breitete sich eine terrassenförmige Unterwasserstadt aus.

„Sir!" rief Hagard erregt. „Sehen Sie sich das an!"

Er trat zur Seite, so daß Major Hole Hohle hinausblicken konnte.

Der Meeresgrund stieg in Richtung der Küste an. An den natürlichen Hängen hatten die Perlians ihre Gebäude errichtet. Jedes einzelne dieser Bauwerke schien dem Schaffensdrang eines architektonischen Meisters entsprungen zu sein, dem die schönsten und besten Materialien zur Verfügung gestanden hatten. Die Unterwasserkuppeln waren aus unzähligen Kristallkörpern zusammengefügt, von denen jeder das Licht der schwimmenden Lampen reflektierte. Die Lichtfülle tat dem menschlichen Auge jedoch nicht weh.

Die Wohnkuppeln der Perlians klebten an den unterseeischen Hängen wie überdimensionale Schwalbennester von phantastischer Schönheit. Zwischen diesen Gebäuden hatten die Fremden Gärten mit Unterwasserpflanzen angelegt. Hinter unsichtbaren Energieschirmen glitten Schwärme bunter Fische vorüber. Überall sprudelten Sauerstoffbrunnen. Tausende von Schwimmrobotern waren mit der

Instandhaltung der Kuppeln und der Gärten beschäftigt. Die Automaten besaßen ovale Körper, aus denen sechs bis acht Arme ragten. Damit konnten sie alle anfallenden Arbeiten bestens verrichten.

Haagard konnte beobachten, wie die Roboter einen riesigen Raubfisch angriffen, der in Hoffnung auf reiche Beute in einen unterseeischen Park eingedrungen war. Es dauerte nur Minuten, bis der Angreifer überwältigt war. Sofort wurde der tote Wasserbewohner von den Robotern weggeschafft.

„Es ist märchenhaft schön", sagte Overmile beeindruckt.

„Sie hatten richtig beobachtet", bemerkte Hohle nüchtern. „Die Perlians sind gleichzeitig Lungen- und Kiemenatmer. Daran, daß sie sich in diesem warmen Urmeer niedergelassen haben, ist zu erkennen, daß sie sich mit Vorliebe im Wasser aufhalten."

Das muschelförmige Kombifahrzeug, in dem sich die fünf Terraner aufhielten, verlangsamte seine Fahrt und glitt gemächlich durch einen der Parks auf die Stadt zu. Schwimmroboter eskortierten es und achteten darauf, daß einige neugierige Riesenkrebse nicht zu nahe herankamen.

Plötzlich entdeckte Haagard einige Perlians. Sie hielten sich im Innern des unterseeischen Gartens auf. Sie schwebten zwischen Wasserpflanzen hin und her, als wollten sie ein Ballett aufführen. Obwohl sie die Ankunft des U-Bootes beobachtet haben mußten, kümmerten sie sich nicht darum. Ihre zerbrechlich aussehenden Körper wirkten im Wasser beweglicher als an Land. Die Perlians schlängelten sich zwischen den Gewächsen hindurch, ließen sich auf den Meeresboden sinken und stießen sich dort mit den Beinen wieder ab. Andere schwebten nahezu bewegungslos im Wasser und schienen irgendwelchen Gedanken nachzuhängen. Dutzende schwerbewaffneter Schwimmroboter waren rings um den Park postiert, um gefährliche Meeresbewohner abzuwehren. Außerdem hielten sich einige langgestreckte Unterseeboote in der Nähe auf, deren Besatzungen wahrscheinlich von Generälen gebildet wurden.

„Ich bin gespannt, wohin man uns bringt", sagte Hole Hohle. „Hier unten leben wohl die Anführer der Perlians. Ich nehme an, daß man uns einem Verhör unterziehen wird."

Fellmer Lloyd, dessen Augen einen fiebrigen Glanz hatten, richtete sich zum erstenmal, seit sie an Bord des Kombifahrzeuges waren, auf und ging mit schwankenden Schritten auf eine der Sichtluken zu. Die anderen beobachteten ihn schweigend. Lloyd stützte sich mit beiden Händen an der Wand und starrte ins Meer hinaus.

Dann schüttelte er nur stumm den Kopf und wandte sich wieder ab. Der untersetzte Mutant wußte, daß das Leben seiner Begleiter vielleicht davon abhing, ob es ihm gelang, die Pläne der Perlians vorzeitig zu erkennen. Trotzdem mußte er Geduld haben. Eine Para-Fähigkeit ließ sich nicht erzwingen. Lloyd brauchte noch eine gewisse Zeit zur Erholung, bevor er als Telepath und Orter eingesetzt werden konnte.

Die Männer beobachteten, wie sich das Kombifahrzeug einem der größeren Gebäude näherte. Das eigentliche Ziel war zweifellos ein der Kuppel vorgelagerter Tunnel, der als Wasserschleuse diente. Haargard hatte gesehen, wie eins der perlianischen U-Boote aus dieser Schleuse gekommen war.

Die Generäle, die die Terraner bewachten, verhielten sich ruhig. Sie legten ihre Waffen nicht aus den Händen. Ihre Aufmerksamkeit ließ nicht nach, obwohl sie jetzt zuließen, daß die Terraner nebeneinander standen. Die Wächter wußten, daß die Gefangenen jetzt nicht entfliehen konnten. Sogar ein Angriff auf die Generäle wäre sinnlos gewesen, weil der Kontrollraum des Fahrzeugs ebenfalls von zwei Generälen besetzt und durch eine Metallwand abgetrennt war.

Unmittelbar vor dem Schleuseneingang hielt das U-Boot an.

Sergeant Wish „Big Mountain“ Haagard befürchtete, daß sie ihr Ziel zu schnell erreicht hatten. Fellmer Lloyd, der jetzt, da man ihnen alle Waffen abgenommen hatte, ihre einzige Hoffnung bedeutete, war noch zu schwach, um irgend etwas für sie zu tun. Auch war es fraglich, ob Korporal Wallen Overmile sich bereits auf die neue Situation eingestellt hatte. Der ehemalige Koch brauchte nach Haagards Ansicht einige Zeit, um alles zu verarbeiten, was auf ihn eingestürmt war.

Dagegen zeugte Major Hole Hohles Verhalten von einer überlegten Sachlichkeit, die, wenn es nötig sein sollte, sich sehr schnell in konzentrierte Handlungsbereitschaft verwandeln konnte.

Haagards Blicke wanderten weiter und blieben an Mash Olney hängen.

Haagard vermutete, daß Olney ein zuverlässiger, aber schwer durchschaubarer Verbündeter war. Der Leutnant würde kämpfen, aber kein Risiko eingehen. Er würde sein Leben einsetzen, wenn er sicher sein konnte, daß ein Gewinn herausspringen würde. Aber Mash Olney würde wahrscheinlich nie etwas tun, was ihm sinnlos erschien. Er war weder impulsiv noch leidenschaftlich, und er besaß einen spöttischen Humor, der oft verletzend wirkte.

Haagard vermied es, sich selbst in diese Betrachtungen einzubeziehen, weil er sicher zu sein glaubte, daß er anpassungsfähig war. Er würde sich an jeder Aktion beteiligen, die von Hole Hohle befohlen wurde.

„Die Schleusentore öffnen sich!" rief Hohle.

Der Sergeant blickte aus der Luke.

Er spürte, wie die Metallmuschel wieder Fahrt aufnahm. Das Kombifahrzeug glitt in die Wasserschleuse hinein. Jetzt wurde es außerhalb des Bootes vollkommen dunkel. Haagard konnte sich vorstellen, wie die Wassermassen aus dem Schleusenraum gepumpt wurden. Da das Fahrzeug sich auch an Land und in der Luft bewegen konnte, war es nicht auf eine Hafenanlage angewiesen.

Plötzlich wurde es hell. Haagard preßte sein Gesicht gegen die Sichtluke. Das Wasser, das das Fahrzeug eingehüllt hatte, war verschwunden. Der Sergeant konnte sehen, wie sie durch einen beleuchteten Tunnel rollten. Zu beiden Seiten der Fahrspur gab es von Geländern umsäumte Laufstege. Dort standen einige Roboter. Sie unterschieden sich beträchtlich von jenen, die Haagard draußen im Meer gesehen hatte. Soweit der Sergeant sehen konnte, verfügten sie über kombinierte Waffen- und Werkzeugarme. Sie standen dort draußen wie Statuen, aber trotz ihrer Bewegungslosigkeit vermittelten sie den Eindruck, daß ihren Linsensystemen nichts entging. Die Körper dieser Roboter waren groß und schlank, denen der Perlians nicht unähnlich. Ihre langen Köpfe besaßen Trapezform. Keiner der Roboter besaß mehr als zwei Beine, aber in der Anzahl ihrer Arme unterschieden sie sich voneinander.

Die stummen Wächter draußen auf den Stegen bewiesen Haagard, daß die Perlians überaus vorsichtig waren und sich gegen alle Eventualitäten absicherten.

Der Tunnel mündete in eine große Halle. In der Mitte des großen Raumes blieb das Fahrzeug stehen. Haagard hatte Gelegenheit, die neue Umgebung zu betrachten. Eine Seite der Halle war von einer zehn Meter hohen und ebenso breiten Wand begrenzt, die vollkommen durchsichtig war. Durch das transparente Material konnte man ins beleuchtete Meer hinausblicken. Die Halle selbst schien lediglich als Abstellraum zu dienen. Im Hintergrund erkannte Haagard mehrere Eingänge, die die Zugänge zu anderen Räumen der Kristallkuppel bildeten.

Die Seitentür des Wagens glitt auf.

„Ich nehme an, daß wir jetzt aussteigen müssen“, bemerkte Hohle. Seine Stimme hob sich. „Niemand leistet den Befehlen der Generäle Widerstand.“

Sie wurden aus dem Fahrzeug getrieben und mußten vor der Transparentwand Aufstellung nehmen. Unter der Hallendecke brannte eine ringförmige Lampe.

„Was soll das?“ knurrte Big Mountain. „Will man uns Gelegenheit geben, das Meer kennenzulernen?“

„Werden Sie nicht ungeduldig, Sarge“, sagte Hohle.

Sie beobachteten, wie einige der rotleuchtenden Schwimmkörper von Robotern herangebracht wurden. Das Meer war jetzt fast taghell beleuchtet. Die Wasserpflanzen bewegten sich träge in der Strömung. Das Licht, das durch die Sichtwand hereinfiel, schuf seltsame Reflexe auf dem Boden, und die Gesichter der Männer schienen sich im ständigen Wechsel zu- und abnehmender Helligkeit zu verändern.

Haagard wurde sich zum erstenmal richtig bewußt, in was für eine seltsame Welt man sie gebracht hatte. Der Lebensbereich der Perlians unterschied sich vollkommen von dem der Menschen, und es schien normalerweise keinen Grund zu geben, warum intelligente Wesen, die im Meer lebten, gegen Landbewohner kämpfen sollten. Aber seltsamerweise gab es immer Gründe für einen Krieg, wenn zwei Völker zusammentrafen, auch dann, wenn sich ihre Interessensgebiete nicht berührten. Eine wohlabgewogene Gesetzmäßigkeit schien in diesem Universum die Folgen von Krieg und Frieden zu bestimmen, eine Gesetzmäßigkeit, die auch friedliche Völker dazu zwang, sich mit ihren Gegnern auseinanderzusetzen.

Da Haagard die Unabwendbarkeit dieses Schicksals aller intelligenter Wesen einsehen mußte, empfand er weder Bitterkeit über die aussichtslose Lage, in die er und seine Begleiter geraten waren, noch gewann er trotz aller Fremdartigkeit der Perlians Verständnislosigkeit für diese Wesen.

Die Gedanken des Sergeanten wurden unterbrochen, als einige Perlians durch das rotleuchtende Meerwasser heranschwammen und zu den Terranern hereinblickten.

Ihre pulsierenden Zeitaugen schienen selbständige Organe zu sein; sie waren der beherrschende Teil im Kopf der Perlians. Durch die geräuschschluckende Wand hindurch glaubte Haagard das Gurgeln des Wassers zu hören. Er zählte insgesamt sieben Drittkonditionierte, die sich dort draußen versammelt hatten. Zweifellos wollten die Meeresbewohner Kontakt zu den Gefangenen aufnehmen. Haagards Interesse galt im Augenblick weniger den Dingen, die die Perlians zu sagen hatten, als der Methode, mit der sie sich mit ihren Gefangenen verständigen wollten. Die terranischen Raumfahrer führten keine Translatorgeräte mit sich, und in der Nähe der Perlians waren keine technischen Einrichtungen zu erkennen, die die Funktion eines Übersetzungsgerätes übernehmen konnten.

Doch da sah Haagard, wie die Generäle Kontakthauben brachten. Es handelte sich um helmartige Gebilde, aus denen ein Gewirr von Kabeln heraushing. Haagard erkannte, daß ein Teil der Hauben zu klein war, um auf einen menschlichen Kopf zu passen. Die anderen wiederum erschienen zu groß.

Haagard ahnte, daß man diese Helme ursprünglich für die Perlians und die Generäle geschaffen hatte. Die Drittkonditionierten besaßen 30 Zentimeter durchmessende Köpfe, während die der Generäle nur halb so dick waren.

Die Generäle schienen zu erkennen, welches Problem zu überwinden war. Sie entschieden sich für die perlianischen Hauben, die zwar nicht richtig saßen, sich aber immerhin über den Kopf schieben ließen. Während sich Haagard bereitwillig eine Kontakthaube aufsetzen ließ, beobachtete er, wie ein Schwimmroboter die Perlians draußen im Meer mit ähnlichen Geräten ausrüstete. Ein Teil der Kabel wurde aufgerollt und mit ihren Enden in dafür vorgesehene Öffnungen innerhalb der Transparentwand geschoben. Die Generäle bewegten sich aufgeregt hin und her. Haagard hatte den Eindruck, daß sie nicht genau wußten, was die Perlians von ihnen erwarteten.

„Ich weiß nicht, wie die Verständigung funktionieren wird“, sagte Hohle. „Aber ich möchte, daß wir nicht alle durcheinander sprechen. Lassen Sie mich die Verhandlungen führen.“

Noch während er sprach, schien die Transparentwand dunkler zu werden, und die sieben Drittkonditionierten waren nur noch als Schatten wahrzunehmen.

Plötzlich erschien ein verschwommenes Bild auf der Sichtscheibe. Haagard sah einen flimmernden Körper von ovaler Form, der genau in der Mitte eine Verdickung aufwies. Das Bild kam dem Sergeanten bekannt vor, aber er wußte nicht, woran es ihn erinnerte.

„Die Milchstraße“, sagte Mash Olney. „Sie zeigen uns ein Bild von der Milchstraße.“

„Ja, natürlich“, stimmte Hole Hohle zu. „Die Hauben befähigen uns offenbar dazu, die projizierten Bilder zu erkennen. Eine ziemlich umständliche Verständigung, zumal wir nicht wissen, wie *wir* Bilder erzeugen sollen.“

„Vielleicht geschieht es automatisch“, meinte Overmile.

Niemand antwortete.

Das erste Bild verschwand. Dafür wurde ein seltsam geformtes Raumschiff sichtbar. Rund um das Schiff bewegten sich einige Gestalten, die nur konturenhaft zu erkennen waren und im Hintergrund blieben. Das Schiff explodierte, und die atomare Glutwolke dehnte sich in allen Richtungen aus. Einige Perlians erschienen auf der Bildfläche. Sie begannen gegen die anderen Wesen zu kämpfen. Jetzt wurde auch die Milchstraße wieder sichtbar.

Die Fremden wurden von den Perlians vertrieben.

„Lloyd scheint recht zu haben“, stellte Hohle fest. „Die Perlians halten sich für eine Polizeimacht, und sie haben uns soeben demonstriert, daß sie im Gebiet der Milchstraße eingegriffen haben.“

Wieder tauchten Perlians auf der Transparentwand auf. In symbolhafter Form wurde dargestellt, wie sie von Planet zu Planet reisten, als suchten sie irgend etwas. Die Zahl der Suchenden vergrößerte sich allmählich, und es wurde klar ersichtlich, daß diese Polizeimacht unterwegs war, um irgendein Verbrechen zu sühnen, das sich im Bereich der Milchstraße zugetragen hatte. Dabei schienen die Perlians keinen Zweifel zu haben, daß sie im Recht waren. Haagard wurde unwillkürlich an uralte Wildwestfilme erinnert, in denen die Grenzen zwischen Gut und Böse ebenso klar umrissen waren.

Die Perlians verkörperten eine Macht, die bestimmte Verbrechen mit aller Härte bestrafen durfte. Dabei schien es sich, der Mentalität der Drittkonditionierten entsprechend, durchaus um eine ehrenhafte Aufgabe zu handeln. Aus den Bildern, die die Terraner zu sehen bekamen, sprach deutlich der Stolz, den die Perlians empfanden. Sie schienen moralisch unanfechtbare Gründe für ihr Vorhaben zu besitzen.

Hole Hohle sprach das aus, was die Männer dachten.

„Sie halten uns für Verbrecher", sagte er. „Ich wünschte, ich könnte verstehen, was man uns vorwirft. Entweder handelt es sich um eine Verwechslung, oder wir haben irgend etwas getan, was an den Rechtsbegriffen der Perlians gemessen ein unverzeihliches Vergehen ist. Das heißt, nicht wir allein sind schuldig, sondern das Solare Imperium in seiner Gesamtheit."

„Das könnte bedeuten, daß wir soeben eine ... eine Gerichtsverhandlung miterlebt haben", sagte Overmile. „Vielleicht hat man uns schon verurteilt."

„Wir haben unsere Verteidigungsrede noch nicht gehalten", sagte Hohle spöttisch. „Ich hoffe, daß einer der sieben Perlians unser Verteidiger ist."

Die Bilder auf der Transparentwand wurden immer unverständlicher. Die Symbolik der einzelnen Geschehnisse war nur schwer zu erkennen.

Dafür war das letzte Bild von eindringlicher Klarheit.

Die fünf Terraner sahen sich selbst auf der Transparentwand. Einige Perlians erschienen und hoben befehlend die Arme. Haagard beobachtete, wie die Projektion seines Körpers allmählich verblaßte.

„Unser Todesurteil!" brachte Overmile hervor. „Haben Sie es gesehen, Major? Man hat uns zum Tode verurteilt. Wir haben ein Verbrechen begangen, ohne etwas davon zu wissen."

„Schweigen Sie!" befahl Hole Hohle barsch.

Es wurden keine weiteren Bilder gezeigt. Die Transparentwand wurde hell, und die Männer konnten das Meer sehen. Die sieben Perlians waren verschwunden. Haagard sah gerade noch, wie ein paar Schwimmroboter die Kontakthauben abtransportierten.

Die Gefangenen durften ihre Hauben ebenfalls abnehmen.

„Ich bin gespannt, auf welche Weise unsere Hinrichtung erfolgt", meinte Olney.

Das war ein für den jungen Offizier typischer Ausspruch, dazu geeignet, Overmiles Panik noch zu schüren.

„Keine Angst“, sagte Fellmer Lloyd. „Man hat nicht vor, uns zu töten.“

Haagard starrte den Mutanten an. Offenbar hatte sich Lloyd genügend erholt und war in Gedankenkontakt mit den Perlians getreten.

„Ohne es zu wollen, haben wir den Drittkonditionierten einige Informationen geliefert“, berichtete der Telepath. „Die Perlians wissen jetzt, daß es innerhalb des Modula-Systems zwei große Schiffe gibt, deren Besatzungen potentielle Gegner der Drittkonditionierten sind. Unsere Bezwinger wollen uns dazu benutzen, diese Schiffe zu finden und zu zerstören.“

„Man will uns also zwingen, die CREST IV und die FRANCIS DRAKE zur Landung aufzufordern“, vermutete Hohle grimmig.

Lloyd schüttelte den Kopf.

„Die Generäle haben den Auftrag erhalten, uns bei passender Gelegenheit die Flucht zu ermöglichen. Das soll so unauffällig geschehen, daß wir ahnungslos mit der SJ-Achtundzwanzig zu unserem Mutterschiff zurückfliegen. Die Perlians würden dann unserer Spur folgen.“

Es würde eine deutliche Spur sein, dachte Haagard, selbst für primitve Ortungsgeräte.

Einen Augenblick haßte er Lloyd, weil dieser sein Wissen nicht für sich behalten hatte. Der Gedanke an eine Flucht hatte ihnen ihre Gefangenschaft erträglich erscheinen lassen. In ihren Überlegungen hatten sie sich mit Fluchtplänen beschäftigt und waren dadurch abgelenkt worden.

Aber nun hatte Fellmer Lloyd ihren Hoffnungen ein jähes Ende gesetzt.

Wenn die Perlians damit rechneten, daß die fünf Männer flohen, dann hatten diese keine andere Wahl, als auf Modula II zu bleiben. Früher oder später, wenn die Ungeduld der Drittkonditionierten groß genug war, würden die Generäle den Befehl erhalten, die Gefangenen zu töten, die offenbar zu ängstlich waren, den leichtgemachten Fluchtweg zu beschreiten.

Haagards Blicke kreuzten sich mit denen Hole Hohles, und in den Augen des Majors las Big Mountain die gleiche Erkenntnis.

Overmile, dem die sich ausbreitende Stille unbehaglich war, sagte verzweifelt: „Wir werden mit der Space-Jet schnell genug sein, so daß sie uns nicht folgen können."

„Natürlich, Korporal", sagte Hohle mit milder Stimme.

Haagard dachte an die vier Schiffsgiganten von OLD MAN, die draußen im Raum standen. So schnell konnte das Diskusschiff nicht sein, um ihnen zu entgehen.

„Wir dürfen den Gedanken an eine Flucht nicht aufgeben", sagte Hole Hohle.

„Allerdings müssen wir dann fliehen, wenn die Perlians es nicht erwarten. Außerdem dürfen wir uns nicht in Richtung der Space-Jet absetzen, sondern müssen uns irgendwo auf der Insel ein Versteck suchen."

Haagard hätte gern gewußt, ob die Worte des Eskimos nur dazu bestimmt waren, Overmile zu beruhigen, oder ob Hole Hohle fest entschlossen war, seine Pläne in die Tat umzusetzen.

Hohles Entschlossenheit war nicht zu bezweifeln.

Aber, so fragte sich Haagard, genügte Entschlossenheit allein, um die Drittkonditionierten und die Generäle zu überlisten?

Während er nachdachte, erhielt er einen festen Stoß in den Rücken. Er fuhr herum. Hinter ihm stand ein General mit erhobener Waffe. Seine Gesten waren nicht mißzuverstehen.

Die fünf Gefangenen sollten abtransportiert werden.

„Sie werden uns jetzt in die vorbereitete Unterkunft bringen", erklärte Lloyd. „Die Flucht werden sie uns allerdings erst später ermöglichen."

Einer der Generäle deutete auf einen Durchgang im Hintergrund der Halle. Die Männer wurden in einen schlauchartigen Gang geführt, der völlig transparent war. Haagard hatte das Gefühl, sich inmitten des Meeres zu bewegen. Der Gang führte durch einen Park und an Kristallgebäuden vorüber. Schwimmroboter und Schwärme winziger Fische begleiteten sie auf ihrem Weg. Ab und zu stieß ein Fisch gegen den unsichtbaren Schlauch und drehte verwirrt wieder ab.

Haagard spürte, daß der Gang allmählich anstieg. Sie näherten sich der Wasseroberfläche. Haagards Hoffnung, sie würden das Meer verlassen, bestätigte sich jedoch nicht.

Ihr Gefängnis war ein kuppelartiger Bau, der wie eine Blase dicht unter der Meeresoberfläche schwebte. Auch hier war ein Teil der Wände durchsichtig.

Der Sergeant warf einen Blick in ihr Gefängnis. Hinter ihm zogen sich die Generäle zurück und schlugen die Tür zu. Unwillkürlich zuckte Big Mountain zusammen.

Die gewaltigen Wassermassen, die ihr Gefängnis umgaben, waren das beste Fluchthindernis.

25.

Das Warten wurde allmählich zur Qual.

Weder von Navo-Nord noch von Modula II trafen Nachrichten ein.

Perry Rhodan begann zu befürchten, daß er fünf Männer, unter ihnen den Mutanten Fellmer Lloyd, tatsächlich verloren hatte.

Er hütete sich jedoch, seinen Bedenken Ausdruck zu verleihen, weil er die schlechte Stimmung der Zentralebesatzung kannte. Wenn er jetzt Pessimismus zu zeigen begann, würde das auf die Moral der Raumfahrer eine verherende Wirkung haben.

Lediglich mit Atlan diskutierte Rhodan über die Möglichkeit eines Fehlschlags.

Ungeduldig wanderten seine Augen immer wieder zur Uhr. Obwohl er wußte, daß der hundert Schiffe starke Verband die Strecke von Navo-Nord bis hierher noch nicht überwunden haben konnte, begann er sich Gedanken darüber zu machen, ob Captain Cal Hirman sein Ziel erreicht hatte. Es war möglich, daß der KC-7 irgend etwas zugestoßen war, was zur Verzögerung ihre Fluges geführt hatte.

Rhodan bekam allmählich Zweifel, ob es sinnvoll war, Danton und dessen Schiff zur Tatenlosigkeit zu verurteilen. Immerhin stellte die FRANCIS DRAKE mit ihrer hervorragenden Ausrüstung einen nicht zu übersehenden Machtfaktor in diesem Raumsektor dar.

Rhodans Überlegungen wurden unterbrochen, als sich der Chef der Ortungszentrale meldete.

Owe Konitzki teilte mit, daß man in den letzten Minuten eine erwachende Aktivität der gegnerischen Ortungsgeräte festgestellt hatte. Die vollautomatischen Anlagen an Bord der vier OLD-MAN-Schiffe schienen wieder anzulaufen, nachdem sie lange Zeit stillgelegen hatten.

Wenige Augenblicke später verließen die Schiffsgiganten ihre Position und schlugen eine weitere Kreisbahn um Modula II ein.

Gleichzeitig empfingen die empfindlichen Geräte an Bord der CREST IV Hyperfunksignale, die von Modula II kamen und offenbar für die OLD MAN-Schiffe bestimmt waren.

Rasto Hims von der FRANCIS DRAKE meldete sich, um Rhodan mitzuteilen, daß man auch an Bord des Freihändlerschiffes ähnliche Beobachtungen machte.

Atlan sah daran einen weiteren Beweis für Roi Dantons Loyalität. Rhodan jedoch überging die Bemerkungen des Arkoniden und beschäftigte sich mit dem Hauptproblem.

„Auf dem zweiten Planeten Modulas geschieht irgend etwas“, sagte er nachdenklich. „Die plötzliche Aktivität der vier Schiffe kommt nicht von ungefähr.“

„Was hast du vor?“ fragte Atlan seinen terranischen Freund.

Da sich im Grunde genommen nichts geändert hatte, zuckte Rhodan nur ratlos mit den Schultern. Er hätte einen Rafferfunkspruch an Hole Hohle absetzen können, doch es war fraglich, ob ein Mitglied der Space-Jet-Besatzung in der Lage war, diesen Funkspruch entgegenzunehmen. Das einzige Ergebnis eines solchen Funkspruchs wäre möglicherweise eine Entdeckung der beiden terranischen Raumschiffe.

Rhodan ahnte, daß die fünf Männer der SJ-28 sich in höchster Gefahr befanden. Vielleicht waren sie schon tot. Solche Überlegungen machten ihm das Warten noch schwerer.

Die Symbolfunksprüche, die von Modula II ausgegangen waren, verstummten wieder. Außer dem Manöver der vier OLD MAN-Schiffe war nichts geschehen. Die Ortungsgeräte der Ultraschlachtschiffe arbeiteten jedoch weiterhin mit höchster Intensität, als warteten sie nur darauf, irgend etwas aufzuspüren.

Rhodan zog die Möglichkeit einer Entdeckung in Erwägung. Wenn die vier Robotschiffe zuschlugen, blieb nur eine rasche Flucht in den Linearraum. Rhodan ließ einen entsprechenden Befehl an die FRANCIS DRAKE durchgeben, der jedoch nicht beantwortet wurde.

Die Minuten verstrichen mit quälender Langsamkeit.

„Wir befinden uns noch immer in der gleichen Situation“, sagte Atlan. „Allerdings ist die Chance für einen erfolgreichen Angriff auf Modula II geringer geworden, nachdem die Ortungsanlagen der OLD-MAN-Schiffe auf Hochtouren laufen.“

Rhodan hörte einen leisen Vorwurf aus Atlans Stimme heraus. Der Lordadmiral der USO hatte Rhodan zu einem Angriff überreden wollen. Jetzt, so erkannte auch der Arkonide, war ein Angriff einem Selbstmord gleichzusetzen.

„Bald haben wir hundert Schiffe zur Verfügung“, sagte Rhodan zuversichtlich. „Dann wird uns niemand daran hindern können, auf Modula II zu landen.“

Perry Rhodan konnte nicht ahnen, daß noch vor dem terranischen Verband andere Schiffe im Modula-System eintreffen würden.

Die Stille in der kleinen Kuppel dauerte nur wenige Augenblicke. Diese Zeit benötigte Hole Hohle, um sich gründlich umzusehen.

„Ich glaube nicht, daß es hier Beobachtungs- oder Abhöranlagen gibt“, sagte er. „Wir können uns ungestört unterhalten und bewegen. Die Perlians rechnen nicht damit, daß wir ausbrechen, bevor sie uns eine Möglichkeit dazu geben.“

Der Major schaltete seinen Antigrav ein und ließ sich zur Kuppeldecke hinaufschweben. Dort gab es eine fünf Meter durchmessende Stelle, durch die man das Meer beobachten konnte. Hier, dicht unter der Oberfläche, schwammen nur wenige Leuchtkörper, aber das Tageslicht war hell genug, um einen mattgrauen Schimmer im Wasser zu erzeugen.

„Das sind soviel wie hundert oder tausend“, meinte Fellmer Lloyd. „Wie sollen wir aus der Kuppel hinauskommen?“

Hohle grinste und griff in eine Tasche seines Kampfanzugs. Er zog zwei Mikrobomben hervor.

„Da ich während des Kampfes auf dem Landefeld schnell bewußtlos wurde, hatte ich keine Gelegenheit, diese Dinger loszuwerden“, sagte er. „Jetzt können sie uns nützliche Dienste erweisen.“

„Was haben Sie vor, Sir?“ erkundigte sich Overmile. „Wollen Sie uns in die Luft sprengen?“

Bevor Hohle antworten konnte, sprach Lloyd. „Ich habe den Bewußtseinsinhalt einiger Generäle sondiert", sagte er. „Sie haben den Auftrag, unsere Flucht nach logischen Gesichtspunkten vorzubereiten. Es wird also noch einige Zeit dauern, bis wir diese Kuppel verlassen können. Daran werden auch die Bomben nichts ändern, Major."

„Ich glaube doch", erwiderte Mash Olney anstelle des Flottillenchefs.

Lloyd, der es offenbar vermeiden wollte, in die Gedanken Hohles und Olneys einzudringen, um sich die notwendigen Informationen zu beschaffen, verschränkte die Arme über der Brust und blickte Hohle mit einer Mischung von Mißbilligung und Bewunderung an.

„Ich werde keinem Plan zustimmen, der unser Leben gefährdet, Major", verkündete er. „Sie können mir nicht nachsagen, daß ich von meinem Vetorecht häufig Gebrauch mache, aber diesmal kann ich Ihnen keine freie Hand lassen. Sie wollen unser Gefängnis aufsprengen und hoffen, daß es uns irgendwie gelingen wird, den eindringenden Wassermassen zu entkommen."

„Der Wasserdruck wird so stark sein, daß wir zerschmettert werden", sagte Overmile mit mühsamer Beherrschung.

„Es kommt darauf an, wie groß die Öffnung ist, durch die das Wasser in die Kuppel eindringt", sagte Hole Hohle unbeirrbar. „Ich werde unmittelbar über dem Boden ein Loch in die Wand sprengen. Wir lassen uns mit dem hereinschießenden Wasser nach oben treiben. Unsere Kampfanzüge werden uns einen gewissen Schutz gegen die hereinbrechenden Wassermassen geben. Ich rechne damit, daß das Wasser knapp unter der Decke zum Stillstand kommt. Dann können wir hinabtauchen, durch die aufgesprengte Öffnung kriechen und zur Oberfläche schwimmen. Ich glaube, die Strecke, die wir zu überwinden haben, ist nicht so groß, daß wir Schwierigkeiten mit der Atemluft bekommen."

„Das hört sich schön an", sagte Fellmer Lloyd. „Was wollen wir jedoch tun, wenn der Wasserdruck so stark ist, daß er die herausgesprengte Öffnung blitzschnell erweitert und vielleicht die ganze Kuppel zum Einsturz bringt?

„Das Material, das die Perlians für ihre Unterwasserbauten benutzen, wird den Belastungen standhalten", sagte Hohle zuversichtlich.

„Sie sind so sicher, daß man annehmen könnte, Sie arbeiten als Statiker für die Perlians“, versetzte Lloyd.

Hole Hohle zeigte sich nicht betroffen. Er lächelte dem Mutanten zu.

Haagard wußte, daß es von Fellmer Lloyd abhing, ob Hohle seinen Plan verwirklichen konnte. Das Gelingen des von Hohle vorgeschlagenen Unternehmens hing von so vielen Dingen ab, daß der Sergeant bezweifelte, ob sie überhaupt eine Erfolgschance hatten. Er hielt sich persönlich für einen durchschnittlichen Schwimmer. Fellmer Lloyd und Hole Hohle konnten sich wahrscheinlich ebenfalls gut im Wasser bewegen. Aber was war mit Olney und Overmile?

Würde der Korporal nervenstark genug sein, um durch die Kuppel zu tauchen und an die Meeresoberfläche zu schwimmen?

Wenn Haagard das verängstigte Gesicht Overmiles sah, überkamen ihn Zweifel.

„Wir warten auf Ihre Entscheidung“, sagte Hohle zu dem Telepathen.

„Nun gut, Major“, sagte er tonlos. „Versuchen wir es.“

Hole Hohle schickte seine vier Begleiter zur gegenüberliegenden Wand.

„Die ersten Sekunden werden die schlimmsten sein“, sagte er. „Wenn das Wasser eine gewisse Höhe erreicht hat, wird es sich beruhigen.“

Haagard ergriff Overmile am Arm.

„Kommen Sie, Korporal“, sagte er. „Wir wollen unsere Plätze einnehmen.“

„Heutzutage kann man für einen Behälter Salatöl alles bekommen“, sagte Wallen Overmile. „Sogar Unterwasserabenteuer.“

Haagard blickte ihn befremdet an, doch Overmile lächelte. „Keine Sorge“, sagte er zu Haagard. „Ich bin nicht übergeschnappt – *noch* nicht.“

„Noch etwas“, sagte Hohle. „Es besteht die Möglichkeit, daß durch die Öffnung noch andere Dinge außer Wasser hereinkommen. Ich denke vor allem an die Schwimmroboter der Perlians. Sollte ein solcher Fall eintreten, bleibt es jedem von uns selbst überlassen, wie er sich verhält. Wir wissen zu wenig über die perlianischen Roboter, um ihre Gefährlichkeit zu kennen.“

Er entfernte sich von den vier anderen Männern. Haagard beobachtete, wie der Major in der Mitte des Raumes stehenblieb.

„Hinlegen!" befahl Hohle.

„Ich würde es vorziehen, im Stehen zu sterben", bemerkte Olney, während er sich neben Haagard niederließ.

Es war typisch für den Leutnant, in einem solchen Augenblick einen makabren Scherz zu machen.

Hole Hohle warf die Mikrobombe und rannte ein paar Schritte zurück, bevor er sich ebenfalls zu Boden warf. Die Detonation war so stark, daß Haagard glaubte, die Bombe sei unmittelbar neben ihm explodiert. Einen Augenblick hatte er das Gefühl, als würde die Kuppel über ihm zusammenbrechen. In seinen Ohren dröhnte und summte es.

Dann vernahm er ein anderes Geräusch, ein mächtiges Rauschen, das schnell näher kam.

Er hob den Kopf und wurde im gleichen Augenblick von den hereinbrechenden Wassermassen getroffen. Die Welle hob ihn mühelos vom Boden hoch und preßte ihn gegen die Kuppelwand. Dort blieb er hängen und rang nach Atem, während das Wasser auf ihn niedertrommelte. Er schluckte warme, übelschmeckende Brühe. Er würgte und ruderte wie wild mit den Armen, ohne vom Fleck zu kommen.

Er befürchtete, daß die Bombe ein riesiges Loch in die Wand gerissen hatte. Von irgendwoher kam ein knirschendes Geräusch, ein langanhaltendes Ächzen, wie von überbeanspruchtem Material.

Mein Gott, die Kuppel bricht zusammen! dachte Haagard voll panischer Furcht.

Vor ihm schäumte und sprudelte das Wasser. Haagard hörte einen erstickten Laut, dann erhielt er einen heftigen Tritt. Der plötzliche Schmerz in seinem Oberschenkel brachte ihn zur Besinnung. Seine Bewegungen wurden langsamer, und er stellte fest, daß er mit den Füßen den Boden kaum noch berühren konnte. Noch immer schoß das Wasser mit starkem Druck durch die Öffnung ins Innere der Blase. An der Wand, die dem Loch gegenüber lag, brach sich die Flut und schwappte zurück. Das hatten die Männer nicht berechnet, und nun war es für einen Platzwechsel zu spät.

Das Wasser schien zu kochen. Auf der brodelnden Oberfläche hatten sich kleine Schaumberge gebildet.

Haagard unterdrückte die Reaktion seines Körpers und zwang sich dazu, durch die Nase zu atmen. Es gelang ihm immer besser, den Kopf an der Oberfläche zu halten, und gleich darauf sah er Wallen Overmile, der ein paar Meter entfernt im Wasser zappelte. Overmile hielt sich mit ruckartigen Stößen oben; er paddelte wie ein Hund und vergeudete auf diese Weise schnell seine Kräfte.

Haagard drehte den Kopf, um nach den anderen zu sehen.

Hole Hohle befand sich unmittelbar hinter ihm. Der Major hatte seinen Helm verloren. Sein schwarzes, ölig glänzendes Haar war völlig durchnäßt. Fellmer Lloyd schwamm mit kräftigen Stößen von der Wand weg. Seine Arme teilten mühelos das unruhige Wasser. Von Mash Olney konnte Haagard nichts sehen. Offenbar war der junge Leutnant abgetrieben worden.

Je mehr Wasser ins Innere der Kuppel strömte, um so ruhiger wurden die Wellen. Die Heftigkeit des ersten Ansturms war vorüber. Das Wasser stieg schnell, und die fünf Männer ließen sich mit in die Höhe treiben. Allmählich änderte auch Overmile den Rhythmus seiner Bewegungen. Er begriff, daß er kaum etwas tun mußte, um an der Oberfläche zu bleiben.

Haagard fragte sich, wie hoch das Wasser steigen würde, bevor die komprimierte Luft es aufhalten würde. Wahrscheinlich würde den Männern nur ein schmaler Raum zum Atmen bleiben. Es war am besten, wenn sie nicht solange warteten, sondern schon früher zu tauchen begannen. Je länger sie ausharrten, desto größer wurde der Druckunterschied zur Meeresoberfläche, so daß die Gefahr bestand, daß der eine oder andere von ihnen bewußtlos wurde.

Plötzlich erlosch die Deckenlampe. Es drang zwar noch Licht durch die transparenten Teilstücke der Wände herein, aber das genügte kaum, um Haagard den am nächsten schwimmenden Mann erkennen zu lassen. Die Dunkelheit würde für die ungeübten Schwimmer eine zusätzliche Belastung sein.

„Hier ist Ihr Helm, Sir!" hörte Haagard Leutnant Olney rufen. „Ich habe ihn festgehalten, als er auf mich zugetrieben wurde. Ich wundere mich, daß er nicht untergegangen ist."

Hohle nahm seinen Helm in Empfang und befestigte ihn.

„Trauen Sie sich zu, als erster einen Tauchversuch zu unternehmen?" fragte er Olney.

„Ja“, sagte der junge Offizier. „Ich schlage jedoch vor, daß wir noch warten. Die Blase ist erst zur Hälfte gefüllt.“

Hohle stimmte zu.

Inzwischen hatte sich die Wasseroberfläche soweit beruhigt, daß Haagard sich auf den Rücken legen konnte. Nur in der Mitte der Kuppel sprudelte das nachfließende Wasser noch in die Höhe.

Ab und zu ging ein Knirschen durch die Kuppelwandung. Jedesmal, wenn diese Geräusche lauter wurden, hielt Haagard den Atem an. Er erbrach einen Teil des unangenehm riechenden Wassers, das er geschluckt hatte. Den anderen erging es nicht besser, und vor allem Overmile hatte Atemschwierigkeiten.

Im Halbdunkel konnte Haagard nur ab und zu den Kopf eines vorbeischwimmenden Mannes sehen.

„Versuchen Sie es jetzt, Leutnant“, ordnete Hohle an. „Wenn Sie nicht zurückkommen, schicke ich den nächsten hinterher.“

Sie hörten, wie Mash Olney tief Luft holte. Gleich darauf tauchte er unter. Es dauerte nur wenige Augenblicke, bis er wieder hochkam und den Atem ausstieß.

„Der Druck des hereinströmenden Wassers ist noch zu stark“, erklärte er. „Ich wäre vielleicht durchgekommen, aber die Öffnung ist scharfkantig, so daß die Gefahr bestand, daß ich irgendwo hängenblieb.“

„Ist das Loch groß genug, daß auch Haagard durchkommt?“ wollte Lloyd wissen.

„Er wird durchkommen“, meinte Olney. „Aber die Öffnung wird schwer zu finden sein, wenn der Druckausgleich hergestellt ist. Ich bin der Strömung gefolgt, weil ich die Sprengstelle nicht sehen konnte.“

Das bedeutete, daß mit der Suche nach dem Ausgang weitere kostbare Sekunden verstreichen würden, während denen die Männer den Atem anhalten mußten.

Haagard hatte das Gefühl, daß das Wasser jetzt langsamer stieg. Er geriet mit dem Kopf in einen Schaumberg und wandte sich angeekelt ab. Die Perlians mochten sich in dieser brakigen Brühe wohlfühlen, aber er würde froh sein, wenn er sie wieder verlassen konnte.

„So, ich unternehme jetzt einen zweiten Versuch“, kündigte Olney an.

Diesmal kam er nicht zurück.

„Jetzt sind Sie an der Reihe Korporal", sagte Hohle.

Overmile antwortete nicht, aber sie hörten ihn angestrengt paddeln.

„Ich . . . komme nicht runter, Sir", sagte er schließlich mit erstickter Stimme.

„Stellen Sie sich vor, wir schwimmen in Salatöl", bemerkte Hohle spöttisch. „Vielleicht schaffen Sie es dann."

Wallen Overmile verstärkte seine Anstrengungen, aber als Haagard schon gehofft hatte, der Korporal hätte es geschafft, kam dieser schnaubend wieder nach oben.

„Das Wasser stellt mir die Luft ab", stieß er hervor. „Außerdem brennt es teuflisch in den Augen."

„Trainieren Sie noch ein bißchen", empfahl ihm Hohle kaltblütig. „Inzwischen können Sie tauchen, Lloyd."

Der Mutant verschwand und kam nicht zurück.

„Es scheint zu klappen", stellte Hohle erleichtert fest. „Nun sind Sie an der Reihe, Haagard."

„Lassen Sie es mich noch einmal versuchen, Sir", mischte sich Overmile ein. „Ich glaube, daß ich jetzt soviel Wasser geschluckt habe, daß ich nicht mehr ertrinken kann."

Der Korporal gab sich große Mühe, tapfer zu sein.

Als er untergetaucht war, sagte Hohle: „Wir schwimmen ihm nach, Sarge. Vielleicht können wir ihm helfen."

Haagard empfand einen ausgeprägten Widerwillen, den Kopf unter das Wasser zu senken, aber er wußte, daß ihm nichts anderes übrigblieb. Als er sich mit den Beinen vorwärtsstieß, spürte er eine schwache Aufwärtsströmung. Er schlug die Richtung ein, in der er das Loch vermutete. Wäre Overmile nicht gewesen, hätte Haagard die Stelle verfehlt.

Der Korporal bemühte sich verzweifelt, ins Meer hinauszugelangen, aber er war viel zu behutsam, um gegen die immer noch hereinströmenden Wassermassen anzukommen.

Haagard schwamm über ihm und packte ihn am Kragen des Kampfanzugs. Hohle kam hinzu und half ebenfalls. Es gelang ihnen, den Korporal durch die Öffnung zu schieben. Draußen stieg Overmile sofort in die Höhe – viel zu schnell, wie Haagard erkannte.

Hohle stieß die Luft aus, und rotleuchtende Sauerstoffbläschen wirbelten der Oberfläche entgegen. Haagard hatte ein Gefühl, als müßten seine Lungen vor Anstrengung zerreißen. Er stieß die Luft aus. Es kostete ihn große Überwindung, nicht nach Atem zu schöpfen. Er spürte kaum, wie er nach oben schwamm.

Dann brach sein Kopf durch die Oberfläche, und er rang nach Sauerstoff.

Olney und Lloyd hatten mit Hilfe ihrer Antigravfelder bereits das Wasser verlassen und schwebten einige Meter über Haagard. Hole Hohle bemühte sich um Overmile, der offenbar die Besinnung verloren hatte. Haagard wollte dem Major zu Hilfe kommen, als er fühlte, wie etwas sein rechtes Bein umklammerte. Gleichzeitig wurde er mit unwiderstehlicher Gewalt in die Tiefe gezogen.

„Major! Ich . . ." Das Wasser schlug über ihm zusammen und erstickte seine Stimme. Er versuchte, sich aus der Umklammerung loszureißen. Unmittelbar unter sich sah er die verschwommenen Umrisse eines Schwimmroboters. Der Angreifer hatte zwei seiner Spiralarme um Haagard geschlungen und zog den Sergeanten dem Meeresgrund entgegen. Haagard begann sich verzweifelt zur Wehr zu setzen. Die Abwärtsbewegung hörte auf. Der Roboter bemühte sich, einen weiteren Metalltentakel um Haagards Bein zu schlingen. Wish Haagard wußte, daß er verloren war, wenn ein zweiter Roboter dem ersten zu Hilfe kam.

Die Atemnot brachte Haagard in Bedrängnis. Er krümmte sich und packte die Arme des Roboters mit den Händen. Während er daran zerrte, kamen Lloyd und Olney heran und stürzten sich auf den Roboter. Sie packten den Metallkörper, ohne die tastenden Spiralarme zu beachten. Der Roboter geriet einen Augenblick in Verwirrung. Er wußte nicht, welchem der Gegner er sich zuwenden sollte.

Haagard spürte, wie die Umklammerung sich lockerte. Mit einer letzten Anstrengung riß er sich los und glitt nach oben. Seine gemarterten Lungen sogen die feuchtwarme Luft in sich ein.

„Was ist geschehen?" fragte Hohle, der Overmile nicht allein lassen konnte.

„Ein Roboter!" Die Stimme des Sergeanten klang atemlos. „Olney und Lloyd kämpfen noch gegen ihn."

„Schnell! Halten Sie Overmile!" befahl Hohle.

Mash Olney erschien an der Oberfläche.

„Lloyd sitzt fest“, sagte er.

Haagard hatte den Major und Overmile erreicht. Er stützte den Korporal, und Hohle tauchte. Olney holte noch einmal tief Luft und folgte ihm. Einige Sekunden verstrichen. Sie kamen Haagard wie Minuten vor. Er begann zu befürchten, daß keiner der Männer wieder auftauchen würde, doch dann erschienen sie nacheinander an der Oberfläche.

„Wir haben ihn abgeschüttelt“, sagte Hohle. „Wir müssen schnell das Wasser verlassen, bevor er zurückkommt oder Verstärkung anfordert.“

Wallen Overmile kam zu sich. Er stieß unartikulierte Laute aus und begann um sich zu schlagen. Hohle kam herangeschwommen.

„Wir heben ihn gemeinsam aus dem Wasser“, ordnete er an.

Sie erhoben sich aus dem Meer. Von ihren Kampfanzügen troff das Wasser. Olney und Lloyd flogen unter ihnen. Es gelang dem Eskimo, Overmiles Antigrav einzuschalten, so daß sie den Korporal nur noch zu steuern brauchten.

Olney setzte sich an die Spitze und flog dem Ufer des Inselkontinents entgegen.

„Wir müssen nach Norden!“ rief Hole Hohle.

Olney verlangsamte seinen Flug. Seine Haltung drückte Verständnislosigkeit aus.

„Warum nach Norden, Sir? fragte er. „Die Space-Jet befindet sich nach wie vor auf dem Landefeld des Raumhafens.“

„Wir haben keine Chance, sie zu erreichen“, erklärte der Major. „Die Perlians haben inzwischen von unserer Flucht Kenntnis erhalten und werden verhindern, daß wir ihre Pläne durchkreuzen, deshalb werden wir nach Norden fliegen.“

„Aber dort befindet sich das Industriezentrum der Insel“, wandte Olney ein.

„Ich weiß“, erwiderte Hohle. „Aber es gibt auch Dschungelgebiete und Sumpflandschaften. Ich nehme an, daß wir ein geeignetes Versteck finden. Hier ist es im Augenblick zu gefährlich für uns.“

„Lassen Sie mich los, Sarge“, sagte Overmile. „Ich kann wieder fliegen.“

Haagard löste sich von dem Korporal.

Die fünf Männer hielten sich dicht über der Meeresoberfläche. Die Luft erschien Haagard unerträglich schwül. Die Strapazen der letzten Stunden hatten ihn erschöpft. Er hoffte, daß sie bald einen Platz fanden, wo sie sich ausruhen konnten. Außerdem brauchten sie Trinkwasser. Sie hatten zwar ein paar Nahrungskonzentrate dabei, die ihren Hunger stillen würden, aber Haagards aufgesprungene Lippen und sein ausgetrockneter Mund zeigten ihm, was sie viel dringender benötigten. Das Meerwasser war ungenießbar, und der Sergeant bezweifelte, daß sie in den Sümpfen eine Quelle fanden.

Die Kampfanzüge trockneten an ihren Körpern. Das Material, aus dem sie bestanden, nahm einen unangenehmen Geruch an.

Haagard hatte den Eindruck, daß die herrschende Dämmerung bereits wieder von der beginnenden Nacht abgelöst wurde.

„Ich glaube, es wird allmählich dunkel, Sir", wandte er sich an Hole Hohle. „Wir sollten ein Versteck aufsuchen, bevor wir uns überhaupt nicht mehr orientieren können."

„Wir nähern uns bereits dem Ufer", sagte Hohle. „Irgendwo finden wir bestimmt eine Höhle, in der wir die Nacht verbringen können."

„Ich bin nicht so sicher", sagte Olney. „Außerdem halte ich es für gefährlich, wenn wir uns irgendwo verkriechen. Das erleichtert unseren Gegnern die Aufgabe, uns zu finden."

Hohle antwortete nicht, und damit war die Entscheidung gefallen. Mash Olney wußte, daß weitere Proteste sinnlos waren.

„Sagen Sie uns, wenn Sie Bewußtseinsströmungen empfangen", sagte Hohle zu Fellmer Lloyd. „Es ist möglich, daß wir Pech haben und in einem Gebiet an Land gehen, wo sich viele Generäle aufhalten."

Lloyd versicherte, daß er in seiner Aufmerksamkeit nicht nachlassen würde.

Allmählich ging das Meer in Sumpfgebiet über. Haagard bemerkte den Unterschied jedoch kaum. Die dunkle Fläche unter ihm schien sich nicht verändert zu haben. Der Gestank jedoch nahm an Intensität zu, und die Männer hörten jetzt häufiger zerplatzende Gasblasen. Einmal nahm Haagard ein Planschen wahr, das darauf schließen ließ, daß sich ein großes Tier im Morast wälzte. Der Gedanke an unbekannte Riesentiere ließ Haagard ihre Suche nach irgendeiner Höhle in einem völlig neuen Licht erscheinen. Sie hatten keine Waffen und konnten sich deshalb keine Auseinandersetzung mit größeren Tieren erlauben. Im allgemeinen stellten Höhlen Zufluchtsorte für alle möglichen Tiere dar.

Im Halbdunkel unter sich sah Haagard seltsame Erhebungen, die wie verkrüppelte Baumstümpfe aussahen. Vielleicht waren es auch aus dem Wasser ragende Felsen.

„Ich befürchte, wir müssen weiter landeinwärts fliegen", sagte Hohle. „Hier können wir nicht landen."

Niemand widersprach, aber jeder wußte, daß sie mit jedem Meter, den sie zurücklegten, dem Gebiet der Generäle näher kamen.

Ein paar Minuten später unternahm Olney einen Landeversuch, aber nachdem er bis zu den Waden im Schlamm eingesackt war, hob er sich vom Boden ab. Es war jetzt so dunkel, daß die Männer kaum noch etwas erkennen konnten. Sie flogen dicht über dem Sumpf. Der faulige Geruch, der vom Boden aufstieg, wurde so stark, daß er einen Brechreiz in Haagard erzeugte.

Plötzlich sagte Lloyd: „Overmile ist zurückgeblieben."

Haagard war so mit seinen eigenen Gedanken beschäftigt gewesen, daß er nicht auf den Korporal geachtet hatte.

„Ich kann seine Gedanken spüren", erklärte der Mutant. „Er befindet sich etwa hundert Meter hinter uns. Er steckt bereits bis zu den Schenkeln im Sumpf."

„Dieser Narr!" zischte Olney. „Warum ist er gelandet?"

„Durst", erklärte Lloyd knapp.

Offenbar hatte Overmile den Versuch gemacht, von der brakigen Brühe zu trinken, und war dabei im Morast steckengeblieben. Sergeant Wish „Big Mountain" Haagard fragte sich, warum der Koch nicht um Hilfe gerufen hatte.

Mit Lloyds Hilfe fanden sie Wallen Overmile schnell. Er war bereits bis zu den Hüften eingesunken.

Hohle stieß eine Verwünschung aus.

„Was soll dieser Unsinn, Korporal?" fragte er scharf. „Niemand hat Ihnen erlaubt, hier zu landen."

„Wir kommen hier sowieso nicht mehr heraus", murmelte Overmile. „Es ist mir egal, wo ich sterbe."

Sie zogen den willenlosen Mann aus dem Sumpf. Der Geruch nach Fäulnis umgab ihn.

„Sie haben nicht dazu beigetragen, unsere Lage zu verbessern“, sagte Hohle wütend. „Fliegen Sie jetzt dicht an meiner Seite. Wenn wir je zurückkommen, wird das disziplinäre Folgen für Sie haben.“

„Wer glaubt denn daran, daß wir zurückkommen?“ fragte Overmile. „Sie etwa?“

Haagard sah nicht, was geschah, aber er hörte ein klatschendes Geräusch, dem ein Aufschrei des Korporals folgte.

„Ich glaube, jetzt geht es ihm wieder besser“, bemerkte Hole Hohle zuversichtlich.

Das erwies sich jedoch als Irrtum, denn ein paar Minuten später begann Overmile vor Schmerzen zu stöhnen.

„Er hat von dem Schlammwasser getrunken“, vermutete Olney aufgebracht. „Es sollte mich nicht wundern, wenn er Fieber bekommt.“

„Ich kann nicht weiterfliegen“, krächzte Overmile. „Wartet auf mich.“

„Sergeant Haagard, bleiben Sie bei Overmile. Wir sehen uns inzwischen nach einem Platz um, an dem wir landen können“, entschied Hohle.

„Haagard flog an die Seite des Korporals und packte ihn am Arm. Wallen Overmile krümmte sich vor Schmerzen. Die drei anderen Männer verschwanden in der Dunkelheit. Haagard war viel zu erschöpft, um Zorn auf Overmile zu empfinden. Er spürte, wie der Korporal unter einem Schüttelfrost erbebte, und hielt ihn fester.

„Ich glaube, ich habe mich vergiftet“, sagte Overmile. Seine Stimme klang so hilflos, daß Haagard unwillkürlich Mitleid mit ihm empfand.

„Unsinn!“ stieß er heftig hervor. „In ein paar Minuten ist alles vorüber.“

Er berührte Overmiles Stirn. Sie war mit kaltem Schweiß bedeckt.

„Es wird bald kühler werden“, sagte Haagard.

„Dieser verdammte Planet!“ fluchte Overmile.

Hohle und Olney kamen zurück.

„Wir haben einen geeigneten Platz gefunden“, berichtete der Major. „Folgen Sie uns. Fellmer Lloyd wartet bereits auf uns.“

Overmile war nicht in der Lage, die Richtung beizubehalten.

Hohle und Haagard nahmen ihn in die Mitte, während Olney vorausflog. Kurz darauf hörten sie die Stimme des Mutanten.

„Passen Sie auf, wenn Sie landen“, warnte Lloyd. „Wir haben nur ein paar Quadratmeter Platz. Ringsum ist weicher Sumpf.“

Der Boden, den Haagards Füße berührten, war weich und nachgiebig, aber man konnte auf ihm stehen. Irgendwo in der Nähe plätscherte Wasser. Overmile sank zu Boden.

„Es ist ein schlechter Platz“, bekannte Hohle. „Aber wir müssen Overmile Gelegenheit geben, sich zu erholen.“

Nicht nur der Korporal brauchte Ruhe, dachte Haagard. Er war sicher, daß er sofort einschlafen konnte, wenn er sich hinlegte.

„Ich übernehme die erste Wache“, erbot sich Hole Hohle.

„Nein“, widersprach Lloyd. „Sie können alle schlafen. Mein Zellaktivator gibt mir genügend Kraft, die ganze Nacht über wach zu bleiben. Außerdem bin ich der einzige, der sofort spürt, wenn sich jemand nähert.“

Als Haagard sich niederließ, verschlug ihm der Gestank fast den Atem. Unwillkürlich richtete er sich wieder auf. Olney, der unmittelbar neben ihm stand, lachte leise.

„Wie gefällt Ihnen Ihr Himmelbett, Sarge?“ fragte er.

Haagard antwortete nicht, sondern unternahm einen zweiten Versuch. Diesmal gelang es ihm, seinen Widerwillen zu überwinden. Er verschränkte die Arme hinter dem Kopf und blieb liegen. Aus dem Sumpf kamen unheimliche Geräusche. Haagard versuchte sie zu ignorieren, aber unbewußt konzentrierte er seine Aufmerksamkeit immer wieder darauf. Obwohl er wußte, daß Lloyd ein zuverlässiger Wächter war, malte er sich in seiner Phantasie aus, wie ihre kleine Insel überraschend angegriffen wurde.

Mash Olney und Hole Hohle ließen sich neben ihm nieder. Es dauerte nicht lange, und Haagard konnte an den gleichmäßigen Atemzügen Hohles erkennen, daß der Major eingeschlafen war.

Haagard schloß die Augen. Nach einer Weile verfiel er in einen leichten Schlummer, aus dem er jedoch immer wieder hochschreckte. Er war in Schweiß gebadet und wälzte sich unruhig hin und her. Einmal hörte er, wie Hole Hohle aufstand und sich leise mit Fellmer Lloyd unterhielt. Schließlich vermischten sich Traum und Wirklichkeit zu einem Ganzen.

Als Fellmer Lloyd die Männer weckte, fühlte sich Haagard schlechter als bei ihrer Ankunft auf der kleinen Insel. Sein Durst war noch stärker geworden, und er hatte Kopfschmerzen, die sich vom Nacken bis zur Stirn hinzogen. Auch die Brandwunden auf seinem Rücken machten ihm wieder zu schaffen.

„Ich habe aus weiter Ferne perlianische Gedankenimpulse empfangen", sagte Lloyd. „Ein Suchboot scheint sich uns zu nähern."

„Glauben Sie, daß man uns entdeckt hat?" wollte Olney wissen.

„Ich kann keine einzelnen Gedanken unterscheiden", erwiderte der Telepath. „Dazu muß ich warten, bis die Perlians näher herangekommen sind."

„Wir müssen weiter", entschied Hohle. „Hier können wir nicht bleiben. Ich befürchte, daß uns die Perlians und die Generäle auch mit Flugzeugen suchen, sobald die Nacht vorüber ist."

„Wenn wir fliegen, orten unsere Gegner vielleicht den Energieausstoß unserer Rückentornister", gab Olney zu bedenken.

„Das glaube ich nicht", sagte Hohle. „Die Energiequellen auf dem Festland sind so stark, daß sie alles andere überlagern. Erinnern Sie sich daran, daß auch die Ortungsgeräte unserer Space-Jet fast versagten. Wir hätten damit keine kleineren Energiequellen anpeilen können. Ich glaube nicht, daß die Ortungsgeräte der Perlians viel besser sind als unsere."

Sie weckten Wallen Overmile, der im Schlaf stöhnte.

Eine kurze Untersuchung ergab, daß er Fieber hatte. Er hielt sich jedoch für fähig, die Flucht fortzusetzen.

„Wir fliegen weiter auf das Festland zu", sagte Hohle. „In etwa zwei Stunden ist die Nacht vorüber."

Haagard lüftete den Helm und fuhr mit der Hand über sein verklebtes Haar.

„Ich weiß, daß Sie alle mit Schwierigkeiten zu kämpfen haben", fuhr Hohle fort. „Ich bin jedoch sicher, daß wir früher oder später mit Perry Rhodan in Verbindung treten können. Dann wird man uns helfen."

Haagard teilte die Zuversicht seines Vorgesetzten nicht. Er kannte die Grenzen, die Perry Rhodan innerhalb des Modula-Systems gesetzt waren. Bevor nicht ein Verband der Solaren Flotte eintraf, konnte der Großadministrator nichts unternehmen.

Bei Anbruch des Morgens erreichten die fünf Männer einige verlassene Gebäude. Lloyd konnte keinen telepathischen Kontakt herstellen, so daß Haagard sicher war, daß diese halbverfallenen Häuser von den Perlians nicht mehr benutzt wurden. Einige der Hallen waren bereits zur Hälfte im Sumpf verschwunden.

Haagard war davon überzeugt, daß die Generäle und die Perlians die technischen Mittel besaßen, um die endgültige Zerstörung dieses Industriegebietes aufzuhalten, aber aus irgendwelchen Gründen schienen die Drittkonditionierten nicht mehr am Erhalt dieser ungefähr drei Dutzend Gebäude interessiert zu sein. Vielleicht war es auch billiger und einfacher, ein paar Hallen weiter landeinwärts als Ersatz aufzustellen, als sich um die Erhaltung des vom Sumpf bedrohten Abschnitts zu kümmern.

Es war noch so dunkel, daß die Terraner fast weitergeflogen wären. Olney, der dicht über dem Boden flog, entdeckte schließlich ein vor ihm aufragendes Gebäude, und kurz darauf wurden auch die anderen gefunden.

Hohle befahl die Landung auf dem Dach einer Halle. Als Wallen Overmile aufsetzte, brach er wortlos zusammen. Haagard wollte zu ihm gehen, doch Hohle hielt ihn mit einer Hand zurück. Obwohl der Sergeant Hohles Reaktion nicht verstand, blieb er von Overmile fern.

„Es handelt sich offenbar um eine vom übrigen Industriegebiet unabhängige Anlage“, meinte Mash Olney, als er von einem Erkundungsflug zurückkehrte. „Im weiten Umkreis sind keine anderen Häuser zu finden.“

Haagard war so benommen, daß er sich kaum dafür interessierte, was um ihn herum vorging. Alles, was ihn interessierte, war, daß sie hier vielleicht trinkbares Wasser finden konnten. Er hatte während des Fluges einige Konzentrate zu sich genommen, aber sie hatten ihn nur wenig gestärkt. Ungeduldig wartete er auf einen Befehl Hohles, die einzelnen Hallen zu durchsuchen.

Endlich brachen Olney und Fellmer Lloyd auf, um das Innere einiger Gebäude zu untersuchen.

Haagard mußte zurückbleiben. Overmile lag besinnungslos am Boden, und Hole Hohle stand am Rand des Daches und starrte in das mit den Augen kaum zu durchdringende Halbdunkel.

Haagards dumpfer Groll, ausgelöst von Durst und Übermüdung,

richtete sich gegen Hole Hohle. Der Sergeant wußte, daß Hohle alles tat, um sie zu retten, aber diese Überzeugung genügte nicht, um den immer stärker werdenden Wunsch nach Auflehnung zu unterdrücken.

„Drei Männer finden schneller etwas als zwei“, sagte er zornig. „Warum lassen Sie mich nicht ebenfalls losfliegen und nach Wasser suchen?“

Hohle wartete einige Zeit mit seiner Antwort, als hoffte er, daß Haagards Erregung sich inzwischen legen würde.

„Jemand muß bei Overmile bleiben“, sagte er dann.

„Hätte ein Mann nicht genügt, um den Kranken zu beaufsichtigen, Major?“ fragte Haagard.

„Ich habe nichts dagegen, wenn Sie Ihre eigene Meinung vertreten, Sarge“, sagte Hohle sanft. „Wenn Sie jedoch Ihren Unwillen mit unüberlegten Äußerungen abreagieren wollen, müssen Sie damit rechnen, daß ich entsprechend reagiere. Halten Sie es nicht für vernünftig, daß Sie zurückbleiben, um ein Bindeglied zu den beiden anderen Männern herzustellen, wenn diese in Gefahr geraten?“

„Auf mich brauchen Sie keine Rücksicht zu nehmen“, sagte Overmile unvermittelt. „Fliegen Sie beide los. Ich kann hier warten.“

„Nein“, lehnte Hohle ab. „Sie sind zu schwach, um sich nötigenfalls allein verteidigen zu können.“

Nach ungefähr einer Stunde kehrten Olney und Lloyd niedergeschlagen zurück.

„Die Generäle haben alle Hallen ausgeräumt“, berichtete Olney. „Es sind keine Wasseranschlüsse zu finden.“

Haagard seufzte. Das bedeutete, daß sie weiterfliegen mußten, ohne eine längere Pause einlegen zu können.

Plötzlich hörte Haagard ein Summen. Es kam aus der Richtung der großen Industriegebiete und wurde zunehmend lauter. Daran, daß Olney keine Antwort erhielt, erkannte der Sergeant, daß auch die anderen den Lärm wahrnahmen.

„Spüren Sie fremde Bewußtseinsströmungen?“ wandte sich Hole Hohle an Fellmer Lloyd.

„Nein“, sagte der Mutant. „Das Geräusch hört sich jedoch so an, als sei irgendein Flugkörper hierher unterwegs.“

Obwohl er nichts sehen konnte, hob Haagard den Kopf. Er fragte sich, was da herangeflogen kam, und unbewußt stellte er sich einen dunklen, mächtigen Körper vor, der durch die Nacht huschte und seinen Lärm als Drohung vorausschickte. Das Brummen wurde leiser, aber als Haagard aufatmete, verstärkte es sich wieder.

Es kreist über uns, dachte der Sergeant.

Dann fingerte ein goldener Lichtstrahl duch die Dunkelheit.

„Hinwerfen!" schrie Hohle.

Haagard ließ sich zusammensacken, während das Licht über den Sumpf wanderte und alles – Schlick, Morast, Gasblasen, Fäulnis und die Gebäude – in grelle Helligkeit tauchte. Die Luft, von unerklärlicher Elektrizität gefüllt, schien plötzlich zu knistern. Haagard atmete mühsam. Er barg den Kopf in den Armen, und in ihm war der Urinstinkt des gehetzten Wesens, das wie gelähmt darauf wartete, daß der Raubvogel herabstürzte, um seine Klauen in den Körper des Opfers zu bohren.

Das Licht erreichte das Dach, brach sich an zahllosen Erhöhungen und glitt über die fünf Männer hinweg.

„Es sind Flugroboter!" rief Hohle. „Ein ganzer Schwarm."

Wish Haagard drehte sich zur Seite. Über ihm kreisten einige ovale Metallkörper. Sie waren über zwei Meter lang und etwa vierzig Zentimeter breit. An beiden Enden trugen sie starke Scheinwerfer. Da die Roboter in unterschiedlichen Höhen flogen, beleuchteten sie sich gegenseitig.

Die Minuten verstrichen, und die Roboter kreisten noch immer über dem verlassenen Industriegebiet.

„Warum greifen sie nicht an?" fragte Haagard nervös.

„Wahrscheinlich handelt es sich nur um Suchroboter, die auf die nachfolgenden Kampfeinheiten warten", vermutete Olney.

„Der Leutnant könnete recht haben", sagte Lloyd. „Wir dürfen nicht länger hierbleiben."

„Wenn wir fliegen, folgen uns die Suchroboter", wandte Hohle ein. „Ich glaube kaum, daß wir schnell genug fliehen können, um sie abzuschütteln. Außerdem ist es für Overmile besser, wenn wir hierbleiben."

Haagard stand auf. Er bezweifelte nicht, daß die Roboter empfindliche Ortungsgeräte besaßen, mit deren Hilfe sie die fünf Flüchtlinge längst entdeckt hatten. Er versuchte, die Roboter zu zählen. Es waren mindestens zwanzig. Während er sie beobachtete, entfernten sie sich von den alten Hallen. Kurz darauf erloschen die Scheinwerfer. Das eigenartige Summen, das die Ankunft der fliegenden Roboter begleitet hatte, verstummte völlig.

„Sie haben sich zurückgezogen“, sagte Hohle verblüfft. „Was hat das zu bedeuten?“

„Vielleicht sind die Kampfeinheiten schon im Anflug“, vermutete Overmile.

„Nein“, sagte Olney. „Die Perlians nehmen offenbar an, daß wir früher oder später doch versuchen werden, zur Space-Jet zu gelangen. Damit kämen wir ihren Plänen entgegen. Sie warten also ab und beobachten uns. Erst wenn sie feststellen, daß wir uns dem Diskusschiff fernhalten, werden sie uns angreifen lassen.“

„Ich stimme den Überlegungen Leutnant Olneys zu“, sagte Fellmer Lloyd. „Auf jeden Fall sollten wir jetzt weiterfliegen, wenn Overmile dazu in der Lage ist.“

„Es wird gehen“, sagte der Korporal.

„Wir fliegen weiter landeinwärts“, bestimmte Hohle.

Haagard ging zum Rand des Daches. Schlamm und Dreck an seinem Schutzanzug waren getrocknet, ohne den intensiven Geruch zu verlieren. Der Gestank der Sümpfe umhüllte Haagard wie eine Glokke und trug dazu bei, sein Befinden zu verschlechtern. Wenn er schluckte, zog sich seine Kehle vor Trockenheit zusammen.

Am fernen Horizont sah der Sergeant ein Wetterleuchten. Bald würde sich wieder ein Gewitter entladen. Es war so schwül, daß Haagard glaubte, das Dach des Hauses sei geheizt. Da war nirgendwo Kühle, wohin sie auch fliegen würden. Das Bewußtsein, Stunde um Stunde auf dieser Welt bleiben zu müssen, auf der Flucht vor Perlians, Generälen und Robotern, auf der Jagd nach Wasser, auf der Suche nach Sicherheit, ließ eine gewisse Gleichgültigkeit in Haagard aufkommen.

Hohle trat an seine Seite. Eine Zeitlang starrten sie gemeinsam in die Morgendämmerung und lauschten auf das ferne Donnern eines beginnenden Unwetters.

Olney und Lloyd waren bei Overmile. Sie versuchten, ihm das zu übermitteln, was er nie besitzen würde: jene Entschlossenheit, die ihn auch in Situationen wie dieser den Mut behalten lassen würde.

„Alles in Ordnung, Sarge?“ fragte Hohle.

„Natürlich, Sir“, sagte Haagard. Dann, etwas leiser: „Tut mir leid, daß ich vorhin die Nerven verlor.“

„Ich kann es verstehen“, erwiderte der Eskimo.

Haagard versuchte, das Gesicht des kleineren Mannes im Halbdunkel zu erkennen, doch das war unmöglich.

„Es kann losgehen, Sir!“ rief Olney. „Overmile geht es verhältnismäßig gut.“

Als sich die fünf Raumfahrer vom Dach des verfallenen Gebäudes abhoben, begann es zu regnen. Haagard nahm den Helm vom Kopf und hielt ihn mit der Öffnung nach oben. Er hoffte, auf diese Weise etwas Trinkwasser gewinnen zu können, wenn der Regen stärker wurde.

Sie flogen eine halbe Stunde durch strömenden Regen. Haagard stellte fest, daß er den Boden seines Helms mit Wasser bedeckt hatte. Er trank einen Schluck. Die Flüssigkeit war warm und hatte einen unangenehmen Geschmack. Haagard spuckte aus und stülpte den Helm wieder über den Kopf. Allmählich wurde der Regen kühler, aber die Luft war noch immer bedrückend.

Haagard hörte auf zu schwitzen. Er öffnete den Brustverschluß des Kampfanzugs und ließ das Regenwasser hineinlaufen. Es brannte in seinen Wunden, tat aber der vom Schweiß klebrig gewordenen Haut gut.

Inzwischen war es so hell geworden, daß Haagard die Umgebung in einem Umkreis von fünfzig bis hundert Metern erkennen konnte. Er wußte, daß sich die Sichtverhältnisse nicht viel bessern würden. Sie hatten die Sümpfe hinter sich gelassen. Nur noch einzelne Tümpel und morastige Seen zeugten davon, daß sie sich im Sumpfgebiet befanden. Der Boden war schwarz und feucht. Olney, der einmal kurz landete, sank bis zu den Knöcheln darin ein. Überall hatten sich große Lachen gebildet. Stellenweise sah Haagard einige kümmerliche Gewächse.

Die Suchroboter der Perlians erschienen nicht wieder. Trotzdem war Haagard sicher, daß sie beobachtet wurden. Die Drittkonditionierten mußten inzwischen bemerkt haben, daß die Flüchtlinge nicht beabsichtigten, ihr Raumschiff aufzusuchen.

Endlich tauchten die ersten Gebäude größerer Industrieanlagen aus den Wolken auf.

„Ich nehme die Gedankenimpulse mehrerer Generäle wahr“, teilte

Lloyd den anderen Männern mit. „Es sind jedoch alles Arbeiter, die nichts von unserer Anwesenheit wissen."

Die Terraner landeten zwischen zwei langgestreckten Hallen und wählten einen überdachten Anbau als Versteck. Der Boden war mit einer Kunststoffmasse überzogen. Hinter den Hallen konnte Haagard die Umrisse eines Turmes sehen.

Der erschöpfte Wallen Overmile erhielt ein notdürftiges Lager eingerichtet. Er fiel sofort in einen unruhigen Schlaf.

„Hier sind wir vorläufig sicher", sagte Hohle. „Ich werde bei Overmile bleiben. Leutnant Olney, Sie suchen die nähere Umgebung ab. Haagard, Sie und Fellmer Lloyd gehen auf Wassersuche. Außerdem müssen Sie versuchen, weitere Informationen über die Kristalle zu bekommen. Belauschen Sie die Gedanken der Generäle in den einzelnen Gebäuden, Fellmer."

Wish „Big Mountain" Haagard war froh, daß er nicht zurückbleiben mußte. Tatenloses Warten hätte ihn nur unruhig gemacht.

Der Mutant und Haagard verließen das notdürftige Versteck. Am Ende der Hallen blieb Fellmer stehen und blickte sich um.

„Diese beiden Hallen sind verlassen", sagte er. „Auch innerhalb des Turmes hält sich niemand auf." Er hob einen Arm und deutete auf einige andere Gebäude auf der gegenüberliegenden Seite des freien Platzes. Sie waren nur undeutlich zu erkennen. „Dort sind Generäle", sagte Lloyd.

Haagard hoffte, daß der Telepath sich auf eine Untersuchung der unbewohnten Gebäude konzentrieren würde, doch Lloyd ließ keine Zweifel daran aufkommen, daß er in die Nähe der Generäle wollte.

„Nur dort können wir weitere Informationen erhalten", sagte er.

„Wir brauchen Wasser, Sir", erinnerte Haagard.

„Ich weiß", sagte Lloyd. „Glauben Sie nicht, daß ich als Zellaktivatorträger die Bedürfnisse anderer Menschen nicht kenne. Ich würde es noch einige Zeit aushalten, aber Sie und die anderen müssen etwas zu trinken bekommen."

Sie überquerten den Platz und kamen in unmittelbare Nähe des hohen Turmes.

Lloyd blieb stehen und legte seinem Begleiter die Hand auf den Arm.

„Warten Sie!" sagte er. „Auf der anderen Seite des Turmes befindet sich ein Fahrzeug. Zwei Generäle steigen aus. Ich kann ihren Gedanken entnehmen, daß sie sich zu einem Kontrollgang in den Turm begeben wollen."

Haagard versuchte, sich ein Bild davon zu machen, was im Innern des Turmes vor sich ging.

„In den Türmen, die überall zwischen den Hallen stehen, befinden sich Kraftwerke mit großen Projektoren", murmelte Fellmer Lloyd. „Die Projektoren sind mit Schwingungsmodulatoren gekoppelt. Damit wird ein Antifeld erzeugt, das genau auf die Frequenz der Kristalle abgestimmt ist und das deren hypnosuggestive Ausstrahlungen vollkommen neutralisiert. Diese Energiefelder überlagern den gesamten Kontinent. Die Modulatoren arbeiten teilweise auf fünfdimensionaler Ebene." Er lachte kaum hörbar. „Kein Wunder, daß unsere Ortungsgeräte nur schlecht funktionierten."

Haagard verstand jetzt, warum die Perlians und ihre Helfer so riesige Kraftwerke gebaut hatten. Ein fünfdimensionales Energiefeld erforderte einen ungeheuren Kraftaufwand.

„Wenn unsere Wissenschaftler einen dieser Türme genau untersuchen könnten, wären sie sicher bald in der Lage, die gleichen Antifelder zu schaffen, die von den Perlians benutzt werden", sagte Lloyd.

Viel problematischer als den Bau solcher Projektoren hielt Haagard das Unternehmen, die Wissenschaftler zu benachrichtigen. Was halfen Lloyd und ihm Erkenntnisse, die sie nicht weitergeben konnten?

Lloyd schienen ähnliche Gedanken zu bewegen, denn er fügte seufzend hinzu:

„Ich wünschte, Tako Kakuta wäre bei uns, damit wir eine Verbindungsmöglichkeit zur CREST IV hätten."

Während Lloyd weiterhin den Gedankenimpulsen der Generäle lauschte, meldete sich bei Wish Haagard wieder der Durst.

„Hier werden wir kaum etwas Trinkbares finden", hörte er sich sagen. „Dazu müssen wir schon in eine der Hallen eindringen."

„Sie haben recht", stimmte Lloyd zu.

Wie schon oft, so hatte Haagard auch jetzt das Gefühl, daß es nichts gab, was den Mutanten erregen konnte. Lloyd wirkte apathisch, ein Mann, der seine Umwelt mit der Gelassenheit eines Philosophen unter halbgeschlossenen Lidern beobachtete. Vielleicht mußte ein Mann so werden, der Gedanken und Gefühle unzähliger intelligenter Wesen kennengelernt hatte.

Haagard sagte sich, daß seine eigenen Gedanken für Fellmer Lloyd uninteressant sein mußten. Im Grunde genommen war das beruhigend, denn es gab Haagard die Sicherheit, daß Lloyd nie tiefer in ihn eindringen würde.

Sie benutzten ihre Antigravprojektoren nicht, weil Lloyd vermeiden wollte, daß der schwache Energieausstoß des Rückentornisters doch noch geortet wurde.

Inzwischen hatte das durch den Regen eingeleitete Unwetter seinen Höhepunkt erreicht; es blitzte und donnerte in raschen Abständen. Die Blitze erhellten oft die gesamte Umgebung, so daß Haagard ab und zu für den Bruchteil einer Sekunde weiter entfernt liegende Hallen und Türme sehen konnte. Immer wieder schlugen die Blitze in die Spitze der Türme ein, ohne jedoch Schaden anzurichten.

Einmal machte er den Versuch, aus einer Pfütze am Boden zu trinken, doch das Wasser war schleimig und verströmte Ammoniakgeruch. Lloyd lachte, als er seinen Begleiter schimpfen hörte.

„Sie sind noch immer nicht durstig genug", stellte der Mutant fest. „Später werden wir froh sein, wenn wir Regenwasser trinken können."

„Es schmeckt widerlich", brummte Haagard angeekelt.

Er wußte jedoch, daß Lloyd recht hatte. Es war unwahrscheinlich, daß sie irgendwo gereinigtes Wasser fanden. Sie würden sich mit dem begnügen müssen, was die Natur ihnen auf dieser Welt zur Verfügung stellte.

Fellmer Lloyd und Wish „Big Mountain" Haagard betraten eine der verlassenen Hallen durch die halbgeöffnete Tür. Das Innere des Gebäudes war beleuchtet.

Haagard und Lloyd erblickten eine Bandstraße, die von Maschine zu Maschine führte. In Hallen wie dieser wurden die staubartigen Kristallmengen, die von den Birnenschiffen herbeigeschafft wurden, für ihren eigentlichen Zweck moduliert. Jeder einzelne Kristall erhielt eine Schwingungsmodulierung. Trafen aber mehrere Kristalle zu einer kritischen Masse zusammen, ergab sich ein sogenanntes Modulationsbild, was für die Kristalle das gleiche wie Intelligenz und Eigeninitiative bedeutete.

Irgend jemand in der Großen Magellanschen Wolke machte sich die Fähigkeit der von Natur aus harmlosen Kristalle zunutzte. Da die Perlians sich als Polizeimacht betrachteten, mußte es Wesen geben, denen sie unterstanden. Die Drittkonditionierten dachten immer wieder voller Ehrfurcht an eine *Erste Schwingungsmacht*. Außerdem hatte Fellmer Lloyd ja bereits festgestellt, daß die Perlians sogenannte Zweitkonditionierte in ihre Überlegungen mit einbezogen. Zwischen den Zweitkonditionierten und den Perlians schien jedoch keine Einigung zu herrschen, denn die Gedanken der Perlians wurden verächtlich, wenn sie dieses Problem berührten.

Es war für Fellmer Lloyd nicht einfach, die abstrakten Gedankengänge der seltsamen Polizisten zu verfolgen. Menschliche Gedanken konnte der Mutant leicht verstehen, aber diese Wasserwesen besaßen eine vollkommen fremdartige Mentalität.

Die beiden Männer durchsuchten die Halle, die sich nicht wesentlich von jenem Gebäude unterschied, in dem sie mit Generälen zusammengestoßen waren.

Die drei großen Inseln, die es auf Modula II gab, dienten offenbar alle als Baugelände für Industrieanlagen der Perlians. Da der Verdacht nahelag, daß es außer Modula II noch mehr Welten gab, auf denen ähnliche Dinge geschahen, bestanden keine Zweifel daran, daß die Perlians eine Aktion größeren Umfangs vorbereiteten: die Invasion der Galaxis!

Dieses Unternehmen war nach Ansicht der Drittkonditionierten keinesfalls ein Eroberungsfeldzug, sondern eine Strafaktion.

Wish Haagard kam immer mehr zu der Überzeugung, daß der einseitige Konflikt zwischen dem Solaren Imperium und den Perlians auf einem Mißverständnis beruhte. Wie konnte man das den Drittkonditionierten klarmachen?

Inzwischen war die Auseinandersetzung bereits im Gange. OLD MAN wurde von den Hypnokristallen kontrolliert. Der Riesenrobot stellte eine große Gefahr für das Solare Imperium dar.

„Wir haben genug gesehen“, drang Lloyds Stimme in Haagards Gedanken. „Diese Hallen ähneln einander alle. Wasser gibt es hier nicht. Wir müssen versuchen, die Unterkünfte der Generäle zu finden. Vielleicht haben wir dort mehr Glück.“

„Ja“, sagte Haagard, und seine Zunge klebte am Gaumen, obwohl er erst ein paar Minuten zuvor, irgendwo dort draußen, aus einer Pfütze diese nach Ammoniak stinkende Flüssigkeit geschlürft und durch die Zähne gespült hatte.

Der Sergeant merkte, daß seine Augen feucht waren und brannten. Seine Stirn war heiß. Ein dumpfer pochender Schmerz über den Augen kam noch dazu. Haagard legte eine Hand in den Nacken und drehte ein paarmal den Kopf hin und her.

„Kopfschmerzen?" fragte Lloyd.

„Ich weiß es nicht", sagte Haagard. Er grinste. Seine Lippen öffneten sich und entblößten seine großen Zähne, die jetzt fast braun waren.

„Vielleicht ist es Fieber?" fügte er hinzu.

Lloyd warf ihm einen Blick zu.

Haagard erschauerte, als sie hinaustraten und der Regen sie traf.

Vielleicht war es wirklich Fieber, und er mußte den anderen zur Last fallen wie Wallen Overmile.

Noch während er überlegte, flogen zwei Roboter über das Hallendach heran. Sie rasten über die beiden Männer hinweg wie große, mattglänzende Insekten.

Der Luftdruck erfaßte Haagard und warf ihn gegen die Hallentür. Der Aufprall preßte die Luft aus seinen Lungen. Er ächzte und sank in die Knie. Lloyd lag vor ihm, und hinter ihm stiegen zwei Rauchsäulen in den wolkenverhangenen Himmel.

Lloyd kroch auf Händen und Knien auf das Hallentor zu.

„Schnell in die Halle!" rief er. „Sie werden es nicht wagen, das Gebäude zu bombardieren."

Mechanisch setzte Haagard sich in Bewegung. Er glaubte, daß die Roboter absichtlich ihr Ziel verfehlt hatten. Dieser Angriff sollte eine Warnung sein, den Gebäuden fernzubleiben.

„Sind Sie verletzt?" fragte Lloyd, als Haagard durch die Tür kam.

Der Sergeant schüttelte den Kopf. Er spähte hinaus, aber er konnte die Flugroboter nicht sehen. Dafür hörte er zwei weitere Explosionen in einigen hundert Metern Entfernung. Er warf dem Mutanten einen bestürzten Blick zu.

„Olney?" fragte er.

Fellmer Lloyd hob die Schultern. „Vielleicht auch Hohle und Overmile", sagte er. „Ich kann im Augenblick die Gedanken unserer

Begleiter nicht lokalisieren. Die Generäle wurden durch die Explosion aufgeschreckt. Es ist schwer, die Impulse Major Hohles und die der anderen in diesem Durcheinander zu finden."

„Hier können wir nicht bleiben, Sir", sagte Haagard drängend. „Wir müssen zurück zu den anderen und das Industriegebiet verlassen. Weiter nördlich befindet sich ein Dschungel. Vielleicht finden wir dort ein Versteck."

Ein Donnerschlag ließ ihn zusammenzucken.

„Das war das Gewitter", bemerkte Lloyd.

Er deutete zum anderen Ende der Halle.

„Wir gehen dort ins Freie", sagte er. „Diesmal werden wir vorsichtiger sein. Da auch hier die arbeitenden Generäle nichts von dem bevorstehenden Angriff wußten, konnte ich die Ankunft der Roboter nicht voraussagen."

Sie durchquerten die Halle. Haagard fragte sich, ob sie nicht versuchen sollten, das Dach zu erreichen. Doch dazu hätten sie die Verkleidung des Kabeltunnels unter der Decke aufreißen müssen. Es war fraglich, ob ihnen das ohne Waffen gelang.

Die zweite Hallentür stand ebenfalls offen. Haagard und Lloyd näherten sich dem Ausgang von der Seite.

Der Mutant spähte hinaus.

„Nichts zu sehen und nichts zu hören", sagte er. „Ich werde einen Versuch wagen."

Er machte ein paar Schritte hinaus. Als nichts geschah, winkte er Haagard zu. Die beiden Männer schalteten ihre Antigravprojektoren ein und flogen dicht an der Halle entlang. Haagard bemühte sich, die Umgebung im Auge zu behalten, doch die Sicht betrug höchstens hundert Meter.

„Ich spüre Olneys Gedanken", berichtete Lloyd. „Er befindet sich ebenfalls auf dem Rückweg zum Versteck."

Fellmer Lloyd änderte die Richtung. Kurz vor dem freien Platz trafen sie mit Olney zusammen. Der junge Leutnant blickte sich nach einer Deckung um, als Haagard und Lloyd herabsanken.

„Wir sind es!" rief Lloyd.

„Ich bin von Robotern angegriffen worden", erklärte der Offizier. „Ich befürchtete schon, sie wären zurückgekommen."

„Auch wir haben ihre Bekanntschaft gemacht", sagte Lloyd.

Sie kehrten zu Hohle und Overmile zurück. Der Korporal war erwacht. Er lehnte mit dem Rücken an der Hallenwand. Seine Augen waren glasig, das Gesicht wächsern. Er starrte den drei Männern entgegen, als würde er sie nicht erkennen.

„Ich habe Explosionen gehört“, sagte Hohle besorgt.

Lloyd berichtete in wenigen Worten, was geschehen war.

Der Major nickte nachdenklich.

„Die Perlians scheinen zu wissen, wo wir uns aufhalten“, sagte er. „Der Angriff der Roboter soll uns dazu bringen, dieses Gebiet zu verlassen. Die Drittkonditionierten rechnen offenbar damit, daß wir doch versuchen werden, die Space-Jet zu erreichen, wenn wir in die Enge getrieben sind.“

„Was wollen wir tun?“ fragte Olney. „Ich möchte es nicht darauf ankommen lassen, die Perlians noch ungeduldiger zu machen.“

„Hm!“ machte Hohle. Seine dunklen Augen blickten von einem zum anderen.

„Warum erfüllen wir den Perlians nicht ihren Wunsch?“

„Was?“ entfuhr es Haagard. „Sie wollen, daß wir zur Space-Jet zurückkehren, Sir?“

„Wir sollten auf jeden Fall den Anschein erwecken, als würden wir die Richtung zu unserem Schiff einschlagen“, versetzte der Flottillenchef. „Das wird, so hoffe ich, die Perlians dazu bringen, ihre Angriffe gegen uns einzustellen.“

„Wollen wir mitten durch das Industriegebiet fliegen?“ fragte Lloyd.

Hohle schüttelte den Kopf.

„Auf der anderen Seite der Insel schließt sich der Dschungel an die bebauten Gebiete an. Dorthin werden wir uns wenden.“

„Das ist ein großer Umweg“, sagte Lloyd. „Vielleicht sind die Perlians nicht damit einverstanden, daß wir uns unserem Ziel auf diese Weise nähern.“

„Es wird ihnen logisch erscheinen, daß wir nicht direkt den Raumhafen anfliegen“, verteidigte Hohle seinen Plan. „Sie werden unseren Flug quer über die Insel für ein Ablenkungsmanöver halten.“

Haagard wunderte sich über die Sicherheit, mit der Hohle die Reaktionen der Perlians vorhersagen zu können glaubte. Schließlich handelte es sich bei den Drittkonditionierten um wirklich völlig fremdartige Lebensformen. Die Angriffe der Roboter konnten völlig andere Gründe haben, als Hohle glaubte.

Der Sergeant verlieh seinen Bedenken jedoch nicht mit Worten Ausdruck. Er war erschöpft und sehnte sich nach der Sicherheit eines terranischen Schiffes. Er war bereit, jedes Risiko einzugehen, um wieder an Bord der CREST IV zu gelangen. Um das Flaggschiff der Solaren Flotte jedoch erreichen zu können, mußten die fünf Männer ihre Space-Jet zurückerobern. Das würden die Perlians ihnen leichtmachen. Dann kam es darauf an, die CREST IV anzufliegen, ohne daß die Drittkonditionierten das Ultraschlachtschiff und die FRANCIS DRAKE entdeckten.

Haagard trat unter dem Seitenbau hervor. Der Regen kam noch immer in wahren Sturzbächen vom Himmel. Der Sergeant schloß die Augen und lauschte auf den Lärm des abziehenden Gewitters.

Plötzlich wurde er sich der Entfernung bewußt, die ihn, den Terraner, von seinem Heimatplaneten trennte. Er erschauerte bei dem Gefühl einer endlosen Leere. Über ihm prasselte der Regen auf das Vordach, stürzte die Schräge herunter und ergoß sich in unzähligen kleinen Bächen auf dem Boden.

26.

Es hatte aufgehört zu regnen, aber es tropfte und plätscherte noch überall. Es tropfte von den Dächern der primitiven Lagerhütten, von den verkrüppelten Bäumen, den Luftwurzeln, den knollenartigen Blättern und von den in aller Eile angefertigten Rinnen, die zu den Wasserbehältern führten.

Headman Gabal Al Sharett hatte seine Lederjacke abgelegt und stand mit entblößtem Oberkörper vor seiner Hütte.

Sharett wußte nicht, welchen Eigenschaften er seine Wahl zum Headman verdankte; vielleicht hatten die Gurrads erkannt, daß nur ein beharrlich sein Ziel verfolgender Mann bei den Perlians Erfolg haben konnte. Es gab nur wenig Gurrads im Gefangenenlager, die durch die Gefangenschaft nicht gedemütigt waren. Sie weigerten sich, mit den Perlians zu verhandeln. Es gab immer wieder Tote, weil viele Gefangene nicht einsehen wollten, daß sie den Drittkonditionierten hilflos ausgeliefert waren. Ausbrecher wurden von den Robotaufsehern und den Helfern der Perlians rücksichtslos erschossen.

Der Headman schätzte, daß im Lager noch knapp 3000 Gurrads lebten, die auf ihren Abtransport warteten.

Sharett strich über seine nasse Mähne, die vom Nacken bis zum Gesäß hinabreichte. Für einen Gurrad war der Headman ungewöhnlich groß, er maß 1,74 Meter. Sharett war breitschultrig und muskulös. Seine geschlitzten Augen unter der tiefen Stirn glichen denen einer Katze.

Sharetts Haare reichten bis zu den Wangen hinab und trafen sich im Nacken zu dem für die Gurrads charakteristischen mähnenartigen Haarwulst.

Sharett überblickte die aufgeweichte Straße, die sich zwischen den einzelnen Hütten hindurchschlängelte. Die meisten Gefangenen lagen vor ihren Unterkünften und warteten darauf, daß ein neuer Regenguß die unerträgliche Schwüle etwas mildern würde.

Die Hütten der Gurrads bestanden aus biegsamen Hölzern und zusammengetragenen Blättern. Es war das einzige Baumaterial, das ihnen zur Verfügung stand.

Das Gefangenenlager bedeckte eine Fläche von etwa 20 Quadratkilometern und bildete die nordöstliche Grenze des Dschungels. Unmittelbar an das Lager schloß sich ein Teilabschnitt des Raumhafens an. Bei günstiger Witterung konnten die Gurrads ab und zu landende Birnenschiffe beobachten.

Gabal Al Sharett watete durch den Morast von seiner Hütte auf das flache Gebäude auf der anderen Straßenseite zu. Dort waren vor allem junge Gurrads untergebracht. Sharett hatte sein Quartier mit Absicht in die Nähe dieser jungen Kämpfer verlegt, weil er wußte, daß dort am ehesten eine Revolte ausbrechen würde. Es war den Gurrads gelungen, ein paar Waffen ins Lager zu schmuggeln. Der Headman wußte aber, daß sie nicht ausreichten, um die Wachroboter zu überwältigen, die rings um das Lager postiert waren.

Mit einer schnellen Bewegung warf Sharett seine Lederjacke über. Auf der Brustseite war ein Symbol eingestickt, das einen von einem

Pfeil durchbohrten roten Ball zeigte. Jeder Gurrad, der als Guerilla gegen die Drittkonditionierten kämpfte, zeigte dieses Symbol voller Stolz.

Der Headman trug hohe Stiefel und dunkelrote Ledergamaschen. Vor ihrer Ankunft auf dieser Welt war er Unterführer gewesen, aber der Rat der Kommandanten hatte ihn zum Sprecher der Gefangenen bestimmt, obwohl einflußreiche und kampferprobte Männer im Lager lebten, die eher Anspruch auf diese Position erheben konnten.

Sharetts Körper war klebrig vom Schweiß. Er wunderte sich, daß es ihm gelungen war, die Benommenheit abzuschütteln, die oft stundenlang ein klares Denken verhinderte.

Vor der Unterkunft der jungen Kämpfer blieb er stehen. Zwei Gurrads lagen vor den aus dicken Stämmen angefertigten Stufen, die zum Eingang hinaufführten. Die beiden Männer blinzelten träge. Ihre Jacken standen offen, so daß der Headman die behaarten, muskulösen Oberkörper sehen konnte. Einer der Männer hatte unübersehbare Kampfnarben, und er zeigte sie voller Stolz.

„Steht auf!“ knurrte Sharett scharf. „Folgt mir in die Hütte!“

Sie bewegten sich widerwillig. Sie erhoben sich und begannen sich zu strecken. Dabei gähnten und seufzten sie. Sharett ließ ihnen Zeit. Der Stolz eines Gurrads ließ nicht zu, daß man ihn drängte.

„Was wollen Sie, Headman?“ fragte einer der beiden jungen Männer. „Eine Rede halten?“

Sharett hörte den Spott aus der Stimme des anderen heraus und ignorierte ihn. Er war es gewohnt, von allen Seiten angegriffen zu werden. Man hatte ihn zum Headman gewählt, damit er sich solche Ausfälligkeiten anhörte und nicht, damit er mit gleicher Heftigkeit reagierte.

„Vielleicht wollen Sie keine Rede halten“, sagte der andere Gurrad. „Es könnte sein, daß Sie gegen einen von uns kämpfen wollen.“

Diesmal nahm Sharett die Herausforderung an. Er streckte sich und warf den Kopf in den Nacken. Dann schüttelte er seine prächtige Mähne.

„Vielleicht will ich gegen *Sie* kämpfen“, sagte er ruhig und trat einen Schritt vor.

Der andere wich unwillkürlich zurück. Sharett hatte seine körperliche Kraft nie in den Vordergrund gestellt, aber er wußte, daß er sie besaß und sich darauf verlassen konnte. Die anderen spürten diese Selbstsicherheit und ahnten, woher Sharett sie bezog.

„Kommen Sie mit herein“, schlug der junge Gurrad ausweichend vor. „Dort werden Sie jemand finden, der gegen Sie antritt.“

Gabal Al Sharett unterdrückte ein Lächeln. Das war genau die Antwort, mit der er gerechnet hatte.

Sie traten ein. Im Innern der Unterkunft war es fast dunkel. Die Luft kam Sharett stickig vor. Das Dach war an verschiedenen Stellen durchlöchert. Man hörte den Regen herabtropfen. Einige Gurrads schliefen, andere waren mit primitiven Spielen beschäftigt.

„In der vergangenen Nacht wurde in der Unterkunft der jungen Kämpfer wenig geschlafen“, begann Sharett ohne Umschweife. „Ich kann mir vorstellen, daß Sie zusammengesessen und Fluchtpläne geschmiedet haben. Ich will darüber informiert werden, welche Absichten Sie haben.“

Er begegnete unheilvollem Schweigen. Er stand unmittelbar vor der Tür, so daß er sich deutlich gegen das graue Dämmerlicht abzeichnete. Er hatte diese Position absichtlich gewählt, weil er wußte, daß er auf diese Weise die Aufmerksamkeit besser auf sich konzentrieren konnte.

„Vielleicht“, fuhr er gelassen fort, „wäre es besser, wenn Sie Ihre Waffen bei mir ablieferten.“

Das Schweigen schien sich noch zu vertiefen. Sharett glaubte zu spüren, wie sich die Körper der Gurrads versteiften.

Sharett wußte, daß er den Widerstand der jungen Kämpfer brechen mußte, wenn er nicht das Leben aller Gefangenen aufs Spiel setzen wollte.

„Kommen Sie zu mir, Perrahat!“ befahl Sharett.

Clan Perrahat war der Sprecher der jungen Männer. Er besaß großen Einfluß auf die anderen. Er war klein und hager, aber ungemein zäh. Er hatte bei einem Kampf einen Teil seiner Mähne verloren. Perrahat galt als erbarmungsloser Kämpfer und als ein fanatischer Verfechter der Sache der Gurrads. Sharett mochte ihn nicht, obwohl er die Erfolge des anderen anerkennen mußte.

„Was wollen Sie?“ klang eine unangenehm hohe Stimme aus dem Hintergrund der Hütte.

„Mit Ihnen reden“, entgegnete Sharett.

„Dazu brauche ich nicht vor Ihnen zu stehen“, sagte Perrahat angriffslustig. „Sagen Sie, was Sie uns zu sagen haben.“

Plötzlich fühlte sich Sharett von wildem Zorn gepackt. Seine Müdigkeit war verflogen. Er trug die Verantwortung für dieses Lager, aber anstatt ihn zu unterstützen, betrachteten ihn Männer wie Perrahat als Gegner und intrigierten gegen ihn.

„Kommen Sie zu mir!“ sagte der Headman.

Irgend etwas am Klang seiner Stimme veranlaßte den jungen Gurrad zu gehorchen. Sharett hörte, wie jemand in der Dunkelheit rumorte, dann tauchte die zierlich wirkende Gestalt Perrahats vor ihm auf. Perrahats Gesicht wirkte unnatürlich; die Augen waren schräggestellt, und auf der Stirn zeichneten sich wulstartige Falten.

Perrahat stützte eine Hand in die Hüfte, die andere streckte er Sharett entgegen.

Sharett unterdrückte seinen Widerwillen und klatschte mit seiner eigenen Hand gegen die des jungen Mannes. Das war ein uralter Guerillagruß, der gegenseitige Achtung ausdrücken sollte. Sharett befürchtete jedoch, daß Perrahat ihn vor den anderen lächerlich machen wollte.

„Was wollen Sie, Headman?“ fragte Perrahat erneut.

„Es gefällt mir nicht, daß Sie geheime Zusammenkünfte abhalten“, sagte Sharett. „Das zwingt mich dazu, Ihnen alle Waffen abzunehmen und sie unter Verschluß zu halten.“

Clan Perrahats Augen glitzerten. Er konnte nicht stillstehen; seine Füße scharrten unablässig auf dem Boden.

„Wenn der Headman nichts unternimmt, müssen wir etwas tun“, sagte er.

Zustimmendes Gemurmel wurde laut.

„Wollen Sie Headman werden, Perrahat?“ fragte Sharett spöttisch.

„Wenn Sie zurücktreten“, erwiderte der junge Kämpfer.

„Ich könnte zurücktreten“, sagte Sharett versonnen. „Aber dann würden Sie dreitausend Gurrads ins Unglück stürzen.“

„Wir können nicht unglücklicher werden, als wir schon sind“, fauchte Perrahat. „Worauf warten wir noch? Die Perlians werden uns versklaven oder töten. Vielleicht tun sie das mit Ihrer Zustimmung. Vielleicht hat man Ihnen das Leben versprochen, wenn Sie uns an einem Ausbruchsversuch hindern.“

Sharett stand einen Augenblick wie erstarrt. Der ungeheure Vorwurf traf ihn wie ein Schlag. Er hätte nie gedacht, daß der Unwille der Gefangenen bereits soweit angewachsen sein könnte, daß sie so gegen ihren Headman vorgingen.

„Gehen Sie doch!“ knurrte Perrahat wütend. „Was wollen sie noch hier? Niemand hört auf Sie, Sharett. Sie sind nur noch dem Namen nach unser Headman, aber *wir* werden die Geschicke der Gefangenen bestimmen.“

„Ich werde niemals zulassen, daß Männer wie Sie eine unsinnige Revolte anzetteln“, sagte Sharett.

Perrahat lachte verächtlich.

„Sie sind hartnäckig“, sagte er. „Vertrauen Sie auf die verrückten Greise in Ihrer Mitte, die Sie zu Ihren Anhängern zählen können?“

„Ich vertraue darauf, daß auch die jungen Kämpfer früh genug merken, daß Sie sie ins Unglück führen werden.“

Perrahat zuckte mit den Schultern und wollte sich abwenden. Sharetts Hand schoß vor und packte den Jüngeren an der Schulter. Perrahat zuckte unter der Berührung zusammen. Alle Gespräche innerhalb der Hütte waren verstummt.

„Muß ich Sie verprügeln, um die Waffen zu bekommen?“ fragte Sharett bitter. „Wollen Sie es dazu kommen lassen, daß die Gurrads sich untereinander bekämpfen?“

„Ja!“ stieß Perrahat hervor und sprang den Headman an.

Der Angriff kam für Sharett so unerwartet, daß er ins Taumeln geriet. Perrahat knurrte bösartig und versuchte, seinen Gegner am Hals zu umfassen. Allmählich wich Sharetts Bestürzung tiefempfundenem Zorn. Er begnügte sich nicht damit, die wütenden Angriffe des anderen abzuwehren, sondern schlug seinerseits zu. Perrahat wollte ihn beißen, doch Sharett stemmte eine Hand unter das Kinn des Jüngeren und drückte dessen Kopf zurück.

Der Kampf wurde immer verbissener. Perrahat erkannte, daß er nur durch Schnelligkeit und unsaubere Tricks gewinnen konnte, denn der Headman war kräftiger als er. Sharett dagegen vermochte sich nur schwer auf die Kampfweise seines Gegners einzustellen.

Sie wälzten sich am Boden hin und her, während die Bewohner der Hütte den jungen Gurrad anfeuerten.

Sharett wußte, daß die Perlians nicht eingreifen würden. Ihnen war es gleichgültig, was im Gefangenenlager geschah. Die Drittkonditionierten ließen ihre Roboter nur schießen, wenn einer der Gurrads die Grenzen des Lagers überschritt.

Perrahat klammerte sich verzweifelt an Sharett fest; er biß, kratzte und trat. Seine Kräfte schienen nicht nachzulassen, dagegen schien er mit zunehmender Dauer des Kampfes immer wilder zu werden. Sharett wußte, daß er verloren war, wenn er sich die Kampfweise seines Gegners aufdrängen ließ. Dieser Verrückte ließ sich nur mit ruhiger Überlegung besiegen.

Es gelang dem Headman, einen Arm freizubekommen. Er holte aus und schmetterte Perrahat die Faust gegen den Kopf. Clan Perrahat kippte zur Seite, krallte sich aber am Hosenboden des Älteren fest. Sharett tat, als würde er mit der linken Hand erneut zum Schlag ansetzen. Als Perrahat sich duckte, warf Sharett sich herum. Der Schwung löste ihn aus der Umklammerung Perrahats. Bevor der junge Kämpfer reagieren konnte, hatte Sharett sich über ihn geworfen. Mühelos durchschlug der Headman die hochgerissenen Arme des anderen. Clan Perrahat stöhnte und gab die Gegenwehr auf.

Sharetts Wut verflog augenblicklich, als er den jungen Gurrad schmerzverkrümmt am Boden liegen sah. Er ging zum Wasserbehälter, nahm die Schöpfkelle und goß Wasser über Perrahats Gesicht. Der Gurrad schüttelte unwillig den Kopf und richtete sich mühsam auf.

Innerhalb der Hütte war es still geworden.

Gabal Al Sharett warf die Schöpfkelle zurück. Sie landete mit einem Planscher im Behälter.

„Bringt mir die Waffen!“ befahl Sharett.

Offenbar mußten sie das Gefühl haben, daß er sie alle schlagen würde, daß sie alle am Boden liegen würden wie Clan Perrahat. Und sie schienen zu wissen, daß er dazu in der Lage war. Das war eine neue Art von Autorität, die er sich erworben hatte, aber er war nicht stolz darauf; er wartete nur, daß sie die Waffen brachten, damit er hinausgehen konnte, wo es vielleicht ein bißchen kühler war.

Die erste Waffe polterte vor ihm zu Boden. Es war ein Strahlenkarabiner, dessen unterer Lauf zusammengeschmolzen war. Sharetts Augen füllten sich mit Tränen, als er diese armselige Waffe sah. Welche Verzweiflung gehörte dazu, um mit einer solchen Waffe einen

Ausbruchsversuch zu wagen! Er ballte seine Hände zu Fäusten bis es wehtat.

Drei kleinere Waffen lagen jetzt vor ihm, zierlich fast neben dem alten Karabiner.

Er wartete geduldig, doch es wurden keine weiteren Waffen abgeliefert. Er wartete trotzdem, weil er fürchtete, daß er seine Stimme nicht unter Kontrolle bringen konnte. Während er auf die vier Waffen herabblickte, spürte er die erwartungsvolle Stille.

„Das ist alles, Headman“ sagte jemand.

Gabal Al Sharett bückte sich, um die Waffen einzusammeln. Er tat es schnell, fast schüchtern, als sei er im Begriff, einen unverzeihlichen Diebstahl zu begehen. Als er sich aufrichtete, stand Clan Perrahat hinter ihm.

„Wissen Sie, wie weit Sie damit gekommen wären?“ rief Sharett und hob anklagend die Waffen hoch.

Perrahat senkte den Kopf.

„Man hätte Sie alle erschossen!“ schrie Sharett.

Er verließ die Hütte. Draußen warf er den Strahlenkarabiner und die drei Handfeuerwaffen in den Schlamm. Mit den Füßen scharrte er Morast darüber. Er war sicher, daß er beobachtet wurde, aber er wußte, daß niemand die Waffen zurückholen würde.

Von einer anderen Hütte näherten sich zwei Gurrads.

„Franter ist gestorben“, sagte der eine.

Franter war der älteste Kommandant, der im Lager gelebt hatte. Die Nachricht von seinem Tod traf Sharett nicht unerwartet. Vor ein paar Tagen war der alte Gurrad erblindet. Er hatte Sharett zu sich kommen lassen und ihn ermutigt.

„Es gibt mehr Guerillas, als Perlians jemals besiegen können“, hatte er gesagt.

Franter war keiner der ganz großen Guerillakämpfer gewesen, aber einer der zuverlässigsten. Seine selbstlosen Bemühungen hatten mehrere rivalisierende Guerillagruppen zusammengeführt.

Nun war Franter tot, sein Name nur noch Legende.

Sharett riß sich aus seiner Starre.

„Es ist gut“, sagte er ruhig. „Wir werden ihn neben den anderen Kommandanten begraben.“

Das Begräbnis mußte noch heute stattfinden. In dieser Luft ging ein

Leichnam schnell in Verwesung über. Sharett kannte die Gefahren einer sich rasch ausbreitenden Seuche. Als man Sharett zum Headman gewählt hatte, war eine seiner ersten Maßnahmen die Ausrottung eventueller Seuchenherde gewesen.

Die Ernährung der 3000 Gefangenen war ein ebenso großes Problem wie die Sauberkeit. Ab und zu warfen Flugroboter der Perlians Nahrungsmittel über dem Lager ab, doch diese reichten nicht aus, um alle Gurrads zu ernähren. Sharett hatte alle Gewächse des nahen Dschungels untersuchen lassen. Es gab drei genießbare Wurzelarten und verschiedene Pilze, die man essen konnte. In der Anfangszeit waren mehrere Männer erkrankt, doch jetzt hatten sich alle an die fremdartige Kost gewöhnt.

Von ursprünglich 3200 eingelieferten Guerillas lebten noch knapp 3000. Sharett wußte, daß die Sterblichkeitsziffer noch weiter ansteigen würde. Der Headman rechnete jedoch damit, daß die Perlians ihre Gefangenen bald in Birnenschiffe bringen und auf Kristallplaneten absetzen lassen würden.

Sharett wußte, daß es im Grunde genommen keine Rettung für sie gab. Er hoffte zwar noch immer, daß eine Guerillaflotte über diesem Planeten erscheinen und die Anlagen der Perlians bombardieren würde, doch die Wahrscheinlichkeit eines solchen Ereignisses war gering. Die Flotten der Guerillas waren weit verstreut, und man wußte nie, wo sie zuschlugen.

Der Headman kehrte zu seiner Hütte zurück. Auf der schmalen Treppe hockte ein alter Gurrad mit grauer Mähne und begrüßte ihn mit einem Nicken.

„Ich hörte, daß Sie eine Auseinandersetzung mit den jungen Kämpfern hatten", sagte der Gurrad.

„Ja", sagte Sharett knapp. Er hatte keine Lust, mit dem Alten darüber zu debattieren.

Der Alte stand auf. „Sie werden noch mehr Schwierigkeiten bekommen, Headman", prophezeite er.

„Das ist durchaus möglich", gab Gabal Al Sharett zu. „Aber es sind meine Schwierigkeiten. Als ich Headman wurde, rechnete ich nicht damit, daß alles so verlaufen würde, wie ich es mir vorstellte."

Der graumähnige Guerilla kicherte. Seine Hände zitterten, wenn er sie hob, um damit seine Worte zu unterstreichen.

„Mit Franters Tod wird sich vieles ändern", sagte er.

Sharett wurde mißtrauisch.

„Was wollen Sie überhaupt?" fragte er. „Was sollen diese Andeutungen? Was hat meine Arbeit mit Franters Tod zu tun?"

„Nicht so stürmisch, Headman", empfahl ihm der andere. „Sie waren Franters Liebling, wußten Sie das nicht? Franter hatte den Vorsitz im Rat der Kommandanten. Er war es, der Ihre Wahl gegen den Willen der meisten Ratsmitglieder durchgesetzt hatte."

Sharett fühlte, wie ihm das Blut in den Kopf stieg.

„Wer sind Sie überhaupt?" knurrte er den Alten an. „Ich habe Sie bisher nie bei einer Besprechung gesehen."

„Ich bin Cowl Lounsar", erwiderte der andere.

„Diesen Namen habe ich nie gehört."

„Warum auch? Ich bin nie in den Vordergrund getreten."

„Warum tun Sie es dann jetzt?" fragte Sharett ärgerlich. „Lassen Sie mich in Ruhe. Ich werde auch mit dem Rat der Kommandanten fertig."

Der alte Gurrad griff in eine Tasche seiner alten Lederjacke und zog ein Stück Papier hervor. Das Papier war vergilbt, aber die Striche, die mit Pflanzensaft darauf gemalt waren, schienen frisch zu sein.

„Sechzehn Kommandanten gehören dem Rat an", sagte Lounsar. „Nach dem Ergebnis meiner Umfrage zu schließen, sind zwölf gegen Sie. Zwei haben keine Meinung und nur zwei wollen Sie unterstützen. Heute abend soll eine Versammlung stattfinden."

Gegen seinen Willen starrte Sharett auf das schmierige Blatt. Schließlich riß er es dem anderen aus der Hand und zerknüllte es.

„Ich werde zurücktreten, wenn ein neuer Headman nominiert wird", sagte er.

„Es wird keinen neuen Headman geben", antwortete Lounsar.

„Was?" entfuhr es Sharett.

„Der Rat selbst will den Vorsitz über das Lager führen", informierte ihn Lounsar.

Sharett lachte spöttisch. „Die Kommandanten werden ihre Zeit mit Streitigkeiten vergeuden, anstatt Entscheidungen zu treffen. Das wird früher oder später zu einer Revolte der jungen Kämpfer führen. Clan Perrahat wird nicht mitansehen, wie die Autorität sich unter einer Gruppe alter Männer zersplittert."

„Aber er kann es nicht verhindern, daß es dazu kommt“, sagte Lounsar.

Sharett stampfte mit einem Fuß auf. Er wußte nicht, was er von Lounsars Informationen halten sollte. Vielleicht entsprachen sie der Wahrheit. Auf jeden Fall mußte er mit den Ratsmitgliedern sprechen, bevor es zu der Versammlung kam.

„Lassen Sie mich jetzt allein“, sagte er zu dem Alten. „Ich habe noch viel zu tun.“

„Das kann ich mir vorstellen.“ Lounsar grinste. „Wollen Sie sich nicht bedanken, daß ich Sie gewarnt habe?“

„Nein“, sagte Sharett. „Ich glaube nicht, daß Sie mich aus Freundschaft informiert haben.“

„Das stimmt“, gab Lounsar zu. Er drehte sich um und humpelte davon.

In diesem Augenblick ertönte am anderen Ende des Lagers die Alarmpfeife. Die Gurrads hatten sich aus hohlen Stämmen Pfeifen geschnitzt, mit denen sie langgezogene Töne erzeugen konnten.

Lounsar blieb stehen und hob den Kopf.

„Hören Sie?“ fragte er. „Dort ist irgend etwas im Gang.“

Sharett blickte über die Straße und sah die jungen Kämpfer auf die Straße stürmen. Über ihr Ziel gab es keinen Zweifel. Sharett gab sich einen Ruck. Was immer geschehen war, er mußte als einer der ersten dort eintreffen, wo die Pfeife ertönt war. Nur dann konnte er verhindern, daß es zu unliebsamen Zwischenfällen kam.

27.

Der Dschungel war eine dunkelbraune Wand, eine dampfende Mauer aus verfilztem Gestrüpp, niedrigen Bäumen, verschnörkelten Lianen, wuchernden Flechten und regengefüllten Blättern. Das Unterholz war ebenso ein Meer aus Fäulnis, wie die Geburtsstätte neuen Lebens. Alles wuchs und wucherte mit wahnsinniger Eile dem bißchen Licht entgegen, das ab und zu durch die Wolken fiel.

Der Gestank nach Verwesung lagerte über dem Dschungel. Es war fast ein Wunder, daß im Morast zwischen den Wurzeln neue Pflanzen keimten, zu Milliarden, wenn auch nur wenige den Lebenskampf überstehen und bis zur normalen Größe hochwachsen würden.

Die fünf Männer, die das Industriegebiet hinter sich gelassen hatten, flogen jetzt über der freien Zone zwischen dem Dschungel und dem bebauten Land. Mit Chemikalien und Strahlwaffen hatten die Perlians ein Stück Niemandsland geschaffen, um den Dschungel am Vordringen zu hindern. Und die urwüchsige Natur hatte vor den Mitteln der überragenden perlianschen Technik kapituliert. Nur noch vereinzelte Adern graubraunen Mooses wagten sich in das gerodete Gebiet. Einige Samenkörner, vom Wind weggeblasen oder vom Regenwasser mitgespült, hatten im Niemandsland Wurzeln geschlagen und gediehen prächtig. Flugroboter würden ihrem unerwünschten Dasein ein Ende bereiten, bevor sie ihrerseits einen Schwarm von Samenkapseln ausstoßen konnten.

Der Boden war schwarz. In Furchen und Vertiefungen stand Regenwasser.

Sergeant Wish „Big Mountain" Haagard hatte ein Gefühl, als sei alles an ihm geschwollen, seine Füße, seine Hände, seine Zunge; vor allem seine Zunge, die groß und schwer im ausgetrockneten Mund lag wie ein Fremdkörper. Er wußte, daß er Fieber hatte. Seine Umgebung nahm er mit seltsamer Deutlichkeit wahr, ohne sie jedoch zu begreifen.

Er flog hinter Hohle und Olney, dann folgten Overmile und Fellmer Lloyd. Overmile ging es besser, aber er schämte sich und sprach nur wenig.

Obwohl Haagard flog, war er sicher, daß die Landschaft an ihm vorbeiglitt, daß er bewegungslos in der Luft hing. Diese Vorstellung resultierte ebenso aus dem Fieber wie das Gefühl, einen aufgedunsenen Körper zu haben.

„Warten Sie!" rief Fellmer Lloyd. „Ich spüre Gedankenimpulse."

Die Männer hatten sich an diese Warnungen gewöhnt. Sie stoppten ihren Flug und warteten, daß der Mutant Einzelheiten berichtete. Meistens waren es Generäle, die von Lloyd geortet wurden, seltener Perlians.

„Werden wir verfolgt?“ erkundigte sich Hohle.

Der Telepath schüttelte den Kopf.

„Die Bewußtseinsströmungen kommen nicht von den Industriegebieten“, sagte er. „Ich glaube auch nicht, daß Generäle oder Perlians dafür verantwortlich sind.“

Hohle runzelte die Stirn.

„Was hat das zu bedeuten?“ wollte er wissen.

Lloyd schloß die Augen, um sich besser konzentrieren zu können. Dank seines Zellaktivators war er natürlich nicht so erschöpft wie seine vier Begleiter.

„Ich spüre die Mentalimpulse vieler Einzelwesen“, berichtete Lloyd. „Es müssen über tausend sein, die auf einem verhältnismäßig kleinen Platz versammelt sind. Es fällt mir schwer, bestimmte Gedanken zu lokalisieren.“

Haagard fragte sich, ob es auf Modula II außer den Perlians und den Generälen noch andere Wesen gab.

„Wenn wir unsere jetzige Flugrichtung beibehalten, müssen wir bald mit den Fremden zusammentreffen“, sagte Lloyd. „Sie halten sich irgendwo zwischen dem Dschungel und den Randgebieten des Raumhafens auf.“

„Wir sollten auf jeden Fall einen Umweg machen, Sir“, schlug Mash Olney vor.

„Wir sind zu schwach, um uns noch in irgendwelche Auseinandersetzungen einlassen zu können.“

„Wir müssen herausfinden, wer die Unbekannten sind“, entschied der Eskimo. „Vielleicht handelt es sich um Gegner der Perlians. Dann können wir mit ...“

„Still!“ unterbrach ihn Lloyd. „Es sind Gefangene, Major! Vor uns liegt ein Gefangenenlager der Perlians.“

„Ein Gefangenenlager? Wer hält sich darin auf?“

„Wir müssen weiterfliegen“, drängte Fellmer Lloyd. „Je näher wir herankommen, desto mehr kann ich herausfinden.“

Haagard hörte teilnahmslos zu. Das Fieber hatte ihn geschwächt und gleichgültig gemacht.

„Wir müssen vorsichtig sein“, sagte Hohle. „Wir wissen nicht, wer die Bewohner des Lagers sind und wie sie sich uns gegenüber verhalten werden.“

„Sollen wir unsere Deflektorschirme einschalten?“ fragte Overmile.

„Nein“, entschied Hohle. „Sie sollen uns sehen. Wir nähern uns dem Lager langsam, damit sie sehen, daß wir friedliche Absichten haben.“

Sie flogen weiter und stießen bald darauf auf die ersten Robotwächter, die das Lager bewachten.

Es war nicht zu erkennen, ob die Roboter die Ankunft der fünf Terraner registrierten, jedenfalls kümmerten sie sich nicht um die Männer.

Das Lager begann unmittelbar hinter dem Dschungel. Kleinere Hütten, ringförmig aufgestellt, bildeten eine Art Zaun um das gesamte Gebiet.

Inmitten des Lagers standen größere Gebäude, aber sie waren ebenso primitiv wie die Hütten im Außenbezirk. Vermutlich hatten die Gefangenen ihre Unterkünfte selbst errichten müssen. Das Material hatten sie sich aus dem Dschungel beschafft.

In Abständen von fünfhundert Metern standen drei Roboter und hielten Wache.

„Wir landen“, sagte Hohle. „Ich möche nicht über das Lager fliegen. Es würde uns dann schwerfallen, den Gefangenen glaubhaft zu machen, daß wir Feinde der Perlians sind.“

Sie gingen am Rand des Dschungels nieder, genau zwischen einigen weit auseinanderstehenden Büschen. Aus dem dichten Unterholz kamen schmatzende und gurgelnde Geräusche; die meisten Pflanzen waren in ständiger Bewegung begriffen.

„Sie nennen sich Gurrads“, sagte Lloyd. „Es sind die Erbauer und Konstrukteure der Birnenschiffe. Bevor die Perlians kamen, waren sie die Beherrscher der Großen Magellanschen Wolke. Damals waren die Generäle noch ein unbedeutendes Volk. Jetzt werden die Gurrads von den Generälen und den Drittkonditionierten mit Hilfe der Hypnokristalle gejagt.“

Haagards Interesse flackerte auf.

„Was haben Sie noch herausfinden können?“ fragte Hohle den Mutanten.

„Sie führen ein Guerilladasein und schlagen mit ihren Birnenschiffen blitzschnell zu, wenn sie eine Gelegenheit sehen, den Perlians zu schaden. Offensichtlich ist es den Drittkonditionierten bisher nicht gelungen, die Gurrads entscheidend zu schlagen."

Wenn die Gurrads den Perlians noch immer Widerstand leisteten, dann mußten sie nicht nur gute Kämpfer, sondern auch in ihrer technischen Entwicklung weit fortgeschritten sein.

„Die Gurrads sind stolze und leidenschaftliche Wesen", fuhr Lloyd fort. „Eine Kontaktaufnahme wird nicht einfach sein."

Die Wachroboter der Perlians kümmerten sich auch weiterhin nicht um die fünf Männer. Wahrscheinlich hatten sie den Auftrag, nur die Gurrads zu bewachen.

Hole Hohle deutete auf einen schmalen Durchgang zwischen zwei Hütten.

„Versuchen wir es dort", sagte er.

Der Schlamm, durch den sie waten mußten, war zäh und klebte an Haagards Stiefeln. Der Sergeant hätte es vorgezogen, in das Lager einzufliegen, denn er kam nur mühsam voran und mußte gegen ein leichtes Schwindelgefühl ankämpfen.

Hole Hohle kam an seine Seite.

„Schwierigkeiten, Sarge?" fragte der Major.

„Nicht mehr als die anderen", entgegnete Haagard. Er wollte möglichst wenig reden, weil er sich nicht in der Lage fühlte, sich auf ein Gespräch zu konzentrieren.

„Vielleicht bekommen wir jetzt Hilfe", sagte Hohle zuversichtlich.

Der Major und Haagard übernahmen die Spitze. Sie erreichten die beiden baufällig wirkenden Hütten. Die Ritzen zwischen den Stämmen waren mit Schlamm und Blättern zugeschmiert, aber der Regen hatte das primitive Material an vielen Stellen wieder weggeschwemmt. Das Dach ragte nur wenige Zentimeter über die eigentliche Hütte hinweg. Der Eingang war nicht zu sehen.

Sie konnten jetzt auf einen breiten Weg blicken, der mitten durch das Lager führte.

Wish Haagard erblickte einen Gurrad. Im ersten Augenblick erinnerte das Wesen ihn an einen aufrecht gehenden Löwen, doch dann erkannte er, daß der Gurrad einem Menschen viel ähnlicher war als einem Tier. Der Fremde trug enge Lederhosen, die in kniehohen Stiefeln steckten. In einer Hand hielt er eine Jacke, die ebenfalls aus Leder war. Da der Oberkörper des Gurrads frei war, konnte man seine prächtige Mähne sehen.

Haagard gestand sich ein, daß er neben diesem Wesen schmächtig wirken mußte, obwohl er einen Kopf größer war.

„Er hat uns nicht gesehen", flüsterte Lloyd. „Seine Gedanken beschäftigen sich mit irgendeiner Versammlung, die von Gurrads abgehalten werden soll. Sein Name ist Trenkquort."

Vor weiter entfernten Hütten lagen einige Gurrads und dösten. Im Lager war es so still, daß Haagard sich nur schwer vorstellen konnte, daß hier mehr als tausend Gurrads leben sollten.

„Was nun?" murmelte Olney. „Sollen wir einfach zu ihm gehen und ihm die Hand entgegenstrecken? Ich befürchte, eine Kontaktaufnahme wird nicht einfach sein. Er wird sich fragen, wieso wir einfach in das Lager marschieren können. Sein nächster Gedanke wird sein, daß wir irgendwie mit den Perlians in Verbindung stehen."

„Sie haben recht", bekannte Hohle. „Trotzdem müssen wir versuchen, uns mit den Gurrads zu verständigen. Mit ihrer Hilfe können wir vielleicht zur Space-Jet zurückkehren und die Perlians abschütteln, wenn sie uns verfolgen wollen."

Haagard hatte den Eindruck, daß all diese zahllosen Argumente ihnen nur die gefährliche Lage erleichtern sollten. Hohle vereinfachte alles, aber wenn man genau überlegte, wenn man seine Vorschläge und Befehle mit aller logischer Schärfe sezierte, dann kam man schnell dahinter, daß Hohle überhaupt nicht daran glaubte, daß sie mit der Space-Jet je zur CREST IV zurückfliegen würden. Das Diskusschiff war schon mehr ein Wunschtraum als Wirklichkeit; die Fata Morgana einiger Verdurstender.

Hohle hatte etwas von einer Maschine; solange ein Funken Leben in ihm war, mußte er sich irgendwie betätigen.

„Es ist besser, wenn wir nicht alle zusammen gehen", sagte Hohle. „Kommen Sie, Sarge. Wir beide werden den Gurrad begrüßen."

Haagard erbebte unter einem Fieberschauer. Die Hütten verschwammen vor seinen Augen. Der Schlamm unter seinen Stiefelsohlen zog sich wie Gummi.

In weiter Ferne, draußen auf dem Meer, begann es wieder zu donnern.

Haagard richtete seine Blicke auf Hohles Schultern. Hinter dem

Major trat er zwischen den Hütten hervor. Er bemühte sich, dicht bei Hohle zu bleiben.

Der Gurrad warf den Kopf in den Nacken, als er die beiden Männer herankommen sah.

Er blieb bewegungslos stehen – entweder vor Schreck wie gelähmt oder in gespannter Aufmerksamkeit.

Dann begann er zu schreien.

Ringsum wurde es lebendig. Gurrads kamen aus den Hütten. Sie quollen so zahlreich daraus hervor wie Ameisen aus ihren unterirdischen Gängen. Haagard führte eine Hand zur Brust. Er atmete heftig. Hohle sagte irgend etwas, aber der Sergeant verstand es nicht.

Plötzlich ertönte ein langgezogener Pfeifton.

Von allen Seiten kamen die Gurrads herangestürmt. Vier warfen sich auf Haagard. Er hatte mit dem Angriff gerechnet, aber er wehrte sich nicht. Schlamm spritzte hoch, als er nach hinten fiel. Ein Gurrad kniete sich auf ihn. Seine Katzenaugen blickten drohend.

Haagard drehte den Kopf zur Seite. Er konnte sehen, wie Olney, Overmile und Lloyd vorbeigezerrt wurden. Alles war so schnell gegangen, daß auch Hohle kaum Zeit zu einer Reaktion hatte.

Die Gurrads banden die Terraner mit Lianen. Sie wurden nebeneinander auf den festgestampften Boden vor einer Hütte gelegt. Die Gurrads umringten sie. Ab und zu drängten sich weiter hinten Stehende nach vorn, um ebenfalls einen Blick auf die Gefangenen zu werfen. Die Guerillas knurrten sich an und stießen sich mit den Ellbogen.

Dann bildete sich plötzlich eine Gasse. Haagard hob den Kopf.

„Ich glaube, jetzt kommt ihr Anführer“, sagte Lloyd mühsam.

Man hatte eine Liane quer über sein Gesicht geschlungen, so daß ihm das Sprechen schwerfiel.

Ein hochgewachsener Gurrad kam heran. Er blieb vor den fünf Gefangenen stehen und blickte auf sie herab. Sein Gesicht war zu fremdartig, als daß man irgendwelche Regungen darin hätte erkennen können.

Gabal Al Sharett empfand es als eine gewisse Ironie, daß sie nun ihrerseits ein paar Gefangene gemacht hatten.

Fünf Fremde.

Diese Wesen besaßen eine gewisse Ähnlichkeit mit Gurrads. Aber man hätte auch von einer Ähnlichkeit mit Perlians oder ihren Helfern sprechen können.

Sharett wandte seine Blicke von den Unbekannten ab. Seine Gedanken waren aufgewühlt, aber er hatte keine Zeit, unnütze Theorien anzustellen. Er mußte herausfinden, wer diese fünf Fremden waren und woher sie kamen. Es konnten ebensogut Gefangene wie Verbündete der Perlians sein.

„Wer hat sie zuerst gesehen?" fragte Sharett.

Ein junger Gurrad namens Trenkquort meldete sich.

„Zunächst waren es nur zwei", berichtete er. „Als ich schrie, kamen die drei anderen ebenfalls zwischen den Hütten hervor."

Der Headman drehte sich um.

„Zeigen Sie mir die Stelle, wo die fünf Fremden auftauchten", verlangte er.

„Dort drüben." Trenkquort bezeichnete die beiden Hütten mit dem ausgestreckten Arm. „Ich nehme an, sie kamen aus dem Dschungel."

Das bezweifelte der Headman. Diese Wesen sahen nicht so aus, als könnten sie einen Marsch durch den Dschungel überstehen. Außerdem zeigte ihre Kleidung Spuren von Schlamm, ein sicheres Zeichen, daß sie sich außerhalb des Dschungels aufgehalten hatten.

Sie mußten vom Industriegebiet kommen.

Das konnte bedeuten, daß sie Spione der Perlians waren.

Aber wozu schickten die Drittkonditionierten Spione ins Lager?

Sie wußten längst alles, was sie von den Gurrads erfahren konnten.

Sharett grübelte angestrengt nach. Vielleicht waren die Fremden genau im richtigen Augenblick erschienen. Wenn er klug vorging, konnte er sie als Druckmittel gegen den Rat der Kommandanten benutzen. Die Alten würden nicht wagen, ihren Headman während einer so gespannten Lage abzusetzen.

„Sie haben sich kaum gewehrt", sagte Trenkquort. „Sie ließen sich sogar widerstandslos festnehmen."

„Ob sie uns verstehen können?" fragte ein anderer Gurrad.

Sharett schüttelte den Kopf, daß seine Mähne flog.

„Tragt sie in die Hütte!" befahl er den Umstehenden. „Der Rat der Kommandanten soll entscheiden, was mit ihnen geschehen soll."

Sharett beglückwünschte sich im stillen zu diesem Entschluß. Indem er dem Rat die Lösung dieses Problems überließ, lenkte er die Aufmerksamkeit der alten Gurrads von sich ab. Er rechnete mit einem Aufschub von mehreren Tagen. Diese Zeit mußte er dazu benutzen, um die Kommandanten nacheinander umzustimmen.

Erst jetzt, da er Gefahr lief, seine Position als Headman zu verlieren, erkannte er, wieviel ihm diese Aufgabe bedeutete. Sie hatte ihm geholfen, die Gefangenschaft leichter zu ertragen. Außerdem hatte er viel gelernt. Er war sicher, daß kein anderer Gurrad im Lager ein besserer Headman sein konnte als er. Deshalb war er entschlossen, seine Position zu verteidigen.

Sharett sah zu, wie die fünf Fremden in die Hütte getragen wurden. Er ahnte, daß in wenigen Augenblicken die ersten Kommandanten eintreffen würden, um zu erfahren, was geschehen war.

Er unterdrückte ein Lächeln. Er würde das Auftauchen der Fremden dramatisieren, um den alten Quertreibern genügend Beschäftigung zu geben.

Sein Ziel war es, daß möglichst viele Gurrads den Transport zu einem Kristallplaneten lebend überstehen sollten. Auf einem Kristallplaneten hatten sie eher eine Möglichkeit, von anderen Guerillas befreit zu werden als auf dieser gut bewachten Welt. Der Headman war entschlossen, sich durch keine Anfechtungen und Kritiken von seinem bisherigen Vorgehen abbringen zu lassen.

Clan Perrahat tauchte auf. Er zeigte sich vom Kampf mit Sharett gut erholt.

Sharett wollte dem Gurrad zeigen, daß er ihn noch immer als Anführer der jungen Kämpfer betrachtete und gab ihm einen kurzen Bericht von den Ereignissen. Die Laune des Jüngeren besserte sich sofort. Er ließ sich sogar mit Sharett in eine Diskussion ein.

„Ich halte sie für Spione“, sagte er. „Die Perlians wollen offenbar wissen, was im Lager vor sich geht.“

„Um das zu erfahren, brauchen sie nicht diese fünf Fremden zu schicken“, meinte Sharett.

„Ich glaube, unser Abtransport steht kurz bevor“, sagte Perrahat. „Die Perlians wollen herausfinden, ob sie mit Widerstand rechnen müssen.“

Er erinnerte sich, daß er noch vor kurzer Zeit als glühendster Verfechter einer Revolte gegolten hatte und senkte verlegen den Kopf.

„Folgen Sie mir in die Hütte“, schlug Sharett vor. „Wir wollen versuchen, ob wir uns mit den Unbekannten verständigen können.“

„Wir sollten sie foltern“, sagte Perrahat. „Dann erfahren wir am schnellsten, was mit ihnen los ist.“

Der Headman seufzte. Clan Perrahat würde sich nie ändern.

Die beiden Gurrads traten ins Innere der Hütte. Sharett schickte alle außer Perrahat hinaus. Es war dunkel und schwül.

„Soll ich eine Fackel anzünden?“ fragte Perrahat.

Der Headman verneinte. Er wartete, bis seine Augen sich an das Halbdunkel gewöhnt hatten. Er fragte sich, wer der Anführer der Fremden war. Zwei von ihnen waren untersetzt, die anderen groß. Sharett wußte, daß er daraus nicht auf die geistigen Fähigkeiten ihrer Gefangenen schließen konnte.

Die Fremden trugen breite Gürtel. Sharett glaubte nicht, daß sie bewaffnet waren, aber sie schienen verschiedene technische Ausrüstungen zu besitzen. Dafür sprachen auch die flachen Behälter auf ihren Rücken.

Der Headman kniete vor den Gefangenen und musterte sie aufmerksam. Sie hielten seinen Blicken stand. Ihr Interesse schien nicht geringer zu sein als sein eigenes. Er stieß ein drohendes Knurren aus, um zu sehen, ob sie Angst hatten. Sie blinzelten nicht einmal, auch dann nicht, als er seine Stimme hob.

„Woher kommt ihr?“ fragte er.

Der untersetzte Gefangene, dessen Gesicht aussah, als sei es zu einem Lachen verzogen, antwortete in einer unbekannten Sprache. Seine Stimme klang weicher als die eines Gurrads. Als er merkte, daß Sharett ihn nicht verstand, änderte sich sein Tonfall. Innerhalb kurzer Zeit wurde der Headman in verschiedenen Sprachen angeredet, ohne daß er etwas verstand. Schließlich zuckte der Unbekannte resignierend mit den Schultern.

„Es gibt vorerst keine Möglichkeit einer sprachlichen Verständigung“, stellte Sharett enttäuscht fest.

„Sind Sie sicher, Headman?“ fragte Perrahat. „Ich werde den Verdacht nicht los, daß wir getäuscht werden sollen. Ich glaube, diese fünf Männer verstehen genau, was wir reden.“

Sharett lächelte. „Wann werden Sie lernen, nicht immer nur Schlechtes in anderen Wesen zu sehen, Perrahat?“

„Lassen Sie mich eine Fackel holen", schlug Perrahat vor. „Vielleicht verstehen die Gefangenen unsere Sprache, wenn ich ihnen das Feuer vor das Gesicht halte."

„Nein", lehnte Sharett ab. Im stillen erwog er die Möglichkeit, daß der junge Kämpfer recht haben konnte. Es war jedoch gefährlich für die Pläne des Headmans, die Ziele der Unbekannten vorzeitig aufzudecken. Das hätte dem Rat der Kommandanten die Arbeit gespart.

Sharett runzelte nachdenklich die Stirn. War es nicht möglich, daß einige Ratsmitglieder die gleiche Methode eines Verhörs vorschlugen, die Perrahat anzuwenden beabsichtigte?

Er ahnte, daß er in ständiger Nähe der fünf Fremden bleiben mußte, wenn er sie wirklich für seine Zwecke benutzen wollte.

„Wir versuchen es mit Handzeichen", sagte er zu Perrahat. Er glättete seine Jacke und deutete auf den roten Ball mit dem Pfeil, der auf der Brustseite eingestickt war.

„Wenn die Fremden schon einmal mit Guerillas zu tun hatten, müssen sie unser Symbol kennen", sagte er.

Die fünf Gefangenen reagierten jedoch nicht.

„Sie verstellen sich", knurrte Perrahat. „Sie wissen genau, was dieses Zeichen bedeutet."

Sharett antwortete nicht. Er ging dorthin, wo Licht durch den offenen Eingang auf den Boden fiel. Dort begann er einige Zeichnungen in den festgestampften Sand zu ritzen. Bevor er sie jedoch einem der Fremden zeigen konnte, kam Rownberk in die Hütte.

Rownberk war alt und gebrechlich. Es grenzte an ein Wunder, daß er bisher die Strapazen der Gefangenschaft überstanden hatte. Er ging gekrümmt, und seine Mähne war dünn und grau. Seine Augen waren entzündet und von eiternden Geschwüren umgeben.

Rownberk war Mitglied im Rat der Kommandanten.

Er trat wortlos neben Sharett und blickte auf die Zeichnungen. Dann wanderten seine Blicke zu den Gefangenen und zu Perrahat.

„Schicken Sie den jungen Kämpfer hinaus, Headman", sagte der alte Gurrad. „Nicht alle Worte sind für die Ohren eines Knaben bestimmt."

Clan Perrahat stieß ein wütendes Knurren aus und blieb an seinem Platz. Sharett erhob sich und schleuderte das Holzstück, mit dem er gezeichnet hatte, vor Rownberks Füße.

„Kein Guerilla sollte irgendwelche Geheimnisse vor seinen Freunden haben“, sagte er. „Schon gar nicht in der jetzigen Situation.“ Rownberk hustete durchdringend. „Seit wann ist Perrahat Ihr Freund?“ erkundigte er sich spöttisch.

„Freundschaft ist oft eine Frage der Notwendigkeit“, sagte Sharett gelassen.

Rownberks alte Augen begannen zu funkeln, aber er war zu erfahren, um seinen Gefühlen nachzugeben.

Er deutete auf die fünf fremden Männer.

„Sie müssen sofort getötet werden!“ verlangte er.

Sharett erschrak. Das war also die Art, wie der Rat der Kommandanten das Problem aus der Welt schaffen wollte, um sich wieder der Absetzung des Headmans zuwenden zu können.

„Wer sagt, daß sie getötet werden sollen?“ fragte Sharett rauh.

Rownberk richtete sich etwas auf.

„Der Rat!“ brummte er. „Geben Sie den entsprechenden Befehl.“

Sharett war wachsam. Er war gewillt, dem Alten die Stirn zu bieten. Es kam darauf an, wie Perrahat sich nun verhalten würde. Wenn der junge Kämpfer ebenfalls den Tod der Gefangenen forderte, hatte der Headman keine Chance, etwas zur Rettung der Fremden zu tun.

„Es gibt keinen zwingenden Grund, sie sofort zu töten“, sagte Sharett. „Auch wenn es Spione der Perlians sind, können wir sie vielleicht für unsere Zwecke einsetzen. Sind es jedoch Gegner der Drittkonditionierten, werden sie automatisch zu unseren Verbündeten.“

„Ich glaube nicht, daß Sie für Ihre seltsamen Ansichten viele Anhänger finden werden“, sagte Rownberk giftig. „Die jungen Kämpfer werden den Antrag der Kommandanten unterstützen.“

„Glauben Sie?“ höhnte Perrahat. „Warum wollten Sie mich hinausschicken, wenn Ihnen meine Unterstützung so wichtig erscheint?“

Rownberk schnaubte zornig und verließ die Hütte. Seine wütende Stimme klang von draußen herein. Sharett maß den jungen Gurrad mit einem dankbaren Blick.

Perrahat lächelte. „Er war noch arroganter als Sie“, sagte er.

Sharett deutete auf den kleinen Gefangenen mit den dunklen Haaren.

„Binden Sie ihn los und bringen Sie ihn hierher", befahl er. „Ich will sehen, ob er die Zeichnungen verstehen kann."

Der Headman hatte das Sonnensystem in den Boden gezeichnet, auf dessen zweitem Planeten die Gurrads gefangen waren.

Perrahat führte den Gefangenen heran. Der Fremde wußte sofort, worum es ging. Als Sharett auf den Kreis deutete, der den zweiten Planeten darstellte, nickte das dunkelhaarige Wesen. Es blickte sich suchend um. Sharett reichte ihm ein Holzstück und machte eine auffordernde Bewegung.

Der Fremde deutete ebenfalls auf den Kreis und dann auf Sharett und sich. Der Headman grunzte beifällig.

Der Gefangene nahm das Holzstück und malte Zeichen in den Boden, die für Sharett keinen Sinn ergaben.

Sie sahen ungefähr so aus:

Modula II

Dann machte der Fremde hinter dem Kreis, der den ersten Planeten darstellte, einen Strich. Bei dem zweiten Planeten machte er zwei, bei dem dritten drei Striche, Sharett verstand.

Jetzt zeichnete das Wesen zwei kleine Punkte in unmittelbarer Nähe der Sonne. Sharett runzelte die Stirn. Was hatte das zu bedeuten? Gab es dort noch kleine Welten, von denen sie nichts wußten?

Der Gefangene zog eine Linie von einem der Punkte bis zum zweiten Planeten.

Sharett schüttelte ungläubig den Kopf. Wollte der Mann andeuten, daß er von einer winzigen Welt in unmittelbarer Sonnennähe kam? Unmöglich, dachte der Headman.

Er wandte sich an Perrahat.

„Verstehen Sie das?"

„Nein", sagte der junge Guerilla. „Ich glaube, er belügt uns."

Der dunkelhaarige Gefangene unterhielt sich einen Augenblick mit einem seiner Begleiter.

Sharett achtete nicht darauf, sondern blickte auf den Strich, den das Wesen in den Boden gezeichnet hatte. Jetzt verstand er alles. Die beiden Punkte in Sonnennähe stellten Raumschiffe dar. Die fünf Fremden waren mit einem Beiboot auf dem zweiten Planeten dieses Systems gelandet.

Noch immer unterhielten sich die Gefangenen. Perrahat beobachtete sie mißtrauisch.

„Sie kommen von zwei Raumschiffen“, sagte Sharett. „Vermutlich sind es Fremde, die diese Welt untersuchen wollten und dabei in die Gewalt der Perlians geraten sind.“

Perrahat wischte ärgerlich die Zeichnungen aus.

„Ich glaube ihnen nicht!“ stieß er hervor. „Seien Sie vorsichtig, Headman.“

Sharett wurde abgelenkt, als draußen Lärm aufklang.

„Sehen Sie nach, was los ist“, sagte er zu Perrahat.

Der junge Guerilla trat hinaus und kam gleich darauf wieder zurück.

„Es ist das eingetreten, was ich befürchtet habe“, sagte er. „Die alten Kommandanten haben die Gefangenen aufgewiegelt. Sie behaupten, daß Sie fünf Spione der Perlians zu schützen versuchen. Draußen haben sich schon einige hundert Männer versammelt, die die Fremden töten wollen.“

Sharett hatte nicht geglaubt, daß der Rat so weit gehen würde. Schon während der Headman mit Rownberk gesprochen hatte, waren die anderen Mitglieder des Rates von Hütte zu Hütte gegangen, um den Unmut der Gurrads zu schüren.

Sharett begriff, daß seine Lage schlechter war als jemals zuvor. Er konnte nicht damit rechnen, daß Perrahat und die jungen Kämpfer ihn unterstützten, denn Perrahat sah in den fünf Fremden ebenfalls Gegner.

„Es wird Ihnen nichts anderes übrigbleiben, als die Burschen auszuliefern, wenn Sie Ihren eigenen Kopf retten wollen“, sagte Perrahat gleichgültig.

„Tötet die Spione!“ klang draußen eine Stimme auf.

„Geben Sie die Fremden heraus, Headman!“ schrie ein anderer Gurrad.

„Da hören Sie es“, sagte Perrahat. „Sie können nicht verlangen, daß ich jetzt noch hierbleibe, Headman.“

Als Clan Perrahat hinausging, traf er mit Rownberk zusammen, der sich der Hütte näherte. Rownberk stieß ein höhnisches Zischen aus, aber Perrahat zuckte nur mit den Schultern und gesellte sich zu der aufgebrachten Menge.

Der Headman erschien im Eingang der Hütte. Augenblicklich wurde es ruhiger. Sharett ließ seine Blicke über die Versammelten gleiten. Er schätzte, daß inzwischen über tausend Gurrads eingetroffen waren.

„Eine eindrucksvolle Demonstration des Willens", murmelte Rownberk. „Finden Sie nicht auch, Headman?"

„Ich werde jetzt hineingehen und den ersten Gefangenen holen", sagte Rownberk. Er sprach so laut, daß ihn die am nächsten stehenden Gurrads verstehen konnten.

„Der Eingang ist zu schmal für zwei Männer", sagte Sharett ruhig. „Sie müssen an mir vorbei, wenn Sie hineinwollen."

„Wollen Sie einen alten Mann niederschlagen, ein Mitglied des Rates der Kommandanten?"

„Wenn es sein muß", sagte Sharett.

Der alte Guerilla schnaubte ungläubig und machte Anstalten, sich an dem Headman vorbeizuschieben. Sharett holte aus und schmetterte seine Faust mit voller Wucht auf den Kopf des anderen Mannes. Rownberk brach lautlos zusammen.

Sharett achtete nicht auf den Bewußtlosen vor seinen Füßen, sondern richtete seine Aufmerksamkeit auf die Menge. Er sah verschlossene Gesichter und drohend erhobene Arme.

Sharett wartete.

„Er hat den alten Mann zusammengeschlagen!" rief jemand.

Das war das Signal für ein allgemeines Protestgeheul. Sharett wartete, bis sich der Lärm gelegt hatte, dann hob er eine Hand.

„Ruhe!" rief jemand. „Er will etwas sagen."

Sharett fühlte sich auf eine merkwürdige Art gewachsen. Die Hütten ringsum schienen geschrumpft zu sein, und er blickte auf sie herab. Dieses Gefühl ließ sein Herz schneller schlagen, obwohl er äußerlich vollkommen gelassen blieb.

„Ich bin der Headman", sagte er mit weithin hörbarer Stimme. „Ich sage, daß den fünf Gefangenen vorläufig nichts geschieht."

Ein untersetzter Gurrad trat vor. Er hatte eine unsaubere, zerzauste Mähne. Sein rechter Arm war geschient.

„Es sind Spione der Perlians!" schrie er. „Wir müssen sie töten."

Zustimmendes Geheul brandete auf. Rownberk war zu sich gekommen und kroch auf allen vieren davon. Sharett beachtete ihn nicht.

„Wir werden sie töten", sagte Sharett. „Aber es wäre dumm, es bereits jetzt zu tun. Wir können wertvolle Informationen von ihnen erhalten."

Er erhielt unerwartete Hilfe. Perrahat trat vor die anderen.

„Tote können nicht sprechen", sagte der junge Guerilla. „Geben wir dem Headman Gelegenheit, mit den Gefangenen Verbindung aufzunehmen. Wir wählen jemand aus unseren Reihen, der ständig in der Nähe des Headmans bleiben muß, damit wir sicher sein können, daß unsere Wünsche berücksichtigt werden."

Sharett verstand, was Perrahat auf diesem Weg erreichen wollte. Er war sicher, daß man ihn wählen würde. Durch die Wahl würde er dem Headman praktisch gleichgestellt. Als nächstes würde Perrahat Anspruch auf die Position des Headmans erheben. Er wußte genau, daß Sharett keine andere Wahl blieb, als auf diesen Vorschlag einzugehen.

„Ihr alle wißt, wer ich bin", fuhr Perrahat fort. „Jeder weiß, daß ich kein Freund unseres Headmans bin. Laßt mich bei ihm bleiben, solange die Gefangenen noch am Leben sind."

Wenige Augenblicke später hatte sich die Menge verteilt, und Clan Perrahat betrat zusammen mit Sharett die Hütte. Der Headman hatte ein eigenartiges Gefühl, als er dem jungen Gurrad den Rücken zuwandte. Er hatte eine völlig neue Eigenschaft Perrahats kennengelernt, und die gefiel ihm nicht.

Bei Anbruch der Dunkelheit hatten die beiden Gurrads die Hütte verlassen. Haagard lag mit dem Rücken auf dem Boden und überprüfte die Festigkeit der Fesseln. Nachdem Fellmer Lloyd festgestellt hatte, daß alle Gurrads außer dem Headman ihren Tod wünschten, hatte Hohle sich geweigert, weitere Zeichen in den Boden zu ritzen. Daraufhin hatten die beiden Guerillas den Eskimo wieder gefesselt und neben den anderen gelegt.

Wish Haagard wußte, daß draußen vor der Hütte fünf Wächter standen. Es gab keine Fluchtmöglichkeit aus dem Lager der Gurrads. Zum Glück hatte Haagards Fieber nachgelassen, aber er spürte brennenden Durst. Bisher hatten sie von den Guerillas keine Nahrungsmittel erhalten.

Die fünf Männer sprachen kaum miteinander. Sie wußten, daß sie sich in einer aussichtslosen Lage befanden. Ihre einzige Hoffnung war, daß die Perlians eingriffen und sie befreiten. Ab und zu stand einer der Wächter auf und warf einen Blick ins Innere der Hütte. Haagard ahnte, daß der Headman der Gurrads früher oder später nachgeben und ihre Hinrichtung anordnen mußte. Die Guerillas waren verbittert und glaubten nicht daran, daß sie auf dieser Welt Freunde finden konnten. Überall im Lager galten die Terraner als perlianische Spione. Niemand hatte eine klare Vorstellung von der Aufgabe der fünf Fremden, aber jeder verdächtigte sie.

Fellmer Lloyd hatte durch telepathische Kontrolle genau feststellen können, welche Rolle der junge Gurrad, der sich Clan Perrahat nannte, im Lager spielte.

Gabal Al Sharett war ein ausgeglichener Mann. Haagard hielt es jedoch für sinnlos, sich weiterhin um eine Verständigung mit dem Headman zu bemühen, denn Perrahat war ständig in der Nähe. Außerdem konnte Sharett ihnen nicht helfen.

Trotz der gefährlichen Lage, in der sie sich befanden, schlief Haagard in kurzen Abständen immer wieder ein. Er erwachte stets schweißgebadet aus einem Alptraum.

Seine Hände waren auf dem Rücken zusammengebunden, so daß er die Schaltanlage seines Gürtels nicht erreichen konnte. Auch ein stärkerer Mann, als er es war, hätte die Lianen nicht zerreißen können.

Die Terraner wußten durch Lloyds telepathische Erkundigungen, daß die Gurrads innerhalb ihres Lagers tun und lassen konnten, was ihnen gefiel. Die Perlians griffen erst ein, wenn ein Guerilla die Grenzen des Lagers überschritt. Ausbrecher wurden von den Robotern erbarmungslos erschossen. Die Ernährung der Gefangenen war unzureichend, und die Sterblichkeitsziffer stieg ständig. Die Gurrads waren verbittert und gereizt. Es war verständlich, daß sich ihr Zorn gegen die fünf Gefangenen richtete.

Haagard lag im Halbschlaf, als Fellmer Lloyds Stimme nach längerer Unterbrechung wieder aufklang.

„Unsere Wächter werden abgelöst“, berichtete der Mutant. „Wir müssen jetzt vorsichtig sein, denn die fünf Gurrads, die uns jetzt bewachen, haben sich einen teuflischen Plan ausgedacht.“

„Sprechen Sie weiter", forderte Hole Hohle den Telepathen auf. „Wir sind alle wach."

„Einer der Guerillas wird hereinkommen und Sie losbinden, Major", sagte Lloyd. „Die fünf Gurrads rechnen damit, daß Sie uns danach alle von unseren Fesseln befreien. Sobald dies geschehen ist, wollen die Wächter hereinkommen und uns erschlagen. Gegenüber den anderen behaupten sie dann, sie hätten einen Ausbruchsversuch vereitelt. Man wird ihnen nicht glauben, sie aber als Helden feiern. Der Headman wird uns nicht mehr helfen können."

„Ich habe bereits die ganze Zeit mit einem solchen Zwischenfall gerechnet", erklärte Hohle.

„Hoffentlich wissen Sie auch, was wir tun können, Sir", sagte Olney.

Hohle sagte: „Wenn ich Sie nicht losbinde, werden uns die fünf Gurrads trotzdem angreifen und die Fesseln lösen, nachdem wir bewußtlos oder tot sind. Es bleibt uns also keine andere Wahl, als gegen unsere Wächter zu kämpfen."

„Wir sind ihnen körperlich unterlegen", sagte Overmile. „Außerdem wird jeder Kampf Lärm machen. Die fünf Angreifer werden Verstärkung erhalten, und kein Gurrad wird besonders sanft mit uns umgehen."

Sie schwiegen. Jeder überlegte verzweifelt, was sie tun konnten, um die Absichten der fünf Guerillas zu durchkreuzen.

„Wieviel Zeit haben wir noch?" fragte Hohle schließlich.

„Sie wollen nicht warten", berichtete Lloyd. „Es wird nicht lange dauern, bis einer von ihnen hereinkommt."

Haagard stieß eine Verwünschung aus. Was die fünf Gurrads vorhatten, konnte man als kaltblütigen Mord bezeichnen. Wie groß mußte der Haß der Guerillas auf die Perlians sein? Die Drittkonditionierten hatten die Gurrads aus ihrem Lebensbereich vertrieben und zu einem Partisanendasein verurteilt. Nun schlugen die Gurrads gnadenlos zu, wo immer sich eine Gelegenheit dazu ergab. Da die fünf Terraner als Verbündete der Perlians galten, brauchten sie sich nicht zu wundern, daß man sie ebenfalls haßte.

„Können Sie feststellen, ob der Headman in der Nähe ist?" fragte Hohle.

Lloyd konzentrierte sich.

„Nein", sagte er. „Ich kann seine Gedanken nicht unter den anderen lokalisieren."

„Trotzdem müssen wir ihn irgendwie herbeilocken", sagte Hohle. „Ich gebe ein Kommando, bei dem wir alle laut zu schreien anfangen. Ich hoffe, daß das den Headman veranlaßt, zu uns zu kommen."

„Warten Sie, Sir!" sagte Olney hastig. „Wenn wir zu schreien beginnen, könnten wir auch eine unbeabsichtigte Wirkung erzielen. Die fünf Wächter können den Lärm als Vorwand benutzen und über uns herfallen."

„Daran habe ich nicht gedacht", gab Hohle zu. „Aber Ihre Überlegung ist richtig."

„Wir müssen eine schnelle Entscheidung treffen", drängte Fellmer Lloyd. „Einer der Wächter hat sich bereits erhoben. Er redet noch mit den anderen, wird aber gleich hereinkommen, um den Major loszubinden."

„Wir verhalten uns ruhig", entschied Hohle. „Wenn ich meine Fessel los bin, bleibt uns immer noch eine Frist, während der wir darüber nachdenken können, was ..."

Er wurde durch das Auftauchen eines Guerillas unterbrochen. Der Gurrad blieb einen Augenblick im Eingang stehen und zündete eine Fackel an. Die Flamme beleuchtete die eine Hälfte seines Gesichts und verlieh ihm ein wildes Aussehen. Das Licht flackerte, als Wind von draußen hereinkam. Der Schatten der Gurrads huschte über die schlammverschmierten Wände, als das löwenähnliche Wesen sich bewegte.

Haagard zerrte verzweifelt an seinen Fesseln, obwohl er wußte, daß diese Versuche sinnlos waren.

Der Gurrad brummte unwillig, als er vor die fünf Gefangenen trat. Offenbar fiel es ihm schwer, sich zurückzuhalten und nicht sofort auf die Männer einzuschlagen.

Wish Haagard drehte den Kopf seitwärts, so daß er sehen konnte, wie der Wächter sich vor Hohle hinabbeugte. Der Gurrad steckte die Fackel mit ihrem zugespitzten Ende in den Boden. Dann löste er die Lianen von Hohles Beinen. Der Major blieb bewegungslos liegen. Gleich darauf waren auch seine Hände frei.

Der Gurrad warf die Schlingen zur Seite.

Plötzlich war Hole Hohle auf den Beinen und riß die Fackel aus dem

Boden. Er stieß die Flamme dem verblüfften Gurrad gegen die Brust. Der Guerilla schrie vor Schmerz und Verwirrung auf. Hohle nutzte seine Chance und warf sich auf ihn. Der Terraner und sein Gegner stürzten zu Boden. Die Fackel flackerte, als Hohle sie als Keule benutzte.

In diesem Augenblick kamen die vier anderen Gurrads herein.

Haagard bäumte sich auf. Aber auch seine wahnsinnige Anstrengung vermochte ihn nicht zu befreien. Er mußte zusehen, wie Hole Hohle überwältigt wurde. Der verwundete Gurrad packte die Fackel und näherte sich damit dem Major, der von den anderen festgehalten wurde.

Der Sergeant wußte, daß sie dem Tod nahe waren. Hohles mißlungener Angriff hatte in die Pläne der fünf Gurrads gepaßt.

Haagard wandte sich ab, als der Guerilla die Fackel hob, um sie Hohle ins Gesicht zu schlagen.

In diesem Augenblick wurde die Nacht von einem grellen Blitz erhellt, und der Donner einer fürchterlichen Explosion rollte über die Insel hinweg.

Gabal Al Sharett wußte nicht, warum die alten Kommandanten ihre Meinung plötzlich geändert und ihn zu ihrer Versammlung eingeladen hatten. Seine Gedanken waren noch zu sehr mit den fünf Fremden beschäftigt, als daß er sich besondere Sorgen um die Ratsmitglieder machte.

Wahrscheinlich wollten sie ihn zur Rede stellen, weil er Rownberk niedergeschlagen hatte, Sharett bedauerte, daß es dazu gekommen war, aber er war nicht gewillt, sich für seine Tat zu entschuldigen. Als Headman hatte er das Recht, über Leben und Tod eines gefangenen Gurrads zu entscheiden, auch wenn dieser Mitglied des Rates war.

Nachdem der Headman das Auftauchen der fünf Unbekannten zunächst begrüßt hatte, war er jetzt nicht mehr davon überzeugt, daß er sich dadurch Vorteile verschaffen konnte. Lediglich Clan Perrahat würde von der augenblicklichen Lage profitieren.

Gabal Al Sharett überquerte die Straße und erreichte das Versammlungsgebäude. Wie er erwartet hatte, war der Rat vollzählig versammelt.

Die Diskussion verstummte, als der hochgewachsene Gurrad eintrat. Alle Blicke richteten sich auf ihn – und niemand sah ihm freundlich entgegen. Am wenigsten Rownberk, der die Zähne fletschte, als Sharett seinem Platz zustrebte.

Wie immer diese Versammlung enden mochte – Sharett war nicht gewillt, seinen Gegnern das Bild eines um Gnade bittenden Gurrads zu bieten. Im Gegenteil: Er war entschlossen, hart zu argumentieren.

Unwillkürlich glitten seine Blicke zu Franters leerem Platz hinüber. Wieviel leichter würde er es haben, wenn der alte Gurrad noch lebte. Ein Gefühl dankbarer Erinnerung durchströmte den Headman. Franter hatte wie er begriffen, daß die Gefangenen nur auf einem Kristallplaneten gerettet werden konnten.

Sharett ließ sich auf einem abgeschliffenen Baumstumpf nieder und wartete, daß einer der Kommandanten das Wort ergreifen würde.

Prolurk führte den Vorsitz; er war ein ruhiger, leicht zu beeinflussender alter Mann.

„Der ursprüngliche Grund unserer Zusammenkunft..." Sein Blick fiel auf Sharett, und er wurde verlegen. „Wir haben uns hier versammelt, um über die Zukunft der fünf Fremden zu beraten, die so unverhofft in unserer Mitte aufgetaucht sind."

Er setzte sich und schien froh zu sein, daß er seinen Teil der Diskussion hinter sich gebracht hatte.

Ghrangk, einer der jüngsten Männer im Rat, sprang erregt auf.

„Nicht nur deshalb sind wir zusammengetreten!" rief er aus. Er zeigte anklagend in Sharetts Richtung.

„Wir wollen außerdem einen neuen Headman nominieren, denn Gabal Al Sharett ist es nicht länger wert, das Lager zu führen. Er scheut nicht davor zurück, mit Spionen der Perlians gemeinsame Sache zu machen, und, was noch schlimmer ist, er schlägt rücksichtslos auf alte Ratsmitglieder ein."

Prolurk sagte: „Jeder kann sich jetzt zu Wort melden."

Wie Sharett erwartet hatte, redeten sie alle durcheinander. Schließlich gelang es den lautesten und rücksichtslosesten, sich Gehör zu verschaffen. Ihre Anklagen glichen sich alle. Niemand saß in diesem Raum, der ein Wort der Freundschaft oder des Verständnisses für den Headman hatte.

Sharett blieb still sitzen. Schließlich wurde es ruhig. Die alten Gurrads blickten zu ihrem Headman hinüber und warteten, was er zu seiner Verteidigung zu sagen hatte.

Sharett wußte, daß er die Nominierung eines neuen Headman nicht verhindern konnte. Hatten die Alten zuvor beabsichtigt, die Leitung des Lagers persönlich zu übernehmen, so hatten sie jetzt einen neuen Favoriten: Clan Perrahat. Das ließ sich leicht aus ihren Reden entnehmen.

„Wir sind verloren", sagte Sharett und stand auf. „Verloren nicht etwa deshalb, weil wir uns in der Gewalt unserer erbittertsten Gegner befinden, sondern weil uns Haß und Zorn blind gemacht haben. Blind für die wirklichen Probleme und blind für unsere Möglichkeiten." Er ließ sich von seiner inneren Erregung mitreißen und hob die Stimme. „Sie sind hier, um über mich zu richten. Nicht etwa, weil ich der Sache der Guerillas nicht gedient hätte, sondern weil Sie ein Ventil suchen, wo Sie Ihre Verbitterung und Unzufriedenheit loswerden können. Sie wollen . . ."

„Kommen Sie zum Wesentlichen!" rief Prolurk, nachdem Rownberk ihm einen aufmunternden Rippenstoß verpaßt hatte.

Sharett fühlte sich ernüchtert.

„Nein", sagte er müde. „Ich werde nicht mehr sprechen."

Er sah sie der Reihe nach an und erkannte, wie verzweifelt sie sich an ihr gefährdetes Leben klammerten. Die wenigsten von ihnen würden den Transport zu einem Kristallplaneten überstehen. Deshalb wollten sie erreichen, daß bereits auf dieser Welt ein Ausbruchsversuch unternommen wurde – auch dann, wenn er zum blutigsten in der Geschichte der Guerillabewegung wurde. Der sinnlose Stolz und die Voreingenommenheit dieser alten Männer war wie eine Mauer, die sich mit nichts durchbrechen ließ.

Rownberk ergriff das Wort.

„Sie gestehen also Ihre Verfehlungen ein, Headman?"

Sharett starrte ihn verständnislos an. Er preßte ein wildes Lachen hervor und wandte sich dem Ausgang zu.

„Sie sind nicht länger Headman!" schrie Rownberk hinter ihm nach. „Wir nominieren Clan Perrahat. Hören Sie? Clan Perrahat wird der neue Headman dieses Lagers."

Sharett hörte ihn kaum.

Als er die klapprige Tür öffnete, erfolgte die Explosion.

Der Blitz war so grell, daß Sharett geblendet die Augen schloß. Der Donner ließ die Erde erbeben.

Gabal Al Sharett schwankte.

Bevor er irgend etwas sagen oder tun konnte, erfolgte eine Reihe weiterer Explosionen und machte die Nacht zum Tage. Sharett fühlte, daß der Boden unter seinen Füßen vibrierte.

Er lief aus der Hütte hinaus und begann zu schreien.

28.

Die Transition der fünfhundert Birnenschiffe führte im Gebiet des Modula-Systems zu schweren Strukturerschütterungen. Als die Flotte der Guerillas aus dem Hyperraum kam, schlugen an Bord der CREST IV und der FRANCIS DRAKE sämtliche Strukturtaster durch. In den Ortungszentralen der terranischen Schiffe herrschte zunächst Verwirrung, denn eine exakte Ortung war in den ersten Minuten unmöglich.

Perry Rhodan, der auf die flackernden Bildschirme blickte, hielt ein Mikrophon in der rechten Hand.

„Ich bin doch nicht blind, Major Konitzki!“ rief er. „Natürlich habe ich festgestellt, daß das nicht die Schiffe sind, auf die wir warten. Ein terranischer Verband käme schließlich nicht aus dem Hyperraum.“

„Die Ortungsanlagen sind noch immer gestört, Sir“, meldete Konitzki.

„Wem sagen Sie das?“ Rhodan lachte hart. „Bleiben Sie trotzdem dran, Major. Wir brauchen schnellstens Ergebnisse, damit wir wissen, wie wir uns zu verhalten haben.“

„Vielleicht könnte ein Funkspruch zur FRANCIS DRAKE Klarheit schaffen“, schlug Atlan vor. „Ich kann mir vorstellen, daß die ausgezeichneten Geräte der Freihändler im Augenblick bessere Ergebnisse erzielen.“

„Soll ich Danton darum bitten, daß er mir sagt, was im Modula-System vorgeht?“ Rhodan schüttelte ärgerlich den Kopf. „Wir können noch ein paar Sekunden warten, bis die ersten einwandfreien Ortungen möglich sind."

Atlan biß sich auf die Unterlippe. Der Terraner gab seine ablehnende Haltung gegenüber Roi Danton auch jetzt nicht auf. Und das trotz aller Beweise für dessen Loyalität und gemeinsam bestandener Abenteuer.

Es mußte mehr hinter Rhodans Haltung stecken als nur der Ärger über einen raffinierten Konkurrenten – soweit es zwischen den beiden Männern überhaupt so etwas wie Konkurrenz geben konnte. Danton wollte alles mögliche, aber mit Sicherheit nicht an Rhodans Rolle kratzen.

„Die fremden Schiffe sind jetzt deutlich zu erkennen, Sir", meldete sich Konitzki über den Lautsprecher.

„Genaue Angaben, Major" verlangte Rhodan.

„Es handelt sich um etwa fünfhundert Birnenschiffe. Sie müßten jetzt auch auf den Bildschirmen in der Zentrale sichtbar werden."

„Ja", Rhodan streckte sich, um an Atlan und Hefrich, die vor ihm standen, vorbeiblicken zu können. „Sagten Sie Birnenschiffe, Major? Ich sehe einige abenteuerliche Konstruktionen, die nur wenig mit einer Birne gemeinsam haben."

„Richtig", stimmte Atlan zu. „Aber ursprünglich besaßen alle diese Schiffe Birnenform. Sie sind aus den Resten verschiedener Schiffe zusammengebaut worden. Das ist deutlich zu erkennen."

„Sie greifen die vier OLD MAN-Schiffe an!" rief Oberst Merlin Akran aufgeregt.

Dreihundert der fremden Schiffe hatten sich aus dem Verband gelöst und nahmen die Ultraschlachtschiffe des Robotgiganten unter Thermofeuer. Die willensgelähmten Besatzungen an Bord der vier Schiffe konnten offenbar nicht schnell genug reagieren. Die Vernichtung der OLD MAN-Schiffe stand unmittelbar bevor.

Rhodan beobachtete nachdenklich das unerwartete Schauspiel.

Warum griffen die Birnenschiffe die vier Einheiten an?

„Offenbar kommt es bei unseren Gegnern zu Mißverständnissen", bemerkte Oberstleutnant Hefrich.

„Die OLD-MAN-Schiffe fliehen!" stellte Konitzki fest. „Hohe Beschleunigungswerte."

Die Geschehnisse auf dem Bildschirm bestätigten die Feststellungen der Männer in der Ortungszentrale. Die vier Robotraumer mit den todgeweihten Terranern an Bord nahmen Fahrt auf. Offenbar war die Katastrophenschaltung in Aktion getreten.

Die Einheiten, die OLD MAN in die Große Magellansche Wolke geschickt hatte, rasten aus dem Modula-System hinaus. Die Birnenschiffe waren nicht schnell genug, um die Verfolgung aufnehmen zu können.

Inzwischen hatten zweihundert Birnenschiffe mit der Bombardierung des äquatorialen Kontinents von Modula II begonnen.

„Das ist ein gezielter Angriff“, meinte der Erste Offizier der CREST IV, Oberstleutnant Ische Moghu. „Ich glaube nicht, daß es sich um eine Verwechslung handelt.“

„Das würde bedeuten, daß es außer den Kristallen eine zweite Macht in der Großen Magellanschen Wolke gibt“, sagte Rhodan. „Und zwar eine, die gegen die Kristalle und ihre Herren kämpft.“

Jetzt erst setzte das Abwehrfeuer von der Oberfläche des Planeten ein.

Für die Bewohner dieser Welt war der Angriff der Birnenschiffe ebenso überraschend gekommen wie für die Besatzung der OLD-MAN-Schiffe.

Die Atmosphäre brach an verschiedenen Stellen auf. Atomare Glutpilze schossen in den Himmel. Auf der riesigen Insel mußte bereits jetzt vollkommenes Chaos herrschen.

„Hole Hohle und seine Begleiter sind dort unten hilflos den Bomben ausgeliefert“, sagte Atlan.

Rhodan preßte die Lippen zusammen. Er wußte, daß er den fünf Männern, falls sie noch lebten, im Augenblick nicht helfen konnte. Er hoffte noch immer auf eine Funknachricht des Ersten Flottillenchefs.

„Ich glaube, einige Birnenschiffe wollen landen“, stellte Oberstleutnant Hefrich fest. „Das wird nicht ohne Verluste abgehen.“

Obwohl die riesige Insel in Flammen zu stehen schien, hielt das Abwehrfeuer unvermindert an. Rhodan schätzte, daß inzwischen dreißig der angreifenden Birnenschiffe abgestürzt waren.

Nun explodierten die ersten Bomben im Meer. Rhodan wußte, was die Folge dieser Explosion sein würde. Gewaltige Flutwellen würden sich über das ungeschützte Land ergießen. Die Angreifer kannten keine Gnade. Sie ließen sich von grenzenlosem Haß leiten. Rhodan fragte sich, ob Generäle die Besatzungen der fünfhundert Birnenschiffe bildeten. Vielleicht war nicht das gesamte Volk dieser seltsamen Wesen von den Kristallen unterjocht worden.

Während Rhodan die Bildschirme beobachtete, traf ein Funkspruch von der FRANCIS DRAKE ein. Roi Danton ließ anfragen, was Rhodan angesichts der jüngsten Ereignisse zur Rettung der fünf Männer auf Modula II zu tun gedenke. Der provozierende Ton, in dem die Nachricht gehalten war, gefiel Rhodan nicht.

„Keine Antwort“, befahl er. „Ich lasse mich von Danton nicht zu einer unüberlegten Handlung verleiten.“

Die Schlacht um Modula II tobte mit unverminderter Heftigkeit. Die Bodenstationen mußten gut befestigt sein, denn sie schickten noch immer ihre Salven in den Weltraum hinaus. Der Dichte des Feuergürtels nach zu schließen, gab es auf dem äquatorialen Kontinent mindestens zwanzig Verteidigungsforts.

Die Zahl der abgeschossenen Birnenschiffe hatte sich inzwischen auf fünfzig erhöht. Das Meer rings um die Insel begann zu kochen. Die jetzt einwandfrei arbeitenden Ortungsanlagen der CREST IV zeigten unbestechlich ein genaues Bild der fortschreitenden Verwüstung.

Rhodans Gedanken waren bei den fünf Männern, die vielleicht irgendwo dort unten kämpfen mußten.

Der Gurrad ließ die Fackel fallen, hob beide Arme in die Höhe und stieß einen Schrei aus, der die Serie der nachfolgenden Explosionen noch übertönte. Das Gebälk der Hütte gab ächzend nach. Die Stützbalken kippten seitwärts, und das Dach bog sich nach innen.

Die vier Gurrads, die Hole Hohle festgehalten hatten, ließen den Major los und fielen sich in die Arme.

Fassungslos sah Wish Haagard zu, wie die Guerillas angesichts einer beginnenden Katastrophe einen Freudentanz aufführten.

„Die Insel wird bombardiert!“ schrie Mash Olney über den unbeschreiblichen Lärm hinweg.

Hohle machte sich bereits an Fellmer Lloyds Fesseln zu schaffen. Gleich darauf war der Mutant frei und kam zu Haagard, um den Sergeanten loszubinden.

Die Luft dröhnte unter dem Donner der schnell aufeinanderfolgenden Explosionen. Vor allem das Industriegebiet, die Küstenstriche und der südliche Teil der Insel schienen die bevorzugten Ziele der unbekannten Angreifer zu sein.

„Glauben Sie, daß Perry Rhodan angreift?“ schrie Haagard Mash Olney zu.

Er rieb seine Handgelenke, um die Durchblutung zu fördern. „Die Gurrads sind davon überzeugt, daß eine Flotte von Guerillaschiffen über dem Planeten aufgetaucht ist“, antwortete Fellmer Lloyd an Olneys Stelle. „Deshalb die Freudenausbrüche.“

Inzwischen waren die fünf Wächter aus der Hütte gestürzt, ohne sich um die Gefangenen zu kümmern. Der Boden zitterte, und von dem herabhängenden Dach rieselte der getrocknete Schlamm herab, den die Gurrads als Bindemittel benutzt hatten. Haagard ahnte, daß ein Großteil der primitiven Hütten als Folge der Erschütterungen bereits zusammengebrochen war.

Overmile und Olney waren nun ebenfalls frei.

Hohle rannte zum Ausgang und blickte hinaus. Er winkte den anderen. Eine heftige Erschütterung ließ die Hütte schwanken. Das Dach senkte sich weiter herab, so daß Haagard sich bücken mußte, um die offene Tür zu erreichen.

Auf der Straße zwischen den Hütten hatten sich Hunderte von Gurrads versammelt. Obwohl sie durch die Bombardierung ebenfalls gefährdet waren, hatte sie die ersehnte Ankunft ihrer Schiffe in einen Freudentaumel versetzt.

Haagard blickte sich nach allen Richtungen um.

„Wir werden fliehen müssen“, sagte Hohle. „Durch dieses Gewühl kommen wir nicht durch.“

Über dem Lager flammten Lichter auf. Große Flugroboter der Perlians erschienen. Sie beleuchteten das Gefangenenlager mit Scheinwerfern. Die Drittkonditionierten befürchteten offenbar eine Revolte. Die Roboter sollten jeden Ausbruchsversuch verhindern.

Die Roboter begannen rücksichtslos in die Menge zu schießen. Schreiend rannten die Gurrads auseinander. Sobald sie in den Hütten verschwunden waren, stellten die Roboter das Feuer ein.

Hohles Gesicht war verzerrt.

„Sie wollen erreichen, daß alle Gefangenen in ihren Unterkünften bleiben“, stellte er fest. „Ich weiß nicht, ob es unter diesen Umständen klug ist, wenn wir losfliegen.“

„Früher oder später werden die Perlians ihre Roboter für andere Zwecke brauchen“, vermutete Olney. „Wir sollten auf jeden Fall versuchen, den Raumhafen zu erreichen. Eine bessere Gelegenheit, an die Space-Jet heranzukommen, wird sich so schnell nicht wieder ergeben.“

Haagard nickte zustimmend. Sie mußten die Verwirrung der Perlians ausnutzen. Im Augenblick fielen auf dem Festland keine Bomben, aber draußen auf dem Meer schossen Explosionspilze in die Höhe. Die Guerillas legten es offenbar darauf an, die unterseeischen Städte der Drittkonditionierten zu zerstören.

Haagard blickte nach oben. Er schätzte, daß hundert Roboter über ihren Köpfen kreisten. Unter diesen Umständen wäre ein Flug über dem Lager einem Selbstmord gleichgekommen.

„Wir versuchen, zu Fuß durchzukommen“, entschied Hole Hohle. „Deflektorschirme einschalten.“

Es stellte sich heraus, daß Olneys Deflektor nicht funktionierte.

„Wir halten uns in der Nähe der Hütten“, befahl Hohle. „Es ist zu riskant, die Straße zu benutzen. Vergessen Sie nicht, auch auf die Gurrads zu achten.“

Sie nahmen den am meisten gefährdeten Olney in die Mitte. Hohle rannte los und erreichte unangefochten das nächste Gebäude. Die anderen folgten. Am nördlichen Rand des Lagers schlug eine Bombe ein. Die Explosion machte Haagard fast taub. Er lag auf dem schlammigen Boden und wartete, bis der Luftdruck und die Hitzewelle über ihn hinweggefegt waren.

In den Eingängen der Hütten standen die Gurrads und warteten auf eine Gelegenheit, wieder auf die Straße zu gelangen. Sie schienen zu ahnen, daß die Perlians früher oder später ihre Roboter abziehen mußten, um den Raumhafen zu verteidigen.

Hohle schrie irgend etwas, aber Haagard konnte ihn nicht verstehen. Im Scheinwerferlicht sah er nur, daß der Major die Lippen bewegte. Haagard preßte die Handfläche gegen die Ohren.

Der Eskimo deutete auf die andere Straßenseite hinüber. Haagard wußte, daß sie diese Richtung einschlagen mußten, wenn sie den Raumhafen erreichen wollten. Mit eingeschaltetem Deflektorschirm überquerte der Major die Straße.

Haagard näherte sich Olney.

„Ich gehe jetzt ebenfalls hinüber!" schrie er dem Leutnant ins Ohr. „Dann lasse ich mir Hohles Gürtel geben und komme zurück. Mit dem Deflektor des Majors können Sie dann die Straße überqueren, ohne von den Robotern gesehen zu werden."

Mash Olney schüttelte unwillig den Kopf.

„Das nimmt zuviel Zeit in Anspruch!" gab er zurück. „Ich komme auch so hinüber."

Bevor Haagard weitere Einwände hervorbringen konnte, rannte Olney los. Er schlug Haken, um eventuellen Angreifern das Zielen zu erschweren. Als er die Mitte der Straße erreicht hatte, sank einer der Roboter tiefer und begann zu schießen. Die Strahlenschüsse schlugen neben Olney in den Boden. Dampfwolken stiegen auf. Haagard verlor Olney aus den Augen.

Lloyd und Overmile machten sich auf den Weg. Haagard befürchtete, daß die Roboter mit ihren Ortungsgeräten arbeiteten, so daß die Deflektoren nutzlos waren. Aber Overmile und Lloyd erreichten unangefochten ihr Ziel. Die Straße lag verlassen vor Haagard. Der Sergeant schaltete seinen Antigravprojektor ein und hob sich vom Boden ab. Er flog zur anderen Seite hinüber und landete unter dem Vordach einer Hütte.

Mash Olney stand unverletzt neben Hole Hohle. Er lächelte dem Sergeanten zu.

„Jetzt können wir an dieser Häuserreihe bis zum Rand des Lagers entlanggehen", sagte Hohle. „Dann stoßen wir direkt auf den Raumhafen."

Einige Gurrads beobachteten sie von den Eingängen der Hütten aus, aber die Guerillas wagten sich nicht ins Freie.

Plötzlich erloschen die Scheinwerfer der Flugroboter.

„Die Roboter ziehen sich zurück!" schrie Hohle. „Wir müssen schnell verschwinden, bevor die Gurrads über uns herfallen."

Haagard hörte das triumphierende Gebrüll der Guerillas und schaltete sein Flugaggregat ein. Er hob sich gerade vom Boden ab, als starke Hände nach ihm greifen wollten. Die Gurrads tobten enttäuscht, als sie erkannten, daß ihnen die fünf Fremden entkamen.

Die Terraner flogen hintereinander über die Hütten hinweg. Hohle übernahm wieder die Spitze. Ab und zu erhellte eine explodierende Bombe die Nacht. Auf der anderen Seite der Insel schien es zu brennen, denn dort hatte der wolkenverhangene Himmel einen rötlichen Glanz bekommen.

Die Lichtblitze, die quer über den Himmel zuckten, waren die Strahlbahnen, die die Geschützstellungen der perlianschen Verteidigungsforts verließen. Immer wieder stürzten brennende Raumschiffe der Oberfläche des Planeten entgegen.

„Auf dem Raumhafen werden bereits die ersten Birnenschiffe der Gurrads gelandet sein", vermutete Hohle. „Dort wird es zu Kämpfen zwischen den Landetruppen und den Robotern der Perlians kommen."

Das konnte den Terranern nur recht sein, weil sich ihnen dann eine Gelegenheit bieten würde, unbemerkt die Space-Jet zu erreichen.

Irgendwie hatten die Guerillas davon erfahren, daß dreitausend Mitglieder ihrer Organisation auf dieser Welt gefangengehalten wurden. Nun war eine große Flotte erschienen, um die Gurrads zu befreien. Diese Aktion würde beiden Seiten große Verluste bringen.

Die Aussicht, bald die Space-Jet zu erreichen, ließ Wish Haagard alle durchgestandenen Strapazen vergessen. Neue Kraft durchströmte seinen Körper. Unter ihm kamen die Gurrads wieder aus ihren primitiven Hütten. Auch sie schlugen die Richtung zum Raumhafen ein.

Dort, so ahnte Haagard, würde die Entscheidung fallen, ob die Perlians diesen Planeten verteidigen konnten, oder ob er in die Hände der Guerillas fallen würde.

Gabal Al Sharett lag im Eingang der Hütte und starrte in die Nacht hinaus, die in unregelmäßigen Abständen von explodierenden Bomben und den Feuerstößen der Abwehrforts erhellt wurde. Er hatte sich hierher zurückgezogen, nachdem die Roboter der Perlians aufgetaucht waren und das Lager unter Beschuß genommen hatten.

Drei Kommandanten, die dem Rat angehörten, lagen tot draußen auf der Straße. Ihre alten Beine hatten sie nicht schnell genug in Sicherheit bringen können. Prolurk, Werkgranh und Robbak waren nicht mehr am Leben.

Die anderen Mitglieder des Rates hatten sich ins Innere der Hütte geflüchtet.

Der Headman wartete auf eine günstige Gelegenheit, seinen Platz zu verlassen und die Unterkunft der jungen Kämpfer aufzusuchen.

Zusammen mit Clan Perrahat und dessen Männern traute sich Sharett zu, den Raumhafen in kürzester Zeit zu erreichen. Im Augenblick war es jedoch unmöglich, die Straße zu überqueren.

Sharett hörte ein Geräusch hinter sich und wandte sich um.

Rownberk kam herangekrochen und ließ sich neben dem Headman nieder.

„Die Zeit der Gefangenschaft ist vorüber", sagte er. „Es wird nicht mehr lange dauern, bis unsere Schiffe auf dem Raumhafen landen und die Roboter der Perlians vertreiben."

Sharett erkannte, daß der andere ihn dazu bringen wollte, irgend etwas zu unternehmen. Er lächelte breit. Vor kurzer Zeit hatte Rownberk noch darauf gedrungen, daß ein neuer Headman nominiert werden sollte. Nun erwartete er, daß Gabal Al Sharett sein Leben einsetzte, um die Flucht aus dem Lager in geordnete Bahnen zu lenken.

„Warum lachen Sie?" fauchte Rownberk. „Sind Sie verrückt geworden?"

„Können Sie die Hütte der jungen Kämpfer sehen?" erkundigte sich Sharett voller Spott. „Dort hält sich Ihr Favorit auf. Sie brauchen nur hinüberzugehen und Clan Perrahat die nötigen Befehle zu geben."

„Wenn wir gerettet werden, sorge ich dafür, daß Ihr Verhalten bestraft wird", drohte der alte Kommandant.

Der Headman schüttelte nachsichtig den Kopf.

„Kaum einer von Ihnen hat Aussicht, ein Schiff zu erreichen", sagte er. „Das wissen Sie genau. Deshalb erwarten Sie, daß ich mit einigen anderen Männern den Weg für Sie frei mache."

Rownberk knurrte unwillig und zog sich zurück.

Gabal Al Sharett blickte auf die Straße hinaus. Er wußte, daß er genau das tun würde, was die alten Gurrads von ihm erwarteten. Er war der Headman und als solcher für alle Lagerinsassen verantwortlich. Auch für jene, die nicht mit ihm einverstanden waren.

Sharett richtete sich auf. Zwei Roboter kamen über das Dach des gegenüberliegenden Hauses und nahmen einen Gurrad unter Beschuß, der sich zu weit auf die Straße gewagt hatte. Der Guerilla machte noch ein paar Schritte und brach dann zusammen.

Sharetts Körper spannte sich. Die kurze Entfernung bis zu Perrahats Unterkunft kam ihm plötzlich unendlich weit vor. Er wartete ungeduldig, bis die beiden Roboter über ihm waren und dann auf der anderen Seite des Lagers verschwanden.

Dann gab er sich einen Ruck und rannte los. Niemals zuvor in seinem Leben war er so schnell gelaufen. Seine Füße schienen den Schlamm kaum zu berühren. Er sah die Hütte der jungen Kämpfer schon greifbar vor sich, als hinter ihm ein Strahlenschuß einschlug. Er warf sich mit einem Sprung nach vorn und landete unsanft am Boden. Ohne zu zögern, rollte er sich seitwärts. Wieder schlug unmittelbar neben ihm ein Strahlschuß ein. Da war er schon wieder auf den Beinen und rannte geduckt weiter. An der untersten Stufe der Holztreppe blieb er hängen und fiel der Länge nach hin. Seine Hände bekamen etwas zu fassen, und er zog sich daran hoch. Mit einem Sprung war er im Hütteneingang verschwunden.

Atemlos stand er im Halbdunkel und wartete darauf, daß die Roboter die Hütte unter Beschuß nehmen würden. Doch nichts geschah. Die Gurrads innerhalb des großen Raumes hatten wie er auf einen Angriff gewartet.

„Perrahat?“ rief Sharett.

„Was wollen Sie?“ erkundigte sich Perrahat unwillig. „Ich dachte, Sie würden bei diesen alten Narren bleiben und sie beschützen.“

Sharett ging nicht darauf ein.

„Wir müssen zum Raumhafen durchbrechen“, sagte er. „Wenn die ersten Schiffe landen, muß jemand dort sein, damit die Besatzungen sehen, daß sie ihr Leben nicht umsonst eingesetzt haben.“ Perrahat scharrte wieder mit den Füßen auf dem Boden.

„Wir können hier warten, bis sich die Landetruppen zu uns durchgeschlagen haben. Sie besitzen Waffen, wir nicht.“

„Wir können nicht hier warten“, widersprach Sharett heftig. „Jemand muß dort sein, um sie zu begrüßen. Es sind schon viele Schiffe abgestürzt, und es werden weitere abstürzen. Wir sind verpflichtet, uns zum Raumhafen durchzuschlagen.“

„Nun gut“, sagte Perrahat. „Fragen Sie die jungen Kämpfer, ob sie mit Ihnen gehen wollen.“

„Sie werden tun, was Sie ihnen sagen“, antwortete Sharett.

Obwohl er den jungen Gurrad nicht sehen konnte, war er sicher, daß dieser gleichgültig die Schultern hob.

„Wer begleitet mich?“ schrie der Headman in die Dunkelheit. „Wer folgt mir zum Raumhafen?“

Niemand antwortete. Sharett wußte, daß diese Männer nicht ängstlich waren. Aber sie hatten zu lange auf die Rettung gewartet und wollten nun ihr Leben nicht im letzten Augenblick aufs Spiel setzen.

„Ich werde jemand finden, der mit mir geht“, sagte Sharett und verließ die Hütte.

Die beiden Roboter warteten über dem Eingang. Der Headman verging in einem Lichtblitz. Es ging so schnell, daß er nicht merkte, wie er starb. Clan Perrahat kam zum Ausgang und starrte ins Freie hinaus. Übelkeit und Entsetzen stiegen in ihm hoch.

Drüben auf der anderen Seite der Straße erschien einer der alten Kommandanten vor der Versammlungshütte und winkte.

„Wo ist der Headman?“ schrie der Gurrad. „Er muß jetzt mit seinen Männern zum Raumhafen aufbrechen.“

Perrahat schluckte heftig, um das Brennen in seiner Kehle zu beseitigen.

„Er ist hier!“ schrie er mit sich überschlagender Stimme. „Er wird uns jetzt zum Raumhafen führen.“

Er drehte sich halb um, so daß die jungen Kämpfer sein entschlossenes Gesicht im Licht eines Blitzes sehen konnten. Er hatte lange gebraucht, bis er die Aufrichtigkeit und den guten Willen des Headmans erkannt hatte.

„Wir brechen zum Raumhafen durch!“ ordnete er an. „Bleibt in der Nähe der Hütten, damit ihr immer in Deckung gehen könnt.“

Von über vierhundert jungen Gurrads, die zusammen mit Clan Perrahat aufbrachen, erreichten nur einhundertfünfzig das große Landefeld. Sie kamen gerade rechtzeitig, um die ersten Schiffe der Guerillas landen zu sehen.

Das Gefangenenlager brannte an fünf verschiedenen Seiten. Haagard schloß daraus, daß die perlianischen Roboter jetzt auch die Hütten der Gurrads unter Beschuß genommen hatten. Die Drittkonditionierten hatten erkannt, daß sie eine Befreiung ihrer Opfer nicht verhindern konnten.

Die Bombardierung der großen Insel war inzwischen eingestellt worden, aber über dem Raumhafen tobten heftige Kämpfe.

Die fünf Männer mußten immer wieder den Flugrobotern ausweichen, die Jagd auf fliehende Guerillas machten. Die kurze Strecke unbebauten Landes zwischen Gefangenenlager und Raumhafen wurde vielen Gurrads zum Verhängnis. Dort gab es zu wenig Deckungsmöglichkeiten.

Ein großes Birnenschiff kreiste über dem Gefangenenlager und nahm die Roboter unter Beschuß. Es gelang den Raumfahrern jedoch selten, einen Gegner abzuschießen. Die Roboter waren beweglicher als das große Schiff.

Trotzdem war allein die moralische Wirkung, die das Schiff erzielte, ungeheuer.

Haagard konnte beobachten, wie sich einige Gurrads, nur mit Holzkeulen bewaffnet, auf einen Roboter stürzten und ihn zusammenschlugen.

In diesem Chaos fiel es den fünf Männern schwer, zusammenzubleiben. Sie mußten gleichzeitig auf Gurrads, Roboter und Generäle achten. Die Generäle hatten erst jetzt in die Auseinandersetzung eingegriffen. Sie sollten offensichtlich den Raumhafen gegen die vordringenden Guerillas abschirmen.

Perlians waren nirgends zu sehen. Haagard vermutete, daß die meisten bei der Bombardierung der unterseeischen Städte ums Leben gekommen waren. Die anderen hatten sich in sichere Verstecke zurückgezogen, von wo aus sie ihre Befehle gaben.

Ein Blick auf die Uhr zeigte Haagard, daß seit Beginn der Bombardierung erst eine knappe Stunde verstrichen war. Der Ausgang des Kampfes war völlig ungewiß. Vieles hing davon ab, wie sich die vier OLD-MAN-Schiffe verhalten würden.

Der Sergeant konnte nicht wissen, daß die Ultraschlachtschiffe inzwischen geflohen waren. Die größte Gefahr drohte den Schiffen der Guerillas weiterhin von den Bodenstationen, die trotz einiger Vollteffer noch immer ihre Strahlensalven gen Himmel schickten.

In dem herrschenden Durcheinander konnte Fellmer Lloyd nur schwer einzelne Gedankenimpulse ausmachen. Trotzdem gab der Mutant seinen Begleitern immer wieder wertvolle Hinweise.

Die fünf Männer erreichten das Randgebiet des Raumhafens.

„Wir sind noch etwa fünf Kilometer von der SJ-Achtundzwanzig entfernt“, sagte Hole Hohle. „Zum Glück konzentrieren sich die

Kämpfe in der Mitte des Landefeldes. Das erleichtert unsere Aufgabe."

Haagard war weniger optimistisch. Er befürchtete, daß die Space-Jet die Angriffe der Guerilla-Flotte nicht unbeschadet überstanden hatte, so daß es fraglich war, ob sie damit fliehen konnten.

Von Westen her näherte sich eine größere Gruppe von Flugrobotern, und die fünf Männer waren zur Landung gezwungen. Hinter einer leerstehenden Halle bezogen sie Deckung.

Während sie darauf warteten, daß sie ihren Flug fortsetzen konnten, entlud sich über der Insel ein heftiges Gewitter. Die Blitze der Strahlenwaffen vermischten sich mit denen des Unwetters, so daß es fast ununterbrochen hell war. Der Kampflärm und das ständige Donnern schmerzten in Haagards Ohren. Er zog eines seiner letzten Nahrungskonzentrate aus der Tasche und schob es in den Mund. Inzwischen hatte er bereits dreimal Regenwasser getrunken. Sein anfänglicher Widerwille hatte sich gelegt. Sie konnten nur bestehen, wenn sie sich den gegebenen Umständen anpaßten.

Die Roboter landeten in dem freien Gebiet zwischen den Hütten der Guerillas und dem Raumhafen. Ihr Einsatz kam jedoch zu spät, da inzwischen fast alle überlebenden Gefangenen das Landefeld erreicht hatten. Auf dem Raumhafen tobten heftige Kämpfe zwischen den Birnenschiffen, die zu landen beabsichtigten, und den Robotgruppen der Perlians.

Hohle gab das Kommando zum Start. Die fünf Männer sprachen kaum noch miteinander. Sie kannten ihr Ziel und wußten, daß es schwierig sein würde, es zu erreichen. Mehr war nicht zu sagen. Je länger man mit anderen Männern zusammen war, um so gründlicher lernte man die Bedeutung ihrer sonst kaum beachteten Gesten kennen. Haagard wußte inzwischen genau, was es bedeutete, wenn Hohle scheinbar grundlos lächelte. Er wußte, daß Overmile nervös war, wenn er sich an seiner langen Nase kratzte. Der Sergeant hatte unzählige Eigenschften seiner Begleiter richtig einzuschätzen gelernt. Umgekehrt war es nicht anders.

Haagard ließ sich neben Olney in die Höhe treiben. Das Leben des Leutnants war ständig in Gefahr, weil er als einziges Mitglied der Gruppe keinen funktionierenden Deflektorschirm besaß. Bisher war jedoch alles gutgegangen.

Sie bewegten sich am Rand des Raumhafens entlang und erreichten bald die ersten Hallen, die zum Industriegebiet gehörten. Wenig später sah Haagard den ersten jener großen Türme, in denen die Schwingungsmodulatoren untergebracht waren. In diesem Teil der ausgedehnten Anlagen waren nur wenige Bomben gefallen. Die Guerillas hatten den Raumhafen geschont, um während der Landung ein einwandfreies Landefeld vorzufinden.

Bald stellte es sich heraus, daß es nicht einfach war, die Space-Jet zu finden. In unmittelbarer Nähe waren zwei Birnenschiffe gelandet. Dort kämpften Guerillagruppen gegen perlianische Roboter. Bewaffnete Generäle riegelten das Industriegebiet ab. Hunderte von Flugrobotern kreisten über dem Landefeld und stießen immer wieder mit ihren Waffen in die Tiefe.

Hätte die SJ-28 im Zentrum des Raumhafens gestanden, wäre es unmöglich gewesen, sich ihr zu nähern.

Schließlich entdeckte Wallen Overmile das Beiboot.

Sein Aufschrei ließ die anderen den Flug unterbrechen.

„Dort drüben steht unser Schiff!“ rief der Korporal. „Zwischen den beiden Hallen kann man es sehen.“

Als Haagard in die angegebene Richtung blickte, mußte er einige Sekunden warten, bis ein Blitz genügend Helligkeit verbreitete. Dann sah er einen Teil des diskusförmigen Körpers der SJ-28. Der Blick zwischen den Hallen brachte keine Klärung, wie es in der Nähe des Beiboots aussah. Auch über den Zustand des Schiffes ließ sich noch nichts sagen.

„Wir fliegen zwischen den Hallen hindurch“, ordnete Hohle an. „Wenn wir sehen, daß sich in der Nähe der Jet Guerillas oder Roboter aufhalten, warten wir, bis sie weg sind.“

Da es in diesem Gebiet des Raumhafens verhältnismäßig ruhig war, hoffte Haagard, daß sie Glück hatten und sich der SJ-28 ungehindert nähern konnten. Er wurde jedoch enttäuscht.

Sieben Generäle standen etwa fünfzig Meter von der Jet entfernt. Wahrscheinlich hatten sie von den Perlians den Auftrag erhalten, das Schiff der Fremden zu bewachen. Das bewies Haagard, daß die Perlians trotz der verzweifelten Lage ihre fünf Gefangenen nicht vergessen hatten.

„Was nun?“ fragte Olney verbissen.

„Wir müssen darauf vertrauen, daß die Generäle keine Ortungsgeräte mit sich tragen“, sagte Hohle. „Wir können alle außer Olney zur Jet hinüber. Dann fliegt Haagard mit meinem Deflektor zurück und holt den Leutnant.“

„Wäre es nicht besser, wenn zunächst nur einer von uns geht?“ fragte Haagard. „Denken Sie daran, daß die Generäle unliebsame Erfahrungen mit uns gemacht und deshalb mit Sicherheit Ortungsgeräte bei sich haben.“

„Wir müssen es darauf ankommen lassen“, entgegnete der kleine Major.

Die Entscheidung wurde ihnen von einer Truppe Guerillas abgenommen, die auf der anderen Seite der Space-Jet zwischen den Hallen erschienen und die Generäle angriffen.

„Jetzt ist die beste Gelegenheit für uns!“ rief Hohle.

Sie flogen los. Kaum war die Space-Jet in voller Größe sichtbar, als Haagard auch schon erkannte, daß sie das Diskusschiff nicht mehr benutzen konnten. Die Kuppel des Beiboots war zersprungen, und in einem Teil der Außenhülle klaffte ein Leck.

Obwohl Haagard mit einem solchen Anblick gerechnet hatte, ließ ihn die heftige Enttäuschung aufstöhnen. Er wußte nicht, was sie jetzt tun sollten. Allein der Gedanke, noch einmal in die Nähe des Dschungels zurückzukehren, bereitete ihm Widerwillen.

„Sehen Sie doch, Sir!“ rief Overmile entsetzt. „Das Schiff ist getroffen worden.“

Ich sehe nur geringfügige Beschädigungen“, gab Hohle verbissen zurück. „Wir fliegen weiter, um festzustellen, ob die Hyperfunkanlage noch in Ordnung ist.“

Inzwischen hatten die Guerillas die Generäle einige hundert Meter zurückgetrieben. Die Umgebung der Space-Jet war von den Fremden verlassen.

Die Männer flogen durch die zerstörte Kuppel in den Kommandoraum.

Wish Haagard blickte sich um. Er sah nur unwesentliche Zerstörungen. Aber was nutzte es, wenn die Kontrollen nicht funktionsfähig waren? Mit diesem Schiff konnten sie nicht zu einem Flug in den Weltraum starten. Außerdem war es fraglich, ob die einzelnen Geräte die schweren Erschütterungen ausgehalten hatten.

„Wir müssen uns auf alle Fälle mit Perry Rhodan in Verbindung setzen", sagte Major Hohle. „Er muß über alles informiert werden, was wir herausgefunden haben."

Olney ließ sich in einen Sessel sinken und schlug die Beine übereinander. Man hätte glauben können, er befände sich auf einem Probeflug.

„Und was machen wir danach?" wollte er wissen. „Hier können wir auf keinen Fall bleiben."

Hohle antwortete nicht. Er war mit der Untersuchung der Hyperfunkanlage beschäftigt. Als er sich aufrichtete, drückte sein Gesicht Befriedigung aus.

„Es wird gehen", sagte er. Seine Augen verengten sich, als er nacheinander Olney, Overmile und Haagard anblickte.

„Ich weiß, daß Sie alle vollkommen erschöpft sind", sagte er. „Es geht mir nicht besser. Trotzdem dürfen wir nicht aufgeben. Fellmer Lloyd wird am längsten von uns allen durchhalten. Es genügt, wenn ein Mitglied unserer Gruppe auf den Beinen bleibt. Lloyd kann Verbindung zu Rhodan aufnehmen, wenn ein Beiboot der CREST IV landet."

„Was tun wir inzwischen?" fragte Olney.

„Wir ziehen uns in Richtung des Gefangenenlagers zurück, sobald ich einen Funkspruch abgesetzt habe", erklärte Hohle. „Fellmer Lloyd wird für Nahrung und Trinkwasser sorgen. Wir brauchen uns nur auszuruhen."

Haagard brachte ein Lächeln zustande. „Sofern uns die Perlians und ihre Roboter Gelegenheit dazu geben, Sir."

„Nach dem Ende des Kampfes werden die Perlians mit Aufräumungsarbeiten beschäftigt sein", sagte Hohle. „Sie werden keine Zeit haben, auf uns Jagd zu machen."

Er wandte den anderen den Rücken zu. „Achten Sie auf die Umgebung", ermahnte er sie. „Ich will jetzt versuchen, eine Verbindung herzustellen."

Haagard erhob sich und trat an den Rand der Kuppel heran. Er wunderte sich, daß noch genügend Energie in seinem Körper war, um ihn aufrecht zu halten.

„Es funktioniert!" rief Hole Hohle. „Die Verbindung kommt zustande."

Haagard holte tief Atem. Endlich war es ihnen gelungen, eine Brücke zur CREST IV zu schlagen. Wenn es vorerst auch nur der Funkweg war, der sie miteinander verband, es war immerhin ein Hoffnungsschimmer.

Hole Hohles Gesicht war auf dem Bildschirm nur verschwommen sichtbar. Trotzdem konnte Perry Rhodan die tiefen Linien sehen, die sich unter den Augen des Flottillenchefs gebildet hatten.

„Ich weiß nicht, ob Sie mich sehen können, Sir", sagte der Major. „Die Anlage der Space-Jet arbeitet nicht einwandfrei."

„Wichtig ist nur, daß ich Sie hören kann", erwiderte Rhodan. „Wir hatten Sie und Ihre Begleiter schon aufgegeben."

„Wenn die Verbindung ab und zu durch Störungen beeinträchtigt wird, liegt es an den Schwingungsmodulatoren, mit deren Hilfe die Perlians die hypnosuggestiven Ausstrahlungen der Kristalle neutralisieren", sagte Hohle.

Rhodan runzelte die Stirn.

„Perlians? Was ist dort bei Ihnen los, Major? Sind Sie in der Lage, einen umfassenden Bericht zu geben? Wie geht es Ihren Begleitern?"

„Wir sind alle unverletzt", antwortete der Eskimo. „Ich spreche jetzt, solange es möglich ist. Da jederzeit die Gefahr eines Angriffs besteht, möchte ich Sie bitten, mich nicht zu unterbrechen, damit ich Ihnen möglichst viele Informationen übermitteln kann."

„Fangen Sie an", sagte Rhodan zustimmend.

Hole Hohle gab dem Großadministrator einen umfassenden Bericht über die Ereignisse auf Modula II.

„Ich glaube nicht, daß ich etwas vergessen habe", sagte Hohle abschließend. „Für nähere Einzelheiten habe ich keine Zeit. In unserer Nähe wird noch immer gekämpft."

„Ihr Bericht wurde aufgenommen", sagte Rhodan. „Wir sind Ihnen und Ihren Begleitern zu Dank verpflichtet, Major Hohle."

„Wann holen Sie uns heraus, Sir?" fragte der Offizier.

An der Dringlichkeit, mit der die Frage gestellt wurde, erkannte Perry Rhodan, daß die Männer auf Modula II verzweifelter waren, als der Major zugeben wollte.

„Ich will Sie weder enttäuschen, noch möche ich Ihnen unnötige Hoffnungen machen", sagte Rhodan. „Auf jeden Fall . . ."

„Ich muß abbrechen, Sir!" rief Hohle. „Wir werden angegriffen und müssen fliehen."

Der Bildschirm wurde dunkel.

Rhodans Gedanken arbeiteten blitzschnell. Er hatte fast alles verstanden, was Hole Hohle berichtet hatte, und konnte sich nun ein klares Bild von den Zusammenhängen machen. Obwohl er nicht wußte, wie er mit den Gurrads Verbindung aufnehmen konnte, war er entschlossen, diese Wesen irgendwie zu Verbündeten zu machen. Gemeinsam konnten die Menschen und die Gurrads die Kristalle und ihre Beherrscher, die Perlians, besiegen.

Bevor Rhodan noch weitere Überlegungen anstellen konnte, kam die Stimme Major Konitzkis aus dem Lautsprecher der Interkomanlage.

„Ich schalte einen Teil der Bildschirme um, Sir", teilte der Major mit. „Die vier OLD-MAN-Schiffe kehren zurück."

„Auch das noch!" seufzte Merlin Akran.

Rhodan richtete seine Aufmerksamkeit auf die Bildschirme. Außer den Birnenschiffen, die Modula II abschirmten, waren dort jetzt wieder die Schiffsgiganten OLD MANS zu sehen. Vor sich her errichteten sie einen Wall explodierender Gigabomben.

„Ich bin gespannt, was die Gurrads dagegen unternehmen werden", sagte Atlan. „Ich befürchte, diesem massierten Angriff haben sie nicht viel entgegenzusetzen."

Rhodan konnte nicht länger auf seinem Sitz bleiben. Er wußte, daß er eine Entscheidung treffen mußte.

Noch immer feuerten die Festungsgeschütze von Modula II. Die Drittkonditionierten setzten sich erbittert gegen die Guerillas zur Wehr.

Mehr denn je sehnte sich Rhodan den Verband von 100 Schiffen herbei, der längst hätte eintreffen sollen. Mit einer stärkeren Streitmacht hätte er entscheidend in diesen Kampf eingreifen können.

Rhodans Blicke trafen sich mit denen Atlans. Der Arkonide hob die Schultern. Er wollte Rhodan in diesem entscheidenden Augenblick nicht beeinflussen.

Die ersten Birnenschiffe wurden in ein Gefecht mit den Robotschiffen verwickelt. Voller Verzweiflung dachte Rhodan an die sterbenden Terraner, die sich an Bord der Schiffsgiganten befanden.

Glutbälle atomarer Explosionen entstanden im Raum. Strahlenbahnen ließen den Eindruck entstehen, als würde Modula II von Scheinwerfern angestrahlt.

Der Kampf im Modula-System hatte seinen Höhepunkt erreicht.

Perry-Rhodan-Terminologie

CREST IV –
Flaggschiff Perry Rhodans und der Solaren Flotte (2435 bis 2436), Ultraschlachtschiff der Galaxis-Klasse.
Militärische Besatzung: Oberst Merlin *Akran* (Kommandant), Epsaler, Körperhöhe und -breite 1,60 m, Sieger im Wettbewerb um die Kommandantur der CREST IV. – Oberstleutnant Ische *Moghu* (Erster Offizier), Major Drav *Hegmar* (Zweiter Offizier), Oberstleutnant Bert *Hefrich* (Leitender Ingenieur), alle drei von der CREST III übernommen. – Major *Wai* Tong (Chef der Funkzentrale), Chinese, 30 Jahre, klein drahtig, schwarzhaarig, immer lächelnd und nie aus der Ruhe zu bringen. – Major Owe *Konitzki* (Chef der Ortungszentrale), 32 Jahre, hellblond, muskelbepackter Hüne mit Vorliebe für bissige Bermerkungen; handelt oft eigenwillig . – Major Joe *Waydenbrak* (Erster Feuerleitoffizier), klein, fett, schütteres braunes Lockenhaar, Eunuchenstimme.
Flottenchefs (Befehlshaber jeweils einer Flottille von zehn Korvetten): Major Hole *Hohle* (Chef Erste Flottille), 29 Jahre, Eskimo, klein und stämmig, Gesichtsfalten, dunkle glatte Haare; im Kampf mit letztem Einsatz dabei. – Major Pandar *Runete* (Chef Zweite Flottille), 31 Jahre, Inder, dunkelhaarig, groß, schlank, verwegen, trägt einen Turban; Zugehörigkeit zur Religionsgemeinschaft der Sikhs. – Major Tschai *Kulu* (Chef Dritte Flottille), 28 Jahre, 1,90 m, Afroterraner, muskulös, ruhig, wachsam, überlegend und schweigsam. – Major Ronald *Keller* (Chef Vierte Flottille), 30 Jahre, rotblond, eifrig, gründlich, bekannt für blitzschnelle, logisch durchdachte Entscheidungen, verlangt anderen und sich selbst alles ab. – Major Bob *McCisom* (Chef Fünfte Flottille), 32 Jahre, untersetzt, breites Gesicht, Bürstenhaarschnitt, stets humorvoll, als Alleinunterhalter beliebt, als Spötter gefürchtet.
Captains: Captain Atara *Kawinati* (Chef Robotkommando), 24 Jahre, 1,81 m, Japaner, sehr kräftig, höflich, ausgezeichneter Robottaktiker; Narbe von einem Gefecht über linke Wange bis hin zum Auge, bekannter Judokämpfer. – Captain José *Alcara* (Chef Landungskom-

mando), 25 Jahre, Spanier, dunkelhaarig, zartbraune Haut, sehr schlank und wendig, zurückhaltend und skeptisch, guter Überblick in Krisensituationen. – Captain Swendar *Rietzel* (Chef Korvettenschleusen), 26 Jahre, 1,95 m, knochiger Körperbau, schlank, wirkt schläfrig, ist aber der beste Technoteamchef an Bord; steuert von einem Kommandostand aus sämtliche Schotte der Korvettenschleusen.

Leutnants zur besonderen Verwendung: Leutnant Mark *Berliter*, 22 Jahre, 1,76 m, fuchsrotes Haar, schlank; ist bei Kameraden und Vorgesetzten wegen seiner unbedingten Einsatzbereitschaft beliebt und respektiert, spinnt in der Freizeit Raumfahrergarn. – Leutnant George *Terminow*, 23 Jahre, 1,99 m, Glatze, schmaler Streifenbart von Ohr zu Ohr, breites Gesicht, Bärenkräfte, ist Karate-Meister der Solaren Flotte und in Einsätzen ein verwegener Draufgänger; in der Freizeit Vorliebe für lärmende Geselligkeit. – Leutnant Luigi *Bernardo*, 21 Jahre, 1,65 m, dunkles Kraushaar, schwarze Augen, hervorragender Tennisspieler, große Begeisterungsfähigkeit und starker Enthusiasmus; steht seinen Mitmenschen stets unvoreingenommen positiv gegenüber.

Wissenschaftler: Dr. Ralph *Artur* (Chefarzt), von der CREST III übernommen. – Dr. Josef *Lieber* (Chefmathematiker), 37 Jahre, dünnes lichtes Blondhaar, hervorquellende Augen, Mathematiker und Kybernetiker mit Leib und Seele, geht ganz in seiner Arbeit auf; besitzt viel Phantasie und ein rasches Auffassungsvermögen, gilt als Scheusal, hinter dessen rauher Schale sich allerdings ein feiner Kerl verbirgt. – Dr. Jean *Beriot* (Chefphysiker), 36 Jahre, zwergenhafter Körperbau, ausgeprägter Sitzbuckel, schönes Gesicht mit großen dunklen, oft etwas melancholisch blickenden Augen; leidet unter seinem Körperbau und spricht wenig; aufgrund seines Wissens und seiner Leistungen einer der berühmtesten Physiker des 25. Jahrhunderts. – Dr. *Tschu* Piao-Teh (Chefpsychologe), 42 Jahre, 2,05 m, Chinese, hager, braunhäutig, spärliches graues Kopfhaar, hohe Stirn, schwarze Augen, wirkt äußerlich eher wie ein Nordeuropäer; hochbegabter Kosmopsychologe, arbeitet mit unkonventionellen Mitteln; Auftreten fast immer wie desinteressiert und unbeholfen, dabei hellwach und alles beobachtend, Einfühlungsvermögen wie das eines Telepathen; perfekte Beherrschung der Massendiagnostik. – Professor Carlos *Blum* (Cheftoxikologe), 53 Jahre, dick behäbig, kahlköp-

fig, unbeliebt wegen zu starkem Egoismus, gibt sich jedoch Mühe, erkannte Fehler zu korrigieren; sechs Jahre Studium auf Aralon, Veröffentlichung vieler wissenschaftlicher Arbeiten.
Alle Altersangaben beziehen sich auf das Jahr 2435.

FRANCIS DRAKE –
Flaggschiff des Freihändler-Königs Roi *Danton**, ein Kugelraumer von 850 m Durchmesser, Besatzungsstärke 900 Mann. Impulstriebwerke für Unterlichtflug, für Überlichtflüge vier Kalupsche Kompensationskonverter in Kompaktbauweise (Reichweite pro Kalup 800000 Lichtjahre, Gesamtreichweite 3,2 Millionen Lj.). Bewaffnung Impulsgeschütze, Transformkanonen, Desintegratoren und Narkosestrahler, Feuerkraft der von Kampfschiffen der Solaren Flotte dreifach überlegen. Beiboote acht Korvetten und Space-Jets.

Freihändler –
auch *Freifahrer* genannt; von Lovely *Boscyk** gegründete Organisation, die sich aus Terranern und Bewohnern von Siedlungswelten des Solaren Imperiums zusammensetzt. Ihr Ziel ist es, das außerhalb des terranischen Einflußbereichs stehende galaktische Handelsmonopol der *Springer** zu brechen. Um den Unterschied zu allen anderen galaktischen Handelsorganisationen zu betonen, geben die Freifahrer sich eine strenge Hierarchie mit Titeln aus der terranischen Frühgeschichte. Lovely Boscyk als ihr Anführer ist der „Kaiser". Nach ihm als Entdecker und Eigentümer des Hauptstützpunktplaneten *Olymp** ist dessen Sonne benannt (Boscyks Stern). Boscyk steht über dem „König" der Freifahrer, Roi *Danton**, mit dessen Schwester Suzan Betty Rhodan in Verbindung, deren sechs Großbanken den Bau der eigenen Handelsflotte finanzieren und an den Geschäften der Organisation beteiligt sind. Raumschiffkapitäne werden „Fürsten" genannt, die Offiziere bezeichnen sich als „Edelleute", die einfachen Besatzungsmitglieder heißen „Bauern", was jedoch nicht im Sinn einer Diskriminierung zu verstehen ist.
Im August des Jahres 2435 besteht die Handelsflotte der Freihändler aus rund 7500 Schiffen, große und moderne Einheiten mit starker Bewaffnung. Auf letztere kann schon allein wegen der Springer nicht verzichtet werden, die sich gegen die neuentstandene Konkurrenz mit

allen Mitteln zur Wehr setzen. Ein bewaffneter Konflikt zwischen beiden Parteien endet mit einem eindeutigen Sieg der Freifahrer. Boscyk und Danton, rechte Hand und designierter Nachfolger des Kaisers, führen die Organisation mit strenger Hand. Fähigen und charakterlich einwandfreien Raumschiffkapitänen, die über keine eigenen Mittel verfügen, werden komplette Handelsschiffe mit Besatzung und ausreichendem Anfangskapital zur Verfügung gestellt, wofür sie die Hälfte aller Nettogewinne abzugeben haben. Diese Beträge finden Verwendung für den Bau neuer Schiffe und den Unterhalt der bereits bestehenden Flotte. Es bleibt noch genügend Geld übrig, um Stützpunkte und Niederlassungen zu finanzieren und Forschungsarbeit auf allen einschlägigen Gebieten zu betreiben. Die Freihändler stellen im Jahre 2435 in der Galaxis eine so starke wirtschaftliche Macht dar, daß sie von Perry Rhodan mit einiger Sorge betrachtet werden. Doch obwohl die Freihändler die Gesetze des Solaren Imperiums nicht anerkennen, ist ihr Verhalten gegenüber anderen Intelligenzen (von kleinen Fehltritten abgesehen) einwandfrei. Nicht selten helfen sie primitiven Völkern bei den ersten Schritten zum Aufbau einer eigenen Zivilisation.

OLD MAN –
ein Riesenroboter von der Form einer Halbkugel mit dem Grundflächendurchmesser von 200 km. An diesem Hauptkörper sind 12 Sektionen befestigt, und zwar durch magnetische Keilverankerung unter der Grundfläche aufgehängt. Diese Sektionen stellen Hangarplattformen von den Abmessungen 50 mal 50 mal 10 km dar; im Inneren befinden sich in zwei Decks insgesamt 800 *Ultraschlachtschiffe** der GALAXIS-Klasse, in Außenhangars sind noch einmal 40 Ultraschlachtschiffe je Sektion untergebracht. Auf dem halbkugelförmigen Hauptkörper selbst befinden sich noch einmal Ladeflächen für 5000 Ultraschlachtschiffe; die Schiffe werden nach der Landung mit ihren heckseitigen Polrundungen in der Kugelschale des Hauptkörpers verankert. Insgesamt führt OLD MAN 15080 Ultraschlachtschiffe der GALAXIS-Klasse mit sich. Das Haupttriebwerk (*Implustriebwerk**) befindet sich im Zentrum der Grundfläche, acht Steuertriebwerke sind kreisförmig darum herum angeordnet. Die Fortbewegung über interstellare Entfernungen erfolgt mit *Lineartriebwerken**. Als Defensivbewaffnung

verfügt OLD MAN über Projektoren für einen *Hochenergie-Überladungsschirm**.

In der Halbkugel befinden sich Werften, Lager- und Maschinenräume, Großlabors und andere technische und technisch-wissenschaftliche Einrichtungen, außerdem eine große *Positronik** und darin eingebettet in einem Lebenserhaltungs-Behälter ein menschliches Gehirn, das das gesamte Gebilde von OLD MAN als sogenannter Koordinator leitet. Die zwölf Sektionen verfügen über je eine Positronik und ein menschliches Gehirn, das aktiv ist.

OLD MAN wurde vor rund 52000 Jahren Erdzeit von einer Gruppe terranischer Spezialisten mit Hilfe der technischen Einrichtungen eines lemurischen Planeten konstruiert und erbaut. Major Gus *Barnard*, ein Offizier des terranischen Flottentenders DINO-3, war freiwillig in die Vergangenheit gegangen, um Perry Rhodan zu helfen, der mitsamt seinem Flaggschiff von den *Meistern der Insel** in die Vergangenheit geschickt worden war. Durch einen Zeitsprung des Flaggschiffs kam der Flottentender 500 Jahre zu früh an. Das bedeutete, daß die Besatzung keinen Kontakt mehr mit Perry Rhodan aufnehmen konnte. Um dem Großadministrator dennoch zu helfen, konstruierte ein Team unter der Leitung von Major Barnard den Riesenroboter OLD MAN. OLD MAN sollte nach Ablauf einer Wartezeit von etwa 52000 Jahren genau zu dem Zeitpunkt der Menschheit zu Hilfe eilen, zu dem der Kampf gegen die Meister der Insel seinen Höhepunkt erreicht hatte. Infolge einer Fehlschaltung setzte sich das gigantische Gebilde jedoch zu spät in Bewegung und tauchte im terranischen Machtbereich auf, als es längst keine Meister der Insel mehr gab.

Das Ziel von OLD MAN war der Sektor *Morgenrot**. Major Gus Barnard wußte aus seiner Zusammenarbeit mit der *Galaktischen Abwehr**, daß im Sektor Morgenrot selbst dann noch Terraner sein müßten, wenn die Erde inzwischen vernichtet sein sollte.

Infolge einer unbedeutenden Auseinandersetzung zwischen Perry Rhodan und dem Freihändler Roi *Danton**, bei der einige Atomexplosionen als Warnung ausgelöst wurden, stellt OLD MAN bei seiner Landung im Sektor Morgenrot fest, daß Terraner auf Terraner schießen. Da zu diesem Zeitpunkt zwei seiner menschlichen Sektionsgehirne bereits den Verstand verloren haben und auch das Gehirn von

Major Gus Barnard durch die lange Wartezeit angegriffen ist, kommt es zu einer Kurzschlußhandlung. OLD MAN glaubt eine Rebellion niederschlagen zu müssen, und greift die terranischen Raumschiffe im Sektor Morgenrot mit vernichtender Wucht an. Kurz danach geraten die Steuergehirne unter die hypnosuggestive Gewalt sogenannter Hypnokristalle aus den *Magellanschen Wolken**, die von einer feindlichen Macht geschickt wurden, damit OLD MAN zum Feind der Menschheit wird.
(Alle mit einem Sternchen versehenen Begriffe sind im PERRY RHODAN-Lexikon ausführlich erklärt.)

Großka

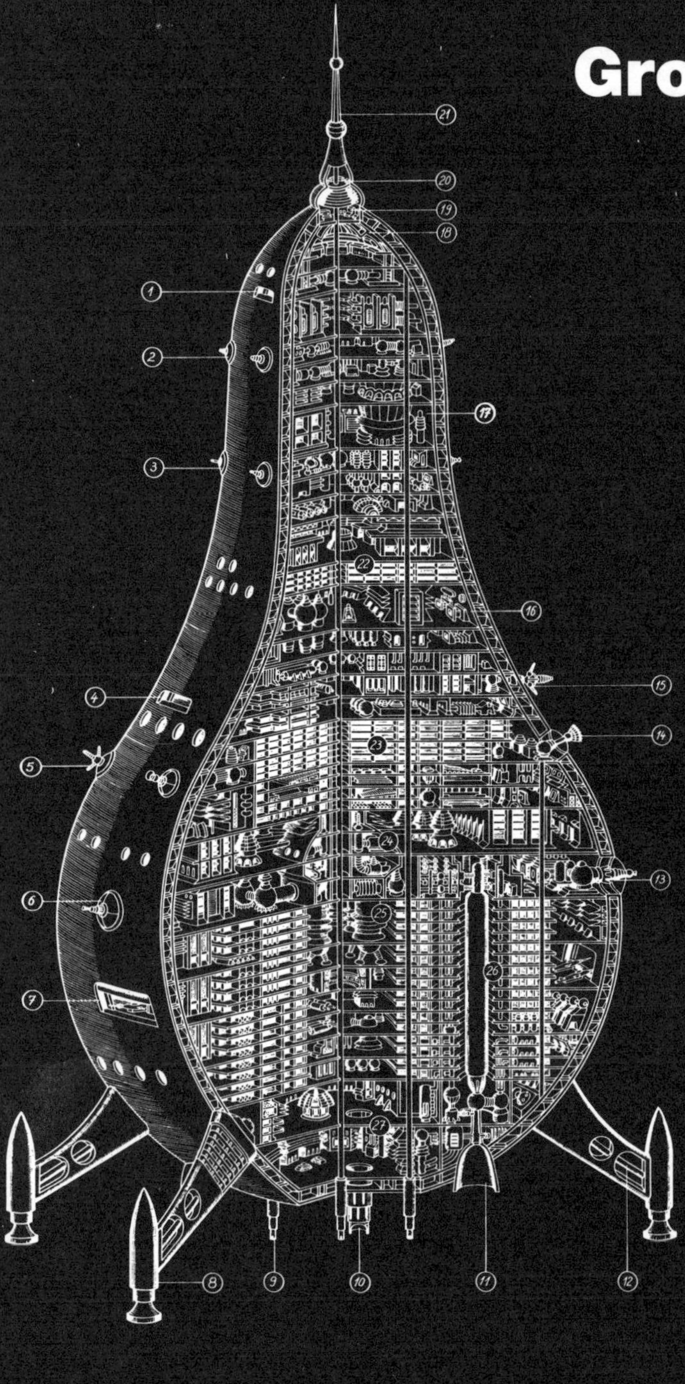